Madeleine Brent

Roman

Wilhelm Goldmann Verlag

Titel der Originalausgabe: Tregaron's Daughter
Originalverlag: Souvenir Press Ltd., London
Aus dem Englischen übertragen von Ulla de Herrera

1. Auflage November 1979 · 1.–20. Tsd.

Made in Germany 1979

Umschlagentwurf: Atelier Adolf & Angelika Bachmann, München
Umschlagfoto: Four by Five, New York
Druck: Mohndruck Graphische Betriebe GmbH, Gütersloh
Verlagsnummer: 3851
Lektorat: Martin Vosseler · Herstellung: Lothar Hofmann
ISBN 3-442-03851-0

I

An jenem Sommertag, der Tag, an dem Lucian Farrel in mein Leben trat, wachte ich morgens mit einem sonderbaren Gefühl des Unbehagens auf, das beinahe an Furcht grenzte. Es gab keinerlei Anlaß dazu. Soviel ich wußte, war dies ein Tag wie jeder andere, und außerdem war es nicht meine Art, nervös zu sein, selbst wenn ich Grund dazu hatte. Aber sobald ich die Augen aufschlug, schien es, daß all meine Sinne an diesem Morgen ungewöhnlich scharf und empfindsam waren, die Welt war deutlicher, klarer umrissen als sonst und dennoch seltsam unwirklich.

Nur zweimal in meinem Leben hatte ich bisher etwas Ähnliches empfunden: das erste Mal an dem Tag, als meine Mutter und Großmutter ums Leben kamen, und dann wieder am Tag der beiden Unglücksfälle; das war ein schwarzer Tag für Mawstone: frühmorgens zerschellte ein Fischlogger an den Felsen, und wenige Stunden darauf stürzte einer der Unterwasserschächte des Zinnbergwerks von Polbren ein. Unser kleines Dorf verlor sieben Männer am Tag der beiden Unglücksfälle.

Und jetzt hatte ich wieder das gleiche Gefühl. Es ist schwer zu beschreiben, am besten vielleicht als eine Art von gesteigertem Wahrnehmungsvermögen. Ich sah Staubkörnchen in dem Sonnenstrahl tanzen, der durch die Vorhänge des kleinen Fensters drang und sich in dem großen Messingknopf des schmalen Bettes fing, um eine Kugel von goldenem Licht auf die weißgetünchte Wand zu werfen. Ich hörte das Ticken der in einer Laterna magica eingeschlossenen Uhr, die Granny Caterina mir vor sieben Jahren zu meinem zehnten Geburtstag geschenkt hatte, und sah das Bild des Zifferblatts, das von der Lampe in ihrem Inneren auf die Wand geworfen wurde.

Ich spürte jeden Höcker und jede Vertiefung in der altersschwachen Matratze unter meinem Rücken. Der Geruch von Salz und Fischen, Teer und guter, reiner Luft, der ständig über unserem Fischerdorf hing, schien mir jetzt so scharf und neu, als hätte ich mein Leben irgendwo in einer großen Stadt fern der Küste verbracht.
Ich sah, daß die Zeiger der Uhr auf halb sieben standen. Es war Zeit aufzustehen. Ich atmete tief und versuchte, das seltsame Gefühl der Unruhe abzuschütteln, dann ging ich zum Waschtisch und goß Wasser aus der Kanne in die Schüssel. Zehn Minuten später hatte ich mich gewaschen und meine Haare gekämmt. In dem kleinen Schrank, in dem ich meine Sachen aufbewahrte, hingen drei Kleider – zwei für die Arbeit und ein Sonntagskleid. Ich hatte Glück in diesem Jahr: Der Fischfang war gut, und mein Vater konnte ein paar Shilling erübrigen. Zwei Jahre zuvor, in dem Jahr, als die alte Königin gestorben war, hatte nur ein Kleid in meinem Schrank gehangen. Das war ein schlechtes Jahr für die Fischer von Mawstone gewesen.
Ich zog mein bestes Arbeitskleid an – ein Kleid aus blauem Leinen –, machte die Lampe in Granny Caterinas Uhr aus, öffnete die Vorhänge und ging hinaus, um an die Tür meines Vaters zu klopfen.
»Ich geh jetzt in die Küche und mache das Frühstück, Dad.«
»Gut, mein Kind. Um sieben bin ich unten.«
Mein Vater stammte aus Cornwall und sprach den kornischen Dialekt. Auch ich war in Cornwall geboren und aufgewachsen, wurde aber im Gegensatz zu ihm von den Leuten dort immer ein wenig als Ausländerin angesehen, denn Granny Caterina, die Mutter meiner Mutter, war aus Italien gekommen. Die Art, wie mein Großvater sie kennengelernt und geheiratet hatte, war wie ein Märchen, romantisch, aufregend und auch sehr geheimnisvoll. Ich grübelte oft darüber nach und erinnerte mich an die langen Winterabende meiner Kindheit, an denen ich meiner Großmutter wie gebannt zugehört hatte, wenn sie mir die Geschichte erzählte. Aber jetzt hatte ich keine Zeit für Träumereien.
Ich holte die Asche aus dem Herd und legte Holzscheite auf die Glut, bis unter dem großen Kessel, der noch vom Abend zuvor warm war, ein helles Feuer brannte. Es machte mich froh, meinem Vater ein gutes Frühstück mit Spiegeleiern und Schinken, heißen Kartoffelpfannkuchen und einer Kanne starkem, süßen Tee vorsetzen zu können.

Damals, in dem schlechten Jahr, als der Ausrufer tagaus, tagein nach dem roten Schimmer auf dem Meer Ausschau hielt, der die Anwesenheit von Pilchards in der Bucht anzeigte, als die Wochen verstrichen und er nicht ein einziges Mal seinen Sprachtrichter heben und den ersehnten Ruf »Heva! Heva!« zum Dorf hinübersenden konnte, damals bekamen mein Vater und ich, ebenso wie fast alle übrigen Fischerleute von Cornwall, nur selten Fleisch, Eier oder Käse zu sehen. Es gab Brotsuppe zum Frühstück, zu Mittag und zum Abendessen. Ich war damals noch jünger, erst fünfzehn, aber ich erinnere mich, daß mir manchmal Tränen in den Augen brannten, wenn ich kochendes Wasser in eine Schüssel goß, die nichts weiter als ein paar Brocken Brot mit Salz und Pfeffer und ein kleines Stück Butter enthielt. Die Suppe war schmackhaft, aber es war keine ausreichende Nahrung für einen erwachsenen Mann, und es bedrückte mich, ihm nichts anderes vorsetzen zu können.

Mein Vater kam die schmale Treppe herunter in die Küche, als ich gerade mit den Pfannkuchen fertig war. Ich hatte die Kartoffeln schon am Abend zuvor gekocht und zerstampft, und so dauerte es nicht lange, sie vorzubreiten.

»Das riecht verlockend«, sagte er und gab mir einen Kuß auf die Wange; dann sah er auf die große Bratpfanne hinunter. »Und sieht auch verlockend aus.«

Ich spürte immer noch die gleiche innere Unruhe. Der Pfannenstiel in meiner Hand fühlte sich seltsam an, und mir war, als ob ich die vertrauten kleinen Hitzewellen über dem Herd zum erstenmal sähe. Selbst mein Vater kam mir fremd vor. Er stand neben mir, Donald Tregaron, vierundvierzig Jahre alt, seit sechs Jahren Witwer, tausend Jahre kornisches Blut hinter sich, seine Augen blau, sein Haar so blond, wie meines dunkel war: ein stattlicher, kräftiger Mann, der in seiner Jugend im kornischen Stil mit dem Mittelgewichtschampion gerungen hatte, ein ruhiger, starker, warmherziger Mann, der leise und wenig sprach.

Sein Vater war Bergarbeiter gewesen und war gestorben, noch ehe ich geboren wurde. Das war in den Zeiten, als ein Kumpel über Leitern tausend Fuß ins Bergwerk hinabstieg und dann, nach acht Stunden der Schwerarbeit in unerträglicher Hitze, am Ende des Tages wieder den gleichen Weg heraufkommen mußte. Die Bergarbeiter starben jung, denn dieser Belastung konnten Herz und Lunge nicht lange standhalten. Mein Vater hatte das zu oft mit angesehen und wandte sich daher dem Meer zu. Selbst wenn Brotsuppe die einzige Nahrung war, ein Fischer konnte seinen Gürtel enger schnallen und sich sagen, daß er zumindest nicht doppelt so schnell sterben würde wie seine Mitmenschen, und ich weiß, daß meine Mutter froh darüber war.

Meine Eltern hatten eine sehr harmonische Ehe geführt. Meine Mutter hieß Jennifer, war eine geborene Penwarden und sehr schön. Obgleich sie temperamentvoll und energisch war, hörte ich die beiden niemals streiten. Einmal in der Woche, am Freitagabend, ging mein Vater mit seinen Freunden in *The Fisherman's Arms*. Wenn er zurückkam, war er ein klein wenig unsicher auf den Beinen, seine Zunge war schwer, aber er war sanft und liebevoll wie immer.

Manchmal, wenn ich bei seiner Rückkehr, statt zu schlafen, auf dem oberen Treppenabsatz hockte, hörte ich meine Mutter lachen, während sie ihm die Jacke auszog und ihm in den Sessel half, und dann sagte sie zu Granny Caterina: »Hier ist ein großer alter, streunender Schäferhund, der die Nacht bei uns verbringen möchte, Mutter. Sollen wir ihm erlauben dazubleiben?«

Ich fragte sie einmal, weshalb sie nie böse darüber sei, und sie sah mich überrascht an. »Worüber sollte ich denn böse sein? Mit uns drei Frauen im Haus ist es gut für deinen Vater, hin und wieder auszugehen und ein oder zwei Glas mit seinen Freunden zu trinken. Versuche nie, einem Mann seine Freiheit zu nehmen, Liebling.«

Wenn die Netze leer blieben und das Geld knapp war, verzichtete mein Vater auf seine Freitagabende im Gasthaus. Meine Mutter drängte ihn zu gehen und versicherte ihm, daß »die paar armseligen Pennies« nichts ausmachen würden, aber er ließ sich nicht überreden. Das war, soviel ich weiß, die einzige Meinungsverschiedenheit, die es jemals zwischen ihnen gab.

Nach ihrem Tod gab mein Vater diese alte Gewohnheit auf. Seltsamerweise tat mir das leid. Es schien die Lücke in seinem Leben noch zu vergrößern. Und dann, als ich drei oder vier Jahre älter war, bekam ich Angst, daß er wieder heiraten könnte. Ich wußte, daß es unrecht von mir war, aber ich konnte den Gedanken an eine neue Mutter nicht ertragen.

Ich hätte mir keine Sorgen zu machen brauchen. Eines Abends kam ich, nachdem ich zu Bett gegangen war, noch einmal in die Küche hinunter, denn ich hatte für den nächsten Morgen marinierte Pilchards vorbereitet und vergessen, sie in den Dauerbrand-Backofen zu tun, wo sie die ganze Nacht hindurch langsam braten sollten. Es war ein warmer Abend, und mein Vater unterhielt sich draußen vor der Tür mit unserem Nachbarn, Jack Warren. Sie wußten nicht, daß ich in der Küche war. Ich hörte, wie Jack sagte: »... Es ist doch recht einsam für dich, Donald. Jetzt sind's vier Jahre, seit deine Jenny gestorben ist. Hast du noch nie daran gedacht, dir eine nette, brave Frau zu suchen, die du heiraten könntest?«

Ich erstarrte und hielt den Atem an. Dann hörte ich meinen Vater sprechen. Er war kein sehr mitteilsamer Mann, und seine sanfte Stimme klang ruhig und nüchtern, als er bedächtig sagte: »Nein, Jack, das kann ich nicht. Ich liebe Jenny immer noch.«

An diese Worte erinnerte ich mich zwei Jahre später, an diesem seltsamen Morgen, als mir alles, selbst die Luft von Mawstone, neu und anders schien. Ich hielt den Griff der großen Bratpfanne in der Hand, mein Vater stand neben mir, und ich wußte, daß er sich nicht verändert hatte, und daß auch alles andere genau wie immer war; der Unterschied, die Fremdheit, lag in mir selbst.

»Es wär ein Jammer, wenn du den schönen Pfannkuchen verbrennst«, sagte mein Vater; ich nahm rasch die Pfanne vom Feuer und riß mich zusammen.

»Das ist nur, weil du danebenstehst und zusiehst«, erwiderte ich. »Setz dich an den Tisch, Vater. Es macht mich nervös, wenn mir jemand beim Kochen auf die Finger sieht.«

Er lächelte und ging zum Tisch. »Genau das hat deine Mutter auch immer gesagt, Cadi.«

Ich war nach meiner Großmutter auf den Namen Caterina getauft worden, aber solange ich denken konnte, war ich für alle Leute in unserem Dorf stets Cadi gewesen. Meine Mutter hatte mir einmal erzählt, daß es Mr. Rees, der Vikar, gewesen sei, der mich zum erstenmal Cadi nannte, und er habe gesagt, es sei die walisische Form von Katharina. Aber wie auch immer es begonnen haben mochte, der Name blieb an mir hängen, und nur Miß Rigg, die englische Dame, die Gouvernante in London gewesen war, bis sie sich vor zehn Jahren an die Westküste zurückzog, nannte mich jetzt noch manchmal Caterina.

Obgleich ich schon lange die Schule beendet hatte, nahm ich immer noch dreimal in der Woche Stunden bei Miß Rigg. Mein Vater bestand darauf, selbst wenn die Zeiten noch so schlecht waren. »Falls mir irgend etwas zustoßen sollte, Cadi, mein Liebling«, pflegte er zu sagen, »möchte ich nicht, daß du Dienstmädchen wirst und anderer Leute Fußböden putzt. Also lerne bei Miß Rigg, dann wirst du eines Tages Gouvernante in einer vornehmen Familie, wie sie es gewesen ist.«

Es lag an Miß Rigg und meiner Großmutter, daß ich mir nie angewöhnt hatte, so zu sprechen, wie es in Cornwall üblich ist. Granny Caterina hatte stets teils in ihrem eigenen, recht seltsamen Englisch, teils in ihrer Muttersprache mit mir gesprochen, und so hatte ich Italienisch so leicht und selbstverständlich gelernt, wie nur ein Kind es lernen kann. Und auch der Unterricht bei Miß Rigg, der begonnen hatte, noch ehe ich mit der Schule fertig war, trug dazu bei, daß ich keinen allzu starken kornischen Akzent hatte. All dies machte mich natürlich in Mawstone zu einer Art Kuckucksei. Manche Leute hielten es für Vornehmtuerei, daß ich wie eine wohlerzogene englische Miß sprach, aber die meisten waren sehr freundlich. Da ich zu einem Viertel Italienerin war, betrachteten sie mich ohnedies gewissermaßen als Ausländerin, und sie waren bereit, einer Ausländerin etwas zu verzeihen, was sie bei einer wahren Tochter Cornwalls vielleicht verärgert hätte.

Während wir beim Frühstück saßen, dachte ich über die Arbeit des Tages nach. Ich hatte keinen Unterricht bei Miß Rigg, aber es gab eine ganze Menge Wäsche zu waschen, und ich hatte mir fest vorgenommen, in dieser Woche die Dachstube auszuräumen, weil ich das beim Großreinemachen im Frühling versäumt hatte. Ich versuchte, alles so zu planen, daß ich nachmittags Zeit haben würde, mit den Fischerbooten hinauszufahren. Wenn ich mich sehr beeilte, konnte ich vielleicht rechtzeitig mit der Arbeit fertig werden.

»Darf ich heute nachmittag mit dir hinausfahren, Dad?« fragte ich.

»Ich werde heute den ganzen Tag Netze flicken, Cadi.« Er griff nach der Teetasse und nahm einen großen Schluck.

»Du fährst nicht mit den anderen hinaus?« Ich war enttäuscht.

Er schüttelte den Kopf. »Nein. Ich muß mich um die Netze kümmern.«

»Aber es gibt immer noch Pilchards zu fangen, Dad. Sie sind sehr reichlich in diesem Jahr.«

Er nickte und lächelte ein wenig ironisch. »Fast überreichlich, würde ich sagen. Das ist immer so – entweder sie kommen überhaupt nicht, oder sie kommen in riesigen Mengen. Wir verlieren nichts, wenn wir einen Tag geruhsam mit den Netzen verbringen.«
»Dann wirst du also zum Mittagessen zu Hause sein«, sagte ich. »Ich mache eine Fleischpastete mit Zwiebeln und Äpfeln und einen Mehlpudding zur Nachspeise.« Mein Vater nickte und lächelte. Vielleicht, weil ich an diesem Morgen nicht ganz bei mir war, hatte es mir auf der Zunge gelegen, ihm Rindfleisch und Kartoffelbällchen mit eingelegtem Meerfenchel zum Abendessen vorzuschlagen. Das war in vergangenen Jahren immer sein Lieblingsgericht gewesen, aber seit dem Tag, an dem meine Mutter und Granny Caterina ums Leben gekommen waren, hatten wir nie mehr eingelegten Meerfenchel angerührt. Es war diese auf dem Kliff wachsende Pflanze – auch St.-Peters-Kraut genannt –, die ihren Tod verursacht hatte. Zum Glück schluckte ich die Worte hinunter, ohne sie auszusprechen, aber ich war bestürzt über mich selbst und fühlte mich einen Augenblick lang wie betäubt.
Nachdem mein Vater zum Kai gegangen war, machte ich mir eifrig im Haus zu schaffen, denn ich hoffte, daß die Arbeit mir helfen würde, das Unbehagen zu überwinden. Mrs. Warren, unsere Nachbarin, kam herüber, um mir mitzuteilen, daß ihr Mann mit dem Karren zur Penderow's Farm fahren würde, ob er mir wohl einen Sack Kartoffeln mitbringen sollte. Später kam die Alte Martha für ein Schwätzchen vorbei. Man nannte sie, wie mein Vater mir sagte, schon seit fünfundzwanzig Jahren die »Alte Martha«, und niemand wußte, wie alt sie wirklich war.
Die Alte Martha war Wahrsagerin, und die Leute kamen von weit her, um sich von ihr aus Karten, Teeblättern und Handlinien die Zukunft deuten zu lassen. Sie hatte sich oft erboten, mir die Hand zu lesen, »... und du brauchst mir nichts dafür zu zahlen, Cadi«. Aber ich weigerte mich. Ich war nicht sicher, ob sie wirklich in die Zukunft blicken konnte. Wahrscheinlich bestand ihre ganze sogenannte Wahrsagerei lediglich aus einer Reihe von naheliegenden Vermutungen, die sie in Anspielungen und vage Prophezeiungen hüllte, so daß, was auch immer geschah, die Leute sagen würden, sie habe recht gehabt. Und falls sie tatsächlich die Zukunft voraussagen konnte, so wollte ich nichts davon wissen. Ich zog es vor, den Lauf der Dinge abzuwarten.

Vielleicht beneidete ich die Alte Martha ein wenig, denn wenn sie überhaupt irgend etwas sah, während sie murmelnd über ihren Karten und Teeblättern hockte, so konnte sie sich vermutlich zumindest ein annäherndes Bild von dem Schicksal des Menschen machen, dem sie die Zukunft las. Bei mir war es anders. Ich hatte lediglich dieses seltsame, unbehagliche Gefühl, das mich erschreckte, weil es ein Unheil anzukünden schien, aber ich wußte nicht, welche Gestalt das Mißgeschick annehmen würde, und konnte nichts dagegen tun.
Die Alte Martha erkundigte sich oft, ob irgendeiner der jungen Männer unseres Dorfes mich aufgefordert habe, mit ihm auszugehen. Ich antwortete ihr nie darauf, weil ihre Neugier mich ärgerte. Und außerdem hatte mich niemand aufgefordert. Ich hätte es auf jeden Fall abgelehnt, denn ich hatte keinerlei Interesse an den Jungen von Mawstone, aber trotzdem hätte es mir Spaß gemacht, einmal aufgefordert zu werden. Wahrscheinlich fanden die kornischen Jungen, daß ich mich zu sehr von den meisten Mädchen unserer Gegend unterschied. Ich schlug mehr meiner Großmutter Caterina nach, die klein und zierlich gewesen war, und obwohl ich nicht so zart war wie sie, war ich eher klein und sah höchstens wie fünfzehn aus. Außerdem bildeten meine kornischen blauen Augen einen seltsamen Kontrast zu meinem südländisch schwarzen Haar. Es gelang mir an diesem Tag, Marthas übliches Geschwätz ein wenig abzukürzen, und als mein Vater zum Mittagessen nach Hause kam, war ich so ziemlich mit allem fertig, was ich mir vorgenommen hatte.
»Bob Rossiter hat erzählt, daß im *Anchor* reiche Engländer abgestiegen seien«, sagte mein Vater, als ich ihm die Fleischpastete vorsetzte.
Reiche Engländer. Ich mußte an Granny Caterina denken, die sich immer darüber amüsiert hatte, daß die Leute von Cornwall über England sprachen, als wäre es ein fremdes Land. Mein Vater wollte damit einfach sagen, daß im *Anchor,* einem kleinen Gasthaus im benachbarten Bosney, reiche Leute aus einer anderen Grafschaft eingetroffen waren.
»Im *Anchor*?« Ich war überrascht. »Reiche Leute wohnen nicht in einem Dorfgasthaus. Eher in einem der großen Hotels von Newquai.«
Mein Vater zuckte die Achseln. »Man kann nie wissen, was diese Fremden als nächstes tun werden. Es sind Leute aus Kent, sagt Bob.

Fünf Personen. Der Mann scheint recht nett zu sein, aber die Frau klagt und jammert unaufhörlich. Außerdem gibt es noch einen Sohn, eine Tochter und einen Mister X.«
»Und wer ist das?«
»Ich bin nicht sicher, Cadi. Du kennst ja das Geschwätz von Bob. Irgendein junger Bursche, der anders heißt als die Familie, glaube ich. Aber ich weiß es nicht genau. Ich habe nur halb zugehört.«
Ich seufzte. »Ich wünschte, du würdest aufmerksamer zuhören, Dad.«
»Ach, das ist doch alles nur Gerede, Cadi.«
»Ja, aber es ist – nun, es ist *interessant*. Was hat Bob sonst noch erzählt?«
Mein Vater rieb sich den Kopf und runzelte nachdenklich die Stirn, genau wie er es früher zu tun pflegte, wenn meine Mutter ihn beharrlich nach irgendwelchen Neuigkeiten ausfragte, die ihm unwichtig erschienen.
»Nun ... Bob hat irgend etwas gesagt, daß der Mann, der alte, das Boot von seinem Bruder Davey gemietet hat, um segeln zu gehen.« Mein Vater sah mich hoffnungsvoll an.
»Ist das alles, woran du dich erinnern kannst, Dad?«
»So ziemlich. Ach ja, Bob sagt, er nimmt an, daß der Alte nur so *tut*, als ob er gern allein segelt, daß er aber in Wirklichkeit nur ein paar Stunden Ruhe vor dem Jammern und Klagen haben will.« Mein Vater grinste und war sichtlich stolz, daß er sich an so vieles erinnert hatte. Dann stand er auf. »Es ist Zeit, daß ich wieder an die Arbeit gehe. Du siehst reizend aus in diesem blauen Kleid, mein Liebling. Richtig hübsch.«
Er küßte mich zum Abschied, und ich machte mich an den Abwasch. Bis drei Uhr war alles getan, was ich mir für diesen Tag vorgenommen hatte. Ich überlegte, ob ich zum Kai gehen sollte, beschloß jedoch, es nicht zu tun. In dieser seltsamen Stimmung, in der ich mich immer noch befand, wollte ich lieber allein sein. Ich nahm ein Buch, das Miß Rigg mir geliehen hatte, und ging die mit Kopfsteinen gepflasterte Straße entlang zum Ende des Dorfes, wo ein schmaler Pfad durch trockenes, büscheliges Gras zum oberen Ende des Kliffs führte.
Das war mein Lieblingsplatz zum Lesen. Zu meiner Linken konnte ich auf die Bucht von Mawstone hinunterblicken, wo das Dorf zwi-

schen Granitarmen eingebettet lag. Zu meiner Rechten sah ich eine kleinere Bucht, von hohen Klippen umgeben. Das war die Mogg Race Bay, nach einer Legende über irgendeinen Riesen namens Mogg benannt und selbst bei ruhigem Seegang ein sehr gefährliches Gewässer. Etwa hundert Meter vom westlichen Arm der Bucht entfernt hob ein großer, runder Fels, wie der Kopf und die Schultern eines Riesen, sich schwarz und glänzend aus dem Wasser. Das war Mogg. Östlich von Mogg bestand keine Gefahr, aber jenseits des Felsens gab es eine ungewöhnlich starke Strömung, die von der Formation des Meeresgrundes und den umliegenden Klippen verursacht wurde.

Selbst ein sechsruderiges Gig war hilflos in dieser Strömung, und einem kleinen Ruderboot erging es nicht besser als einem Stück Kork. Die Drift war kreisförmig, aber kein Strudel. Alles, was in ihren Bereich geriet, trieb in einem großen Kreis zwischen Mogg und dem westlichen Arm der Bucht umher, aber es war, als ob der Kreis sich an einer Seite zu einem Oval ausdehnte, so daß ein Boot, das von der Strömung mitgerissen wurde, sich bei jeder Umdrehung weiter von Mogg entfernte und näher an die Klippen herankam, bis es schließlich gegen die scharfkantigen Felsen am Fuß des Steilhangs geschleudert wurde.

Die Leute von Mawstone hielten sich in sicherer Entfernung von der Mogg Race Bay, aber andere waren waghalsiger: Erst im vergangenen Jahr war ein Junge aus Bosney ums Leben gekommen, nachdem seine Freunde ihn herausgefordert hatten, so nahe an Mogg heranzurudern, daß er einen Leinwandbehälter auf seinen klobigen schwarzen Kopf werfen könnte.

Ich nahm ein paar Grasbüschel und warf sie für Mogg in die Bucht hinunter. Jedesmal, wenn ich ihn sah, dachte ich mir, wie trostlos es für ihn sein müsse, jahrhundertelang bis zu den Schultern im Wasser zu stehen, um die Menschen vor der Gefahr zu warnen. Als ich zur Bucht von Mawstone hinuntersah, konnte ich gerade noch die Gestalt meines Vaters erkennen, der über seinen Netzen saß. Außer ihm war niemand am Kai. Die Boote befanden sich draußen auf dem Meer, weit drüben im Westen, bei den Pilchardschwärmen, und ließen dort ihre Netze ins tiefe Wasser hinunter. Auch die Krabbenfischer waren unterwegs. Selbst in einem so kleinen Dorf wie dem unsrigen gab es für gewöhnlich ein reges Kommen und Gehen an der

Helling oder am Kai, aber heute, an diesem heißen, sonnigen Nachmittag, schien Mawstone zu schlafen. Für mich war all das Teil dieses Gefühls der Unwirklichkeit, das mich seit dem frühen Morgen nicht einen Augenblick verlassen hatte.
Ich versuchte, das Buch zu lesen, das ich mitgebracht hatte, aber obwohl es eine spannende Geschichte war, schweiften meine Gedanken immer wieder ab, und es gelang mir nicht, mich zu konzentrieren.
»Du träumst, Cadi«, sagte ich und zuckte zusammen, denn die Worte weckten eine Erinnerung in mir. Letzte Nacht hatte ich den bewußten Traum gehabt. Es war ein Traum, der drei- oder viermal im Jahr wiederkehrte, und es war immer der gleiche – nein, es war nicht ganz der gleiche, denn er endete auf zweierlei Art. Ich sah ein Haus, ein großes Haus, eigentlich eher einen Palast. Das Mondlicht schien silbern auf die schönen, in Stein gemeißelten Ornamente über der großen Säulenhalle. Etwa zwanzig Meter vor der prunkvollen Fassade erhob sich ein festgefügtes Eisengitter zu doppelter Manneshöhe. Seltsamerweise war das Gelände, auf dem der Palast stand, ringsum von einem flachen, ruhigen Gewässer umgeben, aus dem jenseits des Gitters einige hohe gestreifte Pfähle emporragten. In meinem Traum kam ich in einem Boot zu diesem Haus, ging die breiten Steinstufen hinauf, die zwischen zwei Pfeilern aus dem Wasser aufstiegen, und dann weiter zu einer großen Flügeltür, die offenstand. Dahinter lag Dunkelheit.
Ich suchte jemanden, der im Haus auf mich wartete. In meinem Traum wußte ich genau, wer es war, aber sobald ich aufwachte, konnte ich mich nicht mehr daran erinnern und wußte nur noch, daß es ein Mann gewesen war. Ich hatte keine Angst, und ich ging mit raschen Schritten durch breite Korridore, düstere Säle und schließlich eine große, geschwungene Treppe hinauf. Er wartete auf mich in einem Zimmer des oberen Stockwerks, und ich hatte es eilig, zu ihm zu kommen, sehnte mich nach der Begegnung mit ihm. Während ich träumte, kannte ich jeden Winkel des Hauses, obwohl es dunkel war, aber wenn ich aufwachte, waren mir die Einzelheiten entfallen, und es blieb nur ein verschwommenes Bild.
Ich rief leise, während ich oben einen Korridor entlangging. Unter einer Tür am hinteren Ende war ein Lichtschimmer zu sehen. Die Tür wurde geöffnet, und ich sah eine Gestalt, die sich als Silhouette gegen das Licht abhob. Ich lief beglückt auf den Mann zu, und er

trat ein oder zwei Schritt ins Zimmer zurück, so daß ich ihn, als ich zur Tür kam, deutlich sehen konnte.
Dies war der Punkt, unmittelbar vor dem Ende, wo die beiden Träume auseinandergingen. Im guten Traum sah ich sein Gesicht, es war mir so vertraut wie mein eigenes, und ein tiefes Glücksgefühl durchflutete mich, während ich auf ihn zuging. Er streckte die Arme nach mir aus, und ich erlebte alle Freude der Welt. Dann wachte ich langsam, widerwillig auf, meine Glieder waren schwer, und ich spürte eine große Wärme in mir.
Aber wenn es der schlechte Traum war, der Traum, den ich letzte Nacht geträumt hatte, wurde ich plötzlich von einer kalten, unsinnigen Angst gepackt, sobald ich das Gesicht des Mannes sah. Er kam auf mich zu, streckte die Hände aus, und ich wandte mich ab, um erschreckt davonzulaufen. Aber meine Füße waren wie festgewachsen, ich konnte mich nicht bewegen, und wenn seine Hände mich berührten, wachte ich entweder zitternd und in kalten Schweiß gebadet auf, oder Dunkelheit umhüllte mich, und der Alptraum endete, wie es letzte Nacht geschehen war, ohne daß ich erwachte.
Ich hatte noch nie jemandem von diesem Traum erzählt. Manchmal war er gut, manchmal schlecht. Vielleicht hätte ich mit meiner Mutter oder Granny Caterina darüber gesprochen, aber die Träume kamen zum erstenmal drei Jahre nach ihrem Tod, als ich vierzehn war und anfing, mich vom Kind zum jungen Mädchen zu entwickeln. Man hatte mir gesagt, daß junge Mädchen in diesen Jahren der Entwicklung von allen möglichen seltsamen Dingen geplagt wurden, und ich nahm an, daß dieser Traum einfach dazugehörte. In gewisser Hinsicht wünschte ich, daß dies alles schon vorüber wäre, denn der schlechte Traum war sehr beängstigend, aber andererseits war der gute Traum so wundervoll, daß ich ihn nicht missen wollte.
Als ich jetzt in der weichen, warmen Luft dort oben auf dem Felsen saß, wollte ich den Traum der vergangenen Nacht vergessen, und so dachte ich an Granny Caterina und an die Geschichte, die sie mir so oft erzählt hatte: wie Robert Penwarden, der Großvater, den ich nie gekannt, ihr eines Tages vor langer Zeit im fernen Neapel das Leben gerettet hatte. Die Geschichte hatte etwas wunderbar Geheimnisvolles an sich, denn meine Großmutter wußte so gut wie nichts von ihrem Leben vor dieser Zeit, nicht einmal ihren Familiennamen. Das, was ihr widerfahren war, hatte ihr das Gedächtnis

geraubt, und sie konnte sich nur an einzelne traumähnliche Szenen ihrer Jugend erinnern, wie jemand, der ein Gemälde sieht und sich fragt, was wohl vor und nach dem dort festgehaltenen Augenblick geschehen sein mag. Sie hatte sich an ihren Vornamen, Caterina, erinnert, und das war alles.

Als erstes mußte ich sie mir vorstellen, wie sie mit zwanzig Jahren ausgesehen hatte. Sie konnte es nie mit völliger Sicherheit sagen, aber sie nahm an, daß sie damals etwa zwanzig gewesen sein mußte. Ich sah sie im Geiste in einem langen, weißen Kleid, eine rosa Schärpe um die schmale Taille, und das traf zu, denn Großvater Penwarden hatte es ihr erzählt. Er hatte sie bei Nacht bewußtlos in den Gewässern des Golfs von Neapel gefunden, und sie hatte damals so ein Kleid getragen. Aber um ein Bild von ihr vor diesem Zeitpunkt heraufzubeschwören, mußte ich meine Phantasie spielen lassen: Ihre langen schwarzen Haare waren am Hinterkopf zu einem Knoten gewunden, sie trug einen Samthut mit einem großen, ovalen Rand, der ihr Gesicht einrahmte, und vielleicht einen Sonnenschirm, um ihre zarte Haut vor der heißen Sonne zu schützen.

Dann mußte ich mir Robert Penwarden vorstellen, einen jungen Seemann von sechsundzwanzig auf einem schnittigen Segelschiff, das eine Ladung von eingesalzenen Pilchards nach Neapel brachte. Ich nahm an, daß er meiner Mutter ähnlich gesehen hatte, ein Mann, so kraftvoll und stattlich, wie sie schön gewesen war, aber mit blondem Haar. Das Schiff glitt leicht und lautlos in die Bucht und machte an seinem Liegeplatz fest.

Und jetzt ... jetzt stand es mir frei, mir meine eigene Lösung für das Geheimnis auszudenken, zu dem niemand je den wahren Schlüssel finden würde – das Geheimnis darüber, was der jungen Caterina an jenem sonnigen Tag in Neapel widerfahren war. Manchmal malte ich mir eine alte Lösung aus, die ich bei einer anderen Gelegenheit erdacht hatte, und manchmal versuchte ich, eine neue zu erfinden.

Doch plötzlich wurde ich aus meinen Träumereien aufgeschreckt. Ich sah gerade in die Mogg Race Bay hinunter, als meine Augen, die kaum wahrnahmen, was sie sahen, eine Nachricht an mein grübelndes Gehirn weiterleiteten, eine Nachricht, die mich mit einem Schrei des Entsetzens aufspringen ließ. In der Bucht schwamm ein kleines Segelboot. Es war noch östlich von dem Punkt, wo Moggs wuchtige

Gestalt sich aus dem Meer erhob, und somit vorläufig in Sicherheit, aber es näherte sich immer mehr der Gefahrenzone.
An dem dreieckigen blauen Flicken auf dem Segel erkannte ich, daß es Davey Rossiters Boot war. Demnach mußte der Mann in ihm der Engländer aus dem *Anchor* sein. Ich sah, daß er eine weiße Mütze – eine Art Matrosenmütze mit einem Schirm –, eine blau-grau gestreifte Sportjacke und weiße Hosen trug. Im ersten Augenblick war ich wütend auf ihn wegen seines Leichtsinns, aber als ich meine Augen beschattete und aufmerksamer hinblickte, änderte ich meine Meinung: Nicht Tollkühnheit, sondern ein Mißgeschick hatte ihn in die Mogg Race Bay geführt.
Segeln war für mich fast ebenso selbstverständlich wie Gehen, und ich konnte genau erkennen, was geschah. Der leichte Wind kam in einem schrägen Winkel vom offenen Meer in die Bucht herein, sprang um und frischte ein wenig auf, wie er es immer am Rand der Bucht zu tun pflegte, und der Mann war sich offenbar der Gefahr bewußt, in der er sich befand, denn er versuchte, zu wenden und sich von jener schrecklichen, unsichtbaren Linie zu entfernen, an der die Strömung ihn ergreifen würde. Doch das Ruder des Boots schien nahezu unbrauchbar. Ich konnte nicht sagen, was damit geschehen war, aber es hatte sehr wenig Steuerkraft, und das Boot reagierte viel zu langsam. Ich sah, wie der Mann die Pinne zweimal hin und her schwang, dann über das Heck spähte und mit der Hand hinunterlangte. Er bewegte die Pinne abermals, und ganz allmählich kam das Boot in den Wind, aber dann schlingerte es und fiel wieder ab.
Er machte guten Gebrauch vom Segel und versuchte geschickt, die wechselnden Böen aufzufangen, um gegen die leichte Brise aus der Gefahrenzone herauszukommen. Offensichtlich war er ein geübter Segler, und ich erinnere mich, daß ich ungeachtet meines Schreckens eine gewisse Überraschung empfand, denn als echtes Kind Cornwalls hätte ich es nie für möglich gehalten, daß jemand aus Kent etwas von Booten und dem Meer verstand.
Aber trotz seiner Geschicklichkeit verlor er langsam an Boden. Mit dem schadhaften und unzuverlässigen Ruder konnte er das Boot nicht auf Kurs halten; es wurde von dem sanften Wind langsam und erbarmungslos zurückgedrängt und trieb hilflos auf die unsichtbare Strömung jenseits des Mogg zu.

Ich wandte mich um und lief in rasender Eile schlitternd und gleitend den Grashang zum Dorf hinunter. Ich hatte nur einen Gedanken: Wenn es meinem Vater und mir gelang, um die Landspitze zu rudern und die Mogg Race Bay zu erreichen, ehe das Segelboot von der Strömung ergriffen wurde, konnten wir vielleicht den Fremden noch vor dem sicheren Tode retten. Daß er keine Riemen bei sich hatte, war nur allzu klar, und offenbar konnte er nicht schwimmen, denn sonst hätte er das Boot längst verlassen und wäre um die Landspitze herum in die Bucht von Mawstone geschwommen.

Es war ein langer Lauf ins Dorf hinunter, und als ich zu der schmalen Kopfsteinpflasterstraße kam, hämmerte mein Herz, und ich war so außer Atem, daß ich kaum etwas sehen konnte. Mawstone schien immer noch zu schlafen. Es war so still um mich herum, daß ich mich einen Augenblick lang fragte, ob ich dies alles vielleicht nur träumte. Aber meine Zehe schmerzte an der Stelle, wo ich sie an einem Stein abgeschürft hatte, und ich sah verschmiertes Blut zwischen den Riemen meiner Sandalen. Nein, dies war kein Traum.

Es hatte keinen Zweck, um Hilfe zu rufen, während ich die Straße entlanglief. Die Männer waren alle mit den Booten draußen. Plötzlich hörte ich nicht weit hinter mir das Klappern von Hufen. Das Tempo wurde schneller, und als ich einen Blick über die Schulter warf, sah ich einen Reiter auf einem schönen Pferd in leichtem Galopp auf mich zukommen. Ich sah alles viel zu verschwommen, als daß ich sein Gesicht deutlich hätte erkennen können, hatte nur den vagen Eindruck von einem jungen, schlanken Mann, der tadellos zu Pferde saß. Er trug enge graue Hosen, keine Breeches, und eine kurze Sportjacke über einem weißen Hemd mit Schlips.

Er muß die Angst auf meinem Gesicht bemerkt haben, denn als ich stehenblieb, hörte ich seine Stimme über mir kurz angebunden fragen: »Was ist los?« Es lag eine strenge Autorität in seinem Ton, aber keine Wärme. Ich deutete die Straße entlang und holte tief Atem, um sprechen zu können.

»Ich muß ... zum Kai«, sagte ich keuchend. »Ein Segelboot ... in Seenot in der Mogg Race Bay ...«

»Los, kommen Sie«, befahl die Stimme. Im nächsten Augenblick packte eine kräftige Hand mich unter dem Arm, und ich wurde zu meiner großen Verblüffung vom Boden gehoben. Als er mich herumschwenkte, zog ich meinen Rock hoch und schwang mich dicht

hinter ihm rittlings auf den Sattel. Er sagte: »Halten Sie sich fest!« und trieb das Pferd zum Galopp an, während ich seine Brust umklammerte.
Ich hatte das Gefühl, in einem winzigen Boot auf einer großen Sturzwelle zu reiten, als wir donnernd die schmale Straße entlanggaloppierten, und jetzt begann Mawstone aufzuwachen, denn ich sah, wie sich Fenster und Türen öffneten und die Leute uns überrascht anstarrten. Ich fühlte den weichen Stoff seiner Jacke an meiner Wange, und plötzlich war es mir peinlich, mich so fest an diesen Fremden zu klammern. Ich versuchte, meinen Griff zu lockern, aber er sagte ärgerlich: »Halten Sie sich *fest*, Mädchen!« Es war gut, daß ich ihm gehorchte, denn als wir um die Ecke bogen, wo die Fischkeller lagen, glitten die Hufe des Pferdes aus und suchten auf den blanken Steinen verzweifelt nach einem Halt. Eine Sekunde lang schien der Körper des Mannes in meinen Armen zu Eisen zu werden, dann fing er mit äußerster Anstrengung das strauchelnde Pferd auf, und wir rasten klappernd den Kai entlang.
Mein Vater blickte von seinen Netzen auf, sprang auf die Füße und starrte uns an. Wir kamen rutschend zum Stillstand, als der Reiter die Zügel scharf anzog. Ich ließ ihn los, glitt seitlich ab und wäre gefallen, aber mein Vater fing mich auf und stellte mich auf die Beine.
»Segelboot in der Mogg Race Bay«, stieß ich atemlos hervor. »Das Boot von Davey Rossiter. Das Ruder ist kaputt. Versucht, es herauszubringen, aber . . .« Ich beendete den Satz mit einer Handbewegung.
Mein Vater sagte leise: »Du lieber Himmel!« Und dann: »Wir müssen es versuchen. Du nimmst das Steuer, Cadi.« Ich lief zum Gig, das am Kai festgemacht war, und als ich ins Heck hinuntersprang, hörte ich meinen Vater fragen: »Können Sie rudern, Sir?«
Die kühle Stimme sagte: »Recht gut. Kann das Mädchen steuern?«
»Recht gut«, erwiderte mein Vater in gleichen Ton. »Und besser als die meisten. Wollen Sie also bitte die Mittschiffsruder nehmen?«
Eine grauweiße Gestalt schoß an mir vorbei, als der junge Mann, der jetzt die Jacke ausgezogen hatte, ins Boot sprang. Dann kam mein Vater herunter und ließ eine große Rolle Tauwerk neben meine Füße fallen. Er setzte sich auf die hintere Ruderbank und legte die langen Riemen aus. Ich warf die Fangleine los, stieß vom

Kai ab und drehte gleichzeitig das Boot mit einer leichten Bewegung der Ruderpinne herum. Mein Vater sagte: »Ruder an!« und die vier Riemen tauchten ins Wasser. Dann steuerten wir auf die westliche Landspitze der Mawstone Bay zu, die etwa einhundertfünfzig Meter entfernt war.

»Fahr hart vorbei, Cadi«, sagte mein Vater, und ich nickte, ohne die Landspitze aus den Augen zu lassen. Ich wußte, wie das Meer dort gegen die Felsen schlug und zurückwirbelte, und ich wußte auch, wie ich mir diese zurücklaufende Strömung zunutze machen konnte, damit wir schnell und hart an der Küste um die Landspitze herumgetragen wurden, statt weit hinauszutreiben.

Das Gig glitt rasch über das ruhige Wasser. Ich warf einen kurzen Blick auf die Ruderer, aber ich konnte nur meinen Vater sehen, denn der Fremde saß hinter ihn. Er hatte gesagt, er könne recht gut rudern, und ich sah an den Bewegungen seiner Riemen, daß er nicht übertrieben hatte. Gewiß, er besaß weder die Fertigkeit eines Mannes, der sein Leben in Booten verbracht hatte, noch die ungewöhnliche Körperkraft von jemandem, der wie mein Vater in seiner Jugend ein hervorragender Ringkämpfer gewesen war; aber nichtsdestoweniger war er gewandt und kräftig – immerhin hatte er mich mühelos wie ein Heubündel aufs Pferd gehoben – und er bewahrte einen gleichmäßigen Rhythmus, scherte die Ruder gut ab und tauchte sie nicht zu tief ins Wasser.

Ich richtete die Augen wieder auf die Landspitze und konzentrierte mich auf die leichten Bewegungen der Ruderpinne. Es war nicht das erste Mal, daß ich ein Boot um diese Landzunge steuerte. Aber noch nie zuvor hatte ich sie so dicht umfahren, wie ich es jetzt tat, um den Strudel der zurücklaufenden Strömung bis ins letzte auszunutzen. Dann waren wir um das Kap herum, ruderten mit kräftigen Schlägen in die Mogg Race Bay, und mein Vater sagte keuchend: »Gut gemacht, Cadi.«

Ich sah nach vorn und hielt bestürzt den Atem an, denn die Bucht schien leer zu sein. Es war kein Segel zu sehen. Dann erkannte ich mit Schrecken, was geschehen war: Davey Rossiters Boot befand sich in der Strömung jenseits von Mogg; aber schlimmer noch als das, es war gekentert. Das war der Grund, weshalb ich kein Segel gesehen hatte. In dem Bemühen, sich frei zu machen, hatte der Mann zweifellos zuviel Segel riskiert, und das Boot war umgeschlagen, als es von der Strömung ergriffen wurde.

Ich war die einzige, die Mogg Race sehen konnte. Die Männer hielten ihr den Rücken zugewandt und wollten es nicht darauf ankommen lassen, dadurch daß sie sich umblickten, den Rhythmus zu verlieren. »Cadi?« sagte mein Vater, immer noch mit voller Kraft rudernd.
»Er – er ist verschwunden, Dad.« Meine Stimme zitterte leicht. »Das Boot ist gekentert, und die Strömung – nein, *warte*!« Ich starrte auf das gekenterte Boot, das in einem großen Bogen etwa zwanzig Meter von Mogg entfernt vorbeitrieb, und jetzt konnte ich deutlich den Mann sehen. »Er hält sich an der Seite fest! Er lebt noch!«
Ich hörte, wie der Fremde zu meinem Vater sprach; sein Atem ging schwer, aber seine Stimme war immer noch kühl und beherrscht. »Sie wissen am besten, was zu tun ist. Befehlen Sie Mann!«
Mein Vater sagte: »Cadi, bring uns zwanzig Meter südlich von Mogg's Head und ebensoweit nach Osten.« Dann sprach er über die Schulter. »Wir werden dort am Rande der Strömung auf das Boot warten. Und dem Herrn ein Seil zuwerfen, wenn er wieder an Mogg vorbeikommt. Sie schleudern das Tau, Sir – ich bleibe an den Riemen.«
Zwei Minuten später rief ich: »Rückwärts rudern!« und wir kamen zum Stillstand. Mein Vater zog an einem Ruder, um das Boot herumzudrehen, so daß das Heck der Strömung zugewandt war. Der Fremde zog polternd die Riemen ein. Mein Vater entspannte sich und hielt das Gig mit einer leichten Bewegung der Blätter in der richtigen Lage. Ich wandte den Kopf, um das gekenterte Boot zu suchen, und sah es weit drüben in der Nähe der granitenen Mauer der Klippen. Beim nächsten Umlauf oder spätestens beim übernächsten würde es an die Felsen geschleudert und zerschmettert werden.
Ich hörte Füßescharren, und Sekunden später stand der Fremde aufrecht mit gespreizten Beinen über mir auf dem Achtersitz, während ich mich duckte, um ihm Platz zu machen und ein Ende des Taus zu befestigen, das er in den Händen hielt. Er hob die Stimme, und in der trügerischen Stille der Bucht mußten seine Worte sicherlich bis zur fernen Landspitze dringen, denn sie wurden scharf und deutlich hervorgestoßen.
»Onkel Edward! Halt dich bereit für ein Tau!«
Onkel Edward? Jetzt wurde mir zum erstenmal klar, daß der junge

Herrenreiter etwas mit der englischen Familie zu tun hatte, die im *Anchor* wohnte. Offenbar war er derjenige mit dem anderen Namen, wie Bob Rossiter ihn beschrieben hatte. Ich versuchte, hinaufzublicken und sein Gesicht zu sehen, aber ich sah nichts weiter als die grau behosten Beine über mir, ein Stück weißes Hemd, jetzt schweißdurchtränkt, und sein Kinn.

Ein schwacher Ruf der Erwiderung drang zu uns herüber, als das gekenterte Boot küsteneinwärts kreiste, ehe die Strömung es in einem weiten Bogen auf uns zutreiben würde. Dann war alles ruhig, und die Zeit schien stillzustehen, während wir mit atemloser Spannung auf den entscheidenden Augenblick warteten. Das Segelboot beschrieb eine Kurve. Binnen weniger Sekunden würde es so dicht an uns herankommen, wie es danach nie wieder herankommen würde. Ich hielt den Atem an. Über meinem Kopf hörte ich ein Ächzen, als der graubehoste Mann das Tau auswarf.

Es war ein gutgezielter Wurf, denn ich sah, wie das Seil abrollte und knapp hinter dem Kiel über den Rumpf fiel. Der Mann befand sich auf der anderen Seite des Bootes und mußte das Tau aufgefangen haben, als es neben ihm landete. Ich hatte erwartet, daß er das Boot sofort loslassen und sich an das Seil klammern würde, damit wir ihn aus der Strömung ziehen konnten; aber das Schicksal hatte es anders bestimmt, denn das Tau glitt zwischen das zerbrochene Ruder und den Rumpf und verfing sich dort.

Jetzt wurde mir klar, weshalb mein Vater in kluger Voraussicht an den Riemen geblieben war. Aus der Strömung ertönte ein schwacher Ruf: »Vorsicht! Das Seil klemmt!« Ich hörte meinen Vater leise fluchen, und in den fünf Sekunden, ehe das Tau sich straffte, ruderte er wie besessen drauflos. Dann spürte ich einen kurzen, aber starken Ruck, als das volle Gewicht des gekenterten Bootes am Gig zu zerren begann und uns langsam in Richtung der Strömung zog.

Der junge Herrenreiter hätte von dieser plötzlichen Erschütterung leicht über Bord geschleudert werden können, aber offenbar hatte er die Gefahr rechtzeitig erkannt, denn er hatte sich über mir niedergekauert und hielt sich am Schandeck fest. Eine Sekunde später stand er wieder aufrecht da, und als mein Vater sich beim Rücklauf der Ruder vornüberneigte, sprang der Fremde mit einem einzigen langen Satz über ihn hinweg. Ich griff nach der Ruderpinne und hörte das Rasseln der Mittschiffsriemen, die in die Dollen geschoben

wurden, dann ruderten die beiden Männer gemeinsam mit aller Kraft, die sie aufbringen konnten.
Ich blickte nach links, und mein Herz schien stillzustehen: Wir befanden uns fast auf gleicher Höhe mit Mogg und waren demnach nur wenige Fuß von den unsichtbaren Fängen der Strömung entfernt. Im Augenblick bewegten wir uns praktisch auf der Stelle, verloren ein oder zwei Fuß beim Zurückgehen der Riemen und holten beim Ruderschlag ebensoviel wieder ein. Aber die Zeit arbeitete gegen uns, denn kein Mensch konnte auf die Dauer mit diesem verbissenen Kraftaufwand rudern. Die Strömung hingegen würde nicht ermüden; wenn wir das gekenterte Boot im Schlepptau behielten, so würde Mogg Race uns zu fassen bekommen, würde uns wie ein riesiger Fisch an einer Angelschnur langsam in ihre Fänge ziehen.
Deutlicher als zuvor drang jetzt aus nur dreißig Meter Entfernung, vom Ende des Taus her eine Stimme zu uns, atemlos und ein wenig erstickt, aber trotzdem erstaunlich ruhig: »Ich ... kann das Tau nicht freimachen. Bitte löst euer Ende. Adieu und vielen Dank für den Versuch.«
Es waren die Worte eines tapferen Mannes. Ich sah, daß das wettergebräunte Gesicht meines Vaters sich unter der Unnachgiebigkeit seines Entschlusses wie Teakholz verhärtete.
»Mach die Ruderpinne fest, Cadi!« sagte er keuchend, während er sich vorbeugte. »Nimm die Bugriemen!«
Ich streifte die Doppelschlinge über die Pinne, um das Gig auf einem stetigen östlichen Kurs zu halten, und kletterte rasch, aber behutsam, ohne seinen Ruderschlag zu unterbrechen, an meinem Vater und dann an dem Mann hinter ihm vorbei. Der Fremde saß vornübergebeugt und hielt den Kopf gesenkt, als ich über den Schaft seines Backbordriemens sprang, und wieder sah ich nicht sein Gesicht, sondern nur einen Wust von dichtem, kastanienbraunen Haar.
Es war ein sechsruderiges Gig, und mein Vater hatte die Bugriemen gekürzt, um mir das Rudern zu erleichtern. Ich legte sie aus, ließ sie in die Dollen gleiten und paßte mich dem Rhythmus der Männer an. Dann begann der schwere Kampf. Während er anhielt, hatte ich keine Ahnung, ob wir verloren oder gewannen, denn nach den ersten paar Minuten waren meine Augen blind vor Schweiß, und es gab nichts anderes auf der Welt als das qualvolle Bemühen, jeden Muskel gegen einen unbeugsamen Feind anzuspannen. Aber wir

müssen Zoll um Zoll an Boden gewonnen haben. Die zusätzliche Kraft meiner Bugriemen, so gering sie auch war, machte offenbar den kleinen Unterschied aus, der das Blatt gegen Mogg Race wendete.

Wie durch einen Schleier sah ich das schweißdurchtränkte weiße Hemd des Mannes, der vor mir saß. Es war unter der Anstrengung an einer Schulter zerrissen, und bald darauf fühlte ich, wie bei einem kräftigen Ruderschlag die Seitennaht meines eigenen guten blauen Leinenkleides mit einem lauten Riß aufplatzte. Ich werde niemals wissen, wie lange wir an diesem Tag gegen die Strömung ankämpften, und ich glaube, keiner von uns hat es je gewußt, aber es kam mir vor wie eine Ewigkeit. Meine Hände waren glitschig, und ich spürte, wie meine Kräfte schwanden. Jedesmal, wenn ich mich vornüberbeugte, hatte ich das Gefühl, daß ich nur noch einen Ruderschlag schaffen werde, aber irgendwie schaffte ich diesen letzten Schlag wieder und immer wieder.

Dann merkte ich plötzlich, daß wir uns durch das Wasser bewegten. Uns wirklich bewegten, nicht nur Zoll um Zoll dahinkrochen. Und gleich darauf hörte ich den keuchenden Ruf meines Vaters: »Halt!«

Ich ließ mich über die Riemenschafte fallen. Meine Glieder und mein Rücken schienen ein einziger, brennender Schmerz, und ich konnte nicht Luft holen, ohne einen röchelnden Laut hervorzubringen. Mühsam hob ich den Kopf. Achteraus hing das Seil lose zwischen dem Gig und dem gekenterten Boot, das sich jetzt etwa zwanzig Meter jenseits von Mogg befand, frei von der Strömung, außer Gefahr.

Wir hatten den Kampf gewonnen. Mir wurde bewußt, daß meine Hände schmerzten, und als ich sie ansah, merkte ich, daß sie nicht nur vom Schweiß, sondern auch von Blut glitschig waren. Aber das schien jetzt nicht wichtig. Ich hörte meinen Vater sprechen und sah, daß der junge Mann im weißen Hemd wieder mit leichten Schlägen zu rudern begann, während mein Vater im Heck kauerte und am Tau zog, um das gekenterte Boot längsseits zu bringen. Ich kniff die Augen zusammen, um besser sehen zu können, und erkannte den Kopf und die Schultern des Mannes, der sich immer noch an das Wrack klammerte. Durch irgendeine Laune des Zufalls trug er nach wie vor die weiße Schirmmütze auf dem Kopf. Er hielt sich jetzt an dem kaputten Ruder fest, und ich sah, daß er einen kleinen Spitzbart hatte.

Mit einemmal spürte ich eine ungeheure Erleichterung, denn jetzt – ausgerechnet jetzt – fühlte ich mich wieder völlig normal. Die Seltsamkeit des Tages hatte sich in nichts aufgelöst und war verschwunden. Ich hatte nicht mehr das Gefühl, mich auf einem unsichtbaren Seil aus brüchiger Luft zu bewegen. Zweifellos lag das daran, daß sich das Unglück, das ich gefürchtet, ereignet hatte und damit der Bann gebrochen war; aber letztlich war kein Unglück geschehen, denn wir hatten gesiegt.

Das Segelboot kam längsseits, und mein Vater half dem bärtigen Mann, als dieser sich übers Schandeck ins Boot zog. Er sank, gierig nach Luft schnappend, gegen den Achtersitz. Der junge Mann hielt mir immer noch den Rücken zugekehrt, während er mit langsamen, mühelosen Schlägen ruderte, um uns weiter von der Strömung fortzubringen. Er sagte: »Guten Tag, Onkel Edward.«

»Guten Tag, Lucian.« Die Stimme war immer noch atemlos, aber recht ruhig. Ich schätzte, daß der Mann etwa Mitte der Fünfzig war. Er hatte seine Feuerprobe gut bestanden. »Ich hätte nicht erwartet, dich hier zu sehen, mein lieber Junge«, fuhr er fort. »Dachte, du seist ausgeritten. Bitte stell mich diesen guten Leuten vor.«

»Wir haben noch keine Zeit gefunden, uns miteinander bekannt zu machen«, war die Antwort. »Gewisse andere Dinge haben unsere Aufmerksamkeit in Anspruch genommen. Darf ich dir empfehlen, schwimmen zu lernen?«

»Seltsam, daß du das gerade jetzt erwähnst«, sagte Onkel Edward liebenswürdig. »Es ist eine Frage, über die ich selbst kürzlich recht eingehend nachgedacht habe.« Ich sah in seinen Augen ein humorvolles Glitzern hinter der Erschöpfung und fragte mich, ob es sich wohl in den Augen des jungen Mannes namens Lucian widerspiegelte. Mir schien, daß die gelassene Zuvorkommenheit, in der sie miteinander verkehrten, eine Posse war, die sie beide amüsierte.

Der ältere Mann sah meinen Vater an, der das gekenterte Boot an einem kürzeren Schlepptau festmachte. »Mein Name ist Edward Morton«, sagte er, »und dies ist mein Neffe Lucian Farrel.« Er schwieg, und seine Augen wurden ernst. Leise fuhr er fort: »Ich bin sicher, daß es schon klügeren Männern als mir schwergefallen ist, Worte für diejenigen zu finden, die ihnen das Leben gerettet haben. Ich kann nur sagen, daß ich Ihnen von ganzem Herzen danke.«

Mein Vater lächelte leicht und nickte. An seinem Gesichtsausdruck erkannte ich, daß er diesen Mann achtete. »Es ist uns ein Vergnügen, Sir«, sagte er in seiner unartikulierten kornischen Redeweise. »Ich bin Donald Tregaron, und das ist meine Tochter Cadi. Ich glaube, sie ist es, der Sie zu danken haben. Es war ihre Hilfe, die das Blatt gewendet hat.«

Mr. Morton blickte an Lucian Farrel vorbei zu mir herüber. »Ja, das hat sie in der Tat«, sagte er leise. Und dann tat er etwas, das mir vor Überraschung, Verlegenheit und Stolz das Blut in die Wangen trieb. Den Blick immer noch auf mich geheftet, nahm er die Mütze von seinem fast völlig kahlen Kopf und brachte es irgendwie fertig, sich aus seiner halb liegenden Stellung heraus höflich zu verbeugen. »Ihr ergebener Diener, junge Dame«, sagte er. »Ich bin Ihnen aufrichtig dankbar.«

Es war das erste Mal in meinem Leben, daß ein Mann vor mir die Mütze gelüftet hatte. Ich fand keine Worte der Erwiderung, sondern dankte ihm nur mit einem verlegenen Lächeln für seine Liebenswürdigkeit.

Mein Vater und Lucian Farrel ruderten gemächlich um die Landspitze herum in die Bucht von Mawstone. Mir war undeutlich bewußt, daß Mr. Morton mit meinem Vater sprach, aber ich war zu erschöpft, um zu erfassen, was sie sagten. Dann unterhielten sich Lucian Farrel und sein Onkel wieder in jener seltsamen, spaßhaft höflichen Weise, die offenbar zwischen ihnen üblich war. Ein paar Sätze drangen in meinen müden Kopf.

»Du brauchst trockene Kleidung, Onkel Edward. Das heißt, falls du für heute mit dem Segeln fertig bist.«

»Ich habe das Gefühl, daß für den Augenblick der Ruf des Meeres in mir ein wenig schwächer geworden ist, mein lieber Junge«, sagte Mr. Morton nachdenklich. »Was meine Kleidung betrifft, sie wird bei diesem herrlichen Sonnenschein sicherlich sehr schnell trocknen, und ich will lieber einen Anfall von Rheumatismus riskieren als deine Tante Helen mit einem Bericht über dieses Mißgeschick beunruhigen. Es könnte Anlaß zu anhaltenden Vorwürfen geben.«

»Ja, das wäre durchaus denkbar«, pflichtete sein Neffe ihm bei, und ich erinnerte mich an Bob Rossiter, der über das »Jammern und Klagen« der Dame aus Kent gesprochen hatte. »Aber du brauchst irgendein Beförderungsmittel nach Bosney«, fuhr Lucian Farrel fort. »Es sind gut vier Meilen.«

»Ein gesunder Spaziergang, Lucian. Es wird dir guttun, mein Junge. Ich werde dein Pferd reiten, wie es der Würde meines Alters gegeziemt.«
Ich hörte Lucian Farrel lachen, während er, leicht vornübergeneigt, die Ruder zurückgleiten ließ, und als ich seinen Rücken, die breiten Schultern und die schmale Taille betrachtete, wurde mir klar, daß ich während dieses ganzen Abenteuers nicht ein einziges Mal deutlich sein Gesicht gesehen hatte.
Wir waren jetzt beinahe zu Hause. Die Nachricht von dem Unfall hatte sich verbreitet, und ein Dutzend Frauen sowie zwei alte Männer standen am Kai, als wir näher kamen. Einer der Männer hielt Lucian Farrels Pferd am Zügel.
»Es ist alles in Ordnung, regt euch nicht auf«, sagte mein Vater ungeduldig, als wir aus dem Gig stiegen. Er winkte den schwatzenden Frauen ab. »Geht jetzt schön brav nach Hause, es gibt hier nichts zu sehen.«
Meine Beine zitterten, und ich konnte mich nur mit Mühe aufrecht halten. Es war mir peinlich, mich vor den beiden Männern aus Kent so schwach zu zeigen, und so setzte ich mich auf einen Poller, um mein Zittern zu verbergen. Mr. Morton kam auf mich zu, hob sanft meine Hände auf und besah sich die wunden Handflächen.
»Sie brauchen sofort Salbe und einen Verband«, sagte er energisch und wandte den Kopf. »Lucian! Bitte bring diese junge Dame so schnell wie möglich zum nächsten Arzt. Ihre Hände müssen behandelt werden.«
Lucian kauerte am Rand des Kais; er starrte auf das Heck des gekenterten Bootes und schien so vertieft in das, was er dort sah, daß er die Worte seines Onkels nicht hörte. Ich sagte rasch: »Es ist nicht so schlimm, Sir. Ich werde Mrs. Mansel, die Hebamme, um eine Salbe bitten. Sie ist besser als jeder Arzt.«
Mr. Morton sah mich einen Augenblick unschlüssig an, dann lächelte er und nickte. »Nun gut, mein Kind. Sicherlich wissen Sie selbst am besten, was das richtige für Sie ist.«
Lucian Farrel rief: »Könntest du bitte einen Moment herüberkommen, Onkel Edward?« Jetzt sah ich, daß mein Vater neben Lucian Farrel hockte und ebenfalls auf das Segelboot hinunterblickte. »Entschuldigen Sie mich, Cadi«, sagte Mr. Morton und wandte sich ab. Er hatte sich an meinen Namen erinnert, und er verhielt sich mir

gegenüber, als ob ich eine feine Dame wäre. Trotz meiner Erschöpfung veranlaßte mich irgend etwas, aufzustehen und ihm zu folgen. Die drei Männer starrten auf das Boot, und ich blickte über die Schulter meines Vaters, der am Rand des Kais kauerte. Es war nicht schwer zu erkennen, weshalb das Ruder versagt hatte: Der untere Fingerling, einer der beiden Eisenhaken, mit denen das Ruder am Achtersteven befestigt war, hatte sich gelöst.

»Das hatte ich mir beinahe gedacht«, sagte Mr. Morton. Lucian legte sich flach auf den Boden, griff nach dem Ruder und zog es ein wenig höher herauf, so daß es auf gleicher Ebene mit dem Kai war. Dann deutete er kniend auf die glänzende, nicht von Wind und Wasser angefressene Bruchstelle des Ruderhakens. »Das ist nicht einfach von selbst geschehen, Onkel Edward. Das war Absicht. Irgend jemand hat den Ruderhaken halb durchgesägt.«

Ich sah, daß er recht hatte, und war entsetzt. Selbst wenn es nichts weiter als ein dummer Streich gewesen war, wie konnte irgendein Mensch auch nur auf den Gedanken kommen, so etwas zu tun? Es schien mir unvorstellbar, daß einer der Jungen aus Bosney sich solch einen bösen Scherz erlaubt haben sollte. Diejenigen, die mit dem Meer aufgewachsen waren, würden nie mutwillig ein Menschenleben aufs Spiel setzen, indem sie ein Boot beschädigten.

Eine Weile herrschte Schweigen, dann sagte Mr. Morton mit sonderbar veränderter, leiser Stimme: »Wir dürfen uns nicht von unserer Phantasie mitreißen lassen, Lucian. Zweifellos war der Ruderhaken rissig, und das hat diesen so seltsam verdächtigen Bruch verursacht.« Er wandte sich an meinen Vater. »Ich hoffe, daß der sehr verständliche Irrtum meines Neffen Sie und Ihre Tochter nicht erschreckt hat. Bitte verschwenden Sie keinen Gedanken mehr daran.«

Mein Vater zögerte mit verkniffenen Lippen. Er hatte ebenso deutlich wie ich erkannt, daß Lucian Farrels Vermutung zutraf. »Wie Sie wünschen, Sir«, sagte er schließlich.

Lucian Farrel ließ das Ruder fallen, stand auf und wischte sich die Hände an seinem zerrissenen, schmutzigen Hemd ab. Dann wandte er sich um, und ich sah zum erstenmal sein Gesicht, während er durch mich hindurchblickte, ohne mich zu sehen. Es war ein längliches Gesicht mit einem eckigen Kinn, und es hatte nichts von der üblichen Blässe des Stadtbewohners. Über den rechten Backenknochen zog sich eine dünne weiße Narbe. Die Ohren waren klein. Im

Gegensatz zu dem kastanienfarbenen Haar waren seine Augenbrauen pechschwarz. Diese Brauen waren das bemerkenswerteste an seinem Gesicht, denn sie stiegen über den hellblauen Augen in einer geraden Linie schräg nach oben und verliehen ihm ein leicht dämonisches Aussehen.

Lucian ... Luzifer. Die Ähnlichkeit der Namen fiel mir auf, während sich in meinem Kopf alles zu drehen begann. Der kalte Zorn in seinen Augen, die blind durch mich hindurchsahen, war beängstigend. Aber das war es nicht, was jeden Nerv meines Körpers vor Schreck erzittern ließ.

Lucian Farrels Gesicht, das ich noch nie zuvor gesehen hatte, war das Gesicht, das mir in meinem Traum erschien, an das ich mich jedoch beim Aufwachen nie recht erinnern konnte. Es war das Gesicht des Mannes, der in einem der oberen Zimmer des von Wasser umgebenen Palasts auf mich wartete, des Mannes, dessen Gegenwart für mich entweder tiefes Glück oder alptraumähnliche Angst bedeutete.

II

Lucian Farrels Zorn legte sich, und er zuckte leicht mit den Achseln. Langsam stellten seine Augen sich wieder auf ihre nähere Umgebung ein, und er sah mich an.
Sonderbarerweise und wider alle Vernunft hatte ich beinahe erwartet, daß er mich vom Traum her wiedererkennen werde, aber in seinem Blick lag keinerlei Gemütsbewegung, allenfalls eine gewisse Neugier, als er mich jetzt zum erstenmal sah. Sicherlich war es kein sehr anziehendes Bild, das sich seinen Augen bot: Mein Gesicht war erhitzt und streifig vom Schweiß und Schmutz meiner Hände dort, wo ich es abgewischt hatte. Mein Kleid war zerrissen. Meine Haare hingen zerzaust herab.
Plötzlich schien der Himmel über meinem Kopf schwindelerregend zu wanken, und meine Ohren brausten. Wie aus weiter Ferne hörte ich die Stimme meines Vaters, die erschreckt »*Cadi*!« rief. Ich fühlte, wie zwei starke Arme mich auffingen, als ich zu Boden sank, dann war alles dunkel.
Ich muß jedoch bereits nach wenigen Sekunden wieder einigermaßen zu mir gekommen sein, denn ich konnte meine eigene Stimme hören, die allen versicherte, daß es mir sehr gut gehe. Mein Vater wollte mich nach Hause tragen, aber ich ließ es nicht zu. Ich erinnere mich an Mr. Mortons besorgte Frage und die leise Erwiderung meines Vaters; dann waren nur noch wir beide da, mein Vater legte den Arm um meine Taille, um mich zu stützen, und wir gingen langsam nach Hause.
Etwas später bemerkte ich, daß meine Hände mit einer kühlen Salbe bestrichen und verbunden wurden und Mrs. Mansel mich zu Bett brachte, wobei sie fortwährend kopfschüttelnd vor sich hin-

murmelte und ein ums andere Mal erklärte, was für unverbesserliche Dummköpfe die Männer seien. Ich schlief, bis mein Vater mich lange nach Einbruch der Dunkelheit weckte und mir einen Teller warme Suppe brachte, dann schlief ich weiter, die ganze Nacht hindurch und in den Morgen hinein, bis die Sonne hoch am Himmel stand.

Es war Sonntag, und ich fühlte mich nicht einfach wieder gut, ich fühlte mich wundervoll. Die Unruhe, die Angst, die Müdigkeit – alles war verschwunden, und vom gestrigen Tag blieb nur die Erinnerung an das aufregende Abenteuer. Meine Hände waren immer noch ein wenig steif und wund, aber Mrs. Mansels Salbe hatte gut gewirkt, und ich brauchte keinen Verband mehr.

Ich stand auf, öffnete das Fenster und blickte über das Meer. Alles war wieder herrlich normal. Jetzt konnte ich darüber lachen, daß ich mir eingebildet hatte, Lucian Farrels Gesicht sei das Gesicht des Mannes, der mir in meinem Traum erschien. In Wirklichkeit, sagte ich mir, wußte ich gar nicht, wie der Mann in meinem Traum aussah. Gestern nachmittag am Kai war ich einfach seelisch und körperlich vollkommen erschöpft gewesen. Die Angst, die Aufregung und die fast übermenschliche Anstrengung der Rettung hatten mich verwirrt, und so hatte meine Phantasie mir einen Streich gespielt. Durch einen Zufall war ich mit Lucian Farrel vielleicht eine halbe Stunde zusammen gewesen, ohne dabei in Wirklichkeit viel mehr als seinen Rücken zu sehen. In meinem Unbewußten war er, ebenso wie der Mann in meinem Traum, für mich zu einem gesichtlosen Mann geworden. Und als ich ihn dann schließlich sah, war ich wie betäubt vor Müdigkeit. Er hatte ein recht ungewöhnliches, ja sogar erschrekkendes Gesicht, und ich hatte in diesem Augenblick einfach Traum und Wirklichkeit miteinander verwechselt. Das war alles. Ich beglückwünschte mich zu dieser klaren und vernünftigen Erklärung der Dinge.

Es klopfte an der Tür, und mein Vater kam herein. Er brachte mir einen großen Krug heißes Wasser.

»Ich habe gehört, wie du das Fenster aufgemacht hast«, sagte er. »Fühlst du dich besser, mein Liebes?«

»Ja, vielen Dank, Dad. Es tut mir leid, daß ich gestern so dumme Geschichten gemacht habe. Aber der Tag war aufregend, nicht wahr? Ich meine, Mogg Race, das Segelboot und alles übrige.«

Er lächelte. »Wir könnten ganz gut ohne allzu viele Aufregungen dieser Art auskommen. Bis du unten bist, habe ich dein Frühstück fertig, Liebling.«
»Oh, Dad. Eigentlich hätte ich es für dich machen sollen. Verzeih mir.«
»Du hast es verdient, meine ich.« Er stellte den Krug hin, gab mir einen Gutenmorgenkuß und ging hinaus. Ich legte ein Stück Segeltuch auf den Boden, zog mein Flanellnachthemd aus und wusch mich gründlich von oben bis unten. Mir wurde schwer ums Herz, als ich mein zerrissenes blaues Kleid ansah, das schmutzig und voll Salzflecken war, aber ich zog mein Sonntagskleid an und ging hinunter in die Küche.
Mein Vater hatte mir ein besonders gutes Frühstück gemacht, und ich aß mit ungeheurem Appetit.
»Die Leute aus Kent werden heute nachmittag vorbeikommen«, sagte er, während er seine Pfeife stopfte. »Mr. Morton und der junge Mr. Farrel.«
Ich hörte auf zu essen und starrte ihn erschreckt an. »Dad! Hier bei *uns*?«
»Ich nehme an, dieser Mr. Morton will sich noch einmal in aller Förmlichkeit bedanken. Es wäre nicht nötig, aber er besteht darauf. Wir müssen ihnen Tee anbieten, Cadi. Mach ein Blech Safranbrötchen und besorg dir etwas Sahne dazu. Ich wette, so etwas Gutes haben sie in Kent noch nie gegessen.«
»Mein Gott, Dad, sie können doch unmöglich hierherkommen.«
»Sie werden es tun, Liebling.«
»Aber es sind reiche und vornehme Leute!«
»Hm.« Mein Vater nickte zustimmend und zog nachdenklich an seiner Pfeife. »Es ist ihr eigener Wunsch, und wir haben doch keinen Grund, uns zu schämen, nicht wahr? Dieser Mr. Morton würde bestimmt nicht wollen, daß wir uns Gedanken machen. Er nicht. Reich oder arm, er ist ein guter, tapferer Mann. Auch wenn er aus Kent stammt«, setzte er ein wenig widerwillig hinzu.
»Und Mr. Farrel?« fragte ich, fast ohne zu wissen warum.
Mein Vater überlegte. »Er ist geschickt und aufgeweckt, dieser junge Mann«, sagte er langsam. »Vielleicht ähnlich wie ein Soldat. Kaltblütig und unerschrocken. Aber weiter weiß ich nichts. Er könnte alles mögliche sein.« Er zuckte die Achseln. »Du solltest vielleicht lieber das gute Porzellan herausholen und waschen, Cadi.«

Ich wusch an diesem Tag nicht nur die wenigen Tassen und Teller unseres guten Porzellans, ich wusch so ziemlich alles, worauf mein Blick fiel, und ich scheuerte und putzte unser kleines Wohnzimmer, bis es blitzte. Unterdessen backten die Brötchen im Ofen. Ich hatte ohnedies vorgehabt, sie am Abend zuvor zu machen, und hatte daher bereits am Morgen ein paar Gramm Safran – die gedörrten Blütennarben von Krokussen – in einer Tasse warmem Wasser eingeweicht, so daß ich sie sofort mit dem Teig verrühren konnte.
Ich röstete vorsichtshalber noch ein paar Scheiben Weißbrot für unsere selbstgemachte Marmelade, und dann bat ich Mrs. Warren um etwas durchgeseihte, zwölf Stunden abgestandene Milch, um die geronnene Sahne zu machen, die eine Spezialität von Cornwall war.
Für all das hatte ich mein altes Arbeitskleid angezogen, aber um drei Uhr ging ich hinauf, wusch mich abermals, bürstete mein Haar und zog wieder das Sonntagskleid an. Es war aus feiner Baumwolle, cremefarben, mit Häkelspitze am Ausschnitt und kleinen Rüschen an den Ärmeln. Der Rock war ein wenig kurz, reichte mir nur bis zur Mitte der Waden, aber mir gefiel es, und ich war noch jung genug, diese Länge zu tragen. Mit einem heimlichen Seufzer sagte ich mir, daß es in London wahrscheinlich seit Jahren aus der Mode sei, aber das konnte ich nicht ändern.
Jetzt brauchten wir nur noch zu warten, und ich wurde mit jeder Minute nervöser. Auch mein Vater war kribbelig, nicht etwa, weil der Besuch von zwei vornehmen Herren ihn mit Ehrfurcht erfüllte – dafür waren die Männer von Cornwall zu unabhängig –, sondern weil es ihm peinlich war, daß sie kamen, ihm abermals zu danken.
»Sorg dafür, daß sie ständig mit Essen und Trinken beschäftigt sind, Cadi«, sagte er, finster auf seine Pfeife blickend. »Ich will nicht, daß sie mir unentwegt versichern, wie dankbar sie uns sind. So was macht einen völlig stumm.«
Mir war ähnlich zumute, aber ich sagte: »Mr. Morton wird uns nicht in Verlegenheit bringen. Ich bin sicher, daß er sehr verständnisvoll ist. Und von diesem jungen Mr. Farrel wirst du sowieso nicht viel zu hören bekommen. Er scheint reichlich wortkarg zu sein.«
»Er hat sich recht ungezwungen mit seinem Onkel unterhalten, als wir zurückruderten. Sehr witzig und schlagfertig.«
»Ich weiß, Dad, aber soweit ich mich erinnere, hat er während der

ganzen Zeit nur ein einziges Mal mit mir gesprochen. Das war, als wir durch das Dorf galoppierten und er mir wütend zurief, ich solle mich besser festhalten.«

Mein Vater dachte nach, zog seine Pfeife zu Rate, dann lächelte er. »Es gab wohl nicht viel anderes zu sagen.«

»Mr. Morton wußte etwas anderes zu sagen. Und er hat die Mütze vor mir gelüftet.«

»Der andere hatte keine Mütze, Cadi.«

Ich entsann mich, daß meine Mutter mir einmal gesagt hatte, es sei Zeitvergeudung, mit einem Mann diskutieren zu wollen, und so wechselte ich das Thema. »Dad, die Sache mit dem Ruderhaken war irgendwie sonderbar, nicht wahr?«

»Höchst sonderbar.« Er schüttelte den Kopf. »Mir kam's vor, als sei er halb durchgesägt, genau wie der junge Mann gesagt hat.«

»Aber wer würde so etwas tun? Ich weiß, niemand konnte ahnen, daß der Haken abbrechen würde, während Mr. Morton in der Mogg Race Bay war, oder daß er überhaupt dorthin segeln würde, aber trotzdem ...«

»Eins ist sicher«, sagte mein Vater. »Es war niemand aus der Gegend.«

»Aber Dad, es gibt hier keine Fremden außer seiner Frau und seinen Kindern, und *die* können es doch nicht gewesen sein.«

Mein Vater nickte. »Nun, ich weiß es nicht, mein Liebes. Vielleicht ist der Ruderhaken tatsächlich, wie Mr. Morton sagt, irgendwie von selbst zerbrochen. Es hat keinen Sinn, sich jetzt Gedanken darüber zu machen.«

Um vier Uhr kamen sie. Wir hörten das Poltern von Rädern, das Gerassel von Pferdegeschirr, und dann sah ich durch das Fenster einen kleinen Zweispänner vor dem Haus halten. Lucian Farrel kutschierte, und Mr. Morton saß neben ihm. Mein Vater ließ seine Pfeife fallen, fluchte leise, hob sie auf und legte sie auf das Sims über dem Kamin. Dann ging er auf die Tür zu.

»Nein, Dad«, flüsterte ich. »Warte, bis sie klopfen!«

»Warum? Was ist der Sinn der Sache?«

»Ich weiß es nicht«, sagte ich verzweifelt. »Ich glaube, Miß Rigg hat mir das gesagt. Es gehört sich so. Und überhaupt, ich glaube, *ich* muß die Tür aufmachen, weil – weil du der Herr des Hauses bist.«

»Du lieber Himmel«, murmelte er bestürzt. Aber es wäre meinem

Vater nie eingefallen, an Miß Riggs Allwissenheit zu zweifeln, und als eine Hand an die Tür klopfte, sagte er: »Also gut, mach auf, Cadi«, und stellte sich vor den Kamin.
Ich öffnete die Tür. Mr. Morton sah zu mir herunter, und ein freudiges Lächeln erhellte sein Gesicht, als er den Hut abnahm. »Oh, wie schön, Sie wieder gesund und munter zu sehen, Cadi.« Er drückte mir sanft die Hand, und dann besah er sich meine Handfläche. »Das sieht schon besser aus, aber Sie dürfen eine Zeitlang keine groben Arbeiten machen.«
Ich dachte an all das, was ich an diesem Tag getan hatte, und sagte: »Ja, ich werde sehr vorsichtig sein. Bitte kommen Sie herein, Sir.«
»Vielen Dank, Cadi.« Er kam herein, und Lucian Farrel, der ihm folgte, sagte mit seiner kühlen Stimme: »Guten Tag.« Während ich sie durch den schmalen Korridor ins Wohnzimmer führte, kam ich zu dem Schluß, daß ich Mr. Farrel nicht mochte. Er war hochmütig und arrogant, und mir schien, daß er sich viel zu gut für unser bescheidenes Heim vorkam. Das ärgerte mich, und obgleich ich mir meinen Zorn nicht anmerken ließ, half er mir, die Sorge zu vergessen, die der Empfang dieser beiden Herren mir bereitet hatte.
Mr. Morton mochte ich sehr gern. Ich glaube, ich hatte ihn schon von jenem ersten Augenblick an gern gemocht, als er halb ertrunken im Boot lag und dennoch die Mütze abgenommen hatte, um mich höflich zu begrüßen. Er nahm meinem Vater sehr schnell die Befangenheit, und nach wenigen Minuten unterhielten sie sich über Boote, Segeln und die Tücken der Gewässer von Cornwall, als ob sie alte Freunde wären.
Lucian Farrel sprach kaum ein Wort. Ich versuchte ein- oder zweimal, ihn in eine Unterhaltung zu ziehen. Das war eines der Dinge, die Miß Rigg mir beigebracht hatte. Aber er antwortete mir nur kurz, dann verfiel er wieder in Schweigen und hörte Mr. Morton und meinem Vater zu.
Als ich den Tee hereinbrachte und das Gebäck herumreichte, griff Mr. Morton herzhaft zu und schien sich wirklich wohl zu fühlen. Er hatte noch nie zuvor Safrankuchen gegessen. Ich glaube, wenige Leute außerhalb von Cornwall kannten sie, und er versicherte mir ein ums andre Mal, wie gut sie seien. Lucian Farrel aß eine halbe Scheibe geröstetes Weißbrot mit Marmelade und Sahne und trank nur eine einzige Tasse Tee.

Dann trat plötzlich eine seltsame Veränderung ein. Mr. Morton schien irgend etwas auf dem Herzen zu haben und starrte schweigsam vor sich hin. Die Unterhaltung wurde steif und gezwungen. Schließlich sagte Mr. Morton stockend: »Ich – hm – ich befinde mich augenblicklich in einer sehr schwierigen Lage, Mr. Tregaron, Cadi, Sie haben gestern Ihr Leben aufs Spiel gesetzt, um mir das meine zu retten, und je mehr ich darüber nachgedacht habe, um so klarer habe ich erkannt, wie ... wie tapfer Sie waren. Ich möchte Ihnen noch einmal ausdrücklich danken, aber andererseits habe ich – habe ich das Gefühl, daß es Sie in Verlegenheit bringen wird ...«
»Das würde es, Sir, das würde es bestimmt«, fiel mein Vater ihm hastig ins Wort. »Es ist alles gut, wir sind froh, daß Ihnen nichts geschehen ist, und lassen wir es dabei bewenden.«
Mr. Morton sah zu Boden. »Und noch etwas anderes ...«, sagte er langsam, und dann hielt er inne, als ob er nicht wüßte, wie er fortfahren sollte. Es herrschte ein bedrückendes Schweigen, das schließlich von Lucian Farrel unterbrochen wurde.
»Wenn ich für meinen Onkel sprechen darf«, sagte er beinahe schroff, »lassen Sie mich Ihnen sagen, was ihm Sorgen bereitet. Sie haben ihm das Leben gerettet, und er steht in Ihrer Schuld. Es ist eine Schuld, die nicht beglichen werden kann, und schon gar nicht mit Geld. Aber Geld ist manchmal recht nützlich, und mein Onkel ist kein armer Mann. Er möchte sich sehr gern erkenntlich zeigen für das, was Sie für ihn getan haben, aber er weiß, daß die Menschen von Cornwall ein stolzes Volk sind, und deshalb zögert er, Ihnen als Beweis seiner Dankbarkeit ein Entgelt anzubieten. Aber er wäre sehr glücklich, wenn Sie es annehmen würden.«
Mein Gesicht glühte. Ich hatte mir nicht träumen lassen, daß Mr. Morton auf die Idee kommen würde, uns für unsere Hilfe zu entlohnen, und dennoch konnte ich mir ungefähr vorstellen, was in ihm vorging. Er wußte sicherlich, daß wir manchmal, in schlechten Jahren, hungern mußten, und der Gedanke, wie leicht es für ihn wäre, uns zu helfen, hatte ihn veranlaßt, die Frage anzuschneiden, aber als es soweit war, hatte er solche Angst gehabt, uns zu beleidigen, daß Lucian für ihn sprechen mußte. Ich warf einen verstohlenen Blick auf meinen Vater, in der Erwartung, Zorn auf seinem Gesicht zu sehen, aber zu meiner Überraschung lächelte er leise vor sich hin, musterte zuerst Lucian Farrel und dann Mr. Morton, der immer noch die Augen gesenkt hielt.

»Ja, wir sind stolz«, sagte mein Vater schließlich mit ruhiger Stimme, »aber wir sind, so hoffe ich, nicht dumm. Sie sind ein Mann, Mr. Morton, und ein Mann will seine Schulden bezahlen. Deshalb kann Ihnen niemand ihr Angebot verübeln. Und ich werde Sie um etwas bitten, denn ich glaube, es wird Ihnen Freude machen.« Mr. Morton blickte erwartungsvoll auf, und mein Vater fuhr lächelnd fort: »Cadi hat beim Rudern ihr bestes Arbeitskleid ruiniert. Wenn Sie ihr ein neues schenken wollen – wohlgemerkt, nichts Besonderes, nur ein schlichtes, strapazierfähiges Leinenkleid –, so will ich es gern für sie annehmen.«

Mr. Mortons Unbehagen war verflogen. Er spielte mit seinem kleinen Spitzbart und lächelte ein wenig betrübt. »Es ist nicht ganz das, woran ich gedacht hatte, aber zumindest habe ich Sie nicht gekränkt«, sagte er. »Sie sind ein verständnisvoller Mann, Donald Tregaron. Reichen Sie mir die Hand.«

Mein Vater lachte, als sie sich die Hände schüttelten. Es war, als ob zwischen ihnen irgendeine geheimnisvolle Verbindung von Mann zu Mann bestünde, die ich nicht ergründen konnte. Lucian Farrel lächelte jetzt ebenfalls, und wenn er lächelte, war er ein anderer Mensch. Aber sein Lächeln galt meinem Vater, und er schien sich meiner Gegenwart immer noch nicht bewußt zu sein. Mr. Morton wandte sich ihm zu und sagte: »Vielen Dank für deine Unterstützung, Lucian. Ich hatte eine klare Ausdrucksweise immer für die geringste deiner wenigen Fähigkeiten gehalten. Du hast mich überrascht.«

Lucian Farrel neigte den Kopf mit jenem Anstrich von liebenswürdiger Spöttelei, den ich vom ersten Augenblick an zwischen ihm und seinem Onkel beobachtet hatte. »Es ist die Pflicht der Jungen, den Älteren beizustehen, wenn ihre Geisteskräfte erlahmen, Onkel Edward«, sagte er feierlich.

»So ist es.« Mr. Morton lehnte sich mit einem Seufzer der Erleichterung in seinem Stuhl zurück. »Gott sei Dank, das ist überstanden«, sagte er inbrünstig und sah mich an. »Cadi, mein Kind, was meinen Sie, habe ich noch ein Safranbrötchen und eine weitere Tasse Tee verdient?«

Ich schenkte ihm heißen Tee ein und reichte ihm die Brötchen, und dann unterhielt er sich mit mir, während Lucian Farrel mit meinem Vater sprach. Ich kam zu dem Schluß, daß Mr. Farrel in Wirklich-

keit gar nicht so hochmütig war, wie ich zuerst angenommen hatte, denn er gab sich meinem Vater gegenüber völlig ungezwungen. Wahrscheinlich lag es einfach daran, daß er mich als Kind betrachtete und kein Interesse hatte, sich mit mir abzugeben.
Mr. Morton fühlte sich jetzt so zu Hause, als ob er zur Familie gehörte; er sprach ganz unbefangen und natürlich mit mir, gar nicht wie ein vornehmer Mann, der mit einer Fischerstochter spricht. Ich war überhaupt nicht mehr nervös und unterhielt mich ausgezeichnet.
Als unsere Gäste sich etwa zwanzig Minuten später verabschiedeten, blieb Mr. Morton an der Haustür stehen und legte meinem Vater die Hand auf die Schulter. Er war sehr vergnügt gewesen, aber jetzt wurde sein Gesicht ernst. »Ich werde Ihnen nicht noch einmal danken, Donald, und auch Cadi nicht. Aber ich möchte Ihnen meine Adresse geben.« Er holte eine Visitenkarte aus der Tasche und legte sie auf das kleine Regal neben der Tür. »Wenn Sie jemals einen Freund brauchen, schreiben Sie mir. Ich habe ein gutes Gedächtnis, und ich werde Sie nicht vergessen.«
Wir sprachen noch den ganzen Abend über sie. Ich sagte meinem Vater, was ich von Lucian Farrel hielt, aber er schüttelte lächelnd den Kopf. »Du bist zu vorschnell mit deinem Urteil, Cadi. Sie fühlten sich unbehaglich – alle beide –, weil sie nicht recht wußten, wie sie die Frage mit dem Geld anschneiden sollten. Und wenn ein junger Mann verlegen ist, wirkt er manchmal hochmütig und ein wenig spitzzüngig.«
»Du findest ihn also nett?« forderte ich ihn heraus.
Mein Vater zuckte die Achseln. »Damit wäre *ich* zu vorschnell mit meinem Urteil, Liebling. Bei Mr. Morton ist es nicht schwer zu sagen, aber was den jungen Mann betrifft – ich weiß es nicht. Vielleicht ist er nett, vielleicht auch nicht.«

Zwei Tage später brachte ein Bote aus Newquai das Kleid für mich. Es war genau richtig, nicht zu teuer, aber das beste seiner Art und von dem gleichen Blau wie dasjenige, das ich ruiniert hatte. Es paßte mir wie angegossen. Mit dem Kleid kam ein kurzer Brief:

Liebe Cadi,
Lucian hat mir versichert, daß dies die richtige Farbe und Größe sei.

Grüßen Sie bitte Ihren Vater von mir. Ich hoffe, wir werden uns vor unserer Abreise noch einmal sehen.
Ihr aufrichtiger Freund
Edward Morton

Ich war erstaunt. »Lucian Farrel hat es ausgesucht!« sagte ich zu meinem Vater, als ich ihm den Brief zeigte. »Wer hätte das gedacht!«
»Demnach hat er dich mehr beachtet, als du angenommen hast, mein Liebling. Da sieht man's.«
Mir war nicht ganz klar, was man sah, aber ich war sehr glücklich über das Kleid und bedankte mich mit einem Brief, den ich Mr. Morton per Post in den *Anchor* sandte. Ich freute mich darauf, ihn wiederzusehen, aber das sollte nicht sein. Am folgenden Mittwoch berichtete Bob Rossiter, daß Mrs. Morton erkrankt sei und es wieder eine Menge »Jammern und Klagen« gegeben habe. Am nächsten Tag kam ein Brief für meinen Vater, in dem Mr. Morton ihm mitteilte, daß er mit seiner Familie heimkehren müsse, da seine Frau sich nicht wohl fühle, und daß er leider keine Zeit haben werde, uns vor seiner Abreise noch einmal zu besuchen.
Eigentlich hätte er es nicht nötig gehabt zu schreiben, und ich fand es sehr nett von ihm, daß er sich die Mühe gemacht hatte.
Nach all der Aufregung dieser Tage kam mir das Leben eine Zeitlang recht eintönig vor, aber es gab immer irgend etwas zu tun – den Haushalt zu besorgen, meinem Vater am Boot und mit den Netzen zu helfen, die Stunden bei Miß Rigg, die Bücher, die sie mir zu lesen gab. Das leichte Gefühl der Leere ging bald vorüber, doch etwas blieb zurück. Ich hatte mich schon von jeher danach gesehnt – hoffnungslos danach gesehnt –, unserem kleinen Dorf zu entkommen und etwas von dem fremden, andersartigen Leben jenseits seiner Grenzen kennenzulernen.
Gewiß, ich liebte Mawstone, aber ich wußte, daß es nur ein winziger Teil der Welt war. Die meisten Menschen in unserem Dorf gaben sich damit zufrieden, bis zum Ende ihrer Tage dort zu leben und allenfalls hin und wieder einmal nach Truro oder Newquai zu gehen, aber mir kam es wie eine Vergeudung vor, ein ganzes Leben auf dieser Welt zu verbringen, ohne mehr von ihr zu sehen als das, was ein Mann in einem Tag durchreiten konnte. Es war, als sähe

man jeden Abend den gleichen Sonnenuntergang: Er mochte noch so schön sein, es war immer der gleiche.
Schon seit meiner Kindheit hörte ich mit Vorliebe dem Gespräch der Seeleute zu, der Männer, die nach Indien und Amerika oder auch nur übers Meer nach Frankreich gefahren waren, und nun hatte die Begegnung mit Mr. Morton und Lucian Farrel, die aus einer anderen Gegend und einem anderen Milieu kamen, abermals in mir die Sehnsucht geweckt, mehr zu erleben, als Mawstone mir jemals bieten konnte.
Wir hatten in unserem Dorf noch nie ein Auto zu Gesicht bekommen. Mein Vater hatte bisher erst zwei gesehen, eines in Falmouth und eines in Truro. Aber Miß Rigg, die *The Times* von vorn bis hinten las, hatte mir erzählt, daß es im ganzen Land beinahe *neuntausend* gebe. Es war schwer, sich so viele vorzustellen. Wir rechneten uns einmal während des Unterrichts aus, daß sie, wie Eisenbahnwagen in einer Reihe aufgestellt, eine geschlossene Kette von Mawstone bis Truro bilden würden.
Als der Sommer dem Herbst wich, als der purpurrote Fingerhut und das gelbe Schöllkraut in den Winterschlaf sanken, dachte ich oft an Mr. Morton und manchmal, vor allem, wenn ich das blaue Kleid anzog, auch an Lucian Farrel. Dann war der Winter da. Die Wellen wurden höher und schlugen gegen die Felsen. Schnee bedeckte die grauen Schieferdächer der Hütten, und kein Boot fuhr aufs Meer hinaus.
Zweimal in diesem Winter hatte ich den Traum von dem Haus, das wie eine von einem Wallgraben umgebene Burg im Wasser stand; doch dies war kein Wallgraben, denn das Haus glich einem Palast, und Paläste sind nicht von Gräben umschlossen. Einmal war es der gute Traum, einmal der schlechte. In beiden war das Gesicht des Mannes in dem oberen Zimmer das Gesicht von Lucian Farrel. Ich wußte nicht recht, was ich davon halten sollte. Es schien den guten Traum besser zu machen, den schlechten hingegen noch beängstigender. Ich glaube, im großen und ganzen verübelte ich es ihm ganz unsinnigerweise, daß er in meinen Traum eingedrungen war.
Allmählich wurden die Tage länger, und während in London und im Norden der Himmel noch grau und trübe war, verwandelten die ersten Narzissen und Schwertlilien die Blumengärten von Cornwall in einen bläulichvioletten und goldfarbenen Teppich. Es gab Büschel

von rosa Lichtnelken und gelbem Ferkelkraut längs der Wege und rötlichweißen Baldrian auf den Mauern.

Das war ein schlechtes Jahr für die Fischer. Während des ganzen Sommers fragte ich mich, ob die Mortons wohl wieder nach Bosney kommen würden, aber wir hörten nichts von ihnen. Einerseits war ich ganz froh, denn wir hatten nicht viel im Haus, um Gäste zu bewirten, aber andererseits tat es mir leid, denn ich hätte Mr. Morton sehr gern wiedergesehen. Obwohl wir uns nur zweimal begegnet waren, hatte ich eine große Zuneigung zu ihm gefaßt.

Die Jahreszeiten kamen und gingen, und es war im nächsten Jahr, als die Tulpen in schönster Blüte standen, daß das Unglück geschah und mein Leben jählings in die Brüche ging. In einer Mainacht nach einem windstillen Tag kam ein Sturm auf und fegte über unsere Küste hinweg. Ein Logger aus Penzance verlor zwei Meilen vor Bosney den Mast. Mein Vater gehörte zu der Besatzung des Rettungsbootes von Mawstone, und sie ruderten in der dunklen, mondlosen Nacht durch tosende Wellen hinaus, um zu retten, wen sie retten konnten. Der Logger selbst war verloren.

Stunden später kehrten sie zurück. Die See hatte sich beruhigt, und das erste Licht einer grauen Dämmerung breitete sich über den Himmel. Ich befand mich unter denjenigen, die dichtgedrängt die ganze Nacht hindurch wartend am Kai gestanden hatten. Das Rettungsboot war voll, überladen mit der Besatzung des Loggers. Wir erfuhren später, daß das Rettungsboot aus Bosney den Rest der Schiffbrüchigen geborgen hatte und daß alle gerettet worden waren. Aber mein Vater war nicht da.

Als die Männer näher kamen, sah ich ihre angespannten, müden Gesichter und bemerkte, daß sie es vermieden, mir ins Auge zu sehen. Dann legte Mrs. Warren den Arm um meine Schultern, und ich hörte, wie sie schluchzend sagte: »Oh, Cadi ...«

Jack Warren kam auf uns zu, durchnäßt und erschöpft von der schweren Nacht. »Komm mit uns nach Hause, Cadi«, sagte er und schüttelte müde den Kopf. »Dein Vater ... er ist ums Land herumgefahren.« So sagten wir, wenn jemand gestorben war.

Ich spürte das verzweifelte Verlangen zu weinen, aber ich konnte nicht. Der Schmerz war zu tief für Tränen. Wir gingen schweigend zum Haus der Warrens, und ich erinnere mich, daß irgend jemand mir etwas Heißes zu trinken gab. Jetzt konnte ich endlich sprechen,

obgleich meine Stimme mir selbst fremd klang. Ich fragte: »Wie ist es geschehen, Mr. Warren?«
»Hör zu, Cadi, du solltest dich nicht damit quälen –«
»Bitte. Ich möchte es wissen.«
Sein Blick wurde ausdruckslos, als er daran zurückdachte. »Der Logger sank sehr rasch. Weder wir noch das Boot aus Bosney konnten ihnen ein Tau zuwerfen. Die Wellen waren haushoch; konnten nicht nah genug heranfahren, sonst wären wir gegen das Wrack geschleudert worden. Dann sagt Donald, dein Vater, er nimmt das Tau und schwimmt hinüber. Es gefiel uns nicht, aber er bestand darauf.«
Ich konnte mir vorstellen, wie es gewesen war. Inmitten dieses Aufruhrs, dieser Hölle, in der die See auf ihr Opfer einschlug und es zu verschlingen drohte, war mein Vater vermutlich ruhig und gelassen wie immer gewesen, aber unnachgiebig in seinem Entschluß.
»Ich hätte nie geglaubt, daß er es schaffen würde«, fuhr Mr. Warren langsam fort. »Scheint selbst jetzt noch wie ein Wunder. Aber dein Vater brachte ihnen das Tau. Sie machten es fest, und sie kamen einer nach dem andern herüber, während dein Vater bis zum Schluß wartete. Es dauerte Stunden, das Rettungsboot wurde wie ein Korken hin und her geworfen, die Männer gingen tief unter und tauchten wieder auf. Aber sie hatten das Tau, und wir bekamen sie alle heil an Bord.«
Er fuhr sich mit der Hand über die Augen. »Nur . . . nur dein Vater war noch drüben, Cadi, als diese große Welle uns traf. Es war, als ob ein Felsen auf uns herabstürzte. Das Rettungsboot wäre um ein Haar gekentert. Das Tau riß. Der Logger wurde querschiffs getroffen, schlug um und zerbrach wie eine alte Heringskiste.«
Mr. Warren zog die Wolldecke enger um sich und starrte in den leeren Kamin. »Wir haben ihn danach nicht mehr gesehen, Cadi. Ich könnte mir denken, daß er vielleicht einen Schlag auf den Kopf bekommen hat, als der Logger kenterte. Aber wir und das Boot aus Bosney, wir sind bis zum Morgengrauen dortgeblieben und haben nach ihm gesucht.«
Es gab nichts dazu zu sagen. Ich hegte nicht die leiseste Hoffnung, daß mein Vater noch am Leben war. Die Mannschaft des Rettungsboots wäre nicht zurückgekehrt, ohne vollkommen sicher zu sein, daß mein Vater verloren war.

Mrs. Mansel, die Hebamme, kam und gab mir irgend etwas Bitteres zu trinken. Dann wurde ich zu Bett gebracht und schlief ein paar Stunden. In meinem Kopf war alles unklar und verworren, und ich kann mich kaum an die nächsten zwei Tage erinnern. Alle waren sehr gut zu mir, aber ich wußte, daß ich jetzt allein war. Vor acht Jahren waren meine Mutter und Granny Caterina gestorben. Und jetzt war auf die gleiche Art, plötzlich und unerwartet, mein Vater von mir gegangen.

Nach und nach kam ich wieder zu mir und konnte klar denken. Am vierten Tag kehrte ich trotz der Einwände von Mr. und Mrs. Warren in unser kleines Haus zurück. In dieser Nacht konnte ich zum erstenmal weinen. Am nächsten Morgen war ich schwach und erschöpft, fühlte mich jedoch in gewisser Hinsicht ein wenig besser.

Es wäre nicht im Sinne meines Vaters gewesen, Trübsal zu blasen und zu jammern oder von anderen Menschen abhängig zu sein. Ich mußte an die Zukunft denken und mir überlegen, was ich tun sollte. Die Bewohner von Mawstone und Bosney veranstalteten eine Sammlung für mich. Obwohl sie sehr großzügig waren, konnten sie nicht viel geben, aber zumindest hatte ich jetzt ein paar Pfund, die mich ein oder zwei Monate über Wasser halten würden. Ich ging zu Miß Rigg und fragte sie, ob sie glaubte, daß ich eine Stellung als Erzieherin finden könnte. Ich hatte vor, eine kleine Anzeige in eine Zeitung zu setzen, aber ich wußte nicht, was ich sagen sollte, oder wieviel es kosten würde.

Während Miß Rigg mir zuhörte, strich sie sich ein ums andre Mal geistesabwesend die Haare aus der Stirn, wie es ihre Gewohnheit war, wenn irgend etwas sie beunruhigte.

»Es tut mir leid, Caterina«, sagte sie schließlich mit bekümmerter Miene. »Das ist aussichtslos. Erstens bist du zu jung, und zweitens hast du nicht die notwendigen Voraussetzungen dafür.«

»Aber ich habe seit Jahren Unterricht bei Ihnen genommen, und Sie haben selbst gesagt, ich sei eine gute Schülerin, Miß Rigg.«

»Das ist vollkommen richtig, Caterina. Du bist hier in Mawstone den meisten Mädchen deines Alters weit voraus, und ich bin stolz auf dich, aber das genügt nicht, mein Kind.« Obwohl ich mittlerweile neunzehn war, nannte sie mich oft »mein Kind«. Ich sah immer noch jünger aus, als ich war, mindestens zwei Jahre jünger als andere Mädchen meines Alters. »Was die reichen Leute von einer

Erzieherin verlangen«, fuhr sie fort, »ist Bildung, Erfahrung und *gute Herkunft.*« Sie lächelte wohlwollend. »Ich habe Erzieherinnen gekannt, die vielleicht weniger Bildung hatten als du, aber sie stammten alle aus einer verarmten Familie der Oberschicht, liebes Kind. Auch bei mir war es so. Das ist das eigentliche Problem. Du bist nicht von angemessener Herkunft.«

»Sie meinen, weil mein Vater Fischer war, Miß Rigg?«

»Ja. Es tut mir leid, und ich will nicht sagen, daß es so sein *sollte*, aber es ist nun einmal so, Caterina. Die reichen Leute wollen nicht nur, daß ihren Kindern Unterricht erteilt wird, sie wollen auch, daß sie auf eine bestimmte Art *erzogen* werden, auf eine Art, von der du sehr wenig weißt. Du hast natürlich manches von mir gelernt, aber nicht genug. Es tut mir leid, wenn du enttäuscht bist.«

Natürlich war ich enttäuscht, aber ich hatte die Wahrheit hören wollen, und Miß Rigg hatte sie mir gesagt. Ich konnte schwerlich erwarten, daß alles auf der Welt so sein würde, wie ich es gern wollte – das hatte ich schon vor langer Zeit gelernt.

»Ich nehme keine Stellung als Dienstmädchen an, Miß Rigg«, sagte ich. »Das wäre nicht im Sinne meines Vaters. Aber es gibt etwas anderes, was ich versuchen könnte.«

»Und was ist das?«

»Etwas, wobei die Herkunft keine Rolle spielt. Ich habe mir gedacht, ich könnte vielleicht ein kleines Grundstück pachten und Frühlingsblumen züchten. Sie müssen gut verpackt und mit dem Zug nach London geschickt werden, aber die Städter zahlen eine irrsinnige Menge Geld dafür.«

»Nicht ›irrsinnig‹ – das ist in diesem Sinn ein ganz falsches Adjektiv«, sagte Miß Rigg automatisch. Dann starrte sie mich verblüfft an. »Eine Gärtnerei? Du bist ein seltsames Kind, Caterina. Blumen zu züchten ist ein *Geschäft.* Ich glaube kaum, daß ein junges Mädchen wie du dem gewachsen wäre.«

»Ich kann für ein paar Shilling ein kleines Stück Land pachten, Miß Rigg, und ich habe eine gute Hand für Pflanzen. Der Garten hinter unserer Hütte ist winzig, aber er ist bei weitem der schönste im ganzen Dorf. Die Lattenkisten sind kein Problem. Mr. Warren sagt, er macht sie mir. Und morgen könnte ich nach Falmouth fahren und mich nach den Zügen erkundigen.«

Miß Rigg nahm die Brille ab und blinzelte. »Wirklich erstaunlich!«

murmelte sie. »So eine – so eine *praktische* Einstellung ist beinahe unschicklich für ein junges Mädchen.« Plötzlich lächelte sie. »Aber ich glaube, du könntest Erfolg damit haben, Caterina. Und wenn du siehst, daß du etwas Geld brauchst, um über die erste Zeit hinwegzukommen, nun, ich habe eine kleine Rente und könnte eventuell ein paar Shilling entbehren.«

»Vielen Dank, Miß Rigg, aber das möchte ich nicht annehmen. Ich kann notfalls immer einen kleinen Zuschuß an den Netzen verdienen.«

Während der nächsten beiden Tage beschäftigte ich mich ausschließlich mit meinen Plänen für die Blumenzucht. Mir wurde sehr bald klar, daß die ganze Angelegenheit weit schwieriger sein würde, als ich angenommen hatte. Ob es je dazu gekommen wäre oder nicht, werde ich nie erfahren, denn drei Tage nachdem ich mit Miß Rigg gesprochen hatte, trat ein Ereignis ein, das alles änderte, das mich in eine andere Welt führen sollte, die mir tiefes Glück und großen Kummer bereiten sollte, eine Welt, in der seltsame Schatten der Vergangenheit sich drohend über mir erheben und die Sonne verdunkeln würden, so daß ich inmitten von Düsternis und Gefahr Qualen des Zweifels leiden würde, unfähig Freund und Feind voneinander zu unterscheiden und nicht wissend, wem ich vertrauen könnte.

Ich saß am Küchentisch und schrieb einen Brief an Mr. Dobson aus Bosney, dem das Stück Land westlich von Mawstone gehörte, das ich pachten wollte. Ich war ein wenig außer Fassung, denn am Tag zuvor hatte Miß Rigg mich auf einen kurzen Zeitungsartikel hingewiesen, der von dem untergegangenen Logger berichtete und von der tapferen Tat meines Vaters, die mit seinem Tod geendet hatte. Ich hatte mich geweigert, den Artikel zu lesen. Natürlich war das töricht von mir, aber der Schmerz gehörte mir und Mawstone. Es war mir schrecklich zu denken, daß Fremde in anderen Teilen des Landes diesen Bericht lesen und sich dann ihren täglichen Angelegenheiten zuwenden würden, als ob nichts geschehen wäre.

Draußen auf der Straße ertönte das Geräusch von Hufen und das Klirren von Pferdegeschirr. Ich war bemüht, mich zu konzentrieren, und so merkte ich kaum, daß die Hufe klappernd zum Halten kamen. Das Klopfen an der Haustür ließ mich erschreckt zusammenfahren. Es konnte keiner der Dorfbewohner sein, das wußte ich, denn die Tür stand offen, und sie wären einfach hereingekommen und hätten nach mir gerufen.

Ich legte die Feder nieder, ging zur Tür und sah mich Mr. Morton gegenüber, der, den weichen Filzhut in der einen Hand, Handschuhe und Spazierstock in der anderen, in einem dunklen Mantel im Türrahmen stand. Sein Gesichtsausdruck war ernst und bekümmert, als er sagte: »Cadi, mein Kind. Erinnern Sie sich an mich?«
Ich war so überrascht, ihn zu sehen, daß es mir einen Augenblick die Sprache verschlug. Dann stammelte ich: »Oh! Mr. Morton – ja, natürlich erinnere ich mich an Sie. Bitte kommen Sie herein, Sir.«
Ich führte ihn durch den schmalen Korridor ins Wohnzimmer und sagte, immer noch verblüfft: »Wollen Sie nicht ablegen und sich setzen? Möchten Sie eine Tasse Tee? Mein Vater ist leider nicht da. Er ... er –«
»Ich weiß, Cadi«, sagte Mr. Morton sanft. Er setzte sich nicht. »Das ist der Grund, weshalb ich hier bin. Ich habe in der Zeitung gelesen, was geschehen ist, wie das Rettungsboot hinausgefahren ist und wie Ihr Vater die anderen gerettet hat, aber dabei selbst ums Leben gekommen ist. Ich kann Ihnen nicht sagen, wie leid es mir tut. Ich bin heute morgen mit dem Zug gekommen.«
Mir war sehr sonderbar zumute. Dies war nicht einfach der ortsansässige Squire, der ein paar Meilen geritten war, mir sein Beileid auszudrücken. Tatsächlich hatte der Squire sich noch nicht die Mühe gemacht, das zu tun. Aber Mr. Morton, ein Mann, dem ich nur zweimal begegnet war, hatte eine Reise von über zweihundert Meilen unternommen.
»Ja ... es hat gestern in der Zeitung gestanden«, sagte ich, während ich versuchte, meine Gedanken zu sammeln. »Es ist sehr gütig von Ihnen, daß Sie gekommen sind, aber Sie hätten nicht so eine weite Reise machen sollen, Sir.«
Mr. Morton kam näher und legte die Hand auf meine Schulter. »Donald Tregaron war mein Freund«, sagte er schlicht. Das war alles, aber als er die Worte sprach, schien irgend etwas in meinem Inneren zu zerbrechen, und ich begann zu weinen. Verzweifelt versuchte ich, mich zu beherrschen, doch es gelang mir nicht. Ich hatte geglaubt, ich sei fertig mit dem Weinen, aber jetzt schluchzte ich fassungslos.
Im nächsten Augenblick hatte Mr. Morton die Arme um mich gelegt und drückte mich an seine Brust. Sein Mantel war jetzt weit geöffnet, und meine Wange lag auf der weichen Seide seiner Weste. »So

ist's gut, so ist's gut«, hörte ich ihn sagen. »Weine, soviel du willst, mein Kind, das wird dir helfen.« Mein einziger Gedanke war jedoch, daß die salzigen Tränen Flecken auf seiner Weste hinterlassen würden. Ich stammelte irgend etwas darüber, aber er sagte nur: »Das macht nichts. Wein dich aus, Cadi. Es ist das Vorrecht der Frauen, das zu tun.«

Ich gab den Kampf auf und ließ der Natur ihren Willen. Es war, als ob sich hundert Springleinen in meinem Inneren abwickelten, und da ich keinen Widerstand zu leisten versuchte, fing ich bald an, mich wohler zu fühlen. Ich muß sehr häßlich ausgesehen haben, mit dem fleckigen Gesicht und den geschwollenen Augen, aber es schien Mr. Morton nicht zu stören. Nach einer Weile führte er mich zum Sofa, setzte sich neben mich und nahm meine Hände in die seinen.

»Hast du Verwandte, Cadi? Irgendwelche Onkel oder Tanten? Oder bist du jetzt allein?«

»Ich bin jetzt allein«, sagte ich, und ich war froh zu hören, daß meine Stimme ruhiger wurde. »Aber ich werde zurechtkommen. Es tut mir leid, daß ich geweint habe, Mr. Morton. Sie brauchen sich wirklich keine Sorgen zu machen –«

»Hör zu, Cadi«, unterbrach er mich ruhig. »Vor zwei Jahren habt ihr mir das Leben gerettet, du und dein Vater. Aber wenn ich dich jetzt bitte, zu uns zu kommen, so geschieht das nicht bloß, weil ich eine Schuld begleichen will; das ist nur einer der Gründe. Und ich übernehme damit keine lästige Verpflichtung, bitte, glaub mir das. Ich möchte, daß du mitkommst und bei uns bleibst, weil ich dich sehr gern habe und dich achte und es mich sehr glücklich machen würde.«

Ich war völlig benommen. »Wollen Sie ... wollen Sie damit sagen, daß ich bei Ihnen in Stellung gehen soll, Mr. Morton?«

»Du lieber Himmel, nein!« Er schien entsetzt über den Gedanken. »Ich möchte, daß du zu unserer Familie gehörst, Cadi.« Ein Schatten zog über sein Gesicht. »Ich glaube, dein Vater wäre damit sehr einverstanden gewesen. Ich kann ihn dir nie ersetzen, das weiß ich, aber ich will mein Bestes tun.«

Es war alles wie ein Traum: Ich sollte Mawstone verlassen, das mich ständig an meinen Kummer erinnerte, und würde eine weite Reise machen, um in Kent unter der Obhut eines Mannes zu leben, der vom ersten Augenblick an meine Hochachtung genossen und dann durch seine Warmherzigkeit und Güte meine aufrichtige Zuneigung

gewonnen hatte. Das Haus, in dem er lebte, war zweifellos ein großes Haus, sehr elegant und komfortabel. Ich würde schöne Kleider tragen, es gab sicherlich viele Bücher zu lesen, eine neue Welt zu entdecken und eine neue Lebensweise zu erlernen.
»Ich würde sehr gern zu Ihnen kommen, Sir«, sagte ich schließlich mit etwas unsicherer Stimme, und Mr. Morton lächelte erfreut. »Aber was sagen Ihre Frau und Ihre Kinder dazu? Werden sie mich nicht als Eindringling betrachten?«
»Im Augenblick«, sagte Mr. Morton langsam, »ist meine Frau begeistert von der Idee. Aber . . . sie ist recht empfindsam und nervös, und ihre Stimmung wechselt manchmal von einem Moment zum anderen.« Er zögerte, und ich erkannte beinahe instinktiv, in welch schwieriger Lage er sich befand. Er brachte es nicht fertig, etwas Nachteiliges über seine Frau zu sagen, aber gleichzeitig wollte er mir die Dinge nicht rosiger schildern, als sie in Wirklichkeit waren. Nach einer kleinen Weile flog ein humorvolles Lächeln über sein Gesicht, und er fuhr fort: »Was mich betrifft, ich nehme ihre guten Launen nicht allzu ernst, und dann bin ich hinterher nicht enttäuscht, wenn sie vielleicht weniger gut aufgelegt ist. Du bist ein verständiges Mädchen, Cadi, und ich glaube, es dürfte dir nicht schwerfallen, das gleiche zu tun.«
Ich nickte. Wenn ich ein neues Leben beginnen wollte, mußte ich mich daran gewöhnen, die Absonderlichkeiten anderer Menschen in Kauf zu nehmen. »Und Ihre Kinder, Mr. Morton – was würden die dazu sagen?« fragte ich.
»Ich habe nur zwei«, erwiderte er ruhig. »Mein ältester Sohn ist vor ein paar Jahren bei einem Unfall . . . einem Jagdunfall ums Leben gekommen. Mein anderer Sohn, Richard, ist zwanzig Jahre alt. Meine Tochter Sarah ist siebzehn.« Er schwieg einen Augenblick und dachte nach. »Sarah wird anfangs ein wenig befangen sein, und das mag sie unfreundlich erscheinen lassen, aber sie wird dich sehr rasch liebgewinnen, denn charakterstarke Menschen wie du üben eine große Anziehungskraft auf sie aus. Was Richard betrifft . . .« Mr. Morton lächelte betrübt. »Es tut mir leid, sagen zu müssen, daß er kein sehr aufrichtiger Junge ist. Es ist schwer, ihn zu durchschauen. Mir erscheint er in sich gekehrt und zurückhaltend, aber andererseits ist er gerade jetzt, vier Wochen vor Semesterschluß, von der Universität verwiesen worden, wegen irgendeines mutwilligen

Streiches, den ich lieber nicht allzu genau untersuchen will. Aber ich bin sicher, er hat nichts dagegen einzuwenden, daß du zu uns kommst, Cadi. Vielleicht wird er sogar froh sein, jemanden zu haben, mit dem er ungezwungen verkehren kann.«
Mr. Morton stand auf, sichtlich erleichtert, das Thema beendet zu haben. »So, nun weißt du Bescheid. Es mag hin und wieder kleine Probleme geben, wie es sie in allen Familien gibt. Aber es wird dir an nichts fehlen, du kannst deinen Interessen nachgehen, kannst lernen, was du willst, und ...« Er wandte sich ab, blickte aus dem Fenster und setzte nach einer kleinen Pause hinzu: »... du wirst wie meine eigene Tochter sein.«
In diesem Augenblick empfand ich tiefes Mitgefühl mit ihm, obwohl ich nicht hätte sagen können warum. Vielleicht spürte ich, daß er sich nach etwas sehnte, was seine Familie ihm nicht geben konnte, denn plötzlich schien mir, daß er sehr einsam war. Ich hatte den Eindruck, daß es ihn froh gemacht hatte, mich in den Armen zu halten und zu trösten, denn es gab ihm das Gefühl, gebraucht zu werden.
»Ich bin eine Fischerstochter, Mr. Morton«, sagte ich mit einem Blick auf meine von der Arbeit geröteten Hände. »Wenn ich zu Ihnen komme, werde ich andere Sitten lernen müssen, und ich werde manchmal Fehler begehen. Ich könnte es nicht ertragen, wenn Sie sich jemals meiner schämen würden, und ich habe Angst, Sie zu enttäuschen.«
Er blickte immer noch aus dem Fenster, und als er mir antwortete, sprach er im Flüsterton, fast wie zu sich selbst, so daß ich seine Worte kaum hören konnte. »Damals, als die Mogg Race mich in ihrer Gewalt hatte, hast du mich nicht enttäuscht, Cadi Tregaron. Deine Lungen waren nahe daran zu bersten, und deine Hände bluteten, aber du hast mich nicht im Stich gelassen.«
»Sie machen zuviel Wesens davon«, sagte ich verzweifelt. »Sicherlich haben Sie viele Freunde, und ich würde es mir nie verzeihen, wenn sich jemand hinter Ihrem Rücken über Sie lustig machte, weil Sie mich aufgenommen haben.«
Er wandte sich jäh nach mir um; Zorn verdunkelte seine Augen, aber er galt nicht mir. »Was die Leute hinter meinem Rücken tun, werden wir nie erfahren, Cadi, aber wenn irgend jemand mir ins Gesicht lacht, bei Gott, der wird es bereuen!« Der Zorn verschwand, seine Stimme wurde wieder ruhig, und sein Blick war gütig, als er

mich ansah. »Du bist mutig und beherzt, mein Kind, das ist das einzige, worauf es ankommt. All die unwichtigen kleinen Dinge, die dazugehören, eine junge Dame zu werden, kann man leicht erlernen. Ich war stolz auf dich an jenem Tag vor zwei Jahren, und ich bin sicher, daß ich auch in Zukunft stolz auf dich sein werde.«
Mir war so heiß vor Verlegenheit, daß es fast wie Fieber war. Mr. Morton glaubte, daß ich damals sehr tapfer gewesen war. Dabei hatte ich mich in Wirklichkeit so intensiv auf die Rettung konzentriert, daß meine eigene Gefahr mir erst zum Bewußtsein kam, als alles vorüber war. Aber ich wußte, es hatte keinen Sinn, ihm das erklären zu wollen. Er würde es nicht gelten lassen. Ich konnte mich nur ernsthaft bemühen, tatsächlich so zu sein, wie er mich sah. So sagte ich schließlich mit etwas unsicherer Stimme: »Dann komme ich sehr gern mit Ihnen, Mr. Morton . . . und ich weiß nicht, wie ich Ihnen danken soll.«
»Großartig!« rief er, und ich sah, daß er sich wirklich freute. »Laß mich einen Augenblick überlegen«, fuhr er fort, während er in dem kleinen Wohnzimmer auf und ab schritt. »Wir müssen ein Programm aufstellen. Ich werde heute im *Anchor* übernachten, dann hast du Zeit, deine Sachen zu packen. Wenn wir früh aufbrechen, können wir den Zug erwischen, der um acht Uhr dreißig von Plymouth abfährt. Wir essen im Speisewagen zu Mittag und sind um zwei Uhr in London. Aber heute müssen wir deine Lehrerin aufsuchen – Miß Rigg, nicht wahr? – und auch deinen Vikar, damit sie wissen, daß alles in Ordnung ist.«
Er blieb stehen und fuhr sich mit der Hand über den kahlen Kopf. »Was noch? Ach ja. Du brauchst Kleidung. Wir könnten morgen früh in Plymouth einkaufen gehen und einen späteren Zug nehmen. Aber nein. Es ist besser, um acht Uhr dreißig zu fahren, dann haben wir reichlich Zeit, unsere Einkäufe in London zu machen, ehe wir den Zug nach Sevenoaks nehmen.«
Ich wußte, daß Mr. Morton in der Nähe von Sevenoaks wohnte, denn auf der Karte, die er meinem Vater gegeben hatte, stand die Adresse: *Meadhaven Wealdhurst, Sevenoaks, Kent,* und ich hatte damals Sevenoaks in Miß Riggs Atlas gesucht.
»Ich fürchte, wir haben beide nicht sehr viel Übung darin, Kleidung für junge Damen zu kaufen«, fuhr er mit einem belustigten Augenzwinkern fort, »aber wir werden es schon irgendwie schaffen. Wenn

wir uns den Verkäuferinnen des Emporiums von Mr. Harrods anvertrauen, kann uns nicht viel passieren.«
Mein Kopf schwirrte vor Erregung. Ich war voller Hoffnung, aber gleichzeitig beunruhigt, glücklich, aber auch ein wenig erschreckt. Bunte Bilder stiegen vor mir auf, als ich mir das Leben ausmalte, das mich erwartete, und mit diesen Bildern kamen ebenso viele unklar formulierte Fragen. Aber ich stellte nur eine einzige Frage, und ich war selbst überrascht, als ich sie hörte, denn ich hatte nicht einmal gewußt, daß sie mich beschäftigte.
»Lebt Ihr Neffe, Mr. Farrel, in Ihrem Haus?«
»Lucian?« Ein Schatten schien Mr. Mortons Freude zu trüben. »Nein. Er hat eine Wohnung in London, und er ist sehr viel auf Reisen. Hin und wieder besucht er uns, meist unangemeldet, aber ...«
Er runzelte sorgenvoll die Stirn und zögerte, wie wenn er sich nicht schlüssig sei, ob er mehr sagen sollte oder nicht, dann zuckte er leicht mit den Achseln und setzte nur hinzu: »Aber er lebt nicht bei uns.«
Meine Neugier muß größer gewesen sein, als mir bewußt war, denn um Mr. Morton zum Weiterreden zu veranlassen, sagte ich: »Ich glaube, er hat mich nicht besonders gemocht.«
Mr. Morton lachte, aber es lag mehr Kummer als Heiterkeit in seinem Lachen. »Oder vielleicht hast du *ihn* nicht gemocht, Cadi?«
»Wir haben kaum miteinander gesprochen, deshalb weiß ich es nicht. Aber ... er schien nicht sehr freundlich.«
Mr. Morton nickte und sah mit nachdenklichen Augen an mir vorbei. »Es gibt Menschen, die lieber Freundschaft zurückweisen, als daß sie riskieren, zurückgewiesen zu werden«, sagte er mit einem leichten Seufzer. »Es ist das Verhalten der Ausgestoßenen, Cadi.«
Ausgestoßen? Lucian Farrel? Ich konnte mir nicht vorstellen, was Mr. Morton damit sagen wollte. Es lag mir auf der Zunge, ihn zu fragen, aber er schien mehr über seine eigenen Gedanken nachzugrübeln als zu mir zu sprechen, und so schwieg ich. Miß Rigg hatte mir eingeschärft, daß Neugier ein Zeichen von schlechter Erziehung sei.

Der nächste Tag war der aufregendste, den ich je erlebt hatte. Ich nahm nur ein paar persönliche Erinnerungsstücke in einem kleinen Handkoffer mit, den Mr. Morton mir gekauft hatte, und ich trug mein bestes Kleid. Es war immer noch dasselbe cremefarbene Baumwollkleid, aber ich hatte es im vergangenen Jahr mit einem sehr

breiten, plissierten Saum verlängert. Wir fuhren in einem Coupé erster Klasse, und mittags gingen wir zum Essen in den Speisewagen.
Ich blickte wie gebannt aus dem Fenster, während der Zug durch die Gegend sauste. Es war, als sähe ich eine Reihe wundervoller Bilder, die blitzschnell vor meinen Augen auftauchten und gleich darauf wieder verschwanden: ein Mann auf einem Feld, der eine Sense wetzte; eine Frau, die vom Fenster eines Bauernhauses einen Hund rief; eine Windmühle, die auf einer kleinen Anhöhe stand, und deren Flügel sich vor einem strahlend blauen Himmel mit Schäfchenwolken drehten. Und, am aufregendsten von allem, ein Auto, das unter einer Eisenbahnbrücke hindurchfuhr, während wir darüber hinwegratterten. Ich sah sogar eine Sekunde lang den Autofahrer selbst, der, mit einer weißen Mütze und einer riesigen Schutzbrille angetan, sich an das Lenkrad klammerte.
Mr. Morton machte es sich zur Aufgabe, mich jedesmal zu unterrichten, wenn wir von einer Grafschaft in die andere kamen. Ich muß Hunderte von Fragen gestellt haben, aber es machte mich nicht verlegen. Er sprach ganz natürlich und ungezwungen mit mir, ohne eine Spur von jener steifen Förmlichkeit, die ältere Menschen manchmal an sich haben, wenn sie mit jungen Leuten reden, und meine Erregung und Wißbegier schienen ihm großen Spaß zu machen.
Kurz nach dem Mittagessen kamen wir nach Berkshire. In meinem ganzen Leben war ich noch nie so weit von der Küste entfernt gewesen. Hier gab es keine vom Meer umspülten Klippen, kein windgepeitschtes Heidemoor, sondern Weißbirken, Kiefern und weite Flächen von grünem Farn, zwischen denen verschlafene, kleine Dörfer lagen und hier und dort eine geschäftige Stadt.
Schließlich fuhr der Zug in Paddington Station ein, und wir befanden uns mitten im Lärm und Gewühl von London. Es roch nach Rauch, und alle Menschen schienen in Eile zu sein. Wir nahmen einen Hansom, und als wir klappernd durch die belebten Straßen fuhren, sahen wir zwei Automobile und einen von den erst kürzlich eingeführten Kraftomnibussen. Ich erinnerte mich, daß mein Vater gesagt hatte, diese lärmenden Vehikel seien in Wirklichkeit nicht mehr als ein Spielzeug, das bald wieder aus der Mode kommen werde, aber als ich das Mr. Morton gegenüber wiederholte, schüttelte er den Kopf.

»Ich glaube, sie werden zunehmen, Cadi«, sagte er mit einem Anflug von Bedauern. »Vermutlich wird eines Tages selbst die Straßenbahn dem Kraftfahrzeug Platz machen müssen, was ich sehr schade finde, da Elektrizität soviel sauberer ist als diese Benzinmotoren. Aber letztlich werden die Automobile sich durchsetzen. Und sie werden immer schneller fahren. Hast du gewußt, daß es ein neues Gesetz gibt, das die Höchstgeschwindigkeit auf *dreißig* Kilometer pro Stunde erhöht?«

Nach den ersten zehn Minuten in einem großen Laden, der Harrods hieß, war ich schwindlig vor Verwirrung. Mr. Morton überließ mich der Obhut einer sehr netten, grauhaarigen Dame, und bald probierte ich Sommerkleider, Winterkleider, Unterwäsche, Mäntel, Hüte, Handschuhe an – so viele Dinge, daß ich nicht mehr wußte, wo mir der Kopf stand. Nach zwei Stunden wurde ein großer Koffer mit Kleidern vollgepackt, die mit dem Zug geschickt werden sollten, und ein kleinerer Koffer, der all das enthielt, was ich in den nächsten Tagen brauchen würde, wurde zu einer Droschke hinausgebracht.

Ich war entsetzt bei dem Gedanken, wieviel das alles gekostet hatte, aber Mr. Morton machte einen außerordentlich befriedigten Eindruck. Er führte mich zum Tee in ein riesiges neues Hotel, *The Ritz* genannt, das kürzlich am Piccadilly eröffnet worden war. Die Kleidung, die ich zu Beginn der Reise getragen hatte, war eingepackt worden, und ich trug jetzt ein schönes, hellgrünes Kleid mit Perlstickerei. Der Petticoat darunter war aus Seide. Die Spitzen meiner neuen schwarzen Schnürschuhe aus Glacéleder sahen unter dem Kleidersaum hervor.

Die Dame von Harrods war sehr besorgt gewesen, weil sie es für unschicklich hielt, daß ich nicht in ein Korsett eingeschnürt werden wollte. Sie hatte sich entfernt, um mit Mr. Morton darüber zu reden; wenig später kehrte sie mit hochrotem Gesicht zurück und wiederholte mir ein wenig ungehalten seine Worte: »Es ist mir gleichgültig, ob es schicklich ist oder nicht, Madam«, hatte er gesagt. »Die Natur und das Leben im Freien haben dem Körper dieses Kindes all den Halt gegeben, den er braucht, und es ist nicht nötig, sie in Fischbeinstäbe einzuschließen.«

Auch die Frage der Hüte war ein Problem gewesen, das eine langwierige Beratung erforderte. Mr. Morton meinte, daß ich in meinem

Alter das Haar eigentlich hochgesteckt tragen sollte, aber es war zu kurz dafür, und im Grunde gefiel ich ihm mit meinem herabhängendem Haar, das am Hinterkopf von einem Band zusammengehalten wurde. Er hatte auch nichts für die riesigen, mit ausgestopften Vögeln und künstlichen Blumen geschmückten Hüte übrig, die damals große Mode waren. So wählten wir schließlich eine Haube, die zu meinem grünen Kleid paßte, eine kleine Toque mit Federn an der Seite und zwei Strohhüte mit flachem Kopf und steifem Rand, fast wie die Kreissäge der Männer. Ich trug die Haube mit den grünen Seidenbändern, als wir im Ritz Tee tranken.

Ich fand den Tee nicht besonders gut, schon gar nicht als ich sah, wieviel Mr. Morton dafür bezahlte, aber ich war froh, eine Weile ruhig sitzen zu können. Dann fuhren wir – nachdem ich meine Handschuhe vergessen hatte und zurückgelaufen war, sie zu holen – mit einer Droschke zur Charing Cross Station, wo wir in einen Zug nach Hildenborough, eine Station hinter Sevenoaks, stiegen. Mr. Morton erklärte mir, daß Wealdhurst genau in der Mitte zwischen den beiden Ortschaften liege, daß er es jedoch vorziehe, in Hildenborough auszusteigen, weil Sevenoaks manchmal zu vollgestopft mit Wagen sei. Die Fahrt dauerte etwas über eine Stunde. Mr. Morton hatte von Paddington Station aus ein Telegramm geschickt, um zu sagen, von welchem Zug man uns abholen sollte, und als wir ankamen, wartete seine eigene Equipage auf uns. Der Kutscher war sehr alt, und ich sah mit Erstaunen, daß die beiden Pferde nicht so gut gehalten waren, wie sie hätten sein können. Mr. Morton musterte sie und rümpfte die Nase, sagte jedoch nichts.

Ich hatte während der Fahrt von London nach Hildenborough vor Müdigkeit kaum die Augen offenhalten können, denn es war in jeder Hinsicht ein langer und anstrengender Tag gewesen, aber jetzt war ich wieder völlig wach und sah erwartungsvoll der Begegnung mit meiner neuen Familie entgegen. Wir trabten ungefähr zwei oder drei Meilen weit einen Feldweg entlang, der langsam bergan stieg, und dann bogen wir schließlich zwischen hohen Säulen in eine Auffahrt ein.

Als wir jenseits der Bäume waren, die das Haus von der Straße abschirmten, hielt ich den Atem an. Ich hatte erwartet, ein großes Haus zu sehen, aber dieses war riesenhaft. Es lag am Ende einer weiten Rasenfläche, und die Auffahrt führte in einem Bogen um den

Rand des Rasens herum zu einem mit Kopfsteinen gepflasterten Vorplatz vor der Freitreppe. Ich erfuhr später, daß das Haus in der Jugend der Alten Königin erbaut worden war. Die roten Backsteine hatten im Lauf der Jahre eine sanfte Tönung angenommen und waren mit Efeu bedeckt. Als wir die geschwungene Auffahrt entlangfuhren, sah ich blühende Beete und Rosengärten hinter dem Haus.

Mr. Morton klemmte meine Hand unter seinen Arm, und wir gingen zusammen die fünf Stufen zur Vorhalle hinauf. Die Tür wurde von einem Butler geöffnet – dem ersten, den ich je sah. Er war ein untersetzter Mann mit schütterem, grauem Haar und würdevollem Gebaren.

»Guten Tag, Sir, und willkommen zu Hause«, sagte er mit gedämpfter Stimme und neigte den Kopf.

»Guten Tag, John«, erwiderte Mr. Morton, während er mich in die hohe Empfangshalle führte. »Dies ist Miß Cadi, das neue Mitglied unserer Familie.«

»Willkommen, Miß Cadi«, sagte John höflich, obgleich ich den Eindruck hatte, daß seine Augen mich scharf und ein wenig mißbilligend musterten.

»Guten Tag«, sagte ich mit einem leichten Kopfnicken, wie Miß Rigg es mich gelehrt hatte. Ich sah mich in der Halle um. Eine breite, geschwungene Treppe führte zu einer Galerie hinauf, die auf allen vier Seiten von einem Geländer abgegrenzt wurde. Die Halle selbst war sehr elegant eingerichtet, mit zwei breiten Sofas, Seitentischen und geschnitzten Stühlen, einer Standuhr, einer Büste auf einer Marmorsäule und einigen kleinen Statuetten. Ich konnte es gar nicht alles auf einmal in mich aufnehmen. Und an den Wänden hingen mindestens ein Dutzend Gemälde.

John hustete diskret und sagte: »Mrs. Morton, Miß Sarah und Master Richard sind im Garten, Sir. Soll ich ihnen melden, daß Sie eingetroffen sind?«

»Nein, bemühen Sie sich nicht.« Mr. Morton legte Hut, Spazierstock und Handschuhe auf einen mit Intarsien verzierten Tisch. »Wir gehen zu ihnen hinaus. Komm, Cadi.«

Aber ich konnte mich nicht rühren, und seine letzten Worte drangen wie durch eine Wand aus Samt an mein Ohr. Ich blickte auf ein Gemälde, das über einem der Seitentische hing, und obgleich mein

Kopf hämmerte, schien mein Herz stillzustehen. Was ich sah, war das Bild eines Hauses vor einem Sternenhimmel, eines reich verzierten, fremdländisch anmutenden Hauses, das eher einem Palast glich. Dunkles Wasser umspülte seine Mauern, und hinter hohen, gestreiften Pfählen stiegen steinerne Stufen aus dem Wasser zu dem breiten Vorplatz empor. Ich kannte jede Einzelheit, jeden Pfeiler der Säulenhalle, jedes Ornament, denn ich hatte dieses Haus schon zuvor gesehen, nicht in Wirklichkeit, aber in meinem Traum.
Dies war das Haus, das ich so gut kannte, das Haus, wo Glück oder Schrecken mich erwarteten – und ein Mann mit dem Gesicht von Lucian Farrel. Es war ein Haus, das nur in meinem Traum existierte. Aber irgend jemand hatte es in allen Einzelheiten auf Leinwand gemalt.

Ich fühlte, wie Mr. Morton den Arm um mich legte, und hörte ihn besorgt fragen: »Cadi! Ist dir etwas?«
Mit ungeheurer Anstrengung riß ich mich zusammen, holte tief Luft und wandte die Augen von dem Bild ab. »Nein, es ist nichts, vielen Dank«, sagte ich. »Mir war einen Augenblick schwindlig, aber es ist schon vorbei.«
Er drehte mich zu sich herum, sah mich eine Weile aufmerksam an, dann nickte er. »Kein Wunder nach der langen Fahrt und all den Aufregungen. Fast jedes andre junge Mädchen in deiner Lage wäre schon längst ohnmächtig geworden. Komm, wir setzen uns in den Schatten und ruhen uns aus. John, bitte bringen Sie Miß Cadi ein Glas Fruchtsaft.«
»Sehr wohl, Sir.«
Wir durchquerten die Halle, dann gingen wir durch ein großes Wohnzimmer auf eine Terrasse hinaus. Mr. Morton sah mich dabei mit drolliger Miene von der Seite an und murmelte: »Diese heute so beliebten Ohnmachten kommen mindestens zur Hälfte nur daher, daß die Frauen darauf bestehen, sich in Fischbeinstäbe einzuzwängen. Ich bin sehr froh, daß wir uns der Verkäuferin von Harrods so standhaft widersetzt haben.«
»Ich auch, Mr. Morton.« Miß Rigg hatte mir gesagt, daß es sich für einen Mann nicht gehöre, über Damenunterwäsche zu sprechen, aber bei Mr. Morton war das etwas anderes. Ich hatte das Gefühl, daß ich mit ihm über alles reden konnte, nicht nur, weil er gewissermaßen mein neuer Vater war, sondern weil er gleichzeitig auch mein Freund war. Und auf jeden Fall war ich völlig seiner Meinung, was die Mode der Korsetts betraf.

Der Garten war riesengroß und sehr gepflegt, mit sauber geschnittenen Hecken, langgestreckten Blumenbeeten, voll von blühenden Tulpen, und Rosenbeeten, auf denen schwellende Knospen ankündigten, daß bald große, bunte Farbflecken vor dem grünen Rasen aufleuchten würden. Unter der Schutzwand von Kiefern und Platanen, Linden und Eichen, die den Garten umgab, lag eine dunkle Matte von Immergrün.

Ein Mädchen in einem rosa Kleid und ein junger Mann spielten Krocket auf dem Rasen. Auf einem Schaukelstuhl unter einem Baum saß eine hochgewachsene, schlanke Dame in einem langen, weißen Kleid. Sie war, schätzte ich, etwa Ende vierzig, und man sah ihr an, daß sie einmal sehr schön gewesen sein mußte. Ihr Haar war immer noch goldblond, ohne eine Spur von Grau, ihre Augen waren von einem überraschenden Veilchenblau. Sie stand auf und legte mit leicht dramatischer Geste die Hand auf die Brust, als wir näher kamen, und jetzt sah ich, daß ihr Gesicht von kleinen Falten gezeichnet war, die auf eine unzufriedene und selbstquälerische Natur hindeuteten.

Sie hielt die Augen auf mich geheftet und würdigte Mr. Morton kaum eines Blicks, als er ihre Hand nahm, sie auf die Wange küßte und sagte: »Helen, mein Liebes, dies ist Cadi, von der ich dir erzählt habe.«

Mrs. Morton stieß einen kleinen Schrei aus, stürzte auf mich zu und schloß mich in die Arme. »Caterina, mein armes, armes Kind. Willkommen zu Hause. Ich bin so *glücklich,* daß wir dir in deinem Kummer helfen und dir gleichzeitig die Freundlichkeit vergelten können, die du meinem Mann damals erwiesen hast, als sein Boot sich mit Wasser füllte.«

Halb erstickt an Mrs. Mortons Brust, konnte ich mit einem Auge über ihren Arm hinweg Mr. Morton sehen, der mir verstohlen zublinzelte. Mir wurde klar, daß er seiner Frau irgendeinen Bericht über unsere erste Begegnung gegeben hatte, daß er jedoch, um sie nicht zu beunruhigen – und vielleicht auch, um sich nicht endlosen Vorwürfen wegen seines Leichtsinns auszusetzen –, den Vorfall viel weniger gefährlich dargestellt hatte, als er in Wirklichkeit gewesen war. Es überraschte mich, daß sie mich Caterina nannte, aber dann fiel mir ein, daß Mr. Morton mich an dem Tag, als er zum Tee zu uns gekommen war, nach meinem richtigen Namen gefragt hatte.

Mrs. Morton war zweifellos eine überschwengliche und leicht erregbare Frau, und ich erinnerte mich an Bob Rossiters Bemerkung über das Jammern und Klagen. Ich konnte mir gut vorstellen, daß der kärgliche Komfort des *Anchor* außerordentlich bedrückend auf sie gewirkt haben mußte.

»Es ist sehr gütig von Ihnen, mich aufzunehmen, Mrs. Morton«, sagte ich mit schwacher Stimme, denn ich lag immer noch an ihre Brust gepreßt. Sie ließ mich los, lächelte liebevoll und schien recht befriedigt von dem Empfang, den sie mir bereitet hatte. Ich sah, daß das Mädchen und der junge Mann ihr Spiel abgebrochen hatten und auf uns zukamen. »Jetzt sollst du deine neuen Geschwister kennenlernen«, sagte Mrs. Morton; ihre Stimme zitterte vor Gemütsbewegung. »Richard, Sarah . . . dies ist Caterina.«

Mr. Morton, der ein wenig ratlos danebenstand, sagte sanft: »Ich glaube, mein Liebes, sie würde es vorziehen, Cadi genannt zu werden. Vielleicht hilft es ihr, sich schneller einzugewöhnen.«

»Keineswegs, Edward, keineswegs. Caterina ist ihr wirklicher Name, und ich finde ihn sehr hübsch.« Während Mrs. Morton sprach, stand Sarah mit halb ausgestreckter Hand schüchtern wartend da und sah mich mit großen Augen an. Sie hatte ein ziemlich nichtssagendes Gesicht, auf dem weder etwas von der Schönheit ihrer Mutter noch von der Intelligenz ihres Vaters zu sehen war.

Ich schüttelte ihr die Hand und sagte: »Es freut mich, dich kennenzulernen, Sarah.«

Dann wurde mir Richard vorgestellt. Er hatte das goldblonde Haar und die veilchenblauen Augen seiner Mutter und das Gesicht eines Engels, ein wenig blaß, mit zarten, edlen Zügen und einem warmen, freundlichen Lächeln.

»Wir sind so froh, dich bei uns zu haben, Caterina«, sagte er leise und beugte sich vor, um seine Wange an die meine zu legen. Ich war seltsam gerührt über diese Geste, und meine Augen brannten, als ich erwiderte: »Vielen Dank, Richard. Es ist wundervoll für mich, hier zu sein.«

»Wir müssen sie Cadi nennen«, verkündete Mrs. Morton, sehr zu meinem Erstaunen, mit entschiedener Stimme. Sie wandte sich an ihren Mann. »Das ist der Name, an den sie gewöhnt ist, Edward, und sie wird sich mit diesem Namen bestimmt viel mehr zu Hause fühlen.«

»Natürlich, mein Liebes«, sagte Mr. Morton ernst. »Wie klug von dir, daran zu denken. Habt ihr gehört, was eure Mutter gesagt hat, Richard? Sarah?«

»Ja, Vater.«

Mein Erstaunen legte sich, als mir klar wurde, daß Mrs. Morton in dieser Hinsicht Miß Rees, der Schwester des Vikars von Mawstone, ähnelte. Ein guter Vorschlag oder Gedanke mußte zu ihrem eigenen werden, ehe er für sie annehmbar war.

»Gut, setzen wir uns«, sagte Mr. Morton, und im gleichen Augenblick kam John über den Rasen, ein Tablett mit einem großen Glas Limonade in der Hand. »Cadi braucht nach der langen Reise eine Erfrischung, und dann wird sie sich, wie ich annehmen möchte, vor dem Abendessen gern eine Stunde in ihrem Zimmer ausruhen wollen.«

Die Unterhaltung war, wie zu erwarten, anfangs ein wenig steif. Sarah sagte nichts, sondern sah mich nur schüchtern an. Richard erkundigte sich mit einem sanftmütigen Lächeln nach unserer Reise und den Einkäufen. Mrs. Morton preßte seufzend die Hand an die Stirn und erklärte, daß Mr. Morton die Auswahl meiner Kleidung auf keinen Fall der Verkäuferin von Harrods hätte überlassen dürfen, und daß sie selbst hätte zugegen sein sollen.

»Ich bin sicher, wir haben unsere Sache ganz gut gemacht, meine Liebe«, erwiderte Mr. Morton. »Und ich fürchtete, daß es zu anstrengend für dich sein würde.«

Mrs. Morton lächelte tapfer. »Du weißt, daß ich stets die nötige Kraft aufbringen kann, meine Pflicht zu tun, Edward.«

»Natürlich, Helen. Das ist eine deiner besten Eigenschaften.«

Mr. Morton zeigte sich seiner Frau gegenüber sehr höflich und liebevoll, aber er sprach, wie mir schien, immer ein wenig mechanisch – ganz anders, als er mit mir zu sprechen pflegte. Ich hatte den Eindruck, daß dies aus alter Gewohnheit geschah. Mrs. Morton war eine Frau, die sich in dem Gedanken gefiel, daß die Bürde des Lebens schwer auf ihr lastete, viel schwerer als auf irgend jemand anderem. Ein falsches Wort, eine unvorsichtige Bemerkung, und sie würde sich verletzt und nicht entsprechend gewürdigt fühlen. Mr. Mortons Art war gewissermaßen ein Beruhigungsmittel, das jeglicher Disharmonie vorbeugen sollte.

So müde ich auch war, ich nahm mir vor, das nicht zu vergessen.

Mrs. Morton hatte mich sehr herzlich und – ungeachtet ihres recht dramatischen Gebarens – sogar aufrichtig willkommen geheißen, aber ich wußte, daß es sicherlich Gelegenheiten geben würde, wo ich sie auf die gleiche Art bei guter Laune halten mußte, wie Mr. Morton es tat.
Nach einer Weile sagte er: »Sarah, ich glaube, du solltest Cadi jetzt in ihr Zimmer hinauf begleiten. Überzeuge dich, daß sie alles hat, was sie braucht, und beauftrage Betty, sie um halb acht zu wecken. Dann kann sie ein Bad nehmen, und du hast noch Zeit, sie durchs Haus zu führen, ehe wir uns zu Tisch setzen.«
»Ja, Papa«, sagte Sarah.
Sobald wir allein waren, ließ Sarahs Schüchternheit nach, und ihr Gesicht nahm einen leicht mürrischen Ausdruck an, als wir zusammen die breite, geschwungene Treppe hinaufgingen und sie mich dabei verstohlen von der Seite musterte. Mr. Morton hatte mir gesagt, daß sie sich möglicherweise anfangs etwas abweisend verhalten würde, bis sie Vertrauen zu mir gewann, und so war ich nicht weiter beunruhigt darüber, sondern beschloß, freundlich zu sein, ganz gleich, wie sie reagierte.
»Du kannst segeln, nicht wahr?« fragte sie ein wenig verdrießlich.
»Ja.« Ich lächelte sie an. »Mein Vater war Fischer, und er hat mich schon als Kind oft mitgenommen, wenn er hinausfuhr.«
»Ich kann es nicht.« Ihre Stimme war traurig. »Papa segelt sehr gern, und wir fahren manchmal nach Hoo oder Sheppey; das ist nicht weit, er hat dort ein Boot liegen. Aber mir wird immer übel.« Sie schwieg einen Augenblick, dann setzte sie hinzu: »Mama auch.«
»Das ist nur, weil du es nicht gewöhnt bist«, sagte ich, während wir die Galerie entlanggingen. »Stell dir vor, mir ist in der Droschke übel geworden. Das könnte dir doch sicher nie passieren.«
»Nein, ich glaube nicht«, sagte sie zögernd. »Kannst du reiten?«
»Ich bin ein- oder zweimal auf einem Ackergaul geritten, das ist alles.«
»Ich kann reiten«, erklärte sie stolz. »Wir haben mehrere Pferde im Stall, und ich reite schon seit Jahren.«
»Dann wirst du es mir hoffentlich beibringen, Sarah. Ich möchte es sehr gern lernen.«
Sie lächelte erfreut, dann wurde ihr Gesicht nachdenklich, und nach einem inneren Kampf, der ihr deutlich anzusehen war, sagte sie:

Albert,

Der Korse

Bertelsmann Vlg

»Ich bin aber keine sehr gute Reiterin.«
Ich mußte unwillkürlich lachen, und sie machte ein Gesicht, als ob sie weinen wollte; aber dann erkannte sie offenbar an meinem Ausdruck, daß ich mich nicht über sie lustig machte, denn ihr Gesicht hellte sich auf, und sie kicherte leise. »Ich mußte es dir sagen, Cadi, denn du wirst es ja ohnedies bald selber sehen. Oh, ich wünschte, ich wäre so geschickt wie andere Leute.«
»Ich nehme an, daß du in vielen Dingen sehr geschickt bist«, sagte ich. »Ich meine, in den Dingen, die eine junge Dame können *sollte*, wie zum Beispiel Nähen und Sticken ... Musizieren und Malen. Und ich hoffe, du wirst mir helfen, Sarah. Ich muß noch so vieles lernen.«
Über ihr Gesicht zog ein schüchternes Lächeln, das sie plötzlich viel hübscher machte, und sie sagte rasch: »Ich freue mich, daß du gekommen bist, Cadi. Jetzt bin ich nicht mehr so allein.« Sie öffnete die Tür zu einem Zimmer und trat zur Seite, um mich vorangehen zu lassen.
Es war ein sehr hübsches Schlafzimmer mit rosa Wänden und dikken Teppichen auf dem Boden. Ein Hausmädchen in einem dunklen Kleid mit einer kleinen weißen Stickereischürze hatte gerade den Koffer mit den Sachen von Harrods ausgepackt und hängte die Kleider in einen riesigen Schrank. Der Handkoffer mit den Erinnerungen an meine Familie, den ich aus Mawstone mitgebracht hatte, stand ungeöffnet auf einem kleinen Hocker. Eines meiner neuen Nachthemden war auf dem Bett ausgebreitet.
»Dies ist Betty«, sagte Sarah, und das Mädchen machte einen kleinen Knicks. »Sie hält dein Schlafzimmer, meines und das von Richard in Ordnung. Betty, dies ist Miß Cadi.«
»Guten Abend, Miß.«
Ich war im Begriff, ihr die Hand hinzustrecken, als mir einfiel, daß das nicht üblich war, und so sagte ich nur mit einem freundlichen Kopfnicken: »Guten Abend, Betty.«
»Miß Cadi wird sich ein Weilchen ausruhen«, sagte Sarah. »Bitte wecken Sie sie um halb acht, Betty, und bringen Sie heißes Wasser für ein Bad herauf. Möchtest du sonst noch etwas, Cadi?«
»Nein ... nein, vielen Dank.« Ob Sarah segeln und reiten konnte oder nicht, sie hatte zweifellos sehr viel Erfahrung im Umgang mit Dienstboten, und das hatte ich nicht.

»Das ist vorläufig alles, Betty.«
»Sehr wohl, Miß Sarah.«
Das Mädchen ging hinaus. Sarah sah in den Kleiderschrank und rief: »Oh, was für entzückende Kleider! Wirklich wunderhübsch. Mama hätte sie nicht besser aussuchen können.« Sie wandte sich mit jäher Besorgnis nach mir um. »Aber bitte erzähl ihr nicht, daß ich das gesagt habe.«
»Nein, natürlich nicht.«
Sie seufzte erleichtert. »Oh, was für ein aufregender Tag. Ich bin sicher, wir werden uns sehr gut verstehen, Cadi. Aber jetzt lasse ich dich schlafen. Du bist bestimmt sehr müde.« Sie öffnete die Tür. »Hier, diesen Gang entlang, die erste Tür rechts, ist eine Toilette. Das ist alles, was du für den Augenblick wissen mußt; vor dem Essen zeige ich dir den Rest des Hauses.«
Es machte mich froh, so schnell Sarahs Vertrauen gewonnen zu haben. Vermutlich kam es daher, daß ich sie um ihre Hilfe gebeten hatte. Aber ich hatte es nicht getan, um ihr zu schmeicheln, sondern ich meinte es im Ernst, und das muß sie gespürt haben.
Als sie fort war, schloß ich die Vorhänge, zog mich aus und legte mich aufs Bett. Mein Kopf summte vor Erregung, und ich war überzeugt, daß ich nicht schlafen würde. Ich dachte an Mr. Morton und seine Familie, sah im Geiste ihre Gesichter, eines nach dem anderen, und wiederholte in Gedanken immer wieder unsere Unterhaltung im Garten, um sicher zu sein, daß meine Worte und mein Verhalten so korrekt gewesen waren, wie Miß Rigg es mich gelehrt hatte.
Dann dachte ich wieder an das Bild, das unten in der großen Halle hing. War es wirklich das Haus gewesen, das mir immer in meinem Traum erschien? Ich versuchte, mich an den Traum zu erinnern, versuchte, mich an das Gemälde zu erinnern, aber ich war zu müde, mir ein klares Bild zu machen, und schließlich gab ich es auf.
Nur wenige Minuten schienen vergangen zu sein, als Betty, das Hausmädchen, zu mir sprach und meine Schulter berührte. Ich setzte mich auf und fragte verwirrt: »Wie spät ist es?«
»Halb acht, Miß Cadi. Ihr Bad wird gleich fertig sein.« Der kentische Tonfall klang seltsam für meine Ohren. Einen Augenblick lang kam mir alles seltsam vor.
Ich blickte mich blinzelnd im Zimmer um und sah, daß eine Sitzbadewanne aus einem großen Schrank herausgeholt und vor den

leeren Kamin gestellt worden war. Vermutlich würde bei kälterem Wetter zur Stunde des Bades ein Feuer angezündet werden, aber jetzt war es zu warm dafür.
Ich hörte Fußtritte vor der Tür, dann wurde etwas niedergesetzt, und eine Männerstimme rief: »Hier ist das heiße Wasser, Betty.«
»Ist auch höchste Zeit!« erwiderte Betty spitz, während die Fußtritte sich entfernten. Sie ging zur Tür und brachte nacheinander vier große Heißwasserkannen aus blankem Messing herein. Ich sah wie gebannt zu, wie sie die Wanne füllte, die Temperatur des Wassers prüfte und Seife und Handtücher zurechtlegte.
»Welches Kleid werden Sie anziehen, Miß?«
»Oh ... das – das hellgraue mit dem weißen Jabot.« Ich hatte erst an diesem Nachmittag entdeckt, was ein Jabot war. Sie holte das Kleid aus dem Schrank, breitete es am Fußende des Bettes aus und fragte: »Wünschen Sie sonst noch etwas, Miß?«
Ich versuchte angestrengt, mich zu erinnern, was Sarah gesagt hatte, und fand die richtigen Worte: »Nein, das ist alles, Betty. Vielen Dank.«
Ich hatte zwei Stunden fest geschlafen, und jetzt genoß ich das Bad, das die letzten Spuren von Müdigkeit fortzuspülen schien. Als ich mich angezogen hatte und gerade dabei war, mein Haar zu bürsten, klopfte es an der Tür. Auf meinen Ruf kam Sarah herein, und fünf Minuten später machten wir uns auf die Runde durch das Haus. Die anderen waren noch nicht heraufgekommen, sich fürs Abendessen umzuziehen, und so konnte ich das ganze obere Stockwerk besichtigen.
Mr. und Mrs. Morton hatten getrennte Schlafzimmer auf der gegegenüberliegenden Seite der Galerie. Seines war sehr schlicht und schmucklos, während das ihre, voll von Volants, Spitzenkissen und Nippes, fast überladen wirkte. Ich überlegte, wieviel Zeit dazugehörte, ein Zimmer wie dieses sauberzuhalten, aber dann fiel mir ein, daß es ja Dienstboten gab, die all das taten. Zwischen den beiden Räumen lag ein Badezimmer und daneben eine Toilette. Ich hatte noch nie im Leben so ein Badezimmer gesehen. Die Wände waren gekachelt, und auf dem Boden lag eine Korkmatte. Das Waschbecken und die Badewanne waren aus Steingut mit blanken Messinghähnen. Sarah zeigte mir, daß man nur den Hahn aufzudrehen brauchte, wenn man heißes Wasser haben wollte, und er-

klärte, es komme aus einem neuen Boiler, der neben der Küche aufgestellt worden war.
»Vater will noch ein weiteres Badezimmer einbauen lassen«, sagte sie, »und vielleicht später noch ein drittes für die Dienstbotenzimmer im zweiten Stock.«
Ich war überwältigt. »Das kostet doch sicher eine schreckliche Menge Geld«, sagte ich, und dann ärgerte ich mich über mich selbst, weil ich in einem einzigen Satz zwei Fehler begangen hatte. Ich hatte das Wort »schrecklich« falsch angewendet, und ich hatte davon gesprochen, wieviel etwas kostete, obwohl das, wie Miß Rigg mir oft gesagt hatte, ein grober Taktfehler war. Aber Sarah schien sich nichts daraus zu machen.
»Ja, wahrscheinlich«, sagte sie ohne großes Interesse, und mir wurde klar, daß sie nie mit Pfennigen hatte rechnen müssen und sich daher über Geld keine Gedanken machte.
Sarahs Zimmer, das neben dem meinen lag, war angefüllt mit Souvenirs, die ihr sehr ans Herz gewachsen schienen – Puppen aus ihrer Kindheit, eine Krönungstasse und zahlreiche kleine Reiseandenken. Dahinter, auf der anderen Seite des Korridors, lag Richards Zimmer. Wir blickten nur einen Augenblick verstohlen hinein. Ich wollte es eigentlich nicht, aber Sarah bestand kichernd darauf. Es war ein sehr eigenartiges Zimmer, ganz anders als Sarahs. An den Wänden hingen alte Pistolen, afrikanische Wurfspeere, eine Teufelsmaske und andere, seltsame Gegenstände, von denen ich nicht wußte, was sie zu bedeuten hatten. Ein Elefantenfuß stand neben der Tür, und auf einem kleinen Tisch befand sich eine Sammlung von orientalischen Götzen, seltsamen Wesen, aus buntem Stein gearbeitet. Es kam mir vor wie das Zimmer eines weitgereisten Mannes, der Andenken aus der ganzen Welt zusammengetragen hatte.
Dies alles schien unvereinbar mit Richards unschuldigem, fast engelsgleichem Gesicht. Sarah muß meine Verwirrung bemerkt haben, denn sie sagte: »Er liebt seltsame Dinge.«
Wir gingen die Hintertreppe hinauf zu den Räumen der Dienerschaft, nur, damit ich sehen konnte, wo sie lagen, dann wieder hinunter, am ersten Stock und Erdgeschoß vorbei in die Küche, wo mit großer Geschäftigkeit das Abendessen zubereitet wurde. John, der Butler, stand neben der Tür, blickte sich mit wachsamen Augen um und gab hin und wieder einen kurzen Befehl.

Es war deutlich zu erkennen, daß er hier, im Reich der Dienstboten, der unumschränkte Herrscher war, obwohl ich annahm, daß seine Machtbefugnis sich nur in begrenztem Maß auf die untersetzte Frau erstreckte, die sich an dem großen Herd zu schaffen machte und offensichtlich die Köchin war.
Als wir eintraten, sagte Sarah: »Bitte machen Sie weiter, John. Ich führe nur Miß Cadi herum.« Er nickte höflich und wandte sich wieder der Überwachung des Personals zu.
Ich erfuhr, daß die untersetzte Frau tatsächlich die Köchin war und daß sie Mrs. Beale hieß. Sie war Köchin und Haushälterin zugleich und eine sehr wichtige Persönlichkeit. Ich wurde ihr vorgestellt, als sie sich einen Augenblick frei machen konnte, aber wir hatten kaum Zeit, ein paar Worte miteinander zu wechseln. Ein riesiges Rindsfilet drehte sich langsam an einem Bratenspieß, und ein halbes Dutzend Kasserollen dampften auf dem Herd. Die Tür zu einer großen Speisekammer stand offen, und als ich all die Gläser und Flaschen sah, die großen, runden Käselaiber und die Platten mit kaltem Braten und Geflügel, schien mir, daß es im Haus genügend Vorräte für ein Regiment Soldaten gab.
Ein paar neugierige Blicke flogen zu mir herüber, während die Leute emsig ihrer Arbeit nachgingen. Sarah sagte mir, abgesehen von John, dem Butler, gebe es zwei Diener und einen Hausknecht, ein Küchenmädchen, ein Kleinmädchen, zwei Hausmädchen (Betty war eines von ihnen), die auch als Zimmermädchen fungierten, und eine Beschließerin. Die beiden Diener trugen dunkle Anzüge, keine Livree, weil Mr. Morton Livreen altmodisch und lächerlich fand.
Als ich mich so umsah, hatte ich den Eindruck, daß Mr. Morton einer der reichsten Männer des ganzen Landes sein müsse. Erst einige Wochen später wurde mir klar, daß es in der nächsten Umgebung von *Meadhaven* viele solche Haushalte gab, und daß diese bescheiden waren im Vergleich zu den Besitztümern der wahrhaft Reichen.
In der großen Halle ging einer der Diener mit einem langen Stock umher, an dessen Ende sich ein Haken und eine brennende Wachskerze befanden. Er zündete im ganzen Erdgeschoß, auf der Treppe und in der Galerie die Gaslampen an, deren Glühstrümpfe ein wundervolles Licht ausstrahlten, ganz anders als das gelbe Licht der Öllampen, an die ich gewöhnt war. Ich sah dem Diener zu, wie er

die sechs Glühstrümpfe des großen Kronleuchters in der Halle anzündete, dann wandte ich mich mit leicht klopfendem Herzen um und blickte abermals auf das Gemälde an der Wand.

Obgleich ich mich, wenn ich wach war, nie genau an die äußeren Einzelheiten erinnern konnte, wußte ich jetzt, als ich das Bild ansah, daß dies genau das Haus war, das mir in meinem Traum erschien.

»Das ist ein sehr hübsches Bild«, sagte ich in beiläufigem Ton zu Sarah. »Weißt du, wer es gemalt hat? Und wo?«

»Gefällt es dir?« fragte Sarah ein wenig ungläubig. »Ich erinnere mich, daß Papa es gekauft hat, als ich klein war, aber ich habe mich immer ein wenig davor gefürchtet, weil es so ... so geheimnisvoll wirkt. Bei der Auktion hieß es, das Bild sei etwa hundertfünfzig Jahre alt, doch niemand wußte, wer es gemalt hat, und so nehme ich an, daß es nicht sehr teuer war. Es stellt natürlich irgendeinen Palazzo in Venedig dar.«

Venedig. Ja, natürlich. Weshalb hatte ich nicht selbst schon daran gedacht? Ich hatte noch nie Fotografien von Venedig gesehen, hatte aber in einem der Bücher von Miß Rigg gelesen, daß es eine sehr alte Stadt mit einer fesselnden Vergangenheit war, in der es Kanäle anstelle von Straßen und Gondeln anstelle von Kutschen gab. Miß Rigg hatte mir auf ihrem Klavier Teile aus einer Oper, *I Gondolieri* – einer der berühmten Opern von Gilbert und Sullivan – vorgespielt. Die Musik hatte mir wenig gesagt, aber ich hatte eine verschwommene Vorstellung von prunkvollen Palästen und reichen Edelleuten, die Schwerter trugen, von Maskenbällen, schönen Frauen und galanten Männern. Vielleicht stammten diese Eindrücke von den Bildern einer Aufführung des *Kaufmann von Venedig* mit Henry Irving als Shylock, die Miß Rigg mir einmal gezeigt hatte.

»Gibt es diesen Palazzo wirklich?« fragte ich langsam. »Oder ist es nur ein Phantasiebild?«

»Du liebe Güte, das weiß ich nicht, Cadi. Da mußt du meinen Vater fragen. Aber ich fürchte, er weiß es auch nicht. Es ist hübsch, nicht wahr? Papa sagt, eines Tages wird er mit uns allen eine Reise nach Venedig machen. Aber komm jetzt, sonst bleibt keine Zeit, dir alles zu zeigen.«

Wir gingen durch den Salon und von dort aus ins Eßzimmer, wo ein langer Tisch fürs Abendessen gedeckt war. Ich blickte bestürzt auf all die Messer, Gabeln und Löffel, die neben den Tellern lagen, und fragte mich, woher ich, um alles in der Welt, wissen sollte, was man wofür gebrauchte.

Dann kamen wir in ein kleines Nähzimmer, und dort zeigte Sarah mir einige ihrer Stickereien. Sie waren sehr schön und sauber gearbeitet, aber die Muster waren für meinen Geschmack ein wenig überladen. Wir durchquerten abermals die Halle, und Sarah klopfte an die Tür von Mr. Mortons Arbeitszimmer. Als keine Antwort kam, sagte sie, er sei vermutlich hinaufgegangen, sich umzuziehen, und trat ein. Es war ein großer, hoher Raum mit einem dicken Teppich und einem riesigen Schreibtisch quer übereck. Eine ganze Wand wurde von Aktenschränken mit Rolltüren ausgefüllt. Hinter dem Arbeitszimmer lag die Bibliothek, und ich stieß einen leisen Freudenschrei aus, als ich die endlosen Reihen von Büchern auf den Regalen sah, die an allen vier Wänden vom Boden bis zur Decke reichten.

»Glaubst du, dein Vater wird mir erlauben, hin und wieder eines dieser Bücher auszuleihen?« flüsterte ich.

»Natürlich.« Sarah machte ein erstauntes Gesicht. »Aber du wirst nicht viel Freude daran haben, Cadi. Es sind größtenteils *Sach*bücher, weißt du, über Geschichte, Politik und – oh, eine Menge von Dingen, die mit ›ologie‹ enden.«

»Aber Sachbücher können doch sehr interessant sein.«

»Mama sagt, junge Damen sollten sich nicht mit solchen Dingen befassen. Ich lese nur Bücher über Menschen, ich will sagen, Menschen in Romanen. Am besten gefallen mir Geschichten, wo die Leute sich verlieben.« Sie seufzte schwärmerisch. »Dabei stelle ich mir immer vor, ich sei die junge Heldin, und das ist wundervoll. Hast *du* dich schon jemals verliebt, Cadi?«

»Nein, noch nicht. Eigentlich habe ich mich bisher kaum mit solchen Gedanken abgegeben.«

»Ach du meine Güte!« Sarah machte ein besorgtes Gesicht. »Wenn man bedenkt, wie alt du bist . . . Ich hab's schon dreimal getan.«

»Dich *drei*mal verliebt? In wen?«

»Zuerst in Mr. Latham. Er ist der Mannschaftskapitän vom *Gentlemen's Cricket Club* von Sevenoaks, aber das war nur für kurze Zeit. Ich habe es aufgegeben, weil ich seine Frau und seinen sommersprossigen kleinen Jungen nicht besonders mochte. Das zweite Mal war es der junge Gärtnergehilfe, der Hoskin letzten Sommer ein paar Wochen geholfen hat. Ich habe nie mit ihm gesprochen, habe ihn aber den ganzen Tag von meinem Fenster aus beobachtet, und als er fortging, habe ich geweint.«

Es war schwer, nicht über Sarahs kindliche Schwärmereien zu lächeln, aber sie war so naiv und offenherzig, daß ich sie um alles in der Welt nicht hätte verletzen wollen. »Und wer war der dritte?« fragte ich.

Sie zögerte, dann sagte sie leise: »Lucian Farrel. Kennst du ihn? Aber natürlich. Du hast ihn ja zusammen mit Papa kennengelernt. O Cadi, ich finde ihn so ... so *wundervoll.* Ich bete jeden Tag, daß er mich heiraten wird, wenn ich erwachsen bin.«

Bei diesen Worten spürte ich einen schmerzhaften Stich der Eifersucht. Das war natürlich lächerlich, ebenso lächerlich wie Sarahs rosarote Träume. Ich war keineswegs sicher, daß ich Lucian Farrel überhaupt mochte. In diesem Augenblick ertönte irgendwo im Haus ein Gong, und Sarah griff nach meiner Hand. »Das ist fürs Abendessen«, sagte sie. »Komm, Cadi – und du wirst doch niemandem meine Geheimnisse verraten, nicht wahr?«

»Nein, das verspreche ich dir«, sagte ich, und wir gingen zusammen ins Eßzimmer.

Mr. Morton und Richard hatten dunkle Anzüge angezogen, und Mrs. Morton trug jetzt einen langen marineblauen Rock und eine weiße Spitzenbluse. Während Mr. Morton das Tischgebet sprach, musterte ich beklommen das Eßbesteck vor mir.

Die Suppe wurde aufgetragen, und niemand sprach, bis der Diener sich zurückgezogen hatte. Dann sagte Mr. Morton: »Nun, Cadi ...« und machte eine Pause. Als ich ihn ansah, nahm er langsam einen großen Löffel auf, der rechts neben seinem Teller lag, und warf mir einen ermutigenden Blick zu. Ich nahm den gleichen Löffel zur Hand, und er fuhr fort: »... hast du dich ein wenig ausgeruht, mein Kind?«

»Ja, vielen Dank, Mr. Morton.« Meine Unruhe war verschwunden. Er kannte meine Schwierigkeiten und würde mir behutsam den richtigen Weg weisen. Ich war so überwältigt von Dankbarkeit und Liebe, daß ich kaum sprechen konnte. Glücklicherweise war das auch nicht erforderlich, denn Mrs. Morton stürzte sich jetzt in einen sorgenvollen Monolog.

»Edward, ich habe sehr ernsthaft über eine Reihe von Fragen nachgedacht, die Cadi betreffen. Wir müssen ihr unbedingt einen breitrandigen Hut besorgen, der ihr Gesicht vor der Sonne schützt. Das arme Kind ist so *braun*, und ein sonnenverbranntes Gesicht ist unkleidsam für eine junge Dame. Wir müssen uns darüber klar sein, daß sie jetzt eine junge Dame ist, Edward, und das bringt mich zu der Frage ihres Haars. Meinst du nicht, daß sie es aufstecken sollte? Die Tochter von Mrs. Mainwaring hat ihres vergangene Woche aufgesteckt – hast du es letzten Sonntag in der Kirche bemerkt? Und sie ist viel jünger als Cadi.«
Ohne innezuhalten, ging sie zu einem völlig anderen Thema über. »Und du mußt bitte ein ernstes Wort mit Gertrude sprechen. Die Aufgabe, Dienstboten zu überwachen, ist wirklich absolut nervenaufreibend.« Sie seufzte gequält. »Zum drittenmal in drei Wochen hat Gertrude heute morgen vergessen, das Kleingeld aus meinem Portemonnaie zu waschen. Es ist kaum zu glauben, wenn man bedenkt, daß sie für ihre Arbeit achtzehn Pfund im Jahr bezahlt bekommt. Aber man kann sie nicht entlassen. Lucy Talbot ist seit Wochen auf der Suche nach einem neuen Mädchen und würde sich förmlich auf sie stürzen ...«
Ich blickte um den Tisch herum. Mr. Morton, die Augenbrauen hochgezogen, um ein Interesse zu bekunden, das er wohl schwerlich empfand, aß gelassen seine Suppe. Sarah, die nicht einmal vorgab zuzuhören, starrte mit verklärten Augen gedankenverloren in die Gegend, träumte vielleicht von Lucian Farrel. Richard sah mich an, und als unsere Blicke sich begegneten, erhellte ein warmes Lächeln wie von einem inneren Licht das schöne, zarte Gesicht. Seine goldblonden Haare leuchteten unter dem hellen Gaslicht, so daß er jetzt mehr denn je einem jugendlichen Engel glich.
Mrs. Morton legte eine kleine Pause ein, um Atem zu holen, und Mr. Morton sagte: »Helen, deine Suppe wird kalt.«
Sie machte eine hilflose Gebärde und sagte klagend: »Das ist nicht wichtig, wenn es so vieles zu besprechen gibt.«
»Ich glaube, es gibt gar nicht so sehr viel zu besprechen, mein Liebes«, erwiderte er geduldig. »Iß jetzt in Ruhe deine Suppe und laß mich dir währenddessen sagen, wie ich über die Fragen denke, die du angeschnitten hast. Erstens, eine kleidsame Blässe der jungen Dame mag dem Geschmack der Zeit entsprechen, aber sie ist ein-

deutig ungesund. Frische Luft, gute Ernährung und viel Bewegung im Freien erzeugen keine blassen Gesichter. Cadi ist ein Bild der Gesundheit, und ich möchte, daß sie so bleibt.« Er sah mich mit einem schelmischen Augenblinzeln an und setzte hinzu: »Es sei denn, sie kommt eines Tages selbst zu dem Schluß, daß unsere unsinnigen Moden wichtiger sind als das persönliche Wohlbefinden.«
Mrs. Morton wollte ihren Mann unterbrechen, aber er hob die Hand und sagte sanft: »Bitte, Liebes, laß mich zu Ende reden. Ich bin völlig deiner Meinung, daß Cadi ihr Haar bald hochstecken sollte, obwohl es ein Jammer ist. Aber vorerst muß sie es noch ein wenig wachsen lassen. Darf ich vorschlagen, daß vielleicht unser Herbstball hier in Meadhaven die geeignete Gelegenheit dafür wäre? Und was schließlich Gertrudes Nachlässigkeit betrifft, so werde ich selbst mit ihr reden. Auf jeden Fall würde ich dir raten, deine Geldbörse jeden Abend auf den Toilettentisch zu legen.« Er lächelte behutsam. »Du hast die Angewohnheit, sie an den seltsamsten Stellen herumliegen zu lassen. Das liegt natürlich einzig und allein daran, daß du so viele andere Dinge im Kopf hast, aber vielleicht könntest du versuchen, dieser Sache deine besondere Aufmerksamkeit zu widmen. Ich weiß, daß du eine bewundernswerte Zielstrebigkeit hast, wenn du dir etwas vornimmst.«
Mrs. Morton senkte bescheiden die Augen und sagte: »Oh, du schmeichelst mir, Edward.«
»Keineswegs«, entgegnete Mr. Morton liebenswürdig. »Und nun, da diese lästigen Fragen geregelt sind, laßt uns mit dem Essen fortfahren.« Er griff nach der kleinen Glocke, die vor ihm auf dem Tisch stand.
Es war die reichlichste Mahlzeit, die ich je gegessen hatte. Zum Braten wurde Wein serviert, und nach einem schwachen Protest von Mrs. Morton bekam ich ein halbes Glas, und auch Sarah bekam einen kleinen Schluck, damit sie mittrinken konnte, als Mr. Morton einen Toast auf meine Ankunft ausbrachte.
Zum Schluß gab es eine Nachspeise, *apricot condé* genannt, mit Sahne, aber diese Sahne war, wie Mr. Morton selbst erklärte, nicht mit der unsrigen in Cornwall zu vergleichen. Als wir aufstanden und ins Wohnzimmer gingen, blieben Mr. Morton und Richard zurück, Mr. Morton, um eine Zigarre zu rauchen, und Richard, um ein Glas Portwein mit ihm zu trinken. Zwanzig Minuten später gesellte

Richard sich zu uns, aber Mr. Morton bat, sich entschuldigen zu dürfen, und ging in sein Arbeitszimmer, um einen dringenden Brief zu schreiben.

Mrs. Morton seufzte. »Die Arbeit läßt ihm keine Zeit für seine Familie«, sagte sie in klagendem Ton. »Er muß den Tag wahrhaftig herbeisehnen, wo dieser schreckliche Mr. Balfour und seine Regierung abgesetzt werden.«

»Damit ändert sich für ihn nichts«, sagte Richard lächelnd. »Als Staatsbeamter hat er nicht viel mit der Politik zu tun.«

»Ein Glück«, sagte Mrs. Morton dankbar. »Politik bringt nichts als Ärger. Euer Vater sollte sich pensionieren lassen. Ich weiß wirklich nicht, weshalb er immer noch arbeitet, denn er hat ja schließlich ein ausreichend großes Privateinkommen.«

»Aber er hat ein noch größeres Pflichtgefühl, Mama.«

»Das gehört nicht hierher, Richard. Ich weiß, wie wichtig seine Arbeit ist, aber es müßte doch möglich sein, jemanden zu finden, der ihn im Außenministerium ersetzt.«

»Lord Lansdowne scheint anderer Meinung zu sein, Mama. Erinnerst du dich an den Brief, den er Vater letztes Jahr geschrieben hat? Er war außerordentlich schmeichelhaft.«

»Oh, diese Minister«, sagte Mrs. Morton vage. Sie überlegte einen Augenblick, dann fuhr sie fort: »Tatsächlich hat dein Vater ein sehr ausgeprägtes Pflichtgefühl, Richard, und er weiß, daß man ihn im Außenministerium braucht. Das ist der Grund, weshalb er mit seiner Arbeit fortfährt. Es hat keinen Sinn, sich Gedanken zu machen und zu fragen, warum er sich nicht pensionieren läßt. Das wirst du erst verstehen, wenn du älter bist.«

»Natürlich, Mama.« Richards Gesicht war so heiter und engelsgleich wie immer, als er mich ansah und die Augen gen Himmel schlug. Ich mußte den Kopf abwenden, sonst hätte ich gekichert, was natürlich entsetzlich gewesen wäre. Etwa eine Stunde später, nachdem Sarah uns etwas auf dem Klavier vorgespielt – nicht sehr gut, wie mein Ohr mir sagte – und Richard mir die Anfangsgründe des Schachspiels beigebracht hatte, stand Mrs. Morton auf und sagte, es sei Zeit für mich, zu Bett zu gehen, da dies mein erster Abend sei und ich einen anstrengenden Tag hinter mir hätte.

Ich war sehr einverstanden damit, denn die Erholung meines kurzen Schlafs war inzwischen verflogen, und ich konnte vor Müdigkeit

kaum einen klaren Gedanken fassen. Ich ging ins Arbeitszimmer, um Mr. Morton gute Nacht zu sagen. Er legte die Feder nieder und lehnte sich mit jenem seltsamen, halb traurigen, halb humorvollen Lächeln, das mir jetzt schon so vertraut an ihm war, in seinen Sessel zurück.
»Ich frage dich nicht, ob du glücklich bist, Cadi«, sagte er. »Dafür ist es noch viel zu früh. Aber wenn ich mich plötzlich in eine völlig fremde Welt versetzt sähe, könnte ich mir nur wünschen, meine Sache so gut zu machen, wie du es heute getan hast.«
»Alle waren so nett zu mir, Mr. Morton. Sie haben es mir sehr leicht gemacht.«
Er spitzte nachdenklich die Lippen. »Ja. Aber du mußt dir darüber im klaren sein, daß es gewisse Schwierigkeiten geben kann.«
»Ich hatte sehr viel größere Schwierigkeiten, ehe Sie gestern nach Mawstone kamen.«
Er lachte, und in seinem Blick lag Anerkennung. »Wenige Menschen sind wirklich klarsichtig, Cadi, aber ich glaube, du bist einer von ihnen. Du siehst die Dinge so, wie sie sind. Das ist der Anfang aller Weisheit, und man findet es nicht oft bei jemandem, der so jung ist wie du.«
Sein Lob verursachte mir plötzlich ein Gefühl der Besorgnis. »Bitte denken Sie nicht zu gut von mir, Mr. Morton; ich fürchte, daß Sie sonst enttäuscht sein könnten.«
»Enttäuscht?«
»Ich will damit sagen ...« Ich suchte nach Worten. »Ich will sagen, Sie haben mich bisher nur von meiner guten Seite kennengelernt. Aber ich bin unduldsam, und wenn ich schlechte Laune habe, kann ich sehr gehässig werden, und ich mag es nicht, daß andere Leute irgend etwas besser können als ich, und das ist in Wirklichkeit nur Neid, sagt Miß Rigg ...«
Seine Augenbrauen stiegen höher und höher, während ich stotternd weitersprach, und schließlich warf er den Kopf zurück und übertönte meine Worte mit lautem, hemmungslosen Gelächter.
Ich schwieg errötend. Er faßte sich und versuchte, seiner Stimme einen feierlichen Ton zu verleihen, als er sagte: »Ich bin sehr froh, daß du mich gewarnt hast, Cadi. Aber wenn wir unsere Fehler kennen, ist es viel leichter, sie zu beheben, also mach dir keine Sorgen. Ich habe nie angenommen, daß du vollkommen bist, dafür hast du

einen viel zu starken Charakter. Und jetzt ...« Sein eben noch so heiteres Gesicht wurde nachdenklich, und es dauerte eine Weile, ehe er fortfuhr: »Ich möchte dich etwas fragen. Vielleicht irre ich mich, aber als du heute nachmittag plötzlich so blaß wurdest, hatte ich den Eindruck, daß du das Bild von Venedig, das in der Halle hängt, ansahst, als ob es dir vertraut wäre. Hast du es erkannt?«

Ich schämte mich ein wenig meines Traums, und es lag mir auf der Zunge, nein zu sagen. Aber ich hätte mich noch mehr geschämt, Mr. Morton anzulügen, selbst wenn es sich nur um eine Notlüge handelte.

»Ich habe das Haus in einem Traum gesehen«, sagte ich verlegen.

»In einem Traum?«

»Ja. In einem Traum, den ich ziemlich oft habe.«

»Ich verstehe. Geschieht irgend etwas in diesem Traum?«

»Nicht sehr viel. Ich komme zu diesem Haus, diesem Palast, in einer Art von Boot. Es muß eine Gondel sein, aber das war mir bisher nicht klar. Irgend jemand wartet auf mich in einem Zimmer im oberen Stockwerk, und es ist überall dunkel. Ich weiß nicht, wer es ist, aber es ist immer dieselbe Person. Manchmal bin ich sehr glücklich, und manchmal habe ich große Angst. Aber dann endet der Traum.«

Mr. Morton saß eine volle Minute grübelnd da und fingerte an seinem kleinen Bart herum. Dann stand er auf, machte mir ein Zeichen, ihm zu folgen, und ging durch die offene Tür in die Bibliothek. Er nahm kein Buch heraus, sondern fuhr mit der Hand leicht über eines der Regale und betastete die Einbände.

»Es gibt viele schriftlich festgehaltene Beispiele von Traumahnungen«, sagte er nachdenklich, »aber ich habe noch nie von einem regelmäßig wiederkehrenden Traum gehört, der prophetisch war, und der deine ist ein regelmäßig wiederkehrender Traum, Cadi.«

Ich erfaßte nur mit Mühe, was er sagte, so überwältigt war ich von der Erleichterung, daß er mich nicht ausgelacht hatte.

»Sigmund Freud befaßt sich sehr eingehend mit wiederkehrenden Träumen und ihrer Bedeutung«, murmelte er. »Hast du schon jemals etwas von Psychologie gehört?«

»Nur, daß sie davon handelt, was im Geist der Menschen vorgeht«, entgegnete ich. »Miß Rigg hat mir den Begriff erklärt, aber sie sagt, es sei kein Thema für ein junges Mädchen.«

Er lachte leise. »Ich bin nicht sicher, ob man Mr. Freuds Bücher in der heutigen Zeit überhaupt als passende Lektüre für irgendein weibliches Wesen ansehen würde, und das vielleicht mit Recht, obwohl ich manchmal das Gefühl habe, daß unsere viktorianische Einstellung in dieser Hinsicht ungesund ist. Hoffen wir, daß das neue Zeitalter etwas frischen Wind in unsere Sitten und Gebräuche bringt.« Er wandte sich vom Regal ab. »Freuds Theorien werden jedoch von anderen Sachverständigen auf diesem Gebiet erbittert bekämpft, und auf jeden Fall bist du zu jung, dich mit ihnen auseinanderzusetzen. Außerdem muß man Deutsch verstehen, um seine Bücher zu lesen, denn sie sind noch nicht übersetzt.«
Er fuhr sich mit der Hand über den Kopf und lächelte mich an. »Wir alle haben unsere Träume, Cadi, gute und schlechte. Mach dir keine Gedanken über den deinen. Er kann dir nichts anhaben. Wenn Mr. Freud recht hat, bedeutet er lediglich, daß du dich im tiefsten Innern nach irgendeiner Erfüllung sehnst. Aber hab Geduld, das regelt sich eines Tages alles von selbst.«
Plötzlich sah er mich erschreckt an. »Mein Gott, Kind, du kannst ja kaum noch die Augen offenhalten, und ich rede auf dich ein, statt dich schlafen gehen zu lassen.« Er trat auf mich zu und gab mir einen Kuß auf die Wange. »Und jetzt marsch ins Bett!« Ich wünschte mir sehnlich, ihm für all seine Güte zu danken, fand aber keine Worte, und so legte ich die Arme um seinen Hals und hielt ihn einen Augenblick fest umschlungen. Als er sich aufrichtete, zwinkerte er ein paarmal rasch und wandte sich halb ab, sagte jedoch nichts.
Nach kurzem Zögern flüsterte ich: »Gute Nacht, Mr. Morton«, und ging zur Tür.
Jetzt sprach er. »Ich bin so froh, daß du hier bist, Cadi«, sagte er mit erstickter Stimme. »Gute Nacht, mein Liebes. Gott behüte dich.«
Als ich in die Halle kam, sah ich Richard. Er lächelte nicht, sondern sah mich mit einem Ausdruck der Verwirrung an. »Ich habe Vater vorhin *lachen* hören«, sagte er. »Er lacht sonst nie so. Was, um alles in der Welt, hast du ihm gesagt?«
»Ich weiß nicht, Richard.« Ich legte die Hand an die Stirn und versuchte, mich zu erinnern. »Es war nichts Besonderes. Ich glaube, es war, als ich ihm sagte, daß ich eine Menge Fehler habe.«
»Er lacht sonst nie so«, wiederholte Richard verwundert.

Es gab nichts mehr dazu zu sagen, und so wünschte ich Richard gute Nacht und ging hinauf. Mein Zimmer schien mir bereits vertraut. Die Badewanne war geleert und fortgeräumt worden, das Bett war wieder gemacht und aufgedeckt. Ich zog mich aus, und fünf Minuten später schlief ich tief und traumlos. Ich hatte die schweren Vorhänge ein paar Zentimeter geöffnet, weil ich es gern mochte, daß ein Sonnenstrahl ins Zimmer schien, wenn ich aufwachte, aber es war noch lange vor Tagesanbruch, als ich plötzlich aus dem Schlaf gerissen wurde.

Ich lag mit dem Gesicht zum Fenster und konnte durch den Spalt in den Vorhängen die Sterne am dunklen Himmel sehen, aber hinter mir war ein Licht, das flackernde Schatten auf die Decke und die Wände warf. Ich wandte mich um, und mein Herz schien stillzustehen. Die Tür meines Zimmers war offen. Nur ein oder zwei Schritt vom Bett entfernt, stand Mrs. Morton, einen großen Messingleuchter mit einer brennenden Kerze in der Hand. Sie trug ein langes, weißes Nachthemd, das mit Spitzen und Bändern besetzt war. Ihr schönes Haar hing lose herab. Die Kerzenflamme spiegelte sich in ihren Augen und ergab eine glitzernde Mischung von Gold und Violett.

Sie stand regungslos da, ohne etwas zu sagen, starrte nur mit einem seltsamen, irren Blick auf mich herunter, und in ihren Augen lag kein Zeichen des Erkennens.

IV

Ich war wie gelähmt vor Schreck. Im Licht der Kerze sah ich, daß Mrs. Mortons Augen, die unverwandt auf mich hinunterstarrten, völlig ausdruckslos waren. Dann verschwand allmählich der verstörte Blick, und ihr Gesicht wurde weich.
»John?« Sie sprach leise, aber deutlich, und ihre Stimme war liebevoll. »Oh, du bist von der Jagd zurück, mein Liebling. Ich hatte mir schon Sorgen um dich gemacht. Hast du viele Tauben geschossen?«
Ich setzte mich langsam und zitternd im Bett auf. »Ich bin es, Mrs. Morton«, flüsterte ich heiser. »Cadi.«
»Ich bin so froh, mein Junge«, sagte Mrs. Morton und blickte mit einem zärtlichen Lächeln wie blind durch mich hindurch. »Was möchtest du zum Tee? Die Erdbeeren sind zur Zeit wirklich besser denn je.«
Das Gefühl des Schreckens ließ ein wenig nach, als ich langsam zu mir kam und erkannte, daß Mrs. Morton nachtwandelte. Aber mir war trotzdem immer noch etwas unheimlich zumute.
»Ja, ich esse gern ein paar Erdbeeren, vielen Dank«, flüsterte ich, bemüht, meine Stimme ruhig zu halten, und kroch langsam aus dem Bett. Mir schwirrte der Kopf, während ich versuchte, die richtigen Worte zu wählen. »Aber ... aber ich glaube, du solltest dich vor dem Tee lieber ein Weilchen ausruhen –«
Ich brach ab, als eine Gestalt in der offenen Tür hinter ihr erschien, und zu meiner großen Erleichterung sah ich, daß es Mr. Morton war, der einen Schlafrock aus dunkler Seide über dem Pyjama trug. Er bedeutete mir mit einer kleinen Handbewegung, daß ich schweigen solle, und sagte ruhig: »Ja, das ist eine ausgezeichnete Idee. Du siehst müde aus, Helen, und es wird dir guttun, dich vor dem Tee noch ein halbes Stündchen hinzulegen.«

Er nahm sie beim Arm und führte sie behutsam zur Tür. Sie ging gehorsam mit und leistete keinen Widerstand, als er ihr den Kerzenhalter aus der Hand nahm.
»Ich hatte mir schon Sorgen um John gemacht«, sagte sie.
»Du hast keinen Grund zur Sorge, mein Liebes. Komm und ruh dich aus.« An der Türschwelle drehte er sich nach mir um und sagte mit einer lautlosen Bewegung der Lippen: »Warte, Cadi.«
Sie verschwanden im Korridor, und ich ging, immer noch ein wenig zittrig, zur Tür. In der Stille konnte ich deutlich hören, wie Mr. Morton seine Frau mit leisen, liebevollen Worten über die Galerie und den kleinen Gang in ihr Schlafzimmer führte. Zwei oder drei Minuten vergingen, ehe er zurückkehrte. »Hat sie sich beruhigt?« flüsterte ich.
Er nickte. »Es tut mir leid, Cadi. Was für ein Schock für dich.« Sein Gesicht sah müde und angespannt aus. »John war unser ältester Sohn, und dies war sein Zimmer.«
Jetzt erinnerte ich mich. Sie hatten noch einen älteren Sohn gehabt, der bei einem Jagdunfall ums Leben gekommen war.
Mr. Morton sagte: »Cadi ... ich danke dir, daß du so ruhig geblieben bist und sie nicht geweckt hast. Die arme Seele, es wäre sehr beunruhigend für sie gewesen. Es war das erste Mal seit langer Zeit.« Er zuckte die Achseln, und ein müdes Lächeln flog über sein Gesicht. »Aber wie du siehst, haben andere Menschen auch Träume.«
»Ja. Und es tut mir so leid. Das mit Ihrem Sohn, meine ich.« Ich hatte selbst meine ganze Familie verloren, und ich konnte gut verstehen, wie denjenigen zumute sein mußte, die einen Sohn verloren hatten. »Wird Mrs. Morton sich morgen an den Vorfall erinnern?«
Er schüttelte den Kopf. »Nein. Sag nichts, Cadi. Und jetzt geh wieder ins Bett. Es wird keine Störung mehr geben.«
Ich schloß die Tür, kletterte ins Bett und hüllte mich fest in die Decken ein, denn ich spürte immer noch ein inneres Schaudern. Es dauerte lange, ehe ich wieder einschlief, und viele Wochen sollten vergehen, ehe ich abends die Augen schließen konnte, ohne im Geist das Bild von Mrs. Morton zu sehen, wie sie in dieser Nacht über mir gestanden hatte.
Abgesehen von diesem erschreckenden nächtlichen Zwischenfall war meine Ankunft in Meadhaven viel weniger schwierig gewesen, als

ich erwartet hatte. Aber im Laufe der Zeit sah ich mich vor die Aufgabe gestellt, neue Wurzeln zu schlagen, und das war gar nicht so leicht. Zuerst wurde ich von der Erregung über mein neues Leben mitgerissen, als triebe ich auf dem Kamm einer der großen Flutwellen, die gegen die Felsen von Mawstone schlagen. Vielleicht brachte mein Kommen auch eine gewisse Abwechslung in das Leben der Mortons und wirkte anregend auf sie. Doch dann kam das Stadium, wo ich wußte, daß die Welle unter mir sich gebrochen hatte. Ich wurde von Heimweh befallen, erlebte Stunden der tiefen Niedergeschlagenheit und trauerte wieder um meinen Vater.

Mr. Morton war der gleiche wie immer. Er hatte von Anfang an kein Aufhebens um mich gemacht, und so entbehrte ich es jetzt nicht; aber die übrigen Familienmitglieder verloren ein wenig von ihrer Herzlichkeit und Begeisterung, und ich fühlte mich einsam und unerwünscht. Das war natürlich albern. Sie konnten mich ja schließlich nicht ewig wie einen erst kürzlich eingetroffenen Gast behandeln, und ich konnte mich auf die Dauer auch nicht so verhalten. Dies war eine völlig natürliche Übergangsperiode, aber das machte ich mir damals nicht klar.

Ich haßte Kent. Die Landschaft schien weich und verwundbar, im Vergleich zu meinem heimatlichen Cornwall, zu lieblich und schwach. Sarah irritierte mich. Sie machte schöne Handarbeiten und spielte leidlich Klavier, aber das war alles. Noch nie im Leben hatte sie einen Fisch ausgenommen oder ein Essen gekocht, und sie war von allem und jedem beeindruckt, sei es von dem Vikar, einem bellenden Hund oder einer Raupe. Mrs. Morton wechselte von einem Tag zum andern, war manchmal sehr nett zu mir und erweckte dann wieder den Eindruck, daß ich für sie nur noch eine weitere Bürde war, die das Leben ihr auferlegt hatte. Richard zeigte sich stets freundlich und zuvorkommend, aber da ich deprimiert war, zog ich es vor, mir einzureden, daß sein Verhalten mir gegenüber nichts weiter als leere Höflichkeit sei. Er studierte Jura und verbrachte einen großen Teil der Zeit in seinem Zimmer. Ich nahm an, daß er über seinen Büchern saß, aber Sarah kicherte nur, als ich das sagte. Was auch immer er tat, wir hatten wenig Umgang miteinander, abgesehen davon, daß wir abends manchmal Schach zusammen spielten. Um nicht undankbar zu scheinen, war ich ängstlich bemüht, mir meine Niedergeschlagenheit nicht anmerken zu lassen, und dadurch wirkte wahrscheinlich mein eigenes Verhalten ziemlich unnatürlich und gezwungen, was sicherlich nicht dazu beitrug, die Lage zu verbessern.

Mr. Morton hatte die Woche über nicht viel Zeit für seine Familie. Er fuhr dreimal wöchentlich mit dem Zug nach London und arbeitete an zwei Tagen zu Hause in seinem Arbeitszimmer. Mir wurde sehr bald klar, daß er offensichtlich eine wichtige Stellung bekleidete, denn manchmal brachten Boten ihm eine dringende Nachricht aus dem Ministerium, und Mrs. Morton sagte oft mit Stolz: »Lord Lansdowne und mein Mann«, oder bemerkte beiläufig: »Wie der Minister neulich zu Edward sagte...« Es wurde auch erwogen, einen dieser neuen Fernsprechapparate im Haus anlegen zu lassen, damit Mr. Morton über den Draht mit seinen Kollegen in London sprechen konnte.

Ich war immer glücklich, wenn er in meiner Nähe war, und das half mir über die schwierige Zeit hinweg. Nur ein einziges Mal erwähnte er den Zwischenfall, der sich in der Nacht nach meiner Ankunft in Meadhaven ereignet hatte, und zwar fragte er mich ein paar Tage später: »Schläfst du gut, Cadi?«

»Ja, vielen Dank, Mr. Morton.« Es stimmte, denn obwohl ich mich jeden Abend fragte, ob Mrs. Morton wohl wieder schlafwandeln werde, schlief ich ruhig und tief, sobald ich erst einmal eingeschlafen war.

»Gut.« Er zögerte, dann fuhr er fort: »Möchtest du lieber in ein anderes Zimmer ziehen? Ich glaube nicht, daß meine Frau dich noch einmal stören wird, aber es wäre immerhin möglich.«

»Nein, ich habe das Zimmer sehr gern, Mr. Morton. Und jetzt, wo ich Bescheid weiß, würde ich keine Angst mehr haben.«

Er nickte, als ob er diese Antwort erwartet habe. »Du bist ein starkes Mädchen, Cadi«, sagte er langsam. »Das ist ein Geschenk deiner Vorfahren, für das du dankbar sein mußt. Diejenigen, die stark sind, müssen Mitgefühl und Verständnis für andere haben, die nicht so gut mit dem Leben fertig werden.« Er schwieg eine Weile, aber ich wußte, daß er mir noch etwas zu sagen hatte und nach den passenden Worten suchte. Das kam bei ihm nur selten vor.

»Meine Frau ist körperlich vollkommen gesund«, fuhr er schließlich fort, »aber geistig war sie schon von jeher etwas labil.« Er lächelte wehmütig. »Das ist ebenfalls ein Geschenk ihrer Vorfahren, wenn auch ein weniger willkommenes als das deine. Ihr Vater war ein Sonderling und wurde im Alter etwas ... wunderlich, was ihr natürlich großen Kummer bereitete. Ich glaube, ich habe ihr über diesen Schmerz hinweggeholfen – oder zumindest bilde ich es mir ein. Ich liebe sie von ganzem Herzen und versuche, ihr Kraft und Mut zu geben.« Er schüttelte den Kopf und seufzte. »Aber das Leben ist manchmal unbarmherzig, wie du ja aus eigener Erfahrung weißt, mein Liebes. Ein großes Unglück sollte uns mit dem Tod meines Sohnes John treffen ... ein so sinnloser, unnötiger Tod.« Er schloß eine Sekunde die Augen. »Meine Frau war ein ganz anderer Mensch, ehe wir John verloren. Ich wünschte, du hättest sie damals gekannt.«

Er sah mich an, hob hilflos die Hände und ließ sie wieder auf den Schreibtisch fallen. »Mehr kann ich dir nicht sagen, Cadi. Ich habe dir dies alles nur erzählt, weil ich glaube, je besser du uns verstehst, um so leichter wirst du dich bei uns eingewöhnen.«

»Ja, Mr. Morton, vielen Dank.« Aber in Wirklichkeit verstand ich es nicht. Ich hatte meine ganze Familie verloren, und es hatte mich nicht zu einem anderen Menschen gemacht. Ich mußte noch aus eigener Erfahrung lernen, was Mr. Morton mir kurz zuvor gesagt hatte: daß wir nicht alle aus demselben Holz geschnitzt sind, und daß diejenigen, die mehr Rückgrat haben, dem Schicksal danken sollten. Aber ich war froh, daß er mit mir gesprochen hatte, denn es half mir in der folgenden Zeit.

Nachdem die erste Begeisterung vorüber war, machte Sarah eine Zeit durch, in der sie mich als einen unerwünschten Eindringling empfand. Sie sprach es nicht aus, war jedoch so schroff mit mir, wie ihr Charakter es zuließ. Zweifellos war ich selber schuld daran, weil ich es oft nicht fertigbrachte, meine Gereiztheit zu verbergen. Als mir das schließlich zum Bewußtsein kam, wurde ich sehr böse auf Cadi Tregaron und fragte mich, wie mir wohl zumute gewesen wäre, wenn mein Vater ein spitzzüngiges, reizbares Wesen ins Haus gebracht hätte.

Ich glaube, ich fing an, dieses unglückliche Übergangsstadium hinter mir zu lassen, als mir klar wurde, daß ich in mancher Hinsicht besser mit Mr. Mortons Familie umzugehen verstand als er selbst. Es mag seltsam klingen, aber so war es. Vor allem fiel es mir leichter, mit Mrs. Mortons Stimmungen fertig zu werden. Anfangs war ich zutiefst betroffen und verletzt, wenn sie mich zum Beispiel morgens mit Zärtlichkeiten überhäufte und nachmittags eine abweisende, gekränkte Miene zur Schau stellte. Aber bald erkannte ich, daß ihre wechselnde Laune nicht unbedingt etwas mit mir oder jemand anderem zu tun hatte, sondern lediglich ein Ausdruck dessen war, was in irgendeinem beliebigen Augenblick in ihrem unklaren, wirren Geist vorging. Und als nach einer Weile mein wachsendes Einfühlungsvermögen mir half, ihre schwierigeren Stimmungen vorauszusehen, gelang es mir oft, ihnen mit dem jeweils angemessenen Wort der Anteilnahme, Bewunderung oder Entschuldigung zuvorzukommen. Obgleich ich versuchte, mich ihr anzupassen, verfiel ich jedoch nie in eine willenlose Haltung ihr gegenüber, denn dazu war ich von Natur aus zu eigensinnig, und manchmal beharrte ich auf meinem Willen, was ihr, glaube ich, Respekt einflößte.

Meine Reizbarkeit Sarah gegenüber ließ sehr schnell nach. Sie war für mich wie ein aufgeschlagenes Buch, ein Buch, in dem sehr wenig geschrieben stand, und ich nahm sie so, wie sie war – offenherzig und liebevoll, in vieler Hinsicht recht naiv, aber gutmütig. Mr. Morton hatte ihr gegenüber immer eine etwas unbeholfene Art, weil sie ihm völlig wesensfremd war und er nicht wußte, was er ihr sagen sollte. Er war ein kluger Mann und sie ein etwas stumpfsinniges Mädchen. Er liebte sie, aber er konnte nichts mit ihr anfangen. Es tat mir sehr leid für ihn. Mit mir konnte er stundenlang zufrieden und ungezwungen reden, war stets bereit, mir alles zu erklären, was ich nicht verstand, fragte mich nach meiner Meinung und hörte mir mit einem vergnügten Augenzwinkern zu. Aber mit seiner eigenen Tochter fand er keinen Kontakt. Wenn er einen Scherz machte, blickte sie verwirrt drein und versuchte verzweifelt, ihn zu verstehen. Wenn er über irgendeine Zeitungsnotiz sprach, nahmen die Augen der armen Sarah einen gehetzten Ausdruck an, weil sie nicht wußte, was sie dazu sagen sollte. Ich war mir deutlich bewußt, daß ich im Vergleich zu Mr. Morton dumm und ungebildet war, aber ich schämte mich dessen nicht, und zumindest bemühte ich mich ernsthaft, zu lernen. Ich war ewig dankbar für all die Stunden, die ich mit Miß Rigg bei Konversationsübungen verbracht hatte, denn ich bin überzeugt, das war es, was mir Selbstvertrauen gab.

Was ich nicht verstehen konnte, war Mr. Mortons Verhalten Richard gegenüber. Man könnte es fast als mißtrauisch bezeichnen. Es kam mir ungerecht und lieblos vor, was überhaupt nicht zu Mr. Mortons Charakter paßte, Ebenso wie zwischen Vater und Tochter, war auch die Unterhaltung zwischen Vater und Sohn seltsam steif und gezwungen, aber aus einem anderen Grund, einem Grund, den ich mir nicht erklären konnte. Sie schienen beide ständig wachsam und auf der Hut zu sein.

Als mein Heimweh und die Schwierigkeiten der ersten Zeit vorüber waren, erkannte ich, daß Richards Art mir gegenüber nicht unaufrichtig war, wie ich es mir törichterweise eingeredet hatte. Seine ruhige Freundlichkeit, seine Zuvorkommenheit, sein engelhaftes Lächeln, all das war echt und ganz natürlich. Ich glaube, der letzte Rest von Fremdheit zwischen uns wich an dem Tag, als ich Richard in einem kleinen Nebengebäude besuchte, wo er sich eine Werkstatt eingerichtet hatte.

Er schien gern zu basteln, und auf seiner Arbeitsbank lagen Federn, Spiralen, Magneten und zahllose andere Dinge, die ich nicht kannte. Er zeigte mir eine kleine selbstgemachte Dampfmaschine, die mit ungeheurer Geschwindigkeit ein Rad drehte; eine gewöhnliche Uhr mit einer Spannvorrichtung auf der Rückseite, die sie zu einem Wecker machte; eine Mausefalle, nicht mit einer Feder oder einem Käfig, sondern mit Gegengewichten, wie er es nannte, die eine Guillotine betätigten.

Als ich bei diesem letzten Gegenstand ein Gesicht schnitt, lachte er nur und fragte, ob ich glaubte, daß eine Maus es vorziehen würde, von einer Feder statt von einer Messerschneide getötet zu werden. Zur Zeit interessierte er sich für drahtlose Telegraphie, und er hatte technische Zeichnungen von einem Funkempfänger, den er konstruieren wollte und der, wie er hoffte, Signale von Marconis Apparaten auffangen würde. Ich konnte ihm mit Stolz sagen, daß ich über Mr. Marconi Bescheid wisse, denn er war erst vor zwei oder drei Jahren nach Cornwall gekommen, um in Poldhu eine Funkstation einzurichten, von der aus die ersten Signale über den Atlantik gesandt worden waren.

Während ich Richard beobachtete, wie er mir seine Arbeit zeigte, wurde mir plötzlich klar, was ich noch brauchte, um mich in Meadhaven wirklich heimisch zu fühlen, Das Problem war, daß ich nicht genug zu tun hatte. In Mawstone war ich ständig beschäftigt gewesen, denn es gab immer irgendeine Arbeit, die getan werden mußte.

Das war jetzt anders, und als ich darüber nachdachte, kam ich zu dem Schluß, daß der größte Teil eines jeden Tages einfach vergeudet war.
Wie verbrachte ich meine Zeit? Ich ritt viel und war mittlerweile schon zu einer recht guten Reiterin geworden; aber ich wollte nicht den ganzen Tag auf einem Pferd verbringen, um so mehr, als es immer solch eine ruhige und gesetzte Angelegenheit war. Ich durfte noch nicht allein ausreiten und wurde stets entweder vom alten Kemp, dem Stallknecht, oder vom jungen Kemp, dem Kutscher, begleitet. Der junge Kemp war über sechzig, und ich glaube, niemamd kannte das Alter seines Vaters; er war fast nie richtig wach, nicht einmal, wenn er auf einem Pferd saß, und der junge Kemp war griesgrämig und faul. So waren unsere Ausflüge nicht sehr aufregend, und wenn Sarah mitkam, war es noch schlimmer. Sie schrie, sobald wir zum Trab übergingen, und ritt nur Shamrock, das älteste und sanftmütigste der acht Pferde in Mr. Mortons Stall.
Außerdem gab es natürlich in Mr. Mortons Bibliothek Hunderte von Büchern, mit denen ich mir die Zeit vertreiben konnte, aber ich wollte auch nicht den ganzen Tag lesen. Nach dem Mittagessen gingen Sarah und ich meistens ins Nähzimmer, aber obwohl ich ganz leidlich einen Knopf annähen oder einen Flicken einsetzen konnte, hatte ich nicht viel Geschick für feine Handarbeiten und verlor sehr rasch die Geduld.
Zu Anfang war ich ein paarmal in die Küche gegangen, in der Hoffnung, daß ich mich dort irgendwie nützlich machen könnte, doch ich erfuhr sehr bald, daß das nicht üblich war. John, der Butler, war zutiefst schockiert. Er sprach mit Mr. Morton darüber, der danach seinerseits mit mir sprach. Er schien sehr belustigt, sagte mir jedoch mit Bedauern, daß ich die Küche und Gesindestube ausschließlich dem Personal überlassen müsse.
Die Nachmittage verbrachten wir meistens damit, daß wir Besuche machten oder empfingen und uns dabei über Tee und Gurkenbrötchen höflich unterhielten. Ich fand das in Wirklichkeit todlangweilig und vollkommen überflüssig, aber für Mrs. Morton und die meisten Damen unserer Bekanntschaft war es der wichtigste Teil ihres Lebens.
Besuche zu machen und Visitenkarten abzugeben, war eine äußerst heikle und komplizierte Angelegenheit. Das erkannte ich kurz nach

meiner Ankunft in Meadhaven eines Abends beim Essen, als Mrs. Morton die Suppe kalt werden ließ, um sich in einem ihrer allabendlichen Monologe über diese Frage auszulassen.

»Ich weiß wirklich nicht, was man mit diesen neuen Leuten von Little Grange machen soll«, sagte sie und schüttelte beunruhigt den Kopf. »Sie heißen Hatton, soviel ich gehört habe. Aber sie scheinen überhaupt keine Lebensart zu besitzen. Weißt du, was heute nachmittag geschehen ist, Edward? Ich werde es dir sagen. Mrs. Hatton hat *hier* vorgesprochen! Sie müßte doch wissen, daß es Sache des älteren Einwohners ist, dem Neuankömmling zuerst einen Besuch zu machen. Und nicht nur das, sondern als ihr Wagen vorfuhr, stieg sie selber aus und klingelte an der Tür, statt den Diener mit ihrer Karte zu schicken!«

Mrs. Morton schloß, noch nachträglich von diesem Erlebnis überwältigt, einen Moment die veilchenblauen Augen.

»Sie erkundigte sich bei John, ob ich zu Hause sei. Er brauchte mich kaum zu fragen, um ihr mitzuteilen, daß ich es für sie natürlich *nicht* war. Und dann hinterließ sie ihre Karte – aber eine *einzige* Karte, Edward.«

Sie wandte sich an mich. »Du mußt wissen, Cadi, daß eine Dame *drei* Karten hinterlassen sollte, eine von sich und zwei von ihrem Mann. Das ist so üblich, weil man voraussetzt, daß der Mann sozusagen durch einen Stellvertreter sowohl dem Herrn als auch der Dame des Hauses seine Aufwartung macht.«

Sie sah über den Tisch hinweg wieder Mr. Morton an. »Selbstverständlich muß ich ihren Besuch erwidern. Aber ich werde *nicht* fragen, ob sie zu Hause ist, sondern werde einfach unsere Karten abgeben. Das wird ihr zeigen, daß ich kein Interesse an einer engeren Verbindung habe. Zumindest *hoffe* ich, daß sie genügend Schliff hat, das zu verstehen, obwohl man sich tatsächlich fragen muß, ob sie jemals in gesellschaftlichen Umgangsformen unterwiesen worden ist. Oh, ich habe noch etwas vergessen! Sie wollte ihre Karte auf das kleine Silbertablett legen, das John in der Hand hielt, statt sie ihm zu überreichen. Wie ist es möglich, daß sie derart elementare Dinge übersieht? Der arme John war ganz entsetzt über diesen Zwischenfall.«

»Deine Suppe wird kalt, meine Liebe«, sagte Mr. Morton gelassen. »Ich bin sicher, John wird den Schock überleben. Weißt du, manchmal habe ich das Gefühl, daß unser gesellschaftliches Zeremoniell viel zu starr ist. Eine kleine Abweichung hin und wieder wäre vielleicht ganz erfrischend, findest du nicht?«

An diese Worte von Mr. Morton erinnerte ich mich, als ich zu dem Schluß kam, daß ich mir irgendeine nützliche Beschäftigung suchen mußte. Ich wußte, was ich tun wollte: Der alte Kemp war wirklich schon sehr alt, und die Arbeit ging ihm schwer von der Hand. Die Ställe, die seiner Obhut unterstanden, starrten vor Schmutz, und die Pferde wurden zwar versorgt, waren jedoch nicht so gut gepflegt, wie sie hätten sein sollen. Mr. Morton schien sich damit abgefunden zu haben. Er hatte nicht viel fürs Reiten übrig, und er verabscheute die Jagd. So wurden die Pferde bis zu meiner Ankunft fast ausschließlich für die Wagen benutzt. Wir hatten eine große Equipage, einen leichten, vierrädrigen Zweispänner und einen Dogcart. Sie unterstanden dem jungen Kemp, aber er nahm es nicht sehr genau mit seinen Pflichten und schien nicht geneigt, viel Kraft daran zu verschwenden.

Ich wollte mich um die Ställe kümmern. Zunächst würde ich Richard bitten, die nötigen Reparaturen an den Gebäuden vorzunehmen. Dann würde ich mit Hilfe des alten Kemp die Ställe säubern und dafür sorgen, daß sie auch tadellos sauber blieben. Ich würde die Pferde pflegen und striegeln, bis sie so schön waren wie noch nie. Und mit Hilfe des jungen Kemp würde ich mich vergewissern, daß unsere Wagen blitzten, und darauf achten, daß er seine Arbeit tat, wie es sich gehörte.

Als ich mit Mr. Morton eines Abends in seinem Arbeitszimmer darüber sprach, blinzelte er überrascht. »Aber du kannst doch nicht Stalljunge werden, Cadi!«

»Das will ich auch nicht, Mr. Morton. Ich würde nur nach den Ställen und den Pferden sehen. Das bedeutet ...« Ich sah ihn ein wenig besorgt an, »das bedeutet, daß ich bei der Arbeit Breeches tragen müßte, aber das möchte ich sowieso, auch beim Reiten. Ich mag keinen Damensattel. Und es wäre nur für ein oder zwei Stunden täglich. Wenn ich die Ställe erst einmal richtig in Ordnung und sauber habe, kann der alte Kemp sie leicht sauber*halten,* denn ich werde für die Pferde sorgen. Und ich werde mich bemühen, nicht schmutzig zu werden oder zumindest nicht sehr schmutzig, und sobald ich mit der Arbeit fertig bin, ziehe ich mich um.«

Er schmunzelte, aber seine Stimme war skeptisch, als er fragte: »Mein liebes Kind, kannst du dir vorstellen, was meine Frau dazu sagen wird?«

Ich konnte es mir sehr gut vorstellen, aber ich fuhr eindringlich bittend fort: »Ich werde die Wagenpferde sehr gut pflegen und werde dafür sorgen, daß der junge Kemp regelmäßig die Wagen putzt. Mrs. Morton sagt immer wieder, es sei eine Schande, wie sie aussehen.«

»Ja, das stimmt«, sagte Mr. Morton mit einem leisen Seufzer. »Ich hatte schon lange die Absicht, mich darum zu kümmern.«

»Aber Sie haben nicht die Zeit dafür, Mr. Morton. Der junge Kemp ist schuld daran. Er drückt sich vor der Arbeit, wo er kann; er weiß genau, daß Sie ihn nicht entlassen werden, und das nützt er aus. Aber wenn Sie mir erlauben, die Sache in die Hand zu nehmen, verspreche ich Ihnen, daß alles bald in bester Ordnung sein wird.«

Mr. Morton überlegte es sich eine ganze Weile, dann flog ein leises Lächeln über sein Gesicht. »Was ich einfach unwiderstehlich finde«, sagte er langsam, »ist die Vorstellung, dich auf den jungen Kemp loszulassen. Gut, Cadi, ich mache dir einen Vorschlag. Du übernimmst die Verantwortung für die Ställe, und du kannst bei der Arbeit und beim Reiten Breeches tragen. Aber abgesehen von der Wartung der Pferde darfst du nur die Oberaufsicht führen. Ich werde mit dem Sohn des Gärtners vereinbaren, daß er dem alten Kemp täglich eine Stunde hilft.«

Ich war so glücklich, daß ich zu ihm lief und ihn umarmte. Noch nie hatte irgend jemand von seiner Familie soviel Aufhebens um ihn gemacht, und ich glaube, es tat ihm gut, wenn er auch vorgab, daß ich ihm lästig fiel.

»Jetzt geh und stör mich nicht mehr, mein Kind«, brummte er, als ich ihn losließ. Dann neigte er den Kopf zur Seite und sah mich einen Augenblick prüfend an. »Ich muß aufhören, dich Kind zu nennen«, sagte er langsam. »Du bist ein sehr schönes junges Mädchen, Cadi. Und du hast eine große Überredungsgabe. Aber jetzt sei brav und laß mich weiterarbeiten.«

Ich ging in mein Zimmer und musterte mich im Spiegel. Gewiß, es gab ein oder zwei Dinge, die ganz hübsch an mir waren, aber wenn ich ehrlich sein wollte, mußte ich mir eingestehen, daß mein Aussehen recht alltäglich war. Schönheit, sagte ich mir, liegt im Auge des Beschauers. Mr. Morton fand mich schön, weil er mich sehr gern hatte.

Mrs. Morton widersprach energisch, als sie hörte, daß ich die Aufsicht für die Ställe übernehmen sollte. Mr. Morton ließ sie ruhig ausreden, dann sagte er gelassen: »Meine Liebe, du brauchst dir keine Gedanken zu machen, was die Leute sagen werden. In gewisser Hinsicht tun wir ihnen sogar einen Gefallen, indem wir ihnen etwas geben, worüber sie sich den Mund zerreißen können. Aber glaub mir, sie werden sich sehr rasch beruhigen.«

Ich hatte einen heftigen Gefühlsausbruch erwartet, doch zu meiner Überraschung sagte Mrs. Morton nur sanft und mit ehrlicher Besorgnis: »Aber Edward, ich möchte nicht, daß unsere Cadi eines von diesen – diesen unweiblichen Mädchen wird.« Mir wurde warm ums Herz wegen der Art, wie sie von »unserer Cadi« gesprochen hatte. Manchmal tauchte aus der Tiefe ein flüchtiges Bild der Frau auf, die sie einmal gewesen war.

»Man kann Cadi wohl schwerlich als unweiblich bezeichnen«, sagte Mr. Morton und streichelte ihr die Hand. »Ich glaube, du wirst es bald erleben, daß junge Männer vorsprechen und ihre Karte abgeben, Helen.«

Sarah quietschte vor Vergnügen, und Mrs. Mortons Wangen röteten sich. Ich selbst spürte keinerlei Erregung, denn obgleich die meisten jungen Männer, die ich bei unseren Besuchen kennengelernt hatte, recht nett waren, interessierte ich mich für keinen von ihnen, und ich hoffte sehr, daß Mrs. Morton nicht auf den Gedanken kommen würde, sich als Ehestifterin zu betätigen. Aber zumindest hatten die Worte ihres Mannes sie abgelenkt, und sie erhob keine weiteren Einwände gegen meinen neuen Plan.

Nach drei Wochen waren die Ställe nicht wiederzuerkennen. Es gab zu Anfang einige erbitterte und hartnäckige Kämpfe mit dem jungen Kemp, aber schließlich erkannte er, daß mein Entschluß unerschütterlich war, und ergab sich in sein Schicksal. Mr. Morton war hocherfreut und nannte es einen stolzen Sieg.

Bald darauf fand ich noch eine weitere Beschäftigung, die Mrs. Morton mehr zusagte. Zwei Meilen entfernt befand sich ein kleines Waisenhaus, und nachdem ich mit dem Vikar gesprochen hatte, ging ich dreimal in der Woche nachmittags dorthin, um einigen der kleineren Kinder Schreiben und Rechnen beizubringen. Da dies eine wohltätige Arbeit war, wurde sie in unserem Bekanntenkreis gutgeheißen, und ich glaube, sie machte ein wenig das seltsame Benehmen der »kleinen Tregaron« wett, die Breeches zum Reiten trug und tatsächlich eigenhändig die Pferde striegelte.

Und so gelang es mir im Lauf der Zeit, mich auf meine Art in das neue Leben einzugewöhnen. Das Gefühl der Fremdheit verschwand allmählich, und ich war zufrieden. Jetzt, da der erste brennende Schmerz vorüber war, konnte ich an meine Eltern und Granny Caterina denken, ohne daß das Herzweh unerträglich wurde. Ich sprach selten über sie, denn keiner der Mortons fragte mich je nach meiner Vergangenheit. Während der ersten Wochen nach meiner Ankunft vermieden sie es wohl, um mich nicht traurig zu machen; und das wurde zu einer unbewußten Gewohnheit, die sie auch später beibehielten.

Es machte mir jedoch nichts aus, denn in gewisser Hinsicht war ich froh, meine Erinnerungen für mich behalten zu können. Wenn ich abends allein in meinem Schlafzimmer war, blickte ich oft auf den mondhellen Garten hinaus und dachte an meine Familie. Ich erfand immer noch Geschichten über die Art und Weise, wie mein Großvater vor langer Zeit Granny Caterina gerettet und nach Cornwall gebracht hatte, ohne daß sie sich an ihre Vergangenheit erinnern konnte. Ein paarmal versuchte ich, mir eine Geschichte über sie auszudenken, die den Palast in Venedig mit einbezog, aber es gelang mir nie, die Einzelheiten aufeinander abzustimmen.

Während dieser ersten Wochen in Meadhaven hatte ich nur ein einziges Mal den Traum, und es war der gute Traum. Wenn ich durch die Halle ging, blieb ich häufig vor dem Bild des Palasts in Venedig stehen. War dies tatsächlich der Schauplatz meines Traums? Vielleicht bildete ich es mir nur ein – vielleicht war die unklare Erinnerung an das, was ich im Traum sah, von der Wirklichkeit des Bildes verdrängt worden. Aber im tiefsten Innern wußte ich, daß die Erinnerung nicht unklar war. Konnte ich durch irgendeine seltsame Laune des Zufalls den *gleichen* Traum geträumt haben wie irgendein fremder, wahrscheinlich längst verstorbener Künstler, der den Palast seines Traumbilds in einem Ölgemälde festgehalten hatte?

Die Antwort auf diese Frage erhielt ich, als Mr. Morton mich eines Morgens in sein Arbeitszimmer bat.

»Ich habe mich bei dem Händler, der mir das Bild verkauft hat, nach seinem Ursprung erkundigt, Cadi«, sagte er mit einem halb belustigten, halb verblüfften Gesicht. »Das hat eine Weile gedauert, weil er in Venedig nachfragen mußte. Man weiß nicht, wer der Künstler war, aber offenbar wurde das Bild nicht nach der Phantasie gemalt. Das Haus oder der Palazzo, wie man es eigentlich nennen sollte, ist etwa vierhundert Jahre alt und steht immer noch am Canal Grande, unweit des Ponte di Rialto.«

»Demnach ... gibt es ihn *wirklich*?« fragte ich ein wenig atemlos.

»Allerdings. Er heißt Palazzo Chiavelli und wird zu einem Teil noch von den Nachkommen des Grafen Chiavelli bewohnt, der ihn im sechzehnten Jahrhundert gebaut hat. Sagt der Name Chiavelli dir etwas?«

Ich schüttelte den Kopf. »Nein ... ich habe ihn noch nie gehört, Mr. Morton.«

»Nun ...« Er zuckte die Achseln. »Anscheinend ist das Bild gut hundert Jahre alt, und vielleicht hast du in irgendeinem Buch von Miß Rigg einmal einen Abdruck davon gesehen, an den du dich nur noch in deinem Traum erinnerst.«

»Vielleicht«, sagte ich zögernd. »Aber ich halte es für unwahrscheinlich.«

Er lächelte. »Mir wäre es lieber, wenn es nicht so wäre. Ich finde die Geheimnisse des Unbewußten ungeheuer interessant. Es wäre viel aufregender, wenn wir eines Tages eine Erklärung für deinen Traum fänden, die nicht einfach durch ein Bild bedingt ist, das du in deiner Kindheit gesehen und vergessen hast.«

»Aber ... was für eine Erklärung, Mr. Morton?«

»Mein Gott, Kind, das weiß ich nicht. Es gibt so viele Rätsel im Leben, so vieles, was uns erstaunt und verwirrt.« Er starrte nachdenklich in die Ferne. »Wenn wir nächstes Jahr nach Venedig fahren, können wir vielleicht deinen Palazzo besichtigen.«

Ich hielt den Atem an und verspürte einen Stich von Angst und Sehnsucht zugleich. Er sah mich scharf an. »Erschreckt dich der Gedanke?«

Ich zögerte. »Ja, ein wenig, aber ich weiß nicht warum.«

»Dann möchtest du lieber nicht dorthin gehen?«

»O doch! Sehr gern sogar, Mr. Morton. Es macht mir nichts aus, ein bißchen Angst zu haben.«

Er lachte und sagte: »Du bist mir eine Freude, Cadi. Aber machen wir uns vorläufig keine Sorgen um Venedig. Wir müssen an unseren Herbstball denken.«

Sarah und ich hatten in der letzten Zeit kaum an etwas anderes gedacht, denn es waren nur noch drei Tage bis zu dem Ball. Ich hatte Stunden vor dem Spiegel verbracht, während Betty sich darin übte, mein Haar aufzustecken, und schon seit einer Woche waren die Vorbereitungen im Gange. Mr. Morton und Mrs. Beale, die Haushälterin, kümmerten sich um alles, aber mindestens ein dutzendmal am Tag griff Mrs. Morton sich verzweifelt an die Stirn und erklärte, daß es zuviel für sie sei, daß sie es nicht mehr ertragen könne, und daß ihre Nerven dieser Anspannung nicht gewachsen seien.

Ich war so aufgeregt, daß ich kaum schlafen konnte. Man hatte mir eigens für diese Gelegenheit ein neues Kleid aus London kommen lassen, und ich war den Tränen nahe, als ich Mr. und Mrs. Morton dafür dankte. Sarah hüpfte vor Begeisterung aufgeregt umher. Ich fuhr sie an und brachte sie zum Weinen, dann lief ich hinter ihr her, um mich zu entschuldigen und sie zu trösten.

Schließlich kam der große Augenblick. Man hatte den Salon zum Tanzen ausgeräumt und die Möbel in der Halle, im Eßzimmer und im Nähzimmer aufgestellt, damit die älteren Leute sich, wenn sie wollten, dort ausruhen konnten. Wir hatten alle gebetet, daß das Wetter gut sein möge, und wir hatten Glück. Zur Stunde der Abenddämmerung war nicht eine Wolke am Himmel zu sehen, und im Garten wurde auf langen Tischen mit weißem Damast und blitzendem Silber ein herrliches kaltes Büfett vorbereitet. In den Bäumen hingen Lampions, die den ganzen Garten in eine Märchenlandschaft verwandelten, und das Haus war voll von Blumen.

Ich stand da, in meinem wunderschönen neuen Kleid, sah mich um und versuchte, mir alles einzuprägen, um Miß Rigg in meinem nächsten Brief davon zu erzählen. Auch das Kleid mußte ich ihr beschreiben. Es war aus kornblumenblauer Seide mit langen, enganliegenden Spitzenärmeln, die in Rüschen über meine Hände fielen, und einer weißen Berthe um den großen, runden Ausschnitt. Meine Abendschuhe waren aus blauem Satin. Betty war begeistert über mein Haar gewesen. Sie hatte es vorne glatt zurückgekämmt und mit kleinen Locken über den Schläfen zu einer Art Pompadourfrisur aufgesteckt.

Vor dem Haus war unter einem Schutzdach ein langer roter Teppich ausgebreitet worden. Bald trafen, einer nach dem andern, die Wagen ein, und drinnen in der Halle stimmte das kleine Orchester den *Valse Bleue* an, während wir oben auf den Stufen standen und unsere Gäste empfingen. Es ließ mein Herz ein wenig schneller schlagen, sie als »unsere« Gäste zu betrachten. Ich gehörte jetzt zur Familie der Mortons.

Die ersten Förmlichkeiten schienen eine Ewigkeit zu dauern, aber schließlich waren sie vorüber, und der eigentliche Ball begann. Ich hatte mich während der letzten drei Wochen allabendlich unter Mrs. Mortons Aufsicht mit Richard und Sarah im Tanzen geübt. Man werde hauptsächlich Walzer tanzen, hatte Sarah mir erklärt, obwohl es natürlich auch eine Polka, einige Lanciers und möglicherweise einen Twostep geben werde. Mrs. Morton war sich nicht ganz klar über den Twostep, aber sie hegte keinerlei Zweifel, was die neue Gewohnheit des Wechselns beim Walzer betraf. »Falls dich jemand fragt, ob du linksherum tanzt, Cadi, mußt du das in einem leicht abschätzigen Ton verneinen. Das Wechseln wird in der guten Gesellschaft als sehr *gewagt* angesehen.«

Nichtsdestoweniger hatte ich das Wechseln abends heimlich mit Sarah in meinem Zimmer geübt, während wir eigentlich hätten schlafen sollen. Das Tanzen machte mir großen Spaß, und ich glaube, ich war recht leichtfüßig, denn ich hatte immer das Gefühl, als ob ich schwebte. Aber Mrs. Mortons Freude über meine Gelehrigkeit wurde von gewissen Bedenken getrübt. »Wenn du dich nur ein wenig *damenhafter* bewegen könntest, Cadi«, hatte sie mehrmals gesagt. »Vielleicht etwas beherrschter, mein Kind, nicht ganz so zwanglos und überschwenglich.«

Aber ich konnte meine Überschwenglichkeit nicht unterdrücken. Meine Tanzkarte war bald voll, und ich tanzte mit einem jungen Mann nach dem anderen. Mir war heiß, und ich wußte, daß mein Gesicht röter war, als es sich für eine junge Dame gehörte, aber ich hatte mich noch nie in meinem Leben so gut amüsiert. Die jungen Männer unterhielten sich mit mir, führten mich zum Büfett hinaus, brachten mir Fruchtsaft, wenn ich durstig war, und machten mir Komplimente. Ich schwatzte unbekümmert drauflos, nahm jedoch kaum Notiz von ihnen. Sie hätten, soviel ich wußte, alle ein und dieselbe Person sein können.

Dann stand plötzlich Mr. Morton vor mir; sein kahler Kopf glänzte im Licht der Gaslampen, und er sah in seinem Frack hervorragend aus. Er lächelte auf jene halb humorvolle, halb traurige Art, die ich jetzt schon so gut an ihm kannte, und sagte: »Ich bin sicher, du hast keinen Tanz für mich übrig, Cadi.«

»Doch, diesen, Mr. Morton.« Ich stand auf und lächelte dem jungen Mann zu, der sich wartend in meiner Nähe aufgehalten hatte. »Es tut mir leid, aber Sie müssen mich entschuldigen.«

Zu meiner großen Überraschung tanzte Mr. Morton sehr gut. »Was für ein Glück für mich, daß ich gerade in diesem Augenblick gekommen bin, Cadi«, sagte er, während wir über den Tanzboden wirbelten. »Aber es wundert mich, daß deine Tanzkarte nicht voll ist.«

»Das ist sie. Nur habe ich all den jungen Männern gesagt, daß sie sich nur provisorisch eintragen könnten, und daß sie zurücktreten müßten, falls *Sie* mich zum Tanz aufforderten.«

»Du – du hast *das* gesagt?« Er hielt mich auf Armeslänge und sah mich mit großen Augen an. »Provisorische Eintragungen! Du lieber Himmel, was wird meine Frau dazu sagen?« Dann warf er den Kopf zurück und lachte so herzhaft und schallend, daß die Leute sich nach uns umdrehten. Ich wußte nicht, was er so komisch daran fand, und plötzlich wurde mir klar, daß er lachte, weil er stolz und glücklich war über das, was ich getan hatte; das wiederum machte mich sehr glücklich, obwohl mir schien, daß es keine große Sache war, einen Tanz für den Mann reserviert zu haben, den ich nach meinem Vater am meisten liebte.

Es war beinahe Mitternacht, und einer der jungen Männer hatte mich gerade zu meinem Platz neben Mrs. Morton zurückgebracht, als ich die Augen durch den überfüllten Raum schweifen ließ und erstarrte. Ich hatte Sarah entdeckt, die, einen widerstrebenden Mann an der Hand hinter sich herziehend, mit freudig gerötetem Gesicht auf uns zukam. Der Mann war Lucian Farrel.

»Es ist Vetter Lucian!« rief Sarah. »Er ist eben angekommen! Oh, ist das nicht wundervoll?«

Mrs. Morton schien erfreut und bestürzt zugleich, als er sich niederbeugte, um sie auf die Wange zu küssen, und sagte: »Guten Abend, Tante Helen.«

Sie fuchtelte hilflos mit den Händen in der Luft herum. »Ach, Lucian, mein lieber Junge. Was für eine Überraschung! Wie gut du aussiehst. Bleibst du ein paar Tage hier? Ich werde dir ein Zimmer

zurechtmachen lassen. Bist du aus London gekommen? Du mußt sehr müde sein. Vielleicht ... vielleicht möchtest du, daß ich dir das Abendessen auf dein Zimmer schicke?« Sie sprach die letzten Worte beinahe hoffnungsvoll.
»Wie es dir lieber ist«, sagte Lucian. »Ich will dich nicht in Verlegenheit bringen, Tante Helen.«
Mr. Morton hatte sich zu uns gesellt. Er klopfte Lucian auf die Schulter und sagte: »Unsinn, lieber Neffe. Du bist doch bestimmt nicht im Abendanzug gekommen, um die Zeit auf deinem Zimmer zu verbringen.«
»O mein prophetisches Gemüt, mein Oheim«, rief Lucian aus und schüttelte ihm die Hand.
»Was hast du da eben von deinem Gemüt gesagt, Lucian?« fragte Mrs. Morton verwirrt.
»Er hat Hamlet zitiert, meine Liebe«, erwiderte Mr. Morton. »Ein Drama von Shakespeare, wie du dich vielleicht erinnerst.« Dann sagte er, an Lucian gewandt, in jener trockenen, leicht spöttischen Art, die zwischen ihnen üblich war: »Du darfst dich nicht überreden lassen, dich von unserem Fest zurückzuziehen, Lucian. Stell dir vor, wie enttäuscht all diese guten Leute wären.«
Lucian sah sich im Zimmer um; seine dunklen, schräg aufsteigenden Brauen verliehen ihm ein ausgesprochen dämonisches Aussehen. Ich bemerkte, daß die Gäste ihm verstohlene Blicke zuwarfen und sich flüsternd miteinander unterhielten, und ich hatte den Eindruck, daß sein Erscheinen eine allgemeine Bestürzung hervorgerufen hatte.
»Ich finde, sie sollten Gelegenheit haben, ihre Freude zu zeigen«, sagte Lucian ironisch. »Hast du etwas dagegen, Onkel Edward?«
Mr. Morton hob die Hand und lächelte, aber ich sah, daß seine Augen ernst waren. »Das Studium der menschlichen Natur fasziniert mich stets von neuem, Lucian, und ich meine, es ist vielleicht an der Zeit, daß du wieder einmal die allgemeine Stimmung prüfst.«
Ich konnte den Sinn ihrer Worte nicht verstehen, aber ehe ich Zeit hatte, darüber nachzudenken, sagte Mr. Morton: »Doch zuerst laß mich dir unser neuestes Familienmitglied vorstellen. Natürlich kennt ihr euch bereits, und ich habe dir geschrieben, daß sie zu uns gekommen ist. Lucian Farrel ... Miß Cadi Tregaron.«
Lucians Augenbrauen schossen überrascht in die Höhe, als er mich ansah. »Donnerwetter!« sagte er leise, und ich hörte, wie Mrs. Mor-

ton mißbilligend hüstelte. Er griff nach meiner Hand. »Es freut mich, Sie wiederzusehen, Cadi. Hat das blaue Kleid gepaßt?«
»Ja, tadellos. Vielen Dank, Mr. Farrel.«
»Es hat mich sehr bekümmert, vom Tod Ihres Vaters zu hören. Er war ein tapferer Mann.« Obgleich die Worte teilnehmend waren, klang seine Stimme schroff, und ich konnte nicht beurteilen, wie aufrichtig er es meinte.
»Sie sind sehr freundlich, Mr. Farrel.«
»Das hat man bisher nicht oft von mir behauptet.« Er hielt immer noch meine Hand in der seinen und blickte ernst zu mir herunter. »Haben Sie letzthin wieder irgendwelche Rettungsaktionen unternommen?«
»Sie hat uns alle vor der Langeweile gerettet«, sagte Mr. Morton. »Sie galoppiert in Breeches durch die Gegend, treibt den jungen Kemp unnachgiebig zur Arbeit an, hat die Ställe verwandelt, lehrt im Waisenhaus von Waldhurst, tanzt zu überschwenglich –«
»Diese Überschwenglichkeit muß ich eines Tages auf die Probe stellen«, unterbrach Lucian ihn und ließ meine Hand los. »Aber es wäre nicht fair, das heute zu tun.« Er sah sich prüfend im Raum um. »Nun, wer soll das Opfer sein? Die rotnäsige Tochter von Mrs. Garner hat sicher wie üblich eine leere Karte.« Er verbeugte sich leicht. »Entschuldigen Sie mich, meine Damen.«
Ich fragte mich ein wenig ärgerlich über mich selbst, weshalb ich beim Anblick von Lucian Farrel so erschrocken war. Gewiß, man hatte ihn nicht erwartet, aber schließlich gehörte er ja zur Familie, und seine Ankunft war nicht weiter überraschend. Dennoch war ich wie vor einer plötzlichen Gefahr zurückgeschreckt, als ich ihn sah, und das war lächerlich.
Das Orchester hatte einen Walzer angestimmt, und etwa ein Dutzend Paare fingen an zu tanzen. Ich sah, wie Lucian Farrel Mrs. Garners Tochter aufforderte, die jetzt vierundzwanzig war und laut allgemeiner Ansicht kaum noch eine Chance hatte, einen Mann zu finden. Dann erschien der junge David Steadman, der sich für diesen Tanz auf meiner Karte eingetragen hatte.
Er machte einen sehr nervösen Eindruck und sah sich beim Tanzen fortwährend besorgt um. Ich bemerkte zu meinem großen Erstaunen, daß die Zahl der tanzenden Paare fast auf die Hälfte zusammengeschrumpft war, und kurz darauf hörten drei weitere Paare

und dann noch zwei zu tanzen auf. Als ich mich umblickte, sah ich überall düstere Gesichter, auf denen Velegenheit sich mit einer Art furchtsamer Erregung mischte. Mrs. Morton bewegte ungestüm ihren Fächer hin und her, als ob sie einer Ohnmacht nahe sei. Sarah schien im Begriff, in Tränen auszubrechen. Richard konnte ich nicht sehen, aber Mr. Morton, der neben seiner Frau stand, machte einen ruhigen und gelassenen Eindruck.

Nur zwei Paare tanzten noch – wir und Lucian mit Dorothy Garner. Mein Partner flüsterte besorgt: »Ich glaube, wir ... wir sollten lieber diesen Tanz auslassen.«

»Warum?« fragte ich scharf.

»Nun ... Sie wissen schon.« Er stolperte vor Verwirrung über meine Füße. »Wegen Lucian Farrel.« Dann hörte er einfach auf zu tanzen, nahm mich wortlos beim Arm und führte mich zu meinem Platz zurück.

Lucian und seine Partnerin tanzten weiter. Er lächelte leise, und ein Anflug von Arroganz lag in seinem Ausdruck, während er höflich zu ihr sprach und gar nicht zu bemerken schien, daß sie allein waren. Ich sah Dorothys hochrotes, gequältes Gesicht, als sie den Kopf ratlos von einer Seite zur anderen drehte. Dann flüsterte sie Lucian etwas zu und hörte auf zu tanzen. Er verbeugte sich vor ihr, und noch während er das tat, wandte sie sich wortlos ab und ließ ihn stehen.

Das Orchester spielte weiter. Die Leute bildeten kleine Gruppen und begannen, sich mit vorgetäuschter Munterkeit zu unterhalten. Lucian stand allein da und sah sich langsam um; sein Gesicht war völlig ausdruckslos. Ich konnte mir nicht erklären, weshalb man ihn so behandelt hatte, aber dann fiel mir seine rätselhafte Unterhaltung mit Mr. Morton ein, und ich erkannte, daß sie beide wohl etwas Ähnliches erwartet hatten.

Ein jäher Zorn stieg in mir auf, und mein leicht erregbares Temperament ging mit mir durch. Ich war immer noch nicht sicher, daß ich Lucian Farrel mochte, aber er gehörte zur Familie, jetzt meiner Familie, und ich würde nicht einfach ruhig zusehen, wie man ihn beleidigte. Was auch immer die anderen denken mochten, ich fühlte im tiefsten Inneren meines Herzens, daß dies ein Augenblick war, wo Cadi Tregaron ihren Mut beweisen mußte.

Meine Knie zitterten leicht, aber ich versuchte, ruhig und gelassen auszusehen, als ich aufstand und auf Lucian Farrel zuging. Ich hörte, wie Mrs. Morton entsetzt hervorstieß: »Nein, Cadi!« Und dann Mr. Mortons Stimme, die sanft, aber entschieden sagte: »Laß sie gehen.«

Ich ging auf die Tanzfläche und blieb mit einem, wie ich hoffte, ruhig-heiteren Lächeln auf dem Gesicht vor Lucian stehen. Er allein konnte mich über die Musik hinweg hören, als ich sagte: »Mein Partner hat mich im Stich gelassen, Mr. Farrel. Hätten Sie Lust, an seine Stelle zu treten?«

V

Zum erstenmal sah ich Lucian Farrel ein paar Sekunden lang sprachlos vor Verblüffung. Dann sagte er leise und schroff: »Seien Sie nicht töricht, Cadi.«
Immer noch lächelnd erwiderte ich mit zusammengebissenen Zähnen: »Ich werde tatsächlich töricht dastehen, wenn Sie mir einen Korb geben, Mr. Farrel.«
Ich sah Verwunderung auf seinem Gesicht, dann lächelte er, und ich zuckte abermals innerlich zusammen, als ob irgendein Nerv berührt worden sei. Das Lächeln machte ihn zu einem anderen Menschen, aber zu einem Menschen, den ich kannte, denn dies war das Gesicht des Mannes, der in dem Palast in Venedig auf mich wartete, wenn ich den guten Traum träumte.
»Nenn mich Lucian«, sagte er. »Schließlich sind wir ja jetzt sozusagen Vetter und Kusine und können uns getrost duzen.« Er legte leicht den Arm um mich und begann zu tanzen. Dann wirbelten wir über die leere Tanzfläche, und mir war, als ob ich über Wolken schwebte.
»Mein Gott«, sagte er mit einem leisen Lachen, »man möchte meinen, du hast es dir zum Beruf gemacht, Menschen zu retten, Cadi.«
Mr. Morton hatte ihn einmal einen Ausgestoßenen genannt, und jetzt hatte ich gesehen, daß man ihn tatsächlich so behandelte. Ich überlegte mir, was hinter alldem stecken mochte, aber im Augenblick war ich zu sehr von der Freude am Tanz in Anspruch genommen, um irgendwelche Fragen zu stellen, und es störte mich nicht, daß wir allein auf der Tanzfläche waren. Wir blieben jedoch nicht lange allein: Ich sah, daß Richard, ruhig und sanftmütig wie immer, nur ein wenig blasser als sonst, auf Sarah zuging und sie zum Tanz

führte. Dann tanzte Mr. Morton mit seiner Frau; sie hielt die Augen geschlossen, ihr Gesicht war starr vor Verlegenheit, und ich wußte, daß dies eine der seltenen Gelegenheiten war, wo er seine Autorität über sie geltend gemacht hatte.

Mr. Holmes, der dem Kuratorium des Waisenhauses angehörte, führte seine Frau auf die Tanzfläche. Er lächelte mir zu, als wir an ihm vorbeikamen. Nach und nach gesellten sich weitere Paare zu uns. Es gab immer noch viele Leute, die sich abseits hielten und zusahen, manche mißbilligend, andere zögernd und ein wenig beschämt, aber als der Tanz endete, befanden sich mehr als ein Dutzend Paare auf der Tanzfläche.

Mr. Morton empfing uns, als Lucian mich zu meinem Platz begleitete. »Wie ich bereits bemerkte, Lucian«, sagte er sanft, »sie ist ein sehr wenig damenhafter Tollkopf. Aber sie hat sicherlich auch ihre guten Seiten.«

»Keiner von uns ist durch und durch schlecht, Onkel Edward«, erwiderte Lucian feierlich. »Und eines muß man Cadi lassen, sie versteht es, den Dingen eine andere Wendung zu geben.«

Mr. Morton lachte, griff nach meiner Hand und drückte sie so fest, daß es beinahe weh tat. Ich glaube, er war sehr glücklich, denn seine Augen glänzten. »Natürlich bereitet sie mir nichts wie Kummer und Sorgen«, sagte er, »aber ich habe das Gefühl, daß sie heute abend einen leichten Umschwung der lokalen Meinung herbeigeführt hat.«

Lucian nickte schweigend und sah mich mit einem Ausdruck an, den ich nicht deuten konnte.

»Ich glaubte, ich würde es nicht überleben, Edward«, sagte Mrs. Morton schwach. »Als Cadi auf die leere Tanzfläche ging – oh, was für eine Unverfrorenheit! Mein Herz klopfte so stark, daß ich *überzeugt* war, meine letzte Stunde sei gekommen.«

»Wir sind alle sehr froh, daß du dich geirrt hast, mein Liebes«, sagte Mr. Morton beruhigend. »Sarah, geh und hol deiner Mutter ein Glas Champagner.«

Das Orchester stimmte einen neuen Tanz an, und mein Partner kam, mich zu holen. Die Erregung über den Zwischenfall legte sich allmählich, und bald war alles wieder wie zuvor. Mr. Morton und Lucian gingen in den Garten hinaus, und ich sah keinen von beiden noch einmal tanzen. Eine Stunde später, als der Ball zu Ende war, stand ich mit Mr. Morton und der Familie in der Halle, um die

Gäste zu verabschieden. Ein oder zwei von ihnen zeigten sich ein wenig verlegen, aber nur einer machte eine Bemerkung über das, was geschehen war. Es war der alte Colonel Rodsley, der beim Abschied erklärte: »Es tut mir leid, daß ich Felicity und ihren Partner veranlassen mußte, den Tanz abzubrechen, Morton. Es richtete sich nicht gegen Sie, aber wenn ich gewußt hätte, daß Ihr Neffe anwesend sein würde, wären wir nicht gekommen.«
»Ich werde es Sie nächstes Mal rechtzeitig wissen lassen, Colonel«, sagte Mr. Morton liebenswürdig. Offenbar dauerte es eine Weile, ehe Colonel Rodsley den Sinn dieser Worte erfaßte, denn erst, als er auf der untersten Stufe angelangt war, blieb er plötzlich stehen, drehte sich um und starrte Mr. Morton an.
Später, als es still im Haus war, kam Sarah, wie erwartet, in mein Zimmer geschlichen. »War es nicht herrlich, Cadi?« flüsterte sie, während sie sich auf mein Bett setzte. »Und war es nicht einfach wundervoll, daß Lucian gekommen ist? Glaubst du, er mag mich leiden?«
»Ich bin nicht sicher, ob Lucian außer deinen Vater überhaupt irgend jemanden leiden mag.«
»Oh, sie sind schon von jeher gute Freunde gewesen. Aber Lucian hat mir im Garten ein Stück Torte gebracht. Ich bin *sicher*, daß er mich gern hat.«
»Was hat er getan, Sarah?« fragte ich. »Warum haben sich alle von ihm abgewandt und aufgehört zu tanzen?«
Ihre Mundwinkel senkten sich, und sie zupfte an der Bettdecke. »Oh, das war wegen dieser Geschichte im Krieg«, sagte sie verdrießlich.
»Im Krieg?«
»Ja natürlich. Im südafrikanischen Krieg gegen die Buren. Lucian war Kavallerieoffizier.«
Ich weiß nicht, weshalb mich das überraschte. Schließlich wußte ich aus Erfahrung, daß Lucian ein hervorragender Reiter war, und ich erinnerte mich an die Bemerkung meines Vaters, er sei geschickt und wendig wie ein Soldat. Und ich wußte auch über den Krieg Bescheid, denn Miß Rigg hatte mir Berichte aus der *Times* zu lesen gegeben.
»Was hat er getan?« fragte ich Sarah.
»Er ist kassiert worden«, sagte sie zögernd.

»Kassiert?« wiederholte ich. »Das bedeutet, aus dem Heeresdienst entlassen, nicht wahr?«
»Ja. Es war alles sehr geheimnisvoll, und die Zeitungen haben die Sache mit keinem Wort erwähnt. Ich glaube, dabei hat Papa irgendwie die Hand im Spiel gehabt.« Ihre Augen füllten sich mit Tränen. »Aber es ist durchgesickert. Und kassiert zu werden, ist eine ungeheure Schande, Cadi.«
Meine Stimme zitterte, als ich sagte: »Aber du hast mir immer noch nicht erzählt, was er getan hat.«
»Oh, ich weiß es nicht genau.« Sie warf ungeduldig den Kopf zurück. »Ich glaube, nur ganz wenige Leute wissen wirklich darüber Bescheid, aber er ist wegen Feigheit entlassen worden, das sagt jeder, und vor allem dieser Colonel Rodsley.«
Ich erinnerte mich an Lucians Verhalten im Boot an dem Tag, als wir beinahe von der Mogg Race mitgerissen worden wären, und schüttelte den Kopf. Lucian Farrel war mir in vieler Hinsicht immer noch ein Rätsel. Hätte man mir gesagt, er habe Geld unterschlagen, sich an einer Frau vergangen oder die Dienstvorschriften verletzt, so hätte ich das vielleicht für möglich gehalten. Aber eines wußte ich bestimmt: Ein Feigling war er nicht.
»Die Leute irren sich, Sarah«, sagte ich.
Sie zuckte die Achseln. »Mir ist es sowieso gleichgültig. Ich liebe ihn, was auch immer er getan haben mag. Papa sagt, die Sache wird mit der Zeit in Vergessenheit geraten, aber es geht jetzt schon seit fast drei Jahren so.« Sie seufzte tief.
Jetzt, da ich wußte, weshalb Lucian geächtet war, verstand ich den Zwischenfall im Ballsaal. Ein oder zwei der Anwesenden hatten ihm den Rücken gekehrt, und die übrigen waren ihnen wie Schafe gefolgt. Aber die Tatsache, daß ich mit ihm tanzte, hatte einige von ihnen beschämt und veranlaßt, wenn nicht um Lucians willen, so doch wenigstens aus Rücksicht auf Mr. Morton eine gewisse Höflichkeit zu zeigen.
Trotz der späten Stunde lag ich noch lange wach, nachdem Sarah fort war, denn ich durchlebte im Geist noch einmal jede Minute des Abends und dachte über Lucian Farrel nach. In dieser Nacht hatte ich den schlechten Traum. Er war deutlicher denn je, und ich wachte weinend vor Angst auf. Ich war wütend auf mich selbst. Wenn ich mich nicht vor Lucian fürchtete, solange ich wach war, warum sollte ich dann im Traum so töricht sein?

Es war seltsam, Lucian am Frühstückstisch zu begegnen, und ich erfuhr, daß er ein paar Tage bleiben würde. Abgesehen von einem höflichen »Guten Morgen« sprach er nicht mit mir, sondern unterhielt sich leise an einem Ende des Tisches mit Mr. Morton, während wir Mrs. Morton zuhörten, die uns ein ums andre Mal klagend versicherte, daß sie nicht wisse, woher sie die Kraft nehmen solle, das Haus nach dem Ball wieder in Ordnung zu bringen.
Sarah verbrachte das ganze Frühstück damit, Lucian hingebungsvoll anzustarren. Richard war noch blasser als sonst und hob die Augen kaum von seinem Teller, aber als er es tat, bemerkte ich, daß sein Gesicht nachdenklich war, und daß er den Blick von Lucian zu mir schweifen ließ, ehe er die Augen wieder senkte.
Nach dem Frühstück zog ich eine Hemdbluse und Breeches an, flocht mein Haar zu zwei Zöpfen und ging in den Stall. Ich war inzwischen so sicher im Sattel, daß ich jetzt schon seit gut zwei Wochen allein mit Pompey ausreiten durfte. Es war ein edles, feuriges Pferd, das man im Galopp fest im Zaum halten mußte, aber ich hatte kräftige Hände und wurde gut mit ihm fertig.
Nachdem ich den jungen Kemp zur Arbeit angetrieben hatte, sattelte ich Pompey und führte ihn hinaus. Ich sehnte mich nach einem schnellen Ritt, bei dem mir der Wind ins Gesicht schlug, um die Hirngespinste zu vertreiben. In der alten Backsteinmauer, die den Park von Meadhaven umschloß, war ein Tor, und von dort aus führte ein Reitweg an den Feldern entlang zu einem Grashang, der sich wie ein langer, grüner Teppich den Hügel hinaufzog. Von seinem oberen Ende aus konnte ich weithin den Weald von Kent überblicken, der zu dieser Jahreszeit ganz in Grün und Gold getaucht war.
Der Hügelkamm war über eine Meile lang und eignete sich herrlich zum Galoppieren. Pompey schien meinen Wunsch zu verstehen, denn als ich ihn leise mit den Fersen anstieß, straffte er sich und ging vom leichten Kanter in einen gestreckten Galopp über, so daß meine Zöpfe nur so flogen. Seine Hufe trommelten auf das Gras, als sein kräftiger Körper unter mir den Hügelkamm entlangjagte. Aber ich hatte ihn in der Gewalt, und ich lachte laut vor Freude über die Feinfühligkeit, mit der er auf ein leichtes Annehmen der Zügel oder einen Druck meiner Schenkel reagierte.
Ich versammelte ihn allmählich, als wir uns dem Ende des Kammes

näherten, und ließ ihn ein paar Minuten langsam im Kreis gehen, damit er etwas verschnaufen konnte. Auf der einen Seite lag die Wiese, über die ich heraufgekommen war; auf der anderen Seite fiel der Hügel in einem steilen Hang ab, den ich nicht hinunterreiten durfte, weil sich an seinem Fuß ein Wald befand. Ein Pferd, das nach einem schnellen Galopp bergab dort hineingeriet, konnte leicht seinen Reiter gegen einen Baum oder einen herabhängenden Zweig schleudern.

Ich saß entspannt im Sattel und dachte mit Dankbarkeit an Mr. Morton. Wenn es nach Mrs. Morton gegangen wäre, hätte ich Pompey nicht reiten dürfen, und schon gar nicht ohne Begleitung, aber Mr. Morton hatte sich gegen sie durchgesetzt, wie er es immer tat, wenn er einmal einen Entschluß gefaßt hatte. Bis zum Rand des Waldes gehörte das Land ihm, und er sah keinen Grund, weshalb ich am hellichten Tag nicht nach Belieben über seine Felder reiten sollte, ganz gleich, ob die Leute es als damenhaft ansahen oder nicht.

Ich wandte Pompey wieder in Richtung des Hügelkamms, und als ich ihn zum Galopp antrieb, sah ich zu meiner Rechten die Gestalt eines Reiters von Meadhaven her den Hang heraufkommen. Ich nahm an, daß es Lucian sei, hatte jedoch keine Zeit, genauer hinzusehen, denn Pompey raste, den Körper zusammenziehend und streckend, in freudigem Galopp den Kamm entlang.

In diesem Augenblick riß irgend etwas, der Zügel in meiner rechten Hand wurde schlaff. Eine Sekunde später hatte Pompey sich so ruckartig nach links gewandt, daß er mich beinahe abgeworfen hätte, und schoß blindlings den verbotenen Hang hinunter in Richtung des Waldes.

Er galoppierte so schnell, daß es mir fast vorkam, als ob ich eine Felswand hinabstürzte. Ich konnte das Ende des abgerissenen Zügels nicht einmal sehen, geschweigen denn erreichen, und nur am linken Zügel zu zerren, würde ihn womöglich veranlassen, an diesem steilen Hang die Beine zu kreuzen, und einen grauenvollen Sturz verursachen. Ich klammerte mich in seiner Mähne fest und spürte deutlich, daß er sich jetzt in einem Zustand der Panik befand. Ohne die Führung der Zügel konnte er, von seinem eigenen blinden Schrecken getrieben, nur wie wild weiterstürmen.

Ich sprach zu ihm, versuchte, meiner Stimme einen beruhigenden und furchtlosen Klang zu geben, klemmte die Beine fest um seine

Rippen, aber es war aussichtslos: Nichts konnte ihn zum Stehen bringen. Der Wald war jetzt dicht vor uns, kaum noch fünfzig Meter entfernt. Pompey war ein sehr sicheres Pferd, und mit ein wenig Glück mochte es ihm selbst bei dieser Geschwindigkeit gelingen, sich eine Zeitlang zwischen den Bäumen hindurchzulavieren, ohne zu stürzen. Aber ein Dorngestrüpp, eine Baumwurzel oder ein Loch im Boden konnte ihn zum Stolpern bringen, und selbst wenn er sich auf den Beinen hielt, konnte ich von einem Baumstamm oder einem tiefhängenden Ast heruntergerissen werden.

Und jetzt entdeckte ich, sogar noch näher, eine weitere Gefahr. Vor uns, ein paar Schritt vom Waldrand entfernt, lagen die Reste eines abgerissenen Heuschobers, ein braungoldener Haufen von halb verfaultem Heu, fast so hoch wie Pompeys Schultern. Er raste geradewegs darauf zu, und ich war sicher, daß er in seiner Panik versuchen würde, über ihn hinwegzuspringen. Er konnte dieses Hindernis unmöglich nehmen. Seine Füße würden sich verfangen, und ich würde über seinen Kopf geschleudert werden; dann würde er stürzen, vielleicht sich überschlagen und auf mich fallen.

Aber als ich mich gerade verzweifelt auf den Sprung vorbereitete, wandte sich Pompey ganz leicht zur Seite, um dem abgerissenen Heuschober auszuweichen. Wir würden haarscharf rechts daran vorbeikommen. Ich kann mich nicht an irgendwelche klaren Gedanken erinnern, aber mein Instinkt muß mir gesagt haben, wo für mich die einzige Hoffnung auf ein Entkommen lag. Ich zog rasch die Füße aus den Steigbügeln, ließ mich, immer noch an Pompeys Mähne geklammert, ein wenig seitlich herab und stemmte das linke Knie gegen seine Flanke.

Als wir auf Armeslänge an dem Heuhaufen vorbeikamen, ließ ich Pompeys Mähne los und stieß mich mit der ganzen Kraft meines linken Beines von ihm ab. Die Füße in der Luft, landete ich auf meinen Schultern und versank im Heu.

Dann war alles still. Das Heu, das sich hier auf dem Grund des Haufens feucht und kalt anfühlte, war wie ein Kissen unter mir zusammengepreßt und stieg wie ein Kokon rings um mich empor. Ich hörte das Geräusch von Pompeys Hufen, das sich im Wald verlor. Ein paar Sekunden lang war ich unfähig, mich zu bewegen, lag wie vor Kälte zitternd da, konnte es nicht fassen, daß ich der Gefahr entronnen war, und verspürte keinerlei Verlangen, diesen seltsamen Zufluchtsort zu verlassen.

Dann vernahm ich das Geräusch von anderen Hufen, die donnernd den Hang herunterkamen. Lucians Stimme rief: »*Cadi*!« Einen Augenblick zuvor war mir kalt vor Schreck gewesen, jetzt wurde mir plötzlich heiß vor Scham. Lucian mußte weit oben auf der anderen Seite des Hügels gewesen sein, als der Zügel gerissen und Pompey ausgebrochen war. Zweifellos hatte er vom Kamm aus das Ende meines Galopps den Hügel hinunter beobachtet. Es gab für ein junges Mädchen wohl schwerlich eine unrühmlichere Art, abgeworfen zu werden, als sich kopfüber in einen verfaulenden Heuhaufen zu stürzen.

»Cadi!« Seine Stimme kam jetzt aus unmittelbarer Nähe. Ich hörte das Gleiten von Hufen, als er sein Pferd mit einem Ruck zum Stehen brachte, und dann kamen hastige Schritte auf den Heuhaufen zu. »Cadi! Bist du verletzt?« Seine Stimme war messerscharf und schien eher zornig als besorgt.

Mit einem mißmutigen Stirnrunzeln zog ich die Beine an und begann aufzustehen. »Nein, es ist nichts passiert«, sagte ich. Mein Kopf tauchte aus dem Heu auf, und ich mußte einen ganzen Haufen unter den Füßen zertrampeln, ehe ich bis zur Taille hervorkommen und mir die trockenen Gräser aus Haar, Mund und Ohren zupfen konnte. Lucian starrte mich an. Als er sprach, war der Zorn aus seiner Stimme verschwunden, aber sie klang immer noch sonderbar.

»Hast du dir nichts getan?«

»Nein – das habe ich doch eben gesagt!« Ich schlug wütend auf das Heu, das mich gefangenhielt. »Willst du mir nicht helfen, statt einfach dazustehen und mich anzustarren?«

Er trat auf mich zu, streckte die Hände aus und packte mich unter den Armen, dann hob er mich mit einem einzigen großen Schwung aus dem Heu und stellte mich vor sich auf die Füße.

»Der Zügel ist gerissen«, sagte ich und sah ihn herausfordernd an.

Ich muß wie eine Vogelscheuche ausgesehen haben, aber ich war zu wütend bei dem Gedanken, daß Lucian mich hatte vom Pferd fallen sehen, um mir Gedanken über mein Äußeres zu machen. Er preßte die Lippen zusammen, aber dann konnte er plötzlich nicht mehr an sich halten und brach in schallendes Gelächter aus.

»Untersteh dich zu lachen!« sagte ich zornig. »Es wäre dir nicht anders ergangen, wenn dein Zügel gerissen wäre!«

Er schüttelte den Kopf und winkte entschuldigend mit der Hand, während er zu sprechen versuchte. »Ich habe nicht gelacht, weil du gefallen bist, Cadi . . .« ein weiterer Lachkrampf, »es war . . . wenn du wüßtest, wie du aussiehst!«
Ich sah an mir herunter. Meine Breeches und Bluse waren fleckig von der Feuchtigkeit des modernden Heus, und ich war von oben bis unten mit Heubüscheln bedeckt. Ich konnte mir vorstellen, wie mein Gesicht und Haar aussahen, und was für ein Bild ich geboten haben mußte, als ich aus dem Heuhaufen hervorkam.
Ich fing an zu kichern, aber dann erinnerte ich mich an Pompey. »Wir müssen Pompey suchen«, sagte ich besorgt. »Vielleicht ist er verletzt.«
Lucians Gesicht wurde ernst, und er ging zu Adam, einem großen Rotschimmel, unser zweitbestes Pferd. »Bleibst du hier, oder willst du mitkommen?« Seine Stimme war wieder schroff.
»Ich komme mit.«
Er schwang sich in den Sattel und streckte die Hand nach mir aus, genau wie er es zwei Jahre zuvor in Mawstone getan hatte. »Es scheint uns vom Schicksal bestimmt, zu zweien zu reiten«, sagte er mit einem trockenen Lächeln, als er mich hochhob.
Ich saß hinter ihm im Sattel und hielt mich an seiner Taille fest. Es war seltsam, in genau der gleichen Stellung zu sein wie damals, als wir uns zum erstenmal begegnet waren. Adam betrat im Schritt den Wald, und ich begann zu rufen. Ich hatte wenig Hoffnung, daß wir Pompey unversehrt antreffen würden, und als die Minuten vergingen, ohne daß wir ihn fanden, geriet ich langsam in Verzweiflung.
Schließlich kamen wir zum Ende des kleinen Waldes, und ich hörte Lucians freudigen Schrei. Pompey trottete mit verdrießlich gesenktem Kopf im Kreis auf der vor uns liegenden Weide umher. Wir ritten langsam auf ihn zu, und ich rief fortwährend seinen Namen. Als wir etwa zwanzig Schritt von ihm entfernt waren, blieb er, zur Flucht bereit, regungslos stehen. Ich ließ mich aus dem Sattel gleiten und sprach sanft und beruhigend zu ihm, während ich mich ihm vorsichtig näherte. Plötzlich kam er auf mich zu und rieb den Kopf an meiner Schulter.
»Armer Pompey, armer alter Junge«, murmelte ich liebevoll. »Hast du einen furchtbaren Schrecken gekriegt? Mach dir nichts draus. Laß sehen, ob du dich nicht verletzt hast.«

»Halt ihn fest, während ich nachsehe«, sagte Lucian, der jetzt abgesessen war. Mit zielbewußten, aber ruhigen Bewegungen untersuchte er nacheinander Pompeys Beine, und mir war klar, daß er seine Sache verstand. »Nur diese Schramme an seiner rechten Flanke«, sagte er schließlich, und ich ging auf die andere Seite von Pompey, um sie mir anzusehen. Es war mehr als eine Schramme. Ein abgebrochener Ast oder etwas Ähnliches hatte an Pompeys Flanke einen langen, tiefen Riß hinterlassen. Die Verletzung war nicht gefährlich, aber mich schauderte bei dem Gedanken, was mit meinem Bein geschehen wäre, wenn ich noch im Sattel gesessen hätte.
»Mach dir nichts draus, Pompey«, sagte ich abermals und streichelte ihn sanft. »Wir bringen das in Ordnung, sobald wir zu Hause sind.«
Ich hörte Lucian überrascht den Atem anhalten und wandte mich nach ihm um. Er hielt das Ende des abgerissenen Zügels in der Hand, aber der Zügel selbst war nicht gerissen. Der Ring, der ihn mit dem Backenriemen der Trense verband, war durchgebrochen und hatte sich gelöst. Er hing noch, ein wenig verbogen, am Ende des Zügels, und man konnte deutlich die Bruchstelle sehen. Lucian löste ihn vom Lederriemen.
»Ich habe noch nie gehört, daß ein Ring zerbricht«, sagte ich erstaunt und streckte die Hand aus, um ihn mir anzusehen. Lucian zögerte, und ich spürte, daß er ihn mir nur widerwillig gab. Ich sah den zerbrochenen Ring genau an, denn ich dachte mir, daß vielleicht irgendein verborgener Fehler im Metall den Bruch verursacht habe. Dann erkannte ich, was Lucian veranlaßt hatte, den Atem anzuhalten. Der Ring war an der Stelle, wo er zerbrochen war, sehr dünn, unnatürlich dünn. Aber er war nicht einfach abgenutzt, denn Abnützung macht das Metall glatt, und das Messing an dieser Stelle war nicht glatt, sondern eher etwas rauh, als ob es fast bis zur Bruchgrenze heruntergefeilt worden sei.
Ich sah Lucian an. Sein Blick war in die Ferne gerichtet, die Brauen über den blauen Augen stiegen schräg empor wie die eines Dämonen, und auf seinem Gesicht lag der gleiche erbitterte Zorn, den ich schon einmal zuvor an ihm wahrgenommen hatte. Dies war sein Gesicht, wie ich es zum erstenmal am Kai von Mawstone gesehen hatte, als er auf den zerbrochenen Ruderhaken starrte, der um ein Haar Mr. Mortons Tod verursacht hätte. »Halb durchgesägt ...« hatte er damals gesagt, obgleich Mr. Morton diesen Gedanken als einen Irrtum abgetan hatte.

Und jetzt wäre fast ich getötet oder zumindest schwer verletzt worden, weil irgend jemand den Ring an Pompeys Trense dünn gefeilt hatte. Ich konnte mir das alles nicht erklären, wußte nur, daß mir sehr elend zumute war.
»Ich habe es schon öfters erlebt, daß diese Ringe zerbrechen«, sagte Lucian und nahm ihn mir aus der Hand. Sein Gesicht war jetzt wieder ruhig und gelassen.
»Aber dieser Ring ist nicht einfach zerbrochen!« rief ich.
Er hob rasch die Hand, um mich zum Schweigen zu bringen. »Bitte, Cadi. Rede dir nichts ein. Falls irgend jemand dir Schaden zufügen wollte, wäre dies eine törichte Art, es zu tun. Ein schadhafter Ring kann jederzeit brechen, und es war nur ein Zufall, daß er zerbrochen ist, als du im Galopp geritten bist. Und außerdem, wer in aller Welt sollte dir etwas antun wollen? Mr. oder Mrs. Morton? Sarah oder Richard?« Er sah mich aufmerksam an. »Oder ich?«
Ich schüttelte langsam den Kopf und fing an zu bezweifeln, was ich noch einen Augenblick zuvor so sicher zu wissen glaubte. Lucians Fragen machten die ganze Sache völlig widersinnig. Eine Sekunde lang dachte ich an den jungen Kemp, und gleich darauf schämte ich mich dieses Gedankens. Ich wußte genau, daß dieser griesgrämige alte Mann, ungeachtet seiner mürrischen Art und seiner schroffen Redeweise, mich mittlerweile so gern mochte, wie er überhaupt jemanden mögen konnte, und es war unvorstellbar, daß er versuchen würde, mir etwas anzutun.
»Wahrscheinlich hast du recht«, sagte ich zögernd und fing an, das Heu zu entfernen, das noch an meiner Kleidung haftete. »Habe ich Heu im Haar? Ich möchte nicht wie eine Vogelscheuche aussehen, wenn mich jemand in den Hof reiten sieht.«
»Halt einen Augenblick still.« Er zog mir ein paar Grashalme aus den Haaren über der Stirn, dann drehte er mich um und säuberte meine Zöpfe und die Rückseite meiner Bluse. Ich fühlte mich plötzlich befangen bei der Berührung seiner Hände. »Das genügt«, sagte er schließlich. »Werden wir Mr. Morton erzählen, daß du vom Pferd gefallen bist?«
»Ich muß es ihm sagen«, erwiderte ich seufzend und fragte mich im stillen, ob mein Reiten wohl künftig eingeschränkt werden würde. »Es ihm nicht zu sagen, würde einer Lüge gleichkommen.«
»Ich verstehe. Und du lügst nie?«

»Manchmal, wenn ich muß. Aber ich würde nie Mr. Morton anlügen.«
Eine der seltsamen Teufelsbrauen krümmte sich nach oben, während die andere gerade blieb, und Lucian lachte leise. »Du setzt deiner Loyalität keine Grenzen, nicht wahr, Cadi?«
Ich verstand nicht, was er damit sagen wollte, aber er drehte sich um, ohne auf meine Antwort zu warten, und nahm Adam beim Zügel. »Es ist besser, wenn du Adam reitest. Ich gehe mit Pompey.«
»Nein«, sagte ich rasch. »Ich möchte Pompey nach Hause reiten, sonst glaubt er, ich traue ihm nicht mehr. Kannst du den Zügel reparieren, so daß er hält, wenn wir im Schritt gehen?«
Lucian zögerte, dann lächelte er und zuckte resigniert die Achseln. »Ich glaube, ja.« Wir führten die Pferde am Fuß des Hangs entlang zu einem Drahtzaun, der an einer Seite des Hügels hinunterlief. Lucian brach ein kurzes Stück Draht ab und befestigte damit provisorisch den Zügel an der Trense. Er half mir in den Sattel, bestieg Adam, und wir machten uns in langsamem Schritt auf den Weg nach Meadhaven.
Es gab keine weitere Unterhaltung zwischen uns. Lucian war schweigsam geworden, und als ich ihn ansah, bemerkte ich, daß seine Stimmung wieder umgeschlagen war. Er starrte mit gerunzelten Brauen vor sich hin und schien meine Gegenwart vollkommen vergessen zu haben. Es lag Zorn in ihm, ein drohender Zorn, der ihn mir fremd und ein wenig erschreckend machte. Ich konnte keinen Grund dafür erkennen, konnte ihn nicht verstehen, aber schließlich hatte ich Lucian Farrel bei unseren wenigen, kurzen Begegnungen niemals verstanden. Vielleicht, dachte ich mit plötzlichem Unwillen, ärgerte er sich über sich selbst, weil er einige Minuten lang freundlich zu mir gewesen war.
Daraufhin blieb ich ein paar Schritt zurück und sprach während des ganzen Heimwegs zu Pompey.
Mr. Morton war an diesem Tag nicht nach London gefahren, und so brauchte ich meine Beichte nicht lange hinauszuschieben, aber vorerst blieb ich bei Pompey, um ihn zu beruhigen, während der junge Kemp und Lucian seine Wunde behandelten.
Ehe ich in Mr. Mortons Arbeitzimmer ging, wusch ich mich und zog mich um, löste die Zöpfe, die ich beim Reiten trug, und steckte die Haare auf, wie Betty es mir beigebracht hatte. Dann ging ich hinunter, um Mr. Morton von meinem Sturz zu erzählen.

»Es war einfach ein unglückseliger Zufall, daß der Ring zerbrochen ist«, schloß ich meinen Bericht. »Bitte, Mr. Morton, sagen Sie nicht, daß ich Pompey nicht mehr reiten darf.«
Er sah mich mit liebevollem Unwillen an. »Genau das sollte ich dir von Rechts wegen sagen, Cadi, um deiner eigenen Sicherheit willen. Aber es fällt mir schwer, dir eine Bitte abzuschlagen.« Er runzelte die Stirn, als ob er sich fragte, weshalb. »Wenn ich's mir recht überlege, bittest du mich eigentlich sehr selten um etwas, und ganz gewiß niemals um die Dinge, die ein junges Mädchen sich für gewöhnlich wünscht. Oh, natürlich freust du dich über ein neues Kleid oder neue Handschuhe, aber du hast niemals um etwas Derartiges gebeten.«
Ich war überrascht. Es war nie nötig gewesen, darum zu bitten. Mr. Morton gab mir alles, was ich mir nur wünschen konnte, ohne daß ich ihn um irgend etwas bat. Das sagte ich ihm, und er lachte.
Dann fuhr ich fort: »Ich werde künftig sehr vorsichtig mit Pompey sein, und ich werde mich überzeugen, daß der junge Kemp regelmäßig Geschirr und Sattelzeug untersucht.« Ich bemühte mich, keinen schmeichelnden Ton anzuschlagen, denn ich hatte Sarah gehört, wie sie ihre Mutter umschmeichelte, wenn sie sich etwas in den Kopf gesetzt hatte, und ich wollte nicht, daß meine Worte so klangen wie die ihren.
Mr. Morton rieb sich den Kopf. »Nun gut«, sagte er schließlich. »Ich werde keine Einschränkungen machen, Cadi. Niemand kann in vollem Maße leben, ohne hin und wieder ein Risiko einzugehen, und ich denke mir manchmal, daß die Frauen heutzutage zu behütet und verzärtelt sind. Es ist nicht gut für sie, und im Grunde ihres Herzens mögen sie es nicht. Denk an meine Worte: Früher oder später werden wir eine Revolution des weiblichen Geschlechts erleben. Wir haben einen neuen König auf dem Thron, und es geht ein neuer Wind –« Er brach ab und schüttelte lächelnd den Kopf. »Aber du willst jetzt bestimmt keinen Vortrag über die Entwicklung der modernen Gesellschaft hören. Du willst lediglich wissen, ob du auch weiterhin Pompey reiten darfst. Ja, du darfst es.«
Jetzt zeigte ich ihm meine Freude, lief um den Schreibtisch herum und küßte ihn auf die Wange.
»Raus mit dir«, sagte er, legte jedoch gleichzeitig liebevoll den Arm um meine Schulter. »Ich muß arbeiten und habe keine Zeit für all diesen Unsinn. Du tust es nur, um mich zu ärgern.«

»Ich werde mich nächstes Mal zurückhaltender benehmen«, sagte ich, als ich ihn losließ, aber er wußte, daß ich es nicht ernst meinte. Er spielte mit seinem kleinen Bart und sah mich mit dem ihm eigenen, eulenähnlichen Blick an. »Und was wird es wohl nächstesmal sein, mein Fräulein? Nun, eines muß man dir lassen, Cadi, du machst dein Getue immer erst, *nachdem* du mich überredet hast, nicht vorher. Jetzt lauf, und sei in Zukunft ein wenig vorsichtiger.«
Als ich bei der Tür angelangt war, rief er plötzlich in scharfem Ton: »Cadi!« Ich wandte mich bestürzt um und sah, daß er aufgestanden war und mich mit einem Ausdruck tiefer Besorgnis musterte. »Ja, Mr. Morton?«
»Der Ring, der zerbrochen ist.« Er bemühte sich, gelassen zu sprechen. »Hast du ihn mitgebracht?«
Ich mußte einen Augenblick überlegen. »Nein . . . ich glaube, Lucian hat ihn weggeworfen. Hätten Sie ihn haben wollen?«
Er zuckte die Achseln. »Nein, nicht unbedingt. Ich hätte nur gern gewußt, wie es kommt, daß er zerbrochen ist. Hast du ihn dir angesehen?«
Ich zögerte. »Er scheint sich einfach an einer Stelle dünn gerieben zu haben, meint Lucian.«
»Ich verstehe.« In Mr. Mortons Stimme lag eine Mischung von Erleichterung und Zweifel. »Nun, wenn Lucian sagt, er habe sich dünn gerieben . . .« Er schwieg ein paar Sekunden, dann setzte er sich wieder an den Schreibtisch und sagte: »Gut, Cadi, ich danke dir.«
Ich erzählte den anderen nichts von meinem Sturz. Sarah hätte stundenlang oh! und ah! gerufen, und Mrs. Morton hätte ein großes Gezeter gemacht. Offenbar war Mr. Morton der gleichen Meinung wie ich, denn die Sache wurde vor dem Rest der Familie mit keinem Wort erwähnt.
An diesem Abend kam Sarah mit einer Trauermiene in mein Schlafzimmer. »Lucian bleibt nur drei Tage«, sagte sie tief seufzend. »Ist das nicht schrecklich, Cadi?«
»Nicht besonders. Es ist doch eigentlich nicht sehr amüsant, mit ihm zusammen zu sein. Er macht immer den Eindruck, als ob er entweder verärgert oder mit seinen Gedanken ganz woanders wäre.«
»Ja, ich weiß, und ich könnte weinen. Er ist bestimmt sehr unglücklich. Ich würde glauben, es sei deinetwegen, nur war er vorher auch schon so.«
»Meinetwegen? Was in aller Welt willst du damit sagen?«

Sie seufzte abermals. »Oh, wenn er mich nur einmal so ansehen würde, wie er dich ansieht! Ich wäre der glücklichste Mensch der Welt.«

»Ach, red keinen Unsinn«, sagte ich ungeduldig. »Er nimmt sich kaum je die Mühe, mich anzusehen, und wenn er's tut, ist sein Blick für gewöhnlich wütend.«

»Aber das tut er nur, um seine wahren Gefühle zu verbergen«, erklärte Sarah eifrig; ihre romantische Vorstellungskraft war jetzt in vollem Schwung. »Vielleicht ist er irrsinnig in dich verliebt, Cadi. Vielleicht wird er dich bitten, seine Frau zu werden! Schließlich bist du alt genug. Du bist älter als Mary Leadbetter, die in diesem Sommer geheiratet hat. Ich habe Mama neulich sagen hören, es sei Zeit, daß du anfängst, dich ernsthaft mit dieser Frage zu beschäftigen.«

Manchmal brachte Sarahs kindliches Geschwätz mich zur Verzweiflung, aber an diesem Abend konnte ich nur darüber lächeln. Ich hatte noch nie an Heiraten gedacht, und die Vorstellung, daß Lucian Farrel irrsinnig in mich verliebt sein könnte, war natürlich völlig hirnverbrannt.

»Was tut Lucian die ganze Zeit in London?« fragte ich. »Ich meine, hat er einen Beruf?«

Sarah blickte düster drein. »Nun, er war Offizier«, sagte sie betrübt, »aber das ist, wie du ja weißt, jetzt vorbei.« Ihr Gesicht hellte sich auf. »Als ich jünger war, habe ich ihn in seiner Uniform gesehen. Oh, er sah hinreißend aus, Cadi . . .«

Sie schwatzte weiter. Sarahs Erzählungen waren meist sehr weitschweifig, denn sie unterbrach sich immer wieder mit romantischen Vorstellungen und Kommentaren, aber ich hatte mir angewöhnt, geduldig zu sein, und während ich ihr zuhörte, erfuhr ich mehr über Lucian.

Seine Mutter, Mrs. Mortons Schwester, war bei seiner Geburt gestorben. Sein Vater war erst vor wenigen Jahren gestorben und war laut Sarah ein bekannter Architekt gewesen. Lucian sollte nach beendetem Heeresdienst in die frühere Firma seines Vaters eintreten und Architektur studieren, aber nach seiner Entlassung war er dort nicht mehr willkommen. Er besaß kein großes Vermögen, denn sein Vater war zwar ein guter Architekt, aber ein schlechter Geschäftsmann gewesen. Nach dem Krieg hatte Lucian sich eine Zeitlang ziellos treiben lassen, aber vor zwei Jahren hatte er fast von einem Tag zum andern einen Stall in der Nähe von Epsom eingerichtet und angefangen, Pferde zu züchten. Jetzt reiste er häufig ins Ausland, nach Frankreich, Irland und sogar in die Türkei und nach Syrien, um Pferde zu kaufen und zu verkaufen.

»Papa sagt, er komme jetzt gut voran«, erklärte Sarah. »Aber ich glaube, Lucian hat gar kein so großes Interesse daran, viel Geld zu verdienen. Die Arbeit mit Pferden macht ihm einfach Spaß – ebenso wie die Bildhauerei ihm Spaß macht.«

»Die Bildhauerei?«

»Ja, hast du das nicht gewußt? Es ist eigentlich nur ein Hobby, aber er macht herrliche Plastiken aus Holz. Hauptsächlich natürlich Pferde, aber auch Menschen, manchmal nur eine Hand, und so wundervoll geschnitzt. Oder eine Büste. Er wollte einen Kopf von Mama machen, aber sie sagte, es würde sie zu sehr ermüden.« Sarah hielt inne, um Atem zu schöpfen, und kicherte. »So machte er statt dessen eine Büste von einer Schauspielerin. Stell dir vor, Cadi, von einer jungen Schauspielerin! Es heißt, diese Mädchen seien sehr leichtlebig. Wir haben die Büste gesehen, als wir Lucian in seiner Wohnung in London besuchten, und der Busen war so . . . *enthüllt!* Man sah überhaupt nichts von der Kleidung, denn das Bildwerk hörte genau da auf, wo das Mieder beginnt. Die arme Mama war entsetzlich schockiert, aber ich nicht. Im Gegenteil, es schien mich etwas zu lehren, denn es war naturgetreu und wahr.«

Sarah stieg ein wenig in meiner Achtung. Manchmal ließ sie völlig unerwartet etwas von dem gesunden Menschenverstand ihres Vaters erkennen. Nachdem sie mir gute Nacht gesagt hatte, blieb sie einen Augenblick an der Tür stehen und sah sich mit einem zutraulichen Lächeln nach mir um.

»Ich habe mir gerade überlegt, Cadi«, flüsterte sie. »Wenn du Lucian wirklich heiratest, werde ich dir nicht böse sein, obgleich ich selbst irrsinnig in ihn verliebt bin.«

Den ganzen nächsten Tag war mir seltsam unbehaglich zumute. Ich war froh, daß Lucian nach Tunbridge Wells gefahren war, um sich eine Stute anzuschauen. Obgleich Sarahs Worte töricht waren, wußte ich, daß sie mich beeinflussen würden; wußte, daß ich Lucian unwillkürlich beobachten würde, um festzustellen, ob er mich ansah; und wußte, daß es mich verlegen machen würde, mit ihm zu sprechen.

All das war natürlich völlig absurd, und ich ärgerte mich über meine eigene Dummheit, aber irgendwie bedeutete dieser Tag einen Wendepunkt in meinem Leben. Mir wurde zum erstenmal klar, daß ich ein Alter erreicht hatte, wo ein junges Mädchen eigentlich anfangen sollte, an ihre Heirat zu denken, und ich war ratlos. Wie spielte sich so etwas im allgemeinen ab? Ich kannte keinen Mann, den ich heiraten wollte. Und ich war auch ganz bestimmt in niemanden verliebt. Vielleicht war ich nicht normal ...? Vielleicht würde ich eine alte Jungfer werden wie Miß Rodsley, die Schwester des Colonels. Das war eine bedrückende Vorstellung.

Ich dachte an den guten Traum und versuchte, mich so deutlich wie möglich an das warme, atemberaubende Gefühl der Sehnsucht und Glückseligkeit zu erinnern, das mich überkam, wenn die Tür sich öffnete und ich den Mann sah, der mich erwartete. Das war zweifellos Liebe, denn kein Gefühl der Welt konnte schöner sein. Aber der Mann in meinem Traum war Lucian, und wenn ich wach war, hegte ich keine derartigen Gefühle für ihn. Und andererseits war Lucian auch der Mann in meinem bösen Traum, der mich in Angst und Schrecken versetzte.

Ehe ich an diesem Abend zu Bett ging, holte ich, wie ich es während der ersten schwierigen Wochen in Meadhaven häufig getan hatte, aus meinem Kleiderschrank die kleine Kiste, in der ich die wenigen kostbaren Erinnerungsstücke an meine eigene Familie aufbewahrte; nur die Uhr mit der Laterna magica, die meine Großmutter mir zu meinem zehnten Geburtstag geschenkt hatte, stand auf meinem Toilettentisch.

In der Kiste befanden sich drei Fotografien, eine von meiner Mutter, eine von meinen Eltern an ihrem Hochzeitstag und eine von Großmutter Caterina und Großvater Penwarden, die am selben Tag aufgenommen worden war. Außerdem eine silberne Brosche und ein in Silber gefaßter Schildpattkamm, beides von meiner Mutter, eine kleine goldene Schlipsnadel von meinem Vater und ein mit Filigran verziertes Goldmedaillon, das einzige Besitztum, das Granny Caterina aus ihrer entschwundenen Vergangenheit mitgebracht hatte. Das Medaillon hatte an einer Kette um ihren Hals gehangen, als der junge Robert Penwarden sie im Hafen von Neapel aus dem Wasser zog. Man konnte es aufklappen, und drinnen befand sich noch die versilberte Kupferplatte einer Daguerreotypie, von der jedoch nur ein paar undeutliche Flecken übriggeblieben waren. Anscheinend hatte das Salzwasser, das in das Medaillon gedrungen war, das Bild zerstört.

Ich hielt das Schmuckstück in der Hand und fragte mich, wer es wohl der jungen Caterina vor fast einem halben Jahrhundert geschenkt haben mochte. Wir hatten oft darüber gesprochen. Ich hatte mir alle möglichen Geschichten ausgedacht, und Granny hatte mir lächelnd zugehört. Sie war niemals traurig, schien sich nie danach zu sehnen, daß die Erinnerung an ihre Vergangenheit zurückkehren möge. Sie war zufrieden mit Robert Penwarden und dem Leben, das er ihr geboten hatte, und ich erkannte jetzt, wie sehr sie ihn geliebt haben mußte. Wie alle Italiener war sie im römisch-katholischen Glauben aufgewachsen, aber das hatte sie trotz aller Schwierigkeiten nicht daran gehindert, meinen Großvater zu heiraten.

Die übrigen Erinnerungen in meiner Kiste waren Bücher und Papiere, darunter ein Meßbuch, das mein Großvater Granny Caterina geschenkt hatte, obgleich sie mit der Zeit von ihrem Glauben abgefallen und mit uns in unsere eigene Kirche gegangen war.

Außerdem gab es in der Kiste einige Hefte von meinen Unterrichtsstunden bei Miß Rigg sowie Geburtsscheine, Trauscheine und Sterbeurkunden. Auf Granny Caterinas Trauschein stand an der für den Namen ihres Vaters vorgesehenen Stelle: »Unbekannt«. Ihr war kaum etwas anderes als die Erinnerung an ihren Vornamen geblieben.

Nachdem ich die Kiste mit meinen Schätzen wieder in den Schrank gestellt hatte, ging ich zu Bett. Ich fühlte mich seltsam beunruhigt, ohne jedoch zu wissen warum. Mitten in der Nacht wurde ich plötzlich durch eine Hand auf meiner Schulter aus dem Schlaf gerissen. Mein erster Gedanke war, daß Mrs. Morton wieder schlafwandelte, aber als ich mich umdrehte, sah ich Sarah in dem bleichen Mondlicht stehen, das durch die halb geöffneten Vorhänge drang.

Sie legte einen Finger an die Lippen und sagte dringlich: »Pssst!«, dann beugte sie sich herunter, um mir ins Ohr zu flüstern: »Bitte – du *mußt* mir helfen, Cadi!«

»Was ist geschehen?« murmelte ich erschreckt. »Wie spät ist es?« Ich setzte mich auf und sah sie an.

»Kurz nach eins.« Sarahs Gesicht verzog sich, als ob sie jeden Augenblick anfangen könnte zu weinen. »Du mußt uns helfen, Cadi. Es ist Richard – er kann nicht ins Haus.«

»Ins Haus?« wiederholte ich verblüfft. »Ist er ... ist er denn nicht im Bett?«
Sie schüttelte den Kopf. »Er ist heute abend ins Dorf gegangen. Das tut er manchmal. Und dann steigt er durch mein Fenster, weil der Efeu dort dicht genug ist, so daß er heraufklettern kann. Ich lasse es angelehnt.«
Ich hatte das Gefühl zu träumen und griff nach Sarahs Hand, um mich zu vergewissern, daß sie wirklich da war. »Du sagst, er war heute abend im Dorf? Warum?«
»Er besucht dort eine Frau.«
»Sarah!«
Sie zuckte die Achseln. »Oh, es ist niemand, den wir kennen. Einfach irgendeine Frau, ich glaube, sie ist Schneiderin«, sagte sie gelassen. »Junge Männer müssen sich nun einmal die Hörner ablaufen.«
Ich war sprachlos. Die törichte, geschwätzige Sarah hatte bewiesen, daß sie tatsächlich ein großes Geheimnis wahren konnte, sogar vor mir. Und, noch erstaunlicher, sie zeigte sich keineswegs schockiert über das Verhalten ihres Bruders, und ihre einzige Sorge war, daß er nicht ins Haus gelangen konnte.
Ich stand auf, zog meinen blauen Samtschlafrock an und sprach dabei im Flüsterton. »Ja, manche junge Männer suchen sich vielleicht solche Abenteuer, besonders in den Büchern, die man liest«, sagte ich wütend. »Aber ist dir nicht klar, was für Schwierigkeiten Richard bekommt, wenn deine Eltern das erfahren? Sie wissen es doch nicht, oder? Nein, natürlich nicht«, fuhr ich fort, noch ehe sie antworten konnte, und dann hielt ich einen Augenblick verwirrt inne. »Wie soll ich euch helfen? Warum kann Richard heute nicht ins Haus, wenn er es doch schon öfters getan hat?«
»Ich – ich weiß es nicht«, sagte Sarah mit zitternder Stimme. »Er hat ein paar Kieselsteine an mein Fenster geworfen, um mich zu wecken, und dann flüsterte er, daß er nicht hinaufklettern könne. Er sagte mir, ich solle ihn durch die Haustür hereinlassen, aber ich – ich *trau* mich nicht, Cadi! Ich trau mich einfach nicht, in die Halle hinunterzugehen. Es ist dort unten so dunkel und – und so schrecklich gespensterhaft. Außerdem könnte mich jemand hören.« Sie stotterte vor Angst, und ihre Stimme stieg, so daß ich sie bei den Schultern packte und sie energisch schüttelte.
»Geh wieder in dein Zimmer und leg dich schlafen«, flüsterte ich

streng. »Sonst wirst du noch hysterisch und weckst das ganze Haus. Los, geh! Ich kümmere mich um Richard.«

»Danke, Cadi, oh, ich *danke* dir«, sagte sie; ihre Stimme war so zittrig, daß sie kaum sprechen konnte. Ich brachte sie in ihr Zimmer, schloß die Tür hinter ihr, und dann ging ich auf Zehenspitzen die breite Treppe hinunter. Die Stufen knarrten bei jedem Schritt auf eine Art, wie ich es noch nie bemerkt hatte, und mein Herz hämmerte wild, während ich mich mit einer Hand an das Treppengeländer klammerte und langsam durch die Dunkelheit hinabstieg. Es schien eine Ewigkeit zu dauern, bis ich am Fuß der Treppe ankam, und dann noch eine weitere Ewigkeit, die Halle zu durchqueren. Ich ging langsam, mit ausgestreckten Händen, aus Angst, gegen irgendein Möbelstück zu stoßen und ein Geräusch zu verursachen. Aber ich wagte es nicht, ein Streichholz oder eine Kerze anzuzünden.

Dann tastete ich an den beiden Riegeln herum und schob sie behutsam Zoll um Zoll zurück, wobei ich kaum zu atmen wagte. Die Haustür öffnete sich quietschend, wie sie ganz bestimmt noch nie zuvor gequietscht hatte. Richards Gestalt hob sich scharf gegen das Licht der Sterne ab; sein Gesicht war leichenblaß.

Ich sah seinen überraschten Ausdruck, als er erkannte, wer ihn hereingelassen hatte. Er hatte erwartet, daß es Sarah sein würde. Dann ging er auf Zehenspitzen an mir vorbei und flüsterte: »Cadi . . . vielen Dank, du bist wundervoll.«

Ich griff nach seinem Arm und veranlaßte ihn, ruhig stehenzubleiben, während ich die Tür wieder verriegelte, dann ging ich mit ihm zur Treppe. Meine Augen waren jetzt mehr an die Dunkelheit gewöhnt, und ich konnte einige schwache Umrisse erkennen. Ich wollte Richard in sein Zimmer führen, weil ich fürchtete, daß er über irgend etwas stolpern würde.

Während wir die Treppe hinaufschlichen, legte ich die Hand auf seine Schulter. Er fuhr zusammen und unterdrückte ein Stöhnen. Jetzt erkannte ich, daß er verletzt war. Ich konnte deutlich seinen raschen, scharfen Atem hören.

Zwei Minuten später öffnete er die Tür zu seinem Zimmer und wandte sich um, als ob er mir etwas sagen wolle, aber ich trat einen Schritt nach vorne, so daß er mir Platz machen mußte, und dann schloß ich die Tür hinter uns. »Zünd eine Kerze an«, flüsterte ich und hörte das Klappern von Streichhölzern und ein leises Klirren, als er nach dem Kerzenhalter griff.

Die kleine Flamme warf flackernde Schatten über das Zimmer und verlieh den seltsamen Trophäen, die an den Wänden hingen, ein gespenstisches Aussehen. Hinter den leeren Augenhöhlen der afrikanischen Maske schienen Augen zu funkeln, ein roter Schimmer färbte die Klinge eines Wurfspeers, die Wangen eines orientalischen Idols schienen sich zu einem grauenerregenden Lächeln zu verziehen.

»Ich komme jetzt allein zurecht, Cadi.« Richards Stimme war so leise, daß ich die Worte kaum hören konnte. »Du ... du wirst meinem Vater nichts sagen?«

»Du bist verletzt, Richard«, flüsterte ich. »Was ist geschehen?« Eine dünne Schweißschicht lag auf seinem blassen, schönen Gesicht, und er stand steif und linkisch da, als ob ihm jede Bewegung Schmerzen verursachte. Er lächelte mühsam, und seine veilchenfarbenen Augen glänzten im Licht der Kerze. »Es ist nichts. Bitte, mach dir keine Gedanken. Geh zu Bett, Cadi.«

»Nein! Du hast dir die Schulter verletzt. Ich habe gefühlt, wie du zusammengezuckt bist, als ich sie berührte. Was ist passiert?«

»Nichts.« Er wandte sich ab und bewegte die Arme, als ob er die Jacke ausziehen wollte, dann erstarrte er und stöhnte vor Schmerz. Als ich zu ihm ging, sah ich, daß er die Augen geschlossen hielt und Schweißperlen auf seiner Stirn standen.

Wortlos machte ich mich daran, ihm langsam und vorsichtig die Jacke von den Schultern zu ziehen. Er schien im Begriff zu widersprechen, aber dann senkte er müde den Kopf und ließ es sich gefallen. Vermutlich hätte es mich sehr verlegen machen sollen, zu dieser nächtlichen Stunde allein mit Richard in seinem Zimmer zu sein, aber ich hatte jetzt keine Zeit, über korrektes Verhalten nachzudenken. Ich wußte nur, daß Richard Hilfe brauchte, und daß ich die einzige war, die ihm in diesem Augenblick helfen konnte.

Sein weißes Hemd war hinten an mehreren Stellen leicht zerrissen und mit schmierigen, dunklen Streifen bedeckt, die quer über seinen Rücken liefen und sich zum Teil überlagerten. Ich drehte ihn behutsam um und fing an, das Hemd aufzuknöpfen, denn es schien ihm weh zu tun, wenn er die Arme bewegte. Er sagte schwach: »Nein, Cadi«, dann wandte er sich ab und ließ sich mit dem Gesicht nach unten aufs Bett sinken.

»Ich kann dich nicht so lassen!« flüsterte ich verbissen. Er lag regungslos da und sagte nichts. Da ich nicht zu den Knöpfen seines Hemdes gelangen konnte, steckte ich zwei Finger von jeder Hand in einen der Risse auf der Rückseite und zog ruckartig die Hände auseinander. Das feine Leinen zerriß, und ich erstarrte vor Schreck, als ich hinuntersah: Richards Rücken war von bläulichroten Striemen überzogen, und obgleich er keine offenen Wunden hatte, war die Haut geschwollen und entzündet. Kein Wunder, daß er an diesem Abend außerstande gewesen war, am Efeu emporzuklettern.

»Du bist . . . gepeitscht worden!« flüsterte ich fassungslos. »Nur eine Peitsche kann das angerichtet haben!«

»Eine Reitpeitsche.« Sein Gesicht war gegen die Bettdecke gepreßt, und seine Stimme klang erstickt. »Das geht vorüber, Cadi. Ich werde nur ein paar Tage ein wenig steif sein.«

Mein Hals war wie zugeschnürt, und ich konnte nicht sprechen. Ich ging zum Waschtisch, goß kaltes Wasser in eine Schüssel und brachte sie ans Bett. Meine Hände zitterten vor Zorn, als ich Handtücher holte und eines auf dem Bett ausbreitete, um die Decke nicht naß zu machen, während ich die geschwollenen Striemen kühlte. Er schien mich zu verstehen, denn er richtete sich mühsam auf und ließ sich auf das Handtuch fallen; dann blieb er still liegen.

Ich nahm eine Schere von seinem Frisiertisch und schnitt den Rest seines Hemdes ab, um Stücke davon im Wasser einzuweichen. Selbst als ich ein paarmal tief Atem geholt hatte, fiel es mir immer noch schwer zu sprechen.

»Wer hat es getan?« brachte ich schließlich hervor, während ich einen länglichen Streifen des kühlen, feuchten Leinens behutsam auf seinen Rücken legte. »Wer hat es getan, Richard?« Plötzlich kam mir ein Gedanke. »War es der Mann von dieser Frau?«

»Also hat Sarah es dir erzählt? Sie mußte es wohl.« Er legte den Kopf auf die Arme. »Nein, ihr Mann hat sie schon vor langer Zeit verlassen. Es hat nichts damit zu tun.«

»Wer dann, Richard?«

Er schwieg eine Weile, dann drehte er langsam den Kopf herum und öffnete die Augen, so daß er mich über die Schulter hinweg ansah. Etwas wie Überraschung lag in seinem Blick, und ich sah Bitterkeit in dem schmerzlichen Lächeln, das um seine Lippen spielte.

»Wer?« flüsterte er. »Nun, Lucian natürlich. Wer sonst?«

Ich war wie gelähmt vor Schreck und Staunen. Das hatte ich nicht erwartet, und trotzdem wußte ich, daß er die Wahrheit sagte.

»Aber warum?« fragte ich leise. »*Warum*, Richard?«
Er machte den Versuch, mit den Achseln zu zucken, dann stöhnte er leise und ließ den Kopf wieder nach vorn sinken, so daß ich sein Gesicht nicht sehen konnte.
»Lucian ...«, sagte er langsam, dann zögerte er. »Lucian tut manchmal seltsame Dinge. Gefährliche Dinge.«
»Er muß verrückt sein! Du solltest es unbedingt deinem Vater sagen.«
»Ich kann es nicht, Cadi. Ohhh ... das tut gut.« Er ließ einen langen Seufzer der Erleichterung hören, als ich ihm eine neue kühle Kompresse auflegte. »Ich kann es Vater nicht sagen, ohne ihn wissen zu lassen, daß ich heute abend aus war. Lucian hat auf mich gewartet, als ich durch den Wald nach Hause kam.«
Ich zuckte zusammen. Für eine Weile hatte ich Richards Abenteuer und den Grund seiner Abwesenheit vergessen, aber die Empörung darüber wurde jetzt von dem leidenschaftlichen Zorn verdrängt, den ich gegen Lucian empfand. »Dann werde ich selbst mit Lucian sprechen«, sagte ich energisch. »Er kann doch nicht einfach jemanden verprügeln!«
Richard stützte sich leicht stöhnend auf den Ellbogen, drehte sich um und griff nach meiner Hand. Sein goldblondes Haar schimmerte im Kerzenlicht. »Tu das nicht, Cadi«, sagte er sanftmütig. »Versprich mir, daß du diese Sache Lucian gegenüber nicht erwähnen wirst. Es hätte keinen Sinn. Er wird sich nicht daran erinnern.«
»Sich nicht *erinnern*?«
»Das ist immer so.« Richards Lächeln war das Lächeln eines traurigen Engels. »Es ist ... eine Krankheit, Cadi, eine Art Bewußtseinsstörung. Im allgemeinen sind die Dinge, die er hin und wieder tut, recht harmlos. Heute war es ein wenig anders, das ist alles.«
Wie aus weiter Ferne hörte ich mich sagen: »Leg dich wieder hin, Richard.« Mit automatischen Bewegungen wechselte ich die Kompressen. Kleine, kalte Krallen des Schreckens weckten einen Verdacht in mir, der mich erstarren ließ.
»Die Dinge, die er tut ...«, hatte Richard gesagt. Was für Dinge? Ich dachte an einen zerbrochenen Ruderhaken und einen Zügel, dessen Ring entzweigegangen war. Beide Male war Lucian zugegen gewesen. Er war in blinden Zorn geraten und hatte sogar deutlich seinen Argwohn gezeigt. Aber kam das vielleicht daher, daß irgendeine Sinnesverwirrung ihn hatte vergessen lassen, was er selbst getan?

VI

Ich kam zur Besinnung und erkannte, daß ich ein paar Minuten lang einfach auf den Leinenfetzen auf Richards Rücken gestarrt hatte, ohne irgend etwas zu sehen, außer einem Wirrwarr von unklaren Bildern, die meiner Phantasie entsprangen.
Ungeduldig riß ich mich zusammen und stand auf. »Bleib liegen und rühr dich nicht«, flüsterte ich. »Ich bin gleich wieder da.«
Dann schlich ich auf Zehenspitzen in mein Zimmer und holte eine Flasche mit einem Extrakt aus Zauberhaselrinde, den wir in Cornwall immer für Verstauchungen und Prellungen benutzt hatten. Ich tränkte ein frisches Stück Leinen damit und legte es Richard auf den Rücken. Allmählich ließ das Brennen seiner Verletzungen nach, und er flüsterte dankbar: »Oh, das ist wundervoll ... Gott segne dich, Cadi.«
Er schloß die Augen und muß wohl bald darauf eingeschlafen sein, denn wir sprachen nicht mehr, aber ich saß noch zwei Stunden lang auf seinem Bettrand und befeuchtete das Leinen mit Zauberhaselwasser, sobald es zu trocknen begann. Ich mußte fortwährend an Lucian denken und versuchte verzweifelt, eine Erklärung für sein Verhalten zu finden, doch nach einer Weile wurde ich zu müde, um einen klaren Gedanken zu fassen, und konnte selbst nur noch mit Mühe die Augen offenhalten. Schließlich war die Flasche leer, und als ich den Leinenstreifen abnahm, sah ich zu meiner Erleichterung, daß die Striemen sehr viel weniger geschwollen und entzündet waren.
»Ich kann nichts mehr tun, Richard«, flüsterte ich.
Er zuckte leicht zusammen und hob langsam den Kopf. Ich wartete, bis er mich ansah, dann fuhr ich fort: »Es wäre vielleicht besser,

wenn du ein oder zwei Tage so tust, als hättest du eine Erkältung, damit du im Bett bleiben kannst, bis du wieder soweit bist, dich ohne Schmerzen zu bewegen.«

»Wirst du ... Vater nichts sagen?«

Ich zögerte, als mir klar wurde, daß ich den Entschluß gefaßt haben mußte, ohne mir dessen bewußt zu sein; mir war jedoch nicht sehr wohl dabei zumute, denn Mr. Morton etwas zu verheimlichen, schien mir wie ein Vertrauensbruch. Aber wenn ich ihm von Richard erzählte, so machte ich mich damit zur Klatschbase, und außerdem würde es einen schrecklichen Aufruhr in Meadhaven verursachen.

»Nein, ich glaube nicht«, erwiderte ich zögernd. »Aber um Himmels willen, Richard, geh nicht mehr zu dieser Frau. Es wird dich doch nur in Schwierigkeiten bringen.«

Er stützte sich auf den Ellbogen und legte seine Hand auf die meine. Es machte mich froh zu sehen, daß er nicht zusammenzuckte, als er sich bewegte.

»Ich wünschte ...«, sagte er, dann hielt er inne. Was immer er sich wünschte, er beendete den Satz nicht, sondern schüttelte nur leise den Kopf und fuhr fort: »Vielen Dank, Cadi. Du bist das wundervollste Mädchen der Welt. Ich kann dir gar nicht sagen, wie sehr ich dich liebe.«

»Red keinen Unsinn«, murmelte ich und stand auf. »Ich laß dir die Kerze da, damit du dich ausziehen kannst. Vergiß nicht, sie auszumachen.« Ich ging zur Tür, und als ich mich nach ihm umwandte, sah ich, daß seine großen, veilchenfarbenen Augen mich aufmerksam und nachdenklich musterten. »Und noch etwas«, flüsterte ich. »Ich werde Sarah sagen, daß sie dich nie wieder durch ihr Fenster hereinlassen soll.«

Er schien meine Worte nicht zu beachten, aber als ich die Tür schloß, hörte ich ihn leise sagen: »Ich werde es dir eines Tages vergelten, Cadi.«

Mit einem Seufzer der Erleichterung kehrte ich in mein Zimmer zurück. Ich hatte das Gefühl, daß ich mühelos den ganzen Tag lang schlafen könnte, aber bereits um halb acht kam Sarah mit weit aufgerissenen Augen auf mein Bett gehopst und wollte wissen, was geschehen war. Ich sagte ihr, daß Richard außerstande gewesen sei, am Efeu emporzuklettern, weil er sich sehr elend gefühlt habe, und daß ich ihn durch die Haustür hereingelassen hatte. Vermutlich

habe er sich erkältet, setzte ich hinzu, und es würde mich nicht wundern, wenn er ein oder zwei Tage im Bett bleiben müsse.
»Ich werde diesmal deinem Vater nichts sagen, Sarah«, erklärte ich, bemüht, so ernst und entschlossen wie möglich auszusehen, »aber wenn ich dich noch einmal dabei erwische, daß du Richard bei irgendeiner derartigen Sache unterstützt, werde ich es sagen!«
Sie wurde blaß vor Schreck. »Ich habe es nicht bös gemeint, Cadi. Es war nur ... nun, Richard hatte mich gebeten, und es schien ... irgendwie aufregend. Verstehst du das?«
Ich verstand sehr gut, was sie damit sagen wollte. Obgleich ich äußerst entrüstet tat, war mir eigentlich gar nicht so zumute, denn auch für mich hatte Richards Eskapade eher etwas sündhaft Erregendes an sich. Was mich wirklich empörte, war die Tatsache, daß Lucian ihn so grausam geschlagen hatte. Jetzt, am hellichten Tage, fiel es mir schwer zu glauben, daß Lucian geistesgestört war, daß er derartige Dinge tun konnte, ohne sich hinterher daran zu erinnern. Wer weiß, vielleicht hatte er es aus Eifersucht getan. Vielleicht besuchte auch er die Frau im Dorf und hatte Richard angegriffen, weil er ihn als Rivalen betrachtete.
Ich war mir noch nicht schlüssig, ob ich mit Lucian über die Sache sprechen sollte oder nicht, aber als ich zum Frühstück hinunterkam, entdeckte ich, daß es gar keinen Entschluß zu fassen gab, denn Lucian hatte Meadhaven verlassen.
»Er ist gestern abend fortgefahren«, sagte Mr. Morton, während er sich am Büfett Nieren und Speck auf den Teller tat. »Ein sehr plötzlicher Entschluß, aber typisch für Lucian. Er hat mich gebeten, euch Mädchen in seinem Namen Lebewohl zu sagen.«
Sarah seufzte und machte ein unglückliches Gesicht. Sie hatte gehofft, daß Lucian mindestens noch ein oder zwei Tage bei uns bleiben würde. Ich selbst war erleichtert, denn Lucian mit seinem kühlen Blick und seiner spöttelnden Zunge entgegenzutreten, war keine sehr angenehme Aussicht gewesen. Jetzt würden vielleicht sechs Monate oder ein Jahr vergehen, ehe wir ihn wiedersahen, und ich wußte, daß es mir nach so langer Zeit lächerlich vorkommen würde, mit ihm über das zu sprechen, was letzte Nacht geschehen war.
Während des Frühstücks fiel es mir schwer, Mr. Mortons Blick zu begegnen oder auf seine liebenswürdige Unterhaltung einzugehen, denn mir war klar, daß ich ihn hinterging, weil ich ihm nicht sagte,

was ich wußte. Ich versuchte mich mit dem Gedanken zu trösten, daß es schlimmer wäre zu reden als zu schweigen, aber nichtsdestoweniger war mir sehr unbehaglich zumute. Es war eine Erleichterung, als Mrs. Morton schreckensbleich hereingestürzt kam und verkündete, daß der arme Richard mit einer Erkältung zu Bett liege. »Er weigert sich, den Arzt kommen zu lassen«, sagte sie, während sie sich auf ihren Stuhl sinken ließ. »Du mußt mit ihm reden, Edward, und darauf bestehen.«

»Natürlich werde ich mit ihm sprechen, meine Liebe. Meistens erholt man sich jedoch von einer Erkältung ebenso rasch ohne ärztliche Hilfe. Im Bett bleiben ist das sicherste Mittel.«

»Aber es könnte der Anfang irgendeiner Krankheit sein.«

»In dem Fall sollte man lieber abwarten, bis die Symptome deutlich genug sind, dem Arzt eine sichere Diagnose zu ermöglichen.«

Ich hörte nicht, was während der nächsten paar Minuten gesprochen wurde, denn mir war plötzlich der kalte Schreck in die Glieder gefahren bei dem Gedanken, wie entsetzlich es gewesen wäre, wenn irgend jemand mich in der vergangenen Nacht erwischt hätte, als ich auf Richards Bettrand saß und seinen Rücken behandelte.

»Hättest du Lust dazu, Cadi?« fragte Mr. Morton.

Ich zuckte zusammen und sah ihn verwirrt an, denn ich wußte nicht, wovon er sprach.

»Du meine Güte, du hast ja gar nicht zugehört«, sagte er mit einem leisen Lachen. »Woran hast du gedacht? Aber nein, ich will nicht neugierig sein. Ich sagte gerade, daß heute abend ein Herr von einer der ausländischen Gesandtschaften zum Essen kommt, und daß ich es nett fände, wenn ihr beide, du und Sarah, uns diesmal Gesellschaft leisten würdet.«

Seit meiner Ankunft in Meadhaven hatte Mr. Morton schon ein paarmal einen Gast zum Abendessen mitgebracht. Es waren für gewöhnlich ausländische Diplomaten, mit denen er ein ruhiges, inoffizielles Gespräch außerhalb des Ministeriums führen wollte. Bei diesen Gelegenheiten aßen Sarah und ich immer vorher allein. Später gingen wir in den Salon, um den Gast zu begrüßen, und dann zogen wir uns diskret zurück.

»Ihr seid jetzt beide erwachsen«, fuhr Mr. Morton fort, »und ich denke mir, daß eine familiäre Atmosphäre beim Essen eine angenehm entspannende Wirkung auf unseren Gast ausüben könnte. Was meinst du, Cadi, hättest du Lust dazu?«

»Ja, ich fände es sehr nett, Mr. Morton. Vielen Dank.«
»Hoffentlich spricht er Englisch«, sagte Sarah kichernd.
»Er versteht es sehr gut, er hat jedoch gewisse Schwierigkeiten beim Sprechen«, erwiderte Mr. Morton. »Aber ich bin sicher, daß wir zurechtkommen werden.«
Ich wußte, daß Mr. Morton Französisch und Deutsch sprach, und war ganz froh, daß wir voraussichtlich nicht viel zur Unterhaltung würden beitragen müssen, sondern einfach als schmückendes Beiwerk dabeisein sollten. Mr. Morton schien Sarah etwas sagen zu wollen, doch dann seufzte er und wandte sich mit einem Lächeln an mich. »Wenn ich Sarah sage, daß sie nicht kichern soll, so wird sie es, ob sie will oder nicht, nur mit noch größerer Wahrscheinlichkeit tun. Aber du hast sehr viel Einfluß auf sie, Cadi, und verstehst es, die richtige Atmosphäre zu schaffen; deshalb bitte ich dich, sorg dafür, daß sie heute abend nicht zum Kichern aufgelegt ist.«
»Ich bin sicher, daß sie sehr erwachsen und würdevoll sein wird«, sagte ich. »Wir werden uns heute nachmittag darin üben.«
Mrs. Morton wachte aus ihren eigenen Gedanken auf. »Ich finde, Edward«, sagte sie entschlossen, »du solltest nicht darauf bestehen, Dr. Bailey zu rufen, damit er Richard untersucht. Meinst du nicht, daß es klüger wäre, ein Weilchen zu warten, um zu sehen, ob irgendwelche Symptome auftreten?«
Mr. Morton nickte, legte die Serviette neben seinen Teller, stand auf und ging zum anderen Ende des Tisches, wo er seiner Frau auf die Schulter klopfte und sich niederbeugte, um sie auf die Wange zu küssen. »Ein sehr vernünftiger Vorschlag, meine Liebe«, sagte er zustimmend. »Ich weiß nicht, was wir ohne dich anfangen würden.«
Eine halbe Stunde nachdem Mr. Morton und sein Gast eingetroffen waren, kamen Sarah und ich an diesem Abend ins Wohnzimmer. Ich hatte auf etwas unfaire Weise dafür gesorgt, daß sie in ruhiger und gesetzter Stimmung war, hatte mich nämlich lang und breit darüber ausgelassen, was für einen schrecklichen Skandal es geben würde, wenn irgend jemand von Richards Abenteuer erfuhr, und wie töricht es von ihr gewesen sei, ihn darin zu unterstützen.
Der Gast war ein hochgewachsener Mann, etwa in Mr. Mortons Alter, mit dichtem schwarzem Haar, graumeliert und glatt zurückgekämmt. Er hatte eine lange, spitze Nase und eine lebhafte, herzliche Art, die zu seinen lächelnden Augen paßte und mich seltsam an Granny Caterina erinnerte.

»Dies sind meine Töchter, Signore«, sagte Mr. Morton. »Cadi, Sarah, dies ist Signor Vecchi.«
Ich machte einen kleinen Knicks, als ich ihm die Hand reichte. Im ersten Augenblick war ich sprachlos vor Überraschung, denn es war mir nicht in den Sinn gekommen, daß unser Gast Italiener sein könnte.
»Guten Abend, Cadi«, sagte er langsam, mit einem liebenswürdigen Lächeln. »Guten Abend Sarah. Es ist mir eine Ehre, zwei so charmante junge Damen kennenzulernen.«
Er sprach mit stark italienischem Akzent und schien vor jedem Satz sorgfältig nachdenken zu müssen.
Ich war drauf und dran, ihn auf italienisch zu begrüßen, hielt mich jedoch gerade noch rechtzeitig zurück. Wäre das taktlos? Ich dachte an Miß Riggs zahlreiche Vorträge über gute Manieren, aber auch das half mir nicht weiter. Auf italienisch zu antworten, würde vielleicht den Anschein erwecken, ich wolle mich wichtig machen, und es könnte auch als Kritik an Signor Vecchis Englisch angesehen werden. Ich beschloß, lieber kein Risiko einzugehen, und murmelte ein paar höfliche Worte auf englisch.
»Ich vermute . . . Sie sind sehr – hm – sehr stolz auf Ihre Töchter, Mr. Morton«, sagte Signor Vecchi stockend. »Sie sind beide viel hübsch und doch so verschieden. Die eine dunkel, die andere so blond.«
»Cadi stammt nicht aus unserer Familie«, erklärte Mr. Morton. »Sie ist eine junge Freundin, die wir unter unsere Fittiche genommen haben. Ich nenne sie unsere Tochter, weil wir sie wie eine Tochter lieben, und ich bin sehr glücklich, daß sie bei uns ist.«
»O ja«, sagte Signor Vecchi nickend. Es bereitete ihm offensichtlich keine Schwierigkeiten, Englisch zu verstehen, obgleich er es nicht gut sprach, aber das war ganz natürlich, denn es ist viel leichter, eine andere Sprache zu verstehen, als sie zu sprechen. Sarah und ich saßen schweigend da, während Signor Vecchi sich stockend und mühsam mit Mr. und Mrs. Morton unterhielt. Schließlich kam John herein, um zu melden, daß das Abendessen serviert sei, und wir gingen ins Eßzimmer.
Mrs. Beale hatte sich selbst übertroffen, das Essen war hervorragend, und die Mahlzeit verlief in angeregter Stimmung. Signor Vecchi wurde mir mit der Zeit immer sympathischer. Vielleicht lag

das zum Teil daran, daß er als Italiener für mich eine Art Bindeglied zu Granny Caterina und meiner Mutter darstellte, aber er hatte außerdem auch eine sehr charmante Art und war ständig darauf bedacht, Sarah und mich in die allgemeine Unterhaltung einzubeziehen.

Als wir beim Nachtisch angelangt waren, vergaß ich einen Augenblick meinen Entschluß, nichts von meinen italienischen Kenntnissen zu verraten. Signor Vecchi hatte eine große Vase mit frisch geschnittenen Chrysanthemen bewundert. »In Kent es ist sehr hübsch«, fuhr er fort, »aber noch mehr hübsch im April. Ich bin dann mit dem Zug durchgefahren. Es gibt viele schöne...« Er suchte stirnrunzelnd nach dem richtigen Wort, dann schnalzte er ungeduldig mit den Fingern und murmelte: »*Fiorita ... fiorita ...?*«

»Blüten«, sagte ich, ohne nachzudenken.

»Ach ja –« Er hielt inne und sah mich überrascht an. »*Lei parla l'Italiano?*«

Ich konnte schwerlich leugnen, daß ich Italienisch sprach, und erwiderte: »*Si, signore. Lo parlo da sempre. La mia nonna era un' Italiana –*«

Ich brach ab, denn mir wurde plötzlich bewußt, daß Mr. und Mrs. Morton und Sarah mich verblüfft anstarrten. Ich errötete und sagte: »Verzeihen Sie, es tut mir sehr leid.«

»Du ... du brauchst dich nicht zu entschuldigen, Cadi«, sagte Mr. Morton ein wenig verwirrt. »Aber wo, um alles in der Welt, hast du Italienisch gelernt?«

»Ich habe es von klein auf gesprochen, Mr. Morton«, erklärte ich, immer noch leicht beunruhigt. »Das ist es, was ich gerade eben Signor Vecchi gesagt habe. Meine Großmutter war Italienerin, und ich habe es von ihr gelernt, als ich anfing zu sprechen. Meine Mutter hat es natürlich auch gesprochen.«

»Warum hast du nichts davon gesagt?« rief Sarah, die vor Erregung auf ihrem Stuhl auf und ab hüpfte. »Warum hast du es uns nie erzählt? Es ist *so* klug von dir, Cadi!«

»Es ist nicht klug, es ist einfach geschehen«, sagte ich, ungerechterweise verärgert über ihre Erregung. »Und ich habe nichts davon gesagt, weil es mir einfach nie in den Sinn gekommen ist.«

Mr. Morton lehnte sich in seinem Stuhl zurück und begann zu lachen. Auch Signor Vecchi machte ein belustigtes Gesicht. »Es ist sehr ko-

misch –«, begann er, dann ging er zum Italienischen über und fuhr rasch fort: »Bitte sagen Sie ihnen, es macht mir großen Spaß, entdeckt zu haben, daß Sie meine Sprache sprechen, obwohl nicht einmal die Familie, bei der Sie leben, etwas davon wußte.«
Ich übersetzte es, und Mr. Morton nickte, immer noch leise lachend. »Ja, es ist sehr komisch«, stimmte er bei. »Und da ich kein Italienisch spreche, wird es sicherlich Gelegenheiten geben, wo du mir helfen kannst, Cadi.«
»Warum nicht heute abend?« fragte Signor Vecchi auf englisch. Er wandte sich an Mr. Morton und sah mich, als er fortfuhr, hin und wieder fragend an, wenn ihm das eine oder andere Wort fehlte. »Schließlich handelt es sich bei unserem Gespräch nicht um Staatsgeheimnisse, Mr. Morton, sondern lediglich um einen inoffiziellen Gedankenaustausch über diverse Angelegenheiten. Für mich wäre es eine große Hilfe, eine so geschickte Dolmetscherin zur Seite zu haben. Ich bin sicher, sie ist diskret und versteht, daß unsere Unterhaltung vertraulich ist.«
Mr. Morton neigte zustimmend den Kopf. »Ich hätte es von mir aus nicht vorgeschlagen, Signore, aber da die Idee von Ihnen stammt, bin ich gern damit einverstanden. Was Diskretion anlangt, unsere Unterhaltung wird für Cadi kaum von Bedeutung sein, und außerdem versichere ich Ihnen, daß man ihr absolut vertrauen kann.«
Er sah mich ein wenig schuldbewußt an und schüttelte seufzend den Kopf. »Erst jetzt wird mir klar, daß wir dich nie nach deiner Familie gefragt haben, Cadi. Zweifellos haben wir es anfangs nicht getan, weil wir vermeiden wollten, dir weh zu tun, aber ich nehme an, daß die Zeit unterdessen deinen Kummer etwas gelindert hat, und wir können das Versäumte nachholen. Du sagst, deine Großmutter war Italienerin – möchtest du uns berichten, wie sich das zugetragen hat?«
Zögernd begann ich, die Geschichte zu erzählen, aber dann verlor ich mich in ihr, und meine Zunge lief von allein weiter. Ich erzählte, wie der junge Robert Penwarden vor fast fünfzig Jahren in die Bucht von Neapel eingelaufen war. Sein Schiff lag dort drei Tage vor Anker, und da die Hafengegend ein Nest von Lumpen und Räubern war, wurde ein Wachboot eingesetzt, das nachts um das Schiff herumruderte.
In der dritten Nacht befand Robert Penwarden sich unter der

Mannschaft im Wachboot, als sie in der Nähe das Geräusch von Rudern hörten. Sie konnten nichts sehen, denn ein Nebelschleier hing über der Bucht. Als sie durch den Nebel ruderten, um nachzuforschen, vernahmen sie ein schweres, dumpfes Klatschen, dem sofort wieder das Geräusch von Rudern folge. In diesem Augenblick zerriß eine Brise den Nebelschleier. Robert Penwarden und ein anderer Matrose sahen ein kleines Boot mit drei Männern, die eilig in Richtung Hafen ruderten. Dann war es verschwunden. Die Männer des Wachboots zogen die Riemen ein, ließen sich treiben und hörten plötzlich in der Stille das Geräusch von großen Luftblasen, die dicht neben ihrem Boot an die Oberfläche blubberten.
Es war Robert Penwarden, der, einer Regung folgend, die er hinterher nicht einmal sich selbst zu erklären vermochte, hastig nach dem Ende eines Taukranzes griff und in das dunkle Meer tauchte. Während seine Ohren unter dem Druck des Wassers summten, fühlten seine tastenden Hände einen rauhen, unförmigen Gegenstand, der langsam sank, während Luftblasen aus ihm aufstiegen. Ein Leinensack, sagten seine Hände ihm, oben lose zusammengebunden und beschwert, der etwas Weiches und Biegsames enthält.
Trotz seiner qualvoll schmerzenden Lungen gelang es ihm, das Tauende am Sack zu befestigen. Dann bahnte er sich mühsam den Weg an die Oberfläche, klammerte sich keuchend an den Bootsrand und rief den Männern zu, sie sollten das Tau einholen. Bald darauf lag der triefende Sack im Cockpit des Bootes. Robert Penwarden löste die Schnur, dann schlitzte er ihn behutsam mit einem Messer an einer Seite von oben bis unten auf.
Das war das erste Mal, daß er die junge Caterina erblickte. In dem gelben Licht der Bootslaterne sah er, daß sie ein weißes Kleid trug, das an ihrem durchnäßten Körper klebte. Ihr langes Haar hatte sich gelöst, und dunkle, nasse Strähnen lagen über ihrem Gesicht. Ihre Hände waren vorn zusammengebunden, und an einer Schläfe war deutlich ein großer, blutunterlaufener Fleck zu sehen, wie von einem heftigen Schlag. Auf dem Boden des Sacks befanden sich drei schwere, rostige Eisenstücke.
Als man sie an Bord des Segelschiffes brachte, hielt man sie für tot. Es war Robert Penwarden, der das schwache Flattern ihres Herzens fühlte und der erkannte, daß sie vielleicht doch noch zu retten war. Während die anderen Seeleute sich schwatzend und neugierig star-

rend um sie scharten, legte er sie auf eine grobe Decke und massierte eine halbe Stunde lang ihren Brustkorb, um das Wasser aus ihren Lungen zu pressen. Captain Dowding, ein griesgrämiger Mann, dem jedes Mitgefühl fremd war, wurde herbeigerufen und fluchte vor Zorn, weil das Schiff bei Morgengrauen in See gehen sollte und diese Affäre eine lange Verzögerung bedeuten konnte, falls man die Behörden von Neapel benachrichtigte. Er entfernte sich, trank eine halbe Flasche Rum und beschloß daraufhin, daß die ganze Sache ihn nichts anging.

»Hören Sie zu, Bob Penwarden«, sagte er, als er, ein wenig unsicher auf den Beinen, zurückkehrte. »Tot oder lebendig, dieses Mädchen wird mir erst gemeldet, nachdem wir ausgelaufen sind. Ich habe keine Lust, hier in Neapel ein oder zwei Wochen die Zeit zu vertrödeln, während in Falmouth Ladung auf uns wartet.«

Robert Penwarden war sehr zufrieden mit dieser Lösung. Nicht weit von ihnen gab es Menschen, die versucht hatten, dieses junge Mädchen zu töten, und er hatte kein Verlangen, sie wieder in Neapel an Land bringen zu lassen. »Sie lebt, Cap'n«, sagte er, während er sie behutsam zudeckte und aufstand. »Und mit etwas Pflege wird sie auch am Leben bleiben. Aber um gepflegt zu werden, braucht sie eine Kajüte.«

»Eine Kajüte!« rief der Captain. »Glauben Sie, ich werde den Zweiten Offizier wegen eines halb ertrunkenen, fremden Mädchens aufs Vorderdeck schicken?«

»Es wäre ratsam, Cap'n«, erwiderte Robert Penwarden störrisch. »Wenn nicht, wird sie vielleicht sterben, und Sie tragen die Verantwortung, denn ich habe nicht die Absicht, einen Meineid zu leisten und zu erklären, daß sie tot war, als wir sie an Bord brachten.«

Der Captain tobte vor Wut und drohte, Robert Penwarden wegen seiner Unverschämtheit auspeitschen zu lassen, aber sein Zorn war größtenteils Schaumschlägerei, und zuletzt gab er nach. Caterina wurde, sehr zum Ärger des Zweiten Offiziers, in dessen winzige Kajüte gebracht, und die Matrosen rieben sich schadenfroh die Hände, obwohl es einige unter ihnen gab, die abergläubisch waren und murrend erklärten, daß es Unglück bringe, eine Frau an Bord zu haben.

Es gab keinen Arzt auf dem Schiff. Robert Penwarden selbst hatte die Verantwortung für das Verbandsmaterial, die Schienen und Medikamente, die mitgeführt wurden. Er hatte in seiner frühen Jugend zwei Jahre lang als Apothekergehilfe gearbeitet, und so wandte man sich an ihn wegen aller ärztlichen Behandlungen, die an Bord anfielen. Obgleich er nicht sehr bewandert in diesen Dingen war, hatte er während der acht Jahre auf See gelernt, gebrochene Knochen zu schienen, Wunden zu nähen und Arzneitränke gegen Fieber oder Magenschmerzen zu brauen. Die Männer der Besatzung hatten Vertrauen zu ihm und fühlten sich besser versorgt als auf den meisten anderen Schiffen.

So kam es, daß Robert Penwarden die junge Caterina auf der Heimreise betreute. Erst zwei Tage nachdem sie wieder zu Bewußtsein gekommen war, konnte sie ihm begreiflich machen, daß sie das Gedächtnis verloren hatte. Sie war sehr verängstigt, aber Robert Penwardens Geduld und Sanftheit ließen sie allmählich erkennen, daß sie unter seiner Obhut sicher war. Sie besaß eine leichte Auffassungsgabe und hatte bereits nach zehn Tagen genügend englische Worte und Sätze gelernt, um sich recht und schlecht mit ihm zu unterhalten.

Sie verliebten sich ineinander. Er wußte instinktiv und auch angesichts der Kleidung, die sie getragen hatte, daß sie von vornehmer Herkunft war. Caterina wußte es ebenfalls, aber das beeinflußte nicht ihre Zuneigung zu dem jungen Seemann, der ihr das Leben gerettet hatte und sie jetzt so liebevoll pflegte.

Captain Dowdings Stimmung besserte sich, als er erfuhr, daß sein unerwünschter Fahrgast das Gedächtnis verloren hatte. »Es ist nicht meine Aufgabe, herauszufinden, wer sie ist, und sie nach Hause zu schicken«, sagte er mit mürrischer Genugtuung. »Das ist Ihre Sorge, Penwarden. Von mir aus können Sie tun, was Ihnen beliebt, vorausgesetzt, Sie bleiben dabei, daß sie an Bord gekommen ist, *nachdem* wir ausgelaufen sind. Bringen Sie sie nach unserer Ankunft zum italienischen Gesandten und lassen Sie ihn die nötigen Schritte unternehmen. Aber sehen Sie zu, daß die Schuld nicht auf mich fällt, sonst werde ich dafür sorgen, daß Sie verhungern, ehe Sie einen neuen Posten bekommen.«

Mein Großvater brachte Caterina von Falmouth, wo sie landeten, zu seiner Familie nach Mawstone. Seine Eltern nahmen sie auf und schlossen sie nach der anfänglichen Überraschung sehr bald in ihr Herz. Robert Penwarden gab die Seefahrt auf und fing an, im Berg-

werk zu arbeiten. Ein wenig zögernd versuchte er, Caterina zu überreden, daß sie mit ihm nach London fahren solle, um herauszufinden, wer sie war, aber sie wollte nichts davon hören. Er wies sie darauf hin, daß ihre Familie sich zweifellos Kummer und Sorgen um sie machte, doch auch das konnte sie nicht rühren. Sie sagte in ihrem stockenden Englisch: »Nein, Robert. Wenn es jemanden gäbe, der mir nahesteht, jemanden, der sich Sorgen macht, würde ich versuchen, diesen Menschen zu finden. Aber es gibt niemanden. Das weiß ich. Ich kann mich nicht erinnern, aber ich weiß es. Und ich will mich nicht erinnern, denn ich glaube, daß das, was ich vergessen habe, lieber vergessen bleiben sollte. Ich will nicht wissen, weshalb irgend jemand meinen Tod gewünscht hat ... und wer es war.«
Sechs Monate später heiratete Caterina den jungen Mann aus Cornwall, der sie gerettet hatte. Und jetzt, so viele Jahre später, saß ich, Cadi Tregaron, ihre Enkelin, in dem großen Eßzimmer in Meadhaven und erzählte die Geschichte, wie Robert Penwarden sie seiner Frau erzählt und ich sie so oft von ihr gehört hatte.

Es war sehr still im Zimmer, als ich meine Erzählung beendete. Nachspeise und Mokka waren kaum beachtet worden. Sarah hatte Tränen in den Augen, Signor Vecchi beugte sich über den Tisch und hörte mit gespannter Aufmerksamkeit zu. Mr. Morton hielt den Kopf ein wenig zur Seite geneigt, und Neugier lag in seinem Blick, als er mich ansah. Sogar Mrs. Morton hatte für den Augenblick sich selbst vergessen und saß da, das Kinn auf die gefalteten Hände gestützt, die Augen halb geschlossen, als ob sie im Geiste meine Geschichte miterlebte.

»Ich habe meinen Großvater nie gekannt«, schloß ich. »Aber Granny Caterina sagte immer, daß es wie ein englisches Märchen war – sie lebten von da ab glücklich und in Freuden bis zu seinem Tod.«

»Ich f-finde das eine herrliche Geschichte«, sagte Sarah mit zitternder Stimme. »Oh, ich wünschte, daß *mir* so etwas passieren würde.«

»Es hat gewisse Nachteile, in einen Sack gesteckt und ins Meer geworfen zu werden, mein liebes Kind«, bemerkte Mr. Morton mit einem Anflug von Ungeduld; dann sah er mich an. »Es war sicherlich nicht leicht für Caterina, ein neues Leben in einem fremden Land zu beginnen. Sie und dein Großvater müssen sehr viel Mut gehabt haben.« Er lächelte. »Aber das überrascht mich nicht, Cadi.«

Signor Vecchi blickte mit hochgezogenen Augenbrauen von einem zum anderen, als sei er im Begriff, eine Frage zu stellen, aber ehe er es tun konnte, fing ich wieder an zu sprechen. Etwas hatte ich noch nicht erzählt, und ich erzählte es jetzt: wie Granny Caterina und meine Mutter zusammen ums Leben gekommen waren. Es war in einem der schlechten Jahre, wo das Essen knapp war und wir den Gürtel enger schnallen mußten. Sie waren zum oberen Ende der Felswand gegangen, um Meerfenchel zum Einlegen zu pflücken. Das Gras war vom Regen glitschig. Der junge David Moulton hatte das Unglück mit angesehen, hatte gesehen, wie meine Mutter am schräg abfallenden Rand des Kliffs ausrutschte, hatte gesehen, wie meine Großmutter nach ihrem Arm griff, um sie zu retten ... und selbst das Gleichgewicht verlor. Sie waren zusammen über den Rand geglitten, hinunter auf die erbarmungslosen Felsen am Fuß des Steilhangs.

Als ich schwieg, herrschte abermals Stille, bis Mr. Morton über den langen Eßtisch mit all dem glitzernden Besteck und dem weißen Damast blickte, seufzte und leise sagte: »Wir haben nie erfahren, was es heißt, hungrig zu sein. Es beschämt mich beinahe.«

Ich schüttelte überrascht den Kopf. »Sie sollten nicht so denken, Mr. Morton. Es hätte nicht dazu beigetragen, die Pilchards in unsere Gewässer zu bringen, wenn auch Sie gehungert hätten. Und es gab mehr gute als schlechte Jahre. Wir waren meistens sehr glücklich und zufrieden.«

Mrs. Morton, die mit ihren Gedanken offenbar ganz woanders gewesen war, sah mich plötzlich aufmerksam an. »Hast du nie erfahren, wer deine Großmutter war, Cadi?« fragte sie verwundert. »Hatte sie nichts bei sich, was ihr dazu verhelfen konnte, ihre Identität festzustellen?«

»Nichts, Mrs. Morton. Sie trug ein Medaillon um den Hals, das ich immer noch besitze, aber das Bild darin war vom Salzwasser verwischt worden.«

»Un medaglione«, sagte Signor Vecchi nachdenklich. Dann fuhr er auf italienisch fort: »Ein Andenken an eine sehr seltsame und ergreifende Geschichte. Hätten Sie etwas dagegen, es uns zu zeigen, Cadi?«

»Keineswegs, Signore.«

Ich übersetzte Mr. Morton seine Worte, und er sagte: »Ja, das würde uns bestimmt alle ungeheuer interessieren. Geh und hol es Cadi, wenn du ganz sicher bist, daß es dir nichts ausmacht.«

Ich ging in mein Zimmer und holte das Medaillon. Alle redeten auf einmal, als ich ins Eßzimmer zurückkehrte, doch sie wurden schweigsam, während Signor Vecchi aufmerksam das Medaillon betrachtete. *»Bellisimo lavoro«*, murmelte er. »Eine wunderschöne Arbeit. Ihre Großmutter stammte aus keiner armen Familie, das ist sicher.«
Er öffnete das Medaillon, musterte die verwischte Daguerreotypie auf der Innenseite, dann reichte er es Mr. Morton.
»Faszinierend ... faszinierend«, sagte Mr. Morton, während er es betrachtete. »Aber es gibt keinerlei Inschrift, nichts, was dazu beitragen könnte, das Geheimnis zu ergründen. Waren die Männer, die sie ermorden wollten, einfach Diebe? Ich glaube nicht. Gewöhnliche Verbrecher machen sich nicht soviel Mühe, um ein Opfer aus dem Weg zu räumen – ganz gewiß nicht in Neapel vor einem halben Jahrhundert. Oh, wenn dieses Medaillon sprechen könnte, es würde uns zweifellos eine seltsame Geschichte erzählen. Hier, Sarah, gib es an deine Mutter weiter.«
Während Sarah eifrig um den Tisch hopste, sah Mr. Morton mich halb lächelnd, halb verwirrt an, wie ich es schon von früheren Gelegenheiten an ihm kannte. »Nun, Cadi ... wirst du niemals aufhören, uns zu überraschen? Du hast uns und unserem Gast heute abend wahrhaftig eine außerordentlich interessante Unterhaltung geboten.«
Sarah stieß einen leisen Schrei der Bestürzung aus. Sie und ihre Mutter hatten es gemeinsam fertiggebracht, das Medaillon fallen zu lassen, als Sarah es Mrs. Morton überreichte. Es prallte auf dem Tisch auf, glitt ab und fiel zu Boden, und dabei schien es in zwei Teile zu zerbrechen. Mrs. Morton schrie auf, und ihr Mann fuhr mit einem scharfen, zornigen Ausruf in die Höhe. Sarah fing an zu weinen. Ich hatte gute Lust, sie zu ohrfeigen, aber ich biß die Zähne zusammen und brachte ein Lächeln zustande, als ich sagte: »Reg dich nicht auf, Sarah. Man kann es bestimmt reparieren.«
»Aber es ist etwas so *Besonderes*«, jammerte sie, als sie die beiden Stücke aufhob. »Oh, Cadi, verzeih mir –« Sie brach ab, und ihr weinerliches Gesicht erhellte sich. »Warte einen Augenblick, ich glaube, nur das Bild ist herausgefallen.« Sie lief zu ihrem Vater. »Sieh es dir an, Papa.«
Er nahm die beiden Teile in die Hand, betrachtete sie aufmerksam und stieß einen Seufzer der Erleichterung aus. »Ja. Die Kupfer-

platte der Daguerreotypie war in den Rand eingepaßt und ist einfach herausgesprungen. Es ist nichts passiert, Cadi. Wir können –« Er unterbrach sich mit einem leisen Ausruf, starrte wie gebannt auf das Medaillon, und auf seinem Gesicht lag eine derartige Erregung, daß ich unwillkürlich aufsprang. Er blickte auf und sagte leise: »Mein Gott! Komm her, Cadi, du hast bessere Augen als ich.« Ich lief eilig zu ihm hin. Er deutete auf die Innenseite des Medaillons, die Rückseite, über der die Kupferplatte befestigt gewesen war. »Sieh dir das an, Kind. Ist dort nicht ein Name eingraviert?«

Die Schrift war klein, aber deutlich, und meine eigene Stimme klang mir fremd, als ich laut den Namen las: »Caterina Chiavelli.«

Die Buchstaben verschwammen vor meinen Augen, als mir klarwurde, daß ich jetzt durch einen bloßen Zufall wußte, was Granny Caterina in den fast vierzig Jahren ihrer Ehe nicht gewußt hatte – ihren wirklichen Namen. Und dabei hatte sie die Lösung des Geheimnisses diese ganze Zeit über praktisch in den Händen gehalten.

Caterina Chiavelli. Der Name kam mir nicht fremd vor, sondern beinahe vertraut. Warum? Ich hörte Signor Vecchi wie zu sich selber murmeln: »Vielleicht Chiavelli aus Venedig . . .?«

Venedig! Ich blickte erschreckt auf und sah, daß Mr. Morton mich wie vom Donner gerührt anstarrte. Ich konnte seine Gedanken lesen und wußte jetzt, weshalb der Name Chiavelli mir – und auch ihm – vertraut war. Es war der Name, den der Kunsthändler ihm im Zusammenhang mit dem Bild genannt hatte, das in der Halle hing. Der Palast, den ich viele Jahre hindurch deutlich in meinem Traum gesehen hatte, der Palazzo auf dem Gemälde – er hieß *Palazzo Chiavelli*!

Mit einem Gefühl der Benommenheit erkannte ich, daß dies das Heim der jungen Caterina gewesen sein mußte – bis zu dem Tag, als man sie für tot in einem beschwerten Sack in den Gewässern der Bucht von Neapel zurückgelassen hatte. Ein Schauer durchlief mich. Was war zwischen Venedig und Neapel geschehen? Und warum . . .?

Mir schien, als ob sich vor mir langsam eine Tür öffnete, eine Tür zu dunklen, seltsamen Geheimnissen, die zwei Generationen lang verborgen geblieben waren. Ein Teil von mir wollte die Tür aufstoßen und Licht auf das Dunkel fallen lassen, aber ein anderer Teil von mir hatte Angst.

VII

Ich fühlte, wie ich vor Schreck erblaßte bei der Erkenntnis, daß mein Traum auf Wirklichkeit beruhte, auf einem Bruchstück verborgener Erinnerungen, die durch eine Laune der Natur von meiner Großmutter Caterina auf mich übertragen worden waren. Das stand jetzt eindeutig fest, und ich sah, daß Mr. Morton es ebenfalls wußte.
Ich versuchte, mich zu erinnern, was er mir über den Palazzo Chiavelli berichtet hatte. Ein Teil des Palasts wurde noch von den Nachkommen des Grafen Chiavelli bewohnt, der ihn im sechzehnten Jahrhundert erbaut hatte. Granny Caterina war eine seiner Nachkommen ... und ich war es auch. Jetzt, in diesem Augenblick, hatte ich Verwandte von vornehmer Herkunft, die in einem venezianischen Palast wohnten, und die nichts von meiner Existenz ahnten. Der Gedanke war seltsam, erregend, aber in gewisser Hinsicht auch beängstigend, obgleich ich nicht hätte sagen können, warum.
Ich fürchtete, daß Mr. Morton anfangen würde, von dem Bild und meinem Traum zu sprechen. Der Gedanke war bedrückend, denn ich hatte das fast verzweifelte Gefühl, daß ich Zeit brauchte, um nachzudenken, um diese überraschende Entdeckung in mich aufzunehmen. Er legte die Hand auf meinen Arm, und zu meiner Erleichterung sah ich, daß er kaum merklich den Kopf schüttelte, als ob er mir zu verstehen geben wollte, daß dies nicht der richtige Augenblick für weitere Erklärungen sei. Ich erkannte, daß auch er eine Atempause wünschte, in der er über all die Enthüllungen dieses Abends nachdenken konnte; denn wenn ich tatsächlich von seiten meiner Großmutter ein Abkömmling der Familie Chiavelli war, so konnte dies eine Entdeckung von großer Tragweite sein.
»Setz dich, mein Kind«, sagte er und führte mich zu meinem Stuhl.

»Komm, trink einen Schluck Wein. Dies alles ist sicherlich sehr aufregend für dich.« Er goß mir ein halbes Glas Wein ein, sah zu, wie ich es trank, und brachte Mrs. Morton und Sarah mit einem strengen Blick zum Schweigen, als sie Fragen stellen wollten. Nach ein paar Minuten hatte ich die Fassung wiedergewonnen. Mr. Morton stand immer noch neben mir, eine Hand beruhigend auf meine Schulter gelegt.

»Kennen Sie die Chiavellis, Signor Vecchi?« fragte er.

»Ich weiß nur wenig über sie«, war die zögernde Antwort. »Eine sehr wohlhabende venezianische Familie, glaube ich. Mehr kann ich Ihnen nicht sagen, aber wenn sie einen italienischen ... *avvocato* – wie sagt man auf englisch, Cadi? Oh, einen Rechtsanwalt. Vielen Dank. Wenn Sie einen italienischen Rechtsanwalt beauftragen wollen, diese Angelegenheit für Sie in die Hand zu nehmen, so kann ich Ihnen Avvocato Bonello, meinen eigenen Anwalt in Rom, bestens empfehlen.«

»Das ist sehr liebenswürdig. Vielleicht könnten wir später unter vier Augen darüber sprechen. Für den Augenblick sollten wir, meine ich, die Sache auf sich beruhen lassen.« Sarah äußerte einen leisen Schrei des Protests, und ich sah, daß Mrs. Morton Luft holte, um etwas zu sagen, aber Mr. Morton hob energisch die Hand. »Wir haben für einen Abend genügend Aufregung gehabt. Wenn wir uns in diesem Stadium noch weiter mit der Angelegenheit befassen, so führt das lediglich zu einer Reihe von wilden Vermutungen, die niemandem etwas nützen. Bist du nicht auch der Meinung, Cadi?«

Ich nickte, zu sehr von meinen Gedanken in Anspruch genommen, um zu sprechen, und dankbar für seine Worte. Etwas Wundervolles war geschehen, aber es war alles zu überwältigend und ungewiß, als daß ich Mrs. Morton und Sarah endlos darüber schwatzen hören wollte.

»Dann ist das Thema damit vorläufig beendet«, erklärte Mr. Morton. »Da Signor Vecchi nicht raucht, werde ich auf meine gewohnte Zigarre nach dem Essen verzichten, und wir gehen direkt in mein Arbeitszimmer. Cadi, unter den gegenwärtigen Umständen wäre es wohl eine Zumutung, dich zu bitten, daß du uns heute abend als Dolmetscherin dienst. Vielleicht möchtest du lieber zu Bett gehen?«

Natürlich wußte er genau, daß Mrs. Morton und Sarah außerstande sein würden, sich die »wilden Vermutungen« zu versagen,

von denen er gesprochen hatte, und wollte es mir deshalb ersparen, mit ihnen allein zu bleiben. Aber wenn ich seinem Vorschlag folgte und früh zu Bett ging, so würde ich stundenlang wach liegen und selbst nutzlose Vermutungen anstellen. »Ich möchte eigentlich lieber bei Ihrem Gespräch dolmetschen, wenn Sie und Signor Vecchi es noch wünschen, Mr. Morton«, sagte ich beinahe bittend. »Es ist nützlicher, als nichts zu tun und mir dies hier ständig im Kopf herumgehen zu lassen.« Ich deutete auf das Medaillon.
Er lachte und legte den Arm um meine Schulter. »Meine ewig praktische Cadi.«
»Ich persönlich bin Ihnen sehr dankbar dafür«, sagte Signor Vecchi lächelnd .»Es wird für mich viel leichter sein.«
Während der nächsten anderthalb Stunden saß ich mit den beiden Männern im Arbeitszimmer. Hin und wieder sprach Signor Vecchi in seinem stockenden Englisch und wandte sich hilfesuchend an mich, wenn ihm irgendein Wort oder Ausdruck fehlte, aber meistens sprach er rasch auf italienisch und legte kleine Pausen ein, damit ich für Mr. Morton übersetzte. Auf diese Art, meinte er, kämen die Nuancen besser zum Ausdruck. Die diversen Themen ihrer Unterhaltung waren für mich nicht sonderlich interessant. Das meiste war mir unverständlich, denn obwohl ich immer noch wie zu Zeiten von Miß Rigg regelmäßig die *Times* las, hatte ich mich nie viel mit Politik beschäftigt. Aber nichtsdestoweniger fiel es mir nicht schwer zu übersetzen, was auch immer gesprochen wurde, und sie schienen beide äußerst zufrieden mit meiner Hilfe.
Schließlich sagte Mr. Morton: »Ich glaube, damit ist unser Gespräch beendet, Signor Vecchi. Wenn Sie nichts dagegen haben, möchte ich jetzt kurz auf eine persönliche Angelegenheit zu sprechen kommen. Sie haben vorhin erwähnt, daß ich Ihren Anwalt in Rom beauftragen könnte, im Interesse von Cadi gewisse Nachforschungen anzustellen.«
»Ah, si.« Signor Vecchi sah mich an und sprach rasch auf italienisch. Als er geendet hatte, sagte ich zu Mr. Morton: »Er sagt, er wird Ihnen Namen und Adresse seines Anwalts geben und ihm ein Einführungsschreiben senden. Wenn Sie ihm den Namen Ihres eigenen Anwalts hier nennen wollen, können die beiden Rechtsberater sich miteinander in Verbindung setzen.«
Signor Vecchi sprach abermals, und als er schwieg, fuhr ich fort:

»Da es wahrscheinlich erforderlich sein wird, meine Identität festzustellen, und da es Unterschiede zwischen dem englischen und dem römischen Gesetz gibt, hält er es für besser, die Sache in beiden Ländern einem Rechtsanwalt zu übergeben.«
Mr. Morton überlegte einen Augenblick, dann sagte er: »Ausgezeichnet. Eine sehr gute Idee, Signore.« Er wandte sich an mich. »Ich gehe morgen zum alten Caldwell in Lincolns Inn und erkläre ihm den Sachverhalt. Dann müssen wir Geduld haben. Diese Dinge brauchen ihre Zeit, und ich nehme an, wir werden einige Wochen warten müssen, ehe wir etwas Neues erfahren.« Er stand auf und griff nach meiner Hand. »Cadi, mein Kind, du siehst müde aus. Kein Wunder. Vielen Dank für deine Hilfe. Ich wünschte, einige unserer offiziellen Dolmetscher im Ministerium wären so gut wie du.«
Als ich Signor Vecchi gute Nacht sagte, beugte er sich so respektvoll über meine Hand, daß ich mir sehr erwachsen vorkam. »Ich verlasse in wenigen Wochen die Gesandtschaft und kehre nach Rom zurück«, sagte er auf italienisch. »Aber ich hoffe, daß Mr. Morton mich über diese Angelegenheit auf dem laufenden halten wird.« Er lächelte. »Ich habe ein persönliches Interesse daran, denn Sie waren sehr liebenswürdig, und ich möchte, daß Sie mich in Zukunft als Ihren Freund betrachten. Wenn ich Ihnen jemals irgendwie behilflich sein kann, Sie brauchen es mir nur zu sagen.«
Ich dankte ihm aufrichtig, und Mr. Morton, dem ich es übersetzte, fügte seinen Dank hinzu, bevor er meine Hände in die seinen nahm und mich, den Kopf zur Seite geneigt, prüfend ansah. »Bist du sehr aufgeregt, Cadi?«
»Ja. Mir ist ein wenig sonderbar zumute ... aber es ist aufregend zu wissen, daß ich eine Familie habe.«
»Natürlich.« Er lächelte auf die mir so vertraute, halb kummervolle Art. »Vielleicht trägst du sogar einen Adelstitel. Hast du schon daran gedacht? Aber nein, wir wollen keine Vermutungen anstellen.« Er seufzte leise. »Ich hoffe, wir werden dich nicht verlieren, Cadi. Das Leben wäre für mich sehr ... anders ohne dich.«
Die Angst, die ich schon vorher empfunden hatte, verschärfte sich jäh. »Mich verlieren? Aber das ist doch nicht möglich, Mr. Morton! Ich meine, es kann mich doch niemand *zwingen*, von Ihnen fortzugehen?«

»Nein, nein, mein Kind«, sagte er rasch und klopfte mir beruhigend auf die Schulter. »Ich werde niemandem gestatten, dich zu irgend etwas zu veranlassen, was du nicht möchtest.«
Ich atmete erleichtert auf und lächelte. »Dann werden Sie mich nicht verlieren. Ich werde Ihnen auch weiterhin das Leben zur Plage machen.«
»Zur Plage?« wiederholte Signor Vecchi verwirrt.
Mr. Morton lachte zufrieden. »Nur ein kleiner Scherz von uns, den ich Ihnen gleich erklären werde, Signore. Aber zuerst müssen wir dieser jungen Dame gestatten, sich zurückzuziehen.« Er gab mir einen Gutenachtkuß, klemmte meinen Arm unter den seinen und führte mich zur Tür.
Die nächsten zwei Tage waren qualvoll für mich. Mrs. Morton und Sarah sprachen über nichts anderes als über das Wunder, das uns den Namen meiner Großmutter Caterina enthüllt hatte, und über die seltsame Übereinstimmung mit dem Gemälde in der Halle, denn Mr. Morton und ich hatten uns verpflichtet gefühlt, ihnen zu sagen, daß dies ein Bild vom Palazzo Chiavelli war; aber von meinen seltsamen Träumen hatten wir ihnen wohlweislich nichts erzählt.
Glücklicherweise konnten weder Sarah noch ihre Mutter sich längere Zeit für irgend etwas außerhalb ihres täglichen Lebens interessieren, wenn ihr Interesse nicht stets von neuem geweckt wurde; und da Mr. Morton und ich nicht über die Angelegenheit sprachen, wandten sie sich bald wieder ihren Lieblingsbeschäftigungen zu – Sarah ihren romantischen Träumereien und Mrs. Morton ihren nachmittäglichen Besuchen.
Richard blieb drei Tage im Bett, bis seine angebliche Erkältung vorüber war. Als ich am nächsten Morgen die Arbeit des jungen Kemp im Stall überwachte, sah ich ihn zu seiner kleinen Werkstatt gehen. Da ich wußte, daß unsere erste Begegnung seit der Nacht seiner Eskapade für uns beide peinlich sein würde, wollte ich sie so bald wie möglich hinter mich bringen und folgte ihm nach einer Weile in die Werkstatt.
Richard spielte müßig mit irgendeinem Gegenstand auf der Arbeitsbank und sah auf, als ich hereinkam. Dann blickte er sofort wieder hinunter.
»Ist dein Rücken geheilt?« fragte ich leise.
Er nickte. »Ja. Ich spüre kaum noch etwas. Nochmals vielen Dank, Cadi.«

»Du brauchst mir nicht zu danken.«
»O doch, sehr sogar. Du hast meinem Vater nichts gesagt, das weiß ich. Und du hast nicht mit Lucian gesprochen?«
»Nein. Aber ich habe Sarah gesagt, sie wird es bereuen, wenn sie dir noch einmal hilft.«
»Mach dir keine Sorgen. Ich kehre sowieso bald nach Oxford zurück.« Er schwieg einen Augenblick, dann fuhr er fort: »Mutter hat mir erzählt, daß du durch einen Zufall erfahren hast, wer deine Großmutter war, und daß du vielleicht in Wirklichkeit einen Adelstitel trägst.«
»Sie hofft es, nehme ich an, aber es ist sehr unwahrscheinlich. Ich will nicht daran denken, geschweige denn darüber sprechen.«
Er hob die Augen und sah mich an. Dann sagte er völlig unerwartet: »Wie hübsch du bist, Cadi.«
»In diesem schmutzigen, alten Pullover und den Breeches dürfte ich wohl kaum sehr hübsch aussehen.«
Er lächelte. »Du tust es aber. In diesem Aufzug und mit den Zöpfen gefällst du mir am besten.« Das Lächeln verschwand, und er sagte ruhig: »Es war mir ernst mit dem, was ich dir neulich nachts gesagt habe, Cadi. Ich liebe dich.«
»Nun, das will ich hoffen«, erwiderte ich in bewußt unbekümmertem Ton. »Schließlich gehöre ich ja jetzt zur Familie.«
»Ich meinte mehr als das. Viel mehr. Nein, du brauchst nichts zu sagen. Ich weiß, daß du nicht das gleiche für mich empfindest. Aber ich bin froh, wenn du mich nur leiden magst, denn das ist mehr, als man von den anderen sagen kann.« Er äußerte die letzten Worte ohne eine Spur von Selbstmitleid oder Groll, einfach als schlichte Tatsache.
»Red keinen Unsinn, Richard!« sagte ich scharf.
»Oh, das ist kein Unsinn.« Seine Stimme war sanft. »Mutter und Vater – und selbst Sarah – zeigen sich mir gegenüber niemals völlig unbefangen. Wenn du zuhörst, wie sie mit mir reden, wirst du sehen, daß sie immer ein wenig steif und verlegen sind, als ob ich ein Fremder wäre. Sie können es nicht ändern. Vielleicht *bin* ich für sie ein Fremder. Aber nicht für dich, Cadi. Du bist warmherzig und liebevoll, und du sprichst ganz ungezwungen mit mir.« Er lächelte wieder. »Selbst wenn du mir sagst, ich soll keinen Unsinn reden.«
»Das ist auch Unsinn«, sagte ich energisch. »Ich bin nicht deiner

Meinung, aber selbst wenn an dem, was du sagst, etwas Wahres ist, so ist es ebenso deine Schuld wie ihre. Wenn du offen und natürlich mit ihnen wärst, so wären sie es auch dir gegenüber.«
»Wenn ...«, wiederholte er mit einem gütigen, aber wehmütigen Lächeln. »Manche haben eben kein Talent dafür.«
»Dann sollten sich manche größere Mühe geben.«
Er lachte und sagte: »Oh, Cadi.« Dann sah er wieder hinunter auf das kleine Brett mit Drähten und Klemmschrauben, das er in den Händen hielt, und drehte es langsam herum. Durch das kleine Fenster schien die Sonne auf sein goldblondes Haar. »Ich liebe dich wirklich«, sagte er mit nüchterner Stimme. »Eines Tages werde ich es dir beweisen.«
Ich schwieg, denn mir fiel nichts ein, was ich darauf hätte erwidern können, und nach einer kleinen Weile fuhr er fort: »Versprich mir, daß du Lucian Farrel niemals vertrauen wirst.«
Es kam so unerwartet, daß ich beinahe erschrak. »Was in aller Welt willst du damit sagen, Richard?«
»Nichts weiter als das. Vergiß nicht, was ich dir in jener Nacht erzählt habe. Um deiner selbst willen, nimm dich vor ihm in acht.«
»Weil er dich geschlagen hat? Weil du sagst, er tut seltsame Dinge und vergißt sie dann?«
»Nicht nur deswegen.« Er schien einen Augenblick zu überlegen
»Weil er es meisterhaft versteht, die Menschen hinters Licht zu führen.«
»Hinters Licht zu führen?«
»Ja, und zwar stammt diese Beschreibung nicht von mir, sondern von meinem Vater.«
»Von deinem *Vater*?« fragte ich bestürzt. »Aber dein Vater schätzt ihn sehr!«
»Vielleicht. Jedenfalls habe ich ihn sagen hören, daß Lucian es meisterhaft versteht, die Menschen hinters Licht zu führen. Ob er ihn deshalb oder trotzdem schätzt, das weiß ich nicht.«
»Wie dem auch sei, ich finde, du solltest nicht schlecht über Lucian reden, und ich will nichts davon hören. Ich bilde mir gern meine eigene Meinung über die Menschen«, erklärte ich energisch. Dann wandte ich mich ab und ging mit recht gemischten Gefühlen in den Stall zurück. Ich wollte Lucian Farrel nicht verteidigen, nicht einmal in Gedanken, aber was auch immer seine Fehler und Schwächen sein

mochten, mein Instinkt sagte mir, daß er sich nicht verstellte. Wenn mein Instinkt mich nicht täuschte, mußte das, was Richard gesagt hatte, unwahr sein, und es war niederträchtig von ihm, so etwas zu behaupten. Wenn mein Instinkt mich nicht täuschte ...

Vier Tage später erhielt ich zu meiner Überraschung einen Brief von Lucian. Es waren nur wenige Zeilen:

Liebe Cadi,

Onkel Edward hat gestern mit mir zu Mittag gegessen und mir von Eurer erstaunlichen Entdeckung erzählt. Was auch immer Du über Deine Familie erfahren magst, ich hoffe, daß es Dich glücklich machen wird.

Dein Lucian.

Als ich Mr. Morton den Brief zeigte, machte er ein erstauntes Gesicht. »Ja, ich habe es Lucian gestern beim Mittagessen erzählt«, sagte er. »Du kannst dich geschmeichelt fühlen, daß er dir geschrieben hat, Cadi. Es geschieht nicht oft, daß unser Lucian sich die Mühe nimmt, die Feder zu ergreifen.«

»Es war sehr nett von ihm, aber ich fühle mich nicht sonderlich geschmeichelt, Mr. Morton. Eher verwirrt. Ich weiß nicht recht, was ich von Lucian halten soll.«

Er lächelte. »Das ergeht den meisten so. Ich selbst glaube ihn ganz gut zu kennen, aber ich gestehe, daß mich dies hier ein wenig verwirrt. Ich meine nicht die Tatsache, daß er den Brief geschrieben hat, aber als wir gestern zusammen zu Mittag aßen, hat er viele Fragen über dich und die Entdeckung deiner Verwandtschaft mit den Chiavellis gestellt.«

»Was glauben Sie, aus welchem Grund er das getan hat?«

Mr. Morton zuckte die Achseln. »Wer weiß? Lucian ist sehr zurückhaltend in seinen Äußerungen und entzieht sich durch liebenswürdige Spöttelei jeglicher Frage. Du hast es ja schon des öfteren mit angehört, mein Liebling.«

»Was hat er über mich gesagt?«

»Nun, laß mich überlegen. Ich fragte ihn, weshalb er sich so sehr für diese Sache interessiere, und er sagte: ›Aber mein lieber Onkel. Angenommen, unsere kleine Cadi entpuppt sich als eine reiche Erbin. Dann würde ich doch natürlich um sie werben und sie so schnell wie möglich heiraten.‹«

Ich hätte fast mit dem Fuß aufgestampft. »Oh, wie kann er es wagen, so etwas zu sagen! Und außerdem ist es absurd!«

Mr. Morton breitete mit einem belustigten Augenzwinkern die Hände aus. »Siehst du, das ist typisch für Lucian. Ich gebe zu, er ist in mancher Hinsicht ein äußerst anstößiger junger Mann. Aber nichtsdestoweniger sehr amüsant.«
Einer plötzlichen Regung folgend fragte ich: »Würden Sie sagen, daß er es meisterhaft versteht, die Menschen hinters Licht zu führen?«
Er sah mich verblüfft an, dann sagte er langsam: »Von wem hast du diese Äußerung gehört?«
Ich stand schweigend da und wünschte, daß ich den Mund gehalten hätte. Nach ein paar Sekunden fuhr er fort: »Schon gut. Vermutlich war es Sarah, aber du willst nicht klatschen.« Er saß da, die Hände über dem Bauch gefaltet, und starrte eine Weile nachdenklich auf seinen Schreibtisch, dann lachte er plötzlich leise vor sich hin. »Die Äußerung stammt natürlich von mir«, sagte er. »Ja, ich glaube, Lucian versteht es wirklich meisterhaft, die Menschen hinters Licht zu führen.«
Demnach hatte Richard die Wahrheit gesagt. Ich war einen Augenblich sprachlos vor Verwirrung, dann stammelte ich: »Aber Sie – Sie mögen ihn, Mr. Morton!«
»O ja, sehr sogar.« Er lächelte mich an. »Weißt du, Cadi, es kommt immer darauf an, wer hinters Licht geführt wird und warum.«
In diesem Augenblick klopfte es an der Tür, und Sarah kam mit einer Stickerei herein, die sie ihrem Vater zeigen wollte. Ich war froh über die Unterbrechung, denn ich wollte nicht weiter über Lucian Farrel sprechen. Mochte er sein, wie er wollte, ich hatte kein Verlangen, noch mehr über ihn zu erfahren, und es machte mich ein wenig traurig zu hören, wie Mr. Morton ihn zu verteidigen suchte, indem er andeutete, daß es darauf ankam, wer das Opfer von Lucians Täuschung sei und weshalb. Als Sarah hinausging, begleitete ich sie, und offenbar vergaß Mr. Morton die Angelegenheit, denn sie wurde nicht wieder erwähnt.
Drei Wochen gingen vorüber, und während dieser Zeit wurde ich immer deutlicher des Mannes gewahr, den ich in Gedanken den grauäugigen Fremden nannte, und der sich ständig auf dem Gelände von Meadhaven aufzuhalten schien. Ich sah ihn zum erstenmal zwei Tage nach dem Besuch von Signor Vecchi, als ich mit Pompey den Reitweg entlangritt, der westlich von Meadhaven durch den Wald läuft.

Er saß lässig zurückgelehnt auf einem trockenen Grashang und starrte gedankenverloren in die Gegend. Ich nahm an, daß er aus der Stadt sei, denn er trug einen grauen Anzug und eine graue Melone. Als ich näher kam, stand er auf, nahm den Hut ab und wünschte mir höflich einen guten Morgen. Sein Haar war hellbraun und sorgfältig geschnitten, seine Kleidung sauber und ordentlich, seine Stimme angenehm. Es fiel mir schwer, ihn seiner äußeren Erscheinung nach einzuordnen. Er gehörte nicht zur Gesellschaft, war aber auch kein Dorfbewohner oder Arbeiter, und sein Benehmen war zu selbstsicher, als daß man ihn für einen Verkäufer hätte halten können. An seinem Gesicht war nichts Besonderes zu bemerken, abgesehen von den kühlen, grauen Augen, die im Gegensatz zu seiner ungezwungenen Art auffallend wachsam waren. Was sein Alter betraf, er hätte ebenso gut fünfundzwanzig wie fünfunddreißig sein können, denn obwohl sein Gesicht jugendlich war, lag ein Ausdruck innerer Reife in seinen Zügen.
Ich erwiderte seinen Gruß und ritt weiter. Als ich mich nach ihm umwandte, sah ich, daß er immer noch mit dem Hut in der Hand dastand und mir nachblickte.
Danach schien es, daß ich nur selten ausreiten konnte, ohne dem grauäugigen Fremden zu begegnen. Manchmal schlenderte er über den Hügel, auf dem ich Pompey galoppieren ließ, manchmal saß er gemächlich am Rand eines der Reitwege. Und manchmal hatte ich den Eindruck, daß er mich heimlich beobachtete. Wenn wir einander begegneten, grüßte er mich jedesmal höflich, machte jedoch nicht den Versuch, mit mir zu sprechen. Seine ständige Gegenwart wurde mir allmählich lästig. Genaugenommen befand er sich auf Mr. Mortons Grund und Boden, aber es gab einige vielbenutzte Fußwege mit Durchgangsrecht, und Mr. Morton hatte nichts dagegen, daß jemand im Wald oder auf den Wiesen spazierenging.
Als ich eines Tages den Fremden am Fuß des Hügels stehen sah, auf dem ich mit Adam Übungen gemacht hatte, ritt ich auf ihn zu und hielt an.
»Guten Tag«, erwiderte ich ein wenig kühl seinen Gruß. »Sie scheinen sich viel in dieser Gegend aufzuhalten.«
»Ich hoffe, es stört Sie nicht, Miß«, sagte er. Ich hörte jetzt, daß er mit dem leicht singenden Tonfall der Iren sprach, und glaubte, einen Anflug von Spott in seiner Stimme zu entdecken, aber dessen war ich nicht ganz sicher.

»Nein, es stört mich nicht«, entgegnete ich kurz angebunden. »Es steht jedem frei, hier spazierenzugehen. Sie sind nicht aus Wealdhurst, nicht wahr?«
»Ich stamme aus einer Gegend, die grüner ist als Kent«, sagte er gelassen. »Aber für den Augenblick wohne ich in *The Three Tuns* in Wealdhurst.« Während er sprach, streckte er die Hand aus, um Adams Nase zu tätscheln. Ich war im Begriff, ihn zu warnen, denn ich wußte, daß Adam es nicht leiden konnte, von Fremden gestreichelt zu werden, aber zu meinem Erstaunen wieherte er vor Freude und ging näher an den Mann heran, um den Kopf an seiner Schulter zu reiben.
»Oh, er mag Sie!« sagte ich überrascht. »Haben Sie Erfahrung mit Pferden?«
Er lächelte; es war ein kurzes Lächeln, das gleich darauf wieder verschwand. »Ich habe hin und wieder etwas mit ihnen zu tun gehabt. Dies ist ein schönes Tier, aber nicht so edel wie das andere.«
»Sie haben einen guten Blick für Pferde«, sagte ich, mich ein wenig für ihn erwärmend.
Er nickte. »Ihr Geschirr und Sattelzeug sind gut gehalten, wie ich sehe. Das ist sehr wichtig. Sie werden es nicht glauben, aber ich habe Unfälle erlebt, die durch unzulängliches Geschirr verursacht worden sind.«
Ich erstarrte. Das war eine seltsame Bemerkung, zu seltsam, um rein zufällig zu sein, oder zumindest kam es mir so vor. Aber woher konnte dieser Mann wissen, daß ich damals vom Pferd gestürzt war, weil der Ring am Gebiß zerbrochen war? Das war unmöglich, es sei denn, er hatte den Zwischenfall unbemerkt beobachtet, oder – aber nein, der Gedanke war absurd. Es konnte nicht dieser Mann selbst gewesen sein, der den Ring so weit heruntergefeilt hatte. Er hätte – ebenso wie jeder andere – leicht in den Raum gelangen können, in dem das Pferdegeschirr immer hing, aber was sollte ihn zu dieser verbrecherischen Tat veranlaßt haben?
»Ich selbst hatte kürzlich einen Unfall durch mangelhaftes Geschirr«, sagte ich und beobachtete ihn aufmerksam.
Er hob die Brauen, und seine kühlen, grauen Augen sahen mich ohne Überraschung an. »Ach wirklich, Miß? Nun, dann sollten Sie sich künftig in acht nehmen.«
»Ja, das tue ich. Werden Sie lange in Wealdhurst bleiben, Mr. . . .?«

Er überging meine Aufforderung, sich vorzustellen, und sagte: »Je nachdem. Ich reise durch die Gegend, aber ich habe keine festen Pläne.«
»Ich verstehe. Und es wird Ihnen nicht langweilig, hier tagaus, tagein umherzuspazieren?«
»Langweilig? O nein, nicht eine Minute. Man könnte sagen, ich erforsche die Natur.«
Der Spott in seiner Stimme war jetzt unverkennbar, aber ich tat, als ob ich nichts bemerkte. »Das überrascht mich«, sagte ich gelassen. »Sie machen nicht den Eindruck ein Naturfreund zu sein.«
»Das Leben ist voll von Überraschungen, Miß, finden Sie nicht? Aber ich will Sie nicht länger aufhalten.« Er trat zurück und lüftete seine graue Melone. »Ich wünsche Ihnen einen guten Tag.«
Ich dankte ihm mit einem Kopfnicken, aber ich war ärgerlich, als Adam sich im leichten Galopp entfernte, denn mir schien, daß der Fremde mich verabschiedet hatte, während eigentlich ich diejenige hätte sein sollen, die das Gespräch beendete. Dann setzte ich mich lachend über diesen Gedanken hinweg. »Sieh dich vor, Cadi Tregaron«, sagte ich mir im stillen. »Du fängst an, ein Snob zu werden.« Aber als ich zum Stall zurückkehrte, war ich in nachdenklicher Stimmung. Die Unterhaltung mit dem grauäugigen Mann hatte mich verwirrt und beunruhigt, denn ich spürte, daß es irgend etwas gab, was er mir nicht hatte sagen wollen. Er wußte viel mehr über mich als ich über ihn, dessen war ich sicher, und ich war auch überzeugt, daß er mit seinem Aufenthalt in Wealdhurst irgendeinen Zweck verfolgte.
Seltsamerweise wünschte ich mir fast zu glauben, daß er derjenige gewesen sei, der damals, als Pompey ausbrach, beinahe meinen Tod verursacht hätte, obwohl ich mir nicht erklären konnte, warum. Aber bis jetzt hatte ich geglaubt – oder zumindest vermutet –, daß Lucian daran schuld gewesen sei, und ihn durch diese neue Möglichkeit von dem Verdacht befreit zu sehen, gab mir ein Gefühl der Erleichterung, das mich überraschte.
Nach dieser Begegnung sah ich den Fremden seltener, aber ich hatte oft das Gefühl, daß er in unmittelbarer Nähe war und mich beobachtete. Bei den wenigen Gelegenheiten, da wir dicht aneinander vorbeikamen, begrüßten wir uns wie zu Anfang mit einem höflichen »Guten Tag«. Da er im Gasthaus von Wealdhurst wohnte, hätte ich

von jedem Dorfbewohner oder wahrscheinlich auch vom jungen Kemp leicht seinen Namen erfahren können, aber ich gestattete es mir nicht, eine so sinnlose Neugier zu befriedigen.
In der Nacht, ehe Richard nach Oxford zurückkehrte, hatte ich wieder meinen Traum. Die Ereignisse waren die gleichen, aber er erschien mir wirklicher als je zuvor. Diesmal wußte ich, daß das Boot, in dem ich mich befand, eine Gondel war, die durch einen Kanal fuhr, und das prunkvolle Haus ein Palast in Venedig, vor dessen Eisentor die gestreiften Anlegepfähle standen. Es war der schlechte Traum, und als die Freude sich in Schrecken wandelte und ich vor dem Mann mit Lucians Gesicht davonlief, wachte ich keuchend und mit wild hämmerndem Herzen auf.
Zitternd und in Schweiß gebadet, aber froh, wach zu sein, stand ich auf und ging ans Fenster. Das Zimmer kam mir wie ein Gefängnis vor, und ich wollte den offenen, weiten Himmel sehen. Ich zog den Vorhang zurück, blickte eine Zeitlang zu den Sternen empor, und ein Gefühl des Friedens beruhigte allmählich meine überreizten Nerven. Im hellen Licht des Mondes warfen die Bäume lange Schatten über den Rasen.
Ich blieb etwa fünf Minuten am Fenster stehen und war im Begriff mich abzuwenden, um wieder ins Bett zu gehen, als ich eine Bewegung zwischen den Ästen eines Strauches wahrzunehmen glaubte, obwohl es völlig windstill war. Ich sah eine Weile aufmerksam hinüber und war gerade zu dem Schluß gekommen, daß meine Augen mich getäuscht hatten, da löste sich eine Gestalt aus dem Schatten des Gebüschs und blieb, die Blicke auf das Haus gerichtet, regungslos auf dem Rasen stehen. Obgleich ich das Gesicht des Mannes nicht sehen konnte, erkannte ich deutlich die Form der leicht zur Seite geneigten grauen Melone, und ich wußte, daß es der grauäugige Fremde war. Seltsamerweise verspürte ich keine Angst, nur Ärger. Mein erster Gedanke war, ihn herüberzurufen und zu fragen, was er zu dieser späten Stunde dort zu suchen habe, aber das hätte wahrscheinlich das ganze Haus, besonders Sarah und Mrs. Morton, in Aufregung versetzt.
Ich wandte mich zur Tür, um Mr. Morton zu wecken und ihm von dem Eindringling in seinem Garten zu berichten, aber dann zögerte ich. War es nicht albern, mitten in der Nacht solch ein Aufhebens zu machen? Das Haus war abgeschlossen und verriegelt, und ich war

sicher, daß der Fremde nicht einbrechen wollte. Er beobachtete einfach das Haus, so wie er mich selbst während der letzten drei Wochen – oder vielleicht noch länger – beobachtet hatte; aus welchem Grund, das wußte ich nicht.

Ich ging wieder zum Fenster, und die Gestalt war verschwunden. Nichts rührte sich auf dem Rasen, obwohl ich volle zehn Minuten wartete. Nachdenklich legte ich mich wieder zu Bett. Ich würde Mr. Morton am Morgen von dem Vorfall berichten, und wenn er es für richtig hielt, konnte er den Fremden zur Rede stellen. Aber ich beschloß, das Geschirr und Sattelzeug sorgfältig zu prüfen, ehe ich am nächsten Tag ausritt.

Als ich jedoch am Morgen zum Frühstück herunterkam, wurde das, was sich in der Nacht zugetragen hatte, von einem anderen Ereignis verdrängt. Die Haustür stand offen, und Mr. Morton las ein Telegramm, das er soeben erhalten hatte. Der Telegraphenbote fuhr gerade mit seinem Fahrrad fort. Die Ankunft von Telegrammen verursachte keine Erregung in Meadhaven, denn sie kamen sehr häufig; aber dies war keine der üblichen Benachrichtigungen aus Mr. Mortons Büro. Er blickte auf, sah mich auf der Treppe und sagte: »Cadi, mein Liebes, sobald wir mit dem Frühstück fertig sind, möchte ich, daß du dich für eine Fahrt nach London anziehst. Wir besuchen Mr. Caldwell in seinem Büro.«

»Mr. Caldwell?« wiederholte ich fragend. Der Name kam mir bekannt vor, aber ich wußte nicht, wo ich ihn unterbringen sollte.

»Ja. Meinen Anwalt. Er scheint wichtige Neuigkeiten für uns zu haben.« Obwohl Mr. Morton ganz ruhig sprach, sah ich, daß es ihm schwerfiel, seine Erregung zu unterdrücken. Seit dem Abend, an dem das Medaillon sein Geheimnis preisgegeben, hatte ich mich standhaft bemüht, nicht an den Palazzo Chiavelli und die Familie dort, der ich angehörte, zu denken; aber jetzt schien es, daß ich bald erfahren sollte, was Signor Vecchis Anwalt in Italien ermittelt hatte, und ich schwankte zwischen freudiger Erwartung und Besorgnis.

Ich versuchte mir vorzustellen, wie die Chiavellis reagieren würden, wenn sie von meiner Existenz erfuhren. Würden sie sich freuen, oder würde es ihnen gleichgültig sein? Wenn wir uns kennenlernten, würden sie mir mit Zuneigung begegnen oder mich als einen Eindringling betrachten? Ich brachte beim Frühstück kaum einen Bissen hinunter. Sarah schwatzte unaufhörlich, und Mrs. Morton war sichtlich erregt. »Der Titel muß doch erhalten geblieben sein, nicht wahr, Edward?« fragte sie. »In dem Fall ist Cadi tatsächlich mit einem italienischen Adeligen verwandt! Ich möchte annehmen, diese Neuigkeit wird der lieben Mrs. Carpenter wohl endlich den Mund stopfen, glaubst du nicht?«

Mrs. Carpenter war einer der wenigen Menschen im Bekanntenkreis der Mortons, der mich nicht als Mitglied der Familie akzeptiert hatte, sondern mich statt dessen immer als »Ihr kleines, verwaistes Fischermädchen, liebe Mrs. Morton« bezeichnete. Trotz ihrer geschraubten Art hatte Mrs. Morton sich schon seit langem angewöhnt, mich – ebenso wie Richard und Sarah – als Kind der Familie zu betrachten, und es ärgerte sie, wenn jemand über mich spöttelte.

»Ich bin völlig deiner Meinung, was Mrs. Carpenter betrifft, mein Liebes«, sagte Mr. Morton, während er seine Tasse absetzte, »aber ich muß dich bitten zu warten, bis wir genau wissen, wie die Dinge liegen, ehe du ihr den Mund stopfst – danach kannst du es von mir aus gerne tun. Bist du fertig, Cadi? Dann lauf und zieh dich um. Wenn wir einen Zug vor halb zehn erwischen, kommen wir pünktlich zu unserer Verabredung. Du wirst vielleicht den alten Caldwell ein wenig schreckeinflößend finden, aber mach dir deshalb keine Sorgen. Er ist ein guter Rechtsanwalt, und das ist die Hauptsache.«

Es war eine Erleichterung, von Sarah und Mrs. Morton fortzukommen. Der junge Kemp brachte uns zur Station, und im Zug las Mr. Morton die Zeitung, blickte aber zwischendurch hin und wieder mit einem ermutigenden Lächeln zu mir herüber. Er wußte, wie mir zumute war und daß ich nicht den Wunsch hatte, über das zu sprechen, was Mr. Caldwell uns vielleicht berichten würde, sondern lieber warten wollte, bis wir erfuhren, was tatsächlich geschehen war.

Es war ein kühler, sonniger Morgen, und da wir noch reichlich Zeit hatten, nahmen wir an der Charing Cross Station keinen Wagen, sondern gingen zu Fuß zu den Lincolns Inn Fields. Mr. Morton hatte mir den Arm geboten, und als wir zusammen den *Strand* entlanggingen, sagte er mir, daß ich in meinem lilafarbenen Mantel und dem kleinen, hellgrauen Hut mit dem passenden lila Seidenband sehr hübsch aussähe. Anscheinend hatte meine Nervosität mich besonders empfindsam gemacht, denn ich war mir stärker denn je seiner Zuneigung zu mir bewußt. Er hatte mir hundertfach entgolten, was ich damals während jener schrecklichen Minuten in der

Mogg Race Bay getan hatte, aber seine Liebe hatte damit nichts zu tun. Er liebte mich so, wie ich war, und *weil* ich so war, und dieses Bewußtsein trieb mir fast die Tränen in die Augen. Er war mit seinem etwas gnomenhaften Gesicht und dem komischen kleinen Bart kein gut aussehender Mann, aber ich hätte nicht stolzer und glücklicher sein können, wenn ich am Arm von König Edward selbst durch die Straßen gewandert wäre.

Mr. Caldwell war ein untersetzter Mann mit einem altmodischen Backenbart. Ein junger Angestellter führte uns in sein Büro und zog sich zurück. Ich wurde vorgestellt, und Mr. Caldwell lief ein wenig aufgeregt und kurzatmig umher, bis er uns bequem in zwei großen Ledersesseln untergebracht hatte, dann setzte er sich hinter seinen Schreibtisch und öffnete einen Aktendeckel, der vor ihm auf dem Löschpapier lag. Er klemmte sich den Kneifer auf die Nase und sah Mr. Morton über den Rand hinweg an.

»Nun, die Sache ist schneller vorangekommen, als man hätte erwarten können, Mr. Morton. Hab Sie nicht mit Zwischenberichten belästigt. Sie wünschten es nicht. Baten mich, die Angelegenheit zu klären und Sie dann zu unterrichten.« Er schlug mit der Hand auf die Papiere vor ihm. »Gut, hier haben wir alles. Ihr Freund, dieser Italiener, Signor Vecchi, hat die Sache beschleunigt, indem er einige der Briefe von Avvocato Bonello in Rom durch diplomatische Kuriere nach London bringen ließ. Bonello ist der italienische Anwalt. Ein zuverlässiger Bursche. Es ist ein Vergnügen, mit ihm zu arbeiten.« Er hielt inne, warf einen Blick auf mich und runzelte ein wenig mißmutig die Stirn. »Ich vermute, Sie wünschen, daß das junge Mädchen zugegen ist, während ich Ihnen Bericht erstatte?«

Offensichtlich war Mr. Caldwell mit meiner Anwesenheit bei diesem gewichtigen Anlaß nicht einverstanden, aber Mr. Morton winkte mit der Hand und erwiderte kühl: »Bitte sagen Sie Miß Tregaron, was Sie zu sagen haben, Caldwell. Es ist ihre Angelegenheit, und ich bin nur hier, um ihre Interessen wahrzunehmen.«

Mr. Caldwell machte ein verblüfftes Gesicht, brummte leise und murmelte etwas über »moderne Ansichten...« und »die jungen Frauen heutzutage...« Aber er kam mir jetzt, nachdem Mr. Morton gesprochen hatte, viel weniger erschreckend vor. Schließlich räusperte er sich, wandte seinen Drehstuhl ein wenig herum und sah mich an.

»Nun gut, Miß Tregaron. Mr. Morton hat mir alle Einzelheiten über Sie und diese Sache mit dem Medaillon erzählt und mich an meinen Kollegen in Rom verwiesen. Als erstes habe ich mir ein Affidavit von Signor Vecchi besorgt, der Zeuge des Zwischenfalls mit dem Medaillon gewesen ist, als die Inschrift auf der Innenseite entdeckt wurde.« Er wandte sich an Mr. Morton. »Weiß sie, was ein Affidavit ist?«

Mr. Morton blickte zur Decke und seufzte. »Sie ist ein intelligentes Mädchen, Caldwell«, sagte er geduldig. »Falls es etwas gibt, was sie nicht versteht, wird sie es Ihnen sagen.«

Mr. Caldwell blies verächtlich die Luft durch die Nase und sah mich fragend an. »Ich habe über Dinge dieser Art gelesen, Mr. Caldwell«, erklärte ich würdevoll. »Ein Affidavit ist, soviel ich weiß, eine eidesstattliche Erklärung.«

»Nicht schlecht, nicht schlecht«, brummte er ein wenig besänftigt. »Nun, junge Dame, dann sandte ich einen meiner Leute nach Mawstone. Er hat dort mit Ihrem Vikar, einer Frau namens Miß Rigg und einigen anderen Leuten gesprochen. Hat sich Affidavits von ihnen besorgt, die erklären, es sei allgemein bekannt, daß Ihr Großvater, Robert Penwarden, eine junge Italienerin in der Bucht von Neapel vor dem Ertrinken gerettet, sie nach Hause gebracht und geheiratet hat. Sie hatte das Gedächtnis verloren und wußte nur, daß ihr Vorname Caterina war. Sie hatten Nachkommenschaft, eine Tochter namens Jennifer, die später Donald Tregaron heiratete. Und Sie, Caterina Tregaron, sind das Kind dieser Ehe. Können Sie mir folgen?«

Er hatte seine Lektion gelernt und stellte diesmal die Frage direkt an mich, statt durch Mr. Morton. »Ja, vielen Dank, das ist vollkommen klar, Mr. Caldwell«, sagte ich.

»Gut. Jetzt zum nächsten Schritt. Habe all dies an Avvocato Bonello gesandt. Fragte ihn, ob es nach dem römischen Gesetz genüge, um zu beweisen, daß Caterina, Ihre Großmutter, tatsächlich Caterina Chiavelli war. Er ist ein netter Bursche. Das sagte ich bereits, nicht wahr? Macht nichts. Jedenfalls stellte er Nachforschungen in Venedig an, wo der gegenwärtige Graf Chiavelli und seine Familie immer noch ihren Wohnsitz haben. Brachte eine erstaunliche Geschichte ans Tageslicht, obwohl es kein Geheimnis war. Hat damals in allen Zeitungen gestanden.«

Er blätterte ein paar Seiten im Aktendeckel um. »Hier ist es. Sie könnten es selber lesen, wenn Sie Italienisch verstünden. Eine Art Zeitungsausschnitt.«

»Sie spricht und liest fließend Italienisch«, sagte Mr. Morton sanft und blickte aus dem Fenster.

Mr. Caldwell seufzte. »Ich verstehe ... nun, Sie können es später lesen. Ich werde Ihnen gleich den Kern der Sache erklären, aber vorerst möchte ich Ihnen einen kurzen Überblick über die Vorgeschichte geben. Caterina, 1841 geboren, war das einzige Kind des damaligen Grafen Chiavelli aus Venedig. Ihre Mutter, die Gräfin, starb zehn Jahre später, und der Graf hat nicht wieder geheiratet. Er wurde zu einer Art Einsiedler, und die junge Caterina wuchs im Hause seiner Schwester Marguerita auf, die mit einem verarmten ungarischen Baron verheiratet war. Er spielt in dieser Angelegenheit keine Rolle, und so brauchen wir uns nicht mit seinem Namen zu belasten.«

Mr. Caldwell blickte kurzsichtig auf etwas hinunter, das wie die Zeichnung eines Stammbaums aussah, schnaubte verächtlich und setzte hinzu: »Wüßte ohnedies nicht, wie man ihn ausspricht. Ihre Nachkommen sind jedoch von einer gewissen Bedeutung, aber darauf kommen wir später zu sprechen. Bleiben wir für den Augenblick bei Caterina. Kurz vor ihrem zwanzigsten Geburtstag nahm ihre Tante Marguerita sie mit auf eine Reise nach Rom und Neapel. Sie blieben drei Wochen in Rom, dann fuhren sie mit der Postkutsche nach Neapel, wo sie im Hause eines wohlhabenden Freundes der Familie wohnten. Und dort, während der zweiten Woche ihres Aufenthalts, verschwand Caterina.«

Mr. Caldwell schwieg; er griff nach einer riesigen Schnupftabakdose, bot sie Mr. Morton an, der dankend ablehnte, und nahm selbst eine Prise.

»Sie verschwand«, wiederholte er eindrucksvoll. »Eines Abends war sie einfach nirgends aufzufinden. Sie wurde zum letztenmal gesehen, als sie kurz vor der Abenddämmerung in einem weißen Kleid im Garten spazierenging. Es ist Bonello gelungen, den damaligen Polizeibericht auszugraben – weiß der Himmel, wie er das fertiggebracht hat. Laut Protokoll soll Marguerita erklärt haben, ihre Nichte sei ein ziemlich eigensinniges und schwer lenkbares junges Mädchen, und sie, Marguerita, habe schon seit einiger Zeit den Verdacht gehegt, daß Caterina ein Liebesverhältnis mit irgendeinem unbekannten Mann habe. Als sie verschwand, wurde zunächst angenommen, daß man sie gewaltsam entführt habe, und dann, daß sie mit ihrem – hm – Liebhaber davongelaufen sei. Was wirklich geschehen ist, weiß niemand, denn sie wurde nie wieder gesehen.«

»Außer von Robert Penwarden in derselben Nacht?« deutete Mr. Morton an. »Und später von all denjenigen, die sie in Mawstone kannten?«

»Genau, Sir!« Mr. Caldwell schlug triumphierend mit der Hand auf den Tisch. »Die Daten stimmen überein. Ich habe mich bei Lloyds und bei der Schiffahrtsgesellschaft erkundigt – sie existiert noch –, und auch bei einigen Leuten in Mawstone, die sich gut an Robert Penwarden und seine Frau erinnern. Die Nacht, in der er Caterina in der Bucht von Neapel fand, war dieselbe Nacht, in der sie verschwand. So wissen wir jetzt, daß sie nicht mit einem Mann davongelaufen ist. Sie wurde gewaltsam entführt, um brutal ermordet zu werden. Wir wissen nur nicht, *warum*, und wir werden es wohl auch nie erfahren ...«

Es war still im Raum, und ich glaube, wir fragten uns alle, weshalb irgend jemand den Wunsch verspürt haben sollte, die junge Caterina umzubringen. Aber das war etwas, worüber ich schon oft nachgegrübelt hatte, und ich wußte, es war zwecklos, sich das zu fragen.

Mr. Caldwell räusperte sich abermals. »Gut«, sagte er, »kehren wir kurz zur damaligen Situation der Familie zurück. Marguerita hatte einen Sohn und eine Tochter. Der Junge starb im Alter von zehn Jahren. Das Mädchen war etwas älter als Caterina. Nach dem Verschwinden seiner Tochter zog der Graf sich noch mehr von der Welt zurück. Er wurde sechsundsiebzig Jahre alt, und sein Adelstitel war so beschaffen, daß er durch die weibliche Linie seiner leiblichen Nachkommenschaft und durch Blutsverwandte der Seitenlinie fortbestehen konnte. Verstehen Sie diesen juristischen Jargon, junge Dame?«

»Ich bin nicht ganz sicher, Mr. Caldwell. Soll das heißen, daß der Titel auf eine Tochter übergehen konnte, wenn es keinen Sohn gibt? Und auf einen Bruder oder eine Schwester, wenn überhaupt keine Kinder vorhanden waren?«

Zu meinem Erstaunen lächelte Mr. Caldwell und sah dabei plötzlich wie ein dicker, gutmütiger Frosch aus. »Schade, daß Sie nicht einige unserer Gesetzesbücher neu schreiben können, Miß Tregaron. Das würde die ganze Sache vereinfachen. Nun gut, der Adelstitel ging auf Marguerita, die Schwester des Grafen, über, die damit Gräfin Chiavelli wurde. Sie war schon seit langem Witwe. Ihr ungarischer Ehemann hatte sich frühzeitig zu Tode getrunken. Aber sie überlebte ihren Bruder nur um ein Jahr, und so fiel der Adelstitel an die Tochter, die ebenfalls mit einem Mann verheiratet war, der für uns nicht von Belang ist. Sie sind inzwischen beide tot, aber aus ihrer Ehe sind ein Sohn und eine Tochter hervorgegangen. Die Tochter wurde Nonne. Der Sohn ist jetzt neunundvierzig und ist der gegenwärtige Graf Chiavelli. Er hat die Tochter eines kleinen italienischen Adeligen geheiratet und hat einen Sohn von fünfundzwanzig. Der Graf, seine Frau und sein Sohn leben im Palazzo Chiavelli.«

Mr. Caldwell lehnte sich in seinem Schreibtischsessel zurück, nahm den Kneifer ab und putzte ihn mit dem Zipfel seines Taschentuchs.

»Haben Sie in Miß Tregarons Namen bis hierher irgendwelche Fragen zu stellen, Mr. Morton?« fragte er. »Diese Stammbäume sind für jeden Außenstehenden reichlich kompliziert.«

»Wenn ich Sie recht verstanden habe, gehören demnach der jetzige Graf und seine Frau zur Generation von Cadis Mutter?« sagte Morton. »Und der Sohn zu Cadis Generation, stimmt's?«

Der Anwalt nickte. Mr. Morton sah mich fragend an. »Alles klar, Cadi?«

»Ja, vielen Dank, Mr. Morton.«

»Gut.« Er wandte sich wieder an Mr. Caldwell. »Hat dies alles irgendwelche greifbaren Auswirkungen auf Cadi, abgesehen von der Tatsache, daß sie erwiesenermaßen eine Kusine zweiten oder dritten Grades vom Sohn des gegenwärtigen Grafen Chiavelli ist?«

»Das will ich Ihnen gerade sagen, Sir. Ich komme jetzt zum Hauptpunkt der Angelegenheit«, erklärte Mr. Caldwell mit selbstgefälliger und geheimnisvoller Miene. »Der alte Graf hat sich immer an den Glauben geklammert, daß seine verlorene Tochter noch am Leben sei und daß man sie eines Tages finden werde. Wenn man zwischen den Zeilen liest, möchte man fast annehmen, daß er sich schämte, sie so vernachlässigt zu haben. Schwer zu sagen nach so langer Zeit, aber ich traue dieser Marguerita nicht, und vielleicht erging es der jungen Caterina ebenso.«

Ich hielt es für sehr wahrscheinlich, daß Mr. Caldwells Vermutung zutraf, denn wenn meine Granny Caterina sich von ihrem Vater vernachlässigt und von ihrer Tante bedroht gefühlt hatte, so wäre es verständlich, daß sie sich instinktiv geweigert hatte herauszufinden, woher sie stammte und wer sie war.

»Wie dem auch sei«, fuhr Mr. Caldwell fort, »der Graf hat in seinem Testament eine seltsame Vorkehrung getroffen. Konnte natürlich nichts hinsichtlich seines Titels tun, denn das ist Sache des Gerichts, aber er war ein wohlhabender Mann, und er hat seinen gesamten Besitz in unveräußerliches Erbgut verwandelt.«

Ich beugte mich vor und sagte: »Mir ist nicht ganz klar, was das bedeutet, Mr. Caldwell. Würden Sie so freundlich sein, es mir zu erklären?«

»Sehr gern, Miß Tregaron. Schlicht ausgedrückt bedeutet es, daß sein Besitz, als er starb, nicht auf seine Erben – in diesem Fall seine Schwester – überging. Sie erhielt lediglich die Einkünfte aus dem Besitz, das Geld, das seine Ländereien, Güter und Investitionen einbrachten. Aber das Vermögen selbst konnte nicht angerührt werden. Ist das jetzt klar?«

»Ja. Ich danke Ihnen.«

»Zur Zeit seines Todes wäre Ihre Großmutter, Caterina, vierzig Jahre alt gewesen. So begrenzte der Graf seine Verfügung auf eine Zeitspanne von dreißig Jahren, also bis zum siebzigsten Lebensjahr Ihrer Großmutter. Nach dieser Zeit sollte die Unveräußerlichkeit des Besitzes aufgehoben werden und das gesamte Vermögen ohne jede Einschränkung an den dann Anspruchsberechtigten fallen. Das heißt, an den Nachkommen seiner Schwester Marguerita, den rechtmäßigen Erben in Abwesenheit Ihrer Großmutter oder *ihrer* Nachkommen. Mit anderen Worten, an den gegenwärtigen Graf Chiavelli.«

»Wollen Sie damit sagen, daß meine Großmutter, wenn sie heute am Leben wäre, den Besitz erben würde?« fragte ich, ein wenig benommen von der Vorstellung, daß Granny Caterina reich wäre.

»Ganz recht.« Mr. Caldwell nickte. »Kann nichts über den Adelstitel sagen. Ob der jetzige Graf ihn aufgeben müßte oder nicht, wäre eine schwierige Rechtsfrage, die das italienische Gericht zu entscheiden hätte. Aber sie würde zweifellos den Besitz erben.« Er nahm seinen Kneifer ab, legte ihn auf die Dokumente vor sich und sah mich, den Kopf ein wenig zur Seite geneigt, aufmerksam an. »Aber da sie nicht mehr am Leben ist, und Ihre Mutter auch nicht, wird die Erbschaft an Sie fallen, Miß Tregaron, wenn Sie Ihr einundzwanzigstes Lebensjahr vollenden.«

Ich zuckte erschreckt zusammen und merkte, wie meine Augen sich vor Erstaunen weiteten. Lucian hatte mit Mr. Morton darüber gescherzt, Sarah hatte phantastische Luftschlösser gebaut, aber ich selbst hatte nicht einen Augenblick angenommen, daß irgend etwas Derartiges geschehen könnte.

»Sie sagen, wenn sie einundzwanzig ist.« Mr. Mortons Stimme war fragend.

»Ja, das stimmt, Sir. Das Testament ist sehr klar und eindeutig. Die Rückhaltungsklausel gilt für dreißig Jahre, das heißt also bis 1911. Bis dahin verwalten zwei italienische Banken den Besitz für Caterina Chiavelli, die Tochter des alten Grafen, falls man sie lebend auffindet, oder andernfalls für ihren nächsten lebenden Nachkommen, der ihn bei Vollendung des einundzwanzigsten Lebensjahres erhält. Mein Kollege Bonello ist der Ansicht, daß das Gericht wohl letztlich auch zu ihren Gunsten entscheiden wird, was den Adelstitel betrifft, aber das bleibt abzuwarten.«

Mr. Morton sah mich lächelnd an und erwartete offensichtlich, daß ich etwas sagen würde, aber ich konnte nicht. All die Ruhe, zu der ich mich um Mr. Caldwells willen gezwungen hatte, war dahin. Das, was ich soeben gehört, hatte mir einen derartigen Schock versetzt, daß ich weder Erregung noch Glück empfand. Es war alles zu gewaltig, als daß ich es begreifen konnte, und wenn ich überhaupt irgend etwas fühlte, so war es Angst. Ich preßte die Hände an meine glühenden Wangen, und als ich endlich wieder sprechen konnte, brachte ich nur stotternd hervor: »Ich – ich glaube, ich möchte keine Gräfin sein! Bitte, Mr. Morton!«

VIII

Er kam zu mir herübergeeilt und griff nach meiner Hand. Seine Augen blitzten vor Lachen und Freude, aber seine Stimme war verständnisvoll, als er sagte: »Schon gut, Cadi, ich weiß, daß dies alles ein wenig überwältigend ist, aber hab keine Angst, mein Liebes.«
»Verzeihen Sie – ich bin völlig durcheinander. Was wird jetzt geschehen, und was muß ich tun? Sie werden mir doch helfen, nicht wahr, Mr. Morton?«
»Immer, Cadi. Ich stehe dir wie ein Vater zur Seite, solange du mich brauchst. Das weißt du doch, mein Kind.« Er wandte sich an Mr. Caldwell. »Lassen wir den Titel für den Augenblick beiseite. Ist es ein großes Vermögen?«
»Sehr beträchtlich.« Mr. Caldwell stöberte in seinen Papieren herum und setzte wieder den Kneifer auf. »Solange Miß Tregarons Identität als direkter Nachkomme des alten Grafen nicht offiziell nachgewiesen ist, haben wir kein Recht auf Information von den Banken, die den Besitz verwalten. Aber Bonello meint, daß man ihn bei vorsichtiger Schätzung etwa auf eine Viertelmillion Pfund Sterling bewerten kann.«
Mein Atem stockte, und ich klammerte mich fest an Mr. Mortons Hand. Nur der Zorn über meine eigene Schwäche half mir, die Tränen zurückzuhalten. Aber Mr. Morton brach in überschwengliches Gelächter aus. »Eine Viertelmillion?« wiederholte er. »Oh, meine kleine Cadi. Kannst du dir vorstellen, wie meine Frau, mit dieser Nachricht bewaffnet, Mrs. Carpenter den Mund stopfen wird?«
Der Gedanke kam mir so komisch vor, daß ich in sein Gelächter einstimmte – ein wenig hysterisch, fürchte ich, aber zumindest diente es als Ventil für meine zurückgehaltenen Gefühle. Mr. Caldwell

sah uns verwirrt an, dann zuckte er die Achseln und nahm wieder eine Prise Schnupftabak.
Nachdem wir uns beruhigt hatten, ging Mr. Morton, die Hände auf dem Rücken verschränkt, nachdenklich im Zimmer auf und ab. »Sie sprachen davon, daß man Cadis Identität gesetzlich nachweisen müsse, Caldwell«, sagte er schließlich. »Kann es dabei irgendwelche Schwierigkeiten geben?«
»Bonello hält es für unwahrscheinlich«, war die Antwort. »Und seine Meinung ist in diesem Fall ausschlaggebend, da wir es mit den Gesetzen Italiens zu tun haben werden. Außerdem haben wir völlig eindeutige Beweise. Das Mädchen, das Robert Penwarden vor dem Tode gerettet und nach Cornwall gebracht hat, war zweifellos Caterina Chiavelli. Schon allein die Folge der Ereignisse läßt das als beinahe sicher erscheinen, und das Medaillon, das sie trug, macht jeden Zweifel unmöglich. Es steht auch außer Frage, daß diese junge Dame ihre Enkelin ist. Halb Mawstone kann das bezeugen, und das Kirchenbuch bestätigt es.«
Mr. Morton nickte. Sein Gesicht wurde ernst. »Demnach könnte der gegenwärtige Graf seinen Titel verlieren, und wenn Cadi einundzwanzig wird, verliert er das Vermögen, das er andernfalls binnen weniger Jahre geerbt hätte. Ich nehme an, daß er den Fall vor das italienische Gericht bringen wird.«
»Das hatten Bonello und ich auch vermutet«, sagte Mr. Caldwell. »Natürlich würden wir gewinnen, aber wir waren sicher, daß der Graf sich nicht kampflos geschlagen geben würde. Wir haben ihn jedoch falsch eingeschätzt.« Er lächelte selbstzufrieden und schwieg erwartungsvoll wie ein Taschenspieler, der ein Kaninchen aus dem Hut gezaubert hat.
Mr. Morton zog überrascht die Augenbrauen hoch. »Wollen Sie damit sagen, daß er es bereits weiß? Der Graf *weiß* von Cadis Existenz?«
»Ja, Sir, er weiß es. Sie haben mir weitreichende Vollmachten gegeben, und ich habe das gleiche mit Bonello getan. Nachdem wir alle Daten beisammen hatten, meinte Bonello, es könne nicht schaden und werde uns möglicherweise sogar Zeit sparen, wenn er den Grafen aufsuchte und ihn vom Stand der Dinge unterrichtete. Irgendwann mußte es ohnedies geschehen, und Bonello wollte sehen, wie der Mann reagierte, um uns mitteilen zu können, ob es zu einem Prozeß kommen würde oder nicht.«

Mr. Morton zupfte an seinem Bart, dann nickte er. »Ich glaube, er hat richtig gehandelt. Und Sie sagen, der Graf hat nicht die Absicht, vor Gericht zu gehen?«

»Im Gegenteil, nach der ersten Überraschung war er offenbar sehr erfreut zu hören, daß es endlich eine Erklärung für das rätselhafte Verschwinden seiner Großtante gibt, und daß eine Enkelin von ihr existiert. Anscheinend ein warmherziger Mensch mit einem stark ausgeprägten Familiensinn. Jedenfalls hat er Cadi ohne den leisesten Widerspruch als diejenige anerkannt, die sie zu sein behauptet. Von einer Anfechtung ihres Anspruchs kann keine Rede sein.«

»Es kommt mir irgendwie unfair vor«, sagte ich langsam. »Ich meine, daß ich jetzt plötzlich nach so langer Zeit auftauche und – und ihm sein Vermögen wegnehme.«

»Mein liebes Kind, es ist nicht sein Vermögen«, erwiderte Mr. Morton sanft. »Es ist das Vermögen deines Urgroßvaters, das er deiner Granny Caterina und durch sie dir hinterlassen hat. Ich gebe zu, der gegenwärtige Graf mag sich in seinen Erwartungen getäuscht gesehen haben, aber das ist eine Sache für sich. Keiner von euch beiden, weder du noch er, hat das Recht, die Art und Weise zu kritisieren, wie der alte Graf über seinen Besitz verfügt hat. Und der gegenwärtige Graf scheint erfreulicherweise klug und einsichtsvoll genug zu sein, um das zu wissen.«

»Sehr ungewöhnlich«, brummte Mr. Caldwell. »Wirklich sehr ungewöhnlich. Ich bin Rechtsanwalt, und ich habe mit Hunderten von Testamenten zu tun gehabt. Habe Familien wie wild um ein Klavier kämpfen sehen, ganz zu schweigen von einer Viertelmillion.«

Mr. Morton lächelte. »Ich bin sicher, Männer Ihres Berufs bekommen im allgemeinen die schlimmsten Seiten der menschlichen Natur zu sehen, Caldwell, aber mit Graf Chiavelli scheinen wir Glück zu haben.«

»Es sieht so aus, es sieht so aus«, pflichtete Mr. Caldwell ihm widerwillig bei. »Voraussichtlich werden Sie in den nächsten Tagen einen Brief von ihm erhalten, Miß Tregaron. Er wollte Bonello Zeit lassen, Ihnen durch mich die Nachricht zu übermitteln, dann wollte er Ihnen direkt schreiben. Spricht, soviel ich weiß, recht gut Englisch.«

»Dann werden wir abwarten, was geschieht«, sagte Mr. Morton. »Seltsamerweise hatten wir ohnedies vorgehabt, nächstes Jahr nach Venedig zu fahren. Jetzt werden wir es ganz bestimmt tun. Cadi muß ihre neu entdeckten Verwandten kennenlernen und auch die Treuhänder des Besitzes, der ihr gehören wird. Nun, vielen Dank, Caldwell. Ich bitte Sie, die Sache weiter zu verfolgen und uns zu benachrichtigen, sobald die Treuhänder die neue Situation offiziell anerkannt haben.«

»Das dürfte nicht sehr lange dauern, Mr. Morton, nachdem der Graf selbst sie anerkannt hat.« Mr. Caldwell stand auf und watschelte um seinen Schreibtisch herum, um uns hinauszubegleiten. An der Tür seines Büros sagte er: »Übrigens hat Bonellos Besuch im Palazzo uns einen weiteren Beweis geliefert. Erinnern Sie sich, daß ich Sie bat, mir ein paar gute Fotos von Miß Tregaron zu verschaffen? Nun, ich habe zwei davon an Bonello gesandt. Offenbar gibt es im Palazzo eine Anzahl von Familienporträts, darunter auch eines von Caterina, das knapp sechs Monate vor ihrem Verschwinden gemalt worden ist. Bonello sagt, sie sei ihrer Enkelin wie aus dem Gesicht geschnitten. Eine auffallende Ähnlichkeit. Und sie trug das Medaillon, als sie für dieses Porträt Modell saß. Es ist deutlich zu erkennen.«

Als ich an Mr. Mortons Seite durch Lincolns Inn ging, war mir, als ob ich träumte. Das anfängliche Gefühl der Angst war jetzt verschwunden, und eigentlich hätte ich wohl hocherfreut und glücklich sein sollen bei dem Gedanken, daß ich in einem guten Jahr reich sein würde – so reich, wie ich es mir nie hätte träumen lassen –, aber ich war es nicht. Mein benommener Geist versuchte unklar, sich Geschenke auszudenken, die ich Sarah, Mrs. Morton und der ganzen Familie kaufen könnte. Ich glaube, sie hätten alles in allem ein paar Pfund ausgemacht. Darüber hinaus fiel mir nichts ein. Ich lebte in einem schönen Haus, ich hatte hübsche Kleider, war gut ernährt und stand unter der väterlichen Obhut eines Mannes, der die Güte in Person war. Ich wünschte mir nichts, was für Geld zu haben wäre. Mit einem plötzlichen Gefühl der Erbitterung wandte ich mich Mr. Morton zu und rief beinahe klagend: »Was in aller Welt soll ich mit diesem ganzen Geld anfangen?«

Er blickte mit seinem komischen, halb traurigen Lächeln seitlich zu mir herunter. »Bist du so schnell hinter die Wahrheit gekommen, Cadi? Aber du warst ja schon immer ein verständiges Mädchen. Nun ... denk vorläufig nicht mehr an das Geld. Und wenn es dir zufällt, gebrauch den gesunden Menschenverstand, mit dem du gesegnet bist. Es ist sehr angenehm, genügend Geld für das zu haben, was man braucht. Sehr viel mehr zu haben, kann eine Last sein, wenn man es zuläßt. Also reich oder arm, sei so, wie du bist, Cadi, und ändere dich nicht. Widme dich dem, was wichtig ist, wie du es immer getan hast – Menschen, nicht Dingen.« Der Anflug von Wehmut verschwand, und er lachte leise. »Rette törichte alte Herren, die mit einem Segelboot aufs Meer hinausfahren. Tanze mit ausgestoßenen jungen Männern, wenn alle anderen den Tanzboden verlassen –« Er brach ab, als sei ihm gerade ein Gedanke gekommen, dann sagte er: »Die Erwähnung von Lucian hat mich auf eine gute Idee gebracht. Ich muß unbedingt für ein oder zwei Stunden ins Büro und hatte mir schon überlegt, was ich unterdessen mit dir anfange. Aber wenn wir einen Wagen nehmen und zuerst zu Lucian fahren, kann ich dich bei ihm lassen, vorausgesetzt, er ist zu Hause. Was hältst du davon?«

Der Vorschlag brachte mich etwas aus dem Gleichgewicht, aber ich versuchte, mir das nicht anmerken zu lassen, und stimmte lächelnd zu. Mr. Morton muß jedoch mein Zögern bemerkt haben, denn als wir im Wagen saßen, warf er mir einen forschenden Blick zu und fragte: »Willst du Lucian nicht besuchen, Cadi?«

Ich sah der Aussicht, Lucian zu besuchen und ein oder zwei Stunden bei ihm zu bleiben, mit recht gemischten Gefühlen entgegen. Es würde unsere erste Begegnung sein seit der Nacht, als er Richard so grausam geschlagen hatte, und ich wußte nicht, was ich empfinden würde, wenn ich ihn sah, und ob ich mit ihm über den Vorfall sprechen sollte oder nicht. Aber das konnte ich Mr. Morton nicht sagen, und so nannte ich ihm einen anderen Grund für mein Widerstreben, der ebenfalls der Wahrheit entsprach.

»Ich habe mir überlegt, ob Mrs. Morton wohl damit einverstanden wäre«, sagte ich. »Gewiß, Lucian gehört zur Familie, aber ... nun, ich bin sicher, sie würde es mißbilligen.«

»Ja, das glaube ich auch«, stimmte Mr. Morton mir bei. »Sie macht sich viel mehr Gedanken um gesellschaftlich korrektes Benehmen als ich. Lucian hat jedoch eine Haushälterin, die zwar nicht dort wohnt, aber um diese Zeit in der Wohnung ist, also bist du ausreichend betreut. Beruhigt dich das?«

Ich lächelte. »Ich war nicht meinetwegen beunruhigt, es ist nur, daß ich Mrs. Morton nicht unnötig aufregen möchte.«

»Du hast vollkommen recht, mein Liebes, und es ist sehr aufmerksam von dir.« Er zuckte ein wenig kleinlaut die Achseln. »Obwohl es wahrscheinlich unmöglich ist, ihr auf die Dauer jede Aufregung fernzuhalten. Sie ist nicht sehr anpassungsfähig, was ihre Ansichten über Schicklichkeit betrifft, und es wird ihr schwerfallen, sich damit abzufinden, daß die Zeiten der Anstandsdame bald vorüber sein werden.« Er nickte, als ob er seine eigenen Gedanken bestätigen wolle. »Ja, in London und in vielen anderen Großstädten arbeiten heute junge Mädchen als Büroangestellte – Stenotypistinnen, Privatsekretärinnen und im Einzelhandel, ganz abgesehen vom Beruf der Ärztin, Journalistin und dergleichen. Ich glaube, auf jeweils drei männliche Büroangestellte kommt heute eine weibliche, und diese Relation nimmt ständig zu.«
Er blickte aus dem Wagenfenster auf die belebte Straße, während wir die High Holborn entlangklapperten. »Du siehst ja selbst, wie die alten Sitten sich ändern. Diese Frauen fahren ohne Begleitung umher und arbeiten Seite an Seite mit den Männern. Ich persönlich halte das für eine begrüßenswerte und völlig normale Entwicklung. Euer Geschlecht ist in den letzten tausend Jahren oder noch länger viel zu sehr von dem unsrigen beherrscht worden.«
Es interessierte mich immer, wenn Mr. Morton so sprach und seine Gedanken über den Lauf der Welt zum besten gab. Ich wußte, daß die meisten Männer seiner Generation sehr erbost waren über das, was sie Mangel an Anstand und gefährliche Unabhängigkeit der modernen jungen Mädchen nannten, aber Mr. Morton war vor allen Dingen ein aufrichtiger und gerechter Mann ohne Vorurteile. Ich hatte ihn einmal zu Oberst Rodsley sagen hören: »Ich bin völlig Ihrer Meinung, daß die Frauen den Männern nicht ebenbürtig sind. Aber die Männer sind den Frauen auch nicht ebenbürtig. Sie sind, Gott sei Dank, einfach vollkommen anders, und man kann sie nicht vergleichen. Aber daß die einen den anderen vor dem Gesetz untergeordnet sein sollen, ist eine Ungerechtigkeit, die ich noch vor meinem Tod berichtigt zu sehen hoffe.«
Ich glaube, es machte ihm Spaß, so mit mir zu reden, weil er wußte, daß ich ihm aufmerksam zuhörte, und diesmal fuhr er mit seinen Überlegungen fort, bis wir vor Lucians Haus in der Half Moon Street hielten. Er bat den Droschkenkutscher, zu warten, und wir stiegen die zwei Stockwerke zu Lucians Wohnung hinauf.

Meine Knie zitterten vor Erregung, aber im Grunde war ich doch ganz froh, daß die Begegnung mit Lucian meine Gedanken von alldem ablenken würde, was ich in Mr. Caldwells Büro erfahren hatte. Eine grauhaarige Frau mit rosigen Wangen und einer weißen Schürze öffnete die Tür.

»Guten Morgen, Mrs. Redman. Ist Mr. Farrel zu Hause?«

»Oh, Sie sind es, Mr. Morton. Bitte kommen Sie herein, Sir. Mr. Farrel ist im Atelier. Ich sage ihm sofort Bescheid. Ein schöner Tag heute, nicht wahr?«

Sie führte uns ins Wohnzimmer, dann ging sie hinaus, um Lucian unseren Besuch zu melden. Ich sah mich neugierig um. Im Vergleich zu Meadhaven und den anderen großen Landhäusern, die ich kannte, schien dieses Zimmer sehr spärlich möbliert, und statt der üblichen dunklen Farben und blumenreichen Tapeten waren die Wände hellblau gestrichen. Aber das Zimmer gefiel mir, denn auch wenn es nicht sehr groß war, wirkte es geräumig, und die hellen Wände ließen es licht und luftig erscheinen.

Durch die offene Tür hörten wir Lucians Stimme. »Hallo, mein greiser Oheim«, rief er. »Bitte komm herüber. Ich stecke bis zu den Ellbogen in Lehm.«

Mr. Morton lächelte, ging zur Tür und rief zurück: »Auf diese Art wurde, soviel ich weiß, Adam erschaffen. Und ich habe hier neben mir ein äußerst charmantes Exemplar aus Adams Rippe. Dürfen wir beide hinüberkommen?«

»Tante Helen?« Lucians Stimme klang ein wenig zögernd.

»Nein, es ist Cadi.«

»Oh, kommt herein. Tante Helen würde, fürchte ich, meine Arbeit mißbilligen.«

Wir gingen ein paar Schritt den Korridor entlang zu Lucians Atelier. Es war ein großer, langgestreckter Raum mit einem riesigen Fenster und einem etwa halb so großen Oberlicht in der Decke.

Die Einrichtung bestand aus zwei schweren, runden Tischen, ein wenig höher als üblich, zwei ziemlich abgenutzten Armsesseln, einem Sofa und einer Werkbank, auf der einige Holzhämmer und eine Sammlung von Hohlmeißeln und Schlageisen lagen. An den Wänden standen roh behauene Holzblöcke, manche groß, manche klein. Ich erkannte Mahagoni und Eiche, aber es gab Hölzer von anderer Farbe und Maserung, deren Namen ich nicht kannte. Auf

Regalen und langen Seitentischen standen eine Anzahl von Holzschnitzereien. Ich sah einen lebensgroßen Männerkopf mit dem runzligen Gesicht eines alten Bauern. Eine Miniaturschnitzerei, ein Relief auf einem flachen Holzoval, zeigte eine nackte Göttin, deren Arme sich der Sonne entgegenzustrecken schienen. Kopf und Vorderläufe eines Pferdes erhoben sich aus einem roh bearbeiteten Stück Holz wie aus dem Meer. Die etwa dreißig Zentimeter hohe Figur eines in Lumpen gehüllten Asiaten stützte sich auf einen grob geschnitzten Pflug. Dann waren da noch zwei zarte, wie zum Gebet gefaltete Hände; ein kraftvoller Männerarm, halb eingebettet in den rohen Block, aus dem er geschnitzt worden war; ein nackter Knöchel und Fuß, schöngeformt, weiblich.
Mein Blick fiel auf eine Büste in der Nähe des Fensters, und ich erkannte sofort, daß dies die Schnitzerei sein mußte, von dem Sarah gesprochen hatte. Die Frau war jung, aber in ihrem Gesicht schien die Erfahrung aller Zeiten zu liegen, und der nachlässige Faltenwurf des zarten Gewebes, das kaum ihre Brust verhüllte, die leichte Neigung des Kopfes, das Lächeln um ihre Lippen, all das vermittelte den Eindruck von schamloser weiblicher Selbstsicherheit und Anmaßung. Aber obgleich ich noch nie so einer Frau begegnet war, hatte ich das sichere Gefühl, daß dieses Bildwerk von ihr der Wirklichkeit entsprach, daß das, was sie war, was Lucian sah und kannte, wahrheitsgetreu festgehalten worden war. Dieses Element lag in all seinen Schnitzereien. Ihre Wirkung war unmittelbar, und trotzdem erkannte man nicht alles auf den ersten Blick. Sie hatten eine Tiefgründigkeit, die Geist und Auge gefangenhielt, und was ich zuerst für Fragmente einer Skulptur gehalten hatte, war in sich ein vollständiges Ganzes. Die gefalteten Hände, der zarte Fuß brauchten nicht mehr Substanz, als Lucian ihnen gegeben hatte.
Er stand vor einem Tisch, schaufelte mit den Händen grauen Lehm aus einem großen Topf und häufte ihn knetend und formend um eine dicke Stange, die aus einem schweren Sockel ragte. Nachdem Sarah mir erzählt hatte, daß Schnitzen Lucians Hobby sei, hatte ich in einer von Mr. Mortons Enzyklopädien darüber nachgelesen. Ich wußte, daß die Stange in der Fachsprache Gerüst genannt wurde und dazu diente, den Lehm abzustützen, während Lucian ihm die Form gab, die er haben wollte. Der Lehm konnte verändert, neu gestaltet, zurechtgeschnitten und geformt werden, bis das Modell

vollkommen seinen Wünschen entsprach. Erst dann würde er nach dem Meißel greifen und anfangen, nach dem Lehmmodell in Holz zu schnitzen.

Lucian trug ein Hemd mit aufgerollten Ärmeln, das am Hals offen war. Sowohl das Hemd als auch seine recht schäbigen, alten Hosen waren von oben bis unten mit Lehm beschmiert. Ein Ausdruck gespannter Aufmerksamkeit lag auf seinem dunklen Gesicht. Wir standen etwa dreißig Sekunden schweigend da und beobachteten ihn. Dann hob er den Kopf und lächelte.

»Wie geht es dir, Onkel Edward? Und dir, Cadi? Bitte setzt euch. Ich hoffe, die Stühle werden nicht unter euch zusammenbrechen. Verzeiht meine Unhöflichkeit, aber ich wollte nur noch diese kleine Arbeit beenden.« Er ging zu einer Waschschüssel und begann seine Hände zu waschen. »Was bringt euch an diesem schönen Morgen zu mir?«

»Eine Zwangslage, mein lieber Neffe, eine Zwangslage«, sagte Onkel Edward mit Bedauern. »Wir würden wohl schwerlich aus reinem Vergnügen die Gesellschaft eines zerlumpten, lehmbeschmierten Taugenichts suchen, glaubst du nicht auch?«

»In der Tat, lieber Oheim, in der Tat«, pflichtete Lucian ihm bei. »Und was für eine Zwangslage hat euch dazu getrieben?«

Mr. Morton wurde ernst. »Nun, um die Wahrheit zu sagen«, erwiderte er, »wir kommen gerade vom alten Caldwell. Er hatte wichtige Neuigkeiten für Cadi.« Lucian sah mich an, und ich fühlte, daß ich errötete, denn obwohl wir uns nur wenige Male begegnet waren und so gut wie gar nicht miteinander gesprochen hatten, war es nicht der Blick eines beinahe Fremden, sondern der eines Mannes, der mich genau zu kennen glaubte. Er zog eine Augenbraue in die Höhe und sagte: »Wichtige Neuigkeiten? Das klingt aufregend. Und dennoch scheint unsere Cadi nicht aufgeregt zu sein.«

»Ich habe noch keine Zeit gehabt, darüber nachzudenken«, entgegnete ich kurz angebunden.

»Ich glaube, es kommt eher daher, daß sie gottlob sehr vernünftig ist«, sagte Mr. Morton und lehnte sich behutsam in seinem knarrenden Armstuhl zurück. »Wenn ich daran denke, wie schwer es sein wird, die Gefühlsausbrüche von Sarah und deiner Tante Helen in Schranken zu halten wird mir angst und bange, Lucian.«

»Könntest du wohl deine Angst einen Augenblick vergessen und mir die große Neuigkeit erzählen, Onkel Edward? Hat Cadi sich als eine reiche Erbin entpuppt, wie ich es prophezeit hatte?« Er warf das Handtuch beiseite und setzte sich lächelnd auf eine Ecke der Werkbank.

»Wir haben erfahren, daß Cadi tatsächlich in direkter Linie vom alten Grafen Chiavelli abstammt«, sagte Mr. Morton. »Er war ihr Urgroßvater. Der Besitz, den er hinterlassen hat, ist dem Testament gemäß zum Familiengut erklärt worden, und sie wird ihn bei Vollendung ihres einundzwanzigsten Lebensjahres erben. Vielleicht erbt sie auch den Titel und wird Gräfin.«

Eine Zeitlang herrschte Schweigen. Lucians Lächeln war verschwunden. »Ein großes Vermögen?« fragte er schließlich leise.

»Etwa eine Viertelmillion Pfund Sterling.«

Ein noch längeres Schweigen. Dann: »Ich verstehe ...«, sagte Lucian; er saß mit verschränkten Armen da und starrte nachdenklich durch mich hindurch. Mir war unbehaglich zumute, und ich wurde ärgerlich.

»Du machst selbst keinen sehr erregten Eindruck, Lucian«, sagte ich. Er fuhr ein wenig erschreckt aus seinen Gedanken auf und erwiderte lächelnd: »Verzeih. Natürlich freue ich mich für dich. Es ist eine großartige Neuigkeit.« Dann sah er Mr. Morton an. »Was sagt der gegenwärtige Graf zu der Aussicht, sein Geld und seinen Titel zu verlieren?«

»Das letztere ist noch nicht sicher, Lucian. Aber auf jeden Fall scheint er keinen Groll zu hegen. Man hat uns berichtet, er sei zutiefst bewegt gewesen, als er hörte, daß die Urenkelin des alten Grafen aufgefunden worden ist.«

»Nun ... das ist wundervoll«, sagte Lucian vage; er stand auf, steckte die Hände in die Taschen und wanderte ziellos im Atelier umher. »Ich vermute, du wirst mit ihr nach Venedig fahren, sobald du es einrichten kannst?«

»Damit hat es keine Eile. Die Sache liegt in den Händen der Anwälte. Aber Cadi wird zweifellos ihre Verwandten kennenlernen wollen, und ich denke mir, wir werden spätestens im nächsten Frühling fahren.« Er sah mich an. »Oder ist das ein zu langer Aufschub für dich, mein Liebes?«

Ich schüttelte den Kopf. »Natürlich möchte ich sie kennenlernen, Mr. Morton, aber sie kommen mir nicht wie meine eigene Familie vor. Das klingt vielleicht gefühllos, aber ich meine es nicht so. Es ist einfach, daß ... nun, wir sind uns vollkommen fremd, wir waren seit drei Generationen getrennt, und – und Granny Caterina wollte nie zu ihrer Familie zurück. Für mich ist Meadhaven mein Zuhause. Ich will gern nach Venedig fahren, wann immer es Ihnen paßt.«

Mr. Morton stand auf und klopfte mir auf die Schulter. »Dann bleiben wir dabei.« Er wandte sich an Lucian. »Ich lade dich zum Mittagessen ein, lieber Junge, so wenig du es auch verdient hast. Ich habe den Rest des Vormittags in Whitehall zu tun und möchte Cadi so lange unter deiner Obhut lassen. Ich frage dich nicht, ob du etwas dagegen hast, denn es ging darum, Cadi zu fragen, ob sie etwas dagegen hätte, und zu meiner Überraschung hat sie eingewilligt, sich für ein oder zwei Stunden mit deiner Gesellschaft abzufinden.«

»Sie hat ein weiches Herz«, sagte Lucian geistesabwesend, »daran ist nicht zu zweifeln.« Er ging langsam um mich herum, sah mich aufmerksam zuerst von einer Seite, dann von der anderen an, als ob ich irgendein Gegenstand wäre, der ihn interessierte. »Ich schlage vor, wir treffen uns zum Mittagessen im Café Royal, Onkel Edward. Und ich werde Champagner trinken, um diese große Neuigkeit zu feiern. Es wird ein teures Essen für dich werden, aber in deinem Alter ist Knauserei schlecht für die Leber.«

Mr. Morton nahm lachend seinen Hut und Spazierstock auf. »Cadi bekommt ein Glas, und den Rest der Flasche teilen wir uns, mein Junge. Also um halb zwei.«

Als er fort war, wurde ich plötzlich sehr verlegen. Lucian sagte nichts, strich aber immer noch um mich herum und musterte mich auf die gleiche seltsame Art wie zuvor.

»Deine Skulpturen gefallen mir, Lucian«, sagte ich schließlich verzweifelt. »Ich finde sie sehr schön.«

»Hmm? Ja ... gut. Aber kümmere dich jetzt nicht darum. Leg deinen Hut und Mantel ab, Cadi.« Er schien von einer plötzlichen Erregung ergriffen und nahm mich bei der Hand. »Mach schnell. Komm, ich helf dir. Gut. Und jetzt setz dich auf diesen geraden Stuhl, hier unter dem Oberlicht.« Er hob die Stimme und rief: »Mrs. Redman!«

Sie kam eilig ins Atelier, und Lucian sagte: »Seien Sie so gut und nehmen Sie Miß Tregarons Mantel und Hut. Sie wird für mich sitzen. Möchtest du etwas, Cadi? Eine Tasse Tee? Kuchen?«

»Nein – nein danke. Willst du damit sagen, daß du von *mir* eine Skulptur machen wirst?«

»Ja, natürlich. Setz dich hin. So ist's gut. Wo ist...?« Er sah sich suchend um und fuhr sich mit der Hand durch das Haar. »Oh, das genügt.« Er hob einen Strick auf, der auf einer kleinen Kiste lag. »Vielen Dank, Mrs. Redman, wir brauchen nichts. Fahren Sie fort mit Ihrer Arbeit. Nun, Cadi...«, er hielt inne, während er sich hinunterbeugte und die beiden Enden des Stricks um das Tischbein band, dann kam er auf mich zu und gab mir die Schlinge in die Hand. »Zieh sie fest an – nein, nicht so! Als ob du *Zügel* in den Händen hieltest, Cadi. Ja, so ist's besser.«

Mit raschen, energischen Bewegungen wandte er sich dem ungeformten Lehm am Gerüst zu und riß etliche Handvoll weg. »Bleib ganz still sitzen. Nein, verdammt noch mal, so geht es nicht.« Er kam wieder zu mir herüber und wollte die Ärmel meines Kleides berühren, aber ich zog rasch die Hände fort.

»Du machst es schmutzig mit deinem Lehm!« rief ich aus.

»Schon gut, schon gut«, sagte er ungeduldig. »Knöpf die Ärmel auf und schieb sie zurück, damit deine Handgelenke zu sehen sind.« Ein wenig benommen gehorchte ich; sein fast fieberhafter Tatendrang ließ keinen Gedanken an Widerspruch aufkommen. Dies war ein Lucian, wie ich ihn noch nie gesehen hatte. Seine Zurückhaltung und Spottlust waren verschwunden. Tiefe Erregung hatte ihn ergriffen, die Erregung des Künstlers, und für den Augenblick trug er keinen Panzer und keine Maske.

»Jetzt nimm die Zügel wieder in die Hand. Etwas straffer... so ist's gut. Rede, soviel du willst, erzählt mir, wenn du möchtest, alles von dem alten Caldwell und der großen Erbschaft. Singe, wenn du Lust hast – tu, was du willst, aber halte deine Hände still.«

»Meine... Hände? *Nur* meine Hände?« Ich fühlte, wie ich vor Zorn abermals errötete. Während der hektischen Minuten, als er mich in Positur setzte, hatte ich geglaubt, daß er beabsichtigte, das Modell für eine Skulptur, vielleicht eine Büste von mir zu machen, und hatte mich sehr geschmeichelt über dieses Kompliment gefühlt. Er arbeitete jetzt eifrig am Lehm und antwortete nicht auf meine Frage. So sagte ich mit lauter Stimme:

»Lucian! Ich habe dich gefragt, ob du nur meine Hände schnitzen willst?«

»Was? Ja, natürlich!« Er blickte nicht von seiner Arbeit auf.
Natürlich! Ein schönes Kompliment. Ich war im Begriff, ihm die Meinung zu sagen, als mir die Komik zum Bewußtsein kam. Es war eitel und töricht von mir gewesen, zu glauben, daß er meinen Kopf modellieren wollte, und ich verdiente es, mit einem energischen Ruck auf den Boden der Wirklichkeit zurückversetzt zu werden. Lucian wollte nichts weiter als zwei Hände, anonyme Hände, und ich war zufällig da. Ich konnte mich nur damit trösten, daß das immer noch etwas besser war, als ein anonymer Fuß zu sein. Bei diesem Gedanken hätte ich fast angefangen zu kichern, aber gleich darauf erstarrte ich, aus Angst mich zu bewegen.
»Warum willst du meine Hände schnitzen?« fragte ich.
»Weil sie schön sind«, erwiderte er kurz angebunden. »Zieh fester an dem Strick, damit die Anstrengung zum Ausdruck kommt.«
»Schön?« Meine Stimme klang skeptisch, denn ich konnte mir nicht vorstellen, daß es ihm Ernst damit war. »Nein, das ist nicht wahr, Lucian. Diese anderen, die du geschnitzt hast, die gefalteten Hände – die sind wirklich schön.«
Er brummte verächtlich. »Niedliche Hände, weiter nichts. Ohne jeden Ausdruck.« Gespannt und aufmerksam formte er mit kraftvollen Fingern den Lehm und war so vertieft in seine Arbeit, daß er mehr zu sich selbst als zu mir zu sprechen schien. »Hände sind nicht nur zum Schmuck da, sie haben auch eine Funktion. Können nicht schön sein ohne dieses Element. Deine sind schön. Ich wußte es bereits an jenem ersten Tag nach Mogg Race, als du sie dir an den Riemenschaften wundgerieben hattest. Jetzt sind sie zarter und gepflegter, aber sie haben nichts von ihrem Charakter verloren. Es sind Hände, denen man vertrauen kann.«
Dann schwieg er. Ich saß regungslos da, blickte auf meine eigenen Hände hinunter, als sähe ich sie zum erstenmal, und versuchte vergebens zu verstehen, was Lucian an ihnen fand. Zumindest machte es mich froh zu wissen, daß es nicht einfach irgendwelche Hände waren, die er modellieren wollte, sondern meine.
Eine Zeitlang redete ich, erzählte Lucian alles, was in Mr. Caldwells Büro geschehen war, aber ich hatte den Eindruck, daß er kaum zuhörte, denn er stellte keine Fragen und sagte nichts. Als ich schließlich verärgert innehielt, schien er mein Schweigen überhaupt nicht zu bemerken. Meine Hände und Arme fingen an zu schmerzen, aber ich

biß die Zähne zusammen, denn ich war fest entschlossen, ihn nicht um eine Ruhepause zu bitten. Statt dessen tat ich, was ich manchmal in Mawstone getan hatte, wenn ich sehr müde war oder wenn mir etwas weh tat: Ich versuchte, den Geist vom Körper zu trennen und zu denken, ohne zu fühlen.

Ich war allein in diesem Atelier mit dem Mann, der Richard geschlagen hatte, der Mann, von dem Richard mir gesagt hatte, daß er an gefährlichen Bewußtseinsstörungen litt, und trotzdem spürte ich keine Angst. Jetzt, da Lucian zugegen war, konnte ich Richards Warnung einfach nicht glauben. Wenn das alles stimmte, müßte Mr. Morton es wissen, und er wäre nicht bereit gewesen, mich Lucian anzuvertrauen. Also konnte es nicht wahr sein. Aber warum hatte Richard gelogen? Und wer hatte mir den gefährlichen Streich mit dem Zaumzeug gespielt, der mich beinahe das Leben gekostet hätte? War es der grauäugige Fremde? Ich hatte ihn nachts umherschleichen sehen. Oder ...

Der Gedanke kam mir ungebeten in den Sinn und erstaunte mich. Konnte es Richard selbst gewesen sein? Was hatte Mr. Morton damals gesagt? »Er ist kein aufrichtiger Junge ... es ist schwer, ihn zu durchschauen.« Aber Mr. Morton hatte auch von Lucian gesagt, er verstünde es meisterhaft, die Menschen hinters Licht zu führen. Und Richard hatte keine Veranlassung, mir Schaden zuzufügen – im Gegenteil, er schien zu glauben, daß er mich liebte. Aber soviel ich wußte, hatte auch weder Lucian noch irgend jemand sonst einen Grund, mir etwas anzutun.

Meine Gedanken bewegten sich immerfort im Kreise und fanden keine Lösung. Vielleicht gab es gar keine. Vielleicht waren all die Geschehnisse auf einen Zufall zurückzuführen, und ich maß Mr. Mortons beiläufigen Worten und dem, was Richard gesagt hatte, zuviel Bedeutung bei.

Ich beobachtete Lucian und richtete meine ganze Aufmerksamkeit auf ihn, denn mir wurde undeutlich bewußt, daß meine Hände jetzt vor Anstrengung brannten, und ich wagte nicht, an sie zu denken. Er hatte aus dem Lehm die grobe Form von zwei leicht nach unten gebogenen Händen herausgearbeitet. Die Finger waren noch nicht klar umrissen, aber er begann jetzt, mit einem hölzernen Spachtel die Sehnen der Handgelenke hervorzuheben.

Es klopfte an der Tür, und Mrs. Redman brachte zwei Briefe herein.

»Hier ist die Mittagspost, Sir – oh!« Sie machte ein entsetztes Gesicht. »Haben Sie die junge Dame die ganze Zeit Modell sitzen lassen? Du lieber Himmel, Mr. Lucian, was fällt Ihnen ein? Sie muß völlig erschöpft sein!«

»Hm? Welche ganze Zeit?« Lucian richtete sich auf und starrte sie beinahe wütend an. Aber Mrs. Redman ließ sich nicht einschüchtern.

»Diese ganze letzte Stunde und noch länger!« sagte sie energisch.

»Stunde?« Er blinzelte überrascht, dann entspannte er sich plötzlich und warf den Spachtel auf die Arbeitsbank. »Verzeih, Cadi. Ich habe es nicht gemerkt. Warum, zum Teufel, hast du nichts gesagt?«

»Und so spricht man nicht in Gegenwart von Miß Tregaron«, sagte Mrs. Redman streng, während sie die Briefe auf den Tisch legte. »Es ist spät für eine Tasse Tee, aber ich mache sie Ihnen trotzdem. Und ich möchte Sie bitten, sich umzuziehen und den Tee mit Ihrem Gast im Wohnzimmer einzunehmen, Mr. Lucian, wie es sich für einen wohlerzogenen jungen Mann gehört.«

Sie stapfte hinaus. Ich hielt jetzt die Hände im Schoß, konnte jedoch die Finger nicht geradebiegen. Nach der langen Anspannung waren die Muskeln verkrampft. Lucian wusch sich die Hände. Während er sie abtrocknete, sagte er lächelnd: »Du bist immer noch ein halsstarriges kleines Geschöpf. Gibst dich ungern geschlagen, nicht wahr?«

»Ich wollte dich nicht stören«, erwiderte ich und zuckte vor Schmerz zusammen, als ich versuchte, die Finger zu bewegen.

»Was ist los?« Lucian ließ das Handtuch fallen und kam auf mich zu. »Ein Krampf?«

»Meine Finger sind ... steckengeblieben!« sagte ich hilflos.

Stirnrunzelnd kniete er neben dem Stuhl nieder, griff nach meiner rechten Hand und fing an, sie zuerst sanft, dann mit kräftigen, knetenden Bewegungen zu massieren, um die steifen Sehnen zu lockern. Bereits nach wenigen Sekunden ließ der Schmerz nach.

»Bist du zufrieden mit dem, was du bis jetzt gemacht hast?« fragte ich.

Er wandte sich um und blickte auf das halbfertige Lehmmodell. »Ich glaube ja, aber man kann noch nichts Endgültiges sagen. Du mußt mir bitte noch einmal Modell sitzen, damit ich es beenden kann, Cadi.«

»Nun, ich – ich kann es dir nicht versprechen. Du mußt Mr. Morton fragen.«

»Ich werde ihn darum bitten. Jetzt erzähl mir etwas über Meadhaven.«
»Was zum Beispiel?«
»Oh, ob Pompey sich gut benimmt. Den neuesten Dorfklatsch. In wen Sarah augenblicklich verliebt ist. Wie es dem alten Kent mit seinem Rheuma geht. Was aus Tante Helens Fehde mit den Hattons geworden ist.«
Ich hatte immer noch das Gefühl, daß mein Geist in weiter Ferne sei. Eigentlich hätte es mich wohl beunruhigen und in Verlegenheit bringen sollen, dort zu sitzen, während Lucian meine schmerzenden Finger knetete, aber irgendwie schien das ganz selbstverständlich. Ich fing an, über Meadhaven zu sprechen, ein wenig verträumt, glaube ich, und während ich sprach, beobachtete ich Lucian, manchmal seine Hände und manchmal sein Gesicht. Sein Kopf war halb abgewandt, denn er hielt die Augen auf das Lehmmodell geheftet, als ob er versuchte, in ihm die Hände zu sehen, die er unter den seinen fühlte.
Während ich müßig und geistesabwesend redete, spürte ich allmählich, wie ein seltsames Gefühl der Erregung mich überkam. Eine Hand war jetzt entspannt, und Lucian massierte die andere. Ich wollte nicht, daß er aufhörte. Selbst als der Schmerz vollkommen verschwunden war, wünschte ich, daß er fortfahren solle. Ich erkannte, daß er sich meiner nicht bewußt, daß er abermals in die Betrachtung des Modells versunken war, aber ich selbst war mir jeder Nuance seines Gesichtsausdrucks bewußt, von dem leichten Hochziehen einer Augenbraue bis zur Bewegung einer Haarsträhne, die ihm über die Stirn gefallen war.
In meinem Inneren spürte ich eine große Sehnsucht, eine wohltuende Wärme, wie ich sie bisher nur als Nachwirkung des guten Traums empfunden hatte. Nicht plötzlich, sondern langsam und unwiderstehlich wie eine steigende Flut kam mir die Erkenntnis, daß ich Lucian Farrel liebte.
Ich hatte nie geglaubt, daß Liebe wie ein Blitzschlag kommt, und soweit mein benommener Geist überhaupt eines Gedankens fähig war, glaubte ich es auch jetzt nicht. Dieses Gefühl für Lucian mußte in mir gewachsen sein, seit ... seit wann? Ich konnte es nicht sagen. Vielleicht hatte es in dem Augenblick begonnen, als er mich in Mawstone auf sein Pferd hob, oder als ich erfuhr, daß er es gewesen war,

der das blaue Kleid für mich ausgesucht hatte, um das andere zu ersetzen, das in der Mogg Race Bay zerrissen war. Wann auch immer der Keim in mir gelegt worden sein mochte, ich wußte jetzt, daß dieses Gefühl nicht neu und plötzlich war. Es war heimlich in mir gewachsen, und ich hatte es bisher nur nicht erkannt.
Solange Lucians Hände die meinen hielten, hatte mein Verstand wenig Einfluß auf meinen Körper, durch den das Blut mit prickelnder Wärme strömte, sonst hätte ich mich geweigert zu glauben, daß ich ihn liebte. Aber so wie die Dinge lagen, leistete mein armer, geschwächter Verstand überhaupt keinen Widerstand, und ich überließ mich ohne die geringste Spur von Zweifel oder Furcht der Wonne des Augenblicks. Hier war Lucian Farrel, ich liebte ihn, und das Gefühl war unvorstellbar schön.
Als er schließlich den Kopf wandte und fragte: »Ist es jetzt besser, Cadi?« zuckte ich erschreckt zusammen und zog rasch die Hand fort. Das traumähnliche Gefühl verschwand. Die Welt war wieder gegenwärtig, der Zauberbann gebrochen, und ich empfand nichts weiter als Angst. Es war Wahnsinn, so einen Mann zu lieben. Er war mir beinahe fremd, und das wenige, was ich von ihm wußte, war eher erschreckend als beruhigend. Er war geächtet, mit Schimpf aus dem Heeresdienst entlassen, vielleicht geistesgestört, und er verstand es meisterhaft, die Menschen hinters Licht zu führen. Er war ein Künstler und sicherlich ein Bohemien – alle Künstler waren, soviel ich gehört hatte, bekannt dafür. Und erst vor einer Stunde hatte Mr. Morton ihn einen Taugenichts genannt. Das anmaßende, matte Gesicht der Schauspielerin, die er in Holz geschnitten hatte, schien mich zu verspotten.
Ich versuchte, mich zusammenzureißen. Gut. Ich liebte Lucian Farrel, aber es war eine kindische Schwärmerei, die mehr von Jugend und heißem Blut als von Herz und Seele stammte. Gewiß nichts, dessen ich mich zu schämen brauchte, aber etwas, vor dem man sich bei einem Mann wie Lucian hüten sollte.
»Cadi?« sagte er, und ich hatte Angst, daß er an meinem Gesicht erkennen könnte, was mit mir geschehen war.
»Oh, meine Hände sind jetzt wieder ganz in Ordnung, vielen Dank!« sagte ich zu laut und sprang auf. »Sie waren nur ein wenig steif.« Ich wanderte im Atelier umher und gab vor, mir seine Arbeiten anzusehen. »Du mußt es nächstesmal in zwei oder drei kür-

zeren Sitzungen machen, Lucian. Das heißt, wenn es sich überhaupt einrichten läßt«, setzte ich hastig hinzu. »Ich weiß nicht, ob es Mr. Morton paßt, mich wieder nach London mitzunehmen. Solltest du dich jetzt nicht lieber umziehen? Mrs. Redman wird uns jeden Augenblick zum Tee rufen.«
Er sah mich verwirrt an. »Ja, gut. Komm, du kannst solange im Wohnzimmer warten. Ich bin in fünf Minuten fertig.«
In der nächsten halben Stunde, während wir unseren Tee tranken, hatte ich ständig das Gefühl, mich lächerlich zu machen. Manchmal schwatzte ich fieberhaft und ebenso albern wie Sarah in ihren schlimmsten Augenblicken. Manchmal fiel mir überhaupt nichts ein, und ich konnte nur stumm dasitzen und mit unglücklichem Gesicht in die Gegend starren.
»Du bist plötzlich völlig verändert, Cadi«, sagte Lucian schließlich. »Offenbar hat die Entdeckung, daß du eine reiche Erbin bist, dir noch nachträglich einen Schock versetzt.«
»Ja, wahrscheinlich«, erwiderte ich benommen, froh über jede Ausrede, solange er nicht hinter die Wahrheit kam.
Er stand da, die Hände in den Hosentaschen, und blickte aus dem Fenster. »Die Glücksjäger werden hinter dir her sein, sobald alles bestätigt ist. Sieh dich vor, Cadi. Du wirst manchem jungen Mann begegnen, der nur allzu bereit ist, sich in dein Geld zu verlieben.«
Ich wäre fast in Tränen ausgebrochen. »Aber nicht in mich, nehme ich an!«
Lucian wandte sich um; die schwarzen Augenbrauen schossen überrascht in die Höhe, dann kam er auf mich zu und streckte die Hand aus, um meine Wange zu berühren, aber ich wich zurück. Er ließ die Hand fallen und zuckte die Achseln. »Du weißt, das habe ich nicht gemeint.«
»Ich weiß nicht, *was* du meinst – niemals!« Ich schwieg erschreckt. Wenn ich mich weiter so lächerlich benähme, würde er bestimmt die Wahrheit erraten, und das wäre unvorstellbar. Schlimm genug zu wissen, daß ich mich in Lucian Farrel verliebt hatte; aber der Gedanke, daß er es merken könnte, war mir unerträglich. »Verzeih, Lucian«, sagte ich rasch. »Es ist, wie du selbst gesagt hast, nur die Erregung.«
Er sah mich eine Weile nachdenklich an, und ich fragte mich, was wohl hinter der Maske seines Gesichts vorgehen mochte. Schließlich

lächelte er kurz und nahm Hut und Handschuhe, die Mrs. Redman auf den Tisch gelegt hatte. »Wir dürfen Onkel Edward nicht warten lassen«, sagte er. »Und auch nicht den Champagner. Darf ich Ihnen den Arm bieten, Miß Tregaron?«

Das Mittagessen im Café Royal hätte eigentlich ein herrliches Erlebnis für mich sein sollen, aber ich nahm es kaum wahr. Unser Wagen geriet am Piccadilly Circus in ein derartiges Gedränge, daß wir schließlich ausstiegen und den kurzen Weg zum Café Royal zu Fuß gingen. Das Innere des Restaurants schien ganz und gar aus rotem Plüsch, goldenen Ornamenten und Spiegeln zu bestehen. Mr. Morton wartete auf uns an einem Tisch in der Ecke, und neben seinem Ellbogen stand ein silberner Eiskübel mit einer Flasche Champagner.

Es waren wenig Frauen da. Viele der Männer schienen sich zu kennen und tauschten im Vorbeigehen Grüße aus. Mr. Morton stand auf, als wir an den Tisch kamen. »Cadi, mein Liebes, komm setz dich hierher, mit dem Rücken an die Wand, damit du die Fütterung im menschlichen Zoo beobachten kannst. Wie geht es dir, Lucian? Ich hatte kaum geglaubt, daß man dich hereinlassen würde, aber offenbar verleiht Cadis Gegenwart selbst dem barbarischsten Begleiter ein annehmbares Aussehen. Wie habt ihr den Vormittag verbracht?«

»Ich habe Cadis Hände modelliert«, sagte Lucian, während der Kellner jedem von uns eine Speisekarte reichte. »Ich möchte sie schnitzen. Könntest du Cadi wohl nächste Woche noch einmal für eine weitere Sitzung nach London bringen, Onkel Edward? Am liebsten Mittwoch oder Freitag. An den anderen Tagen sollte ich eigentlich in Epsom sein, aber das kann ich nötigenfalls ändern.«

»Das hängt ausschließlich von Cadi ab«, erwiderte Mr. Morton sanft. »Nun, mein Liebling?«

Ich wollte ablehnen, aber mir fiel in meiner Benommenheit keine passende Ausrede ein, und so nickte ich. »Wenn es Ihnen recht ist, Mr. Morton.«

Er sah mich aufmerksam an. »Du scheinst müde zu sein, mein Kind. Fühlst du dich nicht gut?« Er warf Lucian einen fragenden Blick zu.

»Ich glaube, diese ganze Geschichte mit dem alten Caldwell hat Cadi einen ziemlichen Schock versetzt«, sagte Lucian. »Kein Wunder.«

»Oh, dann mußt du als erstes ein Glas Champagner trinken. Hat sie dir die ganze Geschichte erzählt, Lucian?«
»Den größten Teil, glaube ich . . .«
Ich hörte ihrer Unterhaltung nur mit halbem Ohr zu, war mir jedoch vage bewußt, daß Lucian diesmal nicht wie sonst in leichtherzig spöttelndem Ton mit Mr. Morton sprach, und daß er Fragen über Fragen stellte, aus denen hervorging, wie aufmerksam er, trotz aller Konzentration auf seine Arbeit, mir zugehört hatte. Punkt um Punkt ging er mit Mr. Morton die ganze Geschichte durch, um sicher zu sein, daß er genau wußte, wie die Dinge standen.
Ich trank langsam den Champagner. Zuerst schmeckte er wie Zitronenlimonade mit zu wenig Zucker, aber allmählich, als das Glas sich leerte, schien der Geschmack besser zu werden. Meine Stimmung hob sich sehr rasch, und ich fühlte mich vollkommen unbekümmert. Das Essen war ausgezeichnet, und ich begann, ein wenig an der Unterhaltung teilzunehmen. Ich hatte das sonderbare Gefühl, zwei Personen zu sein. Die eine saß am Tisch, schwatzte fröhlich und vielleicht sogar amüsant, obwohl ich mich hinterher nicht mehr erinnern konnte, was ich gesagt hatte. Ich weiß nur, daß Mr. Morton belustigt lächelte. Als wieder Champagner eingegossen wurde, blickte ich hoffnungsvoll auf mein leeres Glas, aber er sagte: »Ich glaube, ein Glas genügt für diesesmal, mein Liebes.«
Die andere Cadi Tregaron hockte zusammengekauert tief in meinem Inneren, beobachtete verstohlen Lucian Farrel und fragte sich, weshalb ich solche Angst davor hatte, daß er etwas von meiner Liebe ahnen könnte. Ich versuchte mir einzureden, daß dies eine ganz natürliche Zurückhaltung sei; da er mich nicht liebte, würde es für mich demütigend sein, wenn er meine Gefühle erkannte. Aber das war nicht der wahre Grund. Im tiefsten Inneren wußte ich, daß ich Angst vor dem hatte, was ich für Lucian Farrel empfand, weil ich ihm mißtraute und fürchtete, daß er meine Liebe, wenn er sich ihrer bewußt wurde, mit List und Berechnung zu seinem Vorteil ausnützen würde.
Als wir das Café Royal verließen, wurde mir klar, daß es nur der Champagner gewesen war, der vorübergehend meine Lebensgeister geweckt hatte. Jetzt waren die beiden Cadi Tregaron wieder miteinander verschmolzen, ich war müde, und das Herz tat mir weh. Es fiel mir sehr schwer, mich strahlend und heiter zu zeigen und vor-

zugeben, daß Mr. Mortons Einladung mir Freude bereitet hatte. Ich hatte nur den einen Wunsch, nach Hause zu fahren und mit meinen verworrenen Gedanken allein zu sein.

»Können wir dich ein Stück mitnehmen, Lucian?« fragte Mr. Morton, als er einem Hansom winkte. »Da wir zur Charing Cross fahren, wird es deinen Weg zur Half Moon Street eher verlängern als verkürzen, aber ich will höflich sein.«

»Ich bin gerührt, lieber Onkel«, erwiderte Lucian ein wenig zerstreut. »Bitte halt mich nicht für undankbar, aber nach dem großartigen Essen mach ich ganz gern einen kleinen Spaziergang. Grüße bitte Tante Helen und Sarah von mir. Und ich hoffe, Cadi nächste Woche wiederzusehen.«

»Vielleicht«, sagte Mr. Morton. »Leb wohl, lieber Junge.«

Wir stiegen in den Wagen. Als wir zum Piccadilly Circus kamen, murmelte Mr. Morton etwas vor sich hin und klopfte an die Klappe. Der Kutscher öffnete sie und blickte herunter. »Ja, Sir?«

»Bitte fahren Sie um den Circus herum und wieder in die Regent Street. Ich muß ein Päckchen bei meinem Tabakhändler abholen.« Er wandte sich an mich. »Eine Kiste Zigarren. Er hat sie schon für mich eingepackt, also dauert es nur zwei oder drei Minuten, und wir haben reichlich Zeit, unseren Zug zu erreichen.«

Der Verkehr hatte inzwischen nachgelassen, und der Hansom klapperte in scharfem Tempo um den Piccadilly Circus herum. Wir bogen in die Regent Street ein, und nach etwa vierzig Metern rief Mr. Morton dem Kutscher zu, er solle halten. Er entschuldigte sich, stieg aus und ging in den Tabakladen. Ich war tief in Gedanken versunken, obwohl ich kaum wußte, woran ich dachte, denn in meinem Kopf herrschte ein wildes Durcheinander. Eine Minute mochte vergangen sein, ehe mir klar wurde, daß ich über die breite Straße hinweg auf die Fassade des Café Royal starrte, das wir vor kurzem verlassen hatten. Und dort auf den Stufen stand Lucian, den Hut ein wenig nach hinten geschoben, den Spazierstock unter dem Arm. Er rauchte eine Zigarette und beobachtete die Passanten. Ich hatte den Eindruck, daß er auf jemanden wartete.

Der Verkehr zog zwischen uns vorüber, und er sah mich nicht in dem Hansom auf der anderen Straßenseite. Der Schmerz in meinem Herzen war eine Qual und eine Freude zugleich. Beinahe verärgert fragte ich mich, wie ich mich in einen Mann hatte verlieben können, der mir ein Rätsel war. Ich bildete mir ein, keine so verschroben romantischen Ideen zu haben wie Sarah. Ich würde mich nicht zu einem Mann hingezogen fühlen, nur weil er für mich ein Geheimnis war.

Ein Omnibus hielt auf der anderen Straßenseite, und Lucian war für ein paar Sekunden meinem Blick entzogen. Dann fuhr der Bus lärmend weiter, und als ich Lucian wiedersah, erstarrte ich vor Schreck. Ein Mann ging auf ihn zu, ein Mann in einem grauen Anzug, mit einer kleinen Melone. Ich erkannte ihn sofort. Es war der grauäugige Fremde, der sich seit einigen Wochen ständig in der Umgebung von Meadhaven aufhielt. Lucian blickte in die entgegengesetzte Richtung. Der Fremde blieb stehen und sagte etwas. Lucian wandte sich um, begrüßte ihn lächelnd und legte ihm mit einer freundschaftlichen Geste die Hand auf die Schulter. Sie unterhielten sich einen Augenblick, und ich sah, daß Lucian lachte. Dann drehten sie sich um und schlenderten, in ihr Gespräch vertieft, zusammen die Regent Street entlang.

»Das hat nicht lange gedauert«, sagte Mr. Mortons Stimme, und als ich mich umwandte, sah ich ihn, ein Päckchen in der Hand, in den Wagen steigen. »Gut, Kutscher. Jetzt bitte zur Charing Cross Station.«

Ich blickte wieder über die Straße, aber hinter einem langsam fahrenden Bierwagen hatte sich eine Schlange von Fahrzeugen gestaut, und ich konnte Lucian und den Fremden nicht mehr sehen. Der Kutscher trieb das Pferd mit einem Peitschenschlag an, wir machten kehrt und fuhren wieder in Richtung Piccadilly Circus.

»Du siehst blaß aus, mein Liebes«, sagte Mr. Morton besorgt. »Das ist man bei dir gar nicht gewöhnt.«

Ich zögerte. An diesem selben Morgen hatte ich mit Mr. Morton über den grauäugigen Fremden sprechen wollen, aber das Telegramm des Anwalts hatte mich alles andere vergessen lassen. Jetzt scheute ich mich, es zu tun, obwohl ich nicht hätte sagen können, warum. Es gab keinen Grund, weshalb Lucian nicht jemanden kennen sollte, der sich zufällig in Wealdhurst aufhielt, aber mein Instinkt sagte mir, daß dies kein Zufall war, sondern daß es irgendeine tiefere Bedeutung hatte. Wenn es so war, wollte ich nicht darüber reden, wollte es vergessen, so unklug das auch sein mochte.

»Das wird sich geben, sobald wir wieder in der frischen Landluft sind, Mr. Morton«, sagte ich mit einem gezwungenen Lächeln. »Die Aufregung, das schwere Essen und der Champagner haben mich wahrscheinlich ein wenig aus dem Gleichgewicht gebracht.« Ich schob die Hand unter seinen Arm. »Mrs. Morton sagt ja ohnedies immer, daß ich zu braungebrannt und gesund aussehe.«

Das brachte ihn wie erwartet zum Lachen, und wir begannen einer unserer üblichen, ungezwungenen Unterhaltungen. An der Charing Cross Station hatten wir noch zehn Minuten Zeit, und so ging er mit mir in eine Apotheke, um mir einen Arzneitrank für den Magen mischen zu lassen. Das Zeug schmeckte grauenvoll, aber bis wir im Zug saßen, fühlte ich mich schon sehr viel besser. Mir graute vor all der Aufregung und den endlosen Fragen, denen wir uns bei unserer Rückkehr nach Meadhaven gegenübersehen würden, aber Mr. Morton, der das offenbar spürte, nahm die Sache energisch in die Hand. Mrs. Morton und Sarah saßen beim Tee im Wohnzimmer, und er unterbrach ihren Wortschwall sofort mit einer beschwichtigenden Geste.

»Es kann Monate dauern, ehe diese Angelegenheit geregelt ist«, sagte er, »und ich wünsche nicht, daß inzwischen unentwegt darüber gesprochen wird. Das würde nur Verwirrung stiften. Ich gebe euch jetzt einen kurzen Bericht über das, was wir heute erfahren haben, und dann reden wir darüber vorläufig nicht mehr. Ich denke dabei besonders an dich, Helen. Es ist nicht gut für deine Gesundheit, wenn Sarah und Cadi dich unaufhörlich mit Fragen und Vermutungen belästigen.« Er sah Sarah streng an, dann zwinkerte er mir verschmitzt zu und fragte: »Habt ihr mich verstanden, Kinder?«

»Ja, Papa«, von Sarah, tief enttäuscht.

»Ja, Mr. Morton«, lammfromm von mir.

Er berichtete kurz die Tatsachen, gewährte Sarah und Mrs. Morton ein paar Minuten Zeit, ihrer sehr verständlichen Erregung Luft zu machen, und dann erklärte er das Thema für beendet. Ich war sehr erleichtert, und in den nächsten Wochen wurde die Angelegenheit nur erwähnt, wenn Mr. Morton und ich allein in seinem Arbeitszimmer waren, obgleich es während der ersten Tage schwer war, Sarah zurückzuhalten, wenn sie, wie üblich, vor dem Schlafengehen in mein Zimmer kam, um noch ein Weilchen mit mir zu schwatzen.

An diesem ersten Abend gelang es mir, sie rasch loszuwerden, und ich sank sofort in einen so tiefen Schlaf, wie ich ihn bisher nur bei äußerster Erschöpfung nach einem langen, mühevollen Tag mit meinem Vater im Boot kennengelernt hatte. Ich erwachte bei Morgengrauen und lag grübelnd da. Der gestrige Tag schien wie ein Traum. Wie hatte ich nur je auf den Gedanken kommen können, daß ich Lucian Farrel liebte? Das war absurd. Ich hatte kein Vertrauen zu ihm und war nicht einmal sicher, ob ich ihn überhaupt mochte. Offenbar hatte der Besuch bei Mr. Caldwell mich tiefer berührt, als ich angenommen hatte. Ich war völlig aus dem Gleichgewicht geraten und hatte mich daher in Lucians Atelier von irgendwelchen törichten Vorstellungen täuschen lassen.

Damit glaubte ich, die Sache hinter mich gebracht zu haben, aber in der folgenden Nacht und in der darauf hatte ich den guten Traum; der Mann, der mir erschien, war Lucian, und im Traum war mein Herz übervoll von Liebe zu ihm. Ich wurde hin- und hergerissen von meinen Gefühlen im Wachen und Schlafen, ich schämte mich, daß ich mir wünschte, der gute Traum möge noch einmal wiederkehren, und sehnte fast den schlechten Traum herbei. Ich hatte den Eindruck, daß es ungefährlicher sein würde, Lucian zu fürchten, als ihn zu lieben.

Vier Tage nach unserem Besuch bei Mr. Caldwell kam morgens ein Brief für mich, der auf dem Kuvert ein Wappen trug. Ich war gerade erst aufgestanden, als Betty ihn mir brachte. Irgend etwas von den Neuigkeiten war in die Dienerschaftsräume gedrungen, hatte dort großes Aufsehen verursacht, und Betty zögerte eine Weile, aber ich öffnete den Brief nicht, ehe sie draußen war. Er war in schöner Handschrift und einem ausgezeichneten, fast fehlerfreien Englisch geschrieben:

Meine liebe Caterina,

meine Angehörigen und ich sind außer uns vor Freude. Wie Du sicherlich inzwischen erfahren hast, hat Avvocato Bonello uns aufgesucht und uns die Nachricht überbracht, daß Du, die Urenkelin des siebenten Grafen Chiavelli, am Leben und bei guter Gesundheit bist.

Dein Urgroßvater ist erst vor dreiundzwanzig Jahren gestorben, und ich erinnere mich gut an ihn. Er hat nie aufgehört, den seltsamen Verlust seiner Tochter Caterina zu beklagen, und wir trauerten mit ihm, denn wir sind eine eng verbundene Familie.

Wir alle, meine Frau, mein Sohn und ich, warten mit Ungeduld darauf, Dich zu umarmen und bei uns zu empfangen, sobald Du nach Venedig kommen kannst. Es wird uns wie ein Wunder vorkommen, wieder vereint zu sein. Ich blicke auf das Porträt Deiner Großmutter, während ich diese Zeilen schreibe, und mein Herz ist übervoll.

Du weißt gewiß, daß die beiden Anwälte hier und in England die genaue Rechtslage zu ergründen suchen. Das mag Dich vielleicht peinlich berühren, aber ich bitte Dich aufrichtig, Dir keine Gedanken darüber zu machen. Was Dein ist, soll Dein sein, und wir überlassen es Dir mit frohem Herzen.
Liebe Caterina, bitte schreibe uns, damit wir Dich ein wenig kennenlernen, ehe wir das große Vergnügen haben, Dich bei uns zu sehen. Übermittle bitte dem englischen Herrn, Mr. Morton, der Dir soviel Gutes erwiesen hat, unsere Grüße und den Ausdruck unserer Dankbarkeit. Wir hoffen, daß er und seine Familie mit Dir nach Venedig kommen werden.
Dich selbst grüßen wir mit Herzlichkeit und Liebe.
Guido
Graf Chiavelli (p. t.)

Ich nahm den Brief mit, als ich zum Frühstück hinunterging, und gab ihn Mr. Morton, der ihn laut vorlas. Als er geendet hatte, betupfte Mrs. Morton sich mit einem kleinen Spitzentaschentuch die Augen und sagte: »Wie herzerwärmend, Edward, wie feinfühlig. Ich bin sicher, daß der Graf und seine Familie, wie man erwarten darf, wahrhaft edel und großherzig sind.«
»Wir können tatsächlich froh sein, daß es nicht zu einem Rechtsstreit kommen wird«, sagte Mr. Morton. »Die Anwälte hegen keinerlei Zweifel hinsichtlich der Entscheidung, aber es wäre eine lästige Angelegenheit. Offensichtlich findet der Graf sich jedoch mit guter Miene in die Lage der Dinge, und ich bin sehr dankbar dafür. Wie ich sehe, hat er sogar korrekterweise *pro tempore* hinter seinen Titel gesetzt, da diese Frage noch zu klären bleibt.
Sarah sagte plötzlich erschreckt: »Du wirst uns doch nicht verlassen, Cadi? Du wirst nicht fortgehen, um dort zu leben, nicht wahr?«
»Nein, natürlich nicht, du dumme Liese«, erwiderte ich ein wenig ungeduldig.
»Aber vielleicht mußt du es!« Ihre Stimme klang weinerlich. »Du kannst nicht als venezianische Gräfin in Meadhaven leben.«
»Mach dir keine Sorgen um Dinge, die noch gar nicht spruchreif sind, Sarah«, sagte Mr. Morton sanft. »Und Cadi, bitte nenn Sarah nicht dumm, selbst wenn sie es mal ist.«
»Verzeih, Sarah, verzeih mir!«

»Oh, du brauchst dich nicht zu entschuldigen, dumme Liese.«
Mr. Morton wollte etwas sagen, dann zuckte er resigniert die Achseln und gab mir den Brief zurück. »Du mußt ihn natürlich umgehend beantworten«, sagte er. »Bitte grüß den Grafen von uns und sag ihm, daß wir vorhaben, im Frühling nach Venedig zu kommen. Nach dem herzlichen Ton seiner Zeilen zu schließen, wird es ihn sicherlich freuen zu hören, daß wir bereits feste Pläne haben.« Er blickte über den Tisch hinweg auf seine Frau. »Eine Reise nach Venedig wird dir guttun, mein Liebes. Wenn wir es so einrichten, daß sie in Richards Ferien fällt, können wir alle zusammen fahren.«
Mrs. Morton legte die Hand auf die Brust und schloß ihre schönen, veilchenblauen Augen. »Das wäre wundervoll, Edward«, hauchte sie hingerissen. Ihre Augen öffneten sich. »Ich weiß, du möchtest nicht, daß wir über Cadis Angelegenheiten sprechen, ehe alles geklärt ist, aber darf ich Mrs. Carpenter erzählen, daß wir auf Einladung des Grafen Chiavelli nächstes Jahr nach Venedig fahren? Ich besuche sie heute nachmittag.«
»Ja, aber selbstverständlich«, erwiderte Mr. Morton, während er vom Tisch aufstand. »Es wird deinen Besuch äußerst genußreich machen.«
Als Sarah an diesem Abend in mein Zimmer kam, funkelten ihre Augen vor Erregung, denn sie hatte ihre Mutter nachmittags zu Mrs. Carpenter begleitet. »Es war *herrlich*, Cadi!« quietschte sie, bemüht, leise zu sprechen. »Als Mrs. Carpenter von der Reise hörte, versuchte sie, Mama den Wind aus den Segeln zu nehmen, indem sie fragte, ob wir unser armes kleines Fischermädchen mitnehmen würden, und Mama sagte: ›Meinen Sie unsere Tochter Cadi, Mrs. Carpenter? Dann muß ich Ihnen sagen, daß es, was sie betrifft, gewisse Dinge gibt, die Sie eines Tages ungeheuer überraschen werden. Tatsächlich haben wir die Einladung des Grafen durch Cadi erhalten! Aber man hat mir Stillschweigen auferlegt, Mrs. Carpenter. Ich kann vorläufig nichts weiter sagen.‹« Sarah vergrub den Kopf in einem Kissen, um ihr Kichern zu unterdrücken. Als sie wieder sprechen konnte, sagte sie: »Und Mrs. Carpenter war die ganze Zeit über hochrot vor Neugier! Ich glaube, sie platzt, wenn sie erfährt, daß du in Wirklichkeit eine Gräfin bist!«
»Um Himmels willen, red nicht davon, Sarah. Bei dem Gedanken, eine Gräfin zu sein, komme ich mir – ich weiß nicht – albern vor.«

Sie hörte auf zu kichern und seufzte tief. »Ich weiß, wie dir zumute ist. Es muß eine schreckliche Verantwortung sein. Ich nehme an, Gräfinnen dürfen nicht im Herrensattel durch die Gegend galoppieren oder all die anderen Dinge tun, die dir Spaß machen, Cadi. Und all das Geld, das du bekommst, wenn du einundzwanzig bist. Ich habe versucht, mir auszumalen, was ich tun würde, wenn es mir gehörte, und mir fiel nichts weiter ein, als daß ich mehr Pralinés essen würde. Aber das würde Mama wahrscheinlich nicht erlauben, obgleich einem ja wohl niemand mehr etwas vorschreiben kann, wenn man einundzwanzig ist. Was du wirklich brauchst, Cadi, ist ein Mann, der dir all diese Sorgen abnimmt.«

Ein strahlendes Lächeln erschien auf ihrem Gesicht, und sie schlug die Hände zusammen. »Oh, ich weiß! Es ist mir eben eingefallen! Du solltest Lucian heiraten, dann kann *er* sich um das viele Geld, den Besitz und alles übrige kümmern.«

Das einzige Licht im Raum kam von der Kerze neben meinem Bett, und ich war froh darüber, denn mein Gesicht brannte, und ich wußte, daß ich tief errötete. Ich gab vor zu gähnen und sagte: »Ich hatte geglaubt, du seist selbst in Lucian verliebt?«

»Ja, das war ich auch, Cadi. Aber ich bin es nicht mehr. Es ist jemand anderes.«

Sie seufzte nicht und schlug auch nicht wie üblich die Augen gen Himmel, sondern saß still auf dem Bettrand und starrte nachdenklich ins Kerzenlicht.

»Jemand anderes?« fragte ich.

»Ja. Diesmal bin ich wirklich und wahrhaftig verliebt.«

»Wer ist es, Sarah?«

Sie schüttelte den Kopf und sah mich von der Seite an. »Es ist ein Geheimnis. Ich kann es dir nicht sagen.«

»Gut.« Ich war nicht sehr neugierig. Zweifellos war Sarahs bereitwilliges Herz wieder einmal von einem Mann erobert worden, der nichts von ihrer Leidenschaft für ihn ahnte; aber ob ich wollte oder nicht, ich bewunderte ihre Fähigkeit, ein Geheimnis zu bewahren, wenn sie es sich vorgenommen hatte, wenn es auch in diesem Fall ein törichtes, romantisches Geheimnis war.

»Du könntest also Lucian heiraten, und es wäre alles in schönster Ordnung«, sagte Sarah. »Ich bin überzeugt, daß er irrsinnig in dich verliebt ist. Er muß es sein, wenn er eine Skulptur von deinen Händen machen will.«

Normalerweise hätte ich über ihre seltsame Logik gelächelt, aber ihre Worte erinnerten mich an etwas, wovor ich mich fürchtete. »Geh jetzt schlafen, Sarah«, bat ich sie. »Ich habe heute stundenlang über dem Brief an den Grafen gesessen, denn es war nicht leicht, genau die richtigen Worte zu finden, und ich bin todmüde.«
»Gut.« Sie stand auf und kicherte. »Gute Nacht, Gräfin.«
Ich lag noch lange wach und machte mir über meine nächste Begegnung mit Lucian Gedanken. Mr. Morton hatte sie für Freitag geplant, und ich fand keinen stichhaltigen Grund, mich zu weigern. Sarah sollte mich diesmal begleiten. Mr. Morton würde uns den Tag über bei Lucian lassen und uns nachmittags abholen, um mit uns nach Hause zu fahren. Es war eine Erleichterung zu wissen, daß Sarah dabeisein würde. Sie selbst war hocherfreut über die Aussicht, aber ich teilte ihre Begeisterung nicht. Ich klammerte mich an den Glauben, daß mein plötzliches Gefühl für Lucian nur eine Sache des Augenblicks gewesen war und nichts mit der Wirklichkeit zu tun hatte. Wie konnte es anders sein? Ich war ein nüchtern denkendes Mädchen aus Cornwall, und ich konnte mich nicht in einen Mann verlieben, wenn ich in ihm nicht jene Eigenschaften sah, die liebenswert waren – Eigenschaften, wie Granny Caterina sie in Robert Penwarden gefunden hatte und meine Mutter in meinem Vater. Alles, was ich bisher von Lucian wußte, war von Geheimnis und Argwohn getrübt, und es war wider alle Vernunft, mir vorzustellen, daß ich ihn lieben könnte. Aber im tiefsten Inneren hatte ich Angst davor, mich auf die Probe zu stellen, Angst, daß ich trotz allem, wenn ich ihn das nächste Mal sah, wieder jenes süße und qualvolle Verlangen spüren würde.
»Sei nicht töricht, Cadi!« sagte ich laut zu mir selbst. »Du bist ebenso albern wie Sarah mit ihrem romantischen Unsinn.« Aber als ich am nächsten Morgen aufwachte, war ich seltsam enttäuscht, weil Lucian mir nicht in meinem guten Traum erschienen war. Ich hatte zum erstenmal von Richard geträumt, einen ganz gewöhnlichen und ziemlich wirren Traum, aber er erinnerte mich daran, daß Richard mir gesagt hatte, er liebe mich. Ich empfand eine plötzliche Zuneigung zu ihm, als ich mich an den ruhigen, aber eindringlichen Ton entsann, in dem er gesprochen hatte, und gleichzeitig tat es mir irgendwie leid um ihn.
Der Freitag kam, und ich fuhr, ebenso wie in der Woche zuvor, mit

Mr. Morton nach London, nur nahmen wir diesmal, weil Sarah dabei war, vom Bahnhof aus einen Wagen, statt zu Fuß zu gehen. Als wir zur Half Moon Street kamen, ließ Mr. Morton den Wagen warten, übergab uns Mrs. Redman, dann fuhr er direkt in sein Büro in Whitehall.

Bei Lucians Anblick atmete ich erleichtert auf, denn ich verspürte nichts von dem, was ich gefürchtet hatte. Mein Herz schlug nicht schneller, und ich errötete nicht. Sein Verhalten war vom ersten Augenblick an sachlich und energisch. Während er mich in Positur setzte, erklärte er Sarah, sie könne schwatzen, soviel sie wolle, dürfe jedoch von ihm keine Antwort erwarten. Sie solle die Uhr im Auge behalten, die er auf einen Seitentisch gestellt hatte, und ihm alle zwanzig Minuten Bescheid sagen, damit ich mich zehn Minuten ausruhen könne.

Nachdem er erst einmal angefangen hatte, arbeitete er sehr schnell, und bis zum Mittag war das Lehmmodell fertig. Aber bis Mittag war ich in heller Verzweiflung, denn während ich Lucian bei seiner Arbeit beobachtete – angespannt und völlig vertieft in das, was er tat –, erwachte in mir wieder das gleiche Gefühl, das ich zuvor empfunden hatte, eine Sehnsucht nach ihm, eine Bewußtheit seiner Gegenwart, die so übermächtig war, daß sie beinahe schmerzte. Ich versuchte mit aller Kraft, mich dagegen zu wehren, versuchte, mich auf Sarahs Geschwätz zu konzentrieren und ungezwungen mit ihr zu plaudern, aber es war aussichtslos. Lucian hielt mich in seinem Bann, so wie ich manchmal ein Kaninchen wehrlos in der Gewalt eines Wiesels gesehen hatte, nur mit dem Unterschied, daß Lucian sich dessen nicht bewußt war. Ich brauchte nur zu sehen, wie die Muskeln seines Unterarms sich bewegten, wenn er den Lehm bearbeitete, oder wie seine Lippen sich strafften, wenn er behutsam eine Krümmung oder Fläche modellierte, und schon spürte ich, daß mein Herz heftig zu pochen begann.

Als ich nach Beendigung der morgendlichen Sitzung ins Badezimmer ging, um mir vor dem Essen die Hände zu waschen, stellte ich mich vor den Spiegel und sah mich an. »Gut, Cadi Tregaron«, flüsterte ich zornig. »Du dummes Ding hast dich in Lucian verliebt, aber es ist nichts weiter als eine kindliche Schwärmerei von der Art, wie Sarah sie schon ein dutzendmal erlebt hat. Es wird vorübergehen, aber wehe, wenn du dir etwas anmerken läßt! Das würde ich dir nie verzeihen.«

Nachdem ich jetzt der Wahrheit ins Auge gesehen und mich damit abgefunden hatte, fühlte ich mich ein wenig wohler. Beim Mittagessen zeigte Lucian sich aufgeschlossen und liebenswürdig, aber wenn er sprach, lag hinter seinen Worten immer jener Anflug von Selbstverspottung, den ich jetzt schon so gut an ihm kannte. Ich war froh über Sarahs Gegenwart, denn ihr gedankenloses Geplapper trug dazu bei, meine eigene Schweigsamkeit zu verbergen.
»Wann dürfen wir nach Epsom kommen und deine Ställe besichtigen?« fragte sie begierig. »Das würde Cadi bestimmt großen Spaß machen. Sie liebt alles, was mit Pferden zu tun hat. Ich selbst mache mir nicht viel daraus. Aber ich möchte gern nach Epsom kommen. Cadi, du mußt Papa darum bitten. Du verstehst es, ihm um den Bart zu gehen.«
»Ich gehe ihm nicht um den Bart!« erwiderte ich ärgerlich. »Das tue ich nie.«
»Nun, es kommt auf dasselbe heraus. Du weißt, daß er dich vergöttert, und er tut alles, worum du ihn bittest, ohne daß du ihm um den Bart zu gehen brauchst.«
Trotz ihrer verworrenen Gedanken zeigte Sarah hin und wieder einen erstaunlichen Scharfblick. In gewissem Sinn hatte sie recht mit dem, was sie sagte. Mr. Morton liebte mich nicht mehr als seine eigene Tochter, aber in mancher Hinsicht waren wir uns näher und stimmten mehr in unseren Gedanken überein. Sarah hatte das offensichtlich erkannt und nahm es widerspruchslos hin, obwohl sie es mir leicht hätte verübeln können. Ich war gerührt und nahm mir vor, mich in Zukunft ihr gegenüber freundlicher und weniger unduldsam zu zeigen.
»Sicherlich läßt es sich einrichten, daß ihr die Ställe besichtigt«, sagte Lucian. »Hättest du Lust dazu, Cadi?«
»Es ist sehr nett von dir, uns aufzufordern.« Ich wollte seinem Blick ausweichen, zwang mich jedoch, ihm in die Augen zu sehen. »Aber ich weiß wirklich nicht, wann ich mich freimachen kann. Die Aufsicht über die Ställe zu Hause und der Unterricht im Waisenhaus nehmen einen großen Teil meiner Zeit in Anspruch.«
»Oh, du überraschst mich, Cadi!« rief Sarah aus. »Ich hatte gedacht, es würde dir großen Spaß machen, nach Epsom zu fahren.«
Ich sagte nichts. Natürlich hatte Sarah recht, aber ich wußte, je seltener ich Lucian sah, um so eher würde es mir gelingen, mich von dieser lächerlichen, aber quälenden Verliebtheit zu befreien.

»Wie dein Vater ganz richtig sagt, Cadi überrascht einen stets von neuem«, bemerkte Lucian mit einem leicht ironischen Lächeln. »Ich habe gehört, daß sie in Briefwechsel mit dem Grafen steht, und daß ihr alle im Frühling nach Venedig fahrt.«
»Ja! Ist das nicht wundervoll?« fragte Sarah begeistert. »Oh, vielleicht könntest du mitkommen, Lucian!«
»Es ist leicht möglich, daß ich um diese Zeit in Italien bin«, erwiderte er nachdenklich. »Vielleicht könnte ich dem Grafen ein paar Pferde verkaufen.«
»Das ist eine glänzende Idee! Ich bin sicher, er hat einen Stall und wird sich freuen, deine Vollblutpferde – oder was immer es ist – zu kaufen.«
Ich sah Lucian an und sagte spöttisch: »Pferde in Venedig? Vermutlich tätest du besser daran, Gondeln zu züchten.«
»Man züchtet keine Gondeln, du dummes –«, begann Sarah, dann schlug sie sich mit der Hand auf den Mund und kicherte. »Oh, du hast einen *Witz* gemacht! Sie hat es nur im Spaß gemeint, Lucian.«
»Ich danke dir für den Hinweis«, sagte er höflich, und dann wandte er sich an mich. »Graf Chiavelli hat Ländereien in der Nähe von Padua, etwa fünfzig Meilen landeinwärts von Venedig, und dort unterhält er einen kleinen Rennstall. Deshalb ist die Idee, ihm Pferde zu verkaufen, gar nicht so absurd.«
Ich blickte verlegen auf meinen Teller, denn ich wußte, daß ich mich wieder einmal lächerlich gemacht hatte. »Verzeih, Lucian. Es war unhöflich von mir, so sarkastisch zu sein.«
»Cadi versteht es wunderbar, sich zu entschuldigen«, erklärte Sarah stolz. »Wenn sie einen angeschnauzt hat, sagt sie sofort danach, es tut ihr leid. Ich hatte geglaubt, Pferderennen gibt es nur in England.«
»Nein. Auch auf dem ganzen Kontinent und in Amerika. In Frankreich gibt es sie schon seit siebzig Jahren. Man hat dort ursprünglich mit englischen Vollblütern angefangen, hat sie aber seither mit amerikanischen und anderen Züchtungsstämmen gekreuzt, und heute zählen die französischen Rennpferde zu den besten der Welt. Italien hat noch nicht ganz das gleiche Niveau erreicht, aber das Interesse am Rennsport nimmt zu.«
»Woher weißt du über den Rennstall des Grafen Bescheid, Lucian?« fragte ich, und es erstaunte mich, wie ruhig meine Stimme klang.

Töricht und verblendet, wie ich war, wünschte ich, seine Hand zu berühren und die Haarsträhne zurückzustreichen, die ihm über die Stirn gefallen war.
Er zuckte die Achseln, aber ich sah, daß er die Augen zusammenkniff, als ob er sich rasch etwas überlegte. »Es gehört zu meinem Beruf zu wissen, wer Interesse daran hat, Pferde zu kaufen oder zu verkaufen. Ich habe mich nach Graf Chiavelli erkundigt.«
»Hast du das getan, noch ehe du wußtest, daß ich mit ihm verwandt bin?« Ich versuchte, einen arglosen Ton anzuschlagen.
Lucian zögerte den Bruchteil einer Sekunde, ehe er sagte: »Nein. Danach.« Plötzlich lächelte er, und sein Gesicht nahm wieder den altgewohnten spöttischen Ausdruck an. »Es geschah in einem Anflug von Neugier, und jetzt bin ich froh darüber. Vielleicht werden diese Ländereien in Padua dir gehören, wenn du einundzwanzig bist, und dann können wir Geschäfte miteinander machen.«
Irgend etwas sagte mir, daß er diese Nachforschungen nicht impulsiv und auch nicht aus müßiger Neugier angestellt hatte. Was mochte der wahre Grund dafür gewesen sein? Vielleicht wollte Lucian für seine eigenen geheimen Zwecke herausfinden, wie groß das Vermögen war, das ich erben würde? Ich schob den Gedanken hastig von mir, denn er war mir unerträglich.
Nach dem Mittagessen kehrten wir ins Atelier zurück. Lucian stellte einen rostbraunen Holzblock auf den größeren Tisch. Er hatte bereits mit einer Säge die groben Umrisse der Form herausgeschnitten, die er haben wollte, und aus der Schräge des Sockels ragte ein massives Stück hervor, aus dem er meine Handgelenke und Hände schnitzen würde.
»Ich kann jetzt nach dem Modell arbeiten«, sagte er, während er nach einem Holzhammer und einem breitklingigen Meißel griff, »aber vielleicht werde ich dich bitten, mir hin und wieder Modell zu sitzen, Cadi. In den echten Muskeln und Sehnen liegt mehr Leben als im Lehm.«
Er fing an, das Holz zu schnitzen, und war sofort wieder vollkommen in seine Arbeit vertieft. Sarah zeigte zuerst ein gewisses Interesse, aber nach einer Weile wurde es ihr langweilig und sie ging ins Wohnzimmer, um dort vom Fenster aus, wie sie sagte, den Verkehr und die Passanten zu beobachten.
Manchmal, auf ein knappes Wort von Lucian, setzte ich mich für

ein paar Minuten in Positur, aber den größten Teil der Zeit wanderten seine Blicke bei der Arbeit vom Lehmmodell zum Holz, und er machte nur gelegentlich eine Pause, um mit dem Taster die Maße abzunehmen.

Abgesehen vom Klopfen des Holzhammers auf den Meißel war es vollkommen still im Atelier. Je länger ich Lucian bei seiner Arbeit beobachtete, um so stärker wurde in mir jenes unerwünschte Verlangen, und schließlich versuchte ich, wohl einfach aus Verzweiflung, den Bann zu brechen.

»Darf ich dich etwas fragen, Lucian?«

»Hm? Ja, wenn du willst«, sagte er vage.

»Warum hast du Richard mit einer Reitpeitsche verprügelt, als du letztes Mal in Meadhaven warst?«

Er richtete sich langsam auf, und jetzt lag nichts Vages in seinem Ausdruck; sein Blick war kühl und wachsam – oder war er lediglich verwirrt? Es war schwer zu sagen, wieweit meine Einbildungskraft dabei mitsprach. »Richard mit einer Reitpeitsche verprügelt?« wiederholte er. »Hat er dir das gesagt?«

»Ja.«

»Er muß es geträumt haben.«

»Aber ich habe es nicht geträumt. Ich mußte ihn mitten in der Nacht ins Haus lassen, weil er nicht zu Sarahs Fenster hinaufklettern konnte. Ich merkte, daß er verletzt war, folgte ihm in sein Zimmer und sah mir seinen Rücken an. Und das, was ich da gesehen habe, war keine Einbildung.«

»Der gute Richard hat also Dresche bekommen?« murmelte Lucian. »Und er hat dir erzählt, ich hätte es getan?«

»Ja.«

»Hat er gesagt, warum?«

Ich zögerte, denn mir wurde plötzlich klar, daß ich mir selbst eine Falle gestellt hatte. Ich konnte Lucian nicht gut ins Gesicht sagen, daß er offenbar imstande war, unberechenbare und gefährliche Dinge zu tun und sie dann zu vergessen. Ich konnte ihm nicht erzählen, daß Richard gesagt hatte, er sei geistesgestört.

»Richard hat keinen Grund angegeben«, erwiderte ich. »Er hat mir zunächst nicht einmal gesagt, daß er verletzt war. Das mußte ich selbst herausfinden.«

»Und wie hast du es herausgefunden?«

»Ich ... nun, ich habe sein Hemd heruntergerissen.«

Lucian lachte laut auf. »Das sieht dir ähnlich, Cadi!«

»Das ist nicht zum Lachen!«

»Vielleicht nicht. Aber was hat Richard nachts draußen zu suchen gehabt? Warum ist er durch Sarahs Fenster hereingekommen?«

»Weil ...« Ich zögerte abermals, aber es gab keinen Ausweg. »Weil er im Dorf gewesen war.«

»Bei einer seiner Liebsten, die diesem engelsgleichen Gesicht nicht widerstehen können?«

»Du *weißt* das?« fragte ich verblüfft.

»Natürlich«, sagte er ungeduldig. »Richard ist jung, und er hat viel zu lange am Schürzenzipfel seiner Mutter gehangen. Es ist nur natürlich, daß er über die Stränge schlägt.« Er sah auf das Schnitzwerk hinab, an dem die Biegung meiner Handgelenke sich abzuzeichnen begann. »Vielleicht ist Richard von einem zornigen Ehemann verprügelt worden. Hast du nicht an diese Möglichkeit gedacht?«

»Doch, aber es war nicht so. Die Frau, die er ... besucht hat, lebt allein. Ihr Mann hat sie verlassen.«

»Oh, das muß Meg Dawson, die Schneiderin, sein.«

»Du kennst sie also?«

Er setzte den Meißel ans Holz und klopfte sanft. »Ja, ich kenne sie, Cadi.«

»Dann warst du vielleicht eifersüchtig auf Richard? Vielleicht hattest du etwas gegen die Aufmerksamkeiten, die er einer Frau erwies, an der du selber interessiert warst, und hast ihn deshalb verprügelt?«

Er schnitt behutsam einen winzigen Holzsplitter ab, dann richtete er sich wieder auf und rieb sich mit dem Handgriff des Meißels nachdenklich das Kinn. »Stimmt«, sagte er ganz unerwartet. »Ich habe Richard verdroschen, weil mir die Aufmerksamkeiten mißfielen, die er einer Frau erwies. Jetzt erinnere ich mich.«

»Du erinnerst dich *jetzt*?« Ich glaube, diese letzten Worte überraschten mich mehr als sein Eingeständnis.

»Ja«, sagte er. »Aber es ist alles vorbei, und ich meine, wir sollten die Sache begraben – es sei denn, du willst mit Mr. Morton darüber sprechen.«

Ich schüttelte benommen den Kopf.

»Gut, dann wäre das erledigt.« Lucians Augen wanderten vom Modell zum Holz. »Bitte setzt dich noch einmal in Positur, Cadi. Ich will sehen, wie das Licht auf deine Handgelenke fällt.«
Ich gehorchte und saß eine Weile regungslos da, während die Gedanken in meinem Kopf wild durcheinanderwirbelten. Aber es gab wohl nichts, was ich noch hätte sagen können. Lucian hatte das Thema einfach fallengelassen. Zehn Minuten später kam Sarah zurück, und während der nächsten Stunde schwatzte sie unaufhörlich über die Leute, die sie vom Fenster aus beobachtet hatte. Um vier Uhr rief Mrs. Redman uns zum Tee, und bald darauf kam Mr. Morton, uns abzuholen.
»Wünschst du noch weitere Sitzungen, Lucian?« fragte er.
»Sie wären mir eine Hilfe, Onkel Edward, aber sie sind nicht unbedingt notwendig. Ich bin sehr zufrieden mit dem Modell. Es hängt von Cadi ab.«
»Eigentlich finde ich es ziemlich ermüdend«, sagte ich zögernd, die Augen auf Mr. Morton geheftet. »Ich meine, es ermüdet mich mehr, einfach stillzusitzen, als irgendwie aktiv tätig zu sein.«
»Da hast du deine Antwort, mein Junge«, sagte Mr. Morton gutgelaunt. »Wenn du neben Cadi herlaufen und ihre Hände schnitzen willst, während sie tatsächlich reitet, kannst du es gern tun. Andernfalls mußt du ohne sie auskommen. Ich persönlich habe volles Verständnis für ihre Einstellung; es wäre mir äußerst unangenehm, still dasitzen und mit ansehen zu müssen, wie du das Holz verstümmelst.«
Wir verabschiedeten uns und nahmen einen Wagen zur Charing Cross Station. Aber wir hatten gerade einen Zug verpaßt, und da der nächste erst in einer guten halben Stunde fuhr, gingen wir zum Trafalgar Square und vertrieben uns die Zeit damit, die Tauben zu füttern, die dort zu Tausenden umherschwirren. Als wir zum Bahnhof zurückkehrten, war der Zug bereits eingefahren, und wir stiegen in eines der Abteile erster Klasse. Es war erst kurz vor halb sechs, die meisten Leute arbeiteten noch, und der Zug war ziemlich leer.
Mr. Morton öffnete die kleine Aktentasche, die er bei sich trug, und holte einige Schriftstücke heraus. »Ich habe noch zu arbeiten«, sagte er, während er sich in einer Ecke niederließ. »Ihr beiden könnt euch dort drüben ans andere Fenster setzen und euch unterhalten. Aber bitte leise.«

»Gut, Papa«, erwiderte Sarah. »Cadi, setz dich mit dem Rücken zur Lokomotive, das ist angeblich der bessere Platz, obwohl ich persönlich immer gern sehe, wohin wir fahren. Papa, hast du gewußt, daß Lucian vorhat, Graf Chiavelli Pferde zu verkaufen? Er hat es uns heute erzählt, stimmt's, Cadi?«
Mr. Morton seufzte und sah von seinen Papieren auf. »Es würde mich überraschen, wenn mich überhaupt etwas überraschen könnte, was Lucian tut«, bemerkte er. »Pferde?«
»Lucian hat lediglich erfahren, daß der Graf einen Rennstall in Padua besitzt«, sagte ich. »Vermutlich war es nur leeres Gerede.«
Mr. Morton lächelte. »Lucians Worte sind selten leeres Gerede. Aber wenn Sarah nichts dagegen hat, möchte ich jetzt gern mit meiner Arbeit fortfahren.«
Wenige Minuten später setzte der Zug sich in Bewegung und fuhr ratternd über die Hungerford Bridge. »Ich weiß, was wir machen«, sagte Sarah eifrig. »Du erzählst mir von deiner Granny Caterina.«
»Aber du weißt doch schon alles über sie, Sarah.«
»Natürlich weiß ich es, aber ich möchte, daß du es mir noch einmal erzählst. Bitte, Cadi.« Ihre Augen wurden feucht. »Es ist eine so wundervolle Geschichte.«
Ich hatte nicht viel Lust zu reden, aber es war immer noch besser, als einfach dazusitzen und über Lucian nachzudenken. So sammelte ich meine Gedanken und fing leise an zu sprechen, während Sarah mit der atemlosen Spannung eines Kindes lauschte, dem man ein Märchen erzählt. Wenn ein anderer Zug vorbeikam oder wir durch einen Tunnel fuhren, mußte ich wegen des Lärms eine Pause einlegen. Es gab kein Licht im Abteil, denn draußen war noch heller Tag, und Sarah quietschte jedesmal vor Schreck, sobald wir in einen Tunnel kamen und es plötzlich stockdunkel wurde. Sie erlaubte mir nicht, auch nur die geringste Kleinigkeit auszulassen, und unterbrach mich immer wieder mit irgendwelchen Fragen. Manche konnte ich beantworten, manche nicht, aber auf die eine oder andere Weise zog die Erzählung sich so in die Länge, daß sie den größten Teil der Fahrt in Anspruch nahm.
Ich hatte gerade meine Geschichte beendet, und Sarah saß noch mit verträumten Augen da, als wir zu dem Tunnel zwischen Sevenoaks und Hildenborough kamen. Dies war, wie man mir gesagt hatte, der längste Tunnel des Südens, fast zweieinhalb Kilometer lang.

Das Rattern der Räder wurde zu einem ohrenbetäubenden Getöse, als wir in die Dunkelheit brausten, und ich konnte den Rauch der Lokomotive riechen, der durch den Fensterspalt drang. Sarah rief mir über den Lärm hinweg zu: »Ist es nicht gespenstisch, Cadi? Ich habe die Hand vor meiner Nase, und ich kann überhaupt nichts sehen!«

Ich war im Begriff, ihr zu antworten, als ich plötzlich einen Luftzug und den scharfen Geruch von Rauch wahrnahm. Obgleich ich nichts sehen konnte, spürte ich unmittelbar vor mir eine Bewegung, und ich nahm an, daß Sarah aus irgendeinem unerklärlichen Grund aufgestanden war und das Fenster geöffnet hatte. Ich holte Atem, um ihr energisch die Meinung zu sagen, aber im gleichen Augenblick berührte eine Hand meinen Arm, hielt ihn eine Sekunde fest, dann schoß sie hinauf und packte mich mit brutaler Gewalt an der Kehle. Ich wurde von eisigem Schrecken ergriffen, wollte schreien, brachte jedoch keinen Laut über die Lippen. Verzweifelt zerrte ich an der Hand, aber im nächsten Augenblick hatte der Mann sich mit seinem vollen Gewicht auf mich geworfen und preßte mich, die Hand immer noch an meiner Kehle, gegen die Rückenlehne. Während ich in grauenvollem Schweigen gegen den Angreifer kämpfte, hörte ich durch das Dröhnen meiner Ohren, wie Sarahs Stimme fortfuhr: »Ich habe diesen langen Tunnel schon immer gern gemocht, er ist so angenehm gruselig. Oh, es kommt plötzlich soviel Rauch herein! Haben wir etwa das Fenster offengelassen, Cadi?«

Unter der panischen Angst, die mich verzehrte, blieb mir noch eine winzige Spur von Denkfähigkeit. Ich konnte gerade noch atmen, und in spätestens einer halben Minute, sagte ich mir, waren wir wieder im Tageslicht, und damit würde meine Qual zweifellos beendet sein.

»Oh, das kann nicht nur vom offenen Fenster kommen!« rief Sarah verblüfft. »Die *Tür* muß aufgegangen sein! Es ist, als ob Wind hereinbläst!«

Wie aus weiter Ferne hörte ich Mr. Mortons energische Stimme: »Bleibt ruhig auf euren Plätzen, Kinder. Versucht nicht, die Tür zu berühren. Ich kümmer mich darum, sobald es wieder hell wird.«

Es war doppelt grauenvoll, zu hören, wie sie so selbstverständlich sprachen, ohne etwas von meinem stillen, verzweifelten Kampf zu ahnen. Plötzlich löste sich das Gewicht des Mannes von mir, und ich wurde mit einem heftigen Ruck in die Höhe gezerrt. Ich schlug mit den Nägeln nach dem unsichtbaren Gesicht, aber gleich darauf hatte er mich herumgedreht und von hinten einen Arm quer über meinen Hals gelegt, während seine freie Hand mein Handgelenk packte. Dann wurde ich zur offenen Tür gestoßen.

Eine Ewigkeit schien vergangen zu sein, seit wir in den Tunnel eingefahren waren, aber es drang immer noch kein Lichtschimmer vom anderen Ende in den Zug. Vielleicht hatte dieser ganze qualvolle Kampf nur ein paar endlose Sekunden gedauert, und der Mann würde noch reichlich Zeit haben, sein schreckliches Vorhaben durchzuführen. Eine jähe Wut schoß in mir auf, so blind und ungestüm, daß ich beinahe meine Angst vergaß. Ich würde nicht wie ein vor Schreck erstarrtes Lamm unter den Händen dieser Bestie sterben, auf keinen Fall! Ich ließ mich fallen, so daß er mich hochheben mußte, und dann, als mein ganzes Gewicht an ihm hing, hob ich plötzlich die Beine, während er mich wieder nach vorne drängte. Meine Füße stießen auf den Rahmen an einer Seite der offenen Tür. Mit verzweifelter Willensanstrengung ließ ich ihn mich vorwärtsstoßen, bis meine Knie gebeugt waren, dann streckte ich plötzlich die Beine aus und warf mich mit all meiner Kraft rückwärts gegen ihn.

Das überraschte ihn, und er verlor das Gleichgewicht. Wir taumelten, halb fallend, quer durch das Abteil, und ich hörte Mr. Mortons erschreckten Ausruf, als wir gegen seine Beine stießen. Die Umklammerung meines Angreifers lockerte sich einen Augenblick; ich riß mich los, warf mich seitlich auf den gegenüberliegenden Sitz und drehte mich mit geballten Fäusten um, bereit, jeden neuen Angriff abzuwehren. Ich versuchte zu schreien, konnte aber nicht genügend Luft durch meinen zerquetschten Hals einziehen.

Dann hörte ich in der Dunkelheit das Schlurfen von Füßen, als der Mann sich eilig entfernte. Mr. Morton rief: »Was ist los? Sarah, Cadi, ist alles in Ordnung?«

Ein scharrendes Geräusch von der Tür her, dann wurde es still. Jetzt endlich kam meine Stimme hervor, so schrill, daß sie sich beinahe überschlug: *»Ein Mann . . . hat versucht, mich zu töten! Sarah, komm her – weg von der Tür!«*

Ein leiser Schrei von Sarah, dann stieß sie gegen mich, als sie sich der Länge nach über den Sitz warf. Eine Hand berührte mich. Ich zuckte zusammen, aber dann hörte ich wieder Mr. Mortons Stimme, verwirrt und durchdringend vor Schreck: »Cadi? Schon gut, ich bin's.« Er stand über uns gebeugt, während wir in der Ecke kauerten. Ich konnte ihn jetzt vage sehen. Er hielt den Kopf ein wenig zur Seite geneigt und die Arme ausgebreitet, um uns vor jedem Angriff zu schützen. Ich sah, wie eine seiner Hände suchend herumtastete, und im nächsten Augenblick hörte ich ein zitterndes Quietschen, als der Zug stark zu bremsen begann. Mir wurde klar, daß er die Notbremse gezogen hatte.

Es wurde allmählich heller, und wir kamen aus dem Tunnel heraus. Mr. Morton, Sarah und ich waren allein in dem mit Rauch gefüllten Abteil. Die Tür auf der anderen Seite stand weit offen. Sarah griff nach meiner Hand und hielt sie krampfhaft fest. Mit einem letzten Ruck blieb der Zug schließlich stehen. Mr. Morton sah zu mir herunter. Sein Gesicht war blaß, seine Augen brannten vor Zorn, aber seine Stimme war ruhig und tröstend, als er sagte: »Verlier nicht die Nerven, Cadi, mein Liebes. Versuche, dich zu fassen. Ein Mann, sagst du?«

»Ja ...« Ich holte tief Luft, dann fuhr ich mit zitternder Stimme fort: »Gerade als wir im Tunnel waren. Er – er muß vom Nebenabteil herübergeklettert sein. Er hat meinen Hals gepackt. Ich konnte nicht schreien. Dann versuchte er, mich hinauszustoßen ...«

»Versuchte, dich hinauszustoßen?« Mr. Morton starrte mich ungläubig an, dann zog er mit einer sanften Bewegung den Kragen meines Kleides ein wenig nach unten und bog meinen Kopf zurück, um meinen Hals anzusehen. Ein Ausdruck des Entsetzens trat in seine Augen, und er sagte scharf: »Hier im Zug muß ein gemeingefährlicher Irrer sein!«

Mit überraschender Geschwindigkeit stürzte er zu der offenen Tür und blickte hinaus. Ich hörte Stimmen, als die Leute sich aus den Fenstern der anderen Abteile beugten und einander aufgeregt fragten, weshalb wir so plötzlich gehalten hatten.

»Meine Tochter ist überfallen worden«, hörte ich Mr. Morton mir rauher Stimme rufen. »Hat irgend jemand von Ihnen einen Mann vom Zug fortlaufen sehen?«

Ich stand langsam auf und stellte mich zu Mr. Morton an die Tür. Drei oder vier Männer waren auf das Gleis hinuntergesprungen und versammelten sich jetzt vor unserem Abteil. »Ein Mädchen im Tunnel überfallen?« fragte einer von ihnen. »Großer Gott, der Mann muß von Sinnen sein. Ist sie verletzt?« Noch ehe Mr. Morton antworten konnte, rief plötzlich ein anderer: »Da – das ist er! Am oberen Ende des Hügels!«

Ich folgte seinem Blick und sah eine rennende Gestalt, einen Mann, ordentlich gekleidet, aber ohne Hut, dickes, kastanienfarbenes Haar, ziemlich lang geschnitten – eine vertraute Figur. Ich bekam ihn nur flüchtig zu sehen, ehe er zwischen den Bäumen verschwand, aber ich wußte mit absoluter Sicherheit, daß es Lucian Farrel war.

Ich zitterte am ganzen Körper und hörte, wie meine Zähne klapperten. Mr. Morton nahm mich beim Arm. »Setz dich, Cadi. Atme tief durch. Sarah, mach das andere Fenster auf und versuch, etwas von diesem Rauch hinauszufächeln.«
Sarah gehorchte, dann rief sie: »Der Schaffner geht am Zug entlang. Wahrscheinlich will er wissen, wer die Bremse gezogen hat.«
»Dann wink ihm.«
»Das tue ich bereits!« erwiderte Sarah. Ich hatte sie noch nie zuvor so scharf sprechen hören. »Da ist er.« Sie wandte sich vom Fenster ab und trat auf uns zu. »Los, komm schon, Vater. Ich kümmre mich um Cadi«, sagte sie ungeduldig. »Sprich du mit dem Schaffner.«
Mr. Morton blinzelte überrascht, aber er machte ihr Platz. Sie setzte sich neben mich, rieb mir die Hände und sprach mit sanfter Stimme. »Beruhige dich, Cadi. Es ist ja alles gut. Wir werden nicht zulassen, daß dir etwas geschieht. Wein dich ruhig aus. Das wird dich erleichtern.«
Ich fühlte Tränen auf meinen Wangen, aber gleichzeitig hatte ich ein hysterisches Verlangen zu lachen, denn ich hätte mir nie träumen lassen, daß ich mich jemals von Sarah bemuttert sehen würde. Ich war jedoch aufrichtig dankbar für ihren Trost. Jetzt, da der erste Schock vorüber war, zeigte sie sich vollkommen ruhig und hatte mit erstaunlicher Entschlossenheit ihren Vater abgelöst. Als ich später mit klarem Kopf über diesen Augenblick nachdachte, erkannte ich, daß Sarah allmählich erwachsen wurde und viel weniger gedankenlos war, als es manchmal den Anschein hatte.
Der Schaffner öffnete die Tür und stieg ins Abteil. Mr. Morton berichtete ihm kurz, was geschehen war. »Meine Tochter fühlt sich

noch nicht wohl genug, um Fragen zu beantworten«, schloß er, »aber ich werde die Polizei benachrichtigen, sobald wir in Hildenborough eintreffen.«
Der Schaffner kratzte sich am Kopf und blickte etwas ratlos drein. »Das wird wohl das beste sein, Sir. Und wenn Sie gestatten, ich brauche bitte Ihren Namen und Ihre Adresse für meinen Bericht.«
Mr. Morton hatte dem Schaffner gerade die gewünschte Auskunft gegeben, als die Männer, die immer noch auf dem Gleis herumstanden, plötzlich erregt zu sprechen begannen, und gleich darauf rief einer von ihnen: »Er kommt zurück! Der Mann kommt zurück!«
Während Mr. Morton sich der offenen Tür zuwandte, standen Sarah und ich auf und blickten durch das Fenster.
»Aber nein, das ist er nicht!« rief Sarah. »Das ist doch Lucian!«
Er kam langsam den Grashang herunter, blieb stehen, um hinter einem kleinen Hügel den Hut aufzuheben, den er dort verloren hatte, dann ging er weiter, die Schienen entlang, bahnte sich einen Weg durch die glotzenden Männer und schwang sich durch die offene Tür ins Abteil.
»Lucian«, sagte Mr. Morton verblüfft. »Wie in aller Welt . . .?«
»Ich habe ihn aus den Augen verloren«, sagte Lucian schroff. »Er ist mir im Wald entwischt.« Er sah mich an. »Cadi. Gott sei Dank, daß es nicht schlimmer ausgegangen ist.«
»Aber wie –« begann Mr. Morton von neuem, als Lucian ihm ins Wort fiel. »Laß uns in Ruhe reden, Onkel Edward. Ich nehme an, der Zug kann jetzt weiterfahren?«
»Ja . . . natürlich.«
Wenige Minuten später saßen wir allein in unserem Abteil, und die anderen Männer waren zu ihren Plätzen zurückgekehrt, sichtlich enttäuscht, ihre Neugier nicht befriedigen zu können. Sarah saß neben mir. Sie hatte ein Fläschchen Lavendelwasser aus der Tasche geholt und betupfte mit einem Taschentuch behutsam meinen Hals. Lucian und Mr. Morton saßen uns gegenüber. Lucian schien sich gar nicht bewußt zu sein, wie sehr uns sein Erscheinen im Zug erstaunte, nachdem wir ihn erst vor so kurzer Zeit in seiner Wohnung zurückgelassen hatten. Er saß da und sah mich mit düsteren Augen an.
»Was ist geschehen?« fragte Mr. Morton kurz angebunden.
»Ich war allein im Nebenabteil«, sagte Lucian, den Blick immer

noch auf mich geheftet. »Ich ahnte nicht, daß ihr in diesem Zug seid, dachte, ihr hättet einen früheren genommen. Vielleicht werdet ihr euch fragen, wie ich überhaupt hierherkomme, aber ich habe, kurz nachdem ihr fort wart, ein Telegramm erhalten. Es handelt sich um ein Pferd, das ich gern kaufen möchte, und ich war auf dem Weg nach Tonbridge, um es mir anzusehen.«

»Das ist jetzt nicht wichtig«, sagte Mr. Morton ungeduldig. »Was hast du von dem Mann gesehen?«

»Leider nicht sehr viel. Wir waren fast am Ende des Tunnels angelangt, als ich ein krachendes Geräusch hörte, wie von einer offenen Tür, die zurückschwang und gegen die Seitenwand des Wagens schlug. Und das war es natürlich auch. Eure Tür. Ich öffnete das Fenster, um hinauszusehen, aber es war immer noch ziemlich dunkel. Im gleichen Augenblick hörte ich Cadis Aufschrei, daß ein Mann sie habe töten wollen. Ich konnte ihre Stimme nicht erkennen, aber sie nannte Sarahs Namen, als sie ihr zurief, sie solle sich von der Tür entfernen, und daher wußte ich, wer es war. Dann sah ich diesen Kerl, der zwischen eurem Abteil und dem meinen hing. Er muß von der anderen Seite herübergeklettert sein, um zu euch zu gelangen. Als wir aus dem Tunnel kamen, fing der Zug an zu bremsen, und ich vermutete, daß du die Notbremse gezogen hattest. Ich beugte mich hinaus, um den Mann beim Arm zu packen, aber er riß sich los, ließ sich hinunterfallen, stand auf und machte sich aus dem Staube. Als wir hielten, öffnete ich die Tür und lief hinter ihm her.«

»Hast du sein Gesicht gesehen?« fragte Mr. Morton.

»Ja, kurz. In der Sekunde, ehe er vom Zug sprang. Ein derbes, breites Gesicht. Ein Mann um die Vierzig. Er trug einen recht manierlichen Anzug – das mußte er wohl, für den Fall, daß ihn jemand in ein Abteil erster Klasse steigen sehen und anhalten würde. Aber er paßte nicht zu dem Anzug, sah eher wie einer jener Gestalten aus, die sich in Hafengassen oder Verbrecherkneipen herumtreiben.« Lucian zuckte leicht die Achseln. »Ich holte bei der Verfolgung bergan ein paar Meter auf, aber er hatte einen ziemlich großen Vorsprung, und als er den Schutz der Bäume erreichte, verlor ich ihn aus den Augen.«

»Schade ...« Mr. Morton schüttelte langsam den Kopf. »Sehr schade, Lucian. Es ist eine entsetzliche Angelegenheit, unsagbar beunruhigend.«

Das fand ich auch. Beunruhigend, daß Lucian ohne unser Wissen im selben Zug gewesen war. Beunruhigend, daß er allein den geheimnisvollen Angreifer gesehen hatte. Und da gab es noch etwas.

»Deine Hand blutet, Lucian«, sagte ich mit erzwungen ruhiger Stimme. »Du hast eine tiefe Kratzwunde.«

Er sah hinunter, dann holte er sein Taschentuch heraus und tupfte die Blutstropfen ab, die aus einem langen Kratzer auf seinem Handrücken drangen. »Das muß passiert sein, als ich ihn beim Arm packte und er sich losriß«, sagte Lucian gelassen.

Ich schloß die Augen und fragte mich, ob dies ein Alptraum sei, aus dem ich bald erwachen würde. Alles, was Lucian gesagt hatte, war möglich. Jede Einzelheit seiner Erzählung klang durchaus plausibel. Aber alles in allem war das Ganze ein unwahrscheinliches Zusammentreffen von sonderbaren Zufälligkeiten. In jenem Augenblick fiel es mir schwer zu glauben, daß die Fingernägel, die Lucians Hand blutig gekratzt hatten, nicht meine eigenen gewesen waren. Nichtsdestoweniger kämpfte irgend etwas in mir verzweifelt gegen das, was mein Verstand mir sagte. Mehr als alles andere auf der Welt wünschte ich mir, nicht glauben zu müssen, daß Lucian versucht hatte, mich zu töten, und ich zerbrach mir den Kopf nach Gründen, die dagegen sprachen.

Er hatte keinen Anlaß, mir Böses zu wünschen, sagte ich mir. Gewiß, er hatte mir nie eine besonders große Herzlichkeit entgegengebracht, war jedoch auf seine etwas spöttische Art recht liebenswürdig gewesen, und ich hatte ganz gewiß nie eine Andeutung von Übelwollen oder Haß auf seinem Gesicht gesehen. Nein, der Angreifer mußte jemand anderes gewesen sein. Aber wer? Ich kam erneut zu der Überzeugung, daß die Geschichte damals mit Pompey kein bloßer Zufall gewesen war – und wenn das stimmte, so mußte derjenige, der das veranlaßt hatte, mich auch heute überfallen haben. Konnte es der grauäugige Fremde sein? Nein, auch das schien ausgeschlossen, denn er hatte, soviel ich wußte, nicht mehr Grund als Lucian, mir etwas anzutun. Und außerdem entsprach er in keiner Weise Lucians Beschreibung von dem Mann, den er verfolgt zu haben behauptete. Sie kannten sich natürlich, denn ich hatte sie ja zusammen vor dem Café Royal gesehen, aber das konnte sowohl das eine wie das andere bedeuten.

Ein einziger Gedanke brachte mir eine gewisse Erleichterung: Ich

hatte mich eine Zeitlang gefragt, ob Richard vielleicht an dem Zwischenfall mit Pompey schuld gewesen sei, aber jetzt wußte ich, daß der Verdacht unbegründet war, denn Richard befand sich in diesem Augenblick hundert Meilen entfernt in Oxford, und überdies war er nicht halb so stark wie der Mann, der mich überfallen hatte.
Sarah unterbrach meine Gedanken mit einer Frage, auf die ich keine Antwort wußte. »Es ist mir unverständlich. Warum sollte irgend jemand Cadi etwas antun wollen?« sagte sie.
Mr. Morton runzelte die Stirn. »Sei nicht töricht, Sarah. Es ist sinnlos, sich das zu überlegen. Der Mann war offensichtlich geistesgestört. Er hätte ebensogut dich angreifen können wie Cadi. Leider gibt es solche Menschen, wenn du wohl auch schwerlich alt genug bist, um das zu wissen.«
Sarah betupfte meinen Hals mit dem Rest des Lavendelwassers. »Es tut mir leid, dir widersprechen zu müssen, Papa«, entgegnete sie höflich, »aber ich weiß sehr gut, daß solche Dinge geschehen können. Ich weiß, daß es bösartige, geistesgestörte Menschen gibt. Aber ich glaube nicht, daß ein Mensch dieser Art an einem fahrenden Zug entlangklettert und versucht, das erstbeste Mädchen, auf das er stößt, zu töten.«
Mr. Morton starrte seine Tochter überrascht an. »Das ist ein bemerkenswert vernünftiger Gedanke«, gab er zu. »Verzeih, daß ich dich töricht genannt habe, mein Liebes. Geistige Unzurechnungsfähigkeit äußert sich jedoch oft auf die seltsamste Art, und es gibt keine andere denkbare Erklärung für diese schreckliche Angelegenheit.«
Lucian sagte nichts. Seine Augen ruhten auf mir, aber sein Blick war ausdruckslos. Geistesabwesend betupfte er mit dem Taschentuch den Kratzer auf seinem Handrücken.
Im Bahnhofsbüro von Hildenborough gab es ein Telefon, und von dort aus rief Mr. Morton die Polizei und Dr. Bailey an. Dann fuhr der junge Kemp, der mit dem Wagen gekommen war, uns abzuholen, uns alle nach Hause, denn Lucian hatte beschlossen, die geplante Fahrt nach Tonbridge zu verschieben.
Bei unserer Ankunft in Meadhaven gaben wir Mrs. Morton einen abgeschwächten Bericht über den Zwischenfall, und sie geriet völlig außer sich. Dr. Bailey kam, untersuchte mich und stellte fest, daß ich, abgesehen von den Druckstellen am Hals, keine körperlichen Verletzungen erlitten hatte. Er riet mir, zu Bett zu gehen und ein

Beruhigungsmittel zu nehmen, aber ich weigerte mich, und dann wandte er seine Aufmerksamkeit Mrs. Morton zu, die sie dringender zu benötigen schien als ich.
Kurz darauf kam ein Wachtmeister vom Polizeirevier, und ich mußte ihm genau erzählen, was geschehen war, während er meine Aussage zu Protokoll nahm. Danach kam Lucian an die Reihe, und schließlich fügten Mr. Morton und Sarah noch hinzu, was sie zu sagen hatten. All das nahm eine Menge Zeit in Anspruch, und als es endlich vorüber war, fühlte ich mich sehr erschöpft. Ich sah mich außerstande, unbefangen mit Lucian zu reden, und war froh, als er fortging. Da Mrs. Morton in ihrem Zimmer blieb, waren wir beim Abendbrot nur zu dritt; es war eine recht schweigsame Mahlzeit. Ich begann zu wünschen, daß ich Dr. Baileys Rat gefolgt wäre, und nachdem ich mit großer Überwindung etwas gegessen hatte, sagte ich: »Bitte entschuldigen Sie mich, aber ich glaube, ich sollte jetzt lieber zu Bett gehen.«
»Ja, natürlich, mein Liebes«, sagte Mr. Morton; er stand auf und kam um den Tisch herum. »Du hast heute ein schreckliches Erlebnis gehabt, aber gottlob besitzt du eine ungewöhnliche Spannkraft.« Er lächelte ein wenig mühsam. »Vermutlich mehr, als Dr. Bailey normalerweise zu erwarten gewöhnt ist. Aber du mußt dich ausruhen und versuchen, ein oder zwei Tage soviel wie möglich zu schlafen. Denk nicht an das, was geschehen ist. Ich weiß, das wird schwer sein, aber versuch, die ganze Sache zu vergessen und deine Gedanken auf die Zukunft zu richten.«
»Ja, ich werde es versuchen, Mr. Morton.« Aber ich wünschte mir von der Zukunft nichts weiter, als frei zu sein von dem hilflosen, liebeskranken Verlangen, das Lucian Farrel in mir geweckt hatte. Ich wünschte, daß es ihn nie gegeben hätte und ich ihn nicht zu lieben, nicht zu fürchten und ihm nicht zu mißtrauen brauchte.
In dieser Nacht schlafwandelte Mrs. Morton wieder, und als ich aus dem Schlaf aufschreckte, sah ich sie mit einer Kerze über mir stehen. Ihre Augen waren offen, aber in ihrem Blick lag ein seltsamer, entrückter Ausdruck, als sie zu mir sprach, mich John nannte und mich mit sanftem Vorwurf fragte, weshalb ich nicht pünktlich zum Tee gekommen sei.
Offenbar waren meine Nerven noch ziemlich überreizt, denn im ersten Augenblick war ich nahe daran, vor Schreck in Tränen aus-

zubrechen. Aber dann zwang ich mich zur Ruhe, nahm sie behutsam beim Arm und versuchte, sie mit gutem Zureden in ihr Zimmer zurückzuführen. Draußen auf dem Gang geriet sie in Erregung, und Mr. Morton muß ihre Stimme gehört haben, denn er kam, einen Schlafrock über den Schultern, hastig aus seinem Zimmer.
Es gelang ihm, sie ohne allzu große Schwierigkeiten wieder zu Bett zu bringen, aber als er die Tür zu ihrem Zimmer schloß und sich mir zuwandte, war sein Gesicht abgespannt und blaß. »O mein Liebes, es tut mir so leid«, flüsterte er matt. »Als hättest du für einen Tag noch nicht genügend Aufregungen erlebt.«
»Das ist nicht so wichtig. Bitte machen Sie sich keine Sorgen, Mr. Morton. Ich hätte es geschafft, ohne Sie zu wecken, wenn Mrs. Morton nicht nervös geworden wäre.«
»Das glaube ich dir«, sagte er und legte einen Augenblick die Hand an meine Wange, als er mit kaum hörbarer Stimme hinzusetzte: »Wie hätte John dich geliebt, mein Kind.« Dann riß er sich zusammen und sagte: »Geh rasch wieder ins Bett, ehe du dich erkältest. Und vielen Dank, Cadi.«
Nach einer Weile begann die Erinnerung an diesen Tag allmählich zu verblassen. In Meadhaven war alles wie immer, und das tägliche Leben ging seinen gewohnten Gang, so daß mein Erlebnis im Zug mir bald fast wie ein Traum erschien. Während der folgenden Wochen kam der Polizeiwachtmeister noch zweimal nach Meadhaven, aber nur, um zu berichten, daß es bisher nicht gelungen sei, den Mann zu finden, den Lucian beschrieben hatte. Als die Geschichte in Wealdhurst die Runde machte, erregte sie zunächst großes Aufsehen; aber Mr. Morton hatte uns allen gesagt, wir sollten jedem Gespräch darüber aus dem Wege gehen, wenn die Leute ihre Neugier befriedigen wollten, und so erlosch das Interesse bald aus Mangel an neuer Nahrung.
Es wurde nichts von einem weiteren Besuch bei Lucian erwähnt, und ich war froh darüber. Je seltener ich ihn sah, sagte ich mir, um so schneller würde meine Schwärmerei für ihn vorübergehen. Ich hatte Sarah oft wegen ihrer albernen Liebesgeschichten verspottet, und es war demütigend für mich, mir eingestehen zu müssen, daß ich selbst mich nicht viel besser benahm.
Um auf andere Gedanken zu kommen, widmete ich jetzt wieder meine ganze Aufmerksamkeit den Ställen und dem Unterricht im

Waisenhaus. Zu meiner Überraschung machte Sarah es sich neuerdings zur Gewohnheit, regelmäßig mit mir auszureiten. Mir war rätselhaft, weshalb sie es tat, denn ich wußte, daß sie keinen Spaß daran hatte, aber sie schien fest dazu entschlossen, ganz gleich, ob sie es angenehm fand oder nicht. Selbst als die Tage kürzer wurden und die winterliche Kälte die letzten Rosen welken ließ, ritt Sarah quieksend und krampfhaft an die Zügel geklammert mit mir aus, saß da, um mich zu beobachten, wenn ich galoppierte, und stieg dankbar ab, wenn wir nach Hause zurückkehrten. Sie hatte sich auch angewöhnt, allein im Wald oder auf den Feldern von Meadhaven spazierenzugehen. Auch das war etwas Neues, denn bisher hatte sie noch nie viel Verlangen nach frischer Luft gezeigt, aber es brachte Farbe in ihre Wangen und verlieh ihr, ein wenig zu Mrs. Mortons Verdruß, ein viel gesünderes Aussehen.

»Du hast einen bemerkenswerten Einfluß auf Sarah ausgeübt«, sagte Mr. Morton mir eines Tages. »Es ist verblüffend. Sie ist viel ruhiger und vernünftiger geworden.«

»Ich glaube nicht, daß das auf meinen Einfluß zurückzuführen ist, Mr. Morton. Sie wird erwachsen, das ist alles.« Ich dachte einen Augenblick nach, dann setzte ich hinzu: »Schon in der ersten Zeit meines Hierseins war ich manchmal erstaunt über sie. Ich will damit sagen, sie hat bei gewissen Gelegenheiten viel mehr Scharfblick bewiesen, als man von ihr erwartet hätte.«

Er nickte ein wenig reumütig. »Wahrscheinlich hast du recht. Ich habe mich Sarah gegenüber immer etwas unsicher gefühlt, und ich glaube, das beruhte auf Gegenseitigkeit. Vielleicht brauchte sie mehr Verständnis, als ich für sie aufbringen konnte, und das hat sie jetzt bei dir gefunden. Ich muß mir wirklich größere Mühe geben.«

Ich hatte ein etwas schlechtes Gewissen, denn wenn ich ehrlich sein wollte, mußte ich zugeben, daß ich mich nur selten ernsthaft bemüht hatte, Sarah durch Lob oder Verständnis zu ermutigen. Wenn sie mir eine Handarbeit zeigte, war meine Anerkennung für gewöhnlich eher ein wenig gönnerhaft – zweifellos, weil ich selbst sie nicht halb so gut hätte machen können. Jetzt beschloß ich, mich in Zukunft zu bessern.

Da ich dem grauäugigen Fremden schon seit einiger Zeit nicht mehr begegnet war, hatte ich angenommen, daß er Wealdhurst verlassen habe, und es überraschte mich, ihn eines Tages, als ich mit Sarah durch den winterlichen Wald ritt, auf uns zukommen zu sehen. Er trug einen Wintermantel und blieb stehen, als er uns sah. Ich hatte den Eindruck, daß er ebenso verblüfft war wie ich. Dann trat er zur Seite, um uns vorbeizulassen, und lüftete höflich den Hut.

Ich brachte Pompey zum Stehen und sagte: »Guten Morgen. Sie sind also wieder in Wealdhurst?«

»Ich war gar nicht fort, Miß Tregaron«, erwiderte er mit seiner kühlen, vom irischen Akzent gefärbten Stimme.

»Ach, wirklich? Ich habe Sie schon seit ein paar Wochen nicht mehr gesehen.«

»Nun, vielleicht bin ich keine sehr auffallende Erscheinung. Ich spaziere einfach durch die Gegend und kümmere mich, wie man so schön sagt, um meine eigenen Angelegenheiten.«

Ich errötete leicht, denn ich war nicht sicher, ob er sich über mich lustig machte, und sagte: »Dann sollte ich mich wohl lieber um *meine* Angelegenheiten kümmern. Guten Tag.«

»Einen besonders guten Tag für Sie, Miß Tregaron. Und für Sie, Miß Morton.« Er verbeugte sich vor Sarah.

Ich spornte Pompey zum leichten Galopp an, dann mußte ich warten, bis Sarah mich einholte. Der Fremde konnte uns jetzt nicht mehr sehen. »Du warst sehr schroff zu ihm, Cadi«, sagte sie, während sie heftig an Adams Zügeln zerrte.

»Ich habe ihn sehr oft hier in der Gegend gesehen«, erwiderte ich stirnrunzelnd. »Jedesmal wenn ich ausgeritten bin, habe ich ihn gesehen. Ich hatte immer das Gefühl, daß er mich beobachtet.« Ich war im Begriff hinzuzusetzen, daß ich ihn in London gesehen hatte, als er mit Lucian sprach, aber ich schluckte die Worte hinunter, vor allem, weil ich Lucians Namen nicht einmal aussprechen wollte. Sehr zu meinem Zorn spürte ich immer noch, wie mein Herz zu klopfen begann, sooft er sich in meine Gedanken drängte, und sosehr ich auch dagegen ankämpfte, ich sehnte mich immer noch danach, daß er mir in meinem guten Traum erscheinen möge.

»Ich fand ihn eigentlich sehr nett«, sagte Sarah, verzweifelt bemüht, Adam daran zu hindern, im Kreis umherzugehen. »Magst du ihn nicht, Cadi?«

»Ich habe keinen Grund, ihn zu mögen oder nicht zu mögen. Hast *du* ihn schon früher hier herumstreichen sehen, Sarah?«

»Ich?« Sie sah mich mit großen Augen an. »Du liebe Güte, ich habe

keine Zeit, irgend jemanden zu bemerken, während ich reite. Und du weißt doch, was Mama uns gesagt hat: Wenn wir spazierengehen, sollen wir geradeaus blicken und nicht mit Fremden reden.«
Ich hatte das seltsame Gefühl, daß Sarah mich hinter ihrem unschuldigen Blick gutmütig verspottete, und das machte mich wütend. »Um Himmels willen, red nicht wie ein Schulmädchen daher, Sarah. Und zerr nicht so an den Zügeln, du machst dem armen Adam das ganze Maul kaputt.« Ich drehte mich um und galoppierte davon, dann hielt ich rasch an, machte kehrt und ritt im leichten Galopp wieder zu Sarah, die unbeholfen hinter mir hertrabte.
Als ich den Mund öffnete, um zu sprechen, sagte sie grinsend: »Jetzt wirst du dich entschuldigen, weil du mich angefahren hast.« Natürlich hatte sie recht, aber das machte mich nur wieder wütend, und statt mich zu entschuldigen, starrte ich sie wortlos an. Sie seufzte und sagte: »Gut, dann laß es bleiben. Oh, ich wünschte, ich könnte auch so zornig werden und mit den Augen funkeln wie du, Cadi. Wenn du wütend bist, siehst du wirklich wie eine Gräfin aus.«
Mein Zorn löste sich in Lachen auf, wie es meistens geschah, wenn ich mich über Sarah geärgert hatte. Von da ab hielt ich Ausschau nach dem grauäugigen Fremden, sooft wir ausritten, und obwohl ich ihn in Wealdhurst nicht wiedersah, vergaß ich ihn nie ganz, denn sonderbarerweise hatte ich immer das Gefühl, daß ich ihm irgendwann wieder begegnen würde. Als jedoch diese Begegnung letztlich stattfand, war es an einem fremden Ort, vollkommen unerwartet und unter wahrhaft grauenerregenden Umständen.
Die Wochen gingen vorüber. Weihnachten kam, und in Meadhaven herrschte freudige Geschäftigkeit, es wurden Geschenke gekauft und Karten abgesandt. Sarah und ich hatten dafür regelmäßig etwas von unserem Taschengeld gespart, aber das genügte nicht, und so hatten wir schon Monate vorher eines der Treibhäuser mit Beschlag belegt und dort Topfpflanzen gezüchtet, die wir jetzt mit Hilfe des jungen Kemp an ein Blumengeschäft in Sevenoaks verkauften. Sarah hatte eine geschickte Hand für Pflanzen und schien sich darauf zu verstehen, sie zum Wachsen und Blühen zu bringen, indem sie schmeichelnd und liebevoll zu ihnen sprach. Ich war diejenige, die sie hinterher verkaufte.
Wir sagten bis nach Weihnachten niemanden etwas davon, und als Mrs. Morton es erfuhr, war sie überwältigt vor Scham darüber, daß

wir, wie sie es nannte, »Handel trieben«. Aber Mr. Morton lachte nur, bis ihm die Tränen kamen.

Lucian kam Weihnachten auf zwei Tage nach Meadhaven, und ich war tief bedrückt, als ich erkannte, daß meine Gefühle für ihn noch ebenso stark waren wie zuvor. Statt ungezwungen und natürlich mit ihm zu sein, war ich entweder schweigsam und mürrisch oder übertrieben ausgelassen. Er brachte als Geschenk für Mr. Morton die inzwischen fertig gewordene Plastik meiner Hände mit. Mir schien, daß sie viel zu kräftig und energisch für die Hände einer jungen Dame wirkten, und ich wünschte, daß er ein wenig gemogelt hätte, um sie eleganter erscheinen zu lassen, aber Mr. Morton war hocherfreut und stellte das Bildwerk in sein Arbeitszimmer. »Eine Erinnerung«, sagte er zu mir, als wir allein dort waren. »Eine Erinnerung, daß ich ohne diese Hände heute nicht hier wäre, Cadi, mein Liebes. Obwohl es dafür keiner Erinnerung bedarf.«

Es hätte ein wundervolles Weihnachtsfest sein sollen, aber für mich war es eher eine Qual, teils wegen meines törichten Verhaltens Lucian gegenüber und teils, weil meine Gedanken sich immer wieder Mawstone und meinem Vater zuwandten, was vermutlich zu dieser Zeit, dem ersten Weihnachten seit seinem Tod, nur natürlich war.

Richard war während der Feiertage zu Hause, und ich fragte mich ein wenig ängstlich, wie er und Lucian sich einander gegenüber benehmen würde, aber meine Befürchtungen waren unbegründet. Nichts an ihrem Verhalten ließ erkennen, daß irgend etwas zwischen ihnen nicht in Ordnung war. Sie sprachen ungezwungen miteinander und schienen so gute Freunde zu sein, wie sie es nur je gewesen waren. Falls es irgendeine Unterströmung gab, trug Richards übliche Zurückhaltung allen Familienmitgliedern gegenüber dazu bei, sie zu vertuschen.

Nur als wir unsere Geschenke verteilten, war ich für einige Sekunden wie gelähmt vor Schreck. Richards Geschenk für Lucian war eine nagelneue Reitpeitsche. Als Lucian sie auspackte und ich sah, was es war, hielt ich die Luft an und beobachtete die beiden. Aber ihre Gesichter – so grundverschieden, das eine engelsgleich, das andere eher einem Dämon ähnlich – drückten nichts von dem aus, was sie vielleicht dachten. »Ich weiß nicht, ob du eine neue brauchst«, sagte Richard lächelnd, »aber ich nahm an, daß selbst eine Reitpeitsche sich abnutzen muß, wenn sie zuviel gebraucht wird, Lucian.«

»Ich gehe selten unsanft mit der Peitsche um«, erwiderte Lucian liebenswürdig, »aber meine alte ist tatsächlich ziemlich hinüber, und ich bin froh, sie wegwerfen zu können.« Er musterte die Peitsche. »Die hier ist großartig. Vielen Dank, Richard.«
Der Augenblick der Spannung war vorüber, und ich atmete im stillen erleichtert auf.
Nach den Weihnachtstagen machte ich mich von neuem daran, Lucian aus meinen Gedanken zu verbannen. In Mawstone war es im Januar und Februar immer trübe und freudlos gewesen, doch in Meadhaven war das anders. Da gab es ein warmes Haus, ein bequemes Bett, keine Sorge um das Essen für den nächsten Tag, und ich hattte viele Möglichkeiten, mich zu beschäftigen. Im Januar hatte Sarah Geburtstag und fünf Wochen später ich selbst. Es war mein zwanzigster. Für jede von uns wurde eine große Geburtstagsgesellschaft veranstaltet. Lucian sandte Glückwünsche und beide Male ein Geschenk – eine kleine Uhr an einer Kette für Sarah und für mich ein paar Ohrringe, die er von einer seiner Auslandsreisen mitgebracht hatte. Sie waren aus Silber, mit grünen Chrysopasen besetzt, und konnten befestigt werden, ohne daß man die Ohrläppchen durchstechen mußte. Als ich sie zum erstenmal anzog, stieß Sarah einen ehrfurchtsvollen Seufzer aus.
»Cadi! Mit deinem schwarzen Haar und deinem schönen, langen Hals siehst du ... *majestätisch* damit aus!«
»Sie wirken tatsächlich sehr dramatisch an dir«, sagte Mrs. Morton zögernd. »Aber vielleicht ein bißchen alt?«
Es war töricht von mir, aber diese Ohrringe von Lucian zu tragen, gab mir ein seltsames Gefühl der Vertrautheit und brachte ihn mir so nahe, daß mir unbehaglich zumute war. Es war, als ob seine Hände wieder meine verkrampften Finger kneteten, wie sie es damals im Atelier getan hatten. »Ja«, sagte ich rasch mit einem Blick in den Spiegel. »Ich glaube, ich sollte sie lieber aufbewahren, bis ich etwas älter bin, Mrs. Morton.«
Etwa zweimal im Monat erhielt ich einen Brief von Graf Chiavelli. Er schrieb liebevoll, erzählte mir kleine Familienneuigkeiten und was immer sich gerade zur Zeit in Venedig ereignete. Ich antwortete ihm jedesmal prompt und versuchte, den gleichen Ton anzuschlagen. Nur einmal enthielt sein Brief etwas über die Frage meiner Erbschaft, und zwar schrieb er:

»Und jetzt verzeih mir, wenn ich eine Angelegenheit erwähne, die ich an sich mit Freuden den Rechtsanwälten überlasse, aber ich möchte Dich beruhigen. Du brauchst nicht zu fürchten, daß es für mich oder meine Familie eine Beeinträchtigung bedeutet, den Besitz Deines Urgroßvaters an Dich fallen zu sehen. Da meine Eltern und Großeltern das Einkommen aus dem Erbgut mit Umsicht verwaltet haben, bin ich aus eigenem Recht ein vermögender Mann, und der glückliche Umstand, der Dir, liebe Caterina, zu Deinem Geburtsrecht verhilft, wird uns keine Entbehrungen auferlegen ...«

Danach war mir sehr viel wohler zumute, denn obwohl der Graf mich in seinem ersten Brief großzügig und herzlich als Familienmitglied willkommen geheißen, hatte diese Frage mir Sorgen bereitet.
Mitte Februar rief Mr. Morton mich in sein Arbeitszimmer. Er hatte einen langen Bericht von Mr. Caldwell erhalten, der ihm mitteilte, daß ich nach italienischem Recht gesetzlich als direkter Nachkömmling von Granny Caterina anerkannt und zur einzigen bedingten Erbin des Besitzes des alten Grafen erklärt worden war.
»Man hat das Wort ›bedingt‹ gebraucht«, sagte Mr. Morton, »weil dein Erbanspruch davon abhängt, daß du das einundzwanzigste Lebensjahr erreichst. Gemäß den Verfügungen des Testaments hast du jedoch bis dahin einen Anspruch auf das Einkommen aus dem Besitz. Daraus ergibt sich ein gewisses Problem, weil du noch minderjährig bist und ein Treuhänder ernannt werden muß, der bis zu deiner Mündigkeit für deine finanziellen Angelegenheiten verantwortlich ist.«
»Ich dachte, die beiden italienischen Banken seien die Treuhänder?«
»Ja, für den Besitz. Aber das Einkommen wird an dich überwiesen, und dafür brauchst du hier in England einen Treuhänder.«
»Das ist doch kein Problem, Mr. Morton. Könnten Sie nicht dieses Amt übernehmen, wenn es Ihnen nicht zuviel Mühe macht?«
»Nichts, was ich für dich tun kann, Cadi, wird mir je als zu mühsam erscheinen. Das Problem hat sich ergeben, weil du weder Eltern noch einen Vormund hast, oder zumindest keinen offiziellen Vormund, denn ich habe dich ja nicht rechtmäßig adoptiert.« Er lächelte etwas gequält. »Das schien wohl kaum erforderlich. Und so, wie die Dinge liegen, hätte tatsächlich der Graf selbst als dein nächster

Blutsverwandter die gesetzliche Vormundschaft über dich beanspruchen können.«

»Oh!« Ich war bestürzt bei dem Gedanken, daß jemand, den ich nie gesehen hatte, irgendwelche Rechte über mich geltend machen könnte, so nett er seinen Briefen nach auch scheinen mochte.

»Aber wie ich höre«, fuhr Mr. Morton fort, »hat er auf diesen Anspruch verzichtet. Er hält es für richtig, daß ich während des nächsten Jahres, bis du mündig wirst, die Treuhänderschaft für dieses Einkommen übernehme. So bedarf es nur noch deiner Einwilligung, falls du es möchtest.«

»Ich?«

»Ja, mein Liebes. Erfreulicherweise gewährt unser Gesetz dir gewisse Rechte in dieser Frage.«

»Natürlich möchte ich es.«

»Gut. Ich meine, du solltest dir aus dem Einkommen einen angemessenen monatlichen Betrag auszahlen lassen, aber darüber können wir später reden.« Seine Augen blitzten. »Zumindest brauchst du keine Topfpflanzen mehr zu verkaufen, um dein Taschengeld aufzubessern.« Er warf wieder einen Blick auf Mr. Caldwells Bericht. »Ich glaube, das ist vorläufig alles, aber es bedeutet, daß wir uns energisch an die Vorbereitungen für die Reise nach Venedig machen sollten. Nachdem der Graf sich so liebenswürdig und hilfsbereit gezeigt hat, ist es nur recht und billig, daß wir dich jetzt so bald wie möglich zu ihm bringen. April wäre wohl der beste Zeitpunkt. Ich werde mir die Sache überlegen.«

Er legte den Bericht auf den Schreibtisch, stand auf und ging, die Hände auf dem Rücken verschränkt, langsam im Arbeitszimmer auf und ab. Ich saß wartend da und fragte mich, was er wohl auf dem Herzen haben mochte, denn er machte einen verwirrten und etwas ratlosen Eindruck. Schließlich sagte er: »Es gibt noch etwas, worüber ich mit dir sprechen muß; ich war unschlüssig, ob ich es dir sagen soll, aber es bleibt mir wohl nichts anderes übrig.« Er blieb stirnrunzelnd vor mir stehen, dann fuhr er rasch fort: »Ich habe vor ein paar Tagen mit Lucian gesprochen. Er hat mich aufgesucht, um mich zu fragen, ob er dir den Hof machen dürfe.«

»Den ... Hof machen?« fragte ich ungläubig und fühlte, wie das Blut mir glühend heiß in die Wangen stieg.

»Ja, Cadi. Offenbar möchte er, daß du seine Frau wirst.«

»Seine *Frau*?«
Mr. Morton lächelte betrübt. »Liebes Kind, bitte versuch, etwas anderes zu tun, als einfach meine letzten Worte zu wiederholen. Lucian hat – vielleicht aus Respekt vor seinem alten Onkel – eine Sitte befolgt, die jetzt immer mehr aus der Mode kommt, und hat mich um Erlaubnis gefragt, ehe er mit dir spricht. Er möchte dich heiraten.«
»Mich heiraten?« wiederholte ich und hielt erschreckt inne. »Oh, verzeihen Sie, Mr. Morton. »Aber –« Hundert Fragen wirbelten mir im Kopf herum, und natürlich sprach ich die dümmste von allen aus. »Aber wie kann er mir den Hof machen, wenn wir uns doch fast nie begegnen?«
Mr. Morton starrte mich verblüfft an und rieb sich den Kopf. »Nun, er hatte vor, eine Zeitlang hier in Meadhaven zu bleiben – aber meine liebe Cadi, das ist doch wohl kaum das Entscheidende. Ich will wissen, was du darüber denkst.«
»Aber – das ist absurd, Mr. Morton«, stammelte ich. »Lucian hat mich immer nur wie ... nun, wie ein Kind behandelt. Warum spricht er plötzlich davon, daß er mich heiraten will?«
»Vermutlich, weil er erkannt hat, daß du kein Kind mehr bist und sich in dich verliebt hat, Cadi.«
Ich schüttelte den Kopf. Ein sehnsüchtiges Verlangen, schmerzlich und süß zugleich, erfüllte mich und machte es mir schwer, meine wirren Gedanken zu sammeln. Mr. Morton sagte: »Ich weiß, es ist immer noch üblich, daß Eltern die Heirat ihrer Töchter planen, und für mich bist du meine Tochter, Cadi. Aber ich bin strikt gegen diese Sitte, und kein Mann soll dir – oder zur gegebenen Zeit Sarah – den Hof machen, wenn ihr selbst es nicht wollt.«
Es war so verlockend, alles andere zu vergessen, sich in rosigen Träumen zu wiegen und zu glauben, was ein Teil von mir sich so sehnlich zu glauben wünschte. Aber ich war nicht bereit, mich dieser Art von Selbsttäuschung hinzugeben. Wenn Lucian mich liebte, so hatte er es nie auch nur mit einem einzigen Wort oder einer Geste gezeigt.
»Ich glaube nicht, daß Lucian sich in mich verliebt hat«, sagte ich mit sonderbar fremd klingender Stimme. »Glauben Sie es, Mr. Morton?«
Er schüttelte besorgt den Kopf. »Wenn ich es nur wüßte, Cadi. Lu-

cian und ich sind uns immer sehr nahe gewesen, und ich hatte geglaubt, ihn gut zu kennen, aber ich muß gestehen, daß er in letzter Zeit völlig verändert ist. Ich finde ihn weniger freimütig, weniger mitteilsam.«

Wir schwiegen eine Weile. »Glauben Sie«, sagte ich schließlich zögernd, denn es fiel mir schwer, die Worte auszusprechen, »glauben Sie, daß er mich heiraten will, weil ich eine große Erbschaft zu erwarten habe?«

Mr. Morton entfernte sich ein paar Schritt, dann blickte er über die Schulter. Sein Gesicht hatte einen starren Ausdruck, aber dahinter lag Müdigkeit. »Hättest du mich das vor ein paar Monaten oder selbst vor ein paar Wochen gefragt, so hätte ich über diese Vermutung gelacht. Wahrscheinlich sollte ich immer noch darüber lachen... aber ich kann es nicht, Cadi. Ich habe ein unbehagliches Gefühl.«

Ich dachte an all die Dinge, deren ich Lucian verdächtigte, an all das, was ich im tiefsten Winkel meines Herzens eingeschlossen hatte und nicht näher untersuchen wollte, weil es mich erschreckte. Mr. Morton kam zu mir und legte einen Augenblick den Arm um mich. »Schon gut, mach dir keine Sorgen. Weißt du, ich hatte einmal einen kleinen, geheimen Traum. Das war damals nach dem ersten Ball, als du der ganzen Gesellschaft Trotz geboten und mit Lucian getanzt hattest. Da wurde mir zum erstenmal richtig klar, daß du kein Kind mehr bist, Cadi. Ich hatte – und habe immer noch – eine große Zuneigung zu Lucian, und es kam mir heimlich in den Sinn, daß ihr beide euch eines Tages zueinander hingezogen fühlten könntet. Das war mein kleiner Traum.«

Mr. Morton runzelte die Stirn und seufzte. »Aber als Lucian neulich mit mir sprach«, fuhr er fort, »war ich eher beunruhigt als erfreut. Ich weiß nicht recht warum. Vielleicht, weil wir aufgehört haben, so ungezwungen miteinander zu verkehren wie früher. Er nennt mich nicht mehr scherzhaft seinen greisen Oheim. Irgend etwas bedrückt ihn. Lucian ist ein seltsamer junger Mann. Wenn er sich etwas vorgenommen hat, behält er es für sich und führt es konsequent durch. Ich spüre jetzt irgendeinen Vorsatz in ihm; nicht einfach, dich zu heiraten, sondern einen Vorsatz dahinter. Und ich kann nicht herausbekommen, was es ist.« Er zuckte die Achseln und breitete die Hände aus. »Aber wir brauchen uns keine Gedanken über Lucians Absichten zu machen, Cadi. Du mußt mir nur sagen, ob du möchtest, daß Lucian dir den Hof macht oder nicht.«

Mein Herz war schwer wie Blei, als ich im Geist die Worte formulierte, die ich aussprechen würde. Es lag nicht einmal eine schmerzliche Befriedigung in dem Bewußtsein, daß ich vernünftig war und eine alberne Verliebtheit unterdrückte, denn ich hatte das Gefühl, daß es mir keinen größeren Schmerz bereiten könnte, der Liebe selbst zu entsagen. »Ich möchte, daß Lucian mich in Ruhe läßt, Mr. Morton«, sagte ich müde.

»Gut.« Es war, als ob er nicht recht wüßte, ob er sich freuen oder es bedauern solle. »Ich werde es Lucian sagen.«

»Weiß er, daß Sie mit mir sprechen wollten?«

»Nein. Er bat um meine Einwilligung, und ich sagte ihm, ich würde es mir überlegen. Sicherlich wird er annehmen, daß ich dich nach deinen Wünschen gefragt habe, aber ich werde es nicht erwähnen, wenn ich mit ihm spreche. Es wird seinen Stolz weniger verletzen, wenn ich die Entscheidung als meine eigene hinstelle, selbst wenn er weiß, daß es nicht so ist. Ich könnte ihm zum Beispiel sagen, daß ich der Meinung bin, es sei noch zu früh dafür.«

»Ja . . . was immer Sie für richtig halten, Mr. Morton.«

In dieser Nacht und dreimal während des nächsten Monats hatte ich den schlechten Traum, und er war schlimmer als je zuvor – ein wahrhaft grotesker Alptraum. In der Stille des Palazzo Chiavelli ging ich in froher Erwartung den breiten Gang entlang, begierig, dem Mann zu begegnen, der auf mich wartete. Die Tür öffnete sich, Lucian sah mich an, und seine Augen waren so warm und zärtlich, wie ich sie in wachem Zustand noch nie gesehen hatte. Aber als ich, von einem tiefen Glücksgefühl erfüllt, auf ihn zugehen wollte, drehte er sich um, und ein kalter Schreck nahm mir den Atem, denn statt seines Hinterkopfes sah ich, ähnlich wie beim Januskopf, ein anderes Gesicht. Es war immer noch Lucians Gesicht, aber es war eine teuflische Fratze, die mich mit Entsetzen erfüllte und mich zitternd und tränenüberströmt aufwachen ließ.

Gegen Ende März, als die Vorbereitungen für unsere Reise nach Venedig schon weit fortgeschritten waren, erkrankte Mrs. Morton an einer schweren Grippe. Der Rest der Familie kam ungeschoren davon, aber sie mußte drei Wochen fest im Bett bleiben, und anschließend war sie noch sehr elend und schwach. Seltsamerweise machte sie viel weniger Getue, wenn sie wirklich krank war, als über Nebensächlichkeiten, wenn sie gesund war.

Dr. Bailey empfahl ihr zur Kräftigung eine Seereise, und so beschloß Mr. Morton, daß seine Frau, Richard und eine Pflegerin mit einem Dampfer nach Venedig fahren sollten, der in mehreren Mittelmeerhäfen haltmachte. Die Reise würde drei Wochen dauern und bestimmt sehr erholsam für sie sein. Diese Verzögerung bedeutete, daß Richard einen Teil des Semesters versäumen würde, aber das schien ihn nicht weiter zu beunruhigen. Andererseits konnte sich Mr. Morton seiner Arbeit wegen keinen allzu langen Urlaub leisten, und so würden Sarah und ich erst zwei Tage vor der Ankunft des Schiffes in Venedig mit ihm abreisen, mit der Kanalfähre nach Calais fahren und dann mit dem Zug durch Frankreich und die Schweiz nach Italien. Wir hätten mit dem Schlafwagen die ganze Reise in nur sechsunddreißig Stunden machen können, aber Mr. Morton fürchtete, eine Reise ohne Unterbrechung würde für Sarah zu ermüdend sein, und beschloß daher, mit uns in einem Hotel in Chalons zu übernachten und erst am nächsten Tag weiterzufahren. Damit würden wir nur wenige Stunden nach Mrs. Morton und Richard in Venedig eintreffen.

Mr. Morton hatte ursprünglich vorgehabt, allein zu fahren, und uns mit den anderen die Seereise machen zu lassen. Aber Mrs. Morton war nicht recht einverstanden damit, ihn allein, nur unter der Fürsorge der Dienstboten, im Haus zu wissen, und da Sarah überdies leicht seekrank wurde und deshalb große Angst vor der Reise hatte, redeten wir gemeinsam so lange auf ihn ein, bis er uns erlaubte, in Meadhaven zu bleiben und ihn später auf der Eisenbahnfahrt zu begleiten.

Aber etwas anderes machte mir große Sorgen: Mr. Morton war zu dem Schluß gekommen, daß wir Graf Chiavelli nicht zumuten konnten, die ganze Familie einen vollen Monat bei sich zu Gast zu haben, teils weil er das Gefühl hatte, daß es eine zu große Belastung für den Haushalt des Grafen bedeuten würde, teils weil er fürchtete, daß es meine Wiedervereinigung mit der Familie, der ich angehörte, stören könnte. Er hatte Zimmer in einem guten Hotel in Venedig bestellt, und die Mortons würden dort absteigen, während ich im Palazzo wohnen sollte.

Mir war nicht wohl bei dem Gedanken, denn ich wußte, daß ich sehr nervös sein würde. Ich wünschte, daß Mr. Morton oder zumindest Sarah bei mir im Palazzo hätte sein können, aber als ich ihm das sagte, erwiderte er sanft: »Ich weiß, es wird zuerst sehr schwer für dich sein, Cadi, aber ich bin sicher, diese Regelung entspricht den Wünschen des Grafen. Er hat es sogar in den Briefen, die du mir gezeigt hast, deutlich durchblicken lassen. Und da er sich in allen Fragen so außerordentlich liebenswürdig und großzügig gezeigt hat, finde ich, es ist unsere Pflicht, ihm in dieser Hinsicht entgegenzukommen. Außerdem werden wir uns zweifellos sehr oft sehen.«

Etwas widerwillig gestand ich mir ein, daß er recht hatte mit dem, was er sagte, aber darum wurde mir doch nicht leichter ums Herz.

An dem Tag, an dem Mrs. Morton mit Richard und ihrer Pflegerin abfuhr, herrschte große Aufregung in Meadhaven, denn Mr. Morton hatte ein Auto mit Chauffeur gemietet, das sie ans Schiff nach Southampton bringen sollte. Eine Stunde vor ihrer Abfahrt war ich allein mit Richard im Garten. Er trug eine dunkelblaue Sportjacke, die ihm sehr gut stand, und seine veilchenblauen Augen wirkten beinahe bestürzend gegen das Goldblond seiner Haare. Mir fiel auf, daß er seit Anfang des Jahres viel reifer und erwachsener geworden zu sein schien. »Du wirst gut auf deine Mutter aufpassen, nicht wahr?« sagte ich. »Sie war wirklich sehr, sehr krank, Richard, also tu nichts, was . . . nun, mach keine Dummheiten, um sie nicht aufzuregen.«

Er lächelte. »Nein, ich werde keine Dummheiten machen. Ich habe eine ganze Menge Bücher dabei und werde ernsthaft lernen. Ich will ein gutes Examen machen.«

»Das ist etwas Neues«, sagte ich in neckendem Ton. »Für gewöhnlich vergeudest du deine Ferien damit, in der Werkstatt herumzuspielen.«

»Ich weiß, aber das hat sich jetzt geändert. Ich will vorankommen.«

Er griff nach meiner Hand, blieb stehen und wandte mir das Gesicht zu. Dichtes Gestrüpp verbarg uns vor dem Haus. »Wirst du mir einen Abschiedskuß geben, Cadi?« fragte er.

Ich gab vor, ihn nicht zu verstehen, und sagte: »Natürlich werde ich dir einen Abschiedskuß geben, Richard. Das tue ich doch immer, wenn du fortgehst.«

In seinen Augen, die mich unverwandt anblickten, lag ein seltsamer Glanz, und sein Ausdruck war gespannt. »Ich meinte nicht, vor der Familie, Cadi«, sagte er mit sanfter Beharrlichkeit und ergriff meine andere Hand. »Ich meine jetzt.«

Ich wußte nicht, wie ich mich weigern sollte, ohne unfreundlich zu sein, und es wäre albern gewesen, wieder so zu tun, als ob ich nicht verstünde, was er meinte. So versuchte ich, die Sache leichtzunehmen, und sagte lächelnd: »Gut, wenn du es möchtest, Richard.« Ich legte die Arme um seinen Hals und stellte mich auf die Zehenspitzen, um meine Lippen leicht an die seinen zu legen. Ich wollte, daß es nicht mehr sein sollte als das, aber er zog mich an sich, hielt mich fest und küßte mich leidenschaftlich.

Es erregte mich, ohne daß ich es wollte, und ich fühlte, daß mein Herz schneller schlug, als er mich losließ. »Du bist nicht meine Schwester, Cadi«, sagte er. »Ich liebe dich.«

Ich war beunruhigt. »Aber –«, fing ich an, dann schwieg ich, weil ich nicht wußte, wie ich fortfahren sollte. Sein Kuß hatte mich aufgewühlt, und ich hatte ihn erwidert, aber das war alles. Ich wollte ihm sagen, daß nichts sich geändert hatte, daß ich nicht die Art von Liebe für ihn empfand, die er sich wünschte, brachte es jedoch nicht über mich, die Worte zu äußern.

»Aber du empfindest nicht das gleiche?« half er mir nach und lächelte. »Ich weiß, Cadi. Und vielleicht wirst du es niemals tun. Aber vielleicht ... nun, Liebe ist unberechenbar, und sie kann unvermutet kommen, so wie es mir in jener Nacht ergangen ist, als du mir halfst. Ich werde warten und hoffen.«

Ohne eine Antwort abzuwarten, nahm er mich beim Arm, und wir gingen langsam weiter, an den Sträuchern vorbei und über den Rasen zum Haus, während er über die bevorstehende Reise sprach, als sei nichts zwischen uns vorgefallen.

In den nächsten Wochen spielte ich die Hausherrin von Meadhaven. Ich fand, daß dies eigentlich Sarahs Aufgabe hätte sein sollen, und sagte es ihr nach ein paar Tagen, aber sie schnitt eine Grimasse und schüttelte energisch den Kopf. »Ich trete dir mit Freuden dieses Recht ab«, sagte sie lächelnd. Sie kicherte in letzter Zeit viel weniger und hatte dennoch mehr Humor. »Du verstehst es besser als ich, mit dem Butler und Mrs. Beale umzugehen. Wenn du nicht wärst, bekämen wir tagaus, tagein ihren grauenvollen Rosinenpudding zum Nachtisch.«

Das stimmte. Für gewöhnlich kam ich sehr gut mit Mrs. Beale aus, aber erst gestern hatte ich mit ihr in der Küche einen Kampf wegen des Rosinenpuddings ausgefochten. »Woher weißt du das?« fragte ich Sarah. »Du warst doch gar nicht dabei.«

»Papa und ich haben oben auf der Treppe gelauscht.« Sarah lachte leise bei der Erinnerung. »Wir haben uns köstlich amüsiert, Cadi, vor allem, als sie erklärte, sie werde mit dem Herrn über dich sprechen, und du ihr sagtest, sie solle lieber nicht in die Nähe des Herrn kommen, wenn sie noch einmal Rosinenpudding serviere, sonst werde er ihn ihr an den Kopf werfen. Uns tat buchstäblich alles weh, so sehr mußten wir uns zusammennehmen, um nicht laut herauszulachen.«
Der Gedanke, daß Sarah und ihr Vater oben auf der Küchentreppe gesessen, heimlich gelauscht und wie Kinder zusammen gekichert hatten, machte mich sehr froh. Sie waren einander jetzt viel näher als bei meiner Ankunft in Meadhaven.
Bald kam der Tag, an dem unsere Koffer gepackt wurden – größtenteils mit neuen Kleidern für die Reise – und wir den Schiffszug nahmen. Mir schien der Kanal sehr ruhig, aber die arme Sarah wurde schon nach kurzer Zeit seekrank. Ich legte sie auf einen Liegestuhl im Freien, sagte ihr, sie solle die Augen schließen, und schwatzte mit ihr, um sie abzulenken. Als sie sich übergeben mußte, hielt ich ihr den Kopf, und dann veranlaßte ich sie, eine Scheibe Brot zu essen, damit sie etwas im Magen hatte. Sie klammerte sich an meine Hand und war so rührend dankbar, daß ich an die Gelegenheiten denken mußte, wo ich brüsk mit ihr gewesen war, und ein schlechtes Gewissen bekam.
Sobald wir wieder an Land waren, erholte sie sich, und als wir durch den Zug in unser reserviertes Abteil gingen, waren wir beide fasziniert von all der Fremdheit, die uns umgab, von den Franzosen in ihrer blauen Arbeitskleidung, von den Schildern und Plakaten in fremder Sprache, den Rufen der Gepäckträger und dem Geschwätz der französischen Fahrgäste.
Dann ließen wir uns für die lange vor uns liegende Reise nieder. Wir lasen die Bücher, die wir mitgebracht hatten, ich spielte mit Mr. Morton Bézigue, ein Kartenspiel, das er mir während der Winterabende beigebracht hatte, und zwischendurch blickten wir auf die fremde Landschaft, die an unserem Fenster vorüberzog – zuerst die weiten Ebenen des nördlichen Frankreich mit ihren riesigen Feldern, auf denen das Getreide sproß, dann die mehr hügelige Gegend, mit den zahllosen kleinen Flüssen, die sich zwischen Wäldern und Wiesen hindurchschlängelten.

Etwa gegen sechs Uhr abends kamen wir nach Chalons. Unsere Koffer blieben bei der Gepäckaufbewahrung am Bahnhof, einer großen, rauchigen Halle, voll vom Klirren und Pfeifen der rangierenden Wagen. Wir nahmen jeder nur einen kleinen Toilettekoffer für die Nacht mit. Mr. Morton unterhielt sich auf französisch mit dem Kutscher des zweirädrigen Hotelwagens, der uns abgeholt hatte, und erzählte ihm, daß wir am nächsten Abend um die gleiche Stunde unsere Reise fortsetzen würden.

Unser Hotel lag an einem großen Platz unweit der Avenue Jean Jaurés. Das Zimmer, das ich mit Sarah teilte, lag an der Straßenseite. Ich fand das Mobiliar ein wenig schwer und überladen, aber das Zimmer selbst war hell und luftig.

Mr. Morton hatte uns gesagt, wir sollten in den Salon hinunter kommen, nachdem wir uns gewaschen und zurechtgemacht hatten, und dann würden wir zu Abend essen. Sarah hatte seit unserer Ankunft in Chalons einen sonderbar nervösen und ruhelosen Eindruck gemacht, und sobald sie fertig war, ging sie, ohne auf mich zu warten, hinunter. Ihr Verhalten verwirrte mich etwas, aber ich schrieb es der Tatsache zu, daß wir uns in einem fremden Land befanden und ihr alles neu und ungewohnt war. Mir erging es natürlich ebenso, aber ich war mittlerweile schon mehr daran gewöhnt, in einer neuen Umgebung zu sein, als Sarah.

Fünf Minuten später traf ich Mr. Morton im Salon über einer französischen Zeitung an. Er lächelte und sagte: »Nun, wie gefällt dir Chalons, mein Liebes?«

»Ich habe bisher noch kaum etwas von der Stadt gesehen, Mr. Morton. Auf der Fahrt vom Bahnhof hatte ich den Eindruck, daß es interessant sein muß, sie auszukundschaften. Sie scheint sehr alt zu sein.«

»Das ist sie. Der Hunnenkönig Attila hat hier gegen die Römer gekämpft. Das war vor tausendfünfhundert Jahren.«

»Haben sie ihn besiegt?«

»Ja, sie haben ihn tatsächlich besiegt. Warum fragst du?«

»Ich bin nicht sicher. Oder eigentlich doch. Die Hunnen haben alles zerstört, was ihnen in die Quere kam, deshalb bin ich froh, daß die Römer gesiegt haben.«

»Ich auch«, pflichtete Mr. Morton mir bei. »Ich kann mir nicht denken, daß aus jener Zeit viel erhalten geblieben ist, aber wir werden morgen Gelegenheit haben, uns ein paar schöne Dinge anzusehen. Zum Beispiel die Kathedrale von St. Etienne, die, soviel ich weiß, einige berühmte Kirchenfenster hat. Und Notre-Dame, die aus dem 12. Jahrhundert stammt. Schade, daß wir keine Zeit haben werden, die Kalksteinhöhlen zu besichtigen, in denen der Champagner gelagert wird.« Er sah mich schelmisch an. »Ich glaube mich zu erinnern, daß das etwas war, was dir viel Spaß gemacht hat, als wir damals mit Lucian im Café Royal zu Mittag aßen.«

Ich wollte nicht über Lucian sprechen oder an ihn denken müssen, und so lächelte ich nur und schnitt eine leichte Grimasse bei der Erinnerung an die Wirkung, die der Champagner auf mich gehabt hatte. Dann sah ich mich im Salon um und fragte: »Wo ist Sarah?«

Er zog überrascht die Augenbrauen hoch. »Ich dachte, sie sei noch oben.«

»Nein, sie ist schon vor mir heruntergekommen.«

Er stand stirnrunzelnd auf. »Wo mag sie geblieben sein?«

Wir verließen den Salon und gingen in die Halle, aber Sarah war nirgends zu sehen. Mr. Morton ging zum Empfangspult und wollte sich gerade beim Geschäftsführer erkundigen, als Sarah durch die offene Tür von der Straße hereinkam.

»Sarah!« sagte ihr Vater erstaunt. »Was um alles in der Welt tust du dort draußen?«

Sarah machte ein erstauntes Gesicht. »Es ist so ein schwüler, drükkender Abend, Papa. Ich bin ein paar Minuten auf und ab gegangen, um Luft zu schöpfen.«

»Aber mein liebes Kind, es ist beinahe dunkel!«

»Nein, noch nicht wirklich, Papa. Das scheint nur so, wenn man hier drinnen im Licht ist.«

Mr. Morton stieß einen ungestümen Seufzer der Verzweiflung aus. »Nun, auf jeden Fall wandre nicht mehr draußen allein umher, selbst wenn es nur dunkel scheint, Sarah! Jetzt kommt, wir wollen zu Abend essen.«

Er ging mit langen Schritten zum Restaurant, und wir folgten ihm.

»Was ist nur über dich gekommen?« flüsterte ich Sarah zu.

»Über mich? Nichts, Cadi. Du würdest doch auch draußen ein bißchen auf und ab gehen, wenn du Luft schöpfen wolltest.«

»Ja, aber – das ist etwas anderes. Ich meine, du tust doch sonst so etwas nicht.«

Sie dachte einen Augenblick darüber nach, dann sagte sie feierlich: »Ich habe es sonst nicht getan. Wahrscheinlich habe ich mich bei dir angesteckt, Cadi.«
Ich brauchte einige Sekunden, ehe mir klarwurde, daß sie mich neckte, und ich war so überrascht, daß mir nichts mehr zu sagen einfiel.
Wir aßen gut, vielleicht zu gut, denn am nächsten Morgen sahen sowohl Sarah als auch Mr. Morton bleich und übernächtigt aus und klagten über einen verdorbenen Magen. Ich selbst fühlte mich ausgezeichnet und aß ein reichliches Frühstück, während sie blaß und matt dabeisaßen und mir mit einem Anflug von Neid zusahen.
»Ich hätte daran denken sollen«, sagte Mr. Morton kläglich, »daß die französische Küche zwar hervorragend ist, daß jedoch der englische Magen sich erst allmählich an den Unterschied gewöhnen muß.«
»Sie kochen alles in Öl«, sagte ich. »Miß Rigg hat es mir erzählt. Ich nehme an, das macht die Speisen ziemlich schwer. Aber ich fand die Austernsauce, die man uns gestern abend mit dem Fisch serviert hat, wirklich sehr gut. Sie hatte einen köstlichen Geschmack.
Sarah wandte den Kopf ab und sagte schwach: »Bitte, Cadi.«
»Ich meinte natürlich den normalen und durchschnittlichen englischen Magen«, sagte Mr. Morton, »nicht Cadis. Sarah, mein Kind, du und ich, wir sollten uns heute lieber ausruhen und nur ganz leichte Kost zu uns nehmen, sonst sind wir heute abend in keinem guten Zustand, wenn wir unsere Reise fortsetzen.« Er sah mich entschuldigend an. »Es tut mir leid, Cadi, aber ich fürchte, wir werden auf die Besichtigung von Chalons verzichten müssen.«
So wurde es für mich ein recht trüber Tag, obwohl das Wetter herrlich war und die Sonne fast unnatürlich warm für diese frühe Jahreszeit. Ich verbrachte den Vormittag mit Sarah auf unserem Zimmer, las ihr vor, spielte Schreibspiele mit ihr und sorgte dafür, daß sie die bittere Arznei nahm, die Mr. Morton beim Apotheker in der Hauptstraße unweit des Hotels hatte anfertigen lassen. Ich hatte Mr. Morton um Erlaubnis gebeten, die Medizin selbst abzuholen, um wenigstens ein paar Minuten an die frische Luft zu kommen, aber obgleich es interessant war, das Leben auf der Straße zu beobachten und die Wagen auf der rechten Seite fahren zu sehen, sah ich sehr wenig von der Stadt.

Ich aß allein im Speisesaal des Hotels zu Mittag, und eine Stunde später besuchte ich Mr. Morton in seinem Zimmer. Er saß aufrecht im Bett, las ein Buch und sah jetzt schon ein wenig besser aus.
»Darf ich einen kleinen Spaziergang machen, Mr. Morton?« fragte ich. »Ich habe mir den Stadtplan in der Empfangshalle angesehen und dachte mir, ich könnte einfach zum Markt gehen, mich dort eine Weile aufhalten und dann wieder zurückkommen.«
Er zögerte. »Ich weiß nicht, ob das richtig ist, Cadi. Ganz allein?«
»Es ist erst drei Uhr, und es *scheint* draußen noch nicht einmal dunkel«, sagte ich hoffnungsvoll. »Ich habe viele Mädchen meines Alters ohne Begleitung gesehen. Sie hätten doch nichts dagegen, mich in Sevenoaks allein auf dem Markt herumwandern zu lassen, und der einzige Unterschied ist hier die Sprache. Aber ich würde mit niemandem reden, also ist das nicht wichtig, und ich verspreche Ihnen, daß ich mich nicht verirren werde.«
»Deine Argumente sind von einer unwiderlegbaren Logik, Cadi«, sagte er nachdenklich. »Hinterher gelingt es mir für gewöhnlich, irgendeinen Fehler in ihnen zu entdecken, aber dann hast du meistens schon erreicht, was du wolltest.«
Ich war drauf und dran zu sagen: »Wenn Sie es nicht für schicklich halten ...«, denn ich wußte, das würde ihn umstimmen. Er hatte eine ausgesprochene Abneigung gegen gewisse Dinge, die von anderen Menschen für schicklich gehalten wurden, die im Grunde jedoch nichts weiter als längst überlebte Sitten und Gebräuche waren. Aber ich sprach die Worte nicht aus, denn es schien mir plötzlich eine hinterhältige Methode, meinen Willen durchzusetzen, und ich wollte ihm gegenüber nicht hinterhältig sein.
»Nun ...«, sagte er langsam. »Eigentlich hast du recht. Es kann dir wirklich kaum etwas dabei zustoßen. Aber bleib nicht länger als eine Stunde fort, Cadi. Halte dich auf den großen Straßen und geh nur zum Markt und zurück. Schreib dir die Adresse des Hotels auf, ehe du fortgehst, und wenn du irgendwelche Schwierigkeiten hast, zeige sie einfach einem Polizisten.« Er griff nach meiner Hand und sah mich mit einem schelmischen Blick an. »Nun, was war es, was du gerade eben sagen wolltest und im letzten Augenblick hinuntergeschluckt hast?«
Ich errötete, als ich ihm erzählte, was es gewesen war und weshalb ich es nicht ausgesprochen hatte, aber er lachte nur und sagte: »Meine

ehrliche Cadi«. Dann legte er einen Augenblick meine Finger an seine Wange. Als ich hinausging, lachte er immer noch leise vor sich hin und schüttelte den Kopf. Er lachte oft und war zärtlich zu mir, wenn ich glaubte, daß er eigentlich allen Grund hätte, ärgerlich zu sein, und es machte mich sehr froh, obgleich ich es manchmal nicht verstand.

Als ich Sarah sagte, daß ich ausgehen würde, setzte sie sich im Unterrock im Bett auf und sah mich mit großen Augen an. »O Cadi, hältst du das für richtig? Ich will sagen, es ist doch eine fremde Stadt! Du könntest dich verirren oder überfahren werden. Die Leute fahren hier auf der falschen Seite der Straße.«

»Mach dir keine Sorgen um mich«, sagte ich sanft. »Schließlich sind wir ja nicht mitten im dunkelsten Afrika. Ich gehe nur zum Markt und zurück, und es besteht wirklich kein Grund zur Beunruhigung.«

Sarah sah mich einen Augenblick beklommen an, dann ließ sie plötzlich die Lippen hängen. »Du hast mich nicht angefahren«, sagte sie beinahe ärgerlich. »Ich hab es gern, wenn du es hin und wieder tust. Dann ist es wirklich, als ob ich eine Schwester hätte.«

Ich mußte unwillkürlich lachen, aber ich verstand, was sie meinte. Nach der etwas steifen Höflichkeit der ersten ein, zwei Wochen meines Aufenthalts in Meadhaven waren Sarah und ich fast wie Schwestern geworden. Ich zog sie leicht am Haar und sagte: »Gut, nächstesmal werde ich dir den Kopf abreißen.«

Dann setzte ich meinen Hut auf, schrieb die Hoteladresse auf ein Stück Papier, nahm die Handtasche und ging auf die Straße hinunter.

Ich hatte mir den Plan der Stadt fest eingeprägt und brauchte nur zehn Minuten bis zum Markt. Auf dem Platz standen etwa fünfzig Buden, aber ich war enttäuscht, daß sie alle geschlossen waren. Ihre hölzernen Türen mit den Resten einer sich abblätternden Farbschicht waren mit Haspen und Vorhängeschlössern gesichert. Eine alte Frau saß schlafend im Schatten eines der Stände auf der Erde, den Rücken gegen das Rad gelehnt. Neben ihr lagen vier kleine Hühner mit zusammengebundenen Füßen; sie rührten sich nicht, und nur am Blinzeln ihrer glänzenden, schwarzen Augen war zu erkennen, daß sie lebten.

Die Marktbuden waren an einem Ende des Platzes aufgestellt. Am anderen Ende befand sich ein schmaler, langer Sandstreifen, von

Platanen gesäumt, und dort im Schatten spielten vier Männer in Overalls eine Art Bowling, bei dem sie mit schweren, hölzernen Bällen nach einer kleinen, weißen Markierungskugel schossen. Ich hatte gehofft, den ganzen lärmenden Betrieb eines Marktes vorzufinden, wo Gemüse- und Lebensmittelhändler, Verkäufer von Kerzen, Stoffen und Schmuck mit lautem Geschrei ihre Waren anpriesen. Ich hatte gehofft, dem Feilschen und Handeln in einer fremden Sprache zuzuhören, die Menschen zu beobachten und zu sehen, wie ähnlich oder unähnlich sie denjenigen waren, die in Sevenoaks oder Mawstone zum Markt gingen. Aber ich fand nur den beinahe menschenleeren Platz vor, der still unter einer Sonne lag, die mehr dem Hochsommer als dem Frühling entsprach.

Mir wurde klar, daß der Markt offenbar am Morgen abgehalten wurde und vielleicht auch am frühen Abend, aber der Nachmittag war anscheinend zum Ausruhen da. Nicht gewillt, so schnell ins Hotel zurückzukehren, ging ich langsam um den Platz herum, musterte die Tauben, die wie Statuen über dem Kirchenportal hockten, dann setzte ich mich auf eine Bank im Schatten eines Baumes und sah den Bowlingspielern zu, die nur wenige Meter von mir entfernt waren. Sicherlich war es eine sehr friedliche Szene, aber ich wollte herumgehen, wollte hier, in diesem fremden Land, neue Dinge sehen, nicht allein auf einem schläfrigen Platz sitzen, dessen Stille nur von dem dumpfen Schlagen der hölzernen Kugeln und dem gelegentlichen Gurren einer verschlafenen Taube unterbrochen wurde.

Aber zwei Minuten später hatte ich keinen Grund, mich über die Ruhe zu beklagen. Aus einer der Straßen, die in den Platz mündeten, kam das Geräusch von schweren Schritten im Gleichtakt, zuerst schwach, dann immer lauter. Kurz darauf sah ich etwa vierzig Soldaten, die in einer Kolonne heranmarschiert kamen. Sie trugen elegante blaue Uniformen mit Streifen an den Hosenbeinen und hatten Trommeln, Hörner, Flöten, Kornetten, Fagotten, Posaunen und alle möglichen Blas- und Zungeninstrumente bei sich.

Es war eine Kapelle, eine Militärkapelle, und ich erinnerte mich, daß Mr. Morton uns am vergangenen Abend beim Essen gesagt hatte, es gebe seit der Zeit Napoleons III. nördlich der Stadt einen großen Truppenübungsplatz. Die Kapelle unterstand dem Kommando eines stattlichen Individuums mit einem riesigen Schnurrbart. Er stellte sich in die Mitte des Platzes und stieß barsch einen Befehl hervor, woraufhin die Soldaten in Reih und Glied vor ihm antreten, dann holte er unter seinem Arm einen Taktstock hervor und gab ein Zeichen. Ein oder zwei Minuten lang wurden die Instrumente gestimmt oder Staub aus ihnen herausgeblasen, dann brach mit ohrenbetäubendem Getöse die Musik los, die Tauben flogen erschreckt auf, die Kugelspieler zogen die Schultern hoch, schüttelten den Kopf, schlugen die Augen gen Himmel und fuhren verdrießlich mit ihrem Spiel fort. Hier und dort um den Platz herum wurden einige Fenster und Läden zugeknallt.

Ich lachte im stillen und bedauerte, daß Mr. Morton nicht da war, denn dieses Schauspiel hätte ihn ungeheuer amüsiert. Offensichtlich hatte die Kapelle den Befehl erhalten, auf dem Platz zu spielen, und ebenso offensichtlich wünschten die guten Leute von Chalons nicht, daß man ihren Frieden störe, und schon gar nicht zur Zeit ihres Mittagsschlafes. Aber Befehl ist Befehl, und die Musiker waren entschlossen, ihre Pflicht zu tun. Die Bowlingspieler schenkten ihnen keine Beachtung. Sogar die Tauben hatten sich einen stilleren Platz gesucht. Die Kapelle spielte für ein Publikum, das aus einer einzigen Person, Cadi Tregaron, bestand, und ich saß in etwa fünfzig Meter Entfernung hinter ihnen, so daß vermutlich kaum einer von ihnen sich meiner Gegenwart bewußt war.

Das erste Stück, das sie spielten, war ein Marsch mit einem sehr guten Rhythmus. Ich summte ihn später Mr. Morton vor, und er sagte mir, es sei ein berühmtes französisches Marschlied, *Madelon* genannt. Und es war ein Lied, das ich nicht so rasch vergessen sollte, denn das, was kurz darauf geschah, brannte mir diese Melodie so tief ins Gedächtnis, daß ich sogar noch Wochen später manchmal nachts mit dem Klang von *Madelon* in den Ohren aufwachte.

Binnen zwei Minuten kam ich zu dem Schluß, daß ich entsetzliche Kopfschmerzen bekommen würde, wenn ich noch länger hier sitzen liebe, und ich fragte mich, wie die Musiker selbst das aushalten onnten. Da ich es vermeiden wollte, den Platz zu überqueren und hre Blicke auf mich zu lenken, stand ich auf und entfernte mich eise in die entgegengesetzte Richtung, mit der Absicht, um den großen Platz herumzugehen und ins Hotel zurückzukehren.

ls ich an der Kirche vorbeiging, sah ich einen Mann mit raschen chritten auf mich zukommen. Er trug einen grauen Anzug und eine Melone, und ich konnte deutlich sein Gesicht sehen, als er suchend den Kopf von einer Seite zur anderen wandte. Es war der grauäugige Fremde aus Wealdhurst. Obgleich ich nicht weit von ihm entfernt war, hatte er mich noch nicht gesehen, vielleicht, weil die Sonne ihm schräg in die Augen schien und ich in dem langen, schmalen Schatten stand, den der Kirchturm über den Platz warf. Aber ich wußte, daß er mich in den nächsten ein oder zwei Sekunden entdecken würde, und ich wurde vom kalten Schrecken gepackt.

Diese Begegnung konnte kein Zufall sein. Er war hier, Hunderte von Kilometern von England entfernt, tief in einem fremden Land, weil ich hier war. Er mußte von unseren Plänen, die in Wealdhurst allgemein bekannt waren, erfahren haben, und er hatte dieselbe Reise gemacht, war zweifellos im selben Zug gewesen. Ich hätte nicht sagen können, wovor ich mich fürchtete, denn schließlich befanden sich vierzig Soldaten auf dem Platz, aber die dröhnende Musik, die jedes andere Geräusch erstickte, gab mir irgendwie das Gefühl, allein und von der Umwelt abgeschlossen zu sein; ich wußte nur, daß ich Angst davor hatte, von dem Fremden gesehen zu werden. In seinem Ausdruck lag eine grimmige Entschlossenheit, die ich noch nie zuvor an ihm wahrgenommen hatte, und ich hatte das deutliche Gefühl einer drohenden Gefahr.

Mein Instinkt war schneller als meine Gedanken, denn in der Sekunde, als ich ihn sah, bog ich in eine schmale Straße ein, die seitlich an der Kirche entlanglief, und ich ging immer schneller, bis ich beinahe rannte. Zumindest konnte er bei dem Lärm der Musik meine Schritte nicht hören. Als ich zurückblickte, sah ich, wie er das Ende der beschatteten Seitenstraße überquerte und aus meinem Blickfeld verschwand.

Ich seufzte erleichtert auf und blieb stehen, um mein wild hämmerndes Herz ein wenig zur Ruhe kommen zu lassen. Nach einigen Sekunden kam es mir albern vor, daß ich diesen grundlosen Befürchtungen nachgegeben hatte. Aber trotzdem war ich immer noch beunruhigt, und ich hatte nicht die Absicht, es auf eine Begegnung mit dem grauäugigen Fremden ankommen zu lassen. Ich versuchte mich an den Stadtplan zu erinnern, und kam zu dem Schluß, daß ich nur bis zum Ende dieser kleinen Seitenstraße gehen und dann zwei mal rechts um die Ecke biegen mußte, um zu der Hauptstraße zu gelangen, die zwischen dem Platz und unserem Hotel lag.

Ich machte mich auf den Weg, aber nachdem ich zum zweitenmal rechts eingebogen war, kamen mir gewisse Zweifel, denn anstelle der Straße, die ich auf dem Plan gesehen zu haben glaubte, befand ich mich in einer kleinen Gasse mit hohen, fensterlosen Mauern auf beiden Seiten. Die Gasse beschrieb vor mir eine Kurve, und ich fürchtete, daß sie zum Platz zurückführte, denn selbst hier war die Luft erfüllt vom Lärm der Militärkapelle. Als ich gerade kehrtmachen wollte, bog ein Mann mit der weißen Jacke eines Hoteldieners aus derselben Richtung, aus der ich gekommen war, in die Gasse ein. Es war ein großer, kräftiger Mann mit herabhängenden Schultern, und zu meiner Überraschung hob er beim Näherkommen die Hand und machte eine Geste, als ob er mich veranlassen wollte, zurückzugehen. Ich sagte erstaunt: »Verzeihung?«
Er blieb stehen, schien nach Worten zu suchen, dann deutete er die Gasse entlang in Richtung des Platzes und sagte: »Monsieur Morton.« Er sprach den Namen aus, als ob das seiner Zunge Schwierigkeiten bereitete. Ich vergaß vorübergehend den grauäugigen Fremden. »Was ist los?« fragte ich. »Was ist mit Mr. Morton?«
Er zuckte verständnislos die Achseln, deutete abermals in die andere Richtung, ging an mir vorbei und sagte: »M'sieur Morton! Kommen Sie!« Er machte mir ein dringendes Zeichen und eilte die Gasse entlang. Nach kurzem Zögern folgte ich ihm, zutiefst beunruhigt bei dem Gedanken, daß etwas sehr Schwerwiegendes geschehen sein mußte, um das Hotel zu veranlassen, einen Hausdiener nach mir auszuschicken. Wir gingen weiter die krumme Gasse entlang, kamen zur Biegung, und der Lärm der Musik wurde lauter. Plötzlich blieb der Mann stehen und wandte sich nach mir um. Hinter ihm erstreckte sich eine fensterlose Mauer quer über die Gasse. Die Musik schien jetzt sehr nah, und ich glaube, daß nur ein kleiner Garten mit einer hohen Mauer uns vom Platz trennte. Aber es gab keinen Ausgang. Wir befanden uns in einer Sackgasse.
Der Mann griff unter die Jacke, und als er die Hand herauszog, sah ich, daß er eine fast dreißig Zentimeter lange Eisenstange gepackt hielt. Er warf einen scharfen Blick hinter mich, dann sprang er rasch auf mich zu. Es war eindeutig klar, was er vorhatte, und ein panischer Schrecken erfaßte mich, als ich mich umwandte, um fortzulaufen, und mich dabei verzweifelt bemühte, den Rock hochzuheben, der meine Beine behinderte. Ich versuchte zu schreien, aber der

Schreck schien mir die Luft aus den Lungen genommen zu haben, und ich konnte nur einen schwachen, wimmernden Ton hervorbringen.
Ich kam zur Biegung der Gasse, lief weiter, so schnell ich konnte, und betete, daß es mir gelingen möge, die Straße hinter der Kirche zu erreichen, ehe der Mann mich einholte, denn dort konnte ich zumindest hoffen, auf jemanden zu stoßen, der mir beistehen würde. Es war in Wirklichkeit nur eine schwache Hoffnung, denn ganz Chalons schien zu schlafen, und selbst wenn ich es fertigbrächte zu schreien, würde mich bei dem Lärm der Militärkapelle niemand hören, denn die Musik stieg jetzt zu einem letzten Krescendo an. Aber ich raste verzweifelt weiter. Es gab keine andere Hoffnung.
Dann kam, zwanzig Schritt vor mir, am Eingang zur Gasse, der grauäugige Fremde in Sicht, und jene grauen Augen waren so kalt wie der eisige Nebel des winterlichen Meeres, der einem bis in die Knochen dringt.
Der Mann mit der Eisenstange war dicht hinter mir. Ich konnte ihn nicht hören, aber ich wußte es. Ich war zwischen den beiden Männern eingeschlossen, und meine Angst wich einer niederschmetternden Verzweiflung, die mich jeglicher Kraft zu berauben schien.

XI

In der Erwartung, daß man mich im nächsten Augenblick von hinten niederschlagen würde, warf ich mich mit hochgezogenen Schultern zur Seite, preßte den Rücken gegen die Mauer und hob die Handtasche, um mich so gut ich konnte zur Wehr zu setzen, wenn meine Angreifer von beiden Seiten über mich herfielen.
Dann sah ich, daß der Mann mit der Eisenstange stehengeblieben war. Er zögerte, als ob irgend etwas ihn überraschte, und sein Blick schoß an mir vorbei zu dem grauäugigen Fremden, der mit hastigen Schritten auf mich zukam. Er sagte etwas, und genau in diesem Augenblick hörte die Musik auf; durch die heiße, stille Luft hallte nur noch das Echo des letzten dröhnenden Akkords, und ich vernahm abermals jene sanfte Stimme mit dem leicht singenden, irischen Tonfall. »Schon gut, Miß Tregaron, haben Sie keine Angst.«
Er ging an mir vorbei und stellte sich zwischen mich und den vierschrötigen, blassen Franzosen. Als er an mir vorüberkam, nahm er ohne mich anzusehen den Hut ab, wie er es sooft getan hatte, wenn wir uns in der Nähe von Meadhaven begegnet waren. Ich war zu verwirrt, um einen klaren Gedanken zu fassen, hörte mich jedoch einen Seufzer der Erleichterung ausstoßen, als ich erkannte, daß er mich nicht angreifen wollte, sondern mich vor dem Angriff des anderen Mannes beschützte. Dann erschrak ich von neuem, als ich sah, wie der Franzose die Eisenstange noch fester umklammerte und auf den kleineren Mann losstürzte, der zwischen uns stand.
Gelassen schleuderte der grauäugige Fremde mit einer drehenden Bewegung dem Franzosen seinen Hut ins Gesicht, so daß der harte Rand ihm gegen das Nasenbein schlug. Was jetzt geschah, war zu schnell, als daß ich es hätte verfolgen können, aber ich sah, daß die

Eisenstange nur um wenige Zentimeter ihr Ziel verfehlte. Gleich darauf befanden sich die beiden Männer im Handgemenge. Ich hörte zwei dumpfe Schläge, ein pfeifendes Keuchen, einen stärkeren Schlag wie von Knochen auf Knochen, dann taumelte der Franzose gegen die Mauer und glitt zu Boden, während ihm die Eisenstange mit einem klappernden Geräusch aus der schlaffen Hand fiel.
Der grauäugige Fremde hob seinen Hut auf, klopfte den Staub ab und wandte sich mir zu. Seine Augen blitzten, und in seinem Lächeln lag so viel Schalkhaftigkeit, daß ich die letzte Spur von Angst verlor.
»Das war etwas reichlich knapp«, sagte er beinahe entschuldigend, »aber Ende gut, alles gut. Gehen Sie jetzt ins Hotel zurück, Miß Tregaron, und machen Sie sich keine Sorgen; ich bleibe dicht hinter Ihnen.«
»Vielen Dank«, stammelte ich. »Ich – ich weiß nicht, was ich sagen soll . . .« Meine Stimme versagte. Ich ballte die Fäuste und holte tief Luft, um nicht in Tränen auszubrechen. Er beobachtete mich neugierig, dann nickte er zustimmend, als sähe er jetzt irgend etwas bestätigt, was er bisher nur halb geglaubt hatte. »Meine Hochachtung, Miß Tregaron«, sagte er, »Sie sind ein tapferes Mädchen.«
Er bückte sich und durchsuchte rasch die Taschen des bewußtlosen Mannes. Ich sah jetzt, daß dem Franzosen die Hausdienerjacke überhaupt nicht paßte und auch das einzige Stück Dienstkleidung war, das er trug. Offenbar hatte er sie eigens zu diesem Zweck gestohlen. Mühsam versuchte ich, meine wirren Gedanken zu sammeln. Ich zitterte immer noch, fühlte mich aber nicht mehr den Tränen nahe. »Ich . . . ich kann es nicht begreifen«, murmelte ich ratlos. »*Wußten* Sie, daß dies geschehen würde?«
»Wenn ich es gewußt hätte, wäre es nicht so weit gekommen, Miß Tregaron«, sagte er grimmig.
»Aber wer ist dieser Mann? Warum hat er versucht, mir etwas anzutun?«
»Oh, wenn wir diese Frage beantworten könnten, wären wir sehr viel klüger, als wir es sind.« Er stand mit leeren Händen auf und machte ein enttäuschtes Gesicht. »Es gibt nichts in seinen Taschen, was uns darüber etwas sagen könnte.«
»Aber . . . wer *sind* Sie? Und wie kommen Sie hierher?«
»Ich habe Ihnen doch gesagt, daß ich meine Zeit damit zubringe,

durch die Gegend zu reisen. Sagen wir, ich bin rein zufällig hier vorbeigekommen.« Über sein Gesicht zog wieder das gleiche schalkhafte Lächeln wie zuvor. »Wollen Sie sich jetzt bitte beeilen, Miß Tregaron? Wir sollten sehen, daß wir so schnell wie möglich hier fortkommen.«
Ich nickte, zu verwirrt, um noch weitere Fragen zu stellen. Als ich, immer noch mit leicht zitternden Beinen, das Ende der Gasse erreicht hatte, drehte ich mich um und blickte zurück. Der grauäugige Fremde hatte den Hut aufgesetzt und war im Begriff, mir zu folgen.
»Bitte kommen Sie mit, ich möchte Sie meiner Familie vorstellen«, sagte ich. »Mr. Morton wird Ihnen danken wollen.«
Er schüttelte den Kopf. »Sie sollten ihm lieber nichts von dem Vorfall erzählen. Er würde sich verpflichtet fühlen, die Polizei zu benachrichtigen, und man hat es in Frankreich nicht eilig. Ehe Sie wissen, wie Ihnen geschieht, werden Sie sich eine Woche oder länger in Chalons festgehalten sehen. Außerdem haben Sie Miß Morton bei sich, und sie würde vermutlich sehr erschreckt sein, glauben Sie nicht?« In seinem Ton lag ein Anflug jener Spöttelei, die mich einmal erzürnt hatte, aber jetzt schien sie wohlwollend und ohne jede Bissigkeit.
»Wollen Sie mir dann nicht wenigstens sagen, wie Sie heißen?« fragte ich. »Ich fühle mich tief in Ihrer Schuld.«
Er zögerte einen Augenblick. Dann: »Nennen Sie mich Flynn. Aber jetzt machen Sie, daß Sie hier fortkommen, Miß Tregaron, und ich wünsche Ihnen eine angenehme Reise.«
»Vielen Dank, Mr. Flynn. Noch einmal, vielen Dank.« Mir war kaum bewußt, was ich sagte, aber es kam aus vollem Herzen.
Ich überquerte den Platz, auf dem die Kapelle wieder zu spielen begonnen hatte, dann ging ich die Hauptstraße entlang zum Hotel. Einmal blickte ich mich um. Flynn war nirgends zu sehen, aber ich hatte das sichere Gefühl, daß er nicht weit entfernt war. Meine Hände fingen wieder an zu zittern, und mir war übel. Zum Glück war ich nur eine halbe Stunde fort gewesen – eine halbe Stunde, die mir wie eine Ewigkeit erschien –, und so konnte ich mich eine Weile auf die Terrasse hinter dem Hotel setzen, um mich von dem Schreck zu erholen. Allmählich ließ das Zittern nach, und ich fühlte, daß das Blut in meine Wangen zurückkehrte. Ich hatte auf dem Weg durch den Salon beim Kellner eine Tasse Tee bestellt, und obwohl er sehr schwach war und kaum nach Tee schmeckte, tat er mir gut.

Während ich dort auf der Terrasse saß und den Tee trank, überlegte ich mir, ob ich Mr. Morton erzählen sollte, was geschehen war. Ich wußte, daß es richtig und vernünftig wäre, es ihm zu sagen, aber nichtsdestoweniger hatte ich gewisse Bedenken. Wie Flynn gesagt hatte, wenn die Sache den Behörden zu Ohren kam, würde sie zweifellos unsere Weiterreise verzögern. Mr. Morton würde sich große Sorgen machen, nicht nur um mich, sondern auch um seine Frau, die am nächsten Tag in Venedig ankam und sich ängstigen würde, wenn wir nicht zur vereinbarten Zeit dort eintrafen. Und außerdem würden wir Sarah von dem Vorfall unterrichten müssen, und das würde noch mehr Aufregung verursachen.

Ich weiß nicht, welches dieser Argumente für mich ausschlaggebend war, oder ob mich ein Grund bewog, von dem ich selbst nichts ahnte, aber auf jeden Fall beschloß ich, nichts zu sagen. In zwei oder drei Stunden würden wir Chalons verlassen. Ich würde es Mr. Morton später erzählen, wenn wir allein waren und ich mich ein wenig beruhigt hatte.

Ich trank den Tee aus, riß mich zusammen, bemühte mich, ein heiteres Gesicht zu machen, und dann ging ich hinauf, um Sarah mit dem Bericht über die Militärkapelle zum Lachen zu bringen.

Wir verließen das Hotel um halb sechs, und eine Stunde darauf saßen wir wieder im Zug nach Venedig. Mr. Morton und Sarah sahen ein wenig abgespannt aus, erklärten jedoch, daß sie sich jetzt schon viel besser fühlten. In dieser Nacht lag ich stundenlang wach im Bett des Schlafwagenabteils, das ich mit Sarah teilte, während meine Gedanken sich fortwährend im Kreise bewegten und Antwort auf Fragen suchten, auf die es keine Antwort zu geben schien. Im vergangenen Jahr war ich dreimal dem Tode nah gewesen – einmal, als Pompey durchging, einmal im Tunnel bei Sevenoaks und jetzt wieder in der kleinen Gasse von Chalons. Irgend jemand wollte mir etwas antun, aber ich konnte mir einfach nicht vorstellen, wem daran gelegen sein mochte. Ich hatte zu verschiedenen Zeiten Richard, Lucian und den geheimnisvollen Fremden verdächtigt, den ich jetzt als Flynn kannte. Flynn konnte ich nicht mehr verdächtigen, denn er hatte mich heute gerettet. Richard war an dem Tag des Überfalls im Tunnel weit fort gewesen, und sowohl er als auch Lucian befanden sich in diesem Augenblick Hunderte von Meilen von Chalons entfernt. Aber das schloß nicht jeden Verdacht von vornherein aus. Der Mann, der versucht hatte, mich mit einer Eisenstange niederzuschlagen, war zweifellos von irgend jemandem dazu gedungen worden, denn er war Franzose, und ich hatte ihn noch nie zuvor gesehen. Wer war sein Auftraggeber? Ich konnte mir nicht vorstellen, daß es Richard war, aber es bestand eine gewisse Möglichkeit, daß es Lucian sein könnte, der sich ja häufig im Ausland aufhielt.

Aber ... warum?

Richard hatte gesagt, daß er mich liebe. Lucian hatte mit Mr. Morton davon gesprochen, daß er mich heiraten wollte. Konnte es jemand anderes sein – ein unbekannter Feind? Einen Augenblick lang ging meine Phantasie mit mir durch und ich fragte mich, ob vielleicht Graf Chiavelli meinen Tod wünschte, weil er durch mich die Erbschaft verlieren würde, aber das schien völlig widersinnig. Er hätte meinen Anspruch vor Gericht anfechten können, hatte jedoch nicht einmal den Versuch gemacht. Statt dessen hatte er bereitwillig und sogar liebevoll meine Rechte anerkannt. Außerdem war er, wie er mir selbst versichert hatte, auch ohne diese Erbschaft ein wohlhabender Mann. Und vor allem hatte er damals, bei dem Reitunfall, noch nichts von meiner Existenz gewußt und hatte zu der Zeit, als ich im Zug überfallen wurde, gerade erst davon erfahren.

Ich fand keine Antwort auf die Fragen, die wir im Kopf herumschwirrten, und auch keine Erklärung für die rätselhafte Rolle, die Flynn in dieser ganzen Angelegenheit spielte. Ich war sicher, daß er mit uns von England herübergekommen war, und das beruhigte mich, denn ich wußte jetzt, daß zumindest er nicht mein Feind war.

Meine Gedanken wandten sich plötzlich in eine andere Richtung. Hatte ich überhaupt wirklich einen Feind? Es schien so, und dennoch wollte ich es nicht glauben, denn diese Annahme warf furchterregende Schatten auf die Zukunft. Ich dachte erneut über all das nach, was geschehen war. Der Ring am Zaumzeug konnte leicht von selbst zerbrochen sein. Mr. Morton hatte keinen Augenblick daran gezweifelt, daß der Mann, der mich im Zug überfallen hatte, ein Geistesgestörter gewesen war, der ebensogut jedes andere Mädchen hätte angreifen können. Konnte man das gleiche von dem Mann in Chalons behaupten?

Nein, sagte ich mir zögernd. Er hatte klar und deutlich Mr. Mortons Namen ausgesprochen, um mich in die Sackgasse zu locken. Einen furchtbaren und erschreckenden Augenblick lang wurde mein ganzes Sein von der unglaublichen Vorstellung erschüttert, daß Mr. Morton selbst gewußt haben könnte, was geschehen würde. Ich drehte mich in dem schmalen Bett herum und legte die Hände über die Ohren, wie um den flüsternden Gedanken auszuschalten. Es war absurd. Ebensogut hätte ich meinen eigenen Vater verdächtigen können, wenn er am Leben gewesen wäre.

Ich zwang mich, nicht mehr nachzudenken, biß die Zähne zusammen und fing an, im Geist all die Shakespeare-Zitate aufzusagen, die Miß Rigg mich im Lauf der Zeit hatte auswendig lernen lassen. Wenn ich auch nur eine Sekunde lang so etwas von Mr. Morton denken konnte, so bedeutete das, daß mein müdes Gehirn jenseits aller Vernunft war und sich nur noch in wilden Phantasievorstellungen erging. Ich mußte aufhören zu grübeln, mußte warten, bis meine Nerven sich ein wenig beruhigt hatten und ich die Dinge wieder in der richtigen Perspektive sehen konnte.

Schließlich verfiel ich in einen unruhigen Schlaf mit wirren Träumen. Als der Morgen kam, schienen mir meine nächtlichen Gedanken unsagbar töricht. Aber ich erzählte Mr. Morton nichts von dem, was sich in der kleinen Gasse hinter dem Marktplatz ereignet hatte.

Dann nahmen die Dinge wieder den bereits gewohnten Verlauf. Ich hatte mich in Gefahr befunden, wurde von Fragen, Zweifeln und Befürchtungen gequält. Aber fast unmittelbar darauf traten neue Ereignisse ein, die meine Gedanken in Anspruch nahmen, die Erinnerung verwischten und mich meine Angst für den Augenblick vergessen ließen.

Bei Morgengrauen passierten wir den wundervollen St.-Gotthard-Tunnel, der über neun Meilen lang ist. Ich schlief noch und bedauerte hinterher nicht, diesen Augenblick versäumt zu haben, denn ich hatte in letzter Zeit keine große Vorliebe für Tunnels. In Chiasso kamen die Zollbeamten in den Zug, und nachdem sie ihren Kontrollgang beendet hatten, fuhren wir weiter nach Como und dann nach Mailand, wo wir in einen anderen Zug umsteigen mußten, der uns durch die Lombardei nach Venedig brachte. Gegen Abend fuhren wir über den langen Damm, der Vicenza mit Venedig verbinde[t] und, wie Mr. Morton uns sagte, von zweihundertzweiundzwanzig Bogen getragen wird. Dann waren wir am Ziel der Reise angelangt.

Auf dem Bahnhof wimmelte es von Trägern mit Schubkarren, die geschäftig und mit lauten Rufen das Gepäck ausluden, um es zu den wartenden Gondeln und Ruderbooten zu bringen. Ich fühlte, wie mir die Tränen in die Augen stiegen, denn der italienische Tonfall, den ich um mich herum hörte, war nicht derjenige von Signor Vecchi, der aus Rom kam, sondern es war der gleiche Tonfall, den ich von meiner Mutter und Granny Caterina gehört hatte. Das Italienisch, das hier gesprochen wurde, war das Italienisch, das ich selber sprach. Auch ohne jeden anderen Beweis hätte ich in diesem Augenblick gewußt, daß Granny Caterina aus Venedig stammte.

Ich fragte mich, ob Flynn wohl im Zug gewesen war, als wir Chalons verließen. Ich hatte ihn während der Reise nicht zu Gesicht bekommen, auch nicht, als wir in Mailand umstiegen, und er war jetzt nirgends zu sehen, doch das hatte nichts zu bedeuten. Während ich noch über ihn nachdachte, erschien Richard. Er schob sich langsam durch die Menschenmenge, sein sonst so blasses Gesicht war von der Seereise gebräunt, und seine veilchenblauen Augen wirkten strahlender denn je. Wir begrüßten ihn freudig erregt und mit einer Flut von Fragen.

»Mutter fühlt sich sehr gut«, sagte er lächelnd. »Sie hat sich blendend erholt. Wir sind heute morgen angekommen, und der Graf war selbst am Schiff, uns abzuholen –«

»Wie sieht er aus?« unterbrach Sarah ihn erregt. »Ist er nett?«

»Ja. Wirklich sehr nett. Mama war ganz überwältigt. Er hat uns ins Hotel begleitet, um sich zu vergewissern, daß wir gut untergebracht sind, und vor einer Stunde hat er mich mit einer seiner Privatgondeln abgeholt, damit wir euch hier begrüßen können.«

»Oh! Er ist hier?« fragte ich erschreckt, denn mir wurde plötzlich bewußt, daß ich nach der langen Reise sicherlich müde und recht mitgenommen aussah.

»Ja, natürlich. Keine Sorge, Cadi, du siehst bezaubernd aus.« Richard warf mir einen liebevollen, ermutigenden Blick zu, dann wandte er sich an seinen Vater. »Draußen wartet eine Gondel, die uns ins Hotel bringen soll, und außerdem ein Ruderboot fürs Gepäck. Cadi wird direkt mit dem Grafen zum Palazzo Chiavelli fahren.«

»Oh!« sagte ich noch einmal, denn mir schien, daß alles viel zu schnell geschah. »Muß ich gleich dorthin gehen, Mr. Morton? Ich

meine, könnte ich nicht nur diese eine Nacht bei Ihnen im Hotel verbringen?«
Er legte die Hand auf meinen Arm. »Ich weiß, wie dir zumute ist, Cadi, aber schließlich hat der Graf dich eingeladen, und du gehörst zu seiner Familie. Ich glaube, es wäre unhöflich, deine Ankunft in seinem Haus hinauszuzögern.«
Ich fühlte mich sehr einsam, als ob alle mich plötzlich verließen. Natürlich war das töricht von mir. Ich wußte seit langem, daß ich im Palazzo wohnen würde, aber irgendwie war ich nicht darauf vorbereitet gewesen, mich gleich nach unserer Ankunft in Venedig von Mr. Morton und Sarah trennen zu müssen.
Sarah kicherte und sagte: »Ich glaube wahrhaftig, Cadi ist nervös.«
Mein Stolz kam mir zu Hilfe. »Unsinn!« erwiderte ich rasch. »Nur weil *du* nervös wärst –«
»So ist es«, fiel Mr. Morton mir ins Wort. »Bitte mach keine albernen Bemerkungen, Sarah. Nun, Richard, wo ist der Graf?«
»Bei den Gondeln, Vater. Es sind nur ein paar Schritt. Er hat mich vorausgeschickt, damit ich euch erklären kann, was vereinbart worden ist.«
»Sehr aufmerksam von ihm«, sagte Mr. Morton. »Aber das hatte ich nicht anders erwartet. Geh voran, Richard.«
Die Nervosität, die ich Sarah gegenüber so energisch abgeleugnet hatte, legte sich, als ich Graf Chiavelli erblickte. Er trug einen dunklen Anzug mit einer weißen Seidenkrawatte und einen hüftlangen Umhang aus schwarzem Samt. Den Hut in der Hand, stand er wartend neben den Pfählen, an denen zwei schöne, rot und gold gestrichene Gondeln festgemacht waren. Vier Gondolieri in rot-goldener Livree warteten auf den Stufen. Der Graf hatte dunkles, dichtes Haar und weit auseinanderstehende Augen. Seine energischen, scharfgeschnittenen Züge deuteten auf einen starken Charakter hin, aber sein Lächeln gewann mein Herz, denn es ließ sein Gesicht sanft erscheinen, so wie das Sonnenlicht die schroffen Gipfel der schneebedeckten Berge sanft erscheinen läßt, und es glich so sehr dem Lächeln von Granny Caterina, daß er mir sofort vertraut erschien.
»Caterina!« murmelte er, trat auf mich zu und ließ achtlos den Hut fallen, als er nach meinen Händen griff. Er küßte mich auf beide Wangen, dann sah er mich an und schüttelte mit lächelnder Verwunderung den Kopf. »Wie sehr du ihr ähnelst«, sagte er auf englisch.

»Es freut mich, Sie kennenzulernen, Sir«, erwiderte ich unbeholfen. Er lachte und hielt meine Hände fest. »Bitte keine Formalitäten, Caterina. Wir sind so etwas wie Vetter und Kusine, aber angesichts meines Alters wirst du es vielleicht vorziehen, mich Onkel Guido zu nennen.« Er wandte sich mit einer entschuldigenden Geste an Mr. Morton und sagte lächelnd: »Verzeihen Sie, Sir. Ich habe nicht darauf gewartet, vorgestellt zu werden, denn ich bin außer mir vor Freude. Sie sind natürlich Mr. Edward Morton, und dies ist Ihre Tochter Sarah, nicht wahr? Caterina hat mir in ihren Briefen viel von Ihnen erzählt.«
Es gab Händeschütteln und einen Austausch von Begrüßungen. Der Graf zeigte sich so freundschaftlich und zwanglos, daß selbst Sarah sofort ihre Befangenheit verlor und kein verlegenes Gesicht machte, als er ihre Hand an die Lippen hob.
»Oh, ich wünschte, Sie würden alle bei mir wohnen«, sagte Graf Chiavelli mit leichtem Bedauern. »Wir hätten ohne große Mühe weitere Zimmer im Palast in Benutzung nehmen können.«
»Daran ist nicht zu denken«, erwiderte Mr. Morton. »Ich bin sicher, wir werden in dem Hotel, das Sie uns liebenswürdigerweise empfohlen haben, sehr gut aufgehoben sein, und wir hätten es Ihnen gegenüber als Zumutung empfunden, Ihre Gastfreundschaft in Anspruch zu nehmen.«
»Nichts wäre zuviel Mühe für die Familie, die uns Caterina wiedergegeben hat.« Der Graf hob seinen Hut auf, schnitt eine Grimasse, als er den Schmutzfleck darauf bemerkte, und warf ihn zu einem der Gondolieri hinüber. »Sie sind sicherlich müde von der Reise«, fuhr er fort, »und Caterina auch. Ich lasse Sie jetzt in Ihr Hotel bringen, und ich hoffe, daß Sie und Ihre Familie morgen abend zu uns zum Essen kommen werden, Mr. Morton. Wenn es Ihnen recht ist, schicke ich Ihnen um sieben Uhr eine Gondel.«
»Es wird uns ein Vergnügen sein, Sir.«
Auf ein Zeichen des Grafen wurden meine Koffer vom Karren genommen und in eine der rot-goldenen Gondeln verfrachtet, während Mr. Mortons und Sarahs Gepäck in dem Ruderboot verstaut wurde, das neben der anderen Gondel festgemacht war.
»Nun ... gute Nacht, Cadi, mein Liebes.« Mr. Morton legte mir die Hände auf die Schultern und küßte mich auf die Wange. »Schlaf gut, und wir sehen uns morgen.« Er drückte mich einen Augenblick

fest an sich, dann ließ er mich los. Ich verabschiedete mich von Sarah und Richard, und zwei Minuten später entfernten sie sich alle drei in ihrer Gondel. Das Ruderboot folgte ihnen. Ich winkte und kam mir recht verlassen vor.

Als ich mich umdrehte, begegneten meine Augen dem Blick des Grafen. »Arme Caterina«, sagte er mitfühlend. »Natürlich fällt es dir schwer, dich von denen zu trennen, die du so gut kennst. Aber wir sind deine Angehörigen, und wir werden dich glücklich machen.« Auf seinem Gesicht erschien wieder das vertraute Lächeln, das mich so sehr an Granny Caterina erinnerte, und er machte eine ausladende Geste. »Venedig hat ein warmes Herz für alle Reisenden, aber hauptsächlich für seine eigenen Kinder. Es wird sich an dich erinnern, Caterina, denn auch wenn es sehr alt ist, es hat ein gutes Gedächtnis.«

Er nahm mich beim Arm und half mir in die Gondel. Einer der beiden Gondolieri stellte sich ans Heck, tauchte sein langes Ruder ein, und gleich darauf glitten wir lautlos über das Wasser, das im Widerschein der untergehenden Sonne rosig glänzte. »Dies ist deine erste Begegnung mit Venedig«, sagte der Graf mit so leiser Stimme, daß es beinahe ein Flüstern war. »Ich werde sie nicht durch Reden stören. Dafür bleibt später noch genügend Zeit. Sieh es dir an, Caterina, nimm es mit den Augen und dem Herzen in dich auf.«

Wir befanden uns auf dem Canal Grande, der jetzt in der Abenddämmerung wie eine Märchenlandschaft wirkte. An den Ufern wurden bereits die Lampen angezündet. Das Wasser schimmerte rosig und golden. Überall um uns herum fuhren Gondeln, Lastkähne, kleine Ruderboote, die, wie ich später erfuhr, *sandolo* genannt wurden, und ein Fischerboot unter Segel – ein *bragozzo.*

Venedig trug sein hohes Alter mit Würde. Die verwitterten Mauern seiner Häuser zeigten Spuren der Zeit, aber das machte sie nur noch schöner, gab ihnen eine majestätische Reife, die neubehauenes Gestein nie haben kann. Ich sah, daß die Flut fiel, denn am unteren Teil der Gebäude wurde ein etwa dreißig Zentimeter breiter Streifen von feuchtem Grün sichtbar. Der Unterschied der Gezeiten war hier im Vergleich zum Ärmelkanal sehr gering.

Auf beiden Seiten zweigten kleine Kanäle vom Canal Grande ab, und ich sah Menschen über die bogenförmigen Brücken gehen, die sie überspannten. Aus Fenstern und aus kleinen Nischen an den

Außenwänden der Häuser schienen Lichter. Ein Wasserbus, ein *vaporetto*, knatterte langsam an uns vorbei. Wir schaukelten leicht über sein Kielwasser hinweg und fuhren weiter.

Ich hatte das Gefühl zu träumen. Alles war so fremd, daß es fast unwirklich schien, aber es war eine wundervolle Fremdheit, denn es kam mir vor, als zögen Jahrhunderte der Geschichte, auf engem Raum zusammengedrängt, an mir vorüber. Das wenige, was ich über Architektur wußte, hatte ich aus Mr. Mortons Büchern gelernt, aber ich erkannte immerhin so viel, daß wir im Bereich von knapp einer Meile an Gebäuden vorbeigekommen waren, deren Stil sie in Perioden einordnete, die viele Jahrhunderte auseinanderlagen.

Die Abenddämmerung verbreitete ein so seltsames Licht, daß in gewissen Augenblicken die Fassade einer Kirche oder eines Palasts vollkommen flach wie eine riesige Theaterkulisse wirkte; aber wenige Sekunden später bekam dasselbe Gebäude, aus einem anderen Blickwinkel betrachtet, plötzlich wieder Tiefe und Beständigkeit. Die Mauern, Säulen und Brückengeländer waren mit Bildwerken verziert. Ich sah steinerne Löwen Fenster und Türbögen tragen, ein geflügeltes Pferd über dem Portal einer Villa und zwei Fabelwesen mit riesigen Klauen, die an den beiden Enden eines breiten Gesimses saßen.

Als wir zur Rialto-Brücke kamen, fuhr ein Mann mit einem kleinen Ruderboot dicht an die Stufen heran. Ein Hund wartete dort auf ihn, ein großer, schwerfälliger alter Hund. Ohne einen Augenblick zu zögern, sprang er mit einem Satz ins Boot und ließ sich zwischen den Bänken nieder. Sein Herr machte kehrt und ruderte denselben Weg zurück, den er gekommen war. Ich lachte vor Vergnügen laut auf, mir wurde klar, daß die Kanäle in Venedig für alle Lebewesen hier die natürlichste Sache der Welt waren. Es gab schmale Wege, Gassen und Brücken zum Gehen, aber wenn irgend etwas befördert werden mußte, gab es dafür nur die Kanäle, denn nichts, was größer war als ein Handkarren oder ein kleiner Wagen, konnte auf den winzigen Straßen fahren, die sich von den Ufern der Kanäle fortschlängelten. Ein Lastkahn, mit Hausrat, Stühlen, Sofas, Betten, Tischen und Bildern beladen, fuhr an uns vorbei. Irgend jemand zog in ein anderes Haus, und die Wasserstraßen waren der einzige Transportweg.

In dieser kurzen halben Stunde, in der wir langsam den Canal

Grande entlangglitten, verliebte ich mich in Venedig, obgleich ich noch kaum etwas von seinen Schätzen zu sehen bekommen hatte. Über der ganzen Stadt lag eine Atmosphäre, die mich vom ersten Augenblick an gefangenhielt. Sie setzte sich aus vielerlei Dingen zusammen – dem sanften Licht, der milden, weichen Luft, dem Gefühl der langsamen, verträumten Bewegung, der Struktur des alten Mauerwerks. Irgendwo tief in meinem Unbewußten lebten Fragmente von Granny Caterinas Erinnerungen in mir fort. Das wußte ich von den Träumen her, in denen ich den Palazzo gesehen hatte. Und jetzt war mir, als ob das Rad der Zeit sich zurückgedreht hätte und ich mich in einer anderen Epoche befand, die Dinge mit den Augen meiner Großmutter sah und mit ihrem Herzen fühlte. Mein eigenes Leben lag in weiter Ferne. Mawstone war undeutlich und verschwommen. Meadhaven schien kaum zu existieren. Die Mortons gehörten nicht mehr der Wirklichkeit an, sondern waren Figuren, über die ich in einem Theaterstück oder einer Erzählung gelesen hatte, und ... ja, selbst Lucian war nur noch ein Schatten.

Ich war so tief in diesen Zauber verstrickt, daß ich die Gegenwart des Grafen vollkommen vergessen hatte, und ich erschrak beinahe, als er leise sagte: »Wir sind da, Caterina.«

»Oh! Es tut mir leid. Sie werden mich für sehr unhöflich halten.«

»Ganz und gar nicht. Es wäre eine Rücksichtslosigkeit von mir gewesen, deine erste Begegnung mit der Königin der Adria zu stören. So nennen wir Venedig.«

»Es ist ein sehr passender Name. Vielen Dank, daß Sie so verständnisvoll waren.« Ich zögerte, dann setzte ich hinzu: »Onkel Guido.« Ich mußte mich daran gewöhnen, ihn so zu nennen. Er machte ein erfreutes Gesicht, dann deutete er nach vorn, als die Gondel in einen Kanal glitt, der vom Canal Grande abzweigte. »Dort ist dein Heim, Caterina.«

Es war unterdessen beinahe dunkel geworden, und als ich mich umwandte, um den Palazzo Chiavelli anzusehen, sah ich ihn genauso, wie ich ihn immer in meinen Träumen gesehen hatte, genauso, wie er auf dem Bild dargestellt war, das in der Halle von Meadhaven hing. Dort waren die breiten Steinstufen, die zwischen den beiden Pfeilern aus dem Wasser emporstiegen und zu dem prachtvollen Portal hinaufführten. Dort war das hohe Eisengitter, das sich von den Pfeilern aus rings um das Gelände erstreckte, und dort ragten

die gestreiften Pfähle aus dem Wasser, von denen ich inzwischen wußte, daß es typische venezianische Muringpfähle waren.
Mit einer geschickten Bewegung des Ruders brachte der Gondoliere das Boot längsseits der Stufen. Sein Begleiter sprang hinaus und hielt die Gondel mit einem Bootshaken fest, während Onkel Guido eine Hand auf meinen Arm legte, um mir beim Aussteigen behilflich zu sein. Wir gingen Seite an Seite die lange Treppe zum Vorplatz hinauf, und als wir oben ankamen, wurde die Flügeltür von innen geöffnet.
Zwei dunkel gekleidete Diener standen zu beiden Seiten des Eingangs, und hinter ihnen wartete eine Dame in einem langen grünen Kleid, das rotbraune Haar hoch aufgesteckt. Neben ihr stand ein junger Mann in einem grauen Anzug mit einer dunkelroten Samtweste.
»Hier ist unsere kleine Caterina«, sagte Onkel Guido. »Liebes Kind, ich möchte dich meiner Frau vorstellen, deiner Tante Isola, wie ich hoffe, daß du sie nennen wirst; und dies ist mein Sohn Bernardino.«
Ich war zu müde von der langen Reise und zu überwältigt von den Eindrücken der Gondelfahrt, um mir auf Anhieb ein klares Bild von Onkel Guidos Frau und dem Sohn zu machen. Sie begrüßten mich auf italienisch, und ich antwortete ihnen in derselben Sprache. Ihre Art war etwas weniger impulsiv als die von Onkel Guido, aber ihre Worte klangen aufrichtig und liebevoll. Abgesehen davon bemerkte ich in diesem Augenblick lediglich, daß die Gräfin, Tante Isola, sanft und rundlich war, und daß Bernardinos Wange, als sie die meine berührte, sich ebenso weich anfühlte wie die seiner Mutter.
Wir gingen durch eine langgestreckte Halle, an deren Ende eine breite, geschwungene Treppe zum oberen Stockwerk führte. Auf beiden Seiten der Halle hingen große Porträts.
»Jetzt werde ich dir etwas zeigen«, sagte Onkel Guido zufrieden. »Jetzt werde ich dir zeigen, weshalb wir keinerlei Zweifel hegten, daß du Caterinas Enkelin bist, als wir dein Bild sahen. Er berührte meinen Arm, blieb stehen und deutete auf eines der Gemälde. Es hatte einen herrlich geschnitzten Goldrahmen, und als ich es ansah, war mir, als ob ich mich selber sähe. Das war Granny Caterina in meinem Alter oder vielleicht ein wenig jünger. Sie trug ein weißes Kleid, das sich in weichen Falten um ihren Körper schmiegte, und an ihrem Hals hing das goldene Medaillon. Plötzlich kam mir der

Schrecken dessen, was ihr zugestoßen war, wieder zum Bewußtsein, und ich war den Tränen nahe, als ich flüsternd sagte: »Arme Granny ...«

Ich wandte mich an Onkel Guido. »Können Sie sich an sie erinnern?«

»O ja, sehr gut«, erwiderte er. »Ich war erst fünf Jahre alt, als sie verschwand, aber ich sehe sie noch deutlich vor mir. Sie war sehr schön.«

Wir gingen an anderen Porträts vorbei, und Onkel Guido nannte mir einige Namen, die mir jedoch nichts sagten. Ich sah den alten Grafen, Granny Caterinas Vater, einen Mann mit düsteren, verschleierten Augen, aber es war ein anderes Bild, das plötzlich meine Aufmerksamkeit auf sich zog und gefangenhielt.

»Wer ist das?« fragte ich, die Augen auf das Gesicht geheftet.

»Das ist Marguerita, die Schwester des alten Grafen und meine eigene Großmutter«, sagte Onkel Guido. »Dieses Porträt wurde gemalt, als sie gerade von ihrem Bruder den Titel geerbt hatte und für kurze Zeit, ein Jahr ehe sie starb, selbst Gräfin wurde. Ich erinnere mich noch gut an sie. Eine ehrfurchtgebietende alte Dame.«

Dies war also die Frau, die die junge Caterina nach Neapel gebracht hatte, wo sie verschwunden war. Ihr Gesicht hatte die gleichen ausgeprägten Züge wie Onkel Guidos, war aber im Gegensatz zu dem seinen stolz und hochmütig. Ein kalter, starrer Ausdruck lag in den Augen. Ich hätte nicht sagen können, was meine Aufmerksamkeit erregt hatte, denn das Gesicht hatte nichts Überraschendes an sich, doch während ich es ansah, fühlte ich, daß mich ein Schauer durchlief, und es erging mir wieder, wie es mir kurz zuvor in der Gondel ergangen war: Mein eigenes Ich versank in einer Art Trance, und es war, als sähe ich das Bild nicht mit meinen eigenen Augen, sondern mit den Augen meiner Granny Caterina.

Unklare, bange Ahnungen regten sich in mir wie Fledermäuse, die unbemerkt durch das Dunkel der Nacht flattern. Ohne jeden Anlaß – es sei denn, es waren die namenlosen Spuren der Erinnerung, die meine Großmutter mit ihrem Blut auf mich übertragen hatte – spürte ich eine derartige Furcht vor dieser Frau, die auf mich herab starrte, daß ich zitternd zurückwich.

Ich hatte mich schon des öfteren gefürchtet – in der Mogg Race Bay, in dem langen, dunklen Tunnel und erst am Tag zuvor hinter den

Marktplatz von Chalons. Bei diesen Gelegenheiten hatte ich guten Grund dazu gehabt. Die Angst, die ich jetzt empfand, war völlig unbegründet und gegenstandslos, und doch war sie irgendwie viel intensiver und erschreckender als alles andere zuvor, denn ich hatte das Gefühl, daß ich nicht atmen konnte, daß ich erstickte ... ertrank. Die Augen blickten aus dem Gemälde auf mich herab. Sie schienen zu wissen, was mir geschah, und freuten sich darüber.

Wie aus weiter Ferne hörte ich Onkel Guidos Stimme besorgt fragen: »Ist dir etwas, Caterina?«
Seine Worte brachen den erstickenden Bann. Ich atmete tief und wandte den Blick von dem Gemälde ab. »Nein ... ich habe nur nachgedacht.«
Er reagierte erstaunlich schnell. »Darüber nachgedacht, daß Marguerita die letzte der Familie war, die deine Großmutter gesehen hat, ehe sie verschwand? Ja. Es war die große Tragik ihres Lebens. Sie hat es niemals ganz überwunden.«
Ich nickte schweigend und ging weiter. Der Augenblick des Schrekkens war vorüber, aber er hatte mich jeder Kraft beraubt. Mir ist von diesem Abend kaum etwas in Erinnerung geblieben. Ich wurde in mein Zimmer geführt, das groß, ganz in Hellblau und Gold gehalten und sehr geschmackvoll eingerichtet war. Ein Diener brachte mein Gepäck herauf, und nachdem ich mich gewaschen und umgezogen hatte, ging ich hinunter, um mit Onkel Guido und seiner Familie zu Abend zu essen. Ich war so bemüht, mir meine Erschöpfung nicht anmerken zu lassen, daß ich kaum etwas von den Speisen schmeckte, sondern einfach aß, was mir gerade vorgesetzt wurde. Wir sprachen teils italienisch, teils englisch, denn Onkel Guido bestand darauf, daß Tante Isola und Bernardino jetzt, da ich hier war, ihr Englisch üben sollten.
Er muß gemerkt haben, wie müde ich war, denn sobald wir vom Essen aufstanden, deutete er an, daß ich vielleicht gern zu Bett gehen wolle, und ich ging dankbar auf seinen Vorschlag ein. Fünf Minuten später zog ich mein Nachthemd an, sank erleichtert in das große, weiche Himmelbett und überließ es dem Zimmermädchen, die Lampen auszumachen.

Rückblickend wird mir klar, daß ich entweder ein unverbesserlicher Optimist oder sehr dumm gewesen sein muß, denn ganz gleich, was ich erlebt hatte, mit dem Beginn eines neuen Tages schienen meine Sorgen jedesmal wie weggeblasen. Ich hatte die Gefahr vergessen, die mir begegnet war, und grübelte nicht mehr über die Fragen nach, auf die ich keine Antwort hatte finden können. Als ich am nächsten Morgen aufwachte, war ich ausgeruht und tatendurstig, und ich muß mindestens eine Viertelstunde am Fenster gestanden und auf das Wunder von Venedig hinausgeblickt haben, ehe das Mädchen anklopfte und mir Wasser für mein Bad brachte.

Der leichte Dunst, der über der Stadt hing, ließ darauf schließen, daß der Nebel beim Morgengrauen sehr dicht gewesen war, aber jetzt löste die Sonne seine letzten Spinnweben auf und hüllte die Kirchturmspitzen und Dächer von Venedig in ein goldenes Gewand. Ich sehnte mich danach, die Stadt auszukundschaften, und wartete begierig auf den kommenden Tag.

Beim Frühstück hatte ich zum erstenmal Gelegenheit, einen Eindruck von Tante Isola und Bernardino zu gewinnen, aber ich fand auch jetzt nur wenig Substanz, aus der ich mir ein Urteil hätte bilden können. Tante Isola war sanft und rundlich, das wußte ich, und ihr Geist schien ähnlich beschaffen zu sein. Sie lächelte mich unentwegt an, hatte aber offenbar überhaupt keine eigene Meinung, sondern wiederholte lediglich, wenn auch mit etwas anderen Worten, was Onkel Guido sagte. Bernardino schlug anscheinend seiner Mutter nach, abgesehen davon, daß er mir fortwährend Komplimente machte und danach jedesmal seinen Vater ansah, als erwarte er, von ihm gelobt zu werden. »Du bist in Wirklichkeit viel schöner als auf der Fotografie, Caterina«, sagte er zum Beispiel. Oder: »Es ist eine große Freude, dich bei uns zu haben.« Oder er machte schmeichelhafte Bemerkungen über mein Haar, meine Augen, meine Hände, mein Kleid.

Anfangs wurde ich verlegen, aber nach einer Weile hätte ich am liebsten gelacht, vor allem als er meine »niedlichen, kleinen Füße« pries. Das war wirklich zuviel. Sie waren ganz gut geformt, eben wie normale Füße, aber sie waren nicht klein, und sie niedlich zu nennen, war einfach lächerlich. Sowohl Bernardino als auch seine Mutter kamen mir ziemlich nichtssagend vor. Onkel Guido hingegen war ein amüsanter Gesellschafter, und mit ihm langweilte man sich nie. Er schien sich mit vielerlei Dingen zu beschäftigen, ganz abgesehen von der Leitung des Rennstalls, von dem Lucian mir berichtet hatte.

Nach dem Frühstück an diesem ersten Morgen führte mich Onkel Guido durch den Palast. Bernardino begleitete uns. Er sprach nicht viel, und wenn er es tat, war es nur, um irgend etwas zu wiederholen, was sein Vater gerade gesagt hatte. Der Palazzo hatte vierzig Zimmer, aber ein großer Teil davon wurde nicht benutzt. Die Familie und die Dienerschaft bewohnten nur fünfzehn Räume. »Im Vergleich zu früher ist unser Haushalt jetzt sehr klein«, sagte Onkel Guido. »Ich würden den Palazzo gern wieder so sehen, wie er in meiner Kindheit war. Es gab damals dreimal soviel Personal, und das ganze Haus war bewohnt.«

»Das waren sicher noch andere Zeiten«, entgegnete ich. »Heute wäre solch ein Aufwand doch bestimmt sehr kostspielig.«

Onkel Guido nickte und rieb sich das Kinn. »Aber es ist immer noch mein Ehrgeiz, Caterina. Was die Unkosten betrifft, nun, ich bin nicht müßig, und ich habe gute Beziehungen. In ein oder zwei Jahren werden wir sehen, was sich tun läßt . . .«

Ich erinnerte mich, daß er mir in einem seiner Briefe geschrieben hatte, er sei aus eigenem Recht ein vermögender Mann und ich solle mir keine Gedanken wegen der Erbschaft machen, die mir bei meiner Mündigkeit zufallen würde. Wenn er mit dem Plan spielte, den ganzen Palazzo zu bewohnen, mußte er tatsächlich sehr wohlhabend sein.

Wir gingen durch zwei Salons und einen großen Ballsaal, ein Arbeitszimmer, eine Bibliothek und ein Nähzimmer. Die Sonne schien durch hohe Fenster auf Wände, die, mit Goldbrokat bespannt, zu herrlichen, bemalten Decken aufstiegen. Ich hatte die Räume in Meadhaven immer für groß gehalten, aber sie hätten nicht annähernd genügend Platz für die schweren Möbel des Palazzo Chiavelli geboten. Große Sofas und Sessel, kunstvoll geschnitzt und oft aus vergoldetem Holz, waren geräumig angeordnet. Riesige Perserteppiche lagen unter glitzernden Kronleuchtern. Ich war tief beeindruckt von dem Gedanken, daß all dies im Lauf von Jahren und sogar Jahrhunderten über die Wasserwege Venedigs in den Palazzo gebracht worden war.

Als ich kurz vor dem Mittagessen in mein Zimmer ging, blieb ich in der Halle stehen, um mir noch einmal das Porträt von Marguerita anzusehen. Ich mußte meinen ganzen Mut zusammennehmen, aber ich war fest entschlossen, mich von dem Bild nicht wieder so einschüchtern zu lassen wie am Abend zuvor. Dann entspannte ich mich langsam. Eine alte Dame blickte auf mich herab, eine ehrfurchtgebietende alte Dame, wie Onkel Guido gesagt hatte, mit arroganten Augen und einem hochmütigen Blick, aber sie flößte mir keine Angst ein. Ich hatte jetzt nicht mehr das Gefühl zu ertrinken, das mich beim erstenmal so erschreckt hatte, als ich sie wie durch Granny Caterinas Augen sah. Nach einer Weile schnitt ich ihr ein sehr wenig damenhaftes Gesicht und wandte dem Bild den Rücken zu.

Zu Mittag aßen wir auf einer breiten, mit Steinplatten gepflasterten Terrasse, die den Kanal hinter dem Palazzo überblickte. »Ich vermute, du wirst dich heute nachmittag ein wenig ausruhen wollen, Caterina«, sagte Onkel Guido, »damit du nicht zu müde bist, wenn deine Freunde zum Abendessen kommen.« Er muß den Ausdruck der Enttäuschung auf meinem Gesicht bemerkt haben, denn er fuhr fort: »Oder gibt es etwas anderes, was du lieber tun würdest?«

»Ich bin überhaupt nicht müde, Onkel Guido, und ich möchte sehr gern etwas von Venedig bei Tag sehen. Ich hatte gehofft, es würde möglich sein, heute nachmittag eine kleine Rundfahrt zu machen.«

»Aber natürlich!« Er machte ein erfreutes Gesicht. »Mit dem größten Vergnügen. Bernardino, du kannst Ugo als Gondoliere mitnehmen und Caterina heute nachmittag etwas von unserer Stadt zeigen.«

Mir wurde ein wenig bange bei dem Gedanken, daß Bernardino mich begleiten würde, und meine Befürchtungen erwiesen sich als gerechtfertigt, denn ich entdeckte sehr bald, daß es mehr als mühsam war, ihm auf irgendeine der zahllosen Fragen, die mir während unserer Fahrt kamen, eine Antwort zu entlocken.

Wenn ich ihn nach der Geschichte eines bestimmten Gebäudes fragte oder etwas über eine der Sehenswürdigkeiten, die mich interessierte, zu erfahren suchte, starrte er eine Weile mit sichtlichem Unbehagen vor sich hin und gab mir dann irgendeine vage, unklare Auskunft. Nach etwa zehn Minuten gab ich es auf und ermutigte Ugo, den Gondoliere, mir alles zu erzählen, was er wußte, während wir durch das Netz von Kanälen fuhren.

Ugo zögerte zunächst, aber als er sah, daß Bernardino eher erleichtert als verstimmt war, wurde er recht gesprächig und erwies sich als ausgezeichneter Fremdenführer. Der Zauber Venedigs bei Tag war anders als bei Nacht, aber ebenso faszinierend. Sonnenschein flimmerte auf dem Wasser und verwandelte sich unter den Brücken in silbernes Licht. Läden, hinter Bogengängen verborgen, standen Seite an Seite mit großen Wohnhäusern, deren Mauern noch die verblichenen Spuren von Fresken trugen, die einst in strahlendem Scharlachrot, Blau und Gold geleuchtet hatten. Die Menschen, die auf den schmalen Straßen umherwanderten, bewegten sich ebenso ruhig und gemächlich wie unsere Gondel, die durch das leicht zitternde Wasser glitt.

Kurz hinter der Seufzerbrücke verließen wir die Gondel und stiegen vom Kanal ein paar Stufen hinauf, um zum Mittelpunkt von Venedig, der Piazza San Marco, zu gelangen. Der riesige Platz war voller umherschlendernder Menschen und flatternder Tauben, und vor den Cafés standen, wie mir schien, Hunderte von farbenfroh gestrichenen Tischen und Stühlen. Wir tranken Kaffee im Florian, das laut Ugo fast zweihundert Jahre alt war, und ich blickte, atemlos vor Staunen, auf die große Markuskirche, auf die herrlichen Bronzepferde über ihrer Fassade und die aus rotem Porphyr gemeißelten Statuen der Tetrarchen.

Ugo, der neben unserem Tisch stand, erzählte mir von dem Tag, an dem vor wenigen Jahren der hohe, fast tausendjährige Glockenturm von San Marco eingestürzt war. Man habe es erwartet, sagte er, denn das Mauerwerk sei brüchig gewesen, und er habe zusammen mit Tausenden anderer Venezianer an jenem Sommermorgen am Rand der Piazza gestanden und das Schauspiel beobachtet. Der Turm, über dreihundert Fuß hoch, habe gebebt, dann sei er, langsam, würdevoll, in einen riesigen Haufen von Ziegelsteinen und Schutt zusammengesunken. Aber die große Glocke, die Marangona, die sechs Jahrhunderte lang geläutet hatte, sei beim Sturz wie durch ein Wunder unversehrt geblieben. Jetzt werde der Glockenturm wieder aufgebaut, und in vier oder fünf Jahren werde er voraussichtlich fertig sein.

Ugo, mit seinem runzeligen Gesicht und seiner ruhigen, bedächtigen Art, wurde mir allmählich sehr sympathisch, denn was auch immer ich ihn fragte, er verstand es, seine Antwort stets mir irgendeiner fesselnden Geschichte zu verbinden. Nachdem wir unseren Kaffee getrunken hatten, schlenderten wir über den Platz. Rings um uns herum waren die Werke, die venezianische Bildhauer und Steinmetze im Lauf von tausend Jahren geschaffen hatten – Löwen und Engel, goldene Kirchtürme und Kuppeln, die großen gotischen Bögen, auf denen der rosa-weiße Dogenpalast ruhte, als ob er in der Luft hinge.

Wir durchstreiften eine Weile die schmalen Straßen in der Umgebung der Piazza, dann kehrten wir zur Gondel zurück. Ich fühlte mich fast übersättigt von all den Eindrücken und erkannte mit ehrfurchtsvoller Scheu, daß man Jahre brauchen würde, um all die Schätze zu entdecken, die Venedig zu bieten hatte. Bald waren wir wieder auf dem Canal Grande, aber statt seinem gewundenen Lauf zu folgen, bog Ugo in einen kleineren Kanal ein, und wir kamen an einem herrlichen Palazzo vorbei, der seinem Stil nach älter zu sein schien als alle anderen, die ich bisher gesehen hatte.

»Was für ein Palast ist das, Bernardino?« fragte ich, bemüht, ihn wieder in eine Unterhaltung zu ziehen.

»Das?« Er starrte eine Weile mit leicht geöffnetem Mund auf das Gebäude, dann murmelte er: »Contrarini-Fasan.« Er sah mich an und schien sich angestrengt zu überlegen, was er sagen könnte. Schließlich setzte er auf englisch hinzu: »Wie Ihre Augen glänzen. Ich glaube, Sie sind das hübscheste Mädchen von England, Caterina.«

»Vielen Dank«, erwiderte ich und unterdrückte einen Seufzer. »Ist es ein sehr alter Palast, Ugo?«

»Sehr alt, Signorina. Er wurde erbaut, noch ehe Kolumbus Amerika entdeckte.«

Ich hatte natürlich in England ältere Bauwerke gesehen, aber sie standen nicht auf hölzernen Pfählen, die durch hundert Fuß tiefen Schlamm in ein Lehmbett getrieben worden waren, und ich staunte abermals über die Leistungen der damaligen Handwerker.

Zu meiner großen Verwunderung sprach Bernardino plötzlich aus eigenem Antrieb. »Dort an der Ecke hinter der nächsten Brücke ist das Hotel, in dem Mr. Morton und seine Familie wohnen.«

Seine Worte weckten sofort eine brennende Sehnsucht in mir, und ich sagte rasch: »Oh, besuchen wir sie, Bernardino! Wir können nicht einfach vorbeifahren!«

»Aber – aber wer weiß, ob es ihnen paßt«, erwiderte er bestürzt.
»Es ist vier Uhr, und sie sitzen sicherlich beim Tee. Zumindest können wir es versuchen.« Bernardino schien zu wünschen, daß sein Vater zugegen wäre, denn er warf sogar einen fragenden Blick auf Ugo, als ob er von ihm einen Rat erwartete. »Nun ... ich vermute, dagegen ist nichts einzuwenden«, sagte er schließlich zögernd. Ich sah, daß Ugo den Kopf abwandte, um sein Lächeln zu verbergen, als er die Gondel auf das Hotel zu lenkte.
Zu meiner Freude saßen die Mortons tatsächlich beim Tee auf der Terrasse, und wir begrüßten uns, als hätten wir uns seit Jahren nicht gesehen. Mrs. Morton sah sehr erholt aus und umarmte mich zärtlich. Sie brauchte jetzt keine Pflegerin mehr, und Miß Tetchley war auf dem Schiff geblieben, um nach England zurückzufahren. Die ganze Familie hatte nach dem Mittagessen eine Gondelrundfahrt gemacht, und sie waren alle noch erfüllt von den vielen neuen Eindrücken. Wir schwatzten eine halbe Stunde lang aufgeregt miteinander, während Bernardino mit recht unglücklichem Gesicht dabeisaß und seinen Tee trank. Sarah konnte sich nicht an die Namen der Dinge erinnern, die sie besichtigt hatten, fragte mich aber immer wieder, ob ich »auf dem großen Platz das Bauwerk mit den Pferden obendrauf« gesehen hätte oder »die riesigen Statuen im Uhrenturm, die mit einem Hammer auf die Glocke schlafen«.
Ich war traurig, als der Augenblick des Abschieds gekommen war, freute mich aber auf den abendlichen Besuch der Familie. Bei unserer Rückkehr in den Palazzo Chiavelli machte Bernardino einen sehr besorgten Eindruck, als er seinem Vater erzählte, daß wir die Mortons besucht hatten. Er schien zu fürchten, daß Onkel Guido erzürnt sein würde, aber der Graf lächelte und nickte beifällig. »Ausgezeichnet, mein Junge. Es ist gut, sie so bald wie möglich wissen zu lassen, daß unsere kleine Caterina sich bei uns wohl fühlt.«
Der Abend war wundervoll. Wir saßen alle um den prunkvoll gedeckten Tisch im großen Speisesaal des Palazzo, und es gab keine peinlichen Pausen in der Unterhaltung. Sowohl Mr. Morton als auch Onkel Guido waren gute Gesellschafter und machten Bernardinos und Tante Isolas Schweigsamkeit mehr als wett. Sarah schäumte über vor Aufregung; sie brachte alles durcheinander, was sie an diesem Tag gesehen hatte, und sprach die wenigen Namen, die ihr im Gedächtnis geblieben waren, so komisch aus, daß wir alle lachen mußten.

Was mir am meisten auffiel, war die Tatsache, daß sowohl Richard als auch Mrs. Morton von Onkel Guido sichtlich angetan waren. Als er Geschichten aus seiner Jugend erzählte, von Maskenbällen, romantischen Abenteuern und sogar von einem Duell, das einer seiner Freunde ausgetragen hatte, hingen Richards Augen wie gebannt an seinen Lippen, und Mrs. Morton, obgleich vielleicht ein wenig überrascht, schien ebenfalls begeistert.

»Ich hoffe, daß diese Erzählungen Sie nicht schockieren, Mrs. Morton«, sagte Onkel Guido lächelnd. »Aber sie gehören alle gewissermaßen zur Geschichte von Venedig. Unter den hiesigen Adelsfamilien hat es schon von jeher seltsame, unterschwellige Kräfte und eine Art verborgene Leidenschaftlichkeit gegeben.«

»Das ist schon allein aus den Geschichtsbüchern zu ersehen«, pflichtete Mr. Morton ihm bei. »Aber ist es heute noch so, lieber Graf?«

Onkel Guido zuckte die Achseln. »Natürlich haben sich auch die Venezianer im Lauf der Zeit geändert, aber vielleicht nicht ganz so sehr wie die übrige Welt. Vor weniger als drei Jahren habe ich in einem Palazzo, den ich nicht nennen will, einen jungen Mann aus einer vornehmen, aber verarmten Familie beim Spiel alles, was er besaß, auf eine einzige Karte setzen sehen.«

Mrs. Morton machte ein erschrecktes Gesicht. »Aber ... was besaß er denn, wenn er verarmt war?«

»Den Familienpalast. Er konnte ihn jedoch nicht unterhalten. Und da er ihn nicht verkaufen wollte, setzte er ihn gegen eine Summe von ... lassen Sie mich überlegen, nun ... in Ihrer Währung vierzigtausend Pfund.« Onkel Guido legte eine Pause ein, um einen Schluck aus einem zinnoberroten und blauen Weinglas zu nehmen, während wir ihn mit großen Augen ansahen. »Und was geschah, Sir?« fragte Richard für uns alle.

»Er gewann«, erwiderte Onkel Guido lächelnd. »Mit einer einzigen Karte begründete er wieder sein Vermögen.« Er sah Mrs. Morton an und hob beschwichtigend die Hand. »Ich billige seine Handlungsweise nicht, gnädige Frau. Wir Chiavellis distanzieren uns ganz bewußt von der hemmungslosen Leidenschaftlichkeit, die manchen Venezianern auch heute noch im Blute liegt. Ich finde trotz allem, daß der junge Mann töricht gehandelt hat.«

Er hob sein Glas und sah es an. »Die Chiavellis sind praktischer veranlagt. Diese Gläser, aus denen wir trinken, stammen aus meiner

eigenen Glashütte. Sie sind schön, nicht wahr?« Wir murmelten alle Worte der Bewunderung, aber ich persönlich fand die Gläser viel zu reich verziert und zu farbenfreudig. Und offenbar erging es Mr. Morton ebenso, denn statt eine Bemerkung über die Gläser zu machen, fragte er: »Befindet sich Ihre Glashütte auf Murano?«
»Nicht ganz. Auf einer kleinen Insel in der Nähe von Murano. Ich habe die Insel und die Hütte vor ein paar Jahren gekauft.«
»Können wir sie besichtigen?« fragte Sarah eifrig. »Ich möchte sehr gern sehen, wie Glas gemacht wird. Man bläst es, nicht wahr?«
»Ja.« Onkel Guido lächelte. »Es wird geblasen, mit Chemikalien gefärbt und mit einer Art Schaufel aus verkohltem Holz geformt, genau wie die Vorfahren unserer heutigen Glasbläser es seit Jahrhunderten gemacht haben. Ich habe es unzählige Male mit angesehen, aber es erscheint mir immer noch wie ein kleines Wunder.«
Ich nahm selbst ein wenig an der Unterhaltung teil, denn Mr. Morton und ich waren begierig, unsere Beobachtungen über die verschiedenen Boote auszutauschen, die wir in Venedig gesehen hatten, vor allem über die Gondeln. »Ich habe gehört, sie werden aus mehreren verschiedenen Hölzern hergestellt«, sagte Mr. Morton. »Aus Eiche und Nußbaum, Kirschbaum und Rüster. Sie sind wundervoll konstruiert, aber ich kann mir nicht erklären, wie man sie ohne Steuer und nur mit einem einzigen Ruder auf einer Seite auf geradem Kurs halten kann.«
»Oh, ich habe Ugo danach gefragt«, erklärte ich stolz. »Sie sind zwölf Meter lang, aber die rechte Seite ist fünfundzwanzig Zentimeter kürzer als die linke, und das gleicht den einseitigen Ruderschlag aus.«
Mr. Morton schlug vor Vergnügen mit der Hand auf den Tisch. »Schief!« rief er aus. »Ein unsymmetrisches Boot zu bauen, das ist eine Idee, auf die man wahrhaftig nur in Venedig kommen kann.«
Der Abend ging viel zu schnell vorüber, und schließlich stand ich mit Onkel Guido auf den Stufen, während die Gondel sich langsam entfernte, um die Mortons in ihr Hotel zurückzubringen. Wir sahen uns erst zwei Tage später wieder, als wir zusammen die Glashütte besuchten. Sie lag nur eine Meile entfernt auf der anderen Seite der Lagune und bestand aus einer Gruppe von Gebäuden im Mittelpunkt der kleinen Insel.
Mrs. Morton konnte die Hitze der Schmelzöfen nicht ertragen, aber

wir anderen sahen gebannt zu, wie die Männer ihre langen Glasbläserpfeifen, jede mit einem dicken Tropfen glühender Schmelze am Ende des Rohrs, aus dem Hafen nahmen, dann bliesen, die Pfeife drehten und schwenkten, abermals bliesen, das Glas wieder erhitzten, es mit einer verkohlten Holzschaufel formten und schließlich das überschüssige Glas mit einer Schere abschnitten. Natürlich gehörte noch mehr dazu als nur das, denn die Gläser mußten verziert, die Stiele geformt und angepaßt werden, aber es gelang mir nicht, den ganzen komplizierten Vorgang zu verfolgen. Was mich am meisten erstaunte, war die Tatsache, daß ein Mensch ein Glas nach dem anderen, alle von genau der gleichen Größe und Form, hervorbringen konnte.
»Das ist eine Frage der Erfahrung«, erklärte Onkel Guido, als ich ihn danach fragte. »Sie fangen als kleine Jungen damit an, und die Geheimnisse ihres Handwerks werden vom Vater an den Sohn weitergegeben.«
Wir gingen jeden Tag aus, und ich lernte entweder irgendeinen neuen Teil von Venedig kennen, oder wir besuchten Onkel Guidos Freunde. Auf diese Art hatte ich Gelegenheit, zahlreiche Palazzos und Villen von innen zu sehen, und jeden Abend, wenn ich einschlief, summte mir der Kopf von all den neuen Eindrücken. Onkel Guido war offensichtlich stolz darauf, mich seinen Bekannten vorzustellen, und ich wurde von allen sehr freundlich empfangen. Sie kannten die Geschichte von Granny Caterinas rätselhaftem Verschwinden, und wußten, wie man mich, ihre Enkelin, entdeckt hatte. Onkel Guido bestand auch darauf, daß Mr. Morton mit mir zu den Treuhändern des Besitzes ging, den ich erben sollte. Da ich nichts von geschäftlichen Dingen verstand, bat ich Mr. Morton, in meinem Namen zu sprechen, und fungierte lediglich als Dolmetscherin. Er stellte zahlreiche Fragen und versicherte mir hinterher, daß er sehr befriedigt über den Stand der Dinge sei.
Zweimal gaben Freunde von Onkel Guido einen Empfang zu meinen Ehren, und zu diesen Gelegenheiten wurden auch Mr. Morton und seine Familie eingeladen. Obwohl die Mortons den Aufenthalt in Venedig genossen, sagten sie mir, daß ich ihnen sehr fehlte, denn wir sahen uns nur bei besonderen Anlässen. Es machte mich glücklich zu wissen, daß sie sich ohne mich unvollständig fühlten, denn mich selbst bedrückte es immer mehr, sie nicht täglich sehen zu können. Es

waren die kleinen Dinge, die ich am meisten vermißte: Sarahs abendliche Besuche, wenn sie auf Zehenspitzen in mein Zimmer kam, um vor dem Schlafengehen mit mir zu schwatzen: Mr. Mortons trockne, kleine Scherze und unsere ungezwungenen Unterhaltungen; Richards warmes, liebevolles Lächeln; und selbst Mrs. Mortons atemloses Geflatter.

Ich genoß Onkel Guidos Gesellschaft, aber Bernardino und seine Mutter waren einfach langweilig. So wurden mir besonders die Abende unerträglich lang, denn ich war zwar tagsüber viel mit Onkel Guido zusammen, aber abends ging er für gewöhnlich aus und kehrte erst zurück, wenn wir bereits längst schliefen, so daß ich auf die Gesellschaft von Bernardino und Tante Isola angewiesen war.

Etwa zu Anfang der dritten Woche erkannte ich plötzlich mit Schrecken, daß Onkel Guido überzeugt war, ich würde in Venedig bleiben, wenn Mr. Morton und seine Familie nach Hause fuhren. Wir hatten diese Frage nie erörtert, aber ich entnahm aus verschiedenen Bemerkungen von Onkel Guido, daß er glaubte, für mich sei jetzt der Palazzo Chiavelli mein Zuhause, und daß ich, nachdem ich zu meiner wirklichen Familie zurückgekehrt war, nicht die Absicht hatte, sie wieder zu verlassen.

Obgleich ich Venedig immer noch genauso faszinierend fand wie bei meiner Ankunft, wollte ich nicht bleiben. Ich wußte, daß ich mich schon sehr bald nach den grünen Wiesen von Meadhaven sehnen würde, nach den hohen, alten Bäumen und den ausgetretenen Waldwegen, nach den rosa Wolken der Kirschblüten im Frühling, den leuchtenden Sommerrosen, dem goldenen Regen fallender Blätter im Herbst und dem zarten, winterlichen Flechtwerk der schneebedeckten Zweige. Venedig hatte mich in seinen Bann gezogen, aber ich wollte nicht für immer in diesem Bann leben, und England hatte seinen eigenen, großen Zauber, einen Zauber, den ich bisher als selbstverständlich hingenommen hatte.

Und vor allem wurde mir jetzt klar, daß – zumindest für mich – die Bande des Blutes, was ihre Stärke betraf, nicht mit denen des Herzens und der Seele zu vergleichen waren. Ein halbes Jahrhundert oder länger waren die beiden Linien der Chiavellis getrennt gewesen, und obgleich Onkel Guido die Güte in Person war, fühlte ich mich ihm nicht wirklich verwandt. Meine Liebe gehörte den Mortons, und sie waren jetzt für mich meine Familie. Ich hatte nicht das Gefühl, daß darin irgendein Treuebruch lag, denn ich wußte, daß mein Vater selbst viel mehr mit den Mortons als mit den Chiavellis gemein gehabt hätte.

Es war eine peinliche Situation für mich, denn ich wollte Onkel Guido nicht verletzen, und so begann ich, hin und wieder eine Bemerkung zu machen, um durchblicken zu lassen, daß ich von Anfang an damit gerechnet hatte, mit den Mortons nach England zurückzukehren. Onkel Guido merkte das sehr bald, und als ich mir zwei Tage später in seiner Bibliothek ein Buch aussuchte, das ich an diesem Abend lesen wollte, kam er herein, schloß die Tür hinter sich und sagte: »Ich möchte etwas mit dir besprechen, ehe ich ausgehe, Caterina.« Er trug einen eleganten Anzug und darüber ein leichtes Cape, denn abends wird es in Venedig oft recht kühl. »Ja, Onkel Guido«, erwiderte ich und wartete; ich wußte, worüber er sprechen wollte, und mir war unbehaglich zumute. Er legte seinen Spazierstock auf den Tisch und sah mich mit einem betrübten Lächeln an. »Ich dachte, du seist glücklich hier, Caterina. Wir haben uns bemüht, es dir so schön wie möglich zu machen.«

»Oh, ich bin auch sehr glücklich hier«, erwiderte ich rasch. »Sie hätten es mir gar nicht schöner machen können.«

Er machte ein verwirrtes Gesicht. »Aber ich habe den Eindruck, daß du uns verlassen willst. Mir ist erst jetzt klargeworden, daß du die Absicht hast, mit Mr. Morton und seiner Familie nach England zurückzukehren. Aber im Grunde ist doch Venedig deine eigentliche Heimat, und wir sind doch deine eigentliche Familie?«

Ich fühlte, daß ich errötete, denn es war unmöglich, zu sagen, was ich sagen mußte, ohne undankbar gegen diesen Mann zu erscheinen, der mir soviel Güte und Großzügigkeit entgegengebracht hatte.

»Ich habe dies von Anfang an lediglich als einen Besuch betrachtet«, sagte ich stotternd. »Es ist schwer zu erklären, aber ich habe seit meiner Geburt in England gelebt, und für mich ist es meine Heimat.« Ich zwang mich zu einem Lächeln. »Vermutlich kommt das daher, daß ich nur ein Viertel Venezianerin und drei Viertel Engländerin bin. Oh, bitte seien Sie nicht gekränkt, Onkel Guido. Sie sind sehr gütig gewesen, und niemand hätte mehr für mich tun können, aber als mein Vater starb, war ich ganz allein, und dann fand ich bei den Mortons ein neues Heim und eine neue Familie, und ... und es ist nicht sehr leicht, sich einzugewöhnen, so liebevoll die

Menschen auch sein mögen, und deshalb möchte ich es nicht noch einmal durchmachen müssen. Bitte verstehen Sie das.«

Er machte kein ärgerliches, nur ein wehmütiges Gesicht und nickte langsam. »Ich verstehe. Mach dir keine Sorgen, Caterina. Aber ...«

Er schwieg eine Zeitlang, als ob er nicht recht wisse, was er sagen solle, dann setzte er sich auf die Ecke des Tisches und begann, nachdenklich mit seinem Stock zu spielen.

»Ich muß dir etwas sagen«, erklärte er schließlich. »Mein Sohn Bernardino ist in dich verliebt. Hast du das gewußt, Caterina?«

»Bernardino?« rief ich überrascht.

»Ja.« Onkel Guido seufzte, hob die Augen und sah mich mit einem zaghaften Lächeln an. »Leidenschaftlich verliebt. Aber er ist ein sehr stiller, schüchterner Junge, und es fällt ihm schwer, mit dir darüber zu sprechen. Tatsächlich hat er nicht einmal mit *mir* gesprochen. Ich habe es von meiner Frau erfahren.«

»Ich ... ich fühle mich sehr geehrt«, stammelte ich. »Und ich habe natürlich eine sehr hohe Meinung von ihm.« Das war eine Lüge, aber die Wahrheit wäre beleidigend gewesen. »Bernardino ist mir sehr – sympathisch, aber ich fürchte, ich kann ...« Meine Stimme erstarb.

»Du kannst seine Gefühle nicht erwidern?« sagte Onkel Guido und zuckte resigniert die Achseln. »Ich weiß. Aber seine Schüchternheit macht ihn in deiner Gegenwart schweigsam, und daher hast du noch gar kein richtiges Bild von ihm, Caterina. Du hast bis jetzt keine Gelegenheit gehabt, seine wirklich guten Eigenschaften kennenzulernen, und ich versichre dir, er hat sehr viele.« Er saß ein paar Sekunden grübelnd da, dann fuhr er leise, wie zu sich selber, fort: »Als ich erfuhr, was er für dich empfindet, war ich sehr glücklich. Es schien mir wie ein Wunder, daß die beiden Linien unserer Familie wieder vereint werden sollten, und ich war sicher, daß Bernardino mit der Zeit seine Schüchternheit überwinden und einen Widerhall in dir wecken würde. Ich will alles tun, was dazu beitragen könnte, das möglich zu machen.« Er schwieg und sah mich an.

»Es tut mir leid«, sagte ich ratlos. »Wirklich, Onkel Guido, es tut mir aufrichtig leid.«

»Könntest du ihm nicht ein wenig Zeit geben?« fragte er beinahe flehend. »Das ist alles, worum ich dich bitte. Bleib eine Weile bei uns, vielleicht nur bis Ende des Jahres. Ich bitte dich nicht, dich in meinen Sohn zu verlieben, ich bitte dich nur, ihm Zeit zu geben – dir selbst Zeit zu geben, ihn besser kennenzulernen.«

Ich drehte ein Taschentuch zwischen den Fingern herum und hatte in meiner Erregung den Spitzenrand zerrissen. Einen Augenblick war ich in Versuchung einzuwilligen, und sei es nur, um mich von der schrecklichen Verlegenheit zu befreien, die ich empfand, aber es gelang mir, diesen Impuls zu unterdrücken. Der Gedanke, mir den Rest des Jahres von Bernardino den Hof machen zu lassen, war mehr, als ich ertragen konnte.

»Ich kann nicht!« sagte ich verzweifelt und fühlte, wie mir die Tränen über die Wangen liefen. »Verzeihen Sie, aber ich kann es nicht!«

Er stand auf und kam ohne ein Anzeichen von Ärger rasch auf mich zu. »Schon gut, meine kleine Caterina, weine nicht.« Er griff nach meinen Händen und hielt sie fest. »Und du brauchst dich nicht zu entschuldigen. Ich bin derjenige, der sich entschuldigen muß, daß ich dich so beunruhigt habe.« Wieder erschien das wehmütige Lächeln auf seinem Gesicht. »Aber ein Vater muß alles tun, was er kann, um seinem Sohn zu helfen. Jetzt trockne deine Tränen, und wir werden nicht mehr darüber sprechen. Ich bitte dich lediglich, dir zu überlegen, was ich dir gesagt habe, und falls du dich anders besinnst, mich das wissen zu lassen.«

Ich wußte, daß ich mich nicht anders besinnen würde, vor allem, als ich den ganzen Abend lang mit Bernardino und seiner Mutter im Wohnzimmer saß und mich verzweifelt bemühte, irgendeine Art Gespräch in Gang zu halten, damit wir nicht schweigend dasäßen. Aber obgleich ich müde und erschöpft war, als ich zu Bett ging, empfand ich eine unsagbare Erleichterung, denn zumindest war es jetzt abgemacht, daß ich mit den Mortons nach England zurückkehren würde, und die peinliche Aufgabe, Onkel Guido das beizubringen, lag hinter mir.

Zwei Tage darauf kam die Familie Morton – *meine* Familie – zum Tee. Ich war so froh, sie wieder um mich zu haben, daß meine Augen feucht wurden, und als ich Sarah begrüßte, umarmte ich sie, bis sie vor Überraschung quietschte. Abgesehen von Richard sahen sie alle sehr wohl und zufrieden aus, und es war deutlich zu erkennen, daß der Urlaub ihnen gutgetan hatte; aber Richard schien ruhelos und überreizt, als ob seine Nerven aufs äußerste gespannt seien. Ein fast fieberhafter Ausdruck lag in seinen Augen.

Sarah und ich waren ein paar Minuten allein zusammen, als wir durch den kleinen Steingarten gingen, der jenseits der Terrasse lag. »Cadi«, flüsterte sie und blickte verstohlen über die Schulter. »Ich weiß nicht, ob ich es dir sagen soll.«
Es war wundervoll, wieder Cadi genannt zu werden. Ich lachte und hakte mich bei ihr ein. »In wen hast du dich jetzt verliebt?« fragte ich.
»Oh, das ist es nicht!« Sie machte ein gekränktes Gesicht. »Es würde mir nicht einfallen, mich in jemand anderes zu verlieben.«
»Also ist es nach wie vor derselbe Mann? Und es ist immer noch ein Geheimnis?«
»Ja.« Sie nickte ungeduldig. »Laß den Unsinn und hör zu, Cadi. Richard ist wieder nachts ausgegangen.«
Ich drehte mich um und sah sie an. »Hier? In Venedig?«
»Natürlich, du Dummes! Er schleicht sich hinaus, nachdem wir alle zu Bett gegangen sind. Ich weiß nicht, wohin er geht; aber neulich konnte ich nicht schlafen, und während ich am Fenster stand und auf den Kanal blickte, sah ich ihn in einer Gondel zurückkommen. Der Seiteneingang des Hotels wird nachts nicht verschlossen, und ich nehme an, daß er dort hereinkommt.«
Ich war sehr beunruhigt. »Bist du sicher, daß es Richard war?«
»Ja. Ich habe sein Gesicht im Mondschein gesehen. Was soll ich tun, Cadi? Ich trau mich nicht, es Papa zu sagen.«
Ich überlegte rasch. »Wenn ich Richard ein paar Minuten allein erwischen könnte, würde ich mit ihm reden.«
»Aber das ist hier kaum möglich, Cadi. Es ist immer irgend jemand in der Nähe. Ich hatte gefürchtet, daß ich nicht einmal Gelegenheit haben würde, es dir zu sagen.« Sie stieß einen leisen Klagelaut aus. »Oh, siehst du, da kommen schon Mama und der Graf.«
»Sag Richard, daß du es weißt und mir erzählt hast«, flüsterte ich. »Sag ihm, wenn er ... wenn ihm etwas daran liegt, was ich über ihn denke, soll er sofort mit diesen Eskapaden aufhören. Sag ihm, ich sei sehr, sehr böse.«
Sie sah mich einen Augenblick neugierig an und sagte: »Gut, das werde ich tun, Cadi.« Dann, mit lauterer Stimme: »Sind diese Blumen nicht zauberhaft? Mama, komm und sieh sie dir an. Vielleicht kann der Graf uns sagen, wie sie heißen.«
An diesem Abend nahm ich mir nicht die Mühe, mit Bernardino und

seiner Mutter Konversation zu machen. Ich saß da und gab vor, ein Buch zu lesen, während Tante Isola mit einer Handarbeit beschäftigt war und Bernardino zwei Stunden damit zubrachte, einen Brief zu schreiben, wobei er allerdings den größten Teil der Zeit darauf vergeudete, mich einfältig anzustarren, als sei er gewillt mir vieles zu sagen, wenn ihm nur etwas zu sagen einfiele. Die Komplimente waren ihm jetzt offenbar endlich ausgegangen.

Es fiel mir schwer zu glauben, daß Richard hier das gleiche tat, was er in Wealdhurst getan hatte. Er hatte mir gesagt, er liebe mich, hatte es, soweit ich beurteilen konnte, wirklich aufrichtig gemeint, und angesichts dessen schien es mir fast unvorstellbar, daß er sich heimlich des Nachts davonschlich, um irgendein venezianisches Gegenstück von Meg Dawson, der Schneiderin aus Wealdhurst, zu besuchen. Aber vielleicht war ich einfach weltfremd. Schließlich hatte ich Richard zu verstehen gegeben, daß ich nicht das gleiche für ihn empfand wie er für mich. Vielleicht suchte er die Gesellschaft anderer Frauen, weil ich seine Liebe nicht erwiderte. Mit einem jähen Anflug von Zorn wurde mir klar, daß ich überhaupt keinen anderen Mann lieben konnte, solange Lucian Farrel mein ganzes Sein gefangenhielt –

Und an diesem Punkt wandten sich meine Gedanken plötzlich in eine andere Richtung, denn ich erkannte, daß etwas sehr Seltsames geschehen war. Seit Wochen hatte ich mich gezwungen, nicht an Lucian zu denken. Er schwebte ständig als schattenhafte Gestalt an der Schwelle meines Bewußtseins, aber ich ließ ihn nie in meine Gedanken vordringen und gestattete mir nicht, mich irgendwelchen Erinnerungen an ihn hinzugeben, denn ich hatte sehr zu meinem Unwillen gemerkt, daß es mir immer noch Herzklopfen verursachte, mich auch nur an die Berührung seiner Hand zu erinnern.

Zum erstenmal seit langer Zeit rief ich mir jetzt vorsichtig Lucians Bild ins Gedächtnis zurück: Es war verschwommen und blaß, nicht scharf und klar wie früher. Ich legte die Hände an die Wangen, und sie waren kühl. Daraufhin wurde ich mutiger und dachte an die Minuten im Atelier, als er meine erstarrten Finger geknetet hatte. Mein Herz blieb ruhig. Ich beschwor ein Dutzend Erinnerungen herauf, und es war, als ob es nicht meine Erinnerungen, sondern die eines anderen Menschen wären. Keine schmerzliche Sehnsucht erwachte in mir, kein Feuer brachte mein Blut in Wallung.

Ich war frei, und ich hätte vor Freude das Buch, das auf meinem Schoß lag, in die Luft werfen können. Ich hatte den Kampf gewonnen, meine blinde Leidenschaft war besiegt! Es war eine jugendliche Schwärmerei gewesen, wie die meisten jungen Menschen sie früher oder später durchmachen müssen, und jetzt war sie vorüber. Ich fühlte mich älter und klüger. Gleichzeitig empfand ich eine schmerzliche Leere, aber ich wußte, daß sie nicht lange anhalten würde. Zuversichtlich, fast geringschätzig, verbannte ich Lucian aus meinen Gedanken und kehrte zu Richard zurück.

Es war erstaunlich, daß er es fertiggebracht hatte, so schnell die Bekanntschaft einer Frau zu machen, und noch dazu in einem fremden Land, ohne die Sprache zu beherrschen und unter der ständigen Aufsicht seiner Familie, zumindest tagsüber. Es waren jedoch nur noch wenige Tage bis zu unserer Abreise, und bald würde er wieder in Oxford sein. Jetzt kam mir zum erstenmal der Gedanke, daß sich – ebenso wie in Wealdhurst und Venedig – vermutlich auch in Oxford Frauen fanden, und daß Richard dort sehr leicht seinen Neigungen nachgehen konnte, ohne daß ich etwas davon ahnte.

Ich war nicht sonderlich schockiert darüber, denn ich hatte im Lauf der Zeit den Eindruck gewonnen, daß viele junge Männer aus Richards Kreisen vor ihrer Ehe Liebschaften hatten. Miß Rigg hatte mir einmal – etwas verbittert – einen Vortrag über dieses Thema gehalten, und ich nahm an, daß sie aus einer unglücklichen Erfahrung in ihrer eigenen Jugend gesprochen hatte. Es schien mir nicht sehr gerecht, aber wenn dies der Lauf der Dinge war, so hatte es keinen Sinn, sich darüber aufzuregen, daß junge Männer sich die Hörner abliefen, ehe sie heirateten. Lieber vorher als hinterher, sagte ich mir. Aber Mr. und Mrs. Morton dachten anders darüber, das wußte ich, und so lag mir vor allem daran, daß sie nichts von Richards Abenteuern erfuhren. Dafür bestand in Oxford viel weniger Gefahr als hier in Venedig oder in Meadhaven, und dieser Gedanke beruhigte mich.

Jetzt, da ich wußte, daß ich bald nach Hause zurückkehren würde, nahm ich mir vor, die restliche Zeit in Venedig voll auszunutzen, und machte täglich lange Streifzüge durch die Stadt; bei diesen Ausflügen war Bernardino mein schweigsamer Begleiter, während Ugo mir als Fremdenführer diente. Ich hatte gehofft, daß ich während meines Besuches Gelegenheit haben würde, den Rennstall in Padua

zu besichtigen, und hatte zu diesem Zweck sogar meine Reithosen mitgebracht, aber Onkel Guido erwähnte nichts davon, und ich wollte ihn nicht bitten.
Es war zwei Tage vor unserer Abreise, und wir waren gerade mit dem Abendessen fertig, als Onkel Guido sagte: »Isola, meine Liebe, ich habe etwas mit Caterina zu besprechen. Bitte laßt uns ein paar Minuten allein.«
»Natürlich, Guido.« Tante Isola stand hastig auf; sie machte einen sehr nervösen Eindruck. »Komm Bernardino. Begleite mich in den kleinen Salon.«
Als sie draußen waren, saß Onkel Guido ein oder zwei Minuten schweigend da und blickte stirnrunzelnd auf sein halbleeres Weinglas. Dann holte er ein Stück Papier aus der Tasche und reichte es mir. »Willst du dir das bitte einmal ansehen, Caterina?«
Ein paar Worte in Richards Handschrift waren auf das Papier gekritzelt, und ich fühlte, wie ich blaß wurde, als ich sie las. »Hier steht, er ... er schuldet siebentausend *Pfund*!« flüsterte ich. »Aber das kann doch nicht stimmen! Das ist unmöglich!«
Onkel Guido nahm den Zettel wieder an sich, sah ihn an und spitzte die Lippen. »Es ist leider wahr«, sagte er mit einem bedauernden Kopfschütteln. »Dies ist ein eigener Wechsel von Richard Morton; das, was man bei euch, soviel ich weiß, einen Schuldschein nennt.«
»Aber ich kann es einfach nicht glauben! Wie kommt Richard dazu, irgend jemanden soviel Geld zu schulden?«
Onkel Guido machte ein erstauntes Gesicht. »Eine Spielschuld, mein liebes Kind. Und ich versichere dir, es besteht kein Zweifel. Ich habe selbst gesehen, wie er am Kartentisch diesen Schuldschein ausgeschrieben hat.«
Mir war schwindlig. »*Sie* haben es gesehen? Wieso?«
»Weil ich dabei war. Richard und ich haben des öfteren an Kartengesellschaften teilgenommen. Ich spiele selbst ein wenig.« Onkel Guido lächelte und füllte sein Glas. »Aber nur zum Zeitvertreib. Bedauerlicherweise war Richard sehr eigensinnig. Er hat jede Warnung in den Wind geschlagen.«
»Demnach ... haben *Sie* ihn zum Spielen mitgenommen? Abends? Und ohne daß seine Eltern es wußten?« Ich zitterte vor Empörung. »Nein, wie konnten Sie nur so etwas tun!«
Er sah mich verblüfft an. »Was sagst du da, Caterina? Nun, viel-

leicht herrschen in England andere Sitten. Für uns ist es eine Selbstverständlichkeit, daß unsere jungen Männer den Unterhaltungen nachgehen, die jeden jungen Mann reizen. Aber im allgemeinen ist es nicht der Vater, der seinen Sohn dazu anspornt. Mein Sohn hat zufällig eine sehr stille Natur, und ich bin froh darüber, aber wenn es anders wäre, würde nicht ich ihn in diese weltlichen Vergnügen einführen. Es wäre Aufgabe irgendeines meiner Freunde, eines Mannes in meinem Alter, sein Begleiter und Lehrer zu sein.« Er zuckte die Achseln. »Damit, daß ich Richard die etwas heimlicheren Vergnügen Venedigs gezeigt habe, diskret und ohne seine Eltern davon zu unterrichten, bin ich lediglich der hiesigen Sitte gefolgt.«
»Aber in England ist es anders!« rief ich. »Und ganz abgesehen davon hätten Sie ihn doch bestimmt zumindest vor sich selbst schützen müssen?«
Onkel Guido seufzte. »Gewiß, insofern fühle ich mich auch nicht ganz frei von Schuld«, sagte er. »Aber es ist schwer, Richard vor sich selbst zu schützen. Er reagiert sehr leicht auf Wein, und wenn er ein paar Glas getrunken hat, hört er auf keinen Rat mehr. Bis gestern abend hatte er etwas Geld beim *chemin-de-fer* gewonnen, aber gestern verlor er dann, setzte höher und verlor wieder. Du verstehst vielleicht nichts von Glücksspielen, aber ich versichere dir, wenn ein unbesonnener junger Mann, der zu allem noch leicht beschwipst ist, fortwährend seinen Einsatz verdoppelt, um wiederzugewinnen, was er verloren hat, dann kann er sehr schnell auf eine Schuld von siebentausend Pfund kommen.«
Ich saß wie betäubt vor Schreck da und starrte auf die weiße Spitze meiner Serviette. »Sie hätten ihn davon abhalten sollen«, flüsterte ich. »Sie durften es nicht zulassen!«
Ein Anflug von Ärger lag in Onkel Guidos Stimme, als er kurz angebunden sagte: »Du weißt nicht, wovon du redest, Caterina. Wenn Kavaliere Karten spielen, gibt es Grenzen für die Ratschläge, die ein Kavalier dem anderen geben kann, ohne daß es zu einer ernsten Beleidigung kommt. Ich versichere dir, ich bin in meinen Bemühungen, Richard zurückzuhalten, so weit gegangen, daß die Affäre in früheren Zeiten und unter venezianischen Kavalieren leicht mit einem Duell hätte enden können.«
Ich konnte nichts darauf erwidern, denn das, was er gesagt hatte, machte mir die ganze Angelegenheit unverständlich. Seine Stimme

verlor den scharfen Ton und wurde wieder sanft, als er fortfuhr: »Ich weiß, es ist schwer für dich, das zu verstehen, Caterina. Aber glaub mir, liebes Kind, ich habe in Gegenwart meiner Freunde meinen guten Ruf aufs Spiel gesetzt, und es ist mir trotzdem nicht gelungen, Richard zur Vernunft zu bringen. Er war wie besessen.«

In dem langen Schweigen, das darauf folgte, hörte ich nur das Ticken der großen vergoldeten Standuhr und das Pochen meines eigenen Herzens. Was auch immer Onkel Guido sagen mochte, ich war nach wie vor der Meinung, daß er schuld an der Sache war, aber es hatte keinen Sinn, darüber zu diskutieren, denn seine Ansichten in dieser Frage standen in krassem Widerspruch zu den meinen.

Siebentausend Pfund! Das war eine gewaltige Summe. Ganz Meadhaven konnte nicht soviel gekostet haben. Ich wußte, daß Mr. Morton ein wohlhabender Mann war, aber ich betrachtete ihn schon lange nicht mehr als reich. Es würde einfach erschreckend für ihn sein, auch nur von dieser Angelegenheit zu hören. Plötzlich kam mir ein Gedanke. In weniger als einem Jahr würde ich reich sein – so reich, daß ich mir schon oft überlegt hatte, was um alles in der Welt ich mit dem vielen Geld anfangen sollte. Siebentausend Pfund würden mir nichts bedeuten.

Ich sah Onkel Guido hoffnungsvoll an. »Ist der Gläubiger ein Freund von Ihnen?«

»Sagen wir lieber, ein Bekannter. Ein Kavalier, aber einer jener Männer, die sich durch Spielen ihren Lebensunterhalt verdienen.«

»Würde er bereit sein zu warten? Ich meine, würde er sich ein Jahr gedulden, wenn er noch etwas dazu bekäme?«

Onkel Guido schüttelte den Kopf. »Der Schuldschein verspricht Rückzahlung innerhalb eines Monats. Sehr großzügig für einen Mann wie Lazoni. Aber er wird keinesfalls gewillt sein, das Geld gegen Zahlung von Zinsen ein Jahr lang stehenzulassen. So etwas tut ein Spieler nicht.«

Meine Hoffnungen sanken, aber dann stiegen sie wieder zu schwindelnder Höhe, als Onkel Guido langsam sagte: »Aber Lazoni ist nicht mehr der Gläubiger. Ich habe heute morgen selbst Richards Schuld beglichen.«

Ich starrte ihn verblüfft an. »Sie – Sie haben diese Summe gezahlt? Dann ist ja alles in Ordnung!« Voll Dankbarkeit und Erleichterung

lief ich um den Tisch herum zu ihm. »Oh, Gott sei Dank. Ich dachte ... ich hatte solche Angst ... ich meine, daß Mr. Morton es erfahren würde und diese Summe bezahlen müßte.« Ich kämpfte mit den Tränen. »Ich werde es Ihnen zurückzahlen, Onkel Guido – ich verspreche Ihnen, daß ich es zurückzahlen werde, sobald ich einundzwanzig bin, und mit Zinsen oder was immer es sein mag.«
Er drehte einen Augenblick den Schuldschein zwischen den Fingern, dann zerriß er ihn langsam. »Es ist erledigt. Ich will nicht, daß du die Schuld bezahlst, Caterina.«
»Aber ich muß es tun! Ich muß Ihnen das Geld zurückerstatten. Wie kann ich Sie sonst dafür entschädigen, daß Sie Richard gerettet haben?«
Er schob die Papierschnitzel fort, wandte sich um und sah mich mit einem traurigen, sonderbaren Lächeln an. »Ich will ehrlich mit dir sein, Caterina«, sagte er. »Die Mortons sind sehr nette Menschen, aber ich fühle mich ihnen nicht verpflichtet und wäre nie auf den Gedanken gekommen, aus purer Herzensgüte die Schulden des Jungen zu bezahlen. Ein Kavalier muß im Trinken und im Spielen Maß halten können, und wenn er das nicht kann, muß er die Konsequenzen tragen. Ich habe seine Schuld bezahlt, weil ich hoffte, es könnte mir dazu verhelfen, meinen Sohn glücklich zu machen.« Er hob beruhigend die Hand. »Hab keine Angst, daß ich irgendeinen Zwang auf dich ausüben werde, Caterina. Um dir das zu beweisen, habe ich den Schuldschein vernichtet. Ich kann nur bitten und hoffen, daß du, wenn du mir wirklich deine Dankbarkeit bezeugen willst, bis Ende des Jahres bei uns bleibst.«
Die freudige Erregung schwand, und ich bemühte mich, meine Gefühle zu verbergen. Meine Gedanken bewegten sich unentwegt im Kreis wie kleine eingesperrte Lebewesen, verzweifelt suchte ich nach einem Ausweg, nach irgendeiner Rechtfertigung, seine Bitte abzuschlagen, aber es war aussichtslos: Mit schwerem Herzen erkannte ich, daß es nur eine einzige Antwort für mich gab.
Onkel Guido hatte auf die Hoffnung, daß ich bleiben würde, und auf die noch schwächere Hoffnung, daß ich seinen Sohn Bernardino eines Tages lieben würde, eine riesige Geldsumme gesetzt. Ich stand, wie er selbst gesagt hatte, unter keinerlei Zwang. Was auch immer ich zu tun beschloß, Richards Ehre war gerettet, und Mr. Morton war sowohl vor einer entsetzlichen Enthüllung als auch vor einem

lähmenden finanziellen Schlag bewahrt worden. Onkel Guido hatte mir kein Versprechen abgerungen, ehe er die Schuld bezahlte, und das rechnete ich ihm hoch an.

Ich zwang mich zu einem Lächeln und sagte: »Ich werde bleiben, Onkel Guido. Und ich danke Ihnen von ganzem Herzen.«

Angesichts seines erfreuten Lächelns hatte ich beinahe ein schlechtes Gewissen, denn ich wußte, daß seine Hoffnungen vergebens waren. Ich würde Bernardino niemals auch nur leiden mögen, geschweige denn mich in ihn verlieben. Er stand auf und legte mir die Hand auf die Schulter: »Vielen Dank, liebe Caterina. Ich bin sicher, du wirst eines Tages noch froh darüber sein.« Er schnitt eine leichte Grimasse. »Ich fürchte, wir können Mr. Morton nicht gut sagen, aus welchem Grund du bei uns bleiben willst. Damit wäre wohl niemandem geholfen.«

»Nein«, erwiderte ich hastig, und jetzt wurde mir klar, daß mir noch eine weitere Feuerprobe bevorstand. Langsam kam mir die volle Bedeutung meines Entschlusses zu Bewußtsein, und die Traurigkeit, die mich erfüllte, war wie ein physischer Schmerz. »Nein ... ich kann ihm nicht die Wahrheit sagen«, fuhr ich beklommen fort, »und es gibt keine Erklärung. Ich kann nur sagen ... daß ich hierbleiben *will*. Daß ich vorläufig nicht nach Hause zurückkehren möchte.«

Ich war froh, an diesem Abend früh zu Bett gehen zu können. Selbst der Kummer über die Aussicht, so lange in Venedig bleiben zu müssen, war nichts im Vergleich zu der Qual, die ich empfand, wenn ich daran dachte, wie sehr ich Mr. Morton verletzen würde. Am Abend vor ihrer Rückkehr nach England würden die Mortons zu einem Abschiedsessen in den Palazzo kommen, und wir hatten vereinbart, daß ich mich am nächsten Tag mit ihnen am Bahnhof treffen sollte. In meinem Leben hatte ich immer wieder erfahren, daß ein bevorstehendes schmerzliches Ereignis in Wirklichkeit meistens gar nicht so schlimm ist, wie es einem vorher erscheint, und mit diesem Gedanken tröstete ich mich in den nächsten zwei Tagen, während ich mit Angst und Schrecken auf den Augenblick wartete. Aber diesmal sollte es sogar noch schlimmer werden, als ich es mir vorgestellt hatte.

Mr. Morton und Onkel Guido waren während des Essens in bester Stimmung, und es herrschte eine heitere, ungezwungene Atmosphäre. Mrs. Morton hatte sich sehr gut erholt, sie war viel gelöster, viel weniger mit sich beschäftigt, als ich sie je zuvor erlebt hatte, und sie nahm an der Unterhaltung teil, ohne wie gewöhnlich in ihre eigenen Gedanken zu versinken. Tante Isola und Bernardino waren langweilig wie immer, aber daran hatten wir uns mittlerweile schon alle gewöhnt. Sarah war begeistert von ihrem Aufenthalt in Venedig, schien sich jedoch sehr darüber zu freuen, nach Hause zurückzukehren. Richard war in sich gekehrt und schweigsam, er warf nur hin und wieder einen neugierigen, erstaunten Blick auf Onkel Guido. Ich konnte seine Verwunderung verstehen, denn ich wußte, daß Onkel Guido ihn vor dem Essen unter irgendeinem Vorwand beiseite genommen und ihm gesagt hatte, daß die Schuld beglichen sei, daß er selbst sie bezahlt habe. Zweifellos war Richard betäubt von seinem Glück und wunderte sich über Onkel Guidos Großzügigkeit.

Ich hatte mir genau zurechtgelegt, was ich tun würde, und bemühte mich während des Essens, froh und unbekümmert zu erscheinen. Als wir dann später alle im Salon saßen, nahm ich meinen ganzen Mut zusammen, um zu sagen, was ich zu sagen hatte, aber Onkel Guido kam mir zuvor.

»Ich hoffe, Sie werden eine angenehme Heimreise haben«, sagte er und sah die Mortons der Reihe nach lächelnd an. »Bitte machen Sie sich keine Gedanken um Caterina. Sie wird in jeder Hinsicht gut versorgt sein, und natürlich wird sie Ihnen häufig schreiben.«

Einen Augenblick herrschte verblüfftes Schweigen. Dann sagte Mr. Morton: »Ich verstehe nicht recht, was das heißen soll. Wir hatten immer angenommen, daß Cadi nach ihrem Besuch bei Ihnen mit uns nach Hause zurückkehren würde.«

Onkel Guido machte ein überraschtes, leicht verlegenes Gesicht. »Oh!« rief er aus. »Bitte verzeihen Sie, wenn es ein Mißverständnis gegeben hat. Ich hoffte – aber lassen wir das. Es ist an Caterina, zu entscheiden, was sie tun will, meinen Sie nicht auch?« Er warf mir einen fragenden Blick zu.

Ich sah, daß Mr. Morton erleichtert aufatmete, und seine Augen zwinkerten, als er sich mir zuwandte. »Nun, Cadi?« fragte er.

Meine Hände lagen im Schoß, und es gelang mir nur mit Mühe, sie ruhig zu halten. Ich mußte Mr. Morton ansehen, als ich sprach, und ich glaube, noch nie im Leben war mir etwas so schwergefallen wie das.

»Ich möchte noch eine Zeitlang hierbleiben, Mr. Morton«, sagte ich und war erstaunt, wie ruhig meine Stimme klang. »Vielleicht bis Ende des Jahres.«

XIII

Alle Augen ruhten jetzt auf mir, und es war so still wie nach einem Donnerschlag.

»Du ... willst bleiben?« sagte Mr. Morton schließlich. Ich wußte, daß er versuchte, in natürlichem Ton zu sprechen, aber der Schock war zu groß. Er blinzelte und rieb sich die Stirn, wie ich es ihn schon öfters hatte tun sehen, wenn er erregt war. Ich kam mir verlogen und treulos vor, als ich erwiderte: »Bitte seien Sie nicht gekränkt, Mr. Morton, aber jetzt, nachdem ich meine wirklichen Angehörigen gefunden habe, möchte ich gern noch etwas länger mit ihnen zusammen sein. Ich bin sicher, Sie werden das verstehen, nicht wahr?«

Ich hatte einen lautstarken Widerspruch von Sarah erwartet, aber er blieb aus. Sie saß einfach schweigend da, sah mich grübelnd an, als versuche sie ein Rätsel zu lösen, und auf ihrem Gesicht lag ein nachdenklicher, tiefgründiger Ausdruck, den ich in letzter Zeit schon mehrmals mit Verwunderung an ihr beobachtet hatte.

Richard warf mir einen überraschten Blick zu, dann legte er die Hände um die Knie und senkte die Augen. Sein Gesicht war sehr blaß. Mrs. Morton breitete bekümmert die Arme aus und murmelte: »Sie ist natürlich beim Grafen in guten Händen, aber ...« Ihre Stimme erstarb.

»Ja«, sagte Mr. Morton schließlich ein wenig unsicher. »Natürlich verstehen wir es.« Er legte die Hand an die Stirn und rieb sich mit Zeigefinger und Daumen die Augen. »Die Entscheidung liegt allein bei dir, Cadi, mein Liebes. Es war töricht von mir, zu glauben ...« Er brach ab, holte tief Luft, riß sich zusammen und lächelte gezwungen, als er mich ansah. »Aber wir dürfen nicht selbstsüchtig sein ..

damit wäre niemandem geholfen.« Hinter seinem Lächeln sah ich eine so tiefe Traurigkeit, daß ich wünschte, die Mauern des Palazzos würden über mir zusammenstürzen. Ich wollte zu ihm laufen und ihn umarmen, wie ich es so oft zuvor getan hatte, aber ich wußte, wenn ich auch nur einen Augenblick schwach wurde, war es um meine Entschlossenheit geschehen. Das einzige, was mir jetzt Kraft gab, war der Gedanke, daß ich Ende des Jahres wieder zu Hause sein würde, zu Hause in Meadhaven, bei der Familie, die ich liebte. Ich würde ihnen niemals erklären können, warum ich sie eine Zeitlang im Stich gelassen hatte, denn ich mußte Richards Geheimnis wahren; aber wenn sie mich wieder aufnahmen, würde ich irgendwie den Schmerz wettmachen, den ich ihnen zugefügt hatte.

»Also sind wir uns einig«, sagte Onkel Guido liebenswürdig, und Mr. Morton nickte. Die nächste halbe Stunde war qualvoll. Alle versuchten, sich weiterhin unbekümmert zu unterhalten, so als sei nichts geschehen, aber es herrschte eine unerträglich gespannte Atmosphäre. Ich war erleichtert, als Mr. Morton schließlich aufstand, auf die Uhr sah und sagte: »Ich glaube, es ist Zeit, uns zu verabschieden. Wir müssen morgen früh aufstehen.«

Als wir oben auf der Freitreppe standen, an deren Fuß die Gondel lag, die unsere Gäste ins Hotel zurückbringen sollte, sagte Onkel Guido: »Ich werde natürlich morgen mit Caterina zur Abfahrt des Zuges an den Bahnhof kommen.«

»Bitte nehmen Sie es mir nicht übel«, sagte Mr. Morton höflich, »aber ich würde es vorziehen, Ihnen jetzt adieu zu sagen.« Er zwang sich erneut zu einem Lächeln. »Ich mag keine großen Verabschiedungen, schon gar nicht auf Bahnhöfen.«

Er küßte mich, dann drückte er mich einen Augenblick fest an sich, und obgleich er nichts sagte, wußte ich, er wollte mir damit zu verstehen geben, daß seine Zuneigung so groß wie immer sei, daß ich jederzeit zurückkkehren könne. Ich war so fassungslos vor Kummer und so erschöpft von der Anstrengung, mir meine Verzweiflung nicht anmerken zu lassen, daß ich mich kaum an den Abschied von den anderen erinnern kann. Als die Gondel in der Dunkelheit verschwand, sagte Onkel Guido: »Nun ... das war doch gar nicht so schlimm, wie du gefürchtet hattest, nicht wahr, kleine Caterina?«

Ich konnte nichts erwidern. Ich konnte nur eine Entschuldigung murmeln, dann wandte ich mich um, lief durch die große Halle, wo

die Porträts meiner Vorfahren mich mit ihren starren Augen ansahen, und die Treppe hinauf in mein Zimmer. Ich warf mich aufs Bett und weinte, wie ich nicht mehr geweint hatte seit dem Tag, an dem Mr. Morton nach dem Tod meines Vaters zu mir gekommen war.
Mein Stolz zwang mich, am nächsten Morgen wie immer beim Frühstück zu erscheinen. Ich zahlte aus freiem Willen den Preis für das, was Onkel Guido getan hatte, um Richard zu retten, und es wäre meiner nicht würdig gewesen, ihn widerwillig zu zahlen. Im übrigen war es nicht Cadi Tregaron, deretwegen mir das Herz weh tat, sondern es war der Schmerz, den ich Mr. Morton hatte zufügen müssen. Sechs oder sieben Monate in Venedig waren nicht schwer zu ertragen, sagte ich mir. Am Jahresende würde meine Schuld beglichen sein, und ich konnte nach Meadhaven zurückkehren. Ich hatte in der Nacht beschlossen, in den langen Monaten, die vor mir lagen, keinerlei Anzeichen von Trübsal erkennen zu lassen. Ich würde versuchen, heiter zu sein, und mich sogar Onkel Guido zuliebe bemühen, Bernardino ein wenig aufzumuntern. Auf diese Art würde die Zeit schneller vergehen.
Mein Entschluß stand fest, aber es fiel mir schwer, ihn durchzuführen, denn bereits nach wenigen Tagen schien mir, daß die Atmosphäre im Palazzo sich verändert hatte. Ich gewann allmählich den Eindruck, daß die Zurückhaltung von Tante Isola und Bernardino, ihr Mangel an Gesprächigkeit und ihr ängstliches Bestreben, Onkel Guido zufriedenzustellen, nicht auf Schüchternheit, sondern auf Furcht zurückzuführen waren. Es gab keinen konkreten Beweis dafür, aber aus den Blicken, die sie Onkel Guido zuwarfen, ehe sie sprachen, oder nachdem sie gesprochen hatten, schloß ich, daß sie ständig fürchteten, etwas zu sagen, was ihn verärgern könnte.
Natürlich war das lächerlich, denn sie wären die letzten gewesen, etwas Falsches zu sagen, und außerdem hatte sich Onkel Guido ihnen gegenüber, zumindest in meiner Gegenwart, noch nie erzürnt oder auch nur verstimmt gezeigt. Ich kam zu dem Schluß, dieser Eindruck müsse wohl meiner eigenen Phantasie entspringen, trotzdem konnte ich mich nicht ganz davon befreien. Und schlimmer noch, ich hatte jetzt das Gefühl, ständig beobachtet zu werden. Man ließ mich tagsüber nicht einen Augenblick allein, und wenn ich in den Garten ging, kam stets nach wenigen Minuten Bernardino, Tante Isola oder einer der Dienstboten hinter mir her.

Ich durfte das Gelände des Palazzo natürlich nicht ohne Begleitung verlassen, und als Bernardino eines Tages mit einer leichten Erkältung zu Bett lag und mich nicht auf meiner Erkundungsfahrt durch Venedig begleiten konnte, fragte ich, ob Ugo mir als Führer dienen könne. Onkel Guido sagte bedauernd, nein, das wäre ein Verstoß gegen die guten Sitten und sei völlig undenkbar. Ich war erstaunt darüber, konnte ihm aber nicht gut widersprechen. Zwei Tage später wurde Ugo entlassen – wegen ungebührlichen Benehmens, wie man mir erklärte –, und damit verlor ich, abgesehen von Onkel Guido selbst, den einzigen Menschen, zu dem ich Vertrauen hatte und der eine gewisse Zuneigung zu mir gefaßt zu haben schien.
Ich wußte, daß dies lediglich ein Zufall war, aber es verstärkte in mir den Eindruck, daß ich mich in einer Art Gefangenschaft befand. Sogar Venedig selbst schien sich in meinen Augen zu verändern und ein Gesicht zu zeigen, das mir bisher verborgen geblieben war. Während ich mit Bernardino durch die schmalen Straßen ging oder über das Netz von kleinen Kanälen fuhr, begann ich zu erkennen, daß manches an Venedig bedrohlich und grotesk wirkte.
Unter den Tausenden von Bildwerken, die die Piazzas und Gebäude der Stadt schmückten, gab es viele, die das Werk von Geistesgestörten zu sein schienen. Eine Säule in den Arkaden des Dogenpalasts war über und über mit Tieren bedeckt, die ihre Beute verschlangen: ein Greif, der eine Ratte zwischen den Krallen hielt, ein Wolf mit einem verstümmelten Vogel – ein ganzes Gewirr von verflochtenen Bestien, die sich mit grauenerregender Gier vollfraßen. An der Mauer von Santa Maria Formosa hing ein scheußlicher Kopf, weder Mensch noch Tier, mit hervorspringenden Augen und heraushängender Zunge. In einem dunklen Torbogen unweit der Rialto-Brücke gab es ein mißgestaltetes Ungeheuer im Federkleid mit weitaufgerissenem Maul. Aber das war nicht alles. Die Folterszenen auf einigen der großen religiösen Gemälde waren ebenso erschreckend wie die makabren Skulpturen. Mich schauderte, als ich den Kopf des Goliath in San Rocco sah und die sich windenden Seelen in Tizians Jüngstem Gericht.
Venedig war eine Stadt mit einer glänzenden und glorreichen Vergangenheit, allerdings war diese Vergangenheit mit allen möglichen Arten von Grausamkeit und Frevel verbunden. In einem Buch aus Onkel Guidos Bibliothek las ich von Ereignissen, die mir das Blut

erstarren ließen – und diese Geschichten hatten sich keineswegs alle in ferner Vergangenheit zugetragen, sondern teilweise erst im vergangenen Jahrhundert, zu der Zeit, als in England die junge Viktoria regierte. Ich las über den Rat der Zehn und den Rat der Drei und deren Schreckensherrschaft. Ich las über Spione, Meuchelmörder und Folterknechte. Ich sah mit eigenen Augen die alten Kerker im Dogenpalast, und mir war, als hallte von den feuchten Mauern immer noch das Stöhnen der Opfer wider, die dort gefangen gewesen waren. Obgleich ich aufhörte, diese Geschichten zu lesen, und versuchte, die grausigen Skulpturen und Gemälde nicht zu beachten, wirkte sich all das doch auf meine Gemütsverfassung aus. Diese Zeiten waren vorüber, sagte ich mir immer wieder. Wir lebten im zwanzigsten Jahrhundert. Es war töricht zu glauben, daß ich beobachtet wurde, daß ich in irgendeiner Weise in meiner Freiheit beschränkt war.

Und dann kam eine Nacht, in der der Traum, der mich mein halbes Leben lang verfolgt hatte, schließlich durchbrochen wurde, und ich erfuhr, daß all das, was ich für Phantasie gehalten hatte, grauenvolle Wirklichkeit war.

Es war zwei Wochen nachdem Mr. Morton und seine Familie nach England zurückgekehrt waren. Onkel Guido war für zwei Tage nach Padua gefahren und sollte an diesem Abend gegen Mitternacht zurückkommen. Ich war früh zu Bett gegangen, und als der Traum kam, war er seltsam verworren. Ich näherte mich in einer Gondel den Stufen des Palasts, ging durch die dunkle Halle und die große Treppe hinauf. Dann befand ich mich eine Weile in einem wirren, halbwachen Zustand, ehe ich mich den breiten Korridor entlanggehen sah.

Vor mir lag die Tür, unter der das Licht hervordrang, aber diesmal war auch seitlich ein breiterer Lichtstreifen zu sehen, denn die Tür war angelehnt. Ich hatte die Einzelheiten meines Traums, was das Innere des Palazzos betraf, nie mit der Wirklichkeit verglichen, aber mir war undeutlich bewußt, daß dies eines der Gästezimmer sein mußte. Ich berührte die Tür, und sie öffnete sich lautlos ein paar Zentimeter weit. Doch nichts von alledem, was ich erwartet hatte, geschah. Kein Mann trat mir entgegen, ich empfand weder Glück noch Angst, nur eine seltsame, vage Bestürzung. Als ich schräg durch die Türöffnung blickte, sah ich einen Toilettentisch mit einem reich verzierten Spiegel. Irgend etwas bewegte sich, und eine Gestalt erschien im Spiegel ... ein Mann mit engen, dunklen Hosen, der sich ein weißes Hemd über den Kopf zog. Ich konnte einen Teil des Bettes sehen, auf dem einige Kleidungsstücke verstreut waren. Auf dem Toilettetisch lagen Haarbürsten und Rasiermesser.

In diesem Augenblick erkannte ich, daß ich wach war. Mein Traum war mit der Wirklichkeit verschmolzen. Ich hatte im Schlaf mein Zimmer verlassen und stand jetzt, nur mit dem Nachthemd bekleidet, vor dieser Tür. Ein paar Sekunden war ich starr vor Schreck, konnte mich nicht rühren, konnte nur durch die halbgeöffnete Tür auf den Spiegel blicken, der mir einen Teil des hellerleuchteten Zimmers zeigte und den Mann, der es bewohnte.

Dann zog er das Hemd hinunter, sein Kopf erschien, und ich sah, daß es Lucian war. Hätte ich Luft holen können, um einen Schrei auszustoßen, so wäre ich zweifellos außerstande gewesen, das zu verhindern, doch ich war wie gelähmt. Die Tatsache, daß der Mann dort im Zimmer Lucian war, gab mir Grund genug, überrascht zu sein, denn ich hatte angenommen, er sei in England, aber ich war mehr als überrascht. Ich war bestürzt und erschreckt über den Ausdruck auf seinem Gesicht. Die Augen waren zusammengekniffen, die Lippen gestrafft. Die dichten, schwarzen Brauen stiegen schräg in die Höhe wie die eines Dämons. In seinen Zügen lag nichts von der liebenswürdigen Spöttelei, die ich so gut an ihm kannte, nichts von dem kühlen, trockenen Humor. Noch nie in meinem Leben hatte ich ein so kaltes, so hartes und erbarmungsloses Gesicht gesehen. Er befestigte Manschettenknöpfe an den Ärmeln seines Hemdes und hatte noch nicht bemerkt, daß die Tür sich ein wenig geöffnet hatte. Ich wagte nicht, sie wieder zu schließen, aus Angst, die Bewegung könnte seine Aufmerksamkeit erregen.

Mit fast übermenschlicher Willenskraft zwang ich meine Beine, mir zu gehorchen, und trat langsam zurück, fünf Schritte ... sechs. Dann drehte ich mich um und rannte auf nackten, lautlosen Füßen den Korridor entlang und über die obere Galerie in mein eigenes Zimmer zurück.

Ich kann nicht sagen, wie lange ich auf dem Bett gelegen habe, unfähig, einen klaren Gedanken zu fassen. Ich weiß nur, daß ich nach einer Weile spürte, wie meine Zähne vor Kälte klapperten, und unter die Decke kroch, um mich zu wärmen. Allmählich hörte ich

auf zu zittern und wurde ruhiger. Ich konnte wieder klar denken und begann, wie immer, eine vernünftige Erklärung für das zu suchen, was völlig unerklärlich schien.
Lucian war hier. Vermutlich, um mit Onkel Guido Geschäfte zu machen. Vielleicht war er mit ihm in den letzten ein oder zwei Tagen in Padua gewesen. Und jetzt waren sie hierhergekommen, um den Handel abzuschließen. Aber warum hatte Onkel Guido mir nichts von Lucians Besuch gesagt? Vielleicht hatte er vor seiner Abreise nach Padua noch nichts davon gewußt. Das war durchaus möglich. Oder vielleicht glaubte Onkel Guido, es würde eine nette Überraschung für mich sein, Lucian morgen früh hier vorzufinden. Aber auch wenn mein Gehirn beruhigende Gründe fand, mein Herz wollte sie nicht gelten lassen. Aller Vernunft zum Trotz sagte mir mein Instinkt, daß ich von Lucians Hiersein nichts erfahren sollte, und daß er deshalb erst spätabends im Palazzo eingetroffen war. Ich *wußte,* daß sich um mich herum irgend etwas Dunkles und Unheilvolles anspann, und daß Lucian daran teilhatte. Als ich mich an den Ausdruck seines Gesichts im Spiegel erinnerte, begann ich erneut zu zittern.
Ich zündete die Kerze neben meinem Bett an und sah auf die kleine Uhr, die auf dem Nachttisch lag. Es war fast halb eins, etwa zwanzig Minuten mußten verstrichen sein, seit ich im Schlaf den Korridor entlanggegangen war. Lucian hatte sich umgezogen, also war anzunehmen, daß er vorgehabt hatte, zu Onkel Guido hinunterzugehen. Das war nicht weiter erstaunlich, denn ich wußte, daß Onkel Guido selten vor dem Morgengrauen zu Bett ging.
Ich stand auf, zog meinen Schlafrock an und öffnete behutsam die Tür. Ich mußte mich über den Korridor bis zur Galerie schleichen, ehe ich einen Blick auf Lucians Tür werfen konnte. Es war kein Lichtschein zu sehen. Offenbar war er hinuntergegangen. Ich kehrte in mein Zimmer zurück und lag lange Zeit auf dem Bett, während in meinem Gehirn unaufhörlich die gleichen Gedanken und Fragen kreisten.
Plötzlich wußte ich, was ich tun würde. Es gehörte nur genügend Mut dazu. Ich würde leise hinuntergehen, um zu hören, was Lucian und Onkel Guido miteinander sprachen. Der Gedanke verursachte mir keine Gewissensbisse. Ich wußte, daß ich in diesem alten Palazzo mit all seinen seltsamen Geheimnissen vollkommen allein war.

Es gab niemanden, der mir helfen würde, niemanden, dem ich vertrauen konnte. Ich wußte nicht, was mich erwartete, aber alle meine Sinne funkten jetzt Warnsignale, und ich hatte Angst.

Ich hätte viel darum gegeben, im Bett zu bleiben und die Decke über den Kopf zu ziehen, aber ich zwang mich aufzustehen, und während ich noch zögernd dastand, geriet ich allmählich in Wut – nicht nur über mich selbst, wegen meiner Feigheit, sondern auch über Lucian und Onkel Guido und all die Geheimnisse, die mich zu umgeben schienen. Mit klopfendem Herzen blies ich die Kerze aus, ging auf Zehenspitzen aus dem Zimmer, den Gang entlang und schlich die Treppe hinunter.

Sie waren in der Bibliothek. Die große Flügeltür war geschlossen, aber ich konnte das schwache Murmeln ihrer Stimmen hören. Leise öffnete ich die Tür des kleinen Nebenzimmers, das früher von einem Bibliothekar benutzt worden war. Plötzlich wurden die Stimmen lauter, denn in die Wand zwischen den beiden Räumen war eine kleine Luke mit zwei dünnen Holztüren eingelassen. Ich kauerte mich im Dunkeln mit dem Rücken gegen die Wand, so daß mein Kopf sich unmittelbar unter der Luke befand. Das Gespräch war vorübergehend verstummt, und ich hörte ein leises Klirren von Glas, als ob Wein eingeschenkt würde.

»Ein guter Wein«, sagte Onkel Guidos Stimme. »Ein verdammt guter Wein, Farrel. Und bei Gott, wir sprechen ihm tüchtig zu. Ich schätze Männer, die trinken können und trotzdem einen klaren Kopf behalten.« Ich merkte, daß seine Zunge ein wenig schwer war. Offenbar hatten sie in der letzten Stunde tatsächlich dem Wein tüchtig zugesprochen.

Lucian lachte träge. »Haben Sie mich für einen verweichlichten jungen Narren wie Richard gehalten?«

»Mag sein.« Ein Anflug von Bedauern lag in Onkel Guidos Stimme. »Ja. Das ist gut möglich, denn ich habe mich beim Kauf der Pferde von Ihnen übervorteilen lassen.« Er lachte und fluchte leise auf italienisch.

»Ach, Unsinn. Es ist ein gutes Geschäft für Sie, Chiavelli. Sie brauchen meine Pferde für Ihre Ställe, und ich lasse Ihnen für die Zahlung ein Jahr Zeit. Weiß der Himmel, weshalb ich so großzügig bin.«

»Großzügig?« Und wieder lachte Onkel Guido auf. »Bei dem Preis und dem Zinssatz? Sie sind ein Gauner, Farrel. Aber ich habe eine Schwäche für kompromißlose Gauner.«

»Sie und ich, wir sind vom selben Schlag, mein Freund. Vom selben Schlag.« Auch Lucians Stimme klang schwer vom Wein. »Bedenken Sie das Risiko, das ich eingehe. Sie sind bis über die Ohren verschuldet, und wer weiß, ob ich mein Geld überhaupt jemals zu sehen bekomme.«

»Sie werden es bekommen«, sagte Onkel Guido gutgelaunt. »Keine Sorge.«

»Ich würde mir weniger Sorgen machen, wenn meine liebe kleine Adoptivkusine nicht das Chiavelli-Vermögen einstecken würde, mit dem Sie gerechnet hatten.«

Darauf folgte Schweigen. Ich stand auf und blickte durch den Spalt zwischen den Klappen der Luke. Es war nur ein schmaler Spalt, aber die beiden Männer befanden sich auf der gegenüberliegenden Seite der Bibliothek, und ich konnte sie teilweise sehen. Onkel Guido lag, halb von mir abgewandt, lässig zurückgelehnt in einem Sessel; er hielt ein Glas zwischen den Händen. Von Lucian sah ich nur die Beine, die vor dem großen Kamin ausgestreckt waren.

Lucian brach das Schweigen. »Wenn es mein Vermögen wäre«, sagte er in leicht geringschätzigem Ton, »würde ich nicht zulassen, daß irgendein hergelaufenes kleines Mädchen es mir wegschnappt.«

Onkel Guido zuckte die Achseln, setzte sich aber ein wenig in seinem Sessel auf. »Wie würden Sie das verhindern? Das Recht ist auf ihrer Seite.«

»Zum Teufel mit dem Recht.« Lucian lachte schroff. »Ich würde mit ihr genauso verfahren, wie irgend jemand vor fünfzig Jahren mit ihrer Großmutter verfahren ist – nur würde ich es geschickter anstellen.«

Ein eisiger Schreck, scharf wie ein Messer, fuhr mir durch die Knochen, und mein Herz schien stillzustehen. Ich hatte einmal den Verdacht gehegt, daß Lucian mir übel wollte, vielleicht nicht absichtlich, sondern weil er, wie Richard gesagt hatte, manchmal seltsame Dinge tat, ohne sich dessen bewußt zu sein. Aber dieser kaltblütige Vorschlag, so beiläufig geäußert, war etwas vollkommen anderes. Er hatte gesagt, daß er, wenn er an Onkel Guidos Stelle wäre, mich umbringen würde.

Onkel Guido schien nicht schockiert zu sein. Er beugte sich vor, di

Ellbogen auf die Knie gestützt, drehte das Glas zwischen den Fingern, musterte es nachdenklich und sagte langsam: »Ich werde Ihnen etwas erzählen, Farrel. Ein Geheimnis, das meine Großmutter Marguerita mir auf ihrem Sterbebett anvertraut hat.« Er lachte bewundernd auf. »Ja, die war weiß Gott eine echte Venezianerin. Wild und gefährlich. Nicht wie ihr Bruder, der alte Graf. Er war ein Dummkopf.«

»Was für ein Geheimnis?« Lucian zeigte kein besonderes Interesse. Ich sah einen Augenblick sein Gesicht, als er sich vornüberneigte und sich Wein einschenkte. Er sah völlig anders aus als der Mann, den ich einmal gekannt hatte, denn auf seinen Zügen spiegelten sich jetzt Arglist, schläfrige Grausamkeit und ein Schimmer von Habgier.

»Es war Marguerita, die sie aus dem Weg geräumt hat«, sagte Onkel Guido verträumt; seine Worte kamen jetzt undeutlich und schwer. »Brachte sie nach Neapel und beauftragte ein paar Galgenvögel, sie zu töten und in die Bucht zu werfen. Caterina hätte beim Tod ihres Vaters den Titel und das Vermögen geerbt ... aber Marguerita wollte beides für sich und ihre Tochter ... und bei Gott, sie hat bekommen, was sie wollte.«

Lucian lehnte sich zurück; sein Gesicht verschwand wieder aus meinem Blickfeld, aber ich hörte ihn lachen. »Nicht das Vermögen, Chiavelli. Nur die Einkünfte daraus. Und da liegt der Hase im Pfeffer, mein Freund. Aber es war ein geschickter Versuch, und das überrascht mich nicht. Es steht alles dort draußen auf dem Porträt in ihrem Gesicht geschrieben, wenn man darin zu lesen versteht, und mir fällt es nicht schwer, Menschen meines Schlags zu erkennen.«

Onkel Guido wischte sich mit einem Taschentuch den Schweiß von der Stirn. »Ich habe es Ihnen im Vertrauen erzählt«, sagte er mit einem Anflug von Unbehagen.

Lucian schlug die Beine übereinander. »Keine Angst, ich werde Ihr Geheimnis nicht verraten«, erwiderte er spöttisch. »Es ist zu lange her, um noch von Bedeutung zu sein, zu lange her, als daß ich noch einen Nutzen daraus ziehen könnte. Außerdem bewundere ich sie, Chiavelli. Sie wußte, was sie wollte, diese Frau. Und sie wußte auch, daß einem auf dieser Welt niemand helfen wird, wenn man sich nicht selber hilft.«

Sie schwiegen, tranken hin und wieder einen Schluck und schienen beide in ihre Gedanken versunken. Ich erinnerte mich an die Angst, die über mich gekommen war, als ich zum erstenmal das Gesicht von Marguerita gesehen hatte, das von der Wand auf mich herabstarrte, und jetzt wußte ich, daß es Granny Caterinas Angst gewesen sein mußte, die auf mich übertragen worden war. Sie hatte gespürt oder vielleicht sogar gewußt, daß Marguerita etwas gegen sie im Schilde führte.

Als Onkel Guido wieder sprach, war es, als hätte ihn irgend etwas an Lucians geringschätziger Haltung angestachelt. »Sie meinen, mir fehlt es an Margueritas Mut?« fragte er leise. »Sie glauben, ich lasse es zu, daß mir dieses Kind ein Vermögen wegschnappt, wo ich bis über die Ohren verschuldet bin? Sie irren sich, Farrel. Seit dem Tag, als ich erfuhr, daß sie am Leben ist, weiß ich, daß irgend etwas geschehen muß –« Er brach ab, blickte sich verstohlen im Zimmer um, dann schüttelte er den Kopf und murmelte: »Ich rede zuviel.«

»Zuviel oder zuwenig«, brummte Lucian. »Und ich frage keinen Pfifferling danach, so oder so. Aber wenn Sie Angst haben zu reden, ich habe keine Angst – und deshalb werde ich Ihnen jetzt im Vertrauen folgendes sagen: Dieses Mädchen bedeutet mir überhaupt nichts. Als ich hörte, daß sie ein großes Vermögen erben wird, versuchte ich, sie zu heiraten, aber mein lieber Onkel Edward schob dem einen Riegel vor, ehe ich auch nur anfangen konnte. Ich habe also nichts von ihr zu gewinnen . . .« Er machte eine kleine Pause, ehe er bedeutungsvoll hinzusetzte: »Es sei denn, durch Sie.«

»Was soll das heißen?«

»Das werde ich Ihnen sagen, wenn ich Ihre eigenen Pläne kenne.«

»Woher wissen Sie, daß ich irgendwelche Pläne habe?«

»Sie wären töricht, wenn Sie keine hätten«, sagte Lucian mit spöttischer Ungeduld. »Aber lassen wir das, reden wir lieber über Pferde.«

»Nein, warten Sie einen Augenblick.« Onkel Guido saß eine Weile nachdenklich da. Schließlich sagte er: »Ich werde Ihnen etwas verraten. Ich hoffe, sie mit Bernardino zu verheiraten. Damit kann er über das Vermögen verfügen, und das wiederum bedeutet, daß *ich* darüber verfügen kann.«

Lucian lachte eine Weile leise vor sich hin, und schließlich hörte ich, daß er sich räusperte und hustete, als ob er sich beim Trinken verschluckt hätte. »Du lieber Himmel, sie wird ihn nie heiraten«, sagte

er. »Ich kenne den Jungen nicht, aber Sie haben selbst gesagt, er sei ein Dummkopf. So einen Mann heiratet Cadi nie!«
»Sie sind sehr viel zusammen«, sagte Onkel Guido, als versuchte er, sich selbst zu überzeugen, »und ich habe Bernardino beigebracht, wie er sich zu verhalten hat. Er hat sechs Monate Zeit, ihre Zuneigung zu gewinnen.«
»Und wenn er sechs Jahre hätte, es würde ihm nicht gelingen«, erwiderte Lucian barsch. »Sie ist eine sehr eigenwillige Göre.«
»Aber es ist nicht schwer, auf ihre Gefühle einzuwirken«, sagte Onkel Guido, und als er den Kopf umwandte, sah ich das listige Lächeln auf seinen Lippen. »Sie wollte nach England zurückkehren, willigte jedoch ein, hierzubleiben. Wissen Sie warum?«
»Nein. Es hat mich sehr gewundert.«
»Ich habe es über Richard erreicht. Bin mit dem Jungen zum Trinken und Spielen gegangen – und habe ihn siebentausend Pfund Schulden machen lassen.«
»Siebentausend!«
»Das überrascht Sie, nicht wahr? Dann habe ich seinen Schuldschein gekauft, um seine Ehre zu retten, und habe davon Caterina erzählt. Das ist der Grund, weshalb sie sich einverstanden erklärt hat hierzubleiben. Aus Dankbarkeit mir gegenüber.«
»Wo zum Teufel haben Sie die siebentausend Pfund für den Schuldschein aufgetrieben? Sie haben mir doch gesagt, Sie hätten jeden Pfennig und noch mehr ausgegeben, um den Schein zu wahren.«
»Ja, das habe ich auch. Aber der Schuldschein hat mich nur hundert gekostet. Lazino, der das Geld gewonnen hat, ist ein berufsmäßiger Falschspieler. Ich habe ihn für diesen Zweck engagiert.«
Lucian lachte wieder, aber diesmal lag ein Anflug von Bewunderung in seinem Lachen. »Ja ... das hat natürlich Cadis rechtschaffenes kleines Herz gerührt. Sie ist in mancher Hinsicht eine Närrin. Aber trotzdem wird sie Bernardino nicht heiraten, das können Sie mir glauben. Eine Weile länger hierzubleiben, ist eine Sache, aber Heirat ist eine andere, ganz gleich, wie sehr Sie an ihre Gefühle appellieren. In sechs Monaten kommt sie nach Hause, und kurz danach wird sie einundzwanzig. Dann ist für Sie alles verloren.«
»Nein«, sagte Onkel Guido sehr leise. »Wenn Sie recht haben, Farrel, wenn ich in ein oder zwei Monaten sehe, daß Bernardino keine Chancen hat, dann ...« Er beendete den Satz nicht.

»Was dann? Sie können nur tun, was Marguerita mit der anderen Caterina getan hat – sich ihrer entledigen.«
Onkel Guido rieb sich das Kinn. »Sie wollten etwas vorschlagen, nachdem ich Ihnen von meinen Plänen gesprochen habe, Farrel. Nun?«
Lucian neigte sich vornüber und kam wieder in mein Gesichtsfeld. Er stellte das Weinglas auf den niedrigen Tisch, und die beiden Männer sahen sich an. Es kam mir vor, als wären die schlimmsten und düstersten Traditionen Venedigs in diesem Tableau vereint, die ganze Bösartigkeit jener sich windenden, verzerrten Tierskulpturen, die ich überall in der Stadt gesehen hatte.
»Ich tue es für ein Fünftel des Vermögens«, sagte Lucian mit flüsternder Stimme. »Wenn ihr ein Unglück geschieht, während sie unter Ihrer Obhut ist, wird das Verdacht erregen.«
»Dagegen habe ich mich abgesichert.« Onkel Guidos Stimme war ebenso leise wie Lucians, und ich mußte mein Ohr an das Holz legen, um seine nächsten Worte zu verstehen. »Warum, glauben Sie, habe ich all diese liebevollen Briefe geschrieben? Warum, glauben Sie, habe ich nicht den Versuch gemacht, ihren Anspruch vor Gericht anzufechten? Ich *wußte*, daß ich verlieren würde, und deshalb habe ich ihn widerspruchslos anerkannt. Morton, die Anwälte und die Treuhänder wissen das, und es hat den beabsichtigten Eindruck hervorgerufen. Sie halten mich für den großmütigsten Menschen der Welt. Und hier in Venedig weiß jeder, auf den es ankommt, daß ich das Mädchen mit Liebe überhäuft habe.«
Als ich wieder durch den Spalt blickte, sah ich, daß er in einer widerwärtig verschlagenen Geste den Finger an den Nasenflügel legte. »Ich hätte es vorgezogen, sie beiseite geschafft zu sehen, noch ehe sie nach Venedig kommen konnte. Aber wenn es hier geschehen muß – ich habe dafür gesorgt, daß niemand mich anklagen kann.«
»Es wird trotzdem Verdacht erregen.« Lucians Stimme war entschieden. »Man wird Sie nicht anklagen können, dazu haben Sie den Boden zu gut vorbereitet. Aber machen Sie sich nichts vor. Wenn ihr irgend etwas zustößt, solange sie unter Ihrer Obhut steht, wird man Sie verdächtigen. Sie haben zu viel zu gewinnen.«
Mein Mund war trocken, und ich spürte einen Brechreiz im Hals, während ich dort an der Wand kauerte, wie gelähmt von dem grauenvollen Gedanken, daß diese beiden Männer meinen Tod erörterten.

»Ein leichter Verdacht wird mich nicht weiter stören«, sagte Onkel Guido, aber seine Stimme klang nicht sehr überzeugt. »Er wird voraussichtlich sehr schnell verfliegen. Und es wird keinerlei Beweise geben, dessen können Sie sicher sein. Ich habe Leute, denen ich vertrauen kann.«

»Nichtsdestoweniger ... es ist das zweite Mal in drei Generationen. Sie wollen doch sicher nicht, daß ein Makel an Ihrem Namen haftet – nicht, wenn Sie reich genug sein werden, es zu vermeiden.«

Wieder herrschte eine Zeitlang Schweigen, dann sagte Onkel Guido: »Vielleicht haben Sie nicht ganz unrecht mit dem, was Sie sagen. Nun ... die Karten sind aufgedeckt. Woran denken Sie, Farrel?«

»Cadi ahnt nichts von unserer Begegnung.« Lucians Stimme war sanft und eindringlich. »Sie haben es so eingerichtet, daß wir erst spät am Abend hier eingetroffen sind, und ich weiß warum. Sie wollen nicht, daß sie mit ihrer Familie oder mit irgend jemandem außerhalb des Palazzos Kontakt hat. Das ist sehr klug, und ich werde Ihren Wunsch respektieren. Ich werde in aller Frühe fortgehen, noch ehe sie wach ist, genau wie wir es vereinbart haben. Aber ich komme wieder, mache Ihnen einen offiziellen Besuch – sagen wir, in einem Monat. Wenn Sie nicht völlig verblendet sind, werden Sie bis dahin erkannt haben, daß Bernardino nicht die geringste Chance hat, sie zu heiraten.«

»Und wenn Sie wiederkommen?«

»Nun, Cadi wird hocherfreut sein, mich zu sehen. Ich gehöre zur Familie, und wir haben uns immer recht gut verstanden. Ich kann Ausflüge mit ihr machen, vielleicht segeln gehen, oder wir könnten nach Padua fahren, um zu reiten. Es ist etwas über eine Stunde mit dem Zug. Aber was auch immer geschieht, sie ist unter *meiner* Obhut, wenn der Unfall sich ereignet.«

»Der ... Unfall?«

»Ja. Wir wollen doch nicht noch ein geheimnisvolles Verschwinden. Ein Unfall, Chiavelli. Ein tödlicher Sturz vom Pferd oder unter einen Zug, ein Boot, das kentert, während wir segeln – ich werde Zeit genug haben, mir etwas Überzeugendes auszudenken. Aber vor allem wird es geschehen, während sie unter *meiner* Obhut ist, nicht unter Ihrer. Dann haben Sie eine Viertelmillion Pfund, Chiavelli, und niemand kann Sie verdächtigen.«

Onkel Guido sagte mit dumpfer Stimme: »Bei Gott, Sie sind ein

kaltblütiger Schurke, Farrel.« Widerwillige Bewunderung lag in seinem Ton. »Sie hätten in früheren Zeiten in Venedig großen Erfolg gehabt.«
»Ich hoffe, auch in der Gegenwart Erfolg zu haben«, entgegnete Lucian, und ich sah durch den Spalt zwischen den Türen der Luke, wie er sich zufrieden in seinem Sessel zurücklehnte. »Ein Fünftel des Vermögens. Damit bleibt Ihnen noch mehr als genug.«
»Ich habe mich noch nicht entschlossen«, sagte Onkel Guido. Ich bemerkte, daß seine Hand zitterte, als er das Glas niederstellte. Offenbar wußte er, daß der Wein sein Denkvermögen trübte, und er wollte einen klaren Kopf haben, wenn er eine Entscheidung traf. »Aber auf jeden Fall«, fuhr er fort, »ist Ihr Preis zu hoch. Ein Zehntel genügt. Fünfundzwanzigtausend Sovereigns.«
»Vierzigtausend. Ich bin der einzige Mann der Welt, der das für Sie tun kann, ohne auch nur den leisesten Verdacht zu erregen.«
»Dreißigtausend, oder Sie können zum Teufel gehn, Farrel. Das ist mein letztes Wort.«
Ich konnte es nicht mehr ertragen. So seltsam es scheinen mag, dieses grauenvolle Feilschen erschütterte mich mehr als alles, was vorangegangen war. Ich hielt verzweifelt die Hände an die Ohren gepreßt, als ich mich abwandte. Am liebsten wäre ich blindlings, ohne auf den Lärm zu achten, durch das Zimmer und zur Tür hinausgestürzt, aber irgendwie gelang es mir, meine Gefühle im Zaum zu halten. Sehr langsam und leise schlich ich mich in die Halle und die Treppe hinauf.
Zwei Minuten später lag ich in der Dunkelheit im Bett und zog die Decke fest um mich, um die eisige Kälte aus meinen Knochen zu vertreiben, während in meinem Kopf die Gedanken umherwirbelten.
Ich war in Gefahr. In Lebensgefahr. Onkel Guido wollte mich umbringen. Lucian wollte mich umbringen. Ich mußte fliehen. Aber ich wurde ständig beobachtet. Ich mußte Hilfe bei einem der Dienstboten suchen. Aber es waren Onkel Guidos Dienstboten, und sie hatten Angst vor ihm. Jetzt, da Ugo fort war, gab es niemanden, dem ich vertrauen konnte. Ich mußte allein entkommen. Aber wie? Und wohin? Ich hatte keine Freunde in Venedig. Gewiß, ich konnte Bernardino bei einem unserer Ausflüge davonlaufen – aber was dann? Wenn ich zu einem Polizisten auf der Straße lief und ihm

sagte, mein Onkel habe vor, mich zu töten, würde er annehmen, ich sei verrückt oder litte unter Wahnvorstellungen. Man würde einen Arzt rufen, würde mich in den Palazzo zurückbringen, mir Bettruhe verordnen, mir Beruhigungsmittel geben ...

Mich schauderte bei der Vorstellung, so stark betäubt zu werden, daß ich sogar den Willen verlieren würde entkommen zu wollen. Ein Monat, hatte Lucian gesagt. Das gab mir etwas Zeit. *Ich konnte an Mr. Morton schreiben* –! Aber nein, das war aussichtslos. Onkel Guido nahm alle meine Briefe an sich, um sie zur Post zu geben. Ich konnte sicher sein, daß er sie vorher öffnete und las. Aber ich würde auf jeden Fall schreiben und auf eine Möglichkeit hoffen, den Brief selbst aufzugeben. Woher sollte ich Briefmarken bekommen, ohne Onkel Guido darum zu bitten? Mir wurde elend bei dem unsinnigen Gedanken, daß mein Leben von einer so lächerlichen Kleinigkeit wie einer Briefmarke abhängen könnte.

Ich würde schreiben und den Brief bereithalten, für den Fall, daß sich eine Gelegenheit böte, doch das allein genügte nicht. Ich mußte meine Flucht planen. Ein Boot. Unten bei den Gondeln lag ein Dingi und es hatte sogar ein Segel für die Lagune. Damit konnte ich zum Festland segeln, das nur ein oder zwei Meilen entfernt lag. Nein, das war nicht weit genug, denn man würde mich verfolgen, sobald meine Flucht entdeckt wurde. Dann also an der Küste entlang, zwanzig Meilen, dreißig – so weit, wie der Wind mich im Schutz der Nacht trug. Und dann? An Land gehen und eine Stadt suchen. Nein, keine Stadt, denn wer würde ein Mädchen aufnehmen, das allein durch die Gegend zog und eine abenteuerliche Geschichte vorbrachte? Stadtbewohner waren vorsichtig und mißtrauisch. Lieber ein Fischerdorf. Ja, ich war eine Fischerstochter und verstand es, mit Menschen meiner Art zu reden. Sie würden mich anhören, und irgend jemand würde mich bei sich aufnehmen. Ebenso wie die Leute von Mawstone würden sie zwar untereinander darüber sprechen, aber außerhalb des Dorfes nichts davon erwähnen. Dort könnte ich mich versteckt halten und an Mr. Morton schreiben, könnte ihm alles erzählen, und er würde kommen, mich zu holen.

Ich klammerte mich an meinen Plan wie an einen Rettungsring, und das war er ja auch tatsächlich. Als ich ihn in Gedanken ein ums andre Mal durchspielte, verlief alles so, wie ich wollte, es tauchten keine Probleme auf, die ich nicht mit etwas Phantasie zu lösen vermochte.

Irgendwann gegen Morgen muß ich für eine Weile eingeschlafen sein, denn als ich die Augen aufschlug, drang heller Sonnenschein in mein Zimmer. Maria, das Hausmädchen, hatte die Vorhänge geöffnet und stand neben meinem Bett. Als ich sah, daß ich wach war, lächelte sie und sagte guten Morgen. Einen Augenblick war ich versucht, ihr von meiner schrecklichen Lage zu erzählen und sie um Hilfe zu bitten, aber dann besann ich mich eines Besseren. Wenn sie mir glaubte, würde sie es mit der Angst zu tun bekommen und sich nicht trauen, mir gegen ihren Herrn beizustehen. Viel wahrscheinlicher war jedoch, daß sie annehmen würde, ich hätte einen Alptraum gehabt. Sie würde schwatzen, und das Geschwätz würde Onkel Guido zu Ohren kommen . . .

So sagte ich nur: »Ich glaube, ich habe mich erkältet, Maria. Würden Sie es bitte der Gräfin mitteilen und sie fragen, ob ich heute im Bett bleiben kann?«

Erst als ich die Worte ausgesprochen hatte, wurde mir klar, daß das keineswegs nur so dahingesagt war. Ich mußte mich in der nächsten Zeit sehr geschickt verstellen, damit Onkel Guido nicht mißtrauisch wurde. Und ich brauchte Zeit, mich auf meine Rolle vorzubereiten, um Onkel Guido und seiner Familie in Zukunft ebenso freundlich und ungezwungen begegnen zu können, wie sie es von mir gewöhnt waren. Ich war keine Schauspielerin, aber jetzt hing mein Leben von diesem Talent ab, und ich war fest entschlossen, dieses schaurige Spiel mit aller Geschicklichkeit zu spielen, die ich irgend aufbringen konnte.

Es dauerte zwei Stunden, ehe Tante Isola erschien. Inzwischen hatte ich im Bett gefrühstückt und in Gedanken bereits ein Dutzend Gespräche mit ihr geführt. Da man stets im voraus genau wußte, was sie sagen würde, fiel mir das nicht gerade schwer. Sie schien viel nervöser als ich und vermied es, mir in die Augen zu sehen. Nachdem wir uns ein paar Minuten unterhalten hatten, verabschiedete sie sich – sichtlich erleichtert, das hinter sich gebracht zu haben. Offenbar wußte sie, daß Lucian über Nacht im Palazzo gewesen war, und ich fragte mich verbittert, wieviel sie wohl von Onkel Guidos Plänen wußte oder vermutete. Jetzt wurde mir klar, weshalb sie und Bernardino solche Angst vor ihm hatten, denn mir selbst war vor wenigen Stunden grausam zum Bewußtsein gebracht worden, daß sich hinter jener liebenswürdigen Maske ein verschlagener, völlig skrupelloser Mensch verbarg, ein Mensch, vor dem man sich wahrhaftig fürchten mußte.

Nach dem Abendessen kam Onkel Guido mit Tante Isola auf einen kurzen Besuch in mein Zimmer. Ich glaube, ich spielte meine Rolle ihm gegenüber ganz gut, denn ich lächelte, entschuldigte mich, daß ich ihnen Ungelegenheiten bereitete, und sah ihn dabei die ganze Zeit mit großen, unschuldigen Augen an. Das war, fand ich, die beste Art, den Eindruck zu vermeiden, ich hätte etwas zu verbergen, und schließlich war Onkel Guido derjenige, der den Blick abwandte und während unserer Unterhaltung im Zimmer umherwanderte, um mich nicht ansehen zu müssen.

Wie erwartet, wurde Lucians Besuch mit keinem Wort erwähnt. Noch am Abend desselben Tages versuchte ich, Maria auszuhorchen, indem ich sagte, mir sei, ich hätte in der vergangenen Nacht jemanden gehört, doch sie sah mich nur bestürzt an und schüttelte den Kopf. Offenbar war den Dienstboten, die Lucians Zimmer zurechtgemacht hatten, strenges Schweigen auferlegt worden.

Am nächsten Morgen stand ich auf, erklärte, meine Erkältung sei vorüber, und fing an, meine Flucht vorzubereiten. Zunächst legte ich mir in den folgenden Tagen einen Vorrat an Nahrungsmitteln zu – Brot, Kekse und Zuckerwerk. Das war nicht weiter schwer: Ich bat einfach, den Nachmittagstee in meinem Zimmer einnehmen zu dürfen, weil ich den Blick aus meinem Fenster malen wolle, und Tante Isola hatte nichts dagegen. Dann studierte ich in Onkel Guidos Bibliothek den Atlas, um zu sehen, wo ich an der italienischen Küste an Land gehen konnte. Dabei kam jedoch nicht viel heraus, denn die Karte im Atlas war in einem sehr kleinen Maßstab gezeichnet, und ich wagte nicht, um eine größere zu bitten.

Vor allem aber versuchte ich herauszufinden, wie gut der Palazzo bewacht wurde, und das war es, was mich allmählich an den Rand der Verzweiflung brachte. Tagsüber wurde ich sobald ich mein Zimmer verließ, keinen Augenblick allein gelassen, aber das hatte ich schon vor jener schrecklichen Nacht von Lucians Besuch gewußt. Mir war von Anfang an klar, daß eine Flucht nur nach Einbruch der Dunkelheit möglich sein würde, und so verbrachte ich jeden Abend, nachdem alle anderen zu Bett gegangen waren, ein oder zwei Stunden damit, von den Fenstern der Räume im Erdgeschoß aus die Gärten zu beobachten. Zu meiner Bestürzung entdeckte ich, daß von Einbruch der Nacht bis Sonnenaufgang ständig ein Mann mit einer großen Dogge den Park durchstreifte. Im Palazzo gab es keine Hunde, und das Gesicht des Mannes, das ich im Mondschein sah, war mir fremd. Ich konnte nur vermuten, daß Onkel Guido ihn unter dem Vorwand angestellt hatte, er und sein Hund sollten den Palazzo vor Dieben schützen. Aber ich kannte den wahren Grund. Obgleich Onkel Guido nicht ahnen konnte, daß ich wußte, was er im Schilde führte, ließ er sich auf kein Risiko ein.

Außerdem entdeckte ich, daß das große Eisentor an der Vorderseite des Palazzos nachts verschlossen war. Das bedeutete, daß ich mich nicht direkt vom Haus aus in das kleine Boot schleichen konnte, das neben den Gondeln lag. Irgendwie mußte ich das Tor öffnen oder über das gut drei Meter hohe Gitter klettern, das den ganzen Park des Palazzos umgab.

Ich versteckte eine Wasserflasche in meinem Zimmer, warf das inzwischen trocken gewordene Brot fort und beschloß, mir erst kurz vor meiner Flucht einen neuen Vorrat anzulegen. In Onkel Guidos Bibliothek stand ein Briefbeschwerer aus venezianischem Glas, in das ein kleiner Kompaß eingelassen war. Den wollte ich am Abend meiner Flucht an mich nehmen. Ich besaß kein eigenes Geld, und so hatte ich vor, zur gegebenen Zeit auch noch andere kleine, aber wertvolle Gegenstände zu stehlen, um nicht völlig mittellos zu sein.

Dieser Gedanke verursachte mir keinerlei Gewissensbisse, denn ich tat es ja nicht, um mich zu bereichern, sondern um mein Leben zu retten. Bisher, wenn ich glaubte, mir drohe Gefahr, hatte ich meine Ängste am nächsten Tag einfach damit abgetan, daß ich mir sagte, das tatsächlich Geschehene sei lediglich ein unglücklicher Zufall gewesen, und alles andere sei bloße Einbildung von mir. Jetzt hatte ich keine derartigen Illusionen. Jeden Tag wachte ich mit dem gleichen sicheren und schrecklichen Bewußtsein auf, daß ich zwischen Onkel Guido und einem Vermögen stand, auf das er nicht verzichten wollte; daß er, wenn ich seinen Sohn Bernardino nicht heiratete, mich töten würde, um es zu bekommen, so wie seine Großmutter versucht hatte, meine Granny Caterina zu töten. Zweifellos lag in Onkel Guidos Zweig der Familie ein böser, gottloser Zug.

Ich überlegte mir sogar, ob ich so tun sollte, als hätte ich mich in Bernardino verliebt. Vielleicht würde man mich dann nicht mehr so streng bewachen. Aber ich wußte, daß ich nicht gut genug schauspielern konnte, um Onkel Guido davon zu überzeugen, schon gar nicht nach dem, was Lucian ihm über mich gesagt hatte. Er würde mein Spiel durchschauen und sofort vermuten, daß ich ihm irgendwie auf die Spur gekommen war.

Ich zwang mich, nicht an Lucian zu denken. Ich wußte jetzt wer er wirklich war, und das war schlimm genug; aber wenn ich es zuließe, an die Vergangenheit zu denken – an den Tag der Mogg Race, den Tag des Sommerballs, als ich mit ihm getanzt hatte, an den Tag im Atelier, als mich der bittersüße Schmerz der ersten Liebe erzittern ließ –, wenn ich all das in meinen Gedanken wieder wachriefe, würde mir meine augenblickliche Situation unerträglich erscheinen. Manchmal saß ich vor meinem Toilettentisch, sah mir mein Gesicht im Spiegel an und konnte kaum glauben, daß es so wenig von der Furcht und dem Aufruhr in meinem Inneren erkennen ließ. Ich fragte mich, wie lange diese äußerliche Ruhe wohl anhalten könne, denn ich fühlte mich vollkommen allein und war sehr verängstigt. Es fiel mir von Tag zu Tag schwerer, meine Angst zu verbergen, denn auch, wenn ich mich beharrlich mit meinen Fluchtplänen beschäftigte, ich sah immer noch keine Möglichkeit, aus dem Palazzo zu entkommen.

Zehn Tage gingen vorüber, und ich saß eines Nachmittags neben dem Steingarten hinter dem Palast, um die Häuser auf der gegenüberliegenden Seite des schmalen Kanals zu zeichnen. Ich hatte auf diesem Gebiet wenig Talent, aber dadurch hielt ich Bernardino davon ab, mich zu belästigen, und es diente mir als Vorwand, mich im Garten oder an den diversen Fenstern des Palazzos aufzuhalten und die Kanäle zu beobachten, die uns wie ein Burggraben umgaben.

Auf der Rückseite des Palazzos befand sich zwischen den hohen Gittern eine schmiedeeiserne Tür, die ich an diesem Nachmittag eingehend musterte, während ich vorgab, in meine Arbeit vertieft zu sein. Sie wurde nachts mit einem großen Vorhängeschloß und einer schweren Kette verschlossen. Ich sah keinerlei Möglichkeit, mir den Schlüssel zu verschaffen, denn vermutlich trug der Nachtwächter ihn bei sich. Natürlich ließe sich die Kette durchfeilen, aber ich hatte keine Feile, und außerdem brauchte man dazu mindestens eine Stunde, ganz abgesehen von dem Lärm, den es verursachen würde. Ich hatte den Wächter und seinen Hund des Nachts mehrmals bei ihrem Rundgang beobachtet und wußte, daß ich knapp fünf Minuten Zeit haben würde, das Gitter irgendwie hinter mich zu bringen. Selbst wenn mir das gelänge, wäre ich noch längst nicht in Sicherheit, denn ich mußte mich auf dem schmalen Sims, das den Zaun umgab und steil in den Kanal abfiel, langsam seitlich um den halben Park herum zur Vorderseite des Palazzos schieben, wo das kleine Dingi lag, und höchstwahrscheinlich würde mich der Hund dabei entdecken.

Ich war zutiefst verzweifelt und starrte mit leerem Blick auf ein kleines Boot, das über den Kanal entlang auf mich zu steuerte. Es hatte einen Mast, fuhr aber ohne Segel, denn auf den kleinen Kanälen zu segeln war unmöglich; sie waren viel zu schmal für irgendwelche Manöver. Das Boot wurde von einem Mann mit kurzen, leichten Schlägen gerudert. Er trug einen schäbigen schwarzen Hut mit schlaff herabhängendem Rand, eine abgewetzte dunkelblaue Jacke und einen Schal um den Hals. Ohne bewußt darüber nachzudenken, nahm ich an, daß er draußen auf der Lagune gewesen war, wo manchmal ein kalter Wind ging.

Plötzlich kam mir ein Gedanke, der mich einen Augenblick meine Verzweiflung vergessen ließ: Mein Brief an Mr. Morton war fertig, wenn auch immer noch unfrankiert. Ich hielt ihn in meinem Mieder versteckt. Wenn ich diesen Brief einem vorbeifahrenden Bootsmann geben und ihn bitten könnte, ihn für mich zu frankieren und abzusenden, oder ihn sogar unfrankiert abzusenden ... vielleicht würde er trotzdem zugestellt werden ... vielleicht ...

Ich drehte mich um. Alfredo, der Gärtner, machte sich nur dreißig Schritt entfernt am Steingarten zu schaffen. Ich wußte, er würde nicht fortgehen, ehe ihn nicht irgend jemand ablöste, mich zu bewachen. Bernardino vielleicht, oder Tante Isola oder einer der Dienstboten. Wahrscheinlich wußten sie nicht einmal, weshalb sie mich bewachten, aber der Graf hatte den Befehl gegeben, und man würde ihn befolgen. Tränen der Enttäuschung stiegen mir in die Augen, als ich mich wieder über meine Zeichnung beugte. Man würde mich niemals so lange unbeobachtet lassen, daß ich einen vorüberfahrenden Bootsmann bitten könnte, den Brief für mich aufzugeben.

Ein kleiner Kiesel fiel dicht neben meinen Füßen zu Boden, und ich blickte überrascht auf. Durch das Gitter sah ich, daß der Mann im Boot die Ruder einen Augenblick ruhen ließ, um sich mit einem

Taschentuch das Gesicht abzuwischen. Er war nur etwa zehn Meter von mir entfernt, und niemand außer ihm konnte den Kieselstein geworfen haben. Dann hob er den Kopf und nahm das Taschentuch vom Gesicht. Jeder Nerv meines Körpers spannte sich, als ich die strahlenden, veilchenblauen Augen in dem blassen Gesicht erblickte, die mich unter der Hutkrempe ansahen.

Es war Richard. Er legte rasch einen Finger an die Lippen und warf einen Blick hinter mich. Von seinem Boot aus konnte er Alfredo nicht sehen, denn das Gelände lag einige Fuß über dem Wasserspiegel, aber offensichtlich wußte er, daß irgend jemand zugegen war. Er machte eine kreisende Bewegung mit der rechten Hand, dann hielt er sie mit weitgespreizten Fingern in die Höhe. Sein Kopf sank auf die Brust, so daß die breite Hutkrempe wieder sein Gesicht verbarg, und er ruderte langsam weiter den Kanal entlang.

XIV

Hoffnung und Erregung schossen wie Flammen in mir auf, obwohl mein Gehirn es noch nicht fassen konnte. Richard war hier! Und er wußte offensichtlich, daß ich mich in Gefahr befand, denn das war an seiner Verkleidung und seinem umsichtigen Verhalten deutlich zu erkennen. Woher er es wußte, und wie er hierherkam, war mir ein Rätsel. Ich bemühte mich, die Fragen zu verdrängen, die mir im Kopf umherschwirrten. Was bedeutete das Signal – eine kreisende Handbewegung, dann fünf gespreizte Finger?

Ich nahm all meinen Verstand zusammen. Er wagte es nicht, sich zu nähern und mit mir zu sprechen, doch wir *mußten* uns irgendwie verständigen. Deshalb würde er um den Palazzo herumfahren und zurückkommen. Die gespreizten Finger bedeuteten ... um fünf Uhr? Nein, das wäre erst in zwei Stunden. Dann also fünf Minuten. Ja, das war's. In fünf Minuten mußte ich bereit sein, ihm eine Nachricht zukommen zu lassen. Oder eine zu empfangen? Nein, wenn das seine Absicht gewesen wäre, hätte er mir einen Zettel mit dem Kieselstein herüberwerfen können.

Der Block lag auf meinen Knien, und ich riß einen Streifen von der obersten Seite ab. Es hatte keinen Sinn, ihn zu bitten, er solle einen Fluchtweg vorschlagen, denn er wußte nichts Genaues über die Situation im Palazzo und konnte auch nicht beurteilen, wieviel Bewegungsfreiheit ich hatte. Es lag bei mir, die Initiative zu ergreifen.

Ich beschloß, daß es heute nacht sein mußte, denn der Gedanke an eine Verzögerung war mir unerträglich. Irgendwie würde es mir gelingen, an diesem festgefügten Eisengitter vorbeizukommen, das mir jetzt den Palazzo zu einem so unerträglichen Gefängnis machte.

Ich schrieb rasch: »*Heute nacht um zwei an dieser Stelle. Halt alles bereit, damit wir das Segel setzen können, bring zwei Reserveruder mit. Vorsicht! Sehr gefährlich. Deine Cadi.*
Wahrscheinlich wäre mir etwas Besseres eingefallen, wenn ich mehr Zeit gehabt hätte, aber ich hatte panische Angst, nicht rechtzeitig fertig zu sein, denn falls man Richard am vorderen Tor hatte vorbeikommen sehen, könnte es Verdacht erregen, wenn er noch einmal den Palazzo umkreiste. Ich wickelte das Papier um den Kieselstein und wartete, zitternd vor Angst, daß Bernardino in den Garten kommen könnte. Zwei endlose Minuten vergingen, dann sah ich wieder Richards verhüllte Gestalt, die wie zuvor gemächlich den Kanal entlangruderte. Ich wagte es nicht, aufzustehen und näher an das Gitter zu gehen, denn wenn ich Alfredos Aufmerksamkeit erregte, würde er sehen, wie ich Richard die Nachricht zuwarf.
Richard steuerte das Boot langsam herüber und ruderte weiter. Er blickte nicht auf. Als er auf gleicher Höhe mit mir war, warf ich den eingewickelten Kieselstein durch die Gitterstäbe. Er fiel knapp vor dem seitlichen Bootsrand ins Wasser. Einen Augenblick hielt ich erschreckt die Luft an; der Kiesel sank, aber das Papier löste sich und schwamm auf der Oberfläche. Richard streckte blitzschnell die Hand aus und fing es auf. Dann ruderte er, über die Riemen gebeugt und den Kopf gesenkt, weiter den Kanal entlang. Er bog in eine kleine Wasserstraße ein, die vom gegenüberliegenden Ufer abzweigte, und verschwand aus meinem Blickfeld.
Meine Hände zitterten, und ich fühlte mich schwach vor Erleichterung. Das Bewußtsein, nicht mehr allein zu sein, war einfach unbeschreiblich schön. Jetzt kamen mir wieder die Fragen in den Sinn. Woher hatte Richard gewußt, daß ich mich in Gefahr befand? War er aus eigenem Antrieb zurückgekommen? Oder hatte er Venedig gar nicht verlassen? Er hätte seit mindestens zwei Wochen in Oxford sein sollen. War Mr. Morton in Venedig? Mein Herz hüpfte vor Freude bei dem Gedanken, aber schon nach wenigen Sekunden kam ich zögernd zu dem Schluß, daß das unmöglich war. Wenn Mr. Morton hier wäre, wenn er die Wahrheit wüßte, wäre er in den Palazzo gekommen und hätte Onkel Guido zur Rede gestellt. Aber ... konnte er das überhaupt? Er hatte keinerlei Beweise gegen Onkel Guido, und einen venezianischen Adeligen zu beschuldigen, daß er vorhatte mich umzubringen, würde wie heller Wahnsinn klingen.

Mit plötzlichem Schrecken wurde mir klar, daß Onkel Guido mehr Anspruch darauf hatte, bis zu meinem einundzwanzigsten Lebensjahr mein Vormund zu sein, als Mr. Morton, der mich ja nicht gesetzlich adoptiert hatte. Ich war heilfroh, daß es mir nicht eingefallen war, Richard einfach meinen Brief zu geben mit der Bitte, ihn Mr. Morton zu senden. Das hätte lange Tage angstvollen Wartens und zudem ein ungewisses Ergebnis bedeutet. Die einzige sichere Art, der Gefahr zu entrinnen, war die Flucht, und nur eines war jetzt wichtig: Ich mußte eine Möglichkeit finden, an diesem starken, hohen Zaun vorbeizukommen – sei es durch ihn hindurch oder über ihn hinweg. Es dauerte eine halbe Stunde, ehe es mir gelang, dieses Problem zu lösen. Dann packte ich meine Zeichensachen ein und ging ins Haus.

Während der nächsten Stunden war ich in ständiger Angst, daß ich mich verraten könnte und daß Onkel Guido etwas Verdächtiges in meinem Verhalten entdecken würde. Ich bemühte mich, heiter und unbekümmert zu erscheinen, sprach von Ausflügen und Erkundungsfahrten, die ich während des Sommers machen wollte. Offenbar spielte ich meine Rolle sehr überzeugend, denn nach dem Abendessen klopfte Onkel Guido mir auf die Schulter und sagte, es mache ihn sehr froh zu sehen, daß ich mich so gut eingewöhnt hätte. Mit einem fragenden Lächeln sah er Bernardino und dann wieder mich an. Ich erwiderte sein Lächeln und senkte in scheinbarer Verlegenheit den Kopf. Das schien mir die beste Antwort auf seine stumme Frage. Ich hoffte, es würde weder wie eine Verneinung noch wie eine Bestätigung seiner Hoffnungen erscheinen, denn eine plötzliche Zuneigung zu Bernardino vorzutäuschen, wäre töricht gewesen.

Um ein Uhr nachts war ich soweit. Ich trug meine Reithosen, eine warme Jacke und einen Mantel, und hatte wollene Socken über die Schuhe gezogen, um jedes Geräusch zu vermeiden. Meine Haare waren zu Zöpfen geflochten. Meinen kleinen Vorrat an Lebensmitteln und Wasser hatte ich in eine Wolldecke gewickelt, zusammen mit dem Kompaß und einer silbernen Schnupftabakdose, die ich vom Kaminsims in der Bibliothek entwendet hatte.

Von einem der Gästezimmer aus, das auf die Vorderseite des Palazzos hinausging, sah ich Onkel Guido von seinem allabendlichen Ausgang zurückkehren. Der Nachtwächter, den Hund dicht neben sich, schloß das große Tor hinter ihm. Ich schlich in mein Zimmer zurück und legte mich so wie ich war ins Bett, für den Fall, daß er verstohlen hereinblicken sollte, um sich zu vergewissern, daß ich da war; aber das erwies sich als eine unnötige Vorsichtsmaßnahme: Ich hörte ihn auf dem Weg in sein Schlafzimmer an meiner Tür vorbeigehen, und dann war alles still.

Die nächsten fünfundvierzig Minuten krochen qualvoll langsam dahin. Ich glaube, ich sah mindestens hundertmal auf die Uhr, ehe es schließlich soweit war, daß ich mein Bündel nehmen und die große Treppe hinunterschleichen konnte. Jede Stufe schien zu knarren und zu ächzen, als wolle sie den Herrn des Hauses warnen. Als ich endlich in der Küche angelangt war, lief mir der Schweiß übers Gesicht. Ich suchte tastend nach dem Riegel der kleinen Tür, die zu dem Garten hinter dem Palazzo führte, und schob ihn behutsam zurück. Dann öffnete ich die Tür ein paar Zentimeter und blickte hinaus. Graue Nebelfetzen, von der leichten Brise getrieben, wirbelten durch die nächtliche Luft.

Ich zog erschreckt die Unterlippe zwischen die Zähne, denn ich wußte nicht, ob das gut oder schlecht für uns war. Über der Lagune lag vermutlich dichter Nebel. Ugo hatte mir erzählt, wie er sich manchmal des Nachts, wenn ein Wind aufkam, plötzlich über das Wasser herabsenkte, so daß ein Boot, das ungehindert durch den Mondschein fuhr, binnen weniger Sekunden in einen so dichten Schleier gehüllt war, daß man nicht einmal mehr vom Heck bis zum Bug sehen konnte. Ich würde vielleicht froh über den Nebel sein, wenn er mithalf, mich zu verbergen, aber nicht, wenn er so dicht wurde, daß ich mich verirrte.

Ich hielt Ausschau nach dem Nachtwächter und seinem Hund. Sie mußten auf ihrer Runde hier vorbeikommen, und ich betete im stillen, daß Richard, falls er zu früh käme, ein wenig vom Ufer abhalten und sich erst nähern würde, wenn er mich an der schmiedeeisernen Tür sah. Zehn Minuten schlichen dahin, jede Sekunde eine Ewigkeit. Dann sah ich die Gestalt des Nachtwächters, der, mit dem Hund an der Leine, langsam am Steingarten vorbeiging. Ich schloß leise die Tür, weil ich fürchtete, der Hund könnte mich bemerken, und wartete zwei Minuten. Als ich sie wieder öffnete, waren sie fort. Ich holte zitternd Luft, trat hinaus und schloß die Tür hinter mir; dann lief ich auf lautlosen Füßen auf das schmiedeeiserne Tor zu.

Ich setzte mein Bündel ab und spähte durch die eisernen Stäbe. Der

Kanal lag verlassen da. Verzweiflung stieg wie ein Brechreiz in mir auf, und meine Finger klammerten sich in fieberhafter Erregung an das feuchte, kalte Eisen. Ein Schatten bewegte sich. Ein Boot nahm Gestalt an, als es aus dem nebligen Dunkel des gegenüberliegenden Ufers glitt. Ich schluchzte beinahe vor Erleichterung. Das Boot stieß leicht gegen die Mauer, und Richard blickte zu mir herauf.

»Ein Ruder«, flüsterte ich hastig. »Reich mir ein Ruder.«

Er machte ein überraschtes Gesicht, gehorchte jedoch und schob das Ruder zwischen den Eisenstangen des Tors hindurch. Mir war klar geworden, daß ich unmöglich über das hohe Gitter hinwegklettern könnte, denn die Stäbe waren oben nach innen gebogen. Ich mußte versuchen, das kleine Tor zu öffnen. Es war ausgeschlossen, die Kette zu zerreißen oder das Vorhängeschloß aufzubrechen, aber ich hatte mir nachmittags genau angesehen, wie das Tor eingehängt war. Zwei kurze, senkrechte Eisenstümpfe ragten aus dem Pfosten hervor, an dem das Eisentor befestigt war. Die beiden Scharniere bestanden aus jeweils einem eisernen Band, das am Ende zu einer etwa zwei Zoll breiten Buchse zusammengerollt war, und diese Buchsen saßen lose über den Eisenstumpfen des Pfostens. Wenn ich das Tor zwei oder drei Zoll anheben und es dann leicht nach vorn oder hinten bewegen konnte, würden die Scharniere sich aus den Stumpfen lösen, um die sie sich drehten.

Ich schob das Ruder als Hebel unter das Tor und stemmte es mit aller Kraft hoch. Dabei ächzten die Scharniere leise, aber ich sah, daß das Tor sich langsam hob. Ein Zoll . . . zwei Zoll. Die Scharniere *mußten* jetzt aus den Stumpfen heraus sein. Keuchend stemmte ich mich dagegen. Das Tor wankte. Dann fiel es vornüber, doch wurde es von der Kette an der anderen Seite festgehalten, so daß es sich drehte, pendelte und dann herumschwang, um mit einem schmetternden Getöse, das über ganz Venedig zu hallen schien, gegen das hohe Eisengitter zu schlagen.

Töricht wie ich war, hatte ich erwartet, daß das Tor aufrecht bleiben würde, wenn ich es aufbrach, obwohl es doch nur auf einer Seite von einer losen Kette gehalten wurde. Im ersten Augenblick war ich wie versteinert vor Schreck, dann, noch ehe der Lärm verhallt war, warf ich Richard das Ruder zu, griff hastig nach meinem Bündel, schlitterte den steilen, nassen Hang der Kanalmauer hinunter und fiel wie ein Sack ins Boot.

Ich hörte das laute Bellen des Hundes und eine rufende Männerstimme. In der nächsten Sekunde war ich wieder auf den Beinen. »Ruder!« krächzte ich verzweifelt und warf mich auf die vordere Ruderbank. Die Riemen hingen dort in den Dollen, und Richard ließ die Reserveruder in die Mittschiffsdollen gleiten.
»Du brauchst nur zu rudern«, flüsterte ich heiser. »Ich steuere.« Das war der Grund, weshalb ich mich an den Bug gesetzt hatte; ich würde ständig zurückschauen müssen, um den Kurs zu halten, und ich hatte weit mehr Erfahrung mit Booten als Richard. Jetzt sah ich ihn, wie er sich mit dem Rücken zu mir niederließ und die Ruder ergriff. »Abstoßen, schnell!« und im nächsten Augenblick glitten wir in die Dunkelheit und in den treibenden Nebel. Ich suchte nach der Abzweigung in einen nahe gelegenen Seitenkanal, und gerade als wir sie erreicht hatten, hörte ich wütendes Bellen, ich sah den bläßlichen Schimmer einer vom Nebel verschleierten Laterne und vernahm den lauten, dringlichen Ruf einer erschreckten Männerstimme: *»Chiama il Conte!«* Ruft den Grafen!
Ich kannte den Weg, den ich einschlagen mußte, denn ich hatte ihn mir genau eingeprägt, aber der Mond war vom Nebel verdeckt, und ich konnte kaum mehr als drei Bootslängen weit sehen. Das bedeutete, daß ich die ganze Zeit mit umgewandtem Kopf rudern mußte, um uns nicht gegen eine Böschung zu steuern und das Boot zu beschädigen. Wenn die eine Seite meines Körpers vor Verkrampfung schmerzte, drehte ich mich um und blickte über die andere Schulter. Schließlich kamen wir aus dem Netz der kleineren Kanäle heraus, die ich als Fluchtroute gewählt hatte, und trafen auf den Canal Grande oberhalb der Rialto-Brücke. Drüben auf der anderen Seite lag das Museum *Ca' d'Oro,* und daneben lief ein Kanal, der uns zur Lagune nördlich von Venedig bringen würde.
Ich hatte vorsichtshalber zwei Fluchtwege ausgetüftelt, einen nach Süden und einen nach Norden, um sicherzustellen, daß wir auf unserer Fahrt in jedem Fall Rückenwind haben würden. In dieser Nacht wehte eine leichte Brise aus Südwest, also hatte ich mich entschlossen, in Richtung Nordost zu steuern, vorbei an den Inseln Murano, Mazorbo und Torcello, um in der Nähe von Porte Grandi aufs Festland zu stoßen und dort ein Fischerdorf zu suchen. Plötzlich war die Verzweiflung wie weggeblasen, und mein Herz weitete sich vor Hoffnung, denn jetzt war Richard bei mir, und damit würde alles, was ich geplant hatte, viel leichter sein.

Wir glitten vom Kanal aufs offene Wasser hinaus, und zwei Minuten später sagte ich: »Die Ruder, Richard.« Wir zogen die Riemen ein und hißten die Segel. Es flatterte einen Augenblick, dann fing es die schwache Brise auf. Ich setzte mich ans Steuer, und Richard saß, die Hand an der Großschot, vor mir. Er wandte sich um, spähte durch die Dunkelheit zu mir herüber und sprach jetzt zum erstenmal. »Bewegen wir uns überhaupt vorwärts, Cadi? Es kommt mir sehr langsam vor.«

»Wir sind etwas schneller, als es uns vorkommt. Wir müssen unsere Kräfte für die Ruder aufsparen, falls der Wind nachläßt. Im übrigen wissen sie ja nicht, wo sie uns suchen sollen. Wahrscheinlich vermuten sie, wir seien den Canal Grande entlanggefahren und dann nach Westen, an *La Giudecca* vorbei.« Mein Herz schlug ihm plötzlich entgegen, und ich war den Tränen nahe, als ich mit zitternder Stimme sagte: »Oh, Gott sei Dank, daß du gekommen bist, Richard. Ich hatte schon fast die Hoffnung aufgegeben.«

Er lächelte, nahm den breitrandigen Hut ab, und ich konnte selbst in der grauen Dunkelheit den beglückten Ausdruck auf seinem Gesicht erkennen. Ich durchstöberte mein Bündel und reichte ihm den Briefbeschwerer mit dem Kompaß. »Wir müssen Kurs auf Nordost nehmen. Kannst du die Nadel sehen?«

Er nickte. »Gerade noch, wenn ich den Kompaß dicht vor die Augen halte.«

»Gut, halt mich auf Kurs. Sag mal, Richard, bist du allein hier? Ist niemand mit dir gekommen?«

»Nein, Cadi, ich bin allein. Ich wohne seit drei Tagen in einem kleinen, versteckten Hotel und bin täglich mindestens ein dutzendmal am Palazzo vorbeigefahren, in der Hoffnung, dich zu sehen.«

»Aber . . . woher wußtest du, daß ich in Gefahr war?«

Er wandte sich rasch um. »Dann habe ich also recht gehabt?«

»Ja.« Ich schauderte leicht. »Onkel Guido will mich umbringen lassen, bevor ich einundzwanzig bin, damit er das ganze Geld bekommen kann.« Meine Kehle schien sich zu schließen, und ich brachte nur mühsam die nächsten Worte hervor. »Lucian wollte . . . das für ihn erledigen.«

»Lucian?« Richard hätte beinahe den Kompaß fallen lassen, und seine Augen weiteten sich. »Das ist völlig unmöglich, Cadi. Ich meine, Lucian . . .«

»Ich habe es ihn sagen hören. Ich habe gehört, wie er sich erboten hat, dafür zu sorgen, daß mir ein Unfall zustößt.« Die Erinnerung war wie ein physischer Schmerz in meiner Brust. »Du hattest recht, Richard«, fuhr ich müde fort. »Erinnerst du dich, daß du mir einmal gesagt hast, er leide an Bewußtseinsstörungen? Aber es ist schlimmer als das. Dies war nicht irgendeine sinnlose Tat, die er begangen hat, ohne davon zu wissen, wie etwa damals, als er dich mit der Peitsche schlug. Dies war etwas, das er gegen Bezahlung tun wollte.« Meine Stimme brach. »Ich habe sie . . . feilschen hören.«

Richard saß mit hochgezogenen Schultern da und starrte auf den Kompaß. Nach einer Weile sagte er: »Etwas mehr nach Backbord, Cadi.«

»Backbord«, wiederholte ich dumpf. Die freudige Erregung über meine Befreiung war dahin, erstickt von der bitteren Erinnerung an jene Nacht, als sich mir Lucians wahre Natur offenbart hatte. »Woher hast du es gewußt, Richard?« fragte ich schließlich.

»Ich wußte nichts von Lucian«, sagte er leise. »Es war Sarah, die mir hinsichtlich des Grafen die Augen geöffnet hat.«

»Sarah?«

»Ja. Als du sagtest, du wolltest hierbleiben, statt mit uns nach Hause zu kommen, dachten wir alle, es sei dir wirklich ernst damit. Wir waren verletzt . . . besorgt. Aber wir glaubten es. Nur Sarah war so gescheit, auf den Gedanken zu kommen, daß irgend etwas nicht stimmte. Sie wußte, daß du uns als deine Familie betrachtest. Sie wußte, daß irgend etwas oder irgend jemand dich *veranlaßt* haben mußte, in Venedig zu bleiben.«

Sarah. Liebe, wundervolle Sarah, der Dummkopf der Familie, deren schlichter Glaube an mich sich als klüger erwiesen hatte als all die Verwirrung und Enttäuschung der anderen.

»Sie erwähnte es auf der Heimreise im Zug«, fuhr Richard fort, den Kopf immer noch über den Kompaß geneigt. »Aber wir baten sie zu schweigen. Wir wollten nicht darüber reden. Doch dann bekam ich vor über einer guten Woche einen Brief von ihr. Sie sagte, sie *wisse*, daß du dich danach sehnst, bei uns zu sein, daß du dich in Venedig vor Kummer verzehrst, und daß es daher einen Grund geben müsse, weshalb du vorgegeben hast, dort bleiben zu wollen. Sie habe lange darüber nachgedacht und wolle wissen, ob ich in Venedig in irgendwelche Schwierigkeiten geraten sei und du es vielleicht *meinetwegen* tust.«

Er hob den Kopf und sah mich an. »Da wußte ich es, Cadi. Plötzlich war alles so sonnenklar, daß ich mich fragte, wieso ich nicht schon früher auf den Gedanken gekommen war.« Sein Gesicht war starr vor Selbstverachtung. Es muß ihm schwergefallen sein, nicht den Kopf abzuwenden, aber er sah mich auch weiterhin fest an, während er sprach. Dies war ein neuer Richard, den ich noch nie zuvor gesehen hatte, vielleicht ein Richard, den noch niemand kannte, nicht einmal er selbst. Die sanfte Redeweise und die in sich gekehrte Art waren verschwunden. Willensstärke und Entschlußkraft lagen in ihm und der Mut, meinem Blick zu begegnen, während er sein Geständnis ablegte.

»Siebentausend Pfund«, sagte er langsam. »Ich muß ebenso verrückt wie betrunken gewesen sein. Aber ich sagte mir, wenn ich eine große Summe gewinne, könnte ich mir nach dem Examen eine Anwaltspraxis kaufen, ohne meinen Vater um das Geld bitten zu müssen. Und ich wäre auch in der Lage gewesen zu heiraten ...« er lächelte kurz, ohne jede Bitterkeit, »falls du mich jemals lieben würdest, Cadi. Aber ich verlor. Es war ein törichter Traum. Das weiß ich jetzt. Und dann nahm mich der Graf an unserem letzten Tag in Venedig beiseite und sagte mir, er habe den Schuldschein für mich bezahlt, um meine Ehre zu retten.« Er zuckte die Achseln, und ich sah wieder einen Zug von Selbstverachtung um seine Lippen. »Ich war so dankbar, so verzweifelt dankbar. Mir wird übel, wenn ich daran denke.«

»Er hat dich betrogen«, sagte ich. »Er hat einen Falschspieler engagiert, um dich reinzulegen.«

»Ja. Ich hatte mir schon gedacht, daß dieser Schweinehund irgend etwas Derartiges getan haben muß«, erwiderte Richard grimmig. »Als ich Sarahs Brief las, wurde mir alles klar. Ich wußte, daß er nicht großzügig ist, denn ich hatte ihn am Kartentisch beobachtet. Er ist habgierig und skrupellos, und er hätte nie einen Finger gerührt, mir um meinetwillen zu helfen. Demnach mußte ihn jemand anderes dazu überredet haben – um einen Preis. Und das konntest nur du sein, Cadi. Damit hat er dich zum Bleiben veranlaßt, nicht wahr?«

»Ja, nur brauchte ich ihn nicht zu überreden. Es war alles geplant. Ich habe gehört, wie er es Lucian erzählt hat. Er hat auch mich überlistet, Richard. Ich bin aus Dankbarkeit geblieben, weil er deine Schulden bezahlt hat, aber es war nur ein Trick von ihm.«

Richard stieß einen leisen Fluch aus. »Das ist offenbar seine Methode. Nun, nachdem mir das klargeworden war, fragte ich mich, *weshalb* er dich zum Bleiben veranlaßt hatte. Und sobald ich mir die Frage stellte, wußte ich die Antwort, Cadi. Ich konnte es nicht beweisen, aber ich wußte es. Es ist mir unbegreiflich, weshalb ich nicht früher auf den Gedanken gekommen bin. Er wollte den Besitz, das Vermögen. Sein ganzes Leben lang hatte er darauf gewartet. Jetzt warst *du* ihm im Weg; und um zu bekommen, was er haben wollte, mußte er dich beseitigen.« Ich sah, wie sich seine Lippen zusammenpreßten, und er warf mit einer heftigen Bewegung den Kopf zurück. »Du kannst dir nicht vorstellen, wie sehr ich mich um dich gesorgt habe, Cadi«, sagte er mit erstickter Stimme. »Ich wollte den Kerl umbringen. Ich wußte, er hatte das alles getan, um dich in der Hand zu haben, und dafür gab es nur eine Erklärung.« Er blickte um sich auf die graue, wirbelnde Dunkelheit. »Es gibt altes Blut in Venedig«, fuhr er etwas ruhiger fort. »Und es fließt düster und bedrohlich. Mir fiel ein, was deiner Großmutter widerfahren war...« Seine veilchenblauen Augen blitzten bei der Erinnerung.

»Und so bist du gekommen?«

»Ja, ich bin gekommen.« Er nickte grimmig. »Es hatte keinen Sinn, mit Vater zu sprechen. Wir haben noch nie sehr gut miteinander reden können, und es wäre mir nicht gelungen, ihn zu überzeugen. Er kennt den Grafen nicht so, wie ich ihn kenne, und er hätte mir nicht geglaubt. So habe ich mir einfach in Oxford Geld geliehen und bin hierhergekommen, dich fortzuholen. Bis jetzt weiß niemand etwas davon.« Er zuckte mit den Achseln. »Oh, meine Eltern haben vermutlich inzwischen erfahren, daß ich aus Oxford verschwunden bin, aber das ist auch alles.« Er sah mich an. »Ich ahnte nicht, daß du dir der Gefahr bewußt warst, in der du dich befandest. Um den Kieselstein, den ich dir zugeworfen habe, war ein Zettel gewickelt, aber er hat sich gelöst und ist in den Kanal gefallen.« Seine Lippen verzogen sich zu einem kläglichen Lächeln. »Ich bin noch nicht sehr geschickt in dieser Art von Dingen, aber ich werde es lernen. Zumindest bist du jetzt nicht mehr allein, und das ist doch schon etwas.«

»Oh, Richard...« Mein ganzes Herz lag in meiner Stimme, aber so sehr ich auch nach Worten suchte, ihm zu danken, sie schienen mir alle unzulänglich, um auszudrücken, was ich empfand. Plötzlich

zitterte das Boot, und ein leises Knarren lief durch seine Spanten. Richard sah mich erschreckt an. »Was war das?«
»Wir sind aufgelaufen. Es ist vermutlich nur eine Sandbank. Die Lagune ist voll von Untiefen. Sieh zu, ob du das Boot mit dem Ruder abstoßen kannst.«
Es war nicht so einfach, wie ich angenommen hatte. Zehn Minuten vergingen, und wir standen knietief im Schlamm, ehe es uns gelang, den Bug freizubekommen und uns wieder ins Boot zu ziehen. Und das war, wie sich herausstellen sollte, erst der Anfang unserer Schwierigkeiten. Ich hatte mir zugetraut, ein Boot wirklich durch jedes Gewässer steuern zu können, aber ich war mir nicht über die wahre Beschaffenheit der venezianischen Lagune im klaren gewesen. Sie war eine Falle für jeden, der sie nicht kannte, und nur die Schiffer von Venedig waren mit ihren Tücken vertraut. Die Lagune ist weder Binnengewässer noch Meer, denn sie besteht aus einer Mischung von Salz- und Süßwasser, und ihre Untiefen, Sandbänke und schilfbewachsenen Flecken machen sie eher zu einer Art überflutetem Festland als zu einem normal befahrbaren Gewässer.
Hätte ich die *bricole* sehen können, die hohen, in den Schlamm getriebenen Markierungspfähle für die Fahrrinnen, die kreuz und quer durch die Lagune laufen, so wäre es mir nicht schwergefallen, den Hindernissen auszuweichen. Aber die Dunkelheit und der Nebel waren jetzt meine Feinde. Dreimal innerhalb einer Stunde liefen wir auf Sandbänke auf, und beim drittenmal ließ Richard den Kompaß fallen, während wir versuchten, das Boot wieder flottzumachen. Er versank im wäßrigen Schlamm und war verloren. Mittlerweile waren wir bis zu den Hüften durchnäßt und bis zu den Knien mit Schlamm bedeckt. Wir hatten schon längst das Segel eingezogen und wieder angefangen zu rudern, aber wir konnten uns nur im Schneckentempo fortbewegen, denn der Nebel hatte sich verdichtet, und wir fürchteten, so fest auf eine der Sandbänke aufzufahren, daß wir nicht mehr loskommen würden.
Ich hätte weinen können vor Zorn. Über dem Nebel, das wußte ich, stand ein heller Vollmond. Zwar hätte er wahrscheinlich jedem, der uns suchte, unser Segel gezeigt, aber in seinem Licht hätte ich den *bricole* folgen und uns einen Weg durch die Fahrrinnen bahnen können. So wie die Dinge lagen, war anzunehmen, daß wir uns müde von einer Sandbank zur anderen dahintasten würden, bis die

Morgendämmerung den Nebel vertrieb und uns den Blicken unserer möglichen Verfolger aussetzte.

Ich wußte nicht, ob der Nachtwächter unser Boot gesehen hatte, als wir uns vom Palazzo entfernten, denn ich hatte den Kopf nach vorn gewandt, aber ich war sicher, daß Onkel Guido jedes verfügbare Boot, und jeden Mann, den er auftreiben konnte, nach uns suchen lassen würde.

Richard ruderte langsam, während ich am Bug stand und mit einem Ruder die Wassertiefe vor uns prüfte, um nach Möglichkeit noch rechtzeitig die nächste Sandbank zu entdecken. Ich tröstete mich mit der Überlegung, daß die Lagune groß war, und daß Onkel Guido keine Ahnung hatte, in welche Richtung wir gefahren waren, als mir plötzlich ein so niederschmetternder Gedanke kam, daß ich einen Schreckensschrei ausstieß.

Richard bremste das Boot mit beiden Rudern und fragte: »Wieder eine Bank?«

»Nein.« Ich ließ mich im Bug niedersinken. »Oh, ich habe etwas Schreckliches getan, Richard.« Meine Stimme hatte den gleichen klagenden Ton wie Sarah in ihren jammervollsten Augenblicken, aber ich war zu verzweifelt, um mich darum zu kümmern. »Ich habe Pläne von den Kanälen gemacht und zwei Routen eingezeichnet. Wegen des Windes hatte ich beschlossen, nördlich von Venedig quer über die Lagune zu fahren, und ich hatte die Karte heute abend neben meinem Bett, um sie mir noch einmal anzusehen, während ich wartete ... *und ich habe sie dort liegengelassen, Richard*! Onkel Guido wird sie bestimmt finden!«

Richard wischte sich das Gesicht am Jackenärmel ab, und auf seiner rechten Backe blieb ein breiter Schlammstreifen zurück. »Nun ... vielleicht findet er sie nicht. Laß uns einfach weiterrudern, Cadi. Wenn wir eine von den kleinen Inseln finden, wäre es vielleicht möglich, uns dort tagsüber im Schilf zu verstecken, vorausgesetzt, wir kippen den Mast, damit er nicht zu sehen ist. Dann könnten wir morgen nacht zum Festland fahren.«

Meine Hoffnungen erwachten wieder, denn Richards Vorschlag klang sehr vernünftig. Wir ruderten eine Weile langsam weiter, und plötzlich fühlte ich einen kühlen Luftzug auf meinem Gesicht. Vor einer Stunde hatte sich der Wind vollkommen gelegt, aber jetzt hatte sich wieder eine leichte Brise erhoben. Es war schwer zu sagen,

ob sie anhalten würde, oder ob es nur eine kleine Bö war, aber wenn wir Glück hatten würde sie uns helfen.
»Setz das Segel, Richard«, sagte ich rasch. »Es ist eine leichte Brise aufgekommen, und wenn sie diesen Nebel wenigstens so lange zerreißt, daß wir eine der Inseln ausmachen können, dann haben wir das Schlimmste geschafft.«
Ich setzte mich ans Steuer, und sobald das Segel stand, drehte ich das Boot gegen den Wind, um abzuwarten, was geschehen würde. Der Nebel schien so dicht wie eh und je, aber ich konnte sehen, wie er unter dem Druck der Brise langsam über uns hinweg nach Steuerbord zog. Dann waren wir plötzlich im Mondlicht gebadet, und ich sah in etwa achtzig Meter Entfernung mehrere *bricole,* die eine Rechtskurve beschrieben, und etwas seitlich davon, noch halb im Nebel verborgen, entdeckte ich den schattenhaften Umriß von Land.
»Steuerbordruder, Richard«, stieß ich hervor. »Dreh das Boot rum.«
Er zog am Ruder, und der Bug drehte sich, bis er in Richtung der *bricole* lag. Ich hielt die Großschot zwischen den Händen und spürte, wie der Wind das Segel füllte. Als das kleine Boot zum Leben erwachte, hörte ich Richards heisere Stimme: »Boote, Cadi! Hinter uns!«
Ich warf einen Blick über die Schulter, und mir wurde eiskalt vor Schreck. Drei Gondeln und zwei große Ruderboote, jeweils mit mehreren Männern an Bord, fuhren in einer langen Kette hintereinander her. Das nächstgelegene Ruderboot war nicht mehr als vierzig Schritt von uns entfernt. Die Gondeln waren rot-gold gestrichen, und mir wurde klar, daß Onkel Guido die Karte gefunden haben mußte, die ich törichterweise zurückgelassen hatte.
Ich blickte rasch nach vorn, um mich zu vergewissern, daß wir Kurs auf die *bricole* genommen hatten, dann wandte ich mich wieder um.
»Sie sitzen fest«, sagte Richard, und ich sah, daß das Ruderboot, das uns am nächsten lag, auf eine Sandbank aufgelaufen war, denn zwei Männer standen knietief im Wasser und versuchten, es abzustoßen. Irgend jemand rief etwas; ein Mann im Boot stand auf und starrte in unsere Richtung. In dem klaren, hellen Mondlicht erkannte ich die Gestalt von Onkel Guido. Und dann sah ich etwa anderes, etwas, das mir wieder Hoffnung machte. Hinter den Booten, die sich wie Treiber bei einer Jagd zu einer Kette formulier hatten, wälzte sich eine hohe graue Nebelwand auf uns zu. Sie ver

deckte bereits die letzte Gondel. Die plötzliche Brise hatte einen großen Streifen durch den Nebel geschnitten, der sich jetzt wieder füllte.

Als ich mich umwandte, hörte ich ein knackendes Geräusch, als hätte irgend jemand bei dem Versuch, das große Ruderboot freizubekommen, einen Riemen zerbrochen. Der Wind war wieder abgeflaut, aber wir fuhren immer noch mit einer Geschwindigkeit von mindestens fünf Knoten, und ich konnte die Umrisse der *bricole* sehen, die dicht vor uns aus dem Wasser ragten. Ich drehte das Boot nach Steuerbord und steuerte auf den nächstgelegenen Pfahl zu.

Ein Blick nach rechts zeigte mir nur die Nebelwand, die sich uns mit großer Geschwindigkeit näherte. Sie hatte Onkel Guidos Boote und Männer bereits verschluckt. Ich sah aufmerksam nach vorn und versuchte, mir genau einzuprägen, in welcher Richtung die *bricole* liefen, denn ich wußte, daß der Nebel sie in wenigen Sekunden meinem Blick entziehen würde und daß ich mich dann nur noch auf mein Gedächtnis verlassen konnte.

»Ganz in der Nähe liegt eine Insel«, sagte ich im Flüsterton, obgleich ich wußte, daß der Nebel dazu beitrug, jedes Geräusch zu dämpfen. »Ich glaube, ich kann sie ansteuern, Richard. Wir haben noch eine Chance.«

Er murmelte etwas, das ich nicht verstehen konnte, aber ich war jetzt zu beschäftigt, um zu fragen, was er gesagt hatte. Die immer schwächer werdende Brise trieb uns langsam voran, und irgendwie gelang es mir, der bogenförmigen Linie der Pfähle zu folgen. Kaum sichtbar in dem dicken Nebel, tauchten sie einer nach dem anderen vor uns auf, und wir fuhren an ihnen vorbei. Nach dem fünften legte ich das Ruder nach Backbord um, denn wenn ich die Entfernung richtig geschätzt hatte, mußte hier die Insel sein. Das Segel flatterte und hing lose herum, aber wir hatten noch genügend Fahrt, um weiterzutreiben. Dann fuhr der Bug mit einem leisen, raschelnden Geräusch in hohes Schilf.

»Segel einholen!« flüsterte ich hastig, doch Richard schien wie betäubt. Er saß regungslos da, während wir langsam durch das Schilf rauschten und schlitternd auf dem Schlamm zum Stehen kamen. Ungeduldig ließ ich das Steuer los und holte das Segel ein. »Es ist eine der kleinen Inseln!« sagte ich, dicht über sein Ohr gebeugt. »Ich habe sie gesehen, als sich der Nebel vorhin die paar Minuten verzogen hatte. Los, Richard, sitz nicht einfach so da!«

Er hob den Kopf, und ich erschrak, als ich in der Dunkelheit die Blässe seines lehmbeschmierten Gesichts sah. »Geh du weiter, Cadi«, flüsterte er heiser. »Ich bin verletzt.«
»Verletzt?« Ich konnte mir nicht erklären, was er damit meinte.
»Als der Graf geschossen hat. Er hat dich verfehlt ... aber mich getroffen.«
Ich ließ mich neben ihm auf die Ruderbank sinken und spürte, wie das Blut vor Schreck aus meinem Gesicht wich. Er saß immer noch vornübergebeugt da, einen Arm unbeholfen über die Brust gepreßt. Jetzt erinnerte ich mich an das knackende Geräusch, das ich vorhin gehört hatte: Es war ein Pistolenschuß gewesen, und ich wußte, wer ihn abgefeuert hatte. Aber Onkel Guido hatte schlecht gezielt. Ich hatte im Heck gesessen, und die Kugel mußte weit an mir vorbeigegangen sein, um Richard zu treffen.
»Wo bist du verletzt?« flüsterte ich. Er deutete mit dem Kopf nach unten. »Irgendwo seitlich in der Brust ... an den Rippen.«
»Richard ...« Behutsam nahm ich sein Gesicht zwischen meine Hände, ich wagte kaum, ihn anzurühren, aus Angst ihm weh zu tun, und ich fühlte, wie mir die Tränen über die Wangen liefen.
»Nicht weinen, Cadi. Nicht weinen.«
Mühsam riß ich mich zusammen. »Kannst du dich bewegen, Richard? Kannst du an Land kommen, wenn ich dir helfe? Du kannst nicht hierbleiben, bei dieser Kälte und dieser Feuchtigkeit holst du dir den Tod. Ich muß einen Unterschlupf für dich finden und Hilfe holen.«
Er nickte schwach. »Sieh zu, ob du ein Versteck finden kannst, Cadi. Aber – aber ruf nicht um Hilfe. Wenn der Graf uns findet, tötet er uns beide. Es bleibt ihm jetzt nichts anderes übrig. Er ist zu weit gegangen, um noch zurück zu können.«
Mit ohnmächtiger Verzweiflung erkannte ich, daß Richard recht hatte. Mein erster Impuls war, mich zu ergeben, alles zu tun, damit Richard so schnell wie möglich zu einem Arzt gebracht werden konnte. Aber dafür war es zu spät. Onkel Guido hatte jetzt sein wahres Gesicht gezeigt. Er war außer sich vor Wut, und wenn er uns erwischte, waren wir verloren.
»Ich beeile mich, so sehr ich kann«, sagte ich. »Wirst du so lange allein zurechtkommen?«
Das war eine sinnlose Frage, aber Richard nickte, und ich sah, daß

er lächelte. »Bestimmt, Cadi. Mach dir keine Sorgen. Die Wunde scheint nicht sehr stark zu bluten. Während des Krieges hatte Lucian drei Tage eine Kugel in der Brust, ehe man ihn ins Lazarett bringen konnte, und er ist trotzdem am Leben geblieben.«

Es interessierte mich nicht, was mit Lucian geschehen war, aber Richards Worte weckten einen Hoffnungsschimmer in mir. Wenn wir es verhindern konnten, Onkel Guido in die Hände zu fallen, hatten wir noch eine Chance, diesen Alptraum zu überleben. Ich kletterte aus dem Boot und stapfte durch den weichen Schlamm, der weiter vorn, wo das Schilf sich lichtete, allmählich fester wurde. Dann stieg ich eine steile Böschung hinauf und fühlte trockenen Boden unter meinen Füßen. Offenbar verursachte dieser leichte Anstieg des Geländes einen Aufwind, der den Nebel ein wenig lockerte, denn ich konnte jetzt ringsum gut dreißig Schritt weit sehen. Ich zog die schlammigen Socken aus, die ich über meinen Schuhen trug, und legte sie auf die Erde, um die Stelle zu markieren, wo ich auf dem Rückweg das Rohrdickicht durchqueren mußte, um Richard wiederzufinden. Dann ging ich langsam weiter.

Der Nebel wurde immer dünner, und plötzlich wußte ich, weshalb. Vor mir lag eine kleine Gruppe von Gebäuden, und aus einem der Schornsteine stieg eine leichte Rauchfahne empor. Wir befanden uns auf der kleinen Insel, unweit von Murano, auf der Onkel Guidos Glashütte lag. Niemand wohnte hier, denn die Glasbläser kamen jeden Tag mit Booten herüber, aber es blieb immer einer der Männer nachts da, um die Schmelzöfen zu heizen. Über der Insel lag ständig eine Wolke warmer Luft, und das war es, was den Nebel hob.

Ich wich ein paar Schritte zurück. Der Mann in der Schmelzhütte stand in Onkel Guidos Diensten und war ihm zweifellos treu ergeben, sei es auch nur aus Angst. Sobald er hörte, daß man uns suchte, würde er uns so schnell wie möglich an Onkel Guido ausliefern. Wenn ich vorhatte, in einer der nächsten Nächte – sobald unsere Spur kalt war – mit Richard zu fliehen, durfte ich es nicht riskieren, auch nur von ihm gesehen zu werden. Eine Weile stand ich zitternd vor Kälte in meinen durchnäßten Breeches da und versuchte, mich an den Tag zu erinnern, den ich mit Onkel Guido und den Mortons hier verbracht hatte. Nach der Besichtigung der Glasbläseei waren Sarah und ich am Ufer entlang um die kleine Insel

herumgegangen – ein Weg von nicht mehr als zehn Minuten. Auf der östlichen Seite, jetzt zu meiner Rechten, befand sich eine alte Landungsbrücke und unweit davon eine Steinhütte, die schon seit langem nicht mehr benutzt wurde.
Fünf Minuten später hatte ich die Hütte gefunden. Die alte Holztür war nicht verschlossen. Ich ging hinein und tastete suchend in der Dunkelheit umher, fand jedoch nur nackten Boden und einen Haufen alter Zeltleinwand, die einst als Segel gedient haben mochte.
Als ich zum Boot zurückkehrte, saß Richard immer noch regungslos in der gleichen Haltung da. Ich nahm mein Bündel auf und legte den freien Arm um seine Taille, um ihn zu stützen, während wir langsam durch den Schlamm zum Ufer gingen. Zweimal versagten seine Kräfte, und wir mußten haltmachen, damit er sich ausruhen konnte, aber schließlich hatten wir die Hütte erreicht.
»Es gibt hier irgendwo Zeltleinwand«, flüsterte ich, mit dem Fuß danach suchend. »Ja, hier. Leg dich hin, ich deck dich zu.« Als ich hörte, wie er sich in der Dunkelheit auf die Leinwand legte, überkam mich ein Gefühl der Hilflosigkeit. Ich hatte vorgehabt, mir seine Wunde anzusehen und sie, so gut ich konnte, zu verbinden, aber nachdem ich die Tür des feuchten Nebels wegen geschlossen hatte, gab es noch nicht einmal einen Lichtschimmer in der Hütte, und ich hätte ebensogut blind sein können.
»Cadi . . .« Seine Stimme klang belegt. »Wir haben Streichhölzer und eine kleine Laterne. Ich habe sie, als du fort warst, aus dem Bootskasten genommen und in dein Bündel getan.« Noch während er sprach, fühlte ich sie beim Aufknoten der Decke unter meinen Händen. Nachdem ich ein einigermaßen trockenes Streichholz gefunden hatte, zündete ich den Docht an, und der gelbe Lichtschein war eine wahre Wohltat. Er warf einen sanften, tröstenden Schimmer über den Raum und schien sogar die Luft zu wärmen.
Es gab keine Fenster, aber ich stopfte einen Leinwandstreifen in die Türritze, jedenfalls so hoch ich reichen konnte, um sicherzugehen, daß kein Licht nach draußen drang. Und dann entblößte ich behutsam zum zweitenmal in meinem Leben Richards Oberkörper, um seine Verletzung zu untersuchen. Ich mußte mich zwingen hinzusehen, als ich ihm das Hemd auszog, denn ich hatte Angst vor dem Anblick, der sich mir bieten würde, doch die Wunde war viel weniger erschreckend als so manche, die ich bei den Fischern von Maw-

stone gesehen hatte, wenn sie zu Mrs. Mansel kamen, um sich von ihr verarzten zu lassen.
Richards Wunde war klein und blutete nicht stark, aber rings herum hatte sich ein riesiger, schwärzlichroter Bluterguß gebildet, der sich über den Brustkasten ausbreitete. Offenbar hatte die Kugel eine Rippe getroffen und war dann abgeprallt. Sie war nicht herausgekommen, denn es gab nur die Einschußwunde, und obgleich sie weniger gefährlich aussah als manche, die ich gesehen hatte, wußte ich doch genau, daß sie möglicherweise sehr viel ernster war.
»Ich kann nur einen Verband anlegen, Richard«, flüsterte ich mit zitternder Stimme. »Es tut mir leid. Hast du große Schmerzen?«
Er zwang sich zu einem kleinen Lächeln. »Es geht, Cadi. Solange ich nicht zu tief atme, ist es nicht so schlimm.«
Ich zog mein Unterhemd aus den Breeches, riß ein paar breite Streifen ab; aus dem Batist machte ich einen dicken Bausch und legte ihn behutsam auf die Wunde. Was dann kam, war schwieriger, denn ich mußte Richard helfen, sich aufzusetzen, damit ich die Streifen um seine Brust binden konnte. Ehe er sich wieder hinlegte, breitete ich meinen Mantel unter ihm aus, um die Bodenkälte abzuhalten. Dann deckte ich ihn mit der Wolldecke zu und legte seine Jacke obenauf.
Es war schwer, einen klaren Gedanken zu fassen, denn mich beschlich immer wieder ein Gefühl der Unwirklichkeit. Die Flucht, das mühsame Manövrieren zwischen den Sandbänken, der düstere, kalte Nebel, der jede Orientierung unmöglich machte, die Verfolgung und die Gefahr und vor allem der Schreck über Richards Verwundung – all dies schien zu einer anderen Welt zu gehören, die mir fremd war. Am liebsten hätte ich mich einfach still neben die Lampe gehockt, alles Denken abgeschaltet und mich um nichts weiter gekümmert, aber irgendwie widerstand ich dieser Versuchung und zwang mein müdes Gehirn, über unsere Lage nachzudenken.
Ich war nicht sicher, ob es gut für Richard sein würde, etwas zu essen oder zu trinken, aber andererseits mußte ich versuchen, ihn bei Kräften zu halten, wenn wir überhaupt noch irgendeine Hoffnung haben wollten, und so fütterte ich ihn mit Keksen und Süßigkeiten und gab ihm einen Schluck Wasser aus der Flasche.
Ich selbst hatte keine Lust, etwas zu essen, aber er bestand darauf, und schließlich gab ich nach. »Ist dir kalt, Cadi?« fragte er. Mir war kalt, aber ich schüttelte den Kopf. »Nein, überhaupt nicht. Versuch,

dich auszuruhen, Richard, und mach dir keine Sorgen um mich.« Ich legte alle Zuversicht, die ich aufbringen konnte, in meine Stimme. »Wenn wir uns morgen hier versteckt halten, wird Onkel Guido annehmen, wir seien entkommen. Dann können wir morgen nacht weiterfahren, ohne fürchten zu müssen, daß man uns verfolgt. Es ist nicht weit bis Porte Grandi, und wir werden nicht gleich zwei Nächte hintereinander einen so dichten Nebel haben.« Ich war dessen keineswegs sicher, versuchte jedoch, einen möglichst überzeugenden Ton anzuschlagen.

Richard blickte eine Weile schweigend auf die Lampe, während ich neben ihm kniete, dann wandte er mir den Kopf zu und bat: »Halt meine Hand Cadi, ich möchte dir etwas sagen.«

Ich tastete unter der Decke nach seiner kalten Hand. »Ich werde deine Hand halten, Richard, aber sprich nicht. Versuch zu schlafen.«

»Ich muß es dir sagen, Cadi. Ich muß dir sagen, weshalb Lucian mich damals mit der Peitsche geschlagen hat. Es war, weil ... weil ich etwas mit deinem Zaumzeug angestellt hatte, und als der Ring zerbrach wärst du beinahe getötet worden.«

Ich saß wie betäubt da, unfähig, etwas zu erwidern. Den Blick immer noch auf mein Gesicht geheftet, fuhr er fort: »Verachte mich nicht, Cadi. Ich verachte mich selbst so sehr.«

»Ich werde dich nie verachten«, brachte ich schließlich mühsam hervor. »Aber *warum*, Richard? Warum hast du das getan?«

Er bewegte schwach die Schultern und schloß die Augen. »Ich weiß es nicht. Es war nicht das erste Mal, daß ich so etwas getan habe. Mein Bruder John ... er ist vor einigen Jahren bei einem Unfall ums Leben gekommen. Es war meine Schuld, Cadi. Ich hatte sein Gewehr in meine Werkstatt genommen und etwas an der Sperrvorrichtung verändert, so daß sie nicht richtig funktionierte, wenn das Gewehr gesichert war.« Tränen quollen unter seinen geschlossenen Augenlidern hervor. »Ich wollte ihm keinen Schaden zufügen, Cadi. Es war nur ... ein Experiment. Er stolperte, und als das Gewehr losging, tötete es ihn, obgleich es gesichert war.«

Ich machte ihm keine Vorwürfe, denn das wäre sinnlos gewesen, und was er jetzt brauchte, war Trost. »Ich weiß, daß du es nicht gewollt hast«, sagte ich und drückte ihm die Hand. »Hat dein Vater das erfahren?«

Er öffnete die Augen und tiefer Kummer lag in seinem Blick. »Ja.

Als er und Lucian die Waffe untersuchten, entdeckten sie, was damit los war, und sie wußten, daß ich es getan haben mußte. Ich glaube, meine Mutter weiß es auch, aber sie will es nicht zugeben, nicht einmal sich selbst gegenüber. Und dann ... dann habe ich wieder etwas getan, als wir in den Ferien in Bosney waren. Der Ruderhaken ...«

Ich hatte es gewußt, noch ehe er es mir sagte. Ich erinnerte mich an den Blick, den Lucian und Mr. Morton gewechselt hatten. Auch sie mußten gewußt haben, wer den Ruderhaken angesägt hatte.

»Es geht immer alles schief«, sagte Richard plötzlich in bekümmertem Ton. »Ich konnte nicht wissen, daß John stolpern und hinfallen würde, oder daß der Ruderhaken ausgerechnet in der Mogg Race Bay abbrechen würde.« Er sah mich verzweifelt an. »Oder daß Pompey gerade galoppieren und mit dir durchgehen würde als der Ring zerbrach.«

»Natürlich konntest du das nicht wissen«, sagte ich, bemüht, mir mein Entsetzen nicht anmerken zu lassen. »Sprich nicht mehr darüber, Richard. Du wolltest uns nur einen Streich spielen.«

»Oh nein, Cadi«, erwiderte er ernst. »Ich würde nie jemandem einen solchen Streich spielen. All diese Dinge ... es waren in Wirklichkeit Experimente.« Er schüttelte mühsam den Kopf. Seine Stimme wurde schwer und traurig. »Manchmal kommt etwas Seltsames über mich, und ich gerate in Versuchung. Es ist wie Spielen, Cadi – man will wissen, was geschieht. Spielen ist eine schreckliche Versuchung. Wie ein Hunger, der in deinem Inneren nagt. Ich muß diese Dinge tun, um zu sehen ... nun, um zu sehen, was dabei herauskommt. Wie wenn man eine Mausefalle ausprobiert. Ein Experiment. Kannst du das verstehen? Ich will niemandem Schaden zufügen, aber manchmal überkommt mich ein seltsames Gefühl, und dann ist es, als ob jemand anderes in mir wäre und meine Hände gebrauchte.« Er stieß einen leisen Seufzer aus. »Wahrscheinlich habe ich das von der Familie meiner Mutter geerbt. Ihr Vater war ... sonderbar.«

Jetzt wußte ich, weshalb Mr. Morton so besorgt gewesen war, als ich ihm von der Ursache meines Unfalls mit Pompey erzählte. Er hatte Richard im Verdacht gehabt und war sichtlich erleichtert gewesen, als ich ihm sagte, der Ring sei rein zufällig zerbrochen. Aber Lucian hatte den Ring genau untersucht. Er hatte es gewußt.

»Das ist der Grund, weshalb Lucian mich geschlagen hat«, sagte

Richard, als wäre er meinen Gedanken gefolgt. »Vater hatte schon vorher mit mir gesprochen, hatte versucht, mir zu erklären, was es bedeutet, Dinge zu tun, die einem anderen Menschen schaden können. Das war nach Johns Tod. Mein Gott, du weißt nicht, wie er mit mir gesprochen hat! Er konnte nicht verstehen, daß es nicht meine Schuld war, daß ich in Wirklichkeit nichts Böses gewollt hatte. Aber als ...«, seine Stimme schwankte, »als das mit *dir* geschah, Cadi, kam Lucian offenbar zu dem Schluß, daß es sinnlos sei zu reden. Er peitschte mich und drohte mit Schlimmerem, wenn ich jemals wieder ... Experimente machte.«
»Dann muß er um sein eigenes Wohl besorgt gewesen sein«, sagte ich verbittert. »Nicht um meines. Ich habe selbst gehört, wie er sich erboten hat, mich für Geld umzubringen.«
Richard schloß wieder die Augen, und ich wußte, er war so tief in seinen eigenen Kummer versunken, daß er kaum hörte, was ich sagte. »Wirst du mir verzeihen, Cadi?« flüsterte er. »Ich liebe dich so sehr.«
»Aber natürlich verzeihe ich dir«, sagte ich rasch und beugte mich hinunter, um seine schlammbeschmierte Wange zu küssen. »Falls du jemals wieder diese schreckliche Versuchung fühlst, wirst du es mir sagen. Dann werden wir uns an alles erinnern, was wir zusammen erlebt haben, und du wirst keine Experimente mehr machen.«
Er nickte schwach, und ein Lächeln spielte um seine blassen Lippen. »Ich bin froh, daß ich es dir gesagt habe, Cadi. Jetzt wird alles gut werden. Ich ruhe mich aus, und morgen nacht nehmen wir das Boot und ...«
Er brach ab, denn ich stieß einen leisen Schreckensschrei aus, und meine Hand klammerte sich krampfhaft um die seine. »Das Boot!« sagte ich verzweifelt. »Wir haben vergessen, den Mast zu kippen, Richard! Er ragt aus dem Schilf hervor, und wenn es hell wird, kann jeder ihn sehen. Ich muß zum Boot gehen und ihn verstecken.«
»Das kannst du nicht allein machen«, sagte er langsam und machte eine Bewegung, als wolle er sich aufsetzen, aber ich streckte die Hand aus, um ihn zurückzuhalten.
»Nein! Du darfst dich nicht bewegen, Richard. Mir ist übrigens eben eingefallen, daß es noch eine andere Möglichkeit gibt, das Boot zu verbergen. Es liegt ein wenig zur Seite geneigt, und wenn ich den Mast ein paar Fuß hinaufklettere, wird mein Gewicht das Boot umkippen, so daß der Mast flach liegt.« Ich stand auf.

Richard sah besorgt zu mir auf. »Aber kannst du das Boot morgen nacht dann auch wieder aufrichten und fahrtüchtig machen?«
»Ja, irgendwie werde ich es schon schaffen. Das Wasser ist dort nur einen Fuß tief, und das Boot ist ja nicht schwer. Ich kann mit Hilfe der Takelage eine Art Hebelwirkung erzielen.«
Er lächelte schwach. »Gut, Cadi. Du hast Erfahrung in diesen Dingen.«
Ich reichte ihm die Streichhölzer, blies die Lampe aus, damit kein Lichtschein zu sehen wäre, wenn ich die Tür öffnete, und sagte ihm, daß ich in einer Viertelstunde zurück sein würde. Seine Antwort war ein unverständliches Gemurmel, und ich wußte, daß Müdigkeit und Erschöpfung ihn überwältigt hatten. Ich war sehr froh darüber. Je mehr er schlief, um so besser.
Nachdem ich die Tür hinter mir geschlossen hatte, blieb ich ein paar Minuten vor der Hütte stehen, um meine Augen an die Dunkelheit zu gewöhnen, dann ging ich durch den diesigen Nebel zu dem schilfbewachsenen Ufer. Mir war, als sei der Nebel selbst in der Nähe des Wassers weniger dicht als zuvor. Als ich zum oberen Rand der schlammigen Böschung kam, blieb ich stehen und blickte mit einem plötzlichen Gefühl des Unbehagens über das Schilf. In dem weißlichen Mondlicht, das jetzt durch den Nebel drang, konnte ich gut vierzig Schritt weit sehen, und ich war sicher, daß ich von dort aus, wo ich stand, den herausragenden Mast hätte sehen müssen, aber es war nirgends eine Spur von ihm zu entdecken.
Ich wandte langsam den Kopf, um mich zu vergewissern, ob das die richtige Stelle sei, und im gleichen Augenblick erstarrte ich, als wäre jeder Nerv meines Körpers zu Eis geworden. Eine geduckte Gestalt, nur wenige Meter entfernt, bewegte sich langsam auf mich zu, ein alptraumartiges Wesen, von Kopf bis Fuß mit Schlamm bedeckt, ein Mann mit durchnäßten, an den Beinen klebenden Hosen und Streifen von nackter Haut zwischen dem Schlamm auf seiner Brust.
Meine Augen wanderten zu seinem Gesicht, und es war Lucian.
Ein paar Sekunden, die mir wie eine Ewigkeit erschienen, starrten wir uns an. Seine Brauen bildeten eine gerade Linie über den grimmigen, brennenden Augen, und plötzlich sah ich, wie seine Zähne sich weiß gegen den Schmutz auf seinem Gesicht abhoben. So sehr ich mich auch zu beherrschen suchte, ich konnte nicht anders, und meine Lippen öffneten sich zu einem Schrei, obwohl ich wußte, daß niemand anderes als meine Feinde in Hörweite war.

Lucian sprang auf mich zu, ich wurde unter seinem Gewicht niedergeworfen, als mich die zwei Hände packten, deren Kraft ich so gut von jenem ersten Tag her kannte, als er mich wie eine federleichte Strohpuppe hinter sich auf den Sattel gehoben hatte. Mein Kopf schlug auf den Boden, ich spürte einen kurzen Schmerz, helle Lichter blitzten vor meinen Augen, und dann fiel die Dunkelheit wie ein Hammerschlag auf mich herab.

XV

Ich spürte eine angenehme Wärme. Die Luft um mich herum war heiß und trocken. Langsam, mit dumpfer Verwirrung versuchte mein Gehirn, die Botschaft meiner Sinne zu entziffern.
Wärme. Ein leichter Brandgeruch. Etwas Weiches unter mir, kein Bett, aber vielleicht ein Tisch, über den Decken gebreitet waren. Eine schmerzende Beule an meinem Hinterkopf, der auf einem Kissen oder Polster lag. Getrockneter Schlamm auf meinem Gesicht und meinen Armen. Eine Stimme, ziemlich nah, obgleich sie meinem betäubten Gehirn wie aus der Ferne zu kommen schien. Eine quälend vertraute Stimme in rhythmischem Singsang, ein leicht irischer Akzent, ein Anflug von Belustigung im Ton. Die Worte bekamen einen Sinn ...
»... und Gott steh uns bei, wir werden einiges zu hören bekommen, wenn sie aufwacht. Mußtest du sie unbedingt bewußtlos schlagen?«
Flynn! Der grauäugige Fremde, der mir in Chalons das Leben gerettet hatte. Mein müder Verstand kämpfte mit dem Unmöglichen. Ich versuchte, die Augen zu öffnen, aber sie reagierten noch nicht.
»Sie muß beim Fallen mit dem Kopf aufgeschlagen sein.« Das war Lucians Stimme, ruhig und nachdenklich. »Ich mußte sie unbedingt davon abhalten, laut aufzuschreien, und ich hatte keine Zeit für Höflichkeiten. Chiavelli und seine Henker hätten sie hören können.« Eine Pause. »Wie geht's dem Jungen, Paddy?«
»Schwer zu sagen. Er schläft jetzt wieder. Aber auf jeden Fall ist er hier besser aufgehoben als in der Hütte.«
Ein Wirrwarr von Gedanken regte sich träge in meinem Kopf. Ich fürchtete mich nicht mehr, denn ich hatte die Schrecken des Sterbens kennengelernt, als ich unter Lucian zu Boden ging, und war jetzt jenseits aller Angst.

Chiavellis *Henker*? Warum sprach Lucian in diesem Ton von ihnen, wenn er doch selbst mit Onkel Guido um den Preis für meine Ermordung gefeilscht hatte? Und Richard war hier. Sie hatten ihn aus der Hütte hierher gebracht und machten sich Sorgen um ihn. Ich konnte das alles nicht begreifen.

»Woher zum Teufel wußte der Junge, was gespielt wurde?« fragte Flynn erstaunt. »Es hat mir den Atem verschlagen, als ich sie das Tor aufbrechen und zu ihm ins Boot springen sah. Nie im Leben hätte ich mir träumen lassen, daß es der junge Morton sein könnte.«

Ich hörte ein schwaches, schabendes Geräusch, und als Lucian sprach, war seine Stimme rauh vor Anstrengung. Diesmal gelang es mir, die Lider ein wenig zu heben. Wie durch einen winzigen Spalt sah ich, daß wir im Halbdunkel waren, und daß ein heller Schimmer aus den drei kleinen, offenen Türen eines Schmelzofens zu uns herüber drang. Wir befanden uns in der Glashütte, nicht im Hauptteil, sondern in einem der kleineren Gebäude, in dem normalerweise Sonderaufträge ausgeführt wurden; ich lag dort auf einer Arbeitsbank. Ich konnte Lucian sehen, ohne den Kopf zu bewegen. Er rieb energisch mit einem Lappen über seinen nackten Oberkörper, um sich vom Schlamm zu säubern, und in dem roten Schein des Feuers sah ich, daß sein Gesicht verwirrt und nachdenklich war.

»Richard muß aus irgendeinem Grund vermutet haben, daß Cadi sich in Gefahr befand«, sagte er. »Und er ist gekommen, sie zu retten.«

Ich konnte Flynn nicht sehen, aber ich hörte ihn seufzen. »Es war töricht von ihm, so überstürzt zu handeln«, sagte er. »Dein Plan war besser.«

»Vielleicht.« Lucian zuckte die Achseln. »Aber nur, solange Cadi nicht wußte, was Chiavelli mit ihr vorhatte, nur, solange sie sich nicht ängstigte, und sie *muß* es gewußt haben, Paddy. Deshalb ist sie geflohen. Nach meinem Plan hätte sie noch zwei Wochen oder länger warten müssen; und das offenbar mit dem Wissen, daß Chiavelli sich ihrer entledigen wollte, ohne jedoch ahnen zu können, daß eine Aussicht auf Hilfe bestand.«

Für einen Augenblick erschien auf seinem Gesicht wieder der erschreckende, grimmige Ausdruck, den ich in jener Nacht, als mein Traum durchbrochen wurde, im Spiegel gesehen hatte. »Das genügt, ein Mädchen um Sinn und Verstand zu bringen«, setzte er mit gepreßter Stimme hinzu.

»Nicht dieses Mädchen«, erwiderte Flynn. »Glaub mir, Cadi Tregaron läßt sich nicht so leicht unterkriegen. Sie hat mehr Mut als mancher starke Mann.«
»Das weiß ich, Paddy«, sagte Lucian sehr leise. »Schon seit dem ersten Tag. Ich habe es dir gesagt.« Er warf den Lappen beiseite und kam auf mich zu. »Trotzdem können wir Gott danken, daß wir heute nacht zur Stelle waren.« Ich brauchte kaum die Lider zu bewegen, um meine Augen wieder zu schließen. Seine Hand berührte meine Wange, dann glitt sie weiter hinauf und strich mir sanft das Haar aus der Stirn.
»Arme kleine Cadi«, murmelte Lucian mit der gleichen leisen Stimme. »Arme, reiche kleine Cadi.«
Ich wünschte mir, ewig dort zu liegen, mit seiner Hand auf meiner Stirn und dieser tiefen Glückseligkeit, die jede Faser meines Seins durchdrang. Ich konnte immer noch nicht begreifen, was geschehen war, aber ich wußte, daß all mein Argwohn gegen Lucian ungerechtfertigt gewesen war, und das war für den Augenblick das einzige, worauf es ankam. Dies war das wundervollste, das schönste Geschenk, das mir je zuteil geworden war, denn es verwandelte meine Welt.
Vielleicht war das, was ich für Lucian an jenem Tag im Atelier empfunden hatte, wirklich nur eine Jugendschwärmerei gewesen, und vielleicht war diese anfängliche Verliebtheit tatsächlich in dem Kampf erloschen, den ich gegen sie ausgefochten hatte, denn ich wußte jetzt, daß wirkliche Liebe in ihrer ganzen unendlichen Reichweite und Fülle nur aus vollem Vertrauen und der genauen Kenntnis des geliebten Menschen erwachsen kann. Aber etwas viel Größeres war in strahlender Wiedergeburt aus der Asche der ersten Liebe aufgestiegen wie die Sonne eines neuen Tages über dem Meer. Ich spürte es, wie es in mir lebte und pulsierte, etwas, das Geist, Seele und Blut zugleich betraf, eine große und brennende Sehnsucht, zu geben und zu empfangen, aber eine Sehnsucht, die jetzt in festem und vollständigem Vertrauen wurzelte. Ich war froh, daß meine Augen geschlossen waren, denn Lucian hätte jetzt in ihnen sicherlich mein ganzes Herz entdeckt.
»Dein Pullover ist trocken«, sagte Flynn. Als ich hörte, daß Lucian sich von mir abwandte, öffnete ich ein wenig die Augen und sah, wie er die Hände hob, um einen dicken, dunklen Pullover aufzu-

fangen, den Flynn ihm zugeworfen hatte. Ich hatte nicht den Wunsch, etwas zu sagen, denn es lag ein seltsames, aber tiefes Glück darin, den Mann, den ich liebte, einfach zu beobachten und ihn reden zu hören. Ich machte mir keine Illusionen über seine Gefühle für mich. Daß er aufrichtig und treu in seiner Freundschaft war, daran zweifelte ich nicht mehr, denn ich wußte jetzt, daß selbst seine erschreckende Unterhaltung mit Onkel Guido ein Teil des Täuschungsmanövers gewesen war, durch das er mich hatte retten wollen. Aber sein Verhalten mir gegenüber, gerade eben, als er glaubte, ich schliefe, war das eines Mannes zu einem Kind gewesen, weiter nichts. So groß auch das Risiko sein mochte, das er auf sich genommen hatte, um mir zu helfen, er hätte das gleiche für Sarah, Mr. Morton oder jeden anderen Menschen getan, den er als Freund betrachtete.

Er zog den Pullover an und fragte: »Was macht der Nebel, Paddy?«

»Er verzieht sich, hol's der Teufel. Ich vermute, wir werden bald Gesellschaft bekommen. Du hast Chiavelli mit deinen Faxen in Verwirrung gebracht, aber wenn er auch nur eine Spur Verstand hat, wird er sein Lumpenpack an Land bringen, um die Suche zu reorganisieren. Ein wirrer Pöbelhaufen taugt zu nichts.«

»Das ist ein vernünftiges militärisches Prinzip, aber er ist kein Soldat, Paddy.«

»Er ist auch kein Dummkopf, mein lieber Lucian!«

»Nein, das ist er nicht.« Lucians Stimme war grimmig. »Ich geh hinaus und halte Ausschau nach ihnen. Bleib du hier. Ich möchte nicht, daß Cadi sich ängstigt, wenn sie aufwacht.«

Als er sich zur Tür wandte, hob ich den Kopf und sagte: »Lucian ... schon gut, ich habe jetzt keine Angst mehr.« Meine Stimme klang undeutlich, und die Worte kamen mir schwer von den Lippen. Eine Sekunde später war er neben mir und half mir, mich auf der großen Arbeitsbank aufzusetzen. »Ah, Cadi«, sagte er, und die schwarzen Brauen stiegen steil in die Höhe, als er mir lächelnd in die Augen sah. »Mein braves, tapferes Mädchen.«

In dem warmen, roten Licht, das aus den offenen Ofentüren herüberdrang, sah ich Flynn neben einem der mit Läden verschlossenen Fenster stehen. Er trug einen ähnlichen Pullover wie Lucian, und sein blondes Haar war zerzaust. Er neigte den Kopf auf jene höfliche, halb spöttische Art, die ich von früher her kannte, aber jetzt

lag Respekt und sogar Zuneigung darin. »Einen wunderschönen guten Morgen, Miß Tregaron.«
Ich hielt mich einen Augenblick an Lucians Arm fest, um mich zu stützen, denn das Aufsetzen hatte mich schwindlig gemacht, dann sagte ich: »Guten Morgen, Mr. Flynn.«
Richard lag auf einem Strohsack dicht neben der warmen Ofenwand. Er war in eine Decke gehüllt und schlief.
»Ich muß dich eine Weile verlassen, kleine Kusine«, sagte Lucian und legte die Hand an meine Wange. »Aber mach dir keine Sorgen. Du bist bei Paddy in guten Händen.«
»Ja. Das weiß ich.« Ich brachte die Worte nur mühsam hervor. Lucians Verhalten mir gegenüber war so liebevoll und sanft, irgendwie anders als je zuvor, ohne jede Zurückhaltung oder Arroganz, ohne Spöttelei oder Rätselhaftigkeit, und ich fühlte mich plötzlich zutiefst beschämt, als ich mich an all das erinnerte, was ich ihm zugetraut hatte. Ich holte tief Luft, und die Worte sprudelten nur so aus mir heraus. »Oh, Lucian, es tut mir so leid! Ich muß es dir sagen. Ich habe so *schreckliche* Dinge von dir gedacht. In der Nacht, als du bei Onkel Guido warst, habe ich mich in dem kleinen Nebenzimmer versteckt, und ich – ich habe alles gehört. Ich glaubte, es sei dir wirklich ernst, ich meine, daß du bereit wärst, mich – mich umzubringen. Und davor hatte ich gedacht, du seist es gewesen, der versucht hatte, mich aus dem Zug zu werfen . . .«
Meine Stimme versagte. Ich schlang die Arme um seinen Hals, legte den Kopf an seine Brust und weinte leise.
»Schon gut, schon gut«, sagte er und klopfte mir auf die Schulter, während er mich in den Armen hielt. »Du solltest es nicht wissen, Cadi.« Mit ungeheurer Erleichterung hörte ich ein unterdrücktes Lachen in seiner Stimme und wußte, daß er mir nicht böse war.
Auch Flynn lachte leise. »Hätten Sie unseren guten Lucian dabei belauscht, wie er Ihrem lieben Onkel die Wahrheit entlockte, und ihn *nicht* für den Schurken gehalten, als den er sich ausgab, so wären Sie sehr töricht, Cadi Tregaron. Mein Gott, ich habe ihn ein- oder zweimal bei einem ähnlichen Spiel beobachtet, und glauben Sie mir, er würde es fertigbringen, den Teufel selbst hereinzulegen.«
»Sei still, Paddy, sonst fängt sie wieder an, mir zu mißtrauen«, sagte Lucian. Ich lag in seinen Armen, und plötzlich fielen mir Mr. Mortons Worte ein, als er zugegeben hatte, daß Lucian es meister-

haft verstünde, die Menschen hinters Licht zu führen: ›Aber es kommt immer darauf an, wer hinters Licht geführt wird und warum ...‹
Jetzt begann ich zu verstehen, was er damit gemeint hatte.
Lucian legte die Hand unter mein Kinn und hob mein Gesicht, so daß ich ihn ansehen mußte. »Ich bin noch nie falsch gegen dich gewesen, Cadi. Ich wüßte nicht, wie ich es anfangen sollte.«
Ich konnte nur nicken und versuchen, ihm mit meinen Augen zu sagen, daß ich ihm jetzt mein Vertrauen geschenkt hatte, ein für allemal. Er sagte wieder: »Mein braves, tapferes Mädchen«, dann seufzte er leise und trat zurück. »Es gibt sicher vieles, was du wissen möchtest, aber Paddy kann dir alles erzählen. Ich muß jetzt gehen.« Er sah Flynn an. »Wenn nichts geschieht, bin ich in einer Stunde zurück, und dann kannst du mich ablösen.« Er lächelte mir noch einmal beruhigend zu, dann ging er hinaus und schloß leise die Tür hinter sich.
Ich kletterte ein wenig steifbeinig vom Tisch herunter, kniete mich neben Richard und legte ihm sanft die Hand auf die Stirn. Er fühlte sich heiß an, und sein Atem ging ziemlich rasch, aber er schien ruhig zu schlafen.
Flynn stand neben mir, und ich blickte zu ihm hinauf. »Können wir gar nichts für ihn tun, Mr. Flynn?«
»Im Augenblick leider nicht. Wir müssen warten, bis wir ihn zu einem Arzt bringen können. Übrigens, ich höre auf Paddy, wenn Sie die Güte haben wollen, Miß Tregaron.« Kleine Falten bildeten sich an seinen Augenwinkeln. »Schließlich kennen wir uns ja schon eine ganze Weile.«
»Ja.« Ich setzte mich mit untergeschlagenen Beinen auf den Boden, um in Richards Nähe zu sein, falls er aufwachte. »Und mich nennen Sie bitte Cadi. Wollen Sie mir jetzt sagen, was geschehen ist?«
Er lachte leise. »Bitten Sie nie einen Iren, Ihnen etwas zu erzählen. Er ist imstande, eine Stunde lang pausenlos zu reden.«
»Wir haben nichts anderes zu tun, Paddy.«
»Ja, das stimmt. Wo soll ich anfangen?«
»Wir sind uns zum erstenmal in Wealdhurst begegnet. Warum waren Sie dort?«
»Oh, das war eine Aufgabe, die der Captain mir übertragen hat.«
»Der Captain?«
»Captain Farrel. Lucian. Wir haben zusammen beim Heer gedient.«

Er sah lächelnd zu mir herunter. »Wir sind zusammen kassiert worden.«

Ich hatte das für den Augenblick vergessen, hatte vergessen, daß Lucian ein Geächteter war. »Lassen wir das vorläufig, Paddy. Warum hat er Sie nach Wealdhurst geschickt?«

Paddy Flynn blickte auf den schlafenden Richard und schüttelte betrübt den Kopf. »Er hatte Angst um Sie, Cadi. Dieser Junge hier, wissen Sie, er ist manchmal nicht ganz richtig im Kopf. Er war es, der um ein Haar Ihren Tod mit Pompey verursacht hätte.«

»Ich weiß. Richard hat es mir heute selbst erzählt. Deshalb hat Lucian ihn geschlagen. Sie meinen, er fürchtete, daß so etwas noch einmal geschehen könnte?«

»Oder irgend etwas Ähnliches. Ich habe Sie tagsüber ständig beobachtet, wenn Sie draußen waren, und nachts habe ich die Werkstatt des Jungen durchstöbert, um zu sehen, was er vorhatte. Man könnte sagen, ich habe Sie beschützt – so gut ich konnte.«

»Aber ... Tag und Nacht, während dieser ganzen Zeit! Warum war Lucian so besorgt um mich?«

Paddy lächelte, ließ jedoch die Frage außer acht. »Es sollte ursprünglich nicht für so lange sein; nur bis der Junge wieder in Oxford wäre. Aber inzwischen hatte sich etwas anderes ereignet. Sie waren eine reiche Erbin geworden, Cadi. So bat Lucian mich, zu bleiben und auf Sie achtzugeben. Er konnte nicht nach Meadhaven kommen und Sie selbst bewachen, denn das hätte Anlaß zu unnötigen Fragen gegeben, und deshalb mußte ich es für ihn tun.« Paddy Flynn kratzte sich das Ohrläppchen. »Wissen Sie, ich bin ein Mann, dem er ziemlich vertraut.«

»Ja. O ja, das kann ich gut verstehen, Paddy. Aber wollen Sie damit sagen, daß Lucian schon damals Onkel Guido mißtraute?«

Paddy holte einen alten Tabaksbeutel aus der Tasche und fing an, seine Pfeife zu stopfen. »Lucian mißtraute dem Grafen von dem Augenblick an, als sein Name zum erstenmal genannt wurde«, sagte er. »Das ist nicht weiter erstaunlich. Wir wußten ein wenig über diesen hohen Herrn Bescheid. Wenn man mit Pferden handelt, verkehrt man in einer kleinen, engen Welt, die andere Menschen nicht kennen. Wir hatten Gerüchte über Chiavelli in Frankreich, Italien und der Levante gehört. Nicht der Typ von Mann, mit dem wir gern Geschäfte gemacht hätten.«

»Wir?«
»Ich bin Lucians Partner. Er hat mich beteiligt, als er den Stall in Epsom gründete. Nun, nach allem, was wir gehört hatten, steckte dieser Chiavelli bis über die Ohren in Geldschwierigkeiten, aber angesichts des Vermögens, das ihm in Kürze zufallen sollte, konnte er sich immer wieder irgendwie aus der Klemme ziehen. Und dann tauchten *Sie* auf, Cadi. Mein Gott, das muß ein schwerer Schlag für seine Durchlaucht gewesen sein. Aber er kämpfte nicht, er beauftragte keinen Anwalt, Ihre Identität in Frage zu stellen. Er lächelte nur, erklärte sich einverstanden und schrieb diese Briefe. Mr. Morton hat Lucian von ihnen erzählt. Voller Liebenswürdigkeit und Charme, erinnern Sie sich? Mr. Morton war hocherfreut. Lucian jedoch weniger.«
Paddy stopfte den Tabak in seine Pfeife. Seine Augen waren ernst. »Er war damals sehr froh, daß er mich bereits gebeten hatte, Sie zu beschützen. ›Paddy‹, sagte er zu mir, als wir uns eines Tages im Wald trafen, ›kannst du dir einen venezianischen Adeligen vorstellen, der sich widerspruchslos damit abfindet, ein Vermögen zu verlieren, es sei denn, er wäre so reich, daß es ihm nichts ausmacht? Und das ist, wie wir wissen, bei Chiavelli nicht der Fall. Ich traue dem Frieden nicht, Paddy, und ich mache mir Sorgen. Ich kann nicht mit Onkel Edward darüber sprechen, denn ich habe ja nicht den geringsten Beweis. Und außerdem ist dies eine Angelegenheit, mit der wir selbst am besten fertig werden können. Ich habe eine Idee, die es mir ermöglichen könnte, in Meadhaven zu bleiben und selbst über Cadi zu wachen, aber ich bezweifle, daß etwas daraus wird, und deshalb möchte ich, daß du vorläufig hierbleibst und gut auf die kleine Cadi aufpaßt, während ich meinerseits ein paar Erkundigungen über den Grafen einziehe.‹«
Paddy zündete ein Streichholz an. »Stört es Sie, wenn ich rauche?« Ich schüttelte rasch den Kopf. Er hielt das Streichholz an die Pfeife und fuhr fort: »So bin ich also geblieben. Und wenn Sie in die Stadt gefahren sind, war ich im selben Zug mit Ihnen.«
Ich hielt erschreckt die Luft an. »Der Zug! Der Mann im Tunnel – meinen Sie, daß Onkel *Guido* das veranlaßt hat?«
Paddy nickte mit fast komischer Traurigkeit. »Und gerade dieses eine Mal war ich nicht zur Stelle. An jenem Tag war es Lucians Aufgabe, Sie wohlbehalten nach Hause zu bringen. Er hatte mich

abgelöst, während ich auf ein, zwei Stunden nach Epsom fuhr, um mir ein Pferd anzusehen, das er kaufen wollte.«

»Und der Mann? Der Mann, der versucht hat, mich aus dem Zug zu stoßen? Wer war das?«

Paddy zuckte die Achseln. »Ein gedungener Mörder. Es gibt in London mindestens ein Dutzend Orte, wo man einen Mann finden kann, der bereit ist, jemandem für zwanzig Pfund die Kehle durchzuschneiden.« Ich schauderte, und er fuhr fort: »Chiavelli muß unmittelbar nachdem er von Ihrer Existenz erfuhr, sich an die Arbeit gemacht haben. Besser für ihn, wenn Sie in England gestorben wären und nicht in Venedig. Wir werden es niemals mit Sicherheit wissen, aber vermutlich hat Chiavelli, noch ehe er Ihnen jenen ersten Brief schrieb, einen Mann nach London geschickt, der diesen Lumpen beauftragt hat, Sie aus dem Weg zu räumen.« Er schnitt eine trübselige Grimasse. »Und dann waren Sie selbst es, die Cadi Tregaron gerettet hat, nicht wir. Lucian war nicht darauf vorbereitet, daß jemand versuchen würde, in Ihr Abteil zu gelangen, während der Zug sich in voller Fahrt befand. Durch die Dunkelheit und den Tunnel hat er den Kerl nicht rechtzeitig entdeckt, und mir selbst wäre es nicht anders ergangen.«

»Dann stimmt das also? Ich meine, daß Lucian ihn tatsächlich verfolgt hat?«

»Natürlich stimmt es! Aber bedauerlicherweise hat er ihn nicht erwischt.«

»Und in Chalons? Sie sind mit uns gereist, um mich zu beschützen?«

Paddy nickte. »Ich war im Zug und habe fast die ganze Zeit die Gänge durchstreift. Und in Chalons habe ich mir für die Nacht ein Zimmer in einem kleinen Café dem Hotel gegenüber genommen.« Er warf mir einen belustigten Blick zu. »Es ist schwer, Sie zu bewachen, Cadi. Ich wäre nie auf den Gedanken gekommen, daß Sie allein ausgehen würden.«

»Onkel Guido hat den Mann mit der Eisenstange geschickt?«

»Ihr Onkel wußte, daß Sie in Chalons Station machen würden. Mr. Morton hatte es ihm geschrieben. So beauftragte er irgendeinen Lumpenkerl, Sie zu beobachten und auf eine günstige Gelegenheit zu lauern.« Paddy schüttelte den Kopf. »Diesmal wäre ich selbst fast zu spät gekommen – und wäre überhaupt nicht gekommen, wenn Sarah nicht in heller Aufregung über den Platz gelaufen wäre, um mir zu sagen, daß Sie ausgegangen sind.«

»Sarah?« Ich traute meinen Ohren nicht. »Hat *Sarah* gewußt, daß Sie mich bewachten?«
Sein Gesicht wurde weich, und er starrte nachdenklich in die Glut des Ofens. »Ja, Sarah wußte es. Wir waren uns ein paarmal begegnet, als ich in der Gegend von Meadhaven umherstreifte.« Er zuckte die Achseln. »Nach einer Weile war es kein Zufall mehr, daß wir uns trafen, und wir haben viel miteinander gesprochen. Sarah wußte nicht genau, worum es ging, denn ich habe es ihr nicht gesagt, aber hinter ihrem hübschen Gesicht verbirgt sich eine ganze Menge gesunder Menschenverstand, und sie hatte irgendwann einmal gehört, ich sei Lucians Partner. Sie nahm an, daß ich den Schutzengel für Sie spielte.«
Ich erinnerte mich, daß Sarah fast unmittelbar nach unserer Ankunft das Hotel verlassen hatte, um ›etwas Luft zu schnappen‹, wie sie hinterher erklärte. Aber in Wirklichkeit hatte sie sich dort in der Abenddämmerung mit Paddy Flynn getroffen, um zu erfahren, wo er wohnen würde. Und das war mein Glück, denn sonst wäre ich jetzt tot. Ich stand allmählich so tief in Sarahs Schuld, daß ich es ihr nie würde vergelten können.
»Sie hat nie ein Wort davon verlauten lassen, Paddy«, sagte ich verwundert.
»Sie wußte nur zum Teil Bescheid, und ich hatte sie gebeten, nichts zu sagen. Es war besser so. Wozu sollten wir Sie und die übrige Familie unnötig beunruhigen? Und selbst wenn wir über unsere Befürchtungen gesprochen hätten, so hatten wir keinerlei Beweise. Hätte Mr. Morton uns geglaubt? Und wichtiger noch als das – hätten Sie es geglaubt, Cadi? Sie hätten vermutlich angenommen, es sei irgendein Trick von Lucian, denn Ihr Onkel hatte mit seinen liebevollen Briefen alle Welt überzeugt, daß er ein Engel des Lichts sei. Deshalb habe ich Sarah nichts gesagt, und sie hat auch keine Fragen gestellt, sondern hat mir einfach vertraut und sich mit dem Bewußtsein zufriedengegeben, daß ich das Richtige tun würde.«
»Sie hat Ihnen vertraut . . .«, wiederholte ich langsam, und plötzlich kam mir ein Gedanke. »Paddy, ich glaube, Sarah liebt Sie. Ich weiß, daß es jemanden gibt, und das können nur Sie sein. Sie ist in der letzten Zeit soviel reifer geworden – als ob ihr irgend etwas *Großes* widerfahren wäre.«
»Das hoffe ich.« Paddy nickte nachdenlich, und ein leises Lächeln flog über sein Gesicht. »Es beruht auf Gegenseitigkeit, Cadi.«

»O Paddy. Ich freue mich so für euch beide.« Ich überlegte einen Augenblick. »Jetzt verstehe ich, warum Sarah so beunruhigt war, als ich nicht mit den Mortons nach England zurückkehren wollte. Sie wußte schon damals, daß irgend etwas nicht stimmte. Und das ist natürlich auch der Grund, weshalb sie an Richard geschrieben hat!«

»Ach, sie hat ihm geschrieben? Und das war's, was ihn veranlaßt hat, eilends hierherzukommen, um Sie zu retten. Arme Sarah, sie muß sich zu Tode gesorgt haben; weder Lucian noch ich waren da, und sie hatte niemanden, an den sie sich wenden konnte.«

»Waren Sie die ganze Zeit hier in Venedig, Paddy?«

»Ja, von Anfang an. Hab mich als Künstler ausgegeben und ein Atelier im obersten Stock eines der kleinen Häuser auf der anderen Seite des Kanals hinter dem Palazzo gemietet. Vom Schlafzimmer aus kann man fast das ganze Gelände des Palazzo überblicken.«

»Und Lucian war auch da?«

»Erst später. Er ist zwischen Rom, Venedig und Padua herumgereist, um mit einigen Leuten über Ihren Onkel zu sprechen. Mit wichtigen Leuten, vor allem in Rom.« Er zog an seiner Pfeife und runzelte die Stirn. »Wir glaubten, daß Sie im Palazzo fürs erste verhältnismäßig sicher wären, denn es war nicht anzunehmen, daß Ihr Onkel so töricht sein würde, sich Ihrer sofort zu entledigen. Das wäre zu riskant. Er mußte sich Zeit lassen und die Leute überzeugen, daß Sie sich bei ihm wohl fühlten, ehe er etwas unternehmen konnte. Aber wir paßten trotzdem auf. Und als dann die Familie Morton wieder nach England fuhr und Sie zurückblieben, war Lucian außer sich vor Sorge. ›Ich muß sie rausholen, Paddy‹, sagte er zu mir, ›aber Chiavelli ist in Venedig immer noch ein einflußreicher Mann, und deshalb müssen wir behutsam vorgehen. Wenn wir versuchen, uns gewaltsam Eintritt zu verschaffen und sie zu entführen, wird es uns teuer zu stehen kommen, und ihr könnte dabei etwas geschehen, denn wir haben das Gesetz nicht auf unserer Seite.‹«

Paddy grinste plötzlich, und seine Augen blitzten. »So machte er sich an die Arbeit, ruhig und geschickt, wie ich es ihn schon einmal hatte tun sehen. Er ging zu den Ställen in Padua und sprach über ein paar gute Pferde, die er verkaufen wollte. Am nächsten Tag war der Graf da, begierig, mit ihm ins Geschäft zu kommen. Lucian spielte den Schurken, schlau und gerissen, völlig skrupellos. Innerhalb von zwei Tagen hatte er Ihren Onkel überzeugt, daß Lucian Farrel ein so niederträchtiger Schuft sei, wie es kaum einen zweiten gibt.«

Paddys Gesicht wurde ernst. »Ich wünschte, ich hätte ihn an jenem Abend hören können, als er Ihren Onkel aufs Glatteis führte und ihm die Wahrheit entlockte«, sagte er. »Es muß eine großartige Komödie gewesen sein.«

Ein leichter Schauer lief mir über den Rücken. »Ja, Paddy, jetzt weiß ich, daß es großartig war. Aber damals war es für mich keine Komödie.«

»Nein. Das kann ich mir denken.«

Wir schwiegen eine Weile, dann fuhr Paddy fort: »Nun, das war's. Lucian brachte den Grafen dazu, seine Karten aufzudecken. Natürlich gab es keine Zeugen, oder zumindest keine, von denen Lucian etwas ahnte; aber es war trotzdem ein Erfolg, denn es zeigte uns, daß unsere Vermutung richtig gewesen war, und jetzt wußten wir, wie die Dinge standen. Gleichzeitig hatte Lucian alles dafür vorbereitet, daß er in einem Monat wiederkommen und Sie in aller Ruhe fortholen konnte. Wir kamen zu dem Schluß, daß Ihnen bis dahin nichts geschehen würde, denn Ihr Onkel würde Ihnen sicherlich nichts antun, nachdem Lucian sich erboten hatte, den unangenehmen Teil der Arbeit für ihn zu erledigen.« Er sah zu Richard hinunter und schüttelte den Kopf. »Dann durchkreuzte dieser junge Mann unsere Pläne.«

»Er konnte ja nicht wissen, was Sie vorhatten, Paddy. Er hat es gut gemeint, und es war so mutig von ihm.«

»Ich weiß. Aber es hat die ganze Sache erschwert.«

»Haben Sie uns fliehen sehen?«

»Ja, das haben wir. Oder besser gesagt, ich habe Sie gesehen. Ich hielt Wache, während Lucian schlief.« Er kratzte sich mit dem Pfeifenstiel die Backe. »Mir schien es sinnlos, Tag und Nacht zu wachen, aber Lucian ließ da nicht mit sich reden ... und er hatte recht. Er hat einen großartigen Instinkt, unser guter Lucian. Das hat er auch im Krieg bewiesen.«

»Aber wie haben Sie es fertiggebracht, uns bei dem Nebel durch all die kleinen Kanäle zu folgen?«

»Das haben wir gar nicht erst versucht. Wir sind einfach den Booten des Grafen gefolgt, und zwar in einem Kanu, das Lucian schon vor

Wochen gekauft hatte. Es ist ein wendiges kleines Fahrzeug, leicht zu handhaben und schneller als ein Ruderboot. So waren wir Ihren Verfolgern ständig auf den Fersen, ohne daß sie es wußten. Dann hob sich der Nebel für ein paar Minuten, und wir sahen Sie.«
»Die anderen auch. Das war der Augenblick, wo Onkel Guido auf uns geschossen und Richard verwundet hat. Ich war überzeugt, daß sie uns erwischen würden.«
»Das wäre leicht möglich gewesen. Aber Lucian sprang sofort über Bord und wie ein Fisch ins Wasser. Eine Minute später hatte er eine Gondel und ein Ruderboot zum Kentern gebracht, ohne daß die Betroffenen ahnten, wie es geschehen war. Mindestens ein halbes Dutzend Männer waren im Wasser, und es herrschte eine heillose Verwirrung.«
»Sie hätten Lucian getötet, wenn sie ihn gesehen hätten!«
»Es ist nicht so leicht, ihn zu töten«, erwiderte Paddy gelassen und klopfte seine Pfeife aus. »Als ich ihn wieder auflas, hatte sich der Nebel verdichtet, und wir hatten Ihre Spur verloren – oder zumindest nahm ich es an. Aber Lucian war klüger. ›Sieh zu, ob du die *bricole* finden kannst, Paddy‹, sagte er. ›So wahr lich lebe, sie wird den Pfählen folgen und auf der Insel an Land gehen.‹ Ich fragte ihn, warum. ›Weil es das vernünftigste ist!‹ antwortete er ungeduldig. ›Und genau das wird sie tun – ich *kenne* sie, Paddy.‹«
Paddy Flynn sah mit einem seltsamen Lächeln zu mir herunter. »Es scheint, daß er wieder einmal recht gehabt hat. Wir kamen an Land, und Lucian schickte mich voraus, den Nachtwächter zu suchen und ihm einen leichten Schlag auf den Kopf zu versetzen.« Er deutete mit dem Daumen auf eine kleine Tür. »Er liegt jetzt in sicherem Gewahrsam dort drüben in der Werkzeugkammer. Lucian machte sich währenddessen auf die Suche nach Ihnen. Er fand Ihr Boot und kippte es seitlich um, damit der Mast nicht zu sehen war. Kurz darauf sah er Sie, wie Sie aus der Hütte kamen. Bei der Dunkelheit wußte er zuerst nicht genau ob Sie es waren, und so folgte er Ihnen, bis er sich dessen sicher war.« Paddy lachte leise. »Es ist weiß Gott kein Wunder, daß Sie bei seinem Anblick einen Totenschreck bekamen. Als er Sie hier hereinbrachte, war er von oben bis unten mit Schlamm und Kraut bedeckt, wie ein Ungeheuer aus dem Sumpf.«
Eine Zeitlang war es still in der warmen Glashütte. Eine Art Schläfrigkeit war über mich gekommen, teils vor Erschöpfung, zum Teil

aber wohl auch vor Erleichterung, daß jetzt so viele Fragen beantwortet und alle meine Zweifel behoben waren.
»Wer sind Sie, Paddy Flynn?« fragte ich langsam. »Warum haben Sie Lucian so aufopferungsvoll geholfen, mich zu beschützen?«
»Ich bin ein Wandersmann, Miß Tregaron«, entgegnete er, wieder in den leichtherzigen Ton verfallend, in dem er in Wealdhurst mit mir gesprochen hatte. »Habe ich Ihnen das noch nie gesagt?«
»Bitte verspotten Sie mich nicht mehr, Paddy. Es tut mir leid, wenn ich Ihnen gegenüber früher einmal hochnäsig war.«
»Ich habe Sie dazu getrieben«, sagte er grinsend.
»Ja, das haben Sie. Aber jetzt sagen Sie mir, wer Sie sind. Bitte.«
»Nun ... ich bin Lucians Freund. Wir haben viel zusammen erlebt, und das verbindet einen.«
»Haben Sie mit ihm als Offizier gedient?«
Er lachte leise. »Nicht als Offizier. Ich war Feldwebel seines Schwadrons. Haben Sie mich etwa irrtümlicherweise für einen Gentleman gehalten?«
»Ich glaube nicht, daß ich mich geirrt habe, Paddy.«
»Vielleicht nicht«, erwiderte er trocken. »Ich stamme aus einer irischen Familie, die, wie man so schön sagt, zur Creme gehört. Aber ich war das schwarze Schaf, immer in irgendwelchen Schwierigkeiten. So hat mein Vater mich schließlich rausgeworfen, und rückblickend betrachtet kann man es ihm eigentlich kaum verübeln. Ich ging zur Reitertruppe. Ein Kavaliers-Gefreiter – so könnte man Leute meiner Art wohl am besten nennen.« Er lächelte. »Aber ich war ein recht guter Soldat, und ich hatte das Glück, unter Lucian zu dienen.«
»Sie haben gesagt, Sie seien beide kassiert worden. Warum eigentlich, Paddy?«
Sein Gesicht verdüsterte sich, und er starrte eine Weile mit ausdruckslosen Augen vor sich hin, als blicke er in die Vergangenheit. »Es war ein schlimmer Krieg«, sagte er schließlich, »und schlecht geführt, nicht von den Soldaten, sondern von den Generälen. Tausende von lebensfrohen, tapferen Jungen, die heute unter der Erde liegen, sind durch die Dummheit ihrer Befehlshaber gestorben, Cadi. Wir haben es mit angesehen, Lucian und ich, tagaus, tagein, bis die Monate zu Jahren wurden. Dann fuhr Lucian für ein paar Wochen auf Urlaub nach Hause. Er sprach mit Mr. Morton, und sie legten sich einen Plan zurecht.«

»Mr. Morton?« Ich war verblüfft.
»Vergessen Sie nicht, daß er ein sehr einflußreicher Mann im Auswärtigen Amt ist, Cadi. Und er machte sich sehr ernsthaft Gedanken über die Kriegslage. Ihm war klar, daß Intelligenz schneller zum Erfolg führen würde als Waffengewalt, vor allem, nachdem er mit Lucian darüber gesprochen hatte. So ließen wir uns nach Lucians Rückkehr zum Regiment bei der nächsten Kampfhandlung gefangennehmen.«
»Sie *ließen* sich gefangennehmen?«
Er lächelte ironisch. »Das war weiß Gott nicht schwer. Wir brauchten nur den Befehlen zu gehorchen, statt unseren Verstand zu gebrauchen und uns taub zu stellen, wie wir es bisher getan hatten. Nachdem wir also in Gefangenschaft geraten waren, wurden wir von den Buren ausgefragt... und wir wandten uns gegen unsere eigenen Leute. Nach und nach verrieten wir ihnen unsere Gefechtsgliederung, die Pläne für den neuen Angriff und wo unsere Nachschublinien liegen würden.«
»Und sie glaubten Ihnen?«
»Nun, es war nicht ganz so einfach, wie es klingt. Wir ließen es uns langsam entlocken, und dabei feilschten wir die ganze Zeit um den Preis, den sie dafür zahlen sollten, nachdem sie den Krieg gewonnen hätten. Sie verachteten uns als Vaterlandsverräter, aber sie hörten zu.«
Er reckte sich und stieß einen leisen Seufzer der Befriedigung aus. »Mein Gott, wie sie zuhörten! Wir erzählten beide die gleiche Geschichte - eine Geschichte, die Lucian mit Mr. Morton und einigen hohen Offizieren in London im voraus festgelegt hatte. Es war eine gute Geschichte und falsch wie ein Holzbein. Die Buren waren nicht dumm, und ich vermute, sie fragten sich, ob wir ein Doppelspiel spielten. Doch Lucian machte seine Sache so gut, daß sie ihm blind jedes Wort glaubten. Ich hatte immer gedacht, die Iren verstünden ihr Handwerk, wenn es darum geht, jemanden an der Nase herumzuführen, aber Lucian ist darin einfach unschlagbar.« Paddy lachte belustigt bei der Erinnerung, dann schüttelte er ein wenig verwirrt den Kopf. »Es ist sonderbar. Seinen Freunden gegenüber ist er die Ehrlichkeit in Person, aber wenn er es mit Feinden zu tun hat, kann er meisterhaft den Schurken spielen, so wie er es in jener Nacht mit dem Grafen gemacht hat.«

»Und . . . ist der Plan gelungen?«
»Sogar noch besser, als wir gehofft hatten. Sie sind zu jung, um sich an die Einzelheiten dieses Krieges zu erinnern, Cadi, aber aufgrund unseres Berichts setzte der dortige Kommandant der Buren, ein Mann namens De la Rey, alles für einen Angriff auf Lichtenburg ein – und verlor den größten Teil seiner Armee. Das war alles. Wir hielten ihm einen Köder hin, und er biß an. Damit war das Los gefallen. Gewiß, der Krieg zog sich noch eine Weile hin, aber es war der Anfang vom Ende. Lucian und ich entkamen am Vorabend der Schlacht, und das war unser Glück. Die Buren hätten kurzen Prozeß mit uns gemacht, wenn sie erst einmal gemerkt hätten, daß wir sie reingelegt hatten.«
Ich starrte eine ganze Weile schweigend vor mich hin. Dann sprudelten die Worte in einem Sturm der Entrüstung aus mir hervor. »Aber Lucian ist seitdem geächtet! Und Sie vermutlich auch! Warum hat man es nicht gesagt? Warum dürfen Menschen wie der alte Colonel Rodsley Lucian behandeln, als hätte er tatsächlich sein Vaterland verraten? Das ist nicht gerecht, Paddy, es ist nicht gerecht!«
»Langsam, langsam«, sagte er beschwichtigend. »Damit hatten wir gerechnet. Nur ein paar Leute kennen die Wahrheit, und wir wußten, daß man die Sache eine Zeitlang geheimhalten würde. Man hätte uns sogar als Landesverräter erschießen können. Das Gerücht verbreitete sich sehr rasch. Wir wurden verhaftet und aus dem Heeresdienst entlassen, und wir konnten uns nicht verteidigen, indem wir die Wahrheit sagten, denn die ganze Angelegenheit mußte um jeden Preis geheimgehalten werden. Natürlich gibt es zweifellos viele Offiziere und auch Zivilisten, die Lucian nie wieder die Hand reichen werden, obgleich manche von ihnen es möglicherweise sogar Lucian zu verdanken haben, daß sie heute noch am Leben sind. Aber wir wußten, welchen Preis wir zu zahlen hatten, Cadi, und deshalb dürfen wir uns nicht beklagen.«
»Aber das ist unfair!« rief ich aus. »Warum konnten Sie damals nicht die Wahrheit sagen? Und warum sagt man sie *jetzt* nicht? Der Krieg ist seit Jahren zu Ende!«
»Nein, so einfach ist das nicht«, erwiderte er sanft. »Es ist noch zu früh. Die Leute vom Nachrichtendienst sehen es nicht gern, daß man ihre Geheimnisse verrät, einfach für den Fall, daß sie mit der gleichen Methode noch einmal arbeiten wollen. Sicher, eines Tages wird

die Öffentlichkeit es erfahren. Vielleicht in ein oder zwei Jahren. Aber das werden wir nur Mr. Morton zu verdanken haben. Er besteht darauf, und letztlich wird er seinen Willen durchsetzen.«

»Ich finde es ... schrecklich«, sagte ich erbittert.

»Es ist immer noch besser als Krieg, Cadi. Ich bin selbst Soldat und habe nichts gegen einen ehrlichen Kampf, aber es ist keine Freude, Menschen niederzumetzeln, die man achtet. Besser, wenn ein paar Männer als Ausgestoßene enden, als daß ein paar tausend sterben müssen.«

Richard stöhnte im Schlaf und bewegte sich. Ich legte die Hand auf seine heiße Stirn, und nach ein paar Sekunden beruhigte er sich wieder, ohne aufzuwachen.

»Sie und Lucian müssen sehr gute Freunde sein«, sagte ich. »Jetzt verstehe ich, warum Sie ihm geholfen haben, mich zu beschützen, Paddy. Aber ich begreife immer noch nicht, weshalb Lucian selbst sich all diese Wochen und Monate hindurch soviel Mühe um jemanden gemacht hat, der schließlich erst seit verhältnismäßig kurzer Zeit zur Familie gehört.«

»Wirklich, Cadi? Können Sie es sich wirklich nicht denken?« Ein belustigtes Lächeln lag in seinen Augen.

Ich sah ihn verblüfft an. »Ich weiß, daß er Mr. Morton sehr gern hat, und er weiß, daß Mr. Morton *mich* sehr gern hat. Anders kann ich es mir nicht erklären.«

Paddy lachte. »Es ist ein wenig direkter als das. Ich entsinne mich ...« Er machte eine Pause, rieb sich einen Augenblick nachdenklich das Kinn, dann schien er einen Entschluß zu fassen. »Ich entsinne mich, daß ich mir kurz nach dem Krieg ziemliche Sorgen um Lucian gemacht habe. Er ließ sich einfach treiben, tat nichts Besonderes und wußte offensichtlich nicht recht, was er mit seinem Leben anfangen sollte. Dann kam er vor fast drei Jahren eines Tages zu mir und sagte, er sei im Begriff, einen Stall in Epsom zu gründen, und ob ich als gleichberechtigter Partner bei ihm eintreten wolle. Irgend etwas war mit ihm geschehen ... er schien plötzlich ein anderer Mensch zu sein, und –«

»Anders in welcher Beziehung, Paddy?«

»Nun, wie ein Mensch, der etwas gefunden hat, für das es sich zu leben und zu arbeiten lohnt. Und genauso war es auch, denn er hat es mir selbst erzählt: ›Paddy‹, sagte er, ›es ist etwas sehr Sonderbares geschehen. Du und ich, wir haben ja wirklich intensiv gelebt, wir sind gewiß keine Unschuldsengel, und du weißt, daß ich kein junger Narr bin, der sich mir nichts dir nichts den Kopf verdrehen läßt. Deshalb hör zu, Paddy. Vor einer Woche habe ich in Mawstone ein junges Mädchen kennengelernt, fast noch ein Kind, kaum älter als siebzehn, und ein kleines, schmächtiges Ding – und es gibt auf der ganzen Welt kein Mädchen wie sie.‹ Dann erzählte er mir die Geschichte von der Mogg Race Bay.«

Ich spürte, daß meine Hände zitterten, und ich faltete sie im Schoß. Zu erfahren, daß Lucian so von mir gesprochen hatte, ließ mich vor Freude erglühen, aber ich war sprachlos vor Staunen. Er hatte nie durchblicken lassen, daß er mich auch nur mochte, eher hatte er sich zurückhaltend und arrogant gezeigt. Mein Herz hämmerte so laut, daß ich sicher war, Paddy müßte es hören.

Er fuhr fort: »Als Lucian mit der Geschichte fertig war, sagte er, fast als ob er mich bäte, ihm beizustimmen: ›Wenn ich ein oder zwei Jahre warte, bis sie erwachsen ist, kann ich zu ihr gehen und um sie werben, glaubst du nicht?‹« Paddy schüttelte den Kopf und machte ein bedauerndes Gesicht. »Ich mußte es ihm sagen, Cadi. ›Der Altersunterschied zwischen euch beträgt nur sieben Jahre, und das ist vollkommen in Ordnung‹, sagte ich ihm. ›Aber du bist gebrandmarkt, Lucian, genau wie ich. Das darfst du nicht vergessen.‹

›Glaub mir, ich habe lange darüber nachgedacht‹, sagte er. ›Aber falls es eines Tages dahin kommen sollte, daß sie mich liebt und mir vertraut, wird es ihr gleichgültig sein, was andere Menschen denken. Das sieht man ihr an, Paddy. An ihren Augen. Sie ist ein zartes, kleines Ding, mit kleinen Händen, aber ich schwöre, ich würde ihr blind mein Leben anvertrauen, genau wie dir, Paddy. Und bei Gott, ich hätte nie geglaubt, daß ich jemals so etwas von irgendeiner Frau sagen würde, geschweige denn von einem Kind.‹«

Paddy sah mich an. »So gründeten wir den Stall. Er wollte sich eine Existenz aufbauen, um Ihnen etwas bieten zu können, wenn es an der Zeit wäre. Und wir haben Erfolg gehabt, großen Erfolg. Ich will ehrlich sein und muß Ihnen sagen, daß ich überzeugt war, Lucian würde Sie nach wenigen Monaten vergessen haben. Aber ich hatte mich geirrt. Ich kannte Sie damals noch nicht.«

»Er ... er hat seine Gefühle nie gezeigt«, sagte ich. »Ich meine, nachdem ich nach Meadhaven gekommen war.«

»Natürlich nicht, wie konnte er das? Sie hatten genug damit zu tun, sich an das neue Leben zu gewöhnen, und er wollte Ihnen Zeit lassen, Cadi. Aber Sie haben sich rasch eingewöhnt, und er war gerade zu dem Schluß gelangt, daß der richtige Zeitpunkt gekommen sei, daß er anfangen könne, öfters nach Meadhaven zu fahren und Ihnen zu zeigen, was er für Sie empfand, und genau da stellte sich heraus, daß Sie ein großes Vermögen erben würden, und das traf ihn schwerer als die Kugel, die ihn in Brandwater Basin erwischt hat.«

»Traf ihn? Warum, Paddy?«

Er seufzte. »Du lieber Himmel, Cadi, überlegen Sie doch einmal selbst. Hätte er wirklich angefangen, Ihnen den Hof zu machen, unmittelbar nachdem er erfahren hatte, daß Sie eine reiche Erbin waren, was hätten Sie sich wohl dabei gedacht?«

Ich mußte daran denken, wie sehr ich Lucian aller möglichen Dinge wegen verdächtigt hatte, und wußte, daß Paddys Vermutung gerechtfertigt war. »Aber jetzt spielt das doch *keine* Rolle mehr«, sagte ich eindringlich. »Und außerdem *hat* er Mr. Morton gefragt, ob er mir den Hof machen dürfe.«

»Ja, aber erst, nachdem wir wußten, daß Sie in Gefahr waren. Lucian wollte um jeden Preis bei Ihnen in Meadhaven sein, um Sie besser beschützen zu können.« Er zuckte mit den Achseln. »Daraus wurde jedoch nichts, denn Mr. Morton war nicht einverstanden, und so mußten wir uns behelfen, so gut wir konnten.« Paddy steckte die Hände in die Hosentaschen und blickte forschend zu mir herunter, als versuche er, meine Gedanken zu lesen. »Lucian liebt Sie, Cadi Tregaron«, sagte er leise. »Und ich frage mich, was Sie wohl für ihn empfinden?«

Ich antwortete nicht, denn während Paddy noch sprach, hatte ich das leise Geräusch der sich öffnenden Tür gehört. Lucian stand da und sah uns mit einem seltsamen, zornigen Blick an. Er stieß die Tür hinter sich zu.

»Zum Teufel mit deiner Schwatzhaftigkeit, Paddy!« sagte er schroff.

Paddy erwiderte seelenruhig Lucians Blick. »Du kannst fluchen, soviel du willst, Lucian, aber es tut mir nicht leid«, sagte er störrisch. Dann, mit einem Anflug von Zorn: »Bist du wirklich so dumm, Mensch? Zuerst schweigst du, weil sie noch ein Kind ist, und dann, weil sie reich ist, und in beiden Fällen hast du falsch gehandelt, wenn auch aus guter Absicht. Bist du nie auf den Gedanken gekommen, daß sie, wenn sie einen Mann liebt, ihn so lieben wird, wie ihre Großmutter es getan hat – weil ihr Herz ihr sagt, daß *dies* der Mann ist, den sie liebt und dem sie vertraut? Und zum Teufel mit allem anderen!«

»Bitte, lieber Paddy, seien Sie still«, bat ich und stand auf. Ich ging auf Lucian zu und streckte meine Hände nach ihm aus. Etwas Warmes und Goldenes schien zwischen uns zu fließen. »Zum Teufel mit allem anderen, Lucian«, sagte ich. »Und bitte mach kein so grimmiges Gesicht.«

Er befreite eine Hand, hob mein Gesicht und küßte mich sanft auf die Lippen. Dann sagte er, die Augen immer noch auf mich geheftet: »Sie sind hier, Paddy. Chiavelli und sein Lumpenpack. Die Jagd hat begonnen.«

XVI

Mein Herz stockte, und ich spürte mein Gesicht prickeln. Ein paar glückselige Minuten lang hatte ich die Gefahr vergessen, aber der angespannte Ausdruck auf Lucians Gesicht brachte sie mir wieder voll zum Bewußtsein.

»Chiavelli hat seine Leute an Land gebracht.« Lucian hielt immer noch meine Hände in den seinen, blickte jetzt aber an mir vorbei zu Paddy Flynn hinüber. »Er muß erraten haben, daß Cadi sich irgendwo auf der Insel verborgen hält.«

»Wie sollte er darauf kommen?« fragte Paddy zweifelnd. »Du hast doch ihr Boot versteckt.«

»Vielleicht haben sie es gefunden. Der Nebel hat sich verzogen, und da auf der Lagune kein Boot zu sehen ist, sind sie wahrscheinlich zu dem Schluß gekommen, daß sie sich nur hierher geflüchtet haben kann. Wie dem auch sei, Chiavelli scheint seiner Sache ziemlich sicher zu sein. Ich habe gehört, wie er seinen Leuten befohlen hat, die Insel und sämtliche Gebäude der Glashütte zu durchsuchen.«

Paddy nickte nachdenklich und blickte auf Richard hinunter. »Dann ist es wohl das beste, du bringst Cadi mit dem Kanu in Sicherheit und holst Hilfe aus Venedig. Ich bleibe hier und passe auf den Jungen auf.«

Ich hatte Angst, aber irgend etwas, das stärker war als Furcht, ließ mich rasch sagen: »Nein, ich gehe nicht von Richard fort. Er ist gekommen, mich zu retten, und ich lasse ihn nicht im Stich.« Meine Stimme wurde ein wenig lauter.

»Du mußt es, Cadi«, sagte Lucian. Er sprach ruhig, aber in seinen Augen lag Besorgnis. »Du kannst Paddy nicht helfen, ihn zu beschützen, und deshalb ist es töricht, deine eigene Sicherheit aufs Spiel zu setzen, indem du hierbleibst.«

Ich wußte, daß er recht hatte, und zögerte einen Augenblick, aber dann wurde mir klar: Wenn ich Richard jetzt im Stich ließ, würde ich mich immer schuldig fühlen, als hätte ich einen Verrat begangen. »Es ist mir egal, ob es töricht ist oder nicht«, sagte ich verzweifelt, »ich *muß* hierbleiben, Lucian. Wenn er aufwacht und ich nicht bei ihm bin, wird er sich ängstigen. Er wird sich verlassen fühlen.«

»Aber Richard selbst würde dich in Sicherheit wissen wollen«, begann Lucian beinahe gereizt, dann unterbrach Paddy ihn mit einem kurzen Lachen. »Denk doch mal zurück, Lucian. Hast *du* mich etwa damals, als ich in Magersfontein verwundet wurde, im Stich gelassen? Und das wäre auch vernünftig gewesen. Ich habe weiß Gott Respekt vor gesundem Menschenverstand, und Cadi besitzt eine gute Portion davon, aber was wären wir schon ohne ein wenig gefühlsbedingte Unvernunft?«

Lucians dichte Augenbrauen zogen sich zusammen. »Gut, ich will nicht darüber streiten. Du kannst das Kanu nehmen, Paddy, und ich bleibe hier bei Richard und Cadi. Du weißt, was du in Venedig zu tun hast.«

»Natürlich weiß ich das, aber ich bin nicht der richtige dafür. Dich kennen die Leute, die uns am besten helfen können, während ich für sie ein Fremder bin. Außerdem muß man ihnen die Situation schnell und eindeutig erklären, und ich spreche nicht annähernd so gut Italienisch wie du.«

Lucian stand einen Augenblick regungslos da. Ich sah, daß er verzweifelt nach einem Gegenargument suchte, aber es gab keines. Er wußte, daß Paddy recht hatte.

»Mach dir keine Sorgen um uns«, sagte ich rasch. »Du bist bestimmt zurück, ehe Onkel Guido und seine Leute uns hier finden.«

Er schüttelte den Kopf. »Es wird bald hell. In spätestens einer Stunde haben sie hier jeden Winkel durchsucht –« Er brach ab, und seine blauen Augen funkelten plötzlich hell und kalt in dem schlammbeschmierten Gesicht. »Aber nicht, wenn ich sie mit etwas anderen beschäftige, was sie in Atem hält«, setzte er leise hinzu. »Ja ... ich glaube, es wird mir gelingen.« Er beugte sich herunter und küßte mich auf die Stirn, dann führte er mich zu Paddy und legte meine Hand in die seine. »Ich bitte dich, Paddy, paß gut auf sie auf.«

»Sei unbesorgt, darin habe ich Übung.«

»Ich weiß.« Lucian ging zur Tür. Dann blieb er stehen und wandte sich um. Ich wußte, wie unendlich schwer es ihm fiel, mich in diesem Augenblick zu verlassen. »Geh kein unnötiges Risiko ein, Paddy«, sagte er heiser. »Aber wenn es sich nicht vermeiden läßt, denk dran, daß Chiavelli eine Pistole hat.«
»Und ich habe meinen Verstand, Lucian. Mach dir keine Sorgen. Vergiß nicht, daß du derjenige bist, der die gefährlichste Aufgabe hat, also sieh dich vor.«
Fünf Minuten nachdem wir die Tür hinter Lucian verriegelt hatten, sah ich die ersten Flammen. Ich stand an einem der beiden Fenster und blickte durch einen Spalt zwischen den schweren Läden. Der Nebel war verschwunden, und plötzlich stieg in der Dunkelheit jenseits des Hauptgebäudes der Glasbläserei eine gelbe Flamme empor. Dunkle Gestalten kamen herbeigerannt, ich sah, wie sie mit erregten Gebärden auf das Feuer deuteten, und obwohl ich auf die Entfernung nichts hören konnte, wußte ich, daß sie einander etwas zuriefen.
»Eine hübsche Ablenkung«, murmelte Paddy neben mir. »Er hat gesagt, er werde sie in Atem halten.«
»Dort ist noch ein Feuer«, flüsterte ich. »Weiter rechts, an einem der Nebengebäude.«
Paddy lachte leise. »Dinge dieser Art waren schon von jeher seine Spezialität. Und gottlob gibt es in einer Glasbläserei genügend Brennstoff und Feuer.«
»Onkel Guido übernimmt das Kommando. Sehen Sie ihn? Offenbar hat er den Leuten befohlen, eine Kette zu bilden und die Eimer von Hand zu Hand zu reichen.«
Eine Stimme hinter uns sagte schwach und heiser: »Cadi ...?« Ich wandte mich um und lief zu Richard. Er sah mit großen, fieberglänzenden Augen zu mir herauf. »Cadi ... geht es dir gut? Was ... ist geschehen?«
Von ganzem Herzen dankbar, daß ich geblieben war, kniete ich neben Richard nieder und lächelte ihm zu. »Mach dir keine Sorgen, Richard, mein Lieber. Ruh dich aus, damit du wieder zu Kräften kommst. Lucian kümmert sich um uns, und ein Freund von ihm ist hier.«
»Lucian?« Richard seufzte und entspannte sich. »Das ist gut ... oh, das ist gut, Cadi.« Er schloß die Augen. »Ich habe gelogen, als ich

dir sagte, du solltest ihm nicht trauen, Cadi. Lucian ist ein starker Mann ... wie ein Fels. Ich war eifersüchtig ...« Seine Stimme wurde zu einem Murmeln.

Paddy, der neben mir stand, sagte: »Nehmen Sie einen Zipfel des Strohsacks, Cadi, und helfen Sie mir, ihn hinter den Schmelzofen zu ziehen, damit man ihn von der Tür aus nicht sehen kann. Ich möchte ihn nicht hochheben.« Ich gehorchte, und obgleich Richard sich leicht bewegte, blieben seine Augen geschlossen.

Paddy entfernte sich, und ich hörte irgendwo vor dem Ofen ein leises metallenes Klirren, dann kam er wieder zu mir. »Bleiben Sie bei ihm, Cadi. Ich halte an den Fenstern Wache.«

Ich setzte mich neben Richard auf den Boden und hielt seine Hand, denn ich dachte mir, es würde ihn vielleicht beruhigen, meine Nähe zu fühlen, während er schlief. Sein Atem ging jetzt schneller, oberflächlicher, und ich machte mir große Sorgen um ihn.

Das war der Anfang einer langen Wache. Paddy stand regungslos wie ein Bildwerk an dem einen oder anderen Fenster, je nachdem, von wo aus er die Lage besser überblicken konnte. Hin und wieder sah ich durch die Ritzen der Läden den roten Schimmer von einem der Brände, die Lucian gelegt hatte, und gelegentlich hörte ich von Onkel Guido und seinen Leuten, die gegen die Flammen ankämpften, verhaltene Rufe herüberdringen. Ich verlor jedes Zeitgefühl und kam mir vor wie in einem Traum. Seltsamerweise wäre ich trotz der uns drohenden unmittelbaren Gefahr froh und glücklich gewesen, hätte ich mir nicht so große Sorgen um Richard gemacht. Lucian liebte mich, und mein ganzes Sein hätte jubeln mögen bei diesem Wissen, aber Richards heiße, trockne Hand, die in der meinen lag, und das Geräusch seines mühseligen Atmens machten es mir unmöglich, mich zu freuen.

Meine Gedanken kamen und gingen, sprunghaft und veränderlich, liefen hin und her in der Zeit, während ich über all das nachgrübelte, was ich in dieser Nacht erfahren hatte. Ich erschrak, als ich den Kopf hob und sah, daß das graue Licht der Dämmerung durch die Läden drang.

»Paddy«, flüsterte ich. »Wie sieht's aus?«

Er drehte sich nicht um, als er mir antwortete: »Sie haben die Brände gelöscht und die Suche wieder aufgenommen.«

»Wie lange ist Lucian schon fort?«

»Anderthalb Stunden. Sie haben den größten Teil der Zeit mit dem Feuer vergeudet.«
»Kann er Hilfe aus Venedig bringen? Wird ihm irgend jemand glauben?«
»Er wird nicht einfach mit irgend jemandem reden, Cadi. Gestern abend sollten zwei Herren angekommen sein –« Er brach ab und ich sah, wie er erstarrte. »Es wird ernst! Sie kommen jetzt hierher, seine Durchlaucht mit einigen seiner Halunken.«
Das traumähnliche Gefühl, das mich gefangenhielt, wurde jäh durchbrochen, und ich spürte, wie mein Herz zu hämmern begann. Paddy durchquerte rasch den Raum, und das vordere Ende des Ofens verbarg ihn vor meinen Blicken. »Seien Sie unbesorgt«, hörte ich ihn leise sagen. »Wir haben noch ein paar Überraschungen für Ihren Onkel auf Lager.«
Ich nahm an, daß er mich mit diesen Worten nur beruhigen wollte, denn die Zukunft war für mich plötzlich zu eiskalter Wirklichkeit geworden. In ein oder zwei Minuten würden Onkel Guido und seine Leute die Tür einschlagen, und dann wären wir verloren. Es gab keine andere Möglichkeit. Onkel Guido war so weit gegangen, daß es für ihn jetzt einfach kein Zurück mehr gab. Und Paddy Flynn war, ungeachtet all seiner Kaltblütigkeit, seiner Geistesgegenwart und seiner Erfahrung, nur ein einzelner unbewaffneter Mann gegen ein Dutzend oder mehr.
Irgend jemand hämmerte gegen die Tür, dann ertönte ein Ruf: »Sie ist verriegelt! Das Mädchen ist hier!« Ich hatte nicht die Absicht, mich wie ein Feigling zu ducken, und so stand ich auf. Meine Augen reichten gerade über den seitlichen Vorsprung des Schmelzofens, und ich sah, wie die Tür unter den schweren Schlägen einer Axt oder eines Schmiedehammers bebte.
Eines der Hölzer, die den Querbalken hielten, gab nach, und die Tür sprang auf. Mein Herz schien stillzustehen, als ich den Mann mit dem großen Hammer sah. Einen Augenblick stand er im Türrahmen, dann trat er zurück, und Onkel Guido erschien. Sein Gesicht und seine Kleidung waren schwarz vom Rauch. Er hielt eine Pistole in der Hand. Am Himmel hinter ihm sah ich den ersten rosigen Schimmer der aufgehenden Sonne. In der schwarzen Maske seines Gesichts glitzerten die Augen zornig und erschreckend, als er sich langsam in dem düsteren Raum umsah. Mir wurde klar, daß

Paddy sich hinter dem alten Mauerwerk des Ofengehäuses befinden mußte, denn offenbar hatte Onkel Guido ihn noch nicht gesehen.
»Caterina!« rief Onkel Guido plötzlich mit einer Stimme, die sich vor lang verhaltener Wut überschlug. Ich muß unwillkürlich die Luft angehalten haben, denn jetzt ließ der Schrecken über diesen jähen, schrillen Ruf sie zischend aus meinen Lungen strömen. Sein Kopf schoß in die Höhe, als er sich suchend nach mir umblickte. Und dann sah ich mit fassungslosem Staunen einen glühenden Speer durch die Luft auf ihn zu sausen.
Eine Glasbläserpfeife! Eine Glasbläserpfeife, deren Ende während der letzten Stunde oder länger im Schmelzofen gelegen hatte und jetzt vor Hitze fast weißglühend war. Und Paddy hatte sie aus dem Dunkel, das ihn neben der Ofenwand verbarg, wie einen Wurfspieß hervorgeschleudert. Sie hatte weder eine Schneide noch eine Spitze, aber die Glut machte sie zu einer furchtbaren Waffe, und sie hätte zweifellos Onkel Guidos Brust getroffen, hätte er nicht instinktiv die Hände gehoben, um sie abzuwehren. Er schrie, als das glühende Eisen seine Hand verbrannte, und ich hörte die Pistole klirrend zu Boden fallen. Eine zweite Glasbläserpfeife sauste wie ein ungeheuer langer Glühwurm durch die Luft. Onkel Guido taumelte in panischem Schrecken zurück, stürzte zu Boden, und die Pfeife schoß über ihn hinweg durch die offene Tür. Ich hörte wieder einen Schrei, als sie draußen ein Ziel fand, und dann sah ich Paddy, einen dicken Balken in der Hand, mit einem langen Satz quer durch den Raum springen.
Er schlug die Tür zu, klemmte den Balken dagegen, hob die Pistole auf und trat zurück. Ein Ton brach aus ihm hervor, ein Ton wie ein triumphierender Kriegsschrei.
»Los, kommt her, ihr feigen Hunde!« brüllte er mit mächtiger Stimme; sein irischer Tonfall war jetzt stärker, als ich ihn je zuvor bemerkt hatte. »Der erste, der sein Gesicht an der Tür oder am Fenster zeigt, kriegt eine Kugel zwischen die Augen!«
Er wandte sich grinsend nach mir um, und seine grauen Augen blitzten. »Wiederholen Sie es ihnen auf italienisch, Cadi«, sagte er, »denn ich bezweifle, daß seine Durchlaucht es tun wird! Eine Kugel für den ersten, der sich blicken läßt – sagen Sie's ihnen, schnell.«
Ich holte tief Luft, als ich hinter dem Ofen hervorkam, und rief den Leuten draußen aus vollem Hals die Warnung zu. Dann lauschten

wir. Wenige Sekunden später ertönte ein eiliges Scharren von Füßen, die sich von der Glashütte entfernten, und ein Wirrwarr verängstigter Stimmen, zu undeutlich, als daß ich sie hätte verstehen können.

»Wir haben's geschafft«, sagte Paddy leise und wiegte die Pistole in der Hand. »Ich vermute, sie haben nicht eine einzige Feuerwaffe. Chiavelli gehört nicht zu den Männern, die es wagen würden, ihren Leuten Pistolen anzuvertrauen.«

Seine Worte flößten mir wieder Hoffnung ein, und ich dachte an den Tag, wenn ich Sarah erzählen würde, wie Paddy Flynn, der Mann, den sie liebte, unsere Feinde mit einem einzigen Streich überlistet hatte. Ich ging zu einem der Fenster und blickte zwischen den Stäben hindurch. »Es ist niemand auf dieser Seite, Paddy«, flüsterte ich.

»Sie müssen die Tür oder die Fensterläden aufbrechen, um hereinzugelangen«, erwiderte er, »und selbst Ihrem Onkel Guido dürfte es schwerfallen, sie zu veranlassen, sich einem Schuß aus nächster Nähe auszusetzen.«

»Das, was Sie eben getan haben, war phantastisch. Ich hatte wirklich geglaubt, wir seien verloren.«

»Nun, gewiß, ich habe meine fünf Sinne beisammen, aber es war der Dienst unter Lucian, der sie geschärft hat. Er versteht es wie kaum ein anderer, sich aus der Klemme zu ziehen. Eines Tages werde ich Ihnen erzählen, wie wir im Gefangenenlager von De la Rey mit nichts als einem Stück Seife einer zwölf Mann starken Wache entkommen sind.«

Ich lauschte, aber draußen war alles still. »Erzählen Sie es mir jetzt, Paddy.«

»Gut. Behalten Sie das Fenster im Auge. Sehen Sie, das war so: Wir waren in einer winzigen Zelle gefangen, streng bewacht und ohne die geringste Aussicht auf ein Entkommen. Dann gelang es Lucian irgendwie, sich ein Stück Seife zu beschaffen, während wir uns draußen Bewegung machten. Er brachte zwei Tage damit zu, mit einem Löffelstiel daran herumzuschnitzen, dann rieb er sie mit Lampenruß ein, und als er fertig war, sah sie mehr wie eine Luger aus als jedes echte Schießeisen.«

»Eine Luger?«

»Eine Art Pistole. Größer als diese hier. Man hätte sie Ihnen direkt unter die Nase halten können, und Sie hätten geschworen, sie würde jeden Augenblick losgehen.« Er lachte leise bei der Erinnerung. »Mehr als ausreichend, um erst einmal den Gefangenenwärter und dann den Rest der Wachmannschaft zu überzeugen. Das ist Lucian. Ich erinnere mich an ein anderes Mal, kurz vor Brandwater Basin –«

Er brach ab, als aus einiger Entfernung jenseits der Tür ein Ruf ertönte. Es war Onkel Guidos Stimme, und sie zitterte vor Wut. »Caterina! Hörst du mich?«

Ich sah Paddy an. Er schüttelte den Kopf und ich schwieg.

»Caterina!« rief Onkel Guido noch einmal. »Wir haben hier Strohbündel und trockenes Holz, und wir werden sie an den Mauern aufhäufen, nachdem wir sie in Brand gesteckt haben. Wenn du nicht freiwillig herauskommst, werden wir dich heraus*brennen*! Hörst du?«

Meine Hoffnung schlug in Verzweiflung um, und ich ließ mutlos die Schultern sinken. Plötzlich berührte Paddy meinen Arm, und als ich ihn ansah, wäre ich fast zusammengezuckt vor Schreck über den kalten Zorn auf seinem Gesicht. »Uns herausbrennen, was?« flüsterte er heiser. »Bei Gott, das werden wir sehen. Halten Sie sich bereit, die Tür zu öffnen und sie sofort wieder zu schließen, Cadi. Ich gehe hinaus. Und wenn ich ihn nicht mit einem Schuß zur Strecke bringen kann, ehe seine Meute mich erreicht, bin ich kein Soldat. Sie werden sehn, wie schnell das Pack Fersengeld gibt, wenn der Führer am Boden ist.«

Ich zitterte, und Wellen von Übelkeit stiegen in mir auf. Zögernd ging ich zur Tür und legte die Hände um den Balken, der sie verschlossen hielt. Ich hatte Angst um Paddy, Angst um Richard und um mich selbst und sogar Angst um Onkel Guido. Ich wünschte nicht, daß man ihn tötete, aber wenn er am Leben blieb, mußten wir drei sterben. Das war der gleiche unerbittliche Schrecken, dem Lucian und Paddy sich im Krieg gegenübergesehen hatten, und jetzt verstand ich, weshalb sie sogar ihre Ehre und ihren guten Ruf geopfert hatten, um die Zeitspanne der Unmenschlichkeit zu verkürzen.

Meine Hände hoben den Balken, und Paddy stand geduckt da, bereit, hinauszustürzen, als plötzlich ein neues Geräusch von draußen zu uns drang, ein Getöse von lauten Rufen und rennenden Füßen.

»Warten Sie!« sagte Paddy. Er schoß zu einem der Fenster und blickte eine Weile durch die Stäbe der Läden, dann lachte er leise, lehnte sich seitlich an die Wand und sah mich mit humorvollen Augen an, aus denen all die Wut und kalte Entschlossenheit verschwunden waren, als wären sie nie gewesen. »Es ist Sonnenaufgang, Miß Tregaron«, sagte er, in seinem irischen Tonfall, wieder leicht und singend so beherrscht wie damals, als ich ihm in Wealdhurst zum erstenmal begegnet war. »Es ist Sonnenaufgang, ein wunderschöner Morgen, und Lucian ist hier – mit einigen Freunden.«
Er kam zu mir herüber, stieß mit dem Fuß den Balken beiseite und öffnete die Tür. Ich sah flüchtende Gestalten, die von anderen in Uniform verfolgt wurden. Zwei Polizisten hielten Onkel Guido fest. Lucian kam auf uns zu, und ich hielt überrascht die Luft an, als ich neben ihm Signor Vecchi erblickte, den italienischen Regierungsbeamten, für den ich im Arbeitszimmer von Mr. Morton als Dolmetscherin fungiert hatte. Hinter ihm kam ein Mann, den ich nicht kannte.
Lucian sah jetzt bei Tageslicht noch schmutziger als vorher aus. Sogar sein Haar war mit einer Schlammkruste bedeckt. Signor Vecchi und der Fremde machten den Eindruck, als habe man sie aus dem Bett geholt, ohne ihnen Zeit zu lassen, sich in Ruhe anzuziehen. Als ich neben Paddy aus der Glashütte trat, lief Lucian auf uns zu. Er schloß mich in die Arme, drückte mich fest an sich und murmelte ein ums andre Mal meinen Namen. Dann küßte er mich, wandte den Kopf zur Seite und fragte: »Habt ihr irgendwelche Schwierigkeiten gehabt, Paddy?«
Ich sah, daß Paddy die Gefangennahme von Onkel Guidos Leuten beobachtete. Ohne sich umzublicken, hielt er die Pistole in die Höhe und sagte: »Ein wenig, aber wir sind damit fertig geworden.«
»Gut.« Lucian nahm mich beim Arm und wandte sich um. »Cadi, du kennst Signor Vecchi. Dieser andere Herr ist Dottore Bonello, dein italienischer Anwalt. Ich habe während der letzten ein, zwei Wochen mit ihnen in Verbindung gestanden, und sie hatten sich liebenswürdigerweise bereit erklärt, nach Venedig zu kommen, um sich anzuhören, was ich über Graf Chiavelli erfahren hatte. Sie sind gestern abend eingetroffen, und wir hatten heute morgen eine Verabredung in ihrem Hotel – zu der ich etwas früher erschienen bin, als sie erwartet hatten.«

Signor Vecchi beugte sich über meine Hand. »Es ist eine große Erleichterung, Sie wohlbehalten anzutreffen, Miß Tregaron«, sagte er sichtlich bestürzt und erregt auf italienisch. »Das verdanken wir Mr. Farrel. Er besitzt eine große Überredungsgabe. Als er mich aufsuchte und mir von dem Scheinabkommen berichtete, das er mit Graf Chiavelli getroffen hatte, konnte ich es kaum glauben. Aber als mein Freund Bonello darauf bestand, daß wir nach Venedig kommen und die Sache selbst untersuchen sollten, willigte ich ein.« Er lächelte reumütig. »Es tut mir leid, daß wir nicht eher gekommen sind. Schließlich stehe ich in Ihrer Schuld, und ich habe Ihnen einmal versprochen, daß ich stets bereit sein würde, Ihnen in jeder Hinsicht zu helfen.«
Er sah sich um und sein Gesicht wurde ernst. »Aber es bedarf jetzt keiner Untersuchung mehr. Chiavelli hat sich vor aller Augen als ein Schurke offenbart, der sein eigen Fleisch und Blut aus Habgier ermorden wollte.«
Während der letzten paar Minuten war mit dem Bewußtsein, daß die endlos lange Nacht der Gefahr vorüber war, eine lähmende Müdigkeit über mich gekommen. Mein Gehirn schien wie betäubt, und meine Augenlider wurden schwer.
»Richard«, sagte ich. Nichts anderes war jetzt von Bedeutung. »Richard ist verletzt ... bitte, bitte holen Sie einen Arzt.« Der Boden wankte unter meinen Füßen. Ich klammerte mich an Lucian, fühlte, wie er mich aufhob, dann wurde alles dunkel.
Von den Stunden, die nun folgten, sind mir nur Bruchstücke im Gedächtnis geblieben, verschwommene und manchmal groteske Erinnerungen an die Augenblicke, in denen ich halb aus meiner Betäubung erwachte. Einmal war ich in einem Boot, und als nächstes entsinne ich mich, daß ich in ein weiches Bett sank, während ein dunkler Pinguin mich zudeckte. Erst viele Stunden später wurde mir klar, daß mein Pinguin eine der zwei frommen Schwestern war, die Signor Vecchi gesandt hatte, mich zu betreuen. Während sie den Schlamm und Schmutz von meinem Körper wuschen und mir ein Nachthemd anzogen, hatte ich, wie man mir erzählte, fortwährend über Sandbänke und glühende Speere, *bricole* und brennendes Stroh, Nebel und Boote gesprochen. Aber ich kehrte immer wieder zu Richard zurück, schrie vor Angst und Sorge und erklärte, daß ich zu ihm gehen müsse, und so gab man mir letztlich ein starkes Beruhigungsmittel, das mich in einen tiefen Schlaf sinken ließ.

Als ich schließlich wieder voll zur Besinnung kam, sah ich Tageslicht durch die Vorhänge des Hotelzimmers dringen, in dem ich lag, und auf meine verwirrte Frage sagte Schwester Angelina mir, ich hätte vierundzwanzig Stunden geschlafen, dies sei bereits ein neuer Tag. Sie brachte mir eine Tasse Fleischbrühe, aber ehe ich sie zu mir nahm, fragte ich nach Richard.
»Er ist gestern mittag operiert worden, und wir hoffen, daß alles gut ausgehen wird, aber man kann noch nichts Endgültiges sagen. Kommen Sie, trinken Sie Ihre Brühe, Kleines.« Sie sprach fließend Englisch, denn sie hatte, wie ich später erfuhr, einige Jahre in einem englischen Kloster verbracht. Daher hatte sie auch meine wirren Reden vom Vortage so gut verstanden.
»Wo ist Lucian – Mr. Farrel?« fragte ich. »Und Mr. Flynn?«
»Sie hatten sehr viel zu erledigen, und sie brauchten auch ein wenig Ruhe. Signor Vecchi läßt Ihnen bestellen, daß sie so bald wie möglich zu Ihnen kommen werden.«
Drei Stunden lang sorgte ich mich, und zu meiner Schande muß ich gestehen, daß ich sogar richtig ärgerlich wurde, weil Schwester Angelina mir nicht erlaubte, mich anzuziehen und zu Richard ins Krankenhaus zu gehen. Dann kam Lucian, und als ich sein Gesicht sah, verlor ich alle Hoffnung. Er setzte sich auf den Bettrand und nahm meine Hand.
»Du mußt tapfer sein, Cadi«, sagte er leise. »Richard ist vor einer halben Stunde gestorben. Die Kugel hat eine Infektion verursacht, die sich sehr rasch ausgebreitet hat, und nach der Nacht auf der Lagune und der Insel hatte er nicht genügend Widerstandskraft.«
Ich weinte und dachte an die Mortons. Lucian saß schweigend da und hielt meine Hand zwischen den seinen. Ich war froh, daß er nicht versuchte, sinnlose Worte des Trostes zu sprechen. Als ich wieder reden konnte, flüsterte ich: »Wie wirst du es ihnen beibringen?«
»Ich habe bereits ein langes Telegramm gesandt, Cadi. Ich mußte es ihnen sofort mitteilen. Wir können erst nach Hause fahren, wenn die Behörden alles geregelt haben, und das kann eine Weile dauern. Aber ich schreibe heute an Mr. Morton, um ihm all die Einzelheiten zu berichten, die ich ihm im Telegramm nicht sagen konnte, und Signor Vecchi wird den Brief mit einem Kurier nach England senden.«
Ich umklammerte seine Hand. »Wie lange müssen wir bleiben? Ich

will fort von Venedig. Ich möchte, daß du mich nach Hause bringst, Lucian. Bitte!«
»Das tue ich, sobald ich kann, mein Liebling.« Er strich mir das Haar aus der Stirn. »Jetzt leg dich wieder hin und versuch, noch ein wenig zu schlafen. Ich bleibe bei dir.«
Es hätte Wochen dauern können, ehe man uns erlaubte, Venedig zu verlassen, aber zu meiner großen Erleichterung konnten wir schon zehn Tage später abfahren. Das kam daher, daß die maßgebenden Stellen jedes Aufsehen nach Möglichkeit vermeiden wollten. Onkel Guido behauptete, er habe nicht die Absicht gehabt, auf Richard zu schießen, sondern habe lediglich einen Warnschuß abgeben wollen, weil er annahm, ich sei entführt worden. Niemand glaubte es ihm. Sowohl Paddy als auch ich selbst hatten gehört, wie er gedroht hatte, uns zu töten, und darauf konnte er nichts erwidern. Jeder Anwalt wäre verpflichtet gewesen, alle nur möglichen Argumente zu seiner Verteidigung vorzubringen, und hätte ich Anklage gegen Onkel Guido erhoben, oder hätte Mr. Morton es wegen Richards Tod getan, so hätte sich die schreckliche Angelegenheit möglicherweise endlos hingezogen.
Was mich betraf, ich wollte mich nicht rächen. Es kümmerte mich nicht, was mit Onkel Guido geschah, wenn ich nur nach Hause fahren konnte. Mr. Morton seinerseits war der gleichen Meinung. Nichts konnte uns Richard zurückgeben, und die Angelegenheit weiter zu verfolgen, würde lediglich unser aller Kummer verlängern. Er konnte nicht nach Venedig kommen, weil Mrs. Mortons Zustand ihm nicht erlaubte, sie allein zu lassen, aber er schrieb einen langen Brief an Lucian, der ihn mir zeigte. Ich erinnere mich an einen Teil davon:

> ... Wir trauern um Richard, armer Junge, und werden es immer tun. Er hatte, wie du ja selber weißt, Lucian, einen etwas absonderlichen Charakter, aber ich finde, mit diesem mutigen, entschlossenen Versuch, Cadi zu retten, hat er all seine Fehler wieder gutgemacht. Wir grämen uns, doch unser Kummer wird mit Recht gemildert durch den Stolz auf das, was er getan hat.
> Was die Frage einer Anklage gegen diesen gottlosen Mann Chiavelli betrifft, so habe ich kein Verlangen danach. Du sagst, wenn Cadi und ich uns einverstanden erklären, nicht gegen ihn vorzugehen, dann werden er und seine Familie heimlich des Landes

verwiesen, ohne jemals zurückkehren zu können. Lassen wir es dabei bewenden. Er ist völlig mittellos, und er wird in ganz Europa keinen Ort finden, wo er sich niederlassen kann, denn die Gerüchte werden ihn überallhin verfolgen. Laßt ihn mit seinem Gewissen und seiner Niederlage in irgendeinem fernen Land jenseits des Ozeans leben, und vergessen wir ihn.

Vor allem, bring unsere Cadi so schnell wie möglich zu uns nach Hause, Lucian. Ihre Gegenwart wird uns trösten, wie nichts anderes uns trösten kann ...

Und so kehrte ich an einem goldenen Sommertag nach Meadhaven zurück. Richards Leichnam war per Schiff nach England überführt worden, und er wurde auf dem Friedhof von Wealdhurst beigesetzt. Auf Lucians ausdrücklichen Wunsch erfuhr Mrs. Morton nichts von der Rolle, die er und Paddy Flynn bei meiner Rettung gespielt hatten, sondern man ließ sie in dem Glauben, daß Richard es allein zuwege gebracht und letztlich für mich sein Leben geopfert habe.

Seltsamerweise traf ich Mrs. Morton ruhiger und gelassener an, als ich sie je zuvor gesehen hatte. Nachdem der erste große Kummer vorüber war, schien es beinahe, als hätte Richards Tod sie von irgendeiner tiefen, unbewußten Sorge befreit und ihr ungeachtet ihrer Trauer eine Art Frieden gebracht.

Unsere Trauerzeit in Meadhaven dauerte nicht lange, denn Mr. Morton hatte nichts für das äußerliche Zurschaustellen familiären Kummers übrig. Paddy Flynn und Lucian kamen regelmäßig zu Besuch, und Sarah und ich verbrachten im Lauf des Sommers so manchen Tag in den Ställen von Epsom.

Sarahs Gesellschaft war mir eine reine Freude. Ich hatte jetzt nie mehr das Verlangen, sie ungeduldig anzufahren, tat es aber dennoch hin und wieder, weil ich wußte, daß es ihr Spaß machte. Bis Ende des Sommers waren wir beide verlobt, ich mit Lucian und Sarah mit Paddy Flynn. Sie kam immer noch vor dem Schlafengehen in mein Zimmer, um mit mir zu schwatzen, und sie wurde es nicht müde, sich stets von neuem die Geschichte jener furchterregenden Minuten in der Glashütte anzuhören, als Onkel Guido und seine Leute die Tür aufgebrochen hatten.

»Ich kann Paddy einfach nicht dazu bringen, mir davon zu erzählen«, sagte sie zornig. »Wenn ich ihn danach frage, lacht er nur und setzt mich auf irgendein riesiges Pferd, so daß ich alles andere vergesse.«

Der Tag meiner Hochzeit mit Lucian wurde auf Anfang Mai, drei Monate nach meinem einundzwanzigsten Geburtstag, festgesetzt. Ich war sehr reich, aber zu meiner Erleichterung und Sarahs Enttäuschung hatte ich nicht den Titel geerbt. Ich fragte nicht nach den Gründen, entnahm jedoch aus Mr. Mortons Äußerungen, daß die zuständige Behörde in Rom angesichts der Umstände beschlossen hatte, den Titel erlöschen zu lassen, falls ich keinen Anspruch darauf erhob.

Ich hatte keinerlei Interesse diesen Anspruch zu erheben. Mich interessierten nur zwei Dinge, einmal, daß Lucian und Paddy rehabilitiert wurden, indem man die Wahrheit über ihre Kriegstat enthüllte, und dann, daß mein Reichtum Lucian nicht stören sollte.

Was den ersten Punkt betraf, so mußte ich Geduld haben. »Nur noch ein Jahr, Cadi, Liebling«, versprach Mr. Morton. »Der Außenminister hat es mir fest zugesagt.«

»Aber wird er sein Versprechen *halten*?«

Mr. Morton lachte leise. »So jung und schon so mißtrauisch gegen Politiker? Nun, ich habe ihm klar und deutlich gesagt, wenn er es nicht tut, werde ich meinen Posten im Auswärtigen Amt aufgeben, mich selbst fürs Parlament aufstellen lassen und die Sache im Unterhaus öffentlich als Verleumdung bezeichnen.« Er machte ein grimmiges Gesicht. »Glaub mir, mein Kind, sie werden lieber nachgeben als das zulassen.«

Meine zweite Sorge wurde einfach dadurch behoben, daß ich offen darüber sprach, statt das Thema zu meiden. Eines Tages, kurz nach meinem einundzwanzigsten Geburtstag, saßen Lucian und ich auf einem Heuhaufen im Stall und warteten auf die Geburt eines Fohlens. Ich legte die Hand auf Lucians Arm und bat: »Sag mir, was ich mit dem Geld anfangen soll, Lucian. Ich will nicht, daß es alles verdirbt. Ich liebe dich, und das ist das einzige, worauf es mir ankommt. Die Ställe bringen jetzt mehr als genug, und wir brauchen mein Geld nicht. Du weißt, ich habe mit Signor Vecchi vereinbart, daß ich einen Teil des Geldes in einer Stiftung anlegen werde, um aus dem Palazzo ein Waisenhaus zum Andenken meiner Granny Caterina zu machen. Aber wenn du glaubst, daß es besser wäre, den Rest herzugeben, brauchst du es mir nur zu sagen.«

Er machte ein überraschtes Gesicht. »Sei kein Dummkopf, Cadi.«

»Das bin ich nicht. Vor einem Monat hatte ich nichts und war glück-

lich, jetzt bin ich reich und glücklich. Es macht mir nichts aus – ich meine, das Geld. Willst du mich, wie ich war, Lucian, oder wie ich bin? Ich habe nur den einen Wunsch, so zu dir zu kommen, wie du mich haben möchtest.«
Er kaute an einem Strohhalm und schwieg eine ganze Weile. Dann hoben sich die schwarzen Augenbrauen, und er begann, leise zu lachen. »Weißt du, es ist einfach Stolz«, sagte er erstaunt. »Wie töricht sind doch die Menschen mit ihrer dummen Eitelkeit.« Er wandte mir lächelnd das Gesicht zu. »O Cadi, mein liebes kleines Fischermädchen, hör niemals auf, mich die Weisheit zu lehren, mit der du geboren bist. Behalte, was dir gehört, und tu damit, was immer du willst. Du könntest zum Beispiel als erstes ein schönes Rettungsboot mit Motorantrieb für die Leute von Mawstone kaufen. Und vielleicht eines für Bosney. Du könntest an der ganzen Küste Cadi-Tregaron-Rettungsboote fahren lassen.« Jetzt lachte er. »Nein, Cadi-Farrel-Rettungsboote.« Er beugte sich vor, um mich zu küssen, aber in diesem Augenblick wieherte die Stute leise und begann zu fohlen.
In der nächsten Stunde hatten wir alle Hände voll zu tun. Seite an Seite mit Lucian zu arbeiten, war immer das schönste für mich, aber diesmal empfand ich ein noch größeres Glück, denn Lucian hatte mir bewiesen, daß seine Liebe vollkommen war.
Wir wurden in der St. Mary's Church in Wealdhurst getraut und hatten für unsere Flitterwochen ein Haus in Cornwall, unweit von Truro, gemietet. Das war Lucians Idee gewesen, und ich hatte begeistert zugestimmt. Eine Haushälterin, die zugleich Köchin war, und zwei Mädchen würden jeden Tag kommen, um uns zu versorgen. Wir würden segeln und schwimmen, wir würden die Gegend meiner Kindheit zu Pferd und zu Fuß durchstreifen, und wir würden meine alten Freunde in Mawstone besuchen.
Am Abend unserer Hochzeit erzählte ich Lucian zum erstenmal von dem Traum, den ich im Lauf der Jahre so oft geträumt hatte, und wie er allmählich auf so sonderbare Art und Weise in Erfüllung gegangen war. Ich stand vor ihm, während er auf dem Rand des großen Bettes saß. Wir hatten beide unsere Morgenröcke an, ich einen aus zarter Seide, von Sarah eigenhändig für mich genäht. Lucian machte ein besorgtes Gesicht, als ich ihm erzählte, wie ich in jener Nacht im Palazzo Chiavelli im Schlaf durch den Korridor

gegangen war, wie ich sein Gesicht im Spiegel gesehen hatte und in panischem Schrecken vor ihm geflohen war.
»O Cadi, mein Liebes, es tut mir leid. Ich glaube, ich war völlig davon in Anspruch genommen, mich in die Rolle hineinzudenken, die ich zu spielen hatte.«
»Ich weiß, Lucian, ich weiß. Es gibt jetzt nichts mehr, was dir leid tun muß.« Ich legte die Arme um seinen Hals und hielt seinen Kopf an meine Brust gepreßt. »Das war der schlechte Traum, und er ist ein für allemal vorüber«, flüsterte ich. »Jetzt komm zur Tür und warte auf mich, Lucian. Ich weiß, es ist dumm von mir, aber ich möchte, daß der gute Traum Wirklichkeit wird. Bitte?«
Er stand auf und nahm meine Hand. »Es ist nicht dumm. Auch ich will, daß er für dich in Erfüllung geht, Cadi.«
Ich ging hinaus und ein Stück den Korridor entlang, dann drehte ich mich um. Lucian hatte die Tür geschlossen, und ein schwacher Lichtschimmer drang darunter hervor.
Langsam ging ich auf das Zimmer zu, und als ich näher kam, fühlte ich, wie die warme Schwere von Freude und Sehnsucht sich von meinem Herzen über meinen ganzen Körper ausbreitete. Vor mir lag das Ende des Träumens, denn Lucian war Wirklichkeit, und ich liebte ihn.
Mit einem Glücksgefühl, so groß, daß ich es kaum ertragen konnte, hob ich die Hand zur Tür. Im gleichen Augenblick ging sie weit auf, und Lucian stand lächelnd da, eine Welt von Liebe in den Augen und die Arme geöffnet, um mich zu empfangen.